KB148387

태봉과 고려
석조미술로 보는 역사

▌저자소개 / 정성권

　　단국대학교 사학과를 졸업하고 단국대학교 대학원에서 고고미술사 전공으로 석사학위를 받았다. 동국대학교 대학원 미술사학과에서 「고려 건국기 석조미술 연구」로 문학박사학위를 받았다. 단국대학교 부설 매장문화재연구소, (재)한백문화재연구원, 동국대학교 박물관 등에서 근무하였다. 현재는 동국대학교 대학원, 단국대학교, 중앙승가대학교, 남서울대학교 등에 출강하고 있다. 문화재 발굴조사 및 지표조사 책임조사연구원 자격을 갖고 있으며 미술사와 고고학 · 역사학 · 민속학 간의 학제간 연구에 관심을 갖고 있다.

　　저서로는 『SILK ROAD』(공저, 창비, 2014), 『고려의 국왕』(공저, 경인문화사, 2015)이 있고, 대표 논문으로는 「제주도 돌하르방에 관한 연구」(2001), 「안성 매산리 석불입상연구: 고려 光宗대 조성설을 제기하며」(2002), 「'中原彌勒里寺址' 조성시기 고찰」(2008), 「안성 기솔리 석불입상 연구: 궁예 정권기 조성 가능성에 대한 고찰」(2012), 「高麗 光宗을 보는 또 다른 시각: 미술사와 고고학을 통하여」(2013), 「해치상의 변천에 관한 연구: 광화문 앞 해치상의 탄생과 조성배경을 중심으로」(2013), 「나주 철천리 석불입상의 조성시기와 배경」(2014) 외 다수가 있다.

태봉과 고려 석조미술로 보는 역사

2015년 10월 23일 초판 1쇄
2016년 7월 10일 초판 2쇄

지은이 정성권
펴낸이 권혁재

편집 조혜진
출력 엘럭스프린팅
인쇄 한영인쇄

펴낸곳 학연문화사
등록 1988년 2월 26일 제2-501호
주소 서울시 금천구 가산동 371-28 우림라이온스밸리 B동 712호
전화 02-2026-0541~4
팩스 02-2026-0547
E-mail hak7891@chol.net

ISBN 978-89-5508-330-9 93910

태봉과 고려
석조미술로 보는 역사

정성권 지음

학연문화사

▍책머리에

후삼국 정립기의 한 축을 이루었던 태봉에 대한 연구는 선학들의 노력에 의해 역사적 실체가 밝혀지고 있다. 하지만 태봉시기는 태봉국 도성이 군사분계선 중앙에 놓여 있다는 현실적 제약과 미흡한 사료 등으로 인해 여전히 연구하기 어려운 시대이다. 이 책에서 상당 부분을 차지하고 있는 고려전기 또한 연구하기 어렵기는 매 한가지이다. 그 이유 역시 태봉시기와 같다고 할 수 있다. 사료의 영세함과 고려의 수도 개경이 북한에 위치하고 있는 점은 고려시대 석조미술사의 실체를 밝히는 데 큰 제약으로 작용한다.

이 책에서 다루는 태봉과 고려시대 석조미술은 주로 석조불상을 대상으로 하였으며 석등과 석탑에 대해서도 살펴보았다. 고려시대 석조미술은 다른 시대에 비해 월등히 많은 수량을 차지하며 분포 범위 역시 전국적이다. 하지만 지금까지의 연구 성과는 삼국시대나 통일신라시대에 비해 많지 않은 편이다. 앞서 언급한 제약과 더불어 편년 기준을 삼을 수 있는 작품이 드물다는 점 역시 간과할 수 없는 이유이다.

미술사 연구에 있어 대상 작품의 정확한 편년 설정은 가장 기초적이며 필수적인 연구의 출발점이다. 삼국시대나 통일신라시대의 석조미술은 양식적 특성만으로 편년을 추정할 수 있다. 반면에 후삼국시대와 고려시대는 앞 시대처럼 양식적 특성만을 이용해 석조미술의 편년을 추정하기에는 전문 연구자간의 시각차가 너무 크다. 다행히도 학제간 연구는 이러한 편차를 보완할 수 있는 훌륭한 방법이다. 필자는 10년 이상 고고학 현장을 경험했다. 학부 때 역사학을 전공하고 20대 후반부터 30대 전체를 고고학 현장에서 보낸 경험은 필자에게 매우 큰 자산이다. 이러한 경험을 살려 본서에서 역사학 · 고고학 · 민속학을 미술사와 융합시키고자 노력하였다.

이 책은 미술사 전공자가 쓴 미술사 책이다. 그럼에도 불구하고 책의 제목을 『태봉과 고려 석조미술로 보는 역사』로 정한 이유는 이 책이 예술사 서적으로보다는 역사 서적으로 간주되기를 바라는 마음 때문임을 고백한다. 태봉과 고려시대에 관한 가장 중요한 1차 사료는 『삼국사기』와 『고려사』이다. 하지만 12세기와 조선 초기에 편찬된 『삼국사기』와 『고려사』보다 당대에 조성된 수많은 석조미술 작품들이야말로 당시의 상황을 더 잘 보여 주는 1차 사료가 될 수 있다고 생각한다. 이 책에서는 기존의 전통적인 문헌사학에서 확인하기 어려웠던 역사적 실체를 미술사를 통해 새롭게 조명할 수 있는 가능성을 제시하고자 노력하였다.

학문의 길을 이제 막 걷기 시작하는 풋내기 학자로서 부족하나마 이렇게 책이라도 한 권 출간할 수 있게 된 것은 전적으로 필자를 지도해 주신 선생님들의 크신 은덕 덕분이다. 미술사 박사학위논문을 쓰겠다고 직장을 그만두고 공공도서관을 드나들던 시절, 미래에 대한 튼실한 준비도 어려웠고 논문도 뜻대로 써지지 않았다. 여러 모로 절박했던 시기에 박사 지도교수이신 최응천 교수님께서 동국대학교 박물관 연구원으로 채용해 주셨고, 공부에 매진할 수 있는 연구실까지 제공해 주셨다. 선생님의 크신 배려로 박사학위를 받고 인문학을 평생의 업으로 삼고 나아갈 용기도 얻었다. 마음 깊이 감사드린다.

필자가 스스로 강점이라 생각하는 고고학 현장조사 경험과 발굴 및 지표조사 책임조사원 자격은 사실 본인의 의지만으로 획득한 것이 아니다. 이는 전적으로 학부와 석사 때 필자를 지도해 주신 박경식 교수님의 크신 혜안 덕분이다. 선생님께서는 미술사를 공부하기 위해서는 미술사뿐만 아니라 역사학·고고학을 함께 공부해야 한다고 항상 강조하셨다. 석사과정 내내 도서관보다 발굴현장에서 더 많은 시간을 보냈다. 이후 선생님께서 만드신 대학 부설 연구소와 한백문화재연구원에서 고고학 현장 경험을 쌓을 수 있었다. 지금 돌이켜 보건대, 이 기간은 필자가 문화재에 대한 전문적인 지식을 포괄적으로 배울 수 있었던 소중한 시간이었다. 선생님께서는 이 시간이 당신의 제자를 키울 것이라는 것을 잘 알고 계셨으나 무지한 제자는 발굴현장의 뙤약볕만을 불평하고는 하였다. 선생님의 깊은 마음을 헤아리지 못했던 제자, 깊은 사죄의 말씀과 더 깊은 감사의 마음을 드린다.

지금도 필자가 큰 도움을 받고 있는 엄기표 교수님은 석조미술사 연구의 모범적 자세를 보여주시는 분이다. 선생님과는 석사과정 때부터 수많은 답사를 함께 다녔는데, 필자의 경우 처음 방문한 곳이 대부분이었으나 선생님은 이미 수차례 다녀오셨던 곳들이었다. 당신은 특별히 다시 가보지 않아도 되는 곳을 필자가 아직 못 보았다는 이유로 운전대를 돌리고는 하셨다. 같은 전공 분야에서 열심히 공부하시는 선생님의 배려를 받을 수 있었던 것은 어려운 학문의 길을 가고자 하는 필자에게 큰 행운이다.

공부하는 사람에게 있어 훌륭한 스승을 만날 수 있다는 것만큼 큰 기쁨은 없을 것이다. 이와 더불어 훌륭한 선학이 계신다면 더할 나위 없다. 고고미술사 분야에는 존경할 만한 훌륭하신 선학 분들이 많다. 고유섭, 황수영, 진홍섭 선생님들. 본인에게는 하늘의 별 같은 분들이시다. 그리고 최성은 교수님은 필자에게 빼놓을 수 없는 소중한 선학이다. 필자가 썼던 논문 중 상당 부분은 최성은 선생님의 선구적 연구 업적이 없었다면 나오지 못했을 것이다. 문명교류사를 개척해 오신 정수일 교수님과 건축을 전공하신 김동현 교수님은, 학문의 궁극적인 길은 결국 인격과 직접적으로 연결된다는 것을 몸소 보여주신 분들이다. 필자는 그분들처럼 늙어가기를 소망한다.

이 책이 나오기까지 오랜 시간이 걸렸다. 책이 출간되기로 계획했던 시간보다 일 년 이상이 지나서야 간신히 지금의 모습을 갖출 수 있었다. 띄어쓰기조차 제대로 되어 있지 않았던 난삽한 문장이 그런대로 틀을 잡을 수 있었던 것은 동학과 후배들의 꼼꼼한 지적이 있었기에 가능했다. 이선용, 오호석 선생과 정지용 군의 노고에 감사드린다. 수치례의 교정과 편집을 통째로 바꾸는 과정에서도 좋은 책을 만들어주신 학연문화사 권혁재 사장님과 조혜진 편집자의 노고에 고마운 마음을 전한다.

대부분의 책 머리말 마지막에는 가족에게 진심으로 감사하다는 말이 적혀 있다. 그 말이 상투적인 문구가 아님을 이제야 알겠다. 마음 깊이 감사드린다.

2015년 10월 20일
정 성 권

▌차 례

Ⅰ. 석조미술로 보는 태봉의 역사 ·························· 13

제1장 태봉 석조미술의 꽃 : 풍천원 석등 ·············· 15

　　태봉국도성의 건립과정과 풍천원 석등의 조성시기 ············· 16

　　풍천원 석등의 양식과 형식 ························· 22

　　풍천원 석등 조성 장인 ···························· 27

　　석등 건립 위치와 조성 책임자 ······················ 38

제2장 구전되는 역사 : '궁예미륵' 구비전승 ············· 47

　　궁예관련 구비전승 선행연구 ······················· 49

　　'궁예미륵' 석불에 관한 구비전승의 분포와 특징 ··········· 53

　　'궁예미륵'으로 전칭되는 석불의 특징 ················· 59

　　'궁예미륵' 석불에 관한 구비전승 발생배경 ·············· 61

제3장 '궁예미륵' : 안성 기솔리 석불입상 ·············· 68

　　현상과 양식적 특성 ····························· 71

　　조성시기와 존명 ······························· 76

제4장 '궁예미륵' 조성배경 : 궁예와 양길의 전쟁, 비뇌성 전투 ········· 99

　　궁예세력의 형성 과정과 비뇌성의 위치 ················ 100

　　비뇌성 전투와 전장 ···························· 102

　　토착 세력의 동향 ····························· 107

제5장 후삼국 통일의 염원 : 나주 철천리 석불입상 ·············· 114

　현상과 양식적 특징 ································· 115

　안성 기솔리 석불입상과의 비교 ···················· 117

　조성시기와 조성배경 ······························ 129

Ⅱ. 석조미술로 보는 고려의 역사 ·············· 145

제6장 경기도내의 통일신라 석불 : 죽산리 석불입상 ·············· 147

　죽주의 역사와 안성 봉업사지 일대의 석조미술················ 149

　죽산리 석불입상의 조성시기 ······················ 152

제7장 태조 왕건의 봉업사 중창과 능달 : 봉업사지 석불입상 ······· 174

　봉업사의 중창과정과 배경 ························ 175

　봉업사지 석불입상을 통해 본 봉업사 중창의 인력수급 ·········· 182

제8장 새로운 통일왕조의 출현 : 개태사 석조삼존불입상 ············ 195

　개태사 연구사 검토 및 석조삼존불입상 조성에 대한 제 의견········ 197

　馬城에 대한 제 의견 ···························· 206

　마성의 위치와 석조삼존불입상의 조성배경 ·············· 211

제9장 왕즉불 사상의 구현 : 개태사 석조공양상 ················ 222

　석조공양상의 현상과 조성시기 ···················· 223

　석조공양상의 조성배경················· 233

제10장 고려 광종을 보는 또 다른 시각 : 미술사와 고고학을 통하여 … 242

　　집권초기 – 『정관정요』를 읽는 군주 ……………………… 243

　　집권중기 – 황제 체제의 선포 ……………………… 254

　　집권후기 – 왕즉불 사상의 추구 ……………………… 263

제11장 신양식의 출현과 확산 : 보개 착용 석조불상 ……………………… 272

　　보개착용 석불의 지역별 · 시대별 분포 ……………………… 273

　　형태별 분포 ……………………… 274

　　보개의 변천 ……………………… 281

　　면류관형 보개 착용 석불의 모방과 전파 ……………………… 294

제12장 고려 석조미술의 보고 : 충주 미륵대원지 ……………………… 299

　　발굴 유물을 통한 시기추정 ……………………… 301

　　석조미술을 통한 시기추정 ……………………… 311

　　조성시기와 배경 ……………………… 322

제13장 전통의 단절과 계승 : 봉녕사 석조삼존불상 ……………………… 330

　　봉녕사 석조삼존불상의 현상 ……………………… 332

　　봉녕사 석조삼존불상의 조성시기 ……………………… 337

　　봉녕사 석조삼존불상의 미술사적 의의 ……………………… 353

참고문헌 ……………………… 358

도판목록 ……………………… 379

수록논문 출처 ……………………… 390

찾아보기 ……………………… 391

I. 석조미술로 보는 태봉의 역사

제1장 태봉 석조미술의 꽃 : 풍천원 석등

제2장 구전되는 역사 : '궁예미륵' 구비전승

제3상 '궁예미륵' : 안성 기솔리 석불입상

제4장 '궁예미륵' 조성배경 : 궁예와 양길의 전쟁, 비뇌성 전투

제5장 후삼국 통일의 염원 : 나주 철천리 석불입상

제1장 태봉 석조미술의 꽃 : 풍천원 석등

태봉[1]은 궁예에 의해 건국된 나라이다. 그러나 태봉은 후백제와 더불어 '나말여초' 시기라는 용어에 가려져 그 실체가 중요하게 논의되지 않았다. 그 이유는 태봉국의 존속시기가 짧았던 것이 가장 큰 이유일 것이다. 또한 태봉국도성이 군사분계선 내에 있다는 시니컬 제약으로 연구에 한계가 있었다.

태봉의 궁예정권에 대한 연구는 1990년대 초반부터 '나말여초'라는 개념에서 벗어나 독립된 국가로서 정당한 평가를 받기 시작하였다.[2] 그러나 일반적인 역사학계의 연구 동향은 최근까지 '나말여초기' 또는 '고려건국기' 등으로 보는 관점이 더 우세하다. 이러한 분위기 속에서도 근래에는 태봉국의 역사와 문화유적에 대해 종합적인 검토가 이루어져 자료집이 간행되기도 하였다.[3] 이와 같은 성과는 단행본으로 출간되었다.[4] 태봉을 전문적으로 다룬 연구서도 간행되어[5] 태봉국에 대한 인식은 조금씩

---

1) 궁예는 나라를 세우고 국호를 高麗(901), 摩震(904), 泰封(911) 등 여러 차례 변경하였다. 현재 학계에서는 궁예정권을 대표하는 국호를 태봉으로 통칭하고 있다. 이 글에서도 이를 따랐음을 밝힌다.

2) 조인성, 「태봉의 궁예정권 연구」, 서강대학교 박사학위 논문, 1991 ; 이재범, 「후삼국시대 궁예정권의 연구」, 성균관대학교 박사학위 논문, 1992.

3) 철원군 泰封國철원정도기념사업회, 『泰封國 역사문화 유적』, 2006.

4) 김용선 등, 『궁예의 나라 태봉』, 일조각, 2008.

5) 이재범, 『후삼국시대 궁예정권의 연구』, 혜안, 2007 ; 조인성, 『태봉의 궁예정권』, 푸른역사, 2007.

확장되고 있다. 미술사에 있어서 후삼국시대 미술에 대한 연구는 역사학계에 비한다면 축적된 연구 성과가 아직 미미한 수준이다. 후삼국 시대 중 후백제 미술사에 대한 연구는 그나마 나은 편이다. 그러나 태봉의 경우 지정학적으로 접근이 제한되어 있어 아직 충분한 연구 성과가 축적되어 있지 않은 실정이다.[6]

태봉 시기의 석조미술은 일제강점기 때 찍은 유리원판 사진을 통해 그 편린을 확인할 수 있다. 일제강점기 태봉국도성 내에서 찍은 사진 중에는 석등 2기와 귀부 1기가 촬영된 것이 남아 있다. 본 장에서는 유리원판 사진에 있는 석조유물 중 풍천원 석등으로 알려져 있는 석등에 대해서 살펴보고자 한다. 비록 실물을 친견할 수 없는 상태이나 이 석등은 사진 자료를 통해 하대석부터 옥개석까지 온전히 확인할 수 있다. 석등의 크기 역시 대략적으로 추정이 가능한 상태이다. 이 글에서는 풍천원 석등의 조성시기 및 양식적 특징을 살펴볼 것이다. 이와 더불어 석등 조성에 직접 참여한 조성 책임자 및 장인 집단에 대해서도 고찰해 보고자 한다.

태봉국도성의 건립과정과 풍천원 석등의 조성시기

풍천원 석등에 관해 살펴보기 위해서는 태봉국도성의 건립과정을 살펴보아야 한다. 풍천원 석등은 태봉국도성 내에 있었으며 태봉국도성은 궁예에 의하여 건립된 후 궁예정권시기에만 도성으로 사용된 역사기록이 있기 때문이다. 궁예정권의 성립은 '나말'의 혼란한 사회상에서 출발한다.

잘 알려진 바와 같이 '나말'의 시기는 880년대 이후로 중앙정부의 지방 통제력이 약화되어 가는 시기라 할 수 있다. 특히 이 시기에는 전국이 내란상태에 놓이게 되며

---

6) 태봉미술에 대한 연구는 최성은의 시고가 있다(최성은, 「나말여초 중부지역 석불조각에 대한 고찰: 궁예 태봉(901~918)지역 미술에 대한 시고」, 『역사와 현실』 44, 한국역사연구회, 2002 ; 「나말여초 중부지역의 불교조각과 태봉」, 『태봉국 역사문화유적』, 2006).

진성여왕대에 이르러 호족이 전국 각지에서 대두하여 '호족의 시대'를 열었다.[7] 특히 농민 반란의 기폭제가 된 것은 진성여왕 즉위 3년(889)에 시행된 중앙정부의 조세독촉이었다. 조세독촉에 대항한 농민의 貢賦不納사건 이후부터 사실상 신라는 몰락해갔다.[8]

궁예는 잘 알려진 바와 같이 10여 세에 출가하여 세달사로 가서 승려가 되어 선종이라고 자호하였다.[9] 궁예는 세달사에서 대망의 꿈을 품고 세달사와 인근지역에서 세력을

1-1 풍천원 석등

보은 후 신성여왕 5년인 891년에 숙수적과 기훤에게 투탁하다.[10] 기훤은 토착 배경을 떠난 무리를 결속하여 한편으로는 약탈과 노략질을 하면서, 다른 한편으로는 그들 집단에 동조할 무리를 규합함으로서 세력을 강화해 나간 것으로 보인다.[11] 궁예는 기훤에게 의탁하였으나 기훤은 궁예를 잘 대접하지 않았다. 이에 궁예는 892년 기훤을 떠나 북원의 양길에게 갔다. 이후 궁예는 양길로부터 기병 100여기를 받고 북원의 동쪽 부락과 명주 관내인 주천, 내성, 울오, 어진 등 10여군 현을 습격하기도 하였다.[12]

894년 10월 궁예는 600명의 무리를 이끌고 명주에 들어갔는데 이때에 스스로 장

---

7) 국사편찬위원회, 『한국사 11』, 1996, 69쪽.

8) 신호철, 『후삼국사』, 개신, 2008, 25쪽.

9) 『삼국사기』 권50 열전10 궁예.

10) 『삼국사기』 권50 열전10 궁예.

11) 金成煥, 「竹州의 豪族과 奉業寺」, 『文化史學』 11 · 12 · 13, 韓國文化史學會, 1999, 514쪽.

12) 『삼국사기』 권50 열전10 궁예.

군이라 칭하였다.[13] 궁예는 895년 3,500명을 이끌고 명주를 떠나 그 해 8월에 철원 일대를 장악하였다. 896년에는 철원에 도읍을 열었다. 898년 7월에는 패서도와 한 산주 관내의 30여 성을 취하고 송악군에 도읍하였다.[14] 899년 비뇌성 전투에서 양길에게 크게 승리한 궁예는 이 여세를 몰아 이듬해 광주·충주·청주·당성·괴양 등을 쳐서 모두 평정하였다.[15] 901년에는 마침내 후고구려를 건국하였다.[16] 그 후 궁예는 904년에 나라이름을 마진으로 고쳤으며 이 해에 청주인 1,000호를 철원으로 사민시켜 천도 준비를 갖추었다. 이후 905년에는 새 서울(태봉국도성)에 들어갔다.[17]

태봉국도성 건립의 단초는 899년 비뇌성 전투에서 승리 후 중부지역의 패권을 장악한 궁예가 901년 후고구려를 세운 시점부터이다. 이 시기부터 궁예는 신국가 건설을 위한 체제정비에 전력을 기울였으며 이러한 노력은 904년 태봉국도성 건립으로 구체화되었다.

태봉국도성은 외성과 내성을 갖춘 도성이다. 이 성은 평지성으로서 궁예에 의해 새롭게 건설되었으며 외성이 12.7km, 내성이 7.7km 정도의 대규모 성이다.[18] 이 성은 토축을 기본으로 하였으나 일부에서는 석축도 사용하였나.[19] 이러한 성내에 새로운 건물과 궁궐 및 관아, 사찰, 민가 등이 들어서기 위해서는 대규모의 전문적인 인력이 필요하였다. 904년부터 본격적으로 건설되기 시작한 태봉국도성은 905년 철원으로 천도 후에도 관궐과 누대 등의 건설이 계속되고 있었다.[20] 이러한 상황을 고려한다면 건설작업이 완성되기 위해서는 적어도 6~7년 정도 소요되었을 것이다.

태봉국도성은 매우 사치스럽게 만들어졌다고 『삼국사기』에 기록되어 있다. 이렇

---

13) 『삼국사기』 권11 신라본기11 진성왕8년.
14) 『삼국사기』 권12 신라본기12 효공왕2년.
15) 『삼국사기』 권50 열전10 궁예.
16) 『삼국유사』 권1 왕력 후고구려.
17) 『삼국사기』 권50 열전10 궁예.
18) 이재, 「철원 지역 성곽의 성격」, 『궁예의 나라 태봉』, 일조각, 2008, 135쪽.
19) 국립중앙박물관, 『철원 태봉국도성 조사 자료집』, 2009, 129쪽.
20) 『삼국사기』 권50 열전10 궁예.

게 기록된 이유는 고려왕조에 의해 부정적으로 묘사될 수밖에 없는 궁예정권의 역사적 제약 때문이다. 이를 다른 각도에서 해석한다면 태봉국도성은 아름다운 장식과 웅장하고 화려한 건축물이 들어섰던 곳으로 생각된다. 이러한 모습은 풍천원 석등을 통해서 그 일단을 엿볼 수 있다. 풍천원 석등은 다른 석등에서 거의 사용되지 않았던 다양한 기교가 시도된 작품이다. 이러한 시도는 석조미술품뿐만 아니라 다른 일반 건축물에도 적용되었을 것이다.

아름다운 장식과 뛰어난 기교가 건축물에 시도된 이유는 궁예의 통치 의도가 영향을 미쳤기 때문으로 보인다. 궁예는 스스로 미륵이라 칭하였다. 스스로 미륵이 된 궁예는 머리에 금관을 쓰고 큰 아들을 청광보살, 막내아들을 신광보살로 삼았다. 외출을 할 때는 동남동녀를 시켜 일산과 향기 나는 꽃을 들고 앞에서 인도하게 하였으며 비구 승려 200여명이 범패를 부르며 뒤를 따르게 하였다.[21] 또한 궁예는 불교경전 20여권을 스스로 짓기도 하였는데 어떠한 내용인지 알려진 것은 없다. 다만 궁예가 스스로 미륵이라 자칭한 점으로 보아 삼국시대 이래로 크게 유행하였던 『彌勒三部經』의 영향이 강하게 배어있는 경전이었을 것이나.

『미륵삼부경』 가운데 궁예도성을 화려하게 만든 의도를 파악할 수 있는 경전은 『佛說觀彌勒菩薩上生兜率天經』이다. 『미륵삼부경』은 『불설관미륵보살상생도솔천경』(이하 『상생경』), 『佛說彌勒下生成佛經』(이하 『하생경』), 『佛說彌勒大成佛經』(이하 『성불경』)으로 구성되어 있다. 이중 『상생경』은 도솔천의 화려한 장엄과 미륵의 설법내용 그리고 閻浮提에 하생하여 3회의 설법을 하는 상생신앙과 하생신앙을 함께 전하고 있다. 그러나 『하생경』에서는 도솔천의 모습을 찾아볼 수 없고 하생한 미륵의 출가 성도 설법의 과정만으로 구성되어 있다.[22] 『성불경』의 경우 『하생경』과 거의 같은 내용으로 이루어 졌다.

『상생경』에는 도솔천의 아름다운 장엄이 회화적으로 자세히 묘사되었다. 특히 『상생

---

21) 『삼국사기』 권50 열전10 궁예.
22) 韓相吉, 「新羅 彌勒下生信仰의 硏究」, 『伽山李智冠스님華甲紀念論叢 韓國佛敎文化 思想史』上, 1992, 316쪽.

경』에는 도솔천에 궁전을 짓는 내용이 나오는데, 이 궁전은 화려함의 극치를 이루고 있다. 이 궁전은 보배궁전이며 궁전뿐만 아니라 모든 담들이 일곱 가지 보배로 이루어졌다. 이 일곱 가지 보배에서는 오백억 가지 광명이 흘러나오고 광명 속에는 오백억 연꽃이 있다고 한다.[23]

궁예는 스스로 미륵이 되었다. 미륵이 사는 곳은 미륵정토이며 그곳은 바로 도솔천이 되어야 할 필요가 있었다. 이러한 이유로 궁예는 궁궐과 누대를 만들 때 경전에 설해져 있는 도솔천의 화려한 모습을 자신이 건설하는 도성에 구현하고자 시도한 것으로 이해된다. 궁예의 도성 축조의도를 파악할 수 있는 또 다른 미륵경전으로는 『彌勒來時經』을 들 수 있다. 이 경전은 『미륵삼부경』과 더불어 『彌勒六部經』을 구성하는 경전으로써 미륵신앙의 소의 경전이 되는 중요한 경전 중 하나이다. 『미륵내시경』의 내용 중에는 장차 미륵이 태어날 城이 아름답게 묘사되어 있다.

> 1-1. 계두말이라는 성이 있으리니 이 계두말성은 당시 왕이 국력으로써 성을 만든 만큼 성이 둘레가 4백 80리이며 흙으로 성을 쌓고 그 위에 판자를 붙이고, 또 금·은·유리·수정 등 값진 보물로 장식하였느니라. 또 사방 각각 열두 문이 있어 문마다 조각하고 다시 금·은·유리·수정 등 값진 보물로써 장식했느니라.[24]

위의 경전 내용에 의하면 미륵이 태어나고 머물 장소는 토성임을 알 수 있다. 이는 미륵인 궁예가 머물 장소 역시 토성이 되어야 함을 말해준다. 태봉국도성은 왕궁성 일부가 돌로 담장이 만들어졌을 가능성은 있으나 전체적으로는 토축을 기본으로 한 토성이다.[25]

---

23) 沮渠京聲 譯, 『佛說觀彌勒菩薩上生兜率天經』, T-452 418c, "是諸寶冠化作五百萬億寶宮 一一寶宮有七重垣 一一垣七寶所成 一一寶出五百億光明 一一光明中有五百億蓮華".

24) 失譯人名, 『佛說彌勒來時經』, T-457 434c, "有城名雞頭末 雞頭末城者當王國治 城周匝四百八十里 以土築城 復以板著城 復以金銀琉璃水精珍寶著城 四面各十二門 門皆刻鏤 復以金銀琉璃水精珍寶著之"(번역문은 동국대학교 역경원에서 편찬한 『한글대장경』 ; 이종익·무관 譯, 『미륵경전』, 민족사, 1996을 참조하였다).

25) 국립중앙박물관, 『철원 태봉국도성 조사 자료집』, 2009, 165쪽.

물론 궁예가 태봉국도성을 토성으로 만든 이유는 당시의 경제적, 환경적 제약이 더 크게 작용하였을 것이다. 하지만 도성을 토성으로 만드는 것을 합리화시킬 수 있는 사상적 배경으로 미륵이 태어나고 상주하는 장소가 토성이라는 경전 내용이 이용되었을 것으로 보인다. 아마도 궁예는 태봉국도성을 토성으로 만든 후 성의 토루나 성벽 등에 경전의 내용과 비슷하게 판자를 붙여 성을 장식했을 가능성도 있을 것이다. 또한 이 경전의 내용 중에는 미륵불이 나오려고 할 때에는 "산과 언덕과 시내와 골짜기가 없어 땅의 판판함이 마치 숫돌과 같고"[26]라는 내용이 있어 태봉국도성이 철원평야에 세워져야 했던 이유를 유추할 수 있다. 당시 후삼국의 정립으로 태봉은 여전히 전쟁 중에 있었다. 방어에 불리한 평지 토성을 건립한 이유는 여러 가지가 있을 것이다. 이 중 사상적 배경으로 위의 경전 내용이 언급되었을 가능성도 생각해 볼 수 있다.

궁예는 태봉국도성을 미륵이 상주하는 도솔천으로 만들고자 하는 조영의도를 갖고 있었을 것이다. 미륵이 태어나고 설법하는 장소인 계두말성이 아름답게 장식되어 있다는 경전의 내용 등을 볼 때 태봉국의 궁궐과 누대 등은 화려하게 조성되었을 것이다. 그러나 궁예의 이러한 시도는 고려가 건국된 이후 "窮奢極侈"[27]라는 수사로 폄하될 수밖에 없었다. 태봉국도성이 완성되고 정치체제가 안정되자 궁예는 911년 국호를 마진에서 태봉으로 바꿨다. 태봉의 의미는 '평화로운 통일천하'로 설명될 수 있다.[28] 태봉이라는 이름을 내세울 수 있었던 외적 요인 중 하나는 태봉국도성의 완공에서 찾을 수 있을 것이다.

풍천원 석등이 건립된 시기는 태봉국도성이 건립되기 시작한 904년부터 태봉국

---

26) 失譯人名, 『佛說彌勒來時經』, T:457 434c, "四海內無山陵谿谷 地平如砥樹木皆長大".

27) 『삼국사기』 권50 열전10 궁예.

28) 태봉의 뜻에 대해서 명확히 밝혀놓은 기록은 없다. 다만 이병도의 『삼국사기』 역주본에 "태봉의 태는 주역 태괘의 '泰'를 취한 것이며, 여기에서의 태의 의미는 '천지가 어울려 만물을 낳고 상하가 어울려 그 뜻이 같아진다'라고 역주해 놓았을 뿐이다. 그러므로 태봉은 '서로 뜻을 같이 하여 편히 사는 세상을 건설하자'라는 의미로 풀이할 수 있다. 요즘으로 말하면 '평화로운 통일천하' 정도로 설명할 수 있을 것이다 (이재범, 『슬픈궁예』, 푸른역사, 1999, 162쪽).

도성이 완성되는 시점으로 볼 수 있는 911년 사이라 할 수 있다. 그러나 당시 태봉국 도성 내에는 궁예가 거처할 궁궐을 비롯하여 왕실과 관련된 주요 건물과 풍천원 석 등 같은 주요 작품 및 시설물 등은 가장 우선순위로 건립되었을 것이다. 적어도 궁 예가 새로운 수도에 들어가기 전까지 완공되어 있었을 것이다. 이를 통해 풍천원 석 등은 궁예가 철원으로 천도하기 전인 905년까지는 이미 건립되어 있었다고 할 수 있 다. 그러므로 풍천원 석등의 조성시기는 904~905년 사이로 추정할 수 있다.

풍천원 석등의 양식과 형식

우리나라 석등 양식의 흐름은 백제 석등을 祖型양식으로 삼아 시작되었다. 통일 신라시대에 들어와 석등은 전형양식과 이형양식으로 발전되었고 이러한 석등 조성 전통은 고려시대에 들어와 전형양식과 변형양식, 육각석등과 사각석등 양식으로 변 화하였다.[30] 소형양식의 기준이 되는 백제 석등은 익산 미륵사지 석등이다. 미륵사지 석등의 주 부재인 화사석의 형태는 팔각형이며 간주석 역시 팔각형으로 추정되고 있 다. 통일신라시대의 대표적인 전형양식 석등은 불국사 대웅전 앞 석등을 들 수 있다. 미륵사지 석등의 화사석 각면이 민흘림을 취하고 있음에 반해 불국사 대웅전 앞 석 등은 정팔각형을 취하고 있다. 간주석 역시 팔각이다.

통일신라시대에 들어와 발생된 이형양식의 석등은 鼓復型 석등과 쌍사자 석등, 인물형 석등을 들 수 있다. 고복형 석등은 석등을 구성하는 기단부, 화사석, 상륜부 의 3요소 중 기단부에 속한 간주부의 변화에 의하여 붙여진 이름이다. 고복형 석등 은 기본평면 구도가 모두 8각을 유지하고 있는 점으로 보아 8각형 석등의 양식계열 로 보기도 한다.[30]

통일신라시대에 만들어진 전형적인 고복형 석등은 현재 6기가 있다. 이 석등은 합

---

29) 鄭明鎬,「韓國 石燈樣式史 硏究」, 단국대학교 박사학위 논문, 1992, 244~245쪽.
30) 朴慶植,「新羅下代의 鼓腹形石燈에 關한 考察」,『史學誌』23, 1990, 단국사학회, 3쪽.

1-2 고복형 석등

(1 합천 청량사 석등, 2 남원 실상사 석등, 3 담양 개선사지 석등, 4 구례 화엄사 각황전 앞 석등, 5 양양 선림원지 석등, 6 임실 진구사지 석등)

천 청량사 석등, 남원 실상사 석등, 담양 개선사지 석등, 구례 화엄사 각황전 앞 석등, 양양 선림원지 석등, 임실 진구사지 석등이다. 6기의 고복형 석등은 석등의 주 부재인 팔각 화사석의 화창이 전통적인 사면창이냐 아니면 변화된 팔면창이냐에 따라 1·2 형식으로 구분한다. 제1·2형식에서 파생하여 부도형 석등 계통을 이은 것을 제3형식으로 분류한다. 제3형식에 해당하는 석등이 풍천원 석등이다.[31]

고복형 석등은 합천 청량사 석등이 고복형 석등 중에서 가장 먼저 건립된 초기적 형태의 것으로 인정되고 있다.[32] 이 석등의 조성연대에 대해서는 9세기 초,[33] 8세기 후반~9세기,[34] 9세기 말로 보는 견해[35] 등 다양한 의견이 개진되어 있는 상황이다. 그러나 석등 하대석의 안상 내에 조식된 사자 및 향로, 연판의 귀꽃 장식, 굽형받침의 간주석 괴임, 간주석 중단에 조식된 2조의 선문과 화문, 연판내에 화문이 있는 상대석의 연화문, 화사석의 사천왕상, 옥개석의 처마선 등을 같은 시기에 조성된 부도, 불상 및 석탑의 조식과 비교해 볼 때 경문왕대를 전후한 9세기 중엽에 만들어진 것으로 추정된다.[36]

9세기 중엽, 합천 청량사에 처음 등장한 고복형 석등은 지리산을 중심으로 한 반경 50km 내외의 環狀 지역인 합천, 남원, 담양, 구례, 임실 등에 주로 건립되었다. 다만 선림원지 석등만이 지리산을 중심으로 한 지역에서 멀리 떨어진 강원 양양에 건립되었다. 철원 태봉국도성 내에 조성된 풍천원 석등 역시 넓게는 고복형 석등으로 볼 수 있다. 그러므로 풍천원 석등은 지리산 환상지역에서 멀리 떨어져 건립된 또 다른 고복형 석등이라 할 수 있다.

풍천원 석등은 고복형 석등 양식으로 분류되나 고복형 석등의 분류 기준이 되는

---

31) 정명호,「이형석등의 형식과 종류」,『석등조사보고서 II』, 국립문화재연구소, 2001, 7쪽.
32) 진정환은 최근의 연구성과를 통해 고복형 석등의 편년을 실상사 석등, 개선사지 석등, 진구사지 석등, 선림원지 석등, 화엄사 석등, 청량사 석등 순으로 새롭게 설정하였다(진정환,「統一新羅 鼓腹形石燈과 實相山門」,『전북사학』42, 전북사학회, 2013, 99쪽).
33) 정명호,『한국석등양식』, 민족문화사, 1994, 173쪽.
34) 장충식,「통일신라시대의 석등」,『考古美術』158·159, 한국미술사연구회, 1983, 68~69쪽.
35) 김원룡,『한국미술사』, 범문사, 1968, 203쪽.
36) 朴慶植,「新羅下代의 鼓腹形石燈에 關한 考察」,『史學誌』23, 1990, 10쪽.

1-3 풍천원 석등 전경1   1-4 풍천원 석등 전경2

석등 간주석에 차이가 있다. 하대석에서도 일반적인 고복형 석등과는 큰 차이를 보이고 있다.

풍천원 석등은 기본적으로 간주석을 제외한 전체의 부재가 평면 팔각형을 기본 구도로 삼고 있다. 지대석의 경우 현재 남아 있는 사진 자료에서 잘 확인이 되지 않으나 지대석 역시 평면 팔각형의 모습을 취하고 있는 것으로 보인다. 지대석 위에 위치한 하대 하단석은 2단으로 나누어져 조성되어 있다. 상단의 하단석은 아래에 놓인 하단석보다 약 3배 정도 두껍다.(도1-3) 상단 하단석 각 면에는 안상이 조식되어 있다. 안상 안에 다른 문양은 없는 것으로 보인다. 상단 하단석 윗면에는 상단석인 연화하대석을 올려놓는 연화대받침이 있다. 기대부는 비교적 높은 편이다. 사진상으로는 명확하지 않지만 기대갑석보다 좁은 연화대받침을 구비하고 있는 것으로 보여 마치 연화대가 공중에 떠 있는 듯한 모습을 나타내고 있다.[37]

---

37) 鄭明鎬, 「鐵原 古闕里 石燈」, 『석등조사보고서 II』, 국립문화재연구소, 2001, 97쪽.

하대 상단석에는 복엽 8판의 복련이 조식되었다. 연판과 연판 사이에는 큼직한 귀꽃이 솟아있다. 석등이나 부도뿐만 아니라 금동불 대좌에서도 귀꽃은 복엽의 판단 끝에서 솟아나는 것이 일반적이다. 그러나 풍천원 석등의 상단석 귀꽃은 연판과 연판 사이의 간엽에서 솟아나고 있다. 이러한 형태는 풍천원 석등 이외의 조형물에서 찾아보기 힘든 모습이다. 귀꽃의 모양은 좌우 대칭된 2개의 渦紋形 잎사귀 위에 꽃이 올려 있는 형태이다. 꽃은 꽃술대로 둘러싸인 자방이 도드라지게 표현되어 있으며 도톰하게 말린 꽃잎이 꽃술대와 자방을 둘러싸고 있다. 상단석 상면에는 간주석 괴임대를 받치는 3단의 받침이 각출되어 있다.(도1-3)

상단석 위에 놓여 있는 간주석 괴임대는 평면 팔각의 괴임대로서 괴임대 상단에는 권운문이 조식되어 있다. 괴임대 상면에는 간주석 받침이 조출되어 있으며 간주석이 올려져 있다. 간주석은 편구형으로 사면에 화문이 있으며 화문과 화문 사이에는 꽃술대가 있는 자방 모양의 원형 문양이 새겨져 있다. 문양이 장식된 편구형 간주석 상면에는 팔각의 상대석 받침이 있다.(도1-1·3)

상대석 받침은 상대석과 한 돌로 조성된 것으로 보이며 팔각의 각면에는 정확한 식별이 어려우나 문양이 조식되어 있다. 상대석 받침은 높이가 편구형 간주석의 약 1/3 정도 크기로서 다른 석등이나 부도 등에서 보기 드문 부재이다. 상대석은 8엽 복판의 앙화로서 비교적 큼직하게 표현되어 있다. 연판과 연판 사이에는 간엽이 조출되어 있다. 상대석 위에는 높이가 높은 굽형괴임대가 놓여 있으며 그 위에는 전통적인 4면창을 갖춘 화사석이 올려져 있다. 옥개석은 귀꽃을 갖춘 평박한 형태로서 8각의 합각선은 뚜렷하게 표현되어 있다.

풍천원 석등은 고복형 양식의 석등 중 부도형 석등으로 구분되는 점에서 알 수 있듯이 조형적인 측면에서 일반적인 고복형 석등과 많은 차이가 있다. 특히 기단부에서 그 차이가 큰 편이다. 이러한 풍천원 석등의 조형적 근원은 그동안 봉림사지 진경대사보월능공탑이나 석남사 부도 등에서 연원한 것으로 알려져 왔다.[38] 그러나 봉림

---

38) 鄭明鎬,「鐵原 古闕里 石燈」,『석등조사보고서 II』, 국립문화재연구소, 2001, 97쪽.

사지 부도나 석남사 부도의 경우 중대석에 편구형 석재가 사용되고 있는 점에서 조형적 근원이라 말할 수 있겠으나 직접적인 친연성은 찾기 어렵다. 또한 울산 석남사와 경남 창원 봉림사지 석조부도에 이용됐던 형식이 어떻게 철원에 와서 다시 이용되었는지에 대한 이유 역시 설명되지 않고 있다. 풍천원 석등은 고복형 양식의 석등 중 부도형 석등 모습을 보이는 독특한 모습의 석등이다. 이러한 고복형 양식의 석등이 어떻게 철원에 와서 출연할 수 있었는지 살펴보기 위해서는 그것을 조성한 장인 집단에 대해 고찰해 보아야 한다.

풍천원 석등 조성 장인

풍천원 석등은 4m에 가까운 매우 큰 석등이다. 이 석등은 간주석 받침, 상대석 받침, 화사석 받침 등을 갖추고 있고 편구형 간주석에 아름다운 장식이 조각되어 있다. 풍선원 석등은 매우 뛰어난 작품으로 내봉 석소미술의 꽃이라 할 수 있다. 이러한 점을 고려한다면 이 석등은 고도의 기술과 석조 미술품 제작 전통을 잘 알고 있는 전문 장인에 의해 만들어진 것이다. 통일신라시대 일급의 기술을 갖고 있는 전문 장인은 현재 남아 있는 작품의 양과 질로 보았을 때 주로 경주와 5소경을 중심으로 활동하였다. 또는 큰 규모의 사찰에 소속되어 활동하였다. 이들은 관장과 승장으로 나누어진다. 승장의 경우 고려시대는 각자승·석공승·철장승·목수승·와장승 등으로 구분되었다.[39] 이러한 구분은 신라시대부터 이미 있었던 것으로 보여 진다.

풍천원 석등이 평화로운 시기에 만들어졌다면 석등을 만든 장인은 철원 일대에서 활동하였던 장인 집단이거나 인근 지역에서 초빙된 일급 장인들이었을 것이다. 하지만 당시는 후삼국이 정립한 전란의 시기였다. 이와 더불어 태봉국도성 건립이라는 특수한 상황 아래에서 풍천원 석등은 조성되었다.

---

39) 林英正, 「高麗時代의 使役 工匠僧에 대하여」, 『伽山李智冠스님華甲紀念論叢 韓國佛敎文化 思想史』上, 1992, 765~772쪽.

그렇다면 풍천원 석등을 조성한 장인 집단은 어느 지역 사람들일까? 풍천원 석등을 조성한 장인들은 당시의 시대 상황을 고려한다면 크게 세 집단으로 나누어 살펴볼 수 있다. 첫 번째로 생각해 볼 수 있는 장인들은 태봉국도성이 위치한 철원지역 장인들이다. 두 번째 가능성이 있는 장인들은 서원소경이 있었던 청주출신 장인들이다. 궁예는 904년 청주인 1,000호를 철원으로 사민시켰다.[40] 대규모의 인원이 일시에 사민되어 철원에 유입된 것을 미루어 보면 풍천원 석등을 조성한 장인들의 출신지역으로 청주를 고려할 수 있다. 세 번째 고려 대상이 되는 장인들은 명주지역 장인들이다. 명주는 궁예가 894년 600명의 인원을 이끌고 입성한 후[41] 895년 3,500명의 대규모 인원을 이끌고 나온 지역이다.[42] 궁예와 함께한 약 2,900명의 명주 출신 사람들은 궁예가 세를 불려가는 초기에 매우 중요한 역할을 담당하였다.

풍천원 석등을 조성한 장인들의 출신지역을 고려할 때 함께 고찰해야 될 점은 풍천원 석등과 친연성이 있는 작품이 장인들의 출신지역에 존재하는지에 대한 여부이다. 왜냐하면 풍천원 석등 같이 세련되고 많은 기교가 들어간 석조 미술품의 경우 일반 석공이 단시간에 만들어 낼 수 있는 작품이 아니기 때문이다. 풍천원 석등 조성에 참여한 장인의 경우 이 작품을 만들기 전에 이미 중요한 석조미술 제작에 참여하면서 기술을 습득하고 연마하였을 것이다. 이를 통해 얻어진 제작기술의 전통은 어떠한 형식으로든 풍천원 석등에 남아있을 수밖에 없다.

먼저 철원 지역을 살펴보면, 철원은 궁예가 명주에서 3,500명의 무리를 이끌고 나와 공격하여 점령한 지역이다.[43] 철원지역에 남아있는 미술품 중 고려의 대상이 될 수 있는 작품은 철원 도피안사 철조비로자나불좌상과 도피안사 삼층석탑을 들 수 있다. 철원 도피안사 철불은 불상과 함께 주조된 명문에 의해 당 咸通 6년인 865년에 조성된 불상임을 알 수 있다. 도피안사 삼층석탑 역시 불상과 같은 시기에 조성된 것

---

40) 『삼국사기』 권50 열전10 궁예.
41) 『삼국사기』 권11 신라본기11 진성왕8년.
42) 『삼국사기』 권50 열전10 궁예.
43) 『삼국사기』 권50 열전10 궁예.

1-5 도피안사 삼층석탑 기단부   1-6 도피안사 철불좌상 대좌

으로 추정되고 있다.[44] 도피안사 철불 및 삼층석탑은 풍천원 석등과 조성시기에 있
어 40년 정도 차이가 나기 때문에 직접적인 비교는 무리가 있다. 하지만 도피안사 철
불이나 석탑을 만든 장인집단이 철원을 중심으로 한 지역 일대에서 계속 활동하였다
면 그들의 미술품 제작 전통은 후손이나 후임에게 전수되었을 것이며 그들만의 특색
을 갖고 있었을 것이다.

　도피안사 철불과 대좌, 석탑 중 풍천원 석등과 비교 대상이 될 수 있는 것으로는
도피안사 삼층석탑을 들 수 있다. 도피안사 삼층석탑의 기단 갑석 위에는 풍천원 석
등 상대석 위에 놓인 것과 비슷한 모양의 굽형 괴임대가 있다. 하지만 이러한 굽형
괴임대는 9세기 중후기 석탑이나 고복형 석등 등에서 쉽게 찾아볼 수 있기에 철원 지
역만의 특색으로 보기 어렵다.(도1-5·6)

　도피안사 석탑 기단부는 방형의 지대석 위에 8각의 2중 기단을 갖추고 있는데 이
는 통일신라시대에 만들어진 일반적인 평면 방형 석탑의 기단부와 상이한 모습이다.
특히 하층기단 갑석 아랫부분은 기단 갑석보다 안으로 들어가게 만들었으며 각면에

---

44) 박경식,『우리나라의 석탑』, 역민사, 1999, 226쪽.

안상을 조각해 놓았다. 이러한 모습은 석탑의 탑신 괴임대를 기단부에 변용해서 사용한 듯한 모습으로 풍천원 석등의 간주석 괴임대와 친연성이 있는 것으로 보인다. 하지만 석탑과 석등이라는 조형적 차이점이 큰 대상물간의 비교이기에 단언할 수는 없다.

철원 도피안사 철불과 불상대좌,[45] 석탑 등을 만들었던 장인집단의 후손들이 철원이나 그 인근에서 후삼국시대까지 계속 활동하였다면 태봉국도성의 건립에 참여하였을 것이다. 그러나 현재 남아있는 통일신라시대 작품을 통해 보았을 때 철원지역 장인집단이 풍천원 석등의 조성에 참여했다는 직접적인 증거는 매우 희박하다.

다음은 청주출신 장인집단이 풍천원 석등을 조성했을 가능성에 대해 고찰해 보고자 한다. 앞서 언급했듯이 궁예는 904년 청주인 1,000여호를 철원으로 사민시켰다. 사민된 청주인의 성격에 대해서 많은 연구가 있었다. 대체로 집단인질 성격의 강제사민이라는 입장과 청주 세력을 새 수도인 철원의 새로운 세력으로 부각시켜 자신의 정치적 기반으로 이용하고자 하였다는 설로 나눌 수 있다.[46] 집단인질 성격의 강제사민이라는 수장에 대해서는[47] 구체적인 반론이 제기되었다.[48] 따라서 청주사민의 성격은 궁예의 정치적 기반을 위한 것으로 이해할 수 있을 것이다. 즉, 철원으로 사민된 청주인 일천호는 보통의 인민이 아니라 궁예 병력의 토대이거나[49] 궁예의 관제 정비 시 요직에 대거 등용된 인물들이라 할 수 있다.[50] 이러한 연구 성과를 고려한다면 철원에 사민된 청주인 일천호에는 정치적 필요에 의해 선발된 사람들로서 석장같

---

45) 도피안사 철조비로자나불좌상 대좌 하대의 귀꽃 장식은 9세기의 일반적인 석등, 부도, 불상 대좌의 귀꽃과 마찬가지로 판단 끝 부분에서 위로 올라가고 있다. 이 귀꽃 모양은 귀꽃 상부가 꽃이나 渦紋이 아닌 잎사귀 모양을 하고 있어 풍천원 석등의 귀꽃 모양과 차이가 있다.

46) 이재범, 『高麗 建國期 社會動向 研究』, 경인문화사, 2010, 60~61쪽.

47) 김갑동, 「나말여초 지방사민의 동향」, 『나말여초의 호족과 사회변동연구』, 고려대학교 민족문화연구소, 1990, 31쪽.

48) 신호철, 「弓裔와 王建과 淸州豪族 : 고려 건국기 청주 호족의 정치적 성격」, 『中元文化論叢』2·3, 충북대학교 중원문화연구소, 1999.

49) 이기백, 「高麗京軍考」, 『高麗兵制史研究』, 일조각, 1968, 46쪽.

50) 이재범, 위의 책, 62쪽.

은 장인집단은 배제되었다고 할 수 있다. 청주인의 철원 사민 후 궁예정권의 요직에 오른 청주인들에 의해 청주지역 장인들이 초빙되어 풍천원 석등을 조성했을 가능성도 상정할 수 있다. 하지만 현재 청주를 비롯한 주변지역에 남아있는 석조미술품 중 풍천원 석등과 친연성이 있는 작품이 없기에 이러한 가능성 역시 희박하다.

마지막으로 살펴볼 집단은 명주출신 장인집단이다. 명주는 선덕여왕 8년(639) 북소경으로 삼았던 곳으로서 삼국시대부터 중요한 지역으로 인식된 곳이다. 통일신라시대에 들어와서는 무열왕 직계손으로 선덕왕 다음 왕위에 오를 수 있었던 김주원이 비상수단으로 즉위한 원성왕에게 왕위를 내주고 물러났던 곳이다.[51] 이러한 점에서 알 수 있듯이 명주는 경주에서 향유되었던 고급문화가 직접 흘러들어간 곳이다. 명주는 신라 5소경 지역과 비교하여도 문화적 수준이 결코 뒤떨어지지 않았다. 이와 같은 사실은 현재 남아 있는 우수한 조각 솜씨의 석조 미술을 통해서도 알 수 있다.

풍천원 석등과 직접 비교 대상이 될 수 있는 명주지역의 석조물로는 먼저 선림원지 석등을 들 수 있다. 선림원지 석등은 지리산 환상지대에서 떨어져 조성된 통일신

1-7 풍천원 석등   1-8 선림원지 석등   1-9 굴산사지 부도

---

51) 『삼국유사』 권2 기이 원성대왕.

라시대의 전형적인 고복형 석등이다. 선림원지에는 석탑, 탑비, 부도, 석등 등이 남아 있으며 모두 뛰어난 조각 솜씨를 보여주고 있다. 석탑의 경우 873년경 홍각선사가 고달사에서 선림원으로 수행처를 옮긴 후 중창불사를 일으킨 과정에서 조영된 것으로 여겨지고 있다.[52] 탑비는 홍각선사가 880년 입적한 후 그의 제자인 범룡과 사의 등이 왕에게 탑비의 건립을 주청하여 건립되었다. 탑비가 건립된 시기는 정강왕 원년인 886년이다.[53] 석등이 세워진 곳의 바로 위쪽에는 홍각선사탑비가 조성되어 있는데 석등 역시 늦어도 이때에는 건립되었을 것으로 여겨진다.[54](도1-8)

풍천원 석등은 넓은 범주에서 고복형 양식의 석등으로 분류될 수 있다. 이 점을 고려하면 지리산 주변에서만 나타나는 고복형 석등이 명주에 나타나고 있는 것은 풍천원 석등을 조성한 장인들이 명주출신일 가능성이 있다는 점을 시사한다. 하지만 풍천원 석등은 전형적인 고복형 석등이 아닌 부도형 석등이기 때문에 선림원지 석등과 직접적인 비교는 무리가 따른다. 이를 보완해 줄 수 있는 석조물로는 굴산사지 부도를 들 수 있다.(도1-9)

굴산사지 부도는 그동안 하대석 위의 넓직한 괴임대가 파손되어 설실된 재 세워져 있었던 것을 1999년에 결실된 부위를 복원하여 원형대로 다시 세웠다.[55] 이 부도는 그동안의 연구 성과에 의해 통효대사 범일의 석조부도일 가능성이 확실시되고 있다.[56] 범일(810~889)선사는 847년 당나라에서 귀국하여 명주 굴산사에 주석한 이후 굴산문을 개창하고 열반에 들 때까지 그곳에 머물면서 후학들을 배출하였다. 범일선사가 개창한 굴산문은 당시 충남 보령에 개창되었던 무염선사의 성주산문과 함께 가장 번성한 산문 가운데 하나였다.[57] 범일선사는 889년 여름에 입적하였는데 부

52) 소재구,「禪林院址 삼층석탑의 조형적 특징과 의의」,『강좌미술사』18, 한국미술사연구소, 2002, 52쪽.
53) 權眞永,「新羅 弘覺禪師碑文의 復元 試圖」,『伽山李智冠스님華甲紀念論叢 韓國佛敎文化 思想史』上, 1992, 643쪽.
54) 朴慶植,「禪林院址 石燈」,『석등조사보고서II』, 국립문화재연구소, 2001, 97쪽.
55) 강릉대학교 박물관,『屈山寺址 浮屠 學術調査報告書』, 1999, 83~84쪽.
56) 엄기표,『신라와 고려시대 석조부도』, 학연문화사, 2003, 299쪽.
57) 曹凡煥,『羅末麗初 禪宗山門 開倉 研究』, 경인문화사, 2008, 129쪽.

도와 탑비는 그의 제자인 개청에 의해 세워졌다. 낭원대사 개청의 탑비문에 의하면 범일의 입적 후 제자들은 보탑을 공경히 쌓고, 큰 비를 서둘러 세웠다고 한다.[58] 그렇다면 굴산사지 부도의 건립 시기는 889년일 것이며 늦어도 890년을 넘지는 않았을 것이다.

굴산사지 부도는 다른 지역의 부도에서 보기 힘든 기단부를 갖추고 있다. 하대석은 상단석과 하단석으로 이루어져 있는데 하대 하단석은 지대석과 한돌로 만들어졌다. 하대 하단석 8각의 각면에는 사자가 조식되었다. 하대 상단석은 일반적으로 복련이나 복련 형태의 운룡문석이 올려지는데 이 부도에서는 구름 문양이 새겨진 넓은 앙련 형태의 괴임대가 올려져 있다. 괴임대의 지름은 하대 하단석 갑석보다 크게 만들어져 있어서 마치 부도가 구름 위에 떠 있는 형태이다. 상단석 위에는 도피안사 삼층석탑 하층기단 모양의 중대석 괴임대가 있다. 중대석 괴임대 위에는 반구형에 가까운 편구형 중대석이 있다. 이 중대석 표면에는 운문이 모각되었다. 편구형 중대석 위에는 주악천인상이 조식된 8각 성대식 받침이 있다. 상대석은 연판 내에 아름다운 화문이 새겨진 복련이다 탑신부는 문비 외에 다른 장식이 없는 방년 팔각 형태이다. 옥개식은 귀꽃 상식이 없으며 상륜부는 귀꽃이 표현된 보개와 연꽃이 새겨진 보주로 이루어져 있다.(도1-9)

굴산사지 부도 및 선림원지 석등과 풍천원 석등은 상호간의 조형적 친연성이 매우 크다. 이러한 점은 풍천원 석등을 조성한 장인집단의 출신지역이 명주일 가능성이 높음을 말해준다. 두 지역 석조물의 조형적 친연성을 구체적으로 살펴보면, 먼저 굴산사지 부도의 하대석과 풍천원 석등 하대석을 들 수 있다. 풍천원 석등과 굴산사지 부도 양자는 모두 일반적인 부도나 석등과 다른 하대석을 갖추고 있다. 풍천원 석등은 하대 하단석의 갑석 상면에 상단석보다 좁고 높은 상단석 받침을 구비하여 마치 연화대가 공중에 떠 있는 듯한 모습을 보여준다.[59] 굴산사지 부도 역시 하대 상단석 갑석

---

58) 崔彦撝, 「地藏禪院朗圓大師悟眞塔碑」, 『譯註 羅末麗初金石文』上, 혜안, 73쪽.
59) 정명호, 「鐵原 古闕里 石燈」, 『석등조사보고서II』, 국립문화재연구소, 2001, 97쪽.

보다 큰 앙련 같은 넓직한 괴임대가 상단석 위에 올려져 있어 마치 부도가 하늘 위에 떠있는 듯한 착시 현상을 불러온다. 더욱이 굴산사지 부도는 상단석 괴임대 외부와 간주석 등에 와문 모양의 운문이 장식되어 있고 그 위에 주악천인상이 팔각 모서리에 운문이 장식된 상대석 받침에 조각되어 있어 탑신석이 천상의 세계에 떠 있음을 강하게 암시하고 있다.(도1-9)

　일반적으로 석탑이나 부도, 석등은 상륜부를 꼭지점으로 하고 지대석을 밑변으로 하는 이등변삼각형 구도를 하고 있다. 밑변이 넓으면 안정감이 강조되며 밑변이 좁으면 상승감이 강조되는 모습이다.[60] 상승감이 매우 강조된 고려시대의 석탑조차도 기본 구도는 이등변삼각형 모양이다. 하지만 풍천원 석등과 굴산사지 부도는 하대 하단석 부분을 좁게 만들어 놓아 이등변삼각형 구도가 아닌 일자형 구도에 가깝게 만들고 있다. 그 이유는 굴산사지 부도의 경우 탑신석이 극락세계에 있음을 암시하고자 했기 때문이며, 풍천원 석등의 경우는 좁게는 풍천원 석등이 세워져 있는 사찰을, 넓게는 태봉국도성 전체가 천상의 세계인 도솔천임을 암시하기 위한 것으로 보인다. 이러한 이유로 구조적 불안정성에도 불구하고 의도적으로 하늘에 떠 있는 형상으로 만들었던 것으로 생각된다.

　굴산사지 부도는 지대석과 하대 하단석이 한 돌로 만들어졌다. 옥개석이 비교적 좁은 형태를 띠고 있어 전체적인 구도는 이등변삼각형 구도로 볼 수도 있다. 일반적인 석등과 부도의 하대 상단석은 하대 하단석보다 좁거나 적어도 크기가 같다. 그러나 굴산사지 부도의 하대 상단석은 지름이 매우 넓은 연화괴임대를 끼워 넣어 안정적인 이등변삼각형 구도를 깨뜨리고 있다. 더욱이 하대 하단석 상면에는 풍천원 석등과 굴산사지 부도 모두 비교적 높은 하대 상단석 받침을 만들어 놓았다. 이러한 이유로 상단석 받침 위로 공간이 만들어져 있어 구조적인 불안정성을 높이고 있다. 구조적인 불안정성에도 불구하고 이러한 형태의 하대석을 만든 이유는 앞서 언급했듯

---

60) 석탑의 비례에 관해서는 다음 논문을 참조하였다(申龍澈, 「統一新羅 石塔 研究」, 동국대학교 박사학위 논문, 2006, 182~186쪽).

1-10 풍천원 석등   1-11 풍천원 석등 세부   1-12 풍천원 석등 하대석 귀꽃

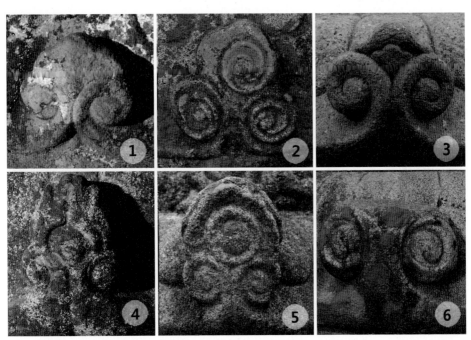

1-13 **고복형 석등 귀꽃** (1 합천 청량사 석등, 2 남원 실상사 석등, 3 담양 개선사지 석등, 4 구례 화엄사 각황전 앞 석등, 5 양양 선림원지 석등, 6 임실 진구사지 석등)

1-14 풍천원 석등 세부   1-15 풍천원 석등 하대석 귀꽃

이 두 석조미술품 모두 천상세계에 화사석과 탑신석이 떠 있음을 암시하고자 한 의도라 할 수 있다. 구조적 불안정성으로 인해 다른 석등이나 부도 등에서 거의 시도되지 않았던 조형 의도가 굴산사지 부도와 풍천원 석등에서 동시에 보이고 있다.(도 1-16·17) 이러한 점은 같은 유파의 장인 집단에 의해서 두 조형물이 만들어졌음을 추정할 수 있게 한다.

풍천원 석등의 조성에 명주지역 장인집단이 참여했을 가능성의 일난은 풍천원 석등의 귀꽃에서도 찾아볼 수 있다. 풍천원 석등의 상단석에 있는 귀꽃은 좌우 대칭의 잎사귀 위에 꽃이 올려져 있는 형태이다.(도1-12·15) 꽃은 자방 주변에 꽃술대가 있으며 꽃잎은 자방을 향해 도톰하게 말려 있다. 고복형 석등의 귀꽃 중 선림원지 석등의 하대석 귀꽃이 풍천원 석등의 하대석 귀꽃과 가장 유사하다. 특히 와문형의 좌우 대칭 잎사귀 위에 꽃이 올려져 있는 모습과 꽃 중앙의 자방 주변에 자방을 둘러싼 꽃술대 장식이 있는 점 등은 같은 계통의 장인집단 사이에서 전승되어 내려오는 제작 전통의 편린이라 할 수 있다.(도1-12·13·15)

풍천원 석등과 굴산사지 부도의 간주석과 중대석은 모두 적석식이다. 두 석조물 모두 하대 상단석 위에 팔각 괴임대를 올려 놓았다. 괴임대 위에 편구형 석조물이 삽입되었고 그 위에 높은 상대석 받침이 있다. 물론 편구형 석재 외부 장식이나 상대석 받침 외부 장식 등에서 차이는 있다. 그러나 팔각 괴임대·편구형 석재·팔각 괴임

1-16 풍천원 석등

1-17 굴산사지 부도

대라는 기단부의 적석구조는 기본적으로 동일하다. 이러한 기단부 구조는 다른 석등이나 부도에서는 거의 찾아볼 수 없다.

풍천원 석등의 화사석 밑에는 높은 굽형 괴임대가 있다. 풍천원 석등의 화사석 괴임대는 다른 고복형 석등에서 보이는 화사석 괴임과 다르게 화사석에 비하여 상대적으로 더 높다. 괴임대 중간 부근에는 한단의 받침이 추가로 조출되어 있어 장식적인 효과를 나타내고 있다. 일반적인 고복형 석등 중에서 화사석이 굽형 괴임대 위에 놓여진 것으로는 개선사지 석등, 화엄사 각황전 앞 석등, 임실 진구사지 석등, 선림원지 석등이 있다. 이 중 선림원지 석등의 화사석에는 화창 밑으로 팔각의 각 면마다 안상이 시문되어 있어 다른 고복형 석등에서 볼 수 없는 장식적 효과를 연출하고 있다. 이 점 역시 풍천원 석등과 명주지역 석조물 사이에 양식적인 친연성이 있음을 보여준다.(도1-8·16)

이와 같은 비교를 통해 풍천원 석등은 명주지역에 만들어진 선림원지 석등 및 굴산사지 부도와 매우 밀접한 친연성이 있다고 할 수 있다. 특히 풍천원 석등과 굴산사지 부도의 경우 석등과 부도라는 기능적 차이점에도 불구하고 기단부의 적석구조가 동일하며 마치 하늘에 떠 있는 듯한 조형의도를 연출하고 있는 점에서 두 석조물을 조성한 장인집단이 같은 유파임을 알 수 있게 해준다.(도1-16·17)

석등 건립 위치와 조성 책임자

앞에서 살펴본 바와 같이 풍천원 석등은 명주 출신의 석장들에 의해 조성되었을 가능성이 매우 높다. 이러한 풍천원 석등은 구체적으로 어디에 세워져 있었을까. 현재 남아있는 대부분의 통일신라 석등이 사찰에 세워져 있다는 것을 고려할 때 통일신라시대 직후인 후삼국시대에 조성된 풍천원 석등 역시 태봉국도성 내에 있었던 사찰에 세워진 것으로 볼 수 있다. 철원지역의 사찰 중 『신증동국여지승람』에 나의 있는 사찰의 경우 모두 보개산에 위치해 있다고 하므로[61] 풍천원 석등이 위치한 곳으로 비정할 수 없다. 현재 사료나 발굴조사, 기타 자료를 통해 알려져 있는 사찰 중 태봉국 시기에도 존재했었던 것으로 볼 수 있는 사찰은 도피안사, 금학산 이평리사지, 철원 향교터 내 사지, 발삽사, 봉선사지, 내원 등이 있다.

도피안사는 도피안사 철조비로자나불상이 철원지역의 향도들에 의해 865년 조성되었다는 명문 기록이 있다. 이를 통해 도피안사는 통일신라시대부터 법등이 이어져 오고 있는 사찰임을 알 수 있다. 하지만 도피안사의 경우 태봉국도성으로부터 남쪽으로 약 10km 떨어진 곳에 위치해 있어 석등이 세워진 곳과 관계가 없다. 금학산 8부 능선상에 위치한 이평리사지는 나말여초기에 조성된 것으로 추정되는 마애불이 남아 있어 태봉국 시기에도 존재했을 가능성이 있는 사찰이다. 하지만 이곳 역시 높

---

61) 『신증동국여지승람』 철원도호부 불우.

은 산중에 위치한 사찰로서 풍천원 석등이 위치한 장소와 관계가 없다.

철원 향교터 내 사지에서는 2005년 발굴조사 결과 '寺'자명 기와가 출토되었다. 이를 통해 이곳이 원래 사지였으며 주변에 토성이 존재하고 있는 것으로 미루어 태조 왕건의 구택지라는 설이 제기되기도 하였다.[62] 하지만 이곳 역시 태봉국도성 남쪽 밖에 떨어진 곳으로서 풍천원 석등의 건립 위치와 관계가 없다. 발삽사는 『고려사』에 있는 '왕창근 고경문 사건'의 기록에 나오는 사찰이다.[63] '고경문'에는 왕건의 등극과 삼국통일을 예언하는 글이 쓰여 있었다. 이는 친왕건 세력에 의해 작성된 것으로 볼 수 있다. 개략적인 내용을 살펴보면 '고경문'을 왕창근에게 판 노인이 알고 보니 철원 발삽사의 치성광여래상 앞에 있는 진성소상이었다는 내용이다.[64] 발삽사의 정확한 위치는 알려져 있지 않으나 사찰 내에 치성광여래상과 진성소상 등이 모셔져 있던 곳이라면 작은 규모의 사찰은 아니었을 것이다. 아마도 태봉국도성 내에 있었을 가능성이 높다. 도성 밖에 있었다 하더라도 그리 멀리 떨어져 있지는 않았을 것이다.

도성 내에 존재하였을 가능성이 있는 발삽사는 풍천원 석등이 세워졌던 장소의 후보지 중 하나로 고려할 수 있다. 그러나 친왕건적 내용이 있는 글의 출발지가 발삽사라는 점에 미루어 발삽사는 친왕건세력이 후원하는 사찰이었음을 알 수 있다. 당시 '고경문'을 조작하였을 가능성이 있는 친왕건세력으로는 개국 1등 공신이 된 홍유, 배현경, 신숭겸, 복지겸 등을 들 수 있다. 이들은 토착적 기반이나 독자적 지배영역이 있었던 호족이 아니라 자신의 개인적 능력을 통해 공신이나 관료로 출세한 인물들이다.[65] 이들이 단월이었다 하더라도 경제적 능력은 일정 지역을 독자적으로 갖고 있는 호족들에 비해 떨어졌을 것이다. 또한 이들은 당시 궁예의 신하였기에 풍천원 석등 같이 4m에 가까운 거대한 석등을 자신들이 단월이었던 사찰에 세웠다고 보

---

62) 유재춘, 「철원 월하리 유적의 조사 결과와 성격 검토」, 『궁예의 나라 태봉』, 일조각, 2008, 176~177쪽.

63) 『고려사』 권1 세가1 태조1.

64) 발삽사 조상들에 관한 고찰은 다음 글에 실려 있다(최성은, 「나말여초 중부지역 석불조각에 대한 고찰: 궁예 태봉(901~918)지역 미술에 대한 시고」, 『역사와 현실』 44, 한국사연구회, 2002).

65) 申虎澈, 「호족의 종합적 이해」, 『後三國時代 豪族研究』, 개신, 2002, 43~44쪽.

기에는 경제적 능력뿐만 아니라 寺格에도 어울리지 않는다.

태봉국도성 내에 있었던 사찰은 봉선사지, 내원 등이 있다. 봉선사지는 풍천원 석등과 더불어 일제 강점기 오가와 게이기찌(小川敬吉)에 의해 사지 내에 있는 석등이 조사된 바 있다.[66] 이 석등은 이후 도괴된 모습과 함께 석등의 개략적인 현황이 소개되었다.[67] 오가와 게이기찌에 의해 소개된 봉선사지 석등 사진에는 일제 강점기 풍천원 석등 사진 속의 인물과 동일 인물이 봉선사지 석등 옆에 서 있음을 알 수 있다. 이 사진을 보았을 때 봉선사지 석등은 풍천원 석등 크기의 반 정도 됨을 알 수 있다. 풍천원 석등의 원경 사진을 보면 석등 주변이 평탄지로 이루어져 있다. 반면에 봉선사지 석등은 석등 뒤편으로 구릉지가 발달해 있다. 이를 통해 풍천원 석등과 봉선사지 석등은 태봉국도성 내에 있었어도 어느 정도 거리를 갖고 떨어져 있었음을 알 수 있다. 현재 남아있는 석등만을 놓고 본다면 태봉국도성 내에는 최소한 2개 이상의 사찰이 존재했음을 알 수 있다.

內院은 『고려사』 열전에 그 기록이 등장한다.[68] 내원은 그 이름에서도 알 수 있듯이 도성 내에 존재했던 사찰이다. 태봉국도성은 외성과 내성으로 이루어졌고 일제 강점기 지적도와 복원된 태봉국도성도를 보면 왕궁성도 존재했음을 알 수 있다.[69] 인공위성 사진 역시 태봉국도성이 외성, 내성, 왕궁성으로 구성되어 있음을 선명하게 보여준다.[70] 내원은 도성 내에서도 왕궁성이나 왕궁성과 가까운 내성 안쪽에 위치한 것으로 추정된다.[71] 내원에는 승려 허월이 머물렀는데 그는 명주 대호족 김순식의 아버지였다.[72] 내원은 사찰의 명칭과 명주 대호족 김순식의 부친이 승려로 머

66) 문화재관리국 문화재연구소, 『小川敬吉調査文化財資料』, 1994, 132쪽.
67) 국립문화재연구소, 『북한문화재해설집 I』, 1997, 130~132쪽.
68) 『고려사』 권92 열전5 왕순식. .
69) 지적도는 다음의 자료를 참고하였다(국립중앙박물관, 『철원 태봉국도성 조사 자료집』, 2009, 188쪽). 복원된 태봉국도성도는 철원군청 현관 앞에 있으며 외성은 12.5km, 내성은 7.7km, 왕궁성은 1.8km의 비율로 제작되었다.
70) 인공위성 사진은 Google earth를 참조하였다.
71) 복원된 태봉국도성도에서는 내원 석등과 미륵전이 있으며 왕궁성 바로 앞에 위치한 것으로 비정하였다.
72) 『고려사절요』 태조5년 7월.

1-18 일제강점기 풍천원 석등 원경(북쪽에서 남쪽을 향해 찍은 사진)

물렀음을 고려할 때 태봉국도성 내외에서 가장 중요한 사찰임을 알 수 있다. 이는 약 4m 정도 되며 아름다운 무늬로 장식된 대형 석등이 들어서기에 알맞은 사격을 갖추고 있다. 풍천원 석등이 세워진 곳을 내원으로 추정하여도 무리가 없을 것이다. 내원의 위치는 왕궁성 바로 앞으로 생각되는데 이는 풍천원 석등의 원경 사진을 통해서 추정 가능하다. 현재 풍천원 석등을 찍은 사진을 보면 도1-18의 경우 석등 뒤편으로 높이 솟은 산과 옆으로 넓게 퍼진 산을 볼 수 있다. 궁예 도성지를 가장 가까이서 볼 수 있는 철원 평화전망대에서 확인한 결과 높이 솟은 산은 해발 947m의 금학산이며, 옆으로 넓게 퍼진 산은 해발 831m인 고대산임을 알 수 있었다. 이 사진은 북쪽에서 남쪽을 향해 찍은것으로서 사진을 찍은 위치는 왕궁성터로 여겨진다.(도 1-18)

도1-19의 경우 석등 뒤편으로 넓은 평원이 보인다. 태봉국도성은 철원평야의 한가운데 놓여 있으나 대부분의 지역에서는 멀리 산이 보인다. 태봉국도성에서 북서쪽으로는 김일성고지가 있으며 서쪽에는 피의능선이, 남서쪽에는 백마고지가 위치해 있다. 북동쪽에는 낙타고지와 발리봉이 있으며 동쪽과 동남쪽에는 서방산과 서방산에서 뻗어나온 능선이 있다. 남쪽에는 도1-18에서 볼 수 있는 것과 같이 멀리 금학산과 고대산이 있다. 도1-19에서와 같이 석등 뒤편으로 산이 하나도 없고 오직 평원만 보이는 곳은 태봉국도성의 북쪽(약 북동 9~10°방향) 밖에 없다. 석등 뒤편으로 보이는 평원은 우리나라에서 김제평야와 더불어 지평선을 볼 수 있는 장소인 평강고원이다. 이를 통해 도1-19는 남쪽에서 북쪽을 향해 촬영한 것임을 알 수 있다.

도1-19의 뒤편, 약 200m 정도 떨어진 곳에는 석축이 동·서 방향으로 쌓여져 있다. 태봉국도성의 성벽은 태봉국도성 내부를 찍은 유리원판 사진을 통해 보았을 때 토축내지 토석혼축으로 만들어졌음을 알 수 있다. 그런데 도1-19의 석등 뒤편의 담장이 모두 석축으로 되어 있는 것은 이 석축이 왕궁성의 성벽이거나 담장일 가능성이 있는 것으로 보인다. 풍천원 석등이 왕궁성 앞에 세워져 있었을 가능성은 인공위

1-19 풍천원 석등 전경(남쪽에서 북쪽을 향해 찍은 사진)

성 사진을 통해서도 알 수 있다. 풍천원 석등 화창이 뚫려 있는 방향을 태봉국도성의 중앙 축선인 북동 9~10°방향으로 추정하고 도1-18과 같이 금학산과 고대산 사이의 지점을 인공위성 사진 상에서 연결하면 그 연결선의 북쪽 지점은 왕궁성 지점을 지나게 된다. 결국 내원은 왕궁성 바로 앞에 위치해 있었을 가능성이 높다.[73]

내원의 승려 허월은 앞에서 언급했듯이 명주 지역의 대호족 김순식의 아버지이며 918년 왕건의 고려 건국 이후에도 내원에 계속 머물렀다. 허월은 내원의 주지로 활동하였을 것으로 추정되며 왕건에 의해 친궁예 세력인 김순식의 귀부를 종용하기 위해 명주로 파견되기도 하였다.[74] 김순식은 918년 왕건에 의한 왕권찬탈 후 한동안 고려에 협조하지 않다가 922년 7월에서야 큰아들 수원을 보내 고려에 귀부한다.[75] 김순식은 귀부 후 왕건으로부터 賜姓과 대광이라는 지위를 받았다. 순식에게 수여한 대광은 제1의 관계로 다른 귀부호족에게 주어진 관위와 비교해 볼 때 최고의 대우였음을 알 수 있다.[76] 이는 명주의 김순식이 왕건의 입장에서 무시 못할 정도로 큰 세력을 갖고 있었음을 말해준다.

이러한 대호족의 아버지인 허월은 단순히 내원의 주지로만 그 역할이 그치지 않았다. 허월은 궁예의 측근 승려로서 궁예가 하생한 미륵불임을 사상적으로 뒷받침하는 역할을 맡은 것으로 알려졌다.[77] 허월이 궁예의 최측근 중 한명이 될 수 있었던 이유는 궁예가 894년 명주에 입성할 때 협조하였기 때문이다.[78] 허월은 895년 궁예가 3,500명의 대규모 인원을 이끌고 명주를 나왔을 때 그와 함께 동행한 것으로 추정된

---

73) 현재 철원군청 내에 복원해 놓은 태봉국도성 모형에서는 풍천원 석등이 세워져 있는 곳을 왕궁성 바로 앞의 사원으로 비정해 놓았다. 사진과 주변 경관을 분석해 본 결과 실제로 풍천원 석등이 세워져 있었던 곳은 복원도와 큰 차이가 나지 않을 것이다.

74) 허월이 파견된 시점은 918년 8월 무렵으로 여겨진다(조인성, 『태봉의 궁예정권』, 푸른역사, 2007, 61~62쪽).

75) 『고려사』 태조5년 7월, 『고려사절요』 태조5년 7월.

76) 申虎澈, 「호족세력의 성장과 호족연합정치」, 『後三國時代 豪族研究』, 개신, 2002, 126쪽.

77) 조인성, 위의 책, 127쪽.

78) 허월-김순식 가계와 궁예는 진골출신과 왕자출신이라는 유사한 계통으로서 이전부터 절친한 관계 혹은 姻戚關係로 추정되기도 한다(金興三, 「羅末麗初 堀山門 研究」, 강원대학교 박사학위 논문, 2002, 171쪽).

다. 허월은 904년부터 본격적으로 조성되는 궁예도성의 건립에도 적극 참여한 것으로 보인다.

궁예도성을 도솔천과 같은 화려한 장엄으로 꾸며진 곳으로 만들고자 한 궁예의 의도를 가장 잘 이해한 사람 중 한명은 허월이다. 그 역시 승려이면서 궁예의 사상적 조력자였기에 누구보다도 궁예의 의도를 적극적으로 실현하고자 노력했을 것이다. 그의 노력은 풍천원 석등 같은 주요 석조 미술품 제작의 실질적 책임자가 됨으로써 적극적으로 표출된 것으로 생각된다. 풍천원 석등의 조성 책임자로 허월을 상정한 이유는 앞에서 살펴보았듯이 풍천원 석등이 명주지역의 주요 석조 미술품인 선림원지 석등과 굴산사지 부도의 영향을 강하게 받고 있기 때문이다. 선림원지 석등은 홍각선사탑비 앞에 세워져 있는 것으로 보아 홍각선사탑비가 건립되는 886년에 만들어졌을 것이다. 탑비가 조성된 후 석등이 세워지는데 시차가 존재한다 하여도 선림원지 석등은 887년까지는 만들어졌을 것이다. 굴산사지 부도는 889년 여름 통효대사 범일의 입적 후 제자 개청에 의해 바로 건립된 부도로서 늦어도 890년까지는 완공되어 있었을 것이다.

허월이 명주지역의 대호족이 될 수 있었던 이유는 894년 궁예가 명주에 입성했을 때 적극적으로 협조하였기 때문이다. 궁예의 명주 입성 전 허월 가문의 지위는 김주원의 정통을 이은 호족 휘하의 중소호족이었을 것으로 여겨진다.[79] 허월이 언제 승려가 되었는지 정확하게 알 수 없다. 다만 궁예와 함께 한 후 내원의 승려로 있을 정도라면 명주에 있을 당시의 허월은 이미 불교에 대해 많은 관심을 갖고 있었음을 알 수 있다. 이러한 허월이 자신의 관내 지역인 명주지역의 승려들과 활발한 교류를 하였을 것임은 자명하다. 아마도 허월 가문은 명주지역 사찰의 중요한 단월이었을 것이다.

국왕이 직접 시호를 내린 부도와 탑비의 건립은 해당 지역 불교계의 가장 중요한 사업 중 하나였다. 명주지역에는 886년 선림원지에 헌강왕이 시호를 내린 홍각선사

---

79) 조인성, 『태봉의 궁예정권』, 푸른역사, 2007, 63쪽.

탑비가 건립되었다. 이와 더불어 석등도 조성되었다. 굴산사지 부도 역시 탑비가 건립되었다는 기록으로 보아 진성여왕이 시호를 내렸음을 알 수 있다. 당시 탑비와 부도의 건립은 해당 사찰에서 직접 주관하여 세웠으나 단지 승려들만 참여하지 않았다. 탑비와 부도 등의 건립은 많은 재정과 인력이 투입되는 일이며 국왕이 시호를 내린 기념물이기에 소홀히 만들 수 없었다. 이러한 석조물의 건립에는 승려들뿐만 아니라 제가제자로서 관료나 해당지역의 유력한 재지세력이 참여하였다. 이는 나말여초에 건립된 탑비의 기록을 통해 확인할 수 있다.

선림원지 탑비와 석등이 만들어지고 굴산사지 부도가 조성될 당시의 허월은 명주지역의 호족 중 한명이었다. 이 당시 허월의 나이가 20대 후반~30대 초반이었던 것으로 보이므로 그의 활동은 적극적이며 활발했을 것이다.[80] 허월은 내원의 승려가 되며 궁예의 사상적 협조자가 될 정도로 불교에 해박한 지식을 갖고 있었다. 호족의 신분으로서 명주지역 사찰의 단월일 가능성이 높은 허월이라면 선림원과 굴산사에서 벌어진 일을 자세히 알고 있었을 가능성이 높다. 단지 알고 있었을 뿐만 아니라 단월로서 적극적인 후원을 하였을 것이다.

허월에 대해서는 개청계 승려로 보기도 한다.[81] 개청은 통효대사 범일의 제자로서 통효대사의 부도로 확실시되는 굴산사지 부도 조성을 주도한 승려이다. 통효대사 범일의 부도를 건립할 당시 개청의 나이가 55세[82] 정도이므로 당시 30세 전·후반이었던 허월의 나이만을 고려한다면 허월이 개청의 제자일 가능성도 있다. 그렇다면 통효대사의 부도 건립은 개청이 주도하였다 하더라도 통효대사의 장례, 각자승 및 석장의 섭외를 비롯한 재정의 지출 및 인원 관리 같은 실무는 개청의 제자, 허월이 참

---

80) 허월은 918년 자신의 아들이며 명주의 대호족인 김순식을 왕건에게 귀부하도록 설득하기 위해 명주로 간다. 그러나 김순식은 이에 따르지 않고 있다가 922년이 되어서야 큰아들을 보내어 귀부하였다. 즉, 김순식의 장자는 볼모라고 할 수 있으며 볼모의 역할을 감당할 수 있을 정도의 나이라면 스무살 내외 정도일 것이다. 922년경 큰아들이 스무살 내외 정도였다면 김순식은 마흔살 전후의 나이였을 것이다. 허월은 50대 후반이나 60대 초반의 나이로 추정이 가능하다. 따라서 굴산사지 부도가 완공되는 890년 전후 허월의 나이는 20대 후반~30대 초반일 가능성이 높다.

81) 조인성,『태봉의 궁예정권』, 푸른역사, 2007, 62쪽.

82) 崔彦撝,「地藏禪院朗圓大師悟眞塔碑」,『譯註羅末麗初金石文』上, 혜안, 70쪽.

여하였다는 논의가 된다. 그러나 이러한 일은 당시 명주의 호족인 허월이 했던 일로 보기 어렵다. 오히려 허월은 호족의 신분으로 굴산사지 부도 조성에 단월로서 참여했다고 보는 것이 더 설득력이 있다.[83]

굴산사지 부도를 만든 석장들은 굴산사의 규모로 보았을 때 굴산사에 소속된 승장일 가능성이 높다. 당시 허월은 통효대사 부도를 조성할 때 호족으로서 유력한 단월이 되었으며 이들 석장들에 대해서도 매우 잘 알고 있었을 것이다. 허월의 이러한 인맥과 더불어 승려가 되어 궁예의 사상적 조력자가 될 정도로 불교에 대해 해박하게 알고 있었던 능력 등으로 허월은 태봉국도성 건립 당시 불교 조형물 건조의 실무 책임자가 되었다고 할 수 있다. 결국, 태봉국도성 내원에 세워져 있던 풍천원 석등은 명주의 호족 출신이며 내원의 주지였던 허월이 조성 책임자가 되어 건립된 석등이라 추정할 수 있다. 석등을 직접 만든 석장들은 선림원지 석등과 굴산사지 부도를 만드는데 직접 참여하였거나 참여하였던 장인들의 기술을 전수받은 같은 유파의 석장들이다. 이 석장들은 선림원지 석등과 굴산사지 부도 조성 당시부터 이미 허월과 인연이 있었던 명주지역 장인들로 볼 수 있다.

태봉국도성 내 가장 중요한 조형물 중 하나인 풍천원 석등이 명주지역 장인집단에 의해 만들어졌다는 점은 매우 중요한 의미를 갖고 있다. 왜냐하면, 태조 왕건에 의한 고려 건국 후에도 고려는 한동안 태봉의 관제를 그대로 답습하였기 때문이다. 특히 풍천원 석등을 조성한 장인집단의 경우 정치적 논리보다 기능적 논리가 먼저 적용되는 집단이다. 이들은 고려 건국 후에도 숙청되거나 도태되지 않고 그대로 고려의 관제에 흡수된 것으로 추정된다. 태봉의 중앙에서 활약한 장인집단을 파악하는 일은 고려초 석조미술의 흐름을 이해하는데 매우 중요한 단서를 제공한다.

---

83) 허월이 승려가 된 시점은 궁예를 따라 명주에서 나온 이후가 될 것이다.

제2장   구전되는 역사 : '궁예미륵' 구비전승

미술사학계나 역사학계에서는 구비전승을 사료로써 적극적으로 이용하지 않는다. 주된 이유는 역사적 사실성이 빈약하다고 여기기 때문이다. 대표적인 예로 충주 미륵대원지에 전해지는 마의태자 전설을 들 수 있다. 충주 미륵대원지에는 마의태자가 망국의 한을 품고 금강산으로 가는 길에 북쪽을 향해 석굴을 짓고 불상을 세웠다는 구비전승이 전한다. 그러나 최근의 연구 성과는 충주 미륵대원지의 조성시기가 마의태자와 전혀 관계없는 11세기 말에서 12세기 초에 창건된 것임을 밝히고 있다.[1]

구비전승을 단지 허황된 이야기로만 배척하기에는 그것에 포함되어 있는 은유와 상징, 간접적인 사실성 등이 중요하게 빛을 발할 때가 있다. 대표적인 예로 파주 용미리 마애이불병립상을 들 수 있다. 이 불상은 그동안 고려시대에 조성된 석불로 알려져 왔으며 고려 선종대인 11세기에 조성되었다는 전설이 전해지고 있다.[2] 용미리 마애이불병립상에 대한 근래의 연구 성과는 이 불상이 조선 초(1471) 함양군, 심장기, 한명회 등 세조 측근이 세조를 추도하고 성종과 정희왕후의 안녕을 기원하기 위해 불상을 조성한 것임을 밝히고 있다. 또한 불상에 전해져 내려오는 고려 선종대의 설

---

1) 정성권, 「'中原彌勒里寺址' 조성시기 고찰」, 『東岳美術史學』 9, 東岳美術史學會, 2008(충주 미륵대원지에 대해서는 본 책의 12장에 서술하였다).
2) 韓國學文獻研究所 編, 『傳燈本末寺誌 奉先本末寺誌』, 亞細亞文化社, 1978, 342~343쪽.

화는 세조가 조카 단종의 왕위를 찬탈한 것을 고려대의 일로 부회한 은유적 풍자임을 논증하고 있다.[3]

이와 같이 구비전승은 역사적 근거가 없는 허황된 이야기일 수 있다. 하지만 구비전승은 때로 역사적 사실을 직접적으로 또는 은유적으로 전해주는 중요한 사실의 보고일 수도 있다. 그렇다면 궁예에 관한 구비전승의 내용은 어떻게 생각해야 할까? 지금까지의 연구 성과에 의하면 궁예 관련 구비전승은 기록에 적혀 있지 않은 역사적 사건을 매우 사실적으로 보여주는 구술된 역사기록이라 해도 무리가 없다고 본다. 이와 같은 결론은 민속학뿐만 아니라 국문학, 역사학 분야에서 축적된 궁예관련 구비전승의 연구 성과를 근거로 한다. 이 글에서는 궁예관련 연구 성과를 구체적으로 살펴보고자 한다.

궁예와 관련된 연구 성과는 주로 문헌전승과 지명전설에 관련된 구비전승이 연구 대상이었으며 연구 업적도 비교적 많은 편이다. 하지만 '궁예미륵'으로 불리는 석불 입상에 관한 구비전승은 아직까지 전혀 연구된 바가 없다. 그 이유는 '궁예미륵' 석불에 관한 연구의 경우 민속학과 너불어 미술사, 고고학적 연구가 병행되어야 하는 학제간 연구의 성격을 띠고 있기 때문이다.

태봉을 세운 궁예는 후삼국 중 최대의 영역을 확보하였으며 그가 활동한 지역 역시 광범위하다. 궁예가 활동한 지역으로는 철원을 비롯하여 안성, 포천, 원주, 영월, 강릉, 인제, 화천, 김화, 광주, 충주, 남양, 괴산 등 중부지역 일대와 나주를 포함한 서남해안 지역까지 포함된다. 궁예가 오랫동안 활동하였거나 중요하게 여겼던 지역 중 철원·원주의 경우 태봉미술과 연관지을 수 있는 석불이 존재한다.[4] 또한 강릉의 경우 궁예가 894년 600명의 무리를 이끌고 명주에 들어간 후 895년 3,500명을 이끌고 명주를 떠날 때까지 약 1년간 이곳에 머물렀다. 이러한 점을 고려한다면 강릉 일

---

3) 이경화, 「坡州 龍尾里 磨崖二佛立像의 造成時期와 背景: 成化7年 造成說을 提起하며」, 『불교미술사학』3, 불교미술사학회, 2005, 94쪽.

4) 태봉시기 미술과 연관지을 수 있는 불상으로 원주 봉산동 석불좌상, 봉업사지 석불입상, 철원 동송읍 이평리사지 마애불입상 등이 주목되었다(최성은, 「나말여초 중부지역 석불조각에 대한 고찰: 궁예 태봉(901~918)지역 미술에 대한 시고」, 『역사와 현실』44, 한국사연구회, 2002, 44~55쪽).

대에서 '궁예미륵'으로 전칭되는 불상이 등장할 수 있는 배경은 충분하다. 그럼에도 불구하고 강릉이나 원주 등을 비롯하여 다른 지역뿐만 아니라 심지어는 철원에서도 '궁예미륵'으로 불리는 불상은 찾아볼 수 없다. 다만 안성 기솔리와 포천 구읍리에서만 '궁예미륵'으로 전칭되는 석조불상을 확인할 수 있을 뿐이다. 즉, 궁예는 매우 다양한 지역에서 활동하였음에도 '궁예미륵'이라 불리는 불상은 필자가 아는 한 전국에서 단 두 곳밖에 없는 셈이다.

전국에 있는 수백 개의 불상 중 단 두 지역의 석불들만이 '궁예미륵'으로 구비전승되고 있는 이유를 어떻게 해석해야 할까? 단지 역사적 근거가 없는 허황된 전설로 치부해 버릴 것인가 아니면 나름대로의 합리적 근거가 있는 역사적 사실로 인정할 것인가. 이에 대한 답을 찾아보는 것이 이 글의 목표이다.

궁예 관련 구비전승 선행연구

궁예 관련 구비전승의 연구 성과를 살펴보면 민속학 분야에서는 미술사나 역사학 분야에 비해 구비전승의 사실성을 적극적으로 받아들이고 있음을 알 수 있다. 이와 같은 현상은 전설이 역사 그 자체는 아니지만 '향유층이 속해 있는 사회·역사·문화적 상황에 탄력적으로 대응함으로써 당대의 역사적 현실을 더 압축된 형태로 보여주는 갈래'라는[5] 주장을 통해 알 수 있다. 궁예 관련 구비전승에 대해서는 민속학 분야에서 주로 연구되어 왔다. 민속학 분야에서 철원과 포천지역에 남아 있는 궁예 관련 구비전승을 기존의 사서에 나오는 기록과 대비하여 차이점을 보이는 부분에 대해 주로 연구가 진행되었다.

궁예와 관련된 설화의 본격적인 연구는 조현설에 의해서 처음 시도되었다. 그는 「궁예 이야기의 전승양상과 의미」라는 논문에서 궁예이야기를 문헌과 구비전승의

---

5) 강진옥, 「전설의 역사적 전개」, 『口碑文學硏究』5, 한국구비문학회, 1997, 72쪽.

비교를 통해 궁예이야기의 특징을 찾고자 하였다. 연구 결과 궁예이야기는 문헌전 승과 구비전승의 상호영향 과정에서 문헌전승이 지배적 영향력을 지닌 문헌주도형 이야기라는 결론을 내리고 있다.[6] 이후 궁예 설화의 연구는 유인순에 의해 시행되었 다. 유인순은 「철원지방 인물전설 연구」에서 궁예를 언급하였다. 이 연구는 궁예 이 외에 철원지방에 전승되는 여러 명의 인물을 함께 언급하고 있어 본격적으로 궁예와 관련된 구비전승의 연구라고 하기에는 조금 아쉬움이 남는다.[7] 이렇게 한 지역의 설 화를 종합하여 소개하는 형식의 글은 이수자에 의해서도 작성되었다. 이수자는 「안 성의 설화」에서 칠장사에 전해오는 궁예 관련 설화를 간략하게 소개하고 있다.[8]

철원지방의 여러 인물전설을 다룬 글에서 궁예를 함께 논의했던 유인순은 2006년 궁예만을 단독으로 다룬 「전설에 나타난 궁예왕」이라는 논문을 발표하였다. 그는 이 글에서 궁예 관련 구비전승의 사실성을 적극적으로 해석하고 있어 주목된다. 그 의 주장에 의하면 궁예 관련 전설은 자연물(산, 고개, 바위 등)과 인공물(유적지, 유물 등) 에서 찾아볼 수 있으며 철원 인근에 압도적으로 많이 분포되었고 史實性에 충실한 唯一한 전설이다. 그리고 그 증서물 수효로 보았을 때 하나의 전설에 연하여 나타난 連鎖證示傳說로서의 면모를 보이는데 이는 사실성이 강하다는 것을 보여준다.[9]

같은 해에 이영수는 「'궁예 설화'의 전승 양상에 관한 연구」를 발표하였다. 이 논 문은 궁예 설화의 전승의식을 살펴보고 서사 구조를 분석하였다. 연구 결과 궁예 설 화는 궁예와 관련된 행적 위주의 흥미 본위로 재구성된 이야기와 궁예의 몰락과 비 참한 죽음을 그 지역에 산재되어 있는 증거물과 함께 활용하여 재구성된 이야기로 나눌 수 있음을 밝혔다.[10] 박상란 또한 2006년에 「지명전설에 나타난 궁예상의 의

6) 조현설, 「궁예이야기의 전승양상과 의미」, 『口碑文學硏究』2, 한국구비문학회, 1995.
7) 유인순, 「철원지방 인물전설 연구-궁예, 김시습, 임거정, 김응하, 홍 유씨, 고진해를 중심으로-」, 『강원 문화연구』8, 강원대학교 강원문화연구소, 1998.
8) 이수자, 「안성의 설화」, 『口碑文學硏究』14, 한국구비문학회, 2002.
9) 유인순, 「전설에 나타난 궁예왕」, 『인문과학연구』15, 강원대학교 인문과학연구소, 2006, 104쪽 ; 유인순, 「전설에 나타난 궁예왕」, 『궁예의 나라 태봉』, 일조각, 2008, 219쪽.
10) 이영수, 「'궁예 설화'의 전승 양상에 관한 연구」, 『韓國民俗學』43, 한국민속학회, 2006.

미」를 발표하였다. 이 글에서는 궁예에 관한 구비전승이 문헌전승의 지배력을 넘어서지 못한 채 궁예 부정을 관습화, 의식화하고 있다고 보았다. 그렇기 때문에 궁예이야기의 본류는 지명 전설이 되어야 한다고 주장하고 있다. 그는 이 논문에서 궁예 관련 지명전설을 살피며 거기에 투영되어 있는 궁예상과 그것을 매개로 한 철원지역 사람들의 궁예관을 검토하고 있다.[11]

궁예 관련 구비전승의 연구 성과 중 가장 주목되는 결과를 이끌어 낸 이는 이재범이다. 이재범은 궁예 관련 연구 성과가 본격적으로 나오기 시작하는 2006년부터 철원, 포천을 비롯한 여러 지역에 남아 있는 궁예 관련 구비전승에 관심을 가져왔다.[12] 이와 같은 관심은 최근에 더욱 심화된 연구 성과로 나타났다. 그는 「철원 지역의 궁예 전승과 고려 재건에 대한 평가」에서 궁예 전승의 집중성, 구체성, 통일성을 세밀하게 논증하고 있다.[13] 이 연구는 궁예와 관련된 설화들의 분포상황과 그 특징을 찾아보고 몇 가지 특징을 확인하였다. 먼저 설화의 분포가 지역적으로 집중되어 있으며, 궁예 활동시기와 관련된 지역에 한정되어 있다는 집중성을 확인하였다. 안성은 그의 성상기, 철원과 평상은 그의 전성기와 패퇴기, 포전의 영북면과 화현면은 궁예와 왕건의 전투시기에 관한 것이 집중적으로 나타나고 있음을 밝혔다. 그렇기 때문에 궁예 전승은 조작의 형태로 보기 어렵다고 주장한다.

다음으로 이재범은 궁예 관련 설화의 구체성을 분석하였다. 특히 궁예와 왕건과의 전투상황은 매우 상세하며 비록 구비전승이라고 하지만, 후사면의 평탄한 지형을 찾아 기습을 하였다는 이야기가 전해질 정도로 구체성을 갖고 있다는 점을 논의하였다. 그리고 고대 전투의 대표적인 양상인 투석전에 대한 상황도 전달하고 있으며 이러한 점에서 몇몇 사실을 이해할 수 있음을 밝히고 있다.

마지막으로 궁예설화의 특징으로 통일성을 언급하였는데, 궁예의 성장기부터 태

11) 박상란, 「지명전설에 나타난 궁예상의 의미」, 『口碑文學研究』22, 한국구비문학회, 2006.
12) 이재범, 「역사와 설화사이: 철원 지역 설화로 본 궁예왕」, 『강원민속학』20, 강원도민속학회, 2006.
13) 이재범, 「철원 지역의 궁예 전승과 고려 재건에 대한 평가」, 『高麗 建國期 社會動向 研究』, 京仁文化社, 2010, 153쪽.

봉의 멸망에 이르기까지 지역적으로 중복된 이야기는 나오지 않는다는 점을 밝혔다. 궁예 설화는 재단사에 의하여 맞추기라도 한 것처럼 지역과 시기에 따라 전승되어 온 이야기가 중복되지 않으며, 성장기의 안성, 전성기의 철원과 같이 설화가 지역적으로나 시간적으로 겹치지 않고 있다. 이러한 점에서 궁예와 관련된 설화에서 일정한 역사적 진실성을 규명할 수 있다고 보았다.[14]

이밖에 궁예 관련 구비전승에 관한 최근의 연구 성과로는 최웅의 「역사기록과 구전설화로 본 궁예」를 들 수 있다. 그는 이 논문에서 사서에 기록된 궁예를 서술하고 구전 설화 속의 궁예를 소개하고 있다. 결론에서 최웅은 철원 지역민들에 의한 궁예의 혹평을 인정하지 않고 있으며, 백성들의 편을 들어 줄 민중의 영웅으로 인식되었던 측면도 있다고 주장한다.[15]

이 같은 궁예 관련 전승의 연구 성과는 궁예에 관한 구비전승이 충분히 신뢰할 만하다는 점을 강조한다. 적어도 지금까지의 궁예 관련 구비전승의 연구 결과를 놓고 보았을 때 '궁예미륵'으로 불리는 불상에 관한 구비전승 역시 단지 역사적 근거가 없는 허황된 전설로 치부해 버릴 수 없음을 말해준다. 궁예 관련 구비전승이 사실성이 높다는 판단은 고고학적 연구 성과를 통해서도 보충된다. 고고학적 연구 성과를 통해서 궁예 전설의 신빙성이 보강될 수 있는 곳은 포천 성동리산성이다. 성동리산성은 경기도 포천시 영중면에 위치해 있으며 태봉성이라고도 불린다. 성동리산성에는 918년 왕건의 군대에 쫓기던 궁예가 한때 이곳에 웅거하였으며, 백성과 군사를 동원하여 北江(한탄강)에서 돌을 날라다 성을 쌓았기에 태봉성이라고 불렀다는 전설이 전한다.[16]

성동리산성은 화강암으로 축조된 산성이다. 성동리산성이 위치한 야산과 바로 옆에 위치한 영평천에는 현무암지대가 없다. 그럼에도 불구하고 고고학 지표조사 결과, 이 산성 성벽의 상부에는 기존 성벽 위에 현무암을 이용하여 개축한 흔적을 곳곳

---

14) 이재범, 「철원 지역의 궁예 전승과 고려 재건에 대한 평가」, 『高麗 建國期 社會動向 研究』, 京仁文化社, 2010, 175쪽.
15) 최웅, 「역사기록과 구전설화로 본 궁예」, 『인문과학연구』 27, 강원대학교 인문과학연구소, 2010.
16) 抱川郡誌編纂委員會, 『抱川郡誌』 下, 1997, 419쪽.

에서 찾을 수 있다. 성동리산성 성벽 개축에 사용된 현무암을 구할 수 있는 가장 가까운 곳은 산성에서 북쪽으로 약 10km 떨어진 한탄강 지역 일대이다.[17] 성동리산성에서 보이는 현무암은 설화에서 언급된 역사적 정황과 완전히 일치하지 않는다 할지라도 궁예전설에서 언급된 것처럼 北江에서 옮겨온 것이라 할 수 있다. 이는 궁예전설의 신빙성이 매우 높다는 것을 말해준다. 이와 같이 궁예 관련 구비전승은 구비전승 자체의 연구 성과를 통해서 뿐만 아니라 고고학 지표조사를 통해서도 그 사실성이 입증되고 있다.

'궁예미륵' 석불에 관한 구비전승의 분포와 특징

'궁예미륵' 석불에 관한 구비전승은 큰 범위에서 지명전설에 포함될 수 있으며 구체적으로 인공물에 대한 전승으로 구분할 수 있다. 현재 '궁예미륵'으로 불리는 석불은 안성 기솔리에 포함 구읍리에서 확인할 수 있다. 안성 기솔리 내에 두 곳, 포천 구읍리 내 두 곳에 '궁예미륵' 석불이 있다. 궁예 관련 구비전승의 연구 성과에서 알 수 있듯이 궁예에 관한 전설은 매우 사실성이 높음을 알 수 있다. 그럼에도 불구하고 '궁예미륵' 석불과 관련된 구비전승이 주목되지 못한 이유는 '궁예미륵'으로 불렸던 석불 중 조성시기가 궁예가 활약한 시기와 맞지 않는 것이 존재했기 때문으로 보인다. '궁예미륵' 석불의 분포상황과 양식적 특징을 살펴보면 '궁예미륵' 석불은 다른 궁예관련 구비전승과 마찬가지로 궁예와 관련된 사실성이 매우 높은 점을 알 수 있다.

안성 기솔리

안성에 남아 있는 '궁예미륵' 석불에 관한 구비전승은 안성시 삼죽면 기솔리에서 확인된다. 이 지역은 본래 고구려의 皆次山郡이었다가 신라 경덕왕 때 介山郡으로

---

17) 백종오, 「포천 성동리산성의 변천과정 검토」, 『先史와 古代』20, 한국고대학회, 2004, 298쪽.

2-1 기솔리 석불입상　　　　　　　　　　2-2 국사암 석조삼존불입상

바뀌었으며[18] 고려 태조 23년(940) 竹州로 승격된 곳이다.[19] 죽주는 현재의 죽산면을 중심으로 한 지역으로 기솔리는 죽주의 서쪽에 해당된다. 기솔리에는 현재 '궁예미륵'으로 불리는 석불들과 더불어 궁예 전설이 전한다. 전해지는 궁예 전설은 국사봉에서 궁예가 무예를 닦았으며 쌍미륵사에서 설법을 하였고 궁예의 설법을 듣고 그를 존경하게 된 사람들이 미륵을 세웠다는 것이다.[20] 이밖에 궁예가 죽주에 머무른 1년 남짓한 기간 동안 삼죽면 기솔리 뒷산 터골에 근거지를 두고 있었다는 전설이 전한다.[21]

　기솔리에는 해발 438m의 국사봉이 있으며 현재 국사봉 남쪽에는 국사암과 쌍미륵사가 위치해 있다. 양쪽 사찰에는 석불이 세워져 있고 모두 '궁예미륵'으로 전칭되고 있다. 국사암에는 향토유적 제42호로 지정된 석조삼존불입상이 있다.(도2-2) 국사암에서 남쪽으로 약 400m 떨어진 곳에 위치한 쌍미륵사에는 경기도 유형문화재 제36호인 2기의 기솔리 석불입상이 있다.(도2-1)

　국사암 석조삼존불입상의 경우 '궁예미륵'으로 불리기는 하였으나 조각양식으로

---

18) 『삼국사기』 권35 잡지4 지리2.

19) 『대동지지』 권4 죽산 연혁.

20) 경기도박물관, 『경기민속지Ⅶ』, 2004, 221쪽.

21) 京畿道博物館, 『奉業寺』, 2002, 499쪽.

2-3 약사사 석불입상

2-4 국사암 석조삼존불 중 본존불

보아 조선 초기에 제작된 것으로 추정되고 있다.[22](도2-2·4) 국사암 석조삼존불입상은 서울 개화동 약사사 석불입상과 같은 유파에 의해 조각된 작품으로 보여진다.(도2-3) 이는 두께가 두껍고 챙의 폭이 넓은 벙거지형 보개를 착용하고 있는 점과 목이 없이 턱이 가슴 윗부분에 조각되는 괴체적인 상호 및 신체의 모습 등에서 유사한 조각 수법을 확인할 수 있다.[23] 약사사 석불의 조성시기는 약사사 대웅전 앞에 건립된 고려후기 석탑과 비슷한 시기에 조성된 것으로 여겨진다. 구체적인 조성시기는 고려 말기로 추정해도 무리가 없을 것이다. 안성 국사암 석조삼존불의 조성시기 역시 약사사 석불과 비슷한 고려 말기로 추정할 수 있을 것이며, 기존의 연구성과를 바탕으로 좀 더 넓게 조성시기를 추정하면 여말선초기로 비정할 수 있다.

쌍미륵사에 위치한 안성 기솔리 석불입상은 두 구의 석불이 약 10m의 간격을 두

22) 洪潤植, 「安城 雙彌勒寺佛蹟의 性格」, 『素軒南都泳博士古稀紀念 歷史學論叢』, 민족문화사, 1993, 227쪽.
23) 정성권, 「寶蓋 착용 석불 연구: 寶蓋를 중심으로」, 『文化史學』21, 韓國文化史學會, 2004, 736쪽.

고 세워져 있다. 석불을 정면에서 바라보았을 때 동쪽에 해당하는 오른쪽 석불은 현재 마을 사람들에 의해 '남미륵'이라 불리고 있으며 서쪽에 해당하는 왼쪽 석불은 '여미륵'이라 불리고 있다.(도2-1) 기솔리 석불입상의 착의 형식을 살펴보면 두 석불이 각각 다르게 표현되었으나 양쪽 석불 모두 통일신라시대 불상조각 전통이 옷주름에 남아있음을 알 수 있다. 구체적으로 살펴보면 먼저 '여미륵'이라 불리는 석불의 경우 왼쪽 어깨를 덮은 삼각형 형태의 넓은 옷자락이 주목된다. 왼쪽 어깨를 옷자락으로 덮는 형식은 7세기 후반경 조성된 군위 삼존석불 본존상에서부터 찾아볼 수 있다. 8세기에 들어서면 김천 갈항사지 석불좌상, 경주 남산 삼릉계 석조약사불좌상 등에서 나타난다. 이밖에 통일신라시대 금동불에서도 확인할 수 있다. 이러한 형식은 9세기에 들어 크게 유행하며 나말여초기로 비정된 여러 불상에서 찾아볼 수 있다. 이렇게 왼쪽 어깨를 옷자락으로 덮는 형식은 '남미륵'에서도 확인할 수 있다.

'남미륵'에서 주목되는 착의 형식 중 하나는, 몸에 밀착되어 있는 전면은 U자형의 평행 띠주름으로 표현했으나 몸에 밀착되어 있지 않은 측면은 마치 날개처럼 표현하고 있는 점을 들 수 있다. 대의의 측면 옷사락을 날개처럼 표현한 방법은 개태사 석조삼존불의 양 협시보살상에서도 확인할 수 있는데 고려 불상 중에서는 개태사 석조삼존불입상 이외에 쉽게 찾아보기 어려운 착의 형식이다.

안성 기솔리 석불입상의 양식적 특징은 통일신라시대 불상의 특징을 계승하는 동시에 고려시대 석불의 시작을 알리는 개태사 석조삼존불입상과도 양식적으로 매우 밀접한 관련이 있다. 국사암 석조삼존불입상의 조성시기가 여말선초기라 한다면 안성 기솔리 석불입상의 조성시기는 나말여초기로 볼 수 있다. 안성 기솔리 석불입상은 궁예와 직접적인 관련이 있는 '궁예미륵'으로 추정할 수 있다. 기솔리 석불입상의 구체적인 양식적 특징과 조성시기 및 배경에 관해서는 3장과 4장에서 서술하였다.

포천 구읍리

포천 지역에서 전칭되고 있는 2기의 '궁예미륵' 석불은 안성 기솔리와 마찬가지로

서로 매우 근접해 있다. 포천은 고구려 때에 馬忽郡 혹은 命旨라 하였고, 신라 경덕왕 때 堅城郡으로 고쳤는데 고려초에 비로소 抱州라 하였다.[24]

포천에서 전해지고 있는 '궁예미륵' 석불은 포천시 군내면 구읍리에 위치해 있다. 구읍리에는 해발 283.5m의 청성산이 있으며 이 산의 7부에서 9부 능선 상에는 퇴뫼식 산성인 반월산성이 있다. 현재 반월산성의 서남쪽에는 용화사가 위치해 있으며 이곳에서 약 1km 정도 떨어진 반월산성의 동남쪽에는 구읍리사지가 있다. 포천 지역에서 전칭되고 있는 '궁예미륵' 석불은 용화사 경내와 구읍리사지에 각기 1기씩 세워져 있다.

용화사 경내에 위치해 있는 구읍리 석조보살입상은 귀를 가로지르는 굵은 보발에서 개태사 석조삼존불입상의 영향을 찾을 수 있다. 면류관형 보개를 착용하고 있는

2-5 포천 구읍리 석불입상

2-6 포천 구읍리 석조보살입상

---

24) 『고려사』 권56 지10 지리1 양광도 포주.

모습에서는 광종대 석불의 특성이 강하게 남아있음을 확인할 수 있다.[25] 광종대 석불의 영향으로는 면류관형 보개와 더불어 커다란 상호를 들 수 있다. 구읍리 석조보살입상의 커다란 상호는 신체를 사등신으로 만들고 있는데 이는 대표적인 사등신 불상인 관촉사 석조보살입상(970~1006)의 영향임을 알 수 있다.[26](도2-6) 광종대 석불들이 착용하고 있는 방형의 면류관형 보개는 요의 간섭과 불상 자체의 형식화 등이 원인이 되어 11세기 중반경부터는 판석형의 육각, 팔각형 보개로 분화되어 가는 것으로 보인다.[27] 포천 구읍리 석조보살입상의 경우 아직 면류관형 보개의 모습이 남아 있는 점으로 보아 이 석불의 조성시기는 11세기 전반기로 추정된다.

구읍리사지에 위치해 있는 구읍리 석불입상의 경우 마모가 심하게 진행되어 있어 정확한 조성시기를 파악하는 데 어려움이 있다.(도2-5) 지금의 상태에서는 땅 밑에 묻혀 있는 허리 아래 부분이 발굴되면 좀 더 구체적으로 조성시기를 설정할 수 있을 것이다. 하지만 석불에 남아 있는 부분적 특징은 조성시기를 유추할 수 있게 해 준다. 먼저 언급할 수 있는 특징으로는 석불의 허리띠 매듭을 들 수 있다. 일반적으로 불상의 띠매듭은 가슴 아래 배꼽 위 부분에서 매듭이 지어진다. 매듭이 리본처럼 올라온 표현은 9세기에 조성된 예천 청룡사 석불좌상, 동화사 비로암 석조비로자나불좌상 등이 있다. 이러한 유형의 석불좌상은 8세기 말부터 9세기에 걸쳐 경주를 중심으로 하는 경북 지역에서 다수 조성되었고 점차 전국적으로 퍼져 나갔다. 이러한 불상으로는 부석사 자인당 석불좌상, 경북대학교 석조비로자나불좌상, 홍천 물걸리 석불좌상, 창원 불곡사 석조비로자나불상 등 많은 예가 전한다.[28]

8세기에서 9세기에 걸친 석불의 매듭은 주로 가슴 아래, 배꼽 윗부분에 위치해 있다. 그러나 9세기 후반부터는 매듭의 위치가 허리부분으로 내려온 석불이 등장한다. 이러한 불상 중에서 조성시기를 정확히 알 수 있는 석불은 867년경 조성된 축서사 석

25) 丁晟權, 「高麗 光宗代 石佛의 특성과 영향」, 『文化史學』27, 韓國文化史學會, 2007, 599쪽.
26) 정성권, 「포천 구읍리 석불입상의 조성시기에 관한 연구」, 『범정학술논문집』24, 단국대학교 대학원, 2002, 296~299쪽.
27) 정성권, 「寶蓋 착용 석불 연구: 寶蓋를 중심으로」, 『文化史學』21, 韓國文化史學會, 2004, 733쪽.
28) 최성은, 『석불: 돌에 새긴 정토의 꿈』, 한길아트, 2003, 202쪽.

조비로자나불좌상을 들 수 있다. 축서사 석조비로자나불좌상의 매듭진 끈은 허리 아래로 길게 늘어져 있는데 이는 구읍리 석불입상에서도 확인된다. 이렇게 매듭진 끈이 허리 아래로 길게 늘어져 있는 모습은 고려초에 조성된 동해 삼화사 철불의 허리띠 매듭에서도 나타나고 있어 구읍리 석불입상의 조성시기가 나말여초기임을 짐작할 수 있게 해준다.[29] 이밖에도 구읍리 석불이 위치한 사지 주변에 고려시대를 비롯하여 통일신라기 유물이 산재해 있음을 고려할 필요가 있다. 이를 통해 포천 구읍리에 있는 '궁예미륵' 석불 중 궁예의 활동시기와 관련지어 고찰 대상이 될 수 있는 석불은 구읍리 석불입상이라 할 수 있다.(도2-5)

'궁예미륵'으로 전칭되는 석불의 특징

'궁예미륵'으로 전칭되고 있는 석불의 특징은 먼저 한 지역 안에 서로 가까이 위치한 두 장소의 석불이 모두 '궁예미륵'으로 불리고 있다는 점이나. 안성 기솔리의 경우 기솔리 석불입상이 있는 쌍미륵사와 석조삼존불입상이 있는 국사암은 직선거리로 약 400m 정도 떨어져 있다. 구읍리 석조보살입상이 있는 포천 용화사와 구읍리 석불입상이 있는 구읍리사지 간의 이격거리는 약 1km 정도밖에 안 된다. 즉, 안성 기솔리와 포천 구읍리에는 한 지역에 두 곳의 석불이 근거리에 위치해 있으며 각기 석불들은 모두 '궁예미륵'으로 불리고 있다.

두 번째 특징으로는 안성 기솔리와 포천 구읍리에서 '궁예미륵'으로 전칭되고 있는 석불의 경우 각기 한 곳씩의 석불은 궁예가 활동한 시기와 밀접한 관계가 있는 나말여초시기의 조각적 특징이 남아 있다는 점을 들 수 있다. 안성에서는 기솔리 석불입상이 이에 해당되며 포천에서는 구읍리 석불입상이 여기에 해당된다. 이 중 안성 기솔리 석불입상의 경우 석불이 갖고 있는 조각적 특성을 고려했을 때 궁예와 직접

---

29) 삼화사 철불의 고려초 조성론에 대해서는 다음 논문을 참조하였다(金昌鎬·韓基汶,「東海市 三和寺 鐵佛 銘文의 재검토」,『강좌미술사』12, 한국불교미술사학회, 1999, 194쪽).

적인 관련이 있을 가능성이 높은 것으로 보인다. 이에 대한 구체적인 근거는 3장에서 상술하였다.

세 번째 특징은 안성과 포천에서 '궁예미륵'으로 전칭되는 석불 중 각각 한 곳의 석불들은 궁예가 활동한 시기로부터 약 1세기부터 약 5세기까지 조성시기의 차이를 보이고 있다는 점이다. 11세기 전반기에 조성된 것으로 추정되는 포천 구읍리 석조보살입상과 여말선초시기에 조성된 것으로 볼 수 있는 안성 국사암 석조삼존불입상이 여기에 해당된다. 안성 기솔리에 있는 석불들은 앞에서 언급한 바와 같이 모두 '궁예미륵'으로 불린다. 이 중 국사암 석조삼존불입상이 '궁예미륵'으로 더 많이 알려져 있으며 학술 논문에서도 국사암 석조삼존불입상이 '궁예미륵'으로 언급되고 있다.[30] 포천 구읍리에도 포천 구읍리 석조보살입상과 구읍리 석불입상이 모두 '궁예미륵'으로 불리고 있다. 그러나 11세기 경 조성된 구읍리 석조보살입상이 '궁예미륵'으로 더 알려져 있다. 기 발표된 논문에서도 포천의 경우 구읍리 석조보살입상만이 '궁예미륵'으로 불리고 있으며 여말선초기 조성된 안성 국사암 석조삼존불입상과 더불어 포천의 '궁예미륵'은 궁예의 활동 시기와 관련이 없는 후대의 상들이라고 논의되었다.[31]

궁예 관련 전설의 경우 사실성이 매우 높다는 점은 이미 많은 학자들에 의해 연구된 바 있다. 그러나 '궁예미륵' 석불의 경우 거의 주목받지 못하였다. 그 이유는 앞의 예와 같이 조성시기가 궁예가 활동한 시기와 큰 차이가 나는 국사암 석조삼존불입상이나 구읍리 석조보살입상이 '궁예미륵'으로 더 알려졌기 때문으로 생각된다. 즉, '궁예미륵'으로 알려진 석불들은 궁예 관련 전설의 사실성이 매우 높음에도 불구하고 궁예가 활동한 시기와 동떨어진 양식을 갖고 있는 불상들이 '궁예미륵'으로 더 알려졌기 때문에 전혀 주목의 대상이 될 수 없었다.

이와 같은 특징들을 종합해 보면 원래는 나말여초기의 조각적 특징이 남아 있는

---

30) 최성은, 「태봉 지역 불교미술에 대한 試考」, 『궁예의 나라 태봉』, 일조각, 2008, 204쪽.
31) 위의 글, 204쪽.

안성 기솔리 석불입상과 포천 구읍리 석불입상만이 '궁예미륵'이라 불려졌을 가능성이 높다. 후대에 조성된 국사암 석조삼존불입상과 포천 구읍리 석조보살입상의 경우 처음 조성될 당시에는 '궁예미륵'이라 불리지 않았을 것이다. 아마도 많은 시간이 흐른 후 바로 이웃한 석불들이 '궁예미륵'이라 전칭되는 상황 속에서 이 지역을 찾는 사람들 사이에 '궁예미륵'에 관한 내용이 와전되었을 가능성이 있다. 이러한 이유로 각각의 지역에 있는 두 곳의 석불들 모두 '궁예미륵'이라 칭해지게 된 것으로 보인다. 결국, 원래 '궁예미륵'으로 전칭되었던 석불은 안성 기솔리 석불입상과 포천 구읍리 석불입상이라 할 수 있다. 다음 글에서는 '궁예미륵'에 관한 구비전승이 만들어지게 된 배경을 역사적 사건의 전개과정과 지정학적 환경 등을 통해 살펴보고자 한다.

'궁예미륵' 석불에 관한 구비전승 발생배경

안성 기솔리 석불입상이 '궁예미륵'으로 전칭되는 이유는 불상의 조성배경과 관련된다. 안성 기솔리 석불입상에 대한 구체적인 조성배경은 비뇌성 전투와 관련이 있는 것으로 추정된다. 비뇌성 전투는 궁예와 양길이 중부지역의 패권을 놓고 자웅을 겨룬 전투이다. 이에 대해서는 제4장에서 구체적으로 다루었기에 이 글에서는 포천 구읍리 석불입상이 '궁예미륵'으로 구비전승된 이유에 대해 고찰하고자 한다.

포천 지역은 궁예가 철원에 처음 도읍을 연 896년경에 궁예의 세력권에 편입된 것으로 보인다. 이 지역은 적어도 궁예가 비뇌성 전투에서 승리하는 899년까지 궁예의 통치하에 완전히 들어간 것으로 추정된다. 구읍리 석불입상은 포천 반월산성이 위치해 있는 곳에서 산성 아래쪽 약 300m 떨어진 곳에 세워져 있다.

반월산성은 둘레 1,080m로 단국대학교 박물관 및 동대학 매장문화재연구소에 의해 1994년부터 2001년까지 지표조사와 6차례에 걸친 발굴조사가 진행된 곳이다. 반월산성은 백제에 의해 초축된 이래 지정학적 위치에 의하여 백제·고구려·신라 삼국이 모두 사용한 산성이다.[32] 포천지역에 전해오는 전설에 의하면 반월산성은 궁예가 도읍인 철원을 보호하기 위한 전초기지로 축조됐다고 한다. 이러한 전설이 생기게 된 것은 아마도 당시 궁예가 철원을 방어하기 위한 목적에서 철원 남쪽의 요충지인 반월산성을 개축하여 군사를 주둔시켰던 데에서 생겨났던 것으로 짐작된다. 반월산 성은 철원의 외곽을 방어 하기 위한 가장 중요한 산성이다. 서울 방면에서 철원으로 향하는 대로가 통과하기 때문이다. 궁예가 이곳을 전략요충지로 주목하였던 것은 당연한 조치였다.[33]

포천 반월산성은 지정학적으로 매우 중요한 곳에 위치하고 있다. 남쪽에서 북쪽을 방어할 경우 반월산성이 뚫리게 되면 바로 한강까지 내주어야 되는 상황이 연출된다. 궁예의 입장에서 반월산성의 중요성은 남쪽에서 북쪽을 방어하는 경우와 별반 다름이 없다. 왜냐하면 반월산성이 뚫리게 되면 바로 철원 지역 앞까지 다다를 수 있기 때문이다. 반월산성은 철원을 방어하는 전초기지로써 궁예정권시기 내내 중요하게 이용되었다. 특히 양길과 대치하고 있었을 당시 포천 반월산성은 거의 최전방을 방어하는 전략적 요새였다고 할 수 있다. 이러한 전략적 요새는 궁예정권 하에서 성달에 의해 운영되었다. 이는 아래의 사료를 통해서 알 수 있다.

2-1. 계미(태조6년/923) 춘3월 신해, 命旨城 將軍 城達이 그의 아우 伊達, 端林과 함께 내부하였다.[34]

위의 기록에 의하면 923년 명지성 장군 성달이 왕건에게 귀부하였음을 알 수 있다. 포천의 고구려 때 지명이 마홀군 혹은 명지였던 점에서 알 수 있듯이 명지성 장군 성달은 고구려 國系의식을 갖고 있었던 인물로 볼 수 있다. 포천지역에서 삼국시대 이래 전략적으로 중요하게 사용된 산성은 반월산성이다. 산성의 크기, 교통로와

---

32) 金虎俊,「포천 반월산성 연구(Ⅰ): 삼국~통일신라시대 활용지역을 중심으로」,『文化史學』20, 韓國文化 史學會, 2003, 51 67쪽.
33) 단국대학교 매장문화재연구소,『포천반월산성 종합보고서(Ⅰ)』, 2004, 537쪽.
34)『고려사』권1 태조 세가.

관련된 지정학적 위치 등으로 보았을 때 명지성은 현재의 반월산성으로 볼 수 있다.

궁예정권 시기 반월산성은 수도를 지키는 매우 중요한 전초기지이므로 이 산성의 수장은 당연히 궁예의 충복으로 임명되었을 것이다. 성달이 궁예의 충복이었음은 위의 사료2-1을 통해서도 알 수 있다. 사료2-1에 의하면 성달은 923년이 되어서야 왕건에게 귀부하고 있다. 왕건이 궁예를 몰아내고 고려를 건국한 것이 918년임을 고려할 때 성달은 약 5년 가까이 왕건에게 귀부하지 않고 독자적인 세력을 견지하고 있었음을 알 수 있다. 고려 건국 후에도 성달이 왕건에게 귀부하지 않은 점은 성달 자신이 친궁예적인 인물일 뿐만 아니라 포천 지역 일대가 반왕건 친궁예적 정서가 강한 지역이었기 때문이다.

구읍리 석불입상은 반월산성 동남편, 반월산성이 위치한 청성산의 5부 능선 정도에 위치한 구읍리사지에 세워져 있다. 구읍리사지는 반월산성 남쪽을 지나는 교통로와 떨어진 채 반월산성과 근접하여 위치해 있다. 이는 11세기 전반기에 조성된 구읍리 석조보살입상이 있는 현재의 용화사 위치와 대조된다. 용화사는 반월산성 남서쪽 편기에 위치해 있다. 용화사는 북쪽으로 나가는 노로와 농쪽으로 나가는 도로가 만나는 교차로 부근에 위치해 있어 교통로에서의 접근성이 매우 우수하다. 반면에 구읍리사지는 교통로와의 접근성보다 반월산성과의 관계가 더 고려된 입지조건임을 알 수 있다. 구읍리사지는 현재 남아있는 구읍리 석불입상과 산포되어 있는 유물로 보았을 때 반월산성보다 후대에 건립된 사찰임을 알 수 있다. 즉, 구읍리사지는 반월산성과 관련되어 창건된 사찰일 가능성이 높다.

구읍리사지에서 반월산성의 동치성까지의 직선거리는 300m 정도로 비교적 근접해 있다. 동치성 부근에서는 대규모 기와 건물지가 발굴조사된 바 있다. 이 기와 건물지는 산성에서 보기 어려운 대형 건물지로 누각형의 건물이 있었던 것으로 추정된다. 이 건물지는 한 장소에서 5차례에 걸친 축조가 진행되었는데 1~3차까지의 건물지는 신라시대에 축조된 것이며 4차 건물지는 나말여초기에 축조된 것으로 밝혀졌다. 이곳은 화덕이나 온돌시설이 없는 것으로 미루어 생활유적과 관련이 적은 것으로 판단되었다. 반면 무기류의 출토 빈도가 높고 다른 산성에서 보고된 바가 없을 정도의 큰 규모(1차 건물지의 경우 동서 25m)로 보았을 때 반월산성의 지휘본부로 사용하기 위해 축조한 것으로 추정되었다.[35]

반월산성은 삼국간의 전쟁이나 나당전쟁기간 동안에는 항시 일정 수준의 군대가 주둔하고 있었을 것이다. 그리고 이 군대를 지휘하는 지휘본부는 동치성 주변의 대형 기와 건물지에 자리 잡았다. 궁예 정권하의 경우 양길과의 갈등이 고조되는 기간 동안에는 반월산성의 전략적 위치를 고려했을 때 많은 수의 군대가 항시 반월산성에 주둔한 것으로 볼 수 있다. 반면 궁예가 중부지역의 패권을 장악하고 후삼국간의 전선이 충청도와 경상도 방면으로 확대된 900년을 전후한 무렵 반월산성의 병력배치는 어느정도 변화가 있었을 것이다. 대규모의 병력을 항시 산성에 배치하는 방법에서 소수의 병력만으로 산성을 관리하고 나머지 주력은 전선에 투입하는 방식으로 변경된 것으로 보인다. 이는 아래의 사료를 통해서 알 수 있다.

2-2. 갑신(태조) 7년(924) 주7월에 견훤이 아들 수미강과 양검 등을 보내어 조물군을 공격하거늘 장군 애선과 왕충에게 명하여 이를 구원하게 하였는데, 애선은 전사하였다. 郡人이 굳게 지키니 수미강 등은 이기지 못하고 돌아갔다.[36]

2-3. (태조) 11년(928) 8월에 충주로 행차하였다. 견훤이 장군 관흔을 시켜 양산에 성을 쌓으므로 왕이 명지성 원보 왕충에게 명하여 군사를 거느리고 쳐 쫓게 하였더니 관흔이 대량성(합천)을 지키면서 군사를 풀어 대목군의 곡식을 베어 들이고 드디어 오어곡에 분둔하니 죽령 길이 막히므로 왕충 등에게 명하여 가서 조물성을 정탐하게 하였다.[37]

사료2-1을 보면 명지성 장군 성달이 왕건에게 내부한 해가 923년임을 알 수 있다. 사료 2-2에서는 924년 조물군을 구원하기 위해 나선 왕충이 사료2-3에서는 명지성 원보 왕충으로 불리고 있다. 왕충이 명지성의 책임자로 불린 시기는 928년이다. 사료를 통해 알 수 있듯이 명지성의 책임자가 928년 경에는 성달에서 왕충으로

---

35) 단국대학교 매장문화재연구소, 『포천반월산성 종합보고서(Ⅰ)』, 2004, 499~501쪽.
36) 『고려사』 권1 태조 세가.
37) 『고려사』 권1 태조 세가.

바뀌고 있다. 이러한 상황은 아마도 성달이 사망한 자리를 왕충으로 채웠거나, 아니면 어떤 구실로 성달을 제거하고 왕충을 세웠을 가능성이 있다. 하지만 정확한 내용은 알 수 없다. 그것이 어떻든 928년 이전에 성달은 명지성에서 실력을 상실한 것으로 추정된다.[38]

명지성(반월산성)의 책임자인 왕충은 왕건 정권 하에서 후백제와의 최전선에서 활약하였다. 이는 궁예 정권 하의 성달 역시 전선이 확대되었을 때 최전선에 나가 싸웠을 가능성이 높음을 말해준다. 궁예 정권 하에서 전선이 충청도, 경상도 방면으로 확대되었을 당시 명지성 장군 성달이 휘하의 군사를 거느리고 나갔다면 반월산성의 병력배치는 당연히 변경되었을 것이다. 당시 반월산성은 최전선에서 한참 후미에 위치한 후방에 해당되기에 산성을 관리하는 병력 정도만 주둔시켜도 큰 문제는 없었을 것이다. 산성을 관리하는 병력은 궁예 정권 하에서 여러 차례의 겨울을 보내야 했기에 난방 시설이 되어 있지 않으며 산꼭대기에 위치한 동치성 부근의 지휘소에서 항상 겨울을 보내지는 않았을 것이다. 그렇다면 이들은 어디에 머물렀을까?

여기서 주목되는 장소가 구읍리사지이다. 구읍리사지는 앞에서 언급했듯이 동치성과 직선거리가 300m 밖에 떨어져 있지 않은 곳으로 약 10여분이면 사지에서 동치성까지 다다를 수 있다. 구읍리사지는 사지 바로 서쪽으로 접하여 계곡이 형성되어 있다. 일반적으로 사찰이 위치하는 지역은 능선상에 위치하거나 산으로 둘러싸인 지역에 위치한다. 그러나 구읍리사지는 계곡과 가깝게 위치해 있는데 이는 계곡을 따라 오르면 바로 반월산성에 접근할 수 있기 때문으로 보인다. 구읍리사지는 반월산성에 빠르게 오를 필요가 있는 사람들에 의해 주로 이용되었던 사찰로 볼 수 있다.

사지에 세워진 나말여초기 조각양식의 흔적을 간직하고 있는 석불입상의 존재를 보았을 때 구읍리사지의 창건은 나말여초시기로 추정할 수 있을 것이다. 반월산성의

---

38) 이재범, 「고려 건국 전후 하남 지역의 호족」, 『高麗 建國期 社會動向 硏究』, 京仁文化社, 2010, 267~268쪽.

전략적 이용도를 고려한다면 구읍리사지는 궁예정권기에 초창되었을 가능성이 높다고 할 수 있다. 구읍리사지는 반월산성의 군사적 활용성이 높은 고려초기까지 반월산성에 주둔하는 군인들과 구읍리 일대의 사람들이 이용하는 중요 사찰로 운영되었을 것이다. 그러나 11세기 전기 현재의 용화사 자리에 구읍리 석조보살입상이 세워지고 새로운 사찰이 창건됨으로써 이 지역의 중요 사찰은 구읍리사지에서 현재의 용화사로 옮겨간 것으로 보인다. 11세기 전기 교통로에서 접근하기 용이한 현재의 용화사에 면류관형 보개를 착용한 석불을 만들고 사찰을 창건한 이유는 반월산성의 군사적 중요성이 거의 없어졌기 때문으로 보인다. 고려의 후삼국 통일 후 태조와 광종대를 거쳐 지방의 호족들이 중앙으로 흡수되거나 숙청되고 왕권이 강화됨에 따라 개성보다 남쪽에 위치한 반월산성의 군사적 중요성은 확연히 줄어들었다. 이에 따라 교통로에서 멀고 접근성이 상대적으로 떨어지는 구읍리사지의 활용도 역시 줄어들었을 것이다. 더욱이 11세기 전반기에 접근성이 뛰어난 현재의 용화사가 창건됨에 따라 구읍리사지의 사세는 더욱 위축된 것으로 보인다.

구읍리사지가 위치한 포천지역의 궁예 정권기 역사적 상황을 고찰하였을 때 구읍리사지는 태봉의 전략적 요새인 반월산성과 매우 밀접한 관계를 갖고 있었음을 알 수 있다. 또한 포천지역은 안성지역과 마찬가지로 매우 강한 친궁예적인 성향을 보이고 있는 곳이었다. 이는 포천지역의 성주인 성달이 태조 왕건에 의해 고려가 건국된지 5년이 지난 후에야 왕건에게 귀부하고 있음을 통해 파악할 수 있다. 이러한 역사적 배경을 고려했을 때 구읍리 석불입상은 궁예의 태봉정권 아래에서 구읍리사지의 사찰과 함께 만들어졌을 가능성이 높은 것으로 추정된다. 포천 구읍리 석불입상은 석불의 마모가 매우 심한 편이다. 이러한 이유로 석불의 양식 분석만을 가지고는 조성시기를 정확하게 판단하기 어렵다. 하지만 포천 구읍리 석조보살입상보다 먼저 조성된 것으로 볼 수 있는 양식적 특징과 반월산성 중턱에 위치한 구읍리사지의 입지 조건은 석불의 조성시기를 추정하는데 있어 중요한 고려사항이 될 수 있다. 이를 통해 '궁예미륵'이라 불리는 구읍리 석불입상 역시 궁예 정권기에 조성된 불상으로 추정할 수 있다.

궁예 정권기에 만들어진 구읍리 석불입상은 친궁예적 성격이 강한 포천일대 주민들에 의해 자연스럽게 '궁예미륵'이라 불렸을 개연성이 높다. 포천 구읍리 석불입상은 다음 장에서 서술할 안성 기솔리 석불입상과 더불어 '궁예미륵' 관련 구비전승의 역사적 사실성이 높다는 점을 보여주는 좋은 예라고 할 수 있다.

제3장 '궁예미륵': 안성 기솔리 석불입상

궁예는 스스로 미륵불이라고 칭하였던 만큼 궁예가 직접 창건·중수하거나 아니면 간접적으로라도 그와 관련된 불교유적은 상당수 있을 것이다. 특히 태봉시기를 전후하여 만들어져 사찰에 봉안된 불상들은 상호 간에 유사한 특징이 있을 가능성이 많다.[1] 그러나 아직까지 태봉시기에 조성된 것으로 명확하게 밝혀진 불상은 한 구도 없는 실정이다.[2] 다행인 점은 근래 들어 태봉미술에 대한 연구 성과가 조금씩 축적되기 시작했다는 점을 들 수 있다.[3] 태봉으로 대표되는 궁예 정권기 불교조각에 대한 연구는 현재까지의 축적된 연구 성과를 고려했을 때 연구 대상물의 편년 설정이라는 가장 기초적인 작업부터 시행되어야 하는 것이 현실이다.

궁예 정권기 불교조각 연구를 위해서는 태봉을 발판으로 건국한 고려, 특히 고려

---

1) 김용선 외,『궁예의 나라 태봉』, 일조각, 2008, 15쪽.

2) 최성은,「나말여초 중부지역 석불조각에 대한 고찰: 궁예 태봉(901~918)지역 미술에 대한 시고」,『역사와 현실』44, 한국역사연구회, 2002, 30쪽.

3) 태봉미술에 대한 연구는 다음과 같다(최성은,「나말여초 중부지역 석불조각에 대한 고찰: 궁예 태봉(901~918)지역 미술에 대한 시고」,『역사와 현실』44, 한국역사연구회, 2002 ; 최성은,「나말여초 중부지역의 불교조각과 태봉」,『태봉국 역사문화유적』, 2006 ; 정성권,「泰封國都城(弓裔都城) 내 풍천원 석등 연구」,『韓國古代史探究』7, 한국고대사탐구학회, 2011).

전기 불교미술의 도움을 받아야 한다. 그러나 전체 불교미술 연구에 있어 가장 어려운 시대가 고려전기이다. 고려전기 미술 연구가 어려운 것은 무엇보다 연구의 기초자료가 되는 편년 자료가 매우 드물고, 편년 자료가 있다 하더라도 양식이나 도상 판단의 기준이 되기에는 미흡한 점이 있기 때문이다.[4] 이밖에 삼국시대나 통일신라시대 불교조각 연구와 같이 기준 작품을 설정하고 양식을 비교하는 방법은 나말여초기 이후의 불교조각에는 적용하기에 어려움이 따른다. 이 때문에 나말여초기 이후 조성된 불상의 조성시기를 새롭게 비정해야 한다는 주장이 다양하게 제기되고 있다.

앞장에서 언급했듯이 충주 미륵대원지는 10세기 초, 늦어도 광종(光宗, 949~975 재위)대에는 창건된 것으로 알려져 왔다. 근래에 필자는 충주 미륵대원지의 조성시기에 대해 10세기 초가 아닌 11세기 말~12세기 초였을 가능성을 제기한 바 있다.[5] 또한 11세기에 조성된 것으로 알려졌던 파주 용미리 마애이불병립상은 조선 초인 15세기에 만들어진 것으로 논증된 바 있다.[6] 이밖에 기존 연구에서 13~14세기[7] 만들어진 것으로 나타났던 문경 봉암사 마애불의 경우 늦어도 9세기 무렵에는 조성되었을 것이라 주장되기도 한다.[8] 이와 같이 나말여초 이후 제작된 불상의 편년은 연구자에 따라 반세기 정도의 차이가 아닌 약 2세기에서 심지어 5세기에 가까운 조성시기의 편년차를 보이고 있다. 이는 양식만으로 조성시기를 판단하는 방법은 통일신라 말 이후의 불상조각에서는 정확하지 않을 가능성이 많음을 보여준다. 이러한 문제점을 보완하기 위해서는 좀 더 정밀한 양식분석과 더불어 발굴조사를 비롯한 고고학적 방법, 역사적 상황, 구비전승에 이르기까지 적극적으로 이용할 필요가 있다.

---

4) 강희정, 「고려전기 竹州의 석불조각에 대한 토론문」, 『안성 칠장사와 혜소국사 정현』, 사회평론, 2011, 156쪽.

5) 정성권, 「'中原彌勒里寺址' 조성시기 고찰」, 『東岳美術史學』 9, 東岳美術史學會, 2008(본 논문은 이 책의 12장에 재수록되어 있다).

6) 이경화, 「坡州 龍尾里 磨崖二佛並立像의 造成時期와 背景: 成化7年 造成說을 提起하며」, 『불교미술사학』 3집, 불교미술사학회, 2005.

7) 이태호·이경화, 『한국의 마애불』, 다른세상, 2001, 186~189쪽.

8) 陳政煥, 「後百濟 佛敎美術의 特徵과 性格」, 『東岳美術史學』 11, 東岳美術史學會, 2010, 176쪽.

3-1 안성 기솔리 석불입상 전경

　이 글에서 다루고자 하는 안성 기솔리 석불입상은 '궁예미륵'으로 구비전승되고 있는 석불입상이다. 앞 장에서는 '궁예미륵'으로 전칭되는 안성 기솔리 석불입상과 포천 구읍리 석불입상에 대해 고찰하였다. 그러나 앞 장의 연구는 민속학적 관점에서 진행된 것이기에 구체적인 양식분석이 이루어지지 않았다. 이에 이 장에서는 구체적인 양식분석과 조성시기의 추정이 가능한 안성 기솔리 석불입상에 대해 살펴보고자 한다.

　안성 기솔리 석불입상은 안성시 삼죽면 기솔리 쌍미륵사[9] 경내에 위치해 있으며 경기도 유형문화재 제36호로 지정되어 있다.(도3-1~3) 석불은 지표에서부터의 높이가 약 5.7m인 석주형 석불이다. 이 석불은 마을 주민들에 의해 동쪽의 것은 '남미륵', 서쪽의 것은 '여미륵'이라 불리고 있다.[10] 기솔리 석불입상은 안성시의 문화유적을 소개하는 책자에서 고려시대에 조성된 석불로 알려져 왔으며[11] 고려시대 중기에 조성

---

9) 쌍미륵사에 대해서는 구체적인 연혁을 전해주는 기록이 남아 있지 않다.
10) 석불의 정확한 向은 '여미륵'이 서남쪽에 위치해 있고 '남미륵'이 동북쪽에 위치해 있다.
11) 단국대학교 중앙박물관, 『안성시의 역사와 문화유적』, 1999, 254~255쪽 ; 단국대학교 매장문화재연구소, 『안성시 문화재 실태조사 보고서』, 2005, 62쪽.

된 것으로 소개되기도 하였다.[12] 안성이나 죽산 일대의 문화유적을 다루는 논문에서는 기솔리 석불입상을 고려시대 초반 또는 고려시대 전기에 조성된 것으로 추정하였다.[13] 그러나 이러한 편년설정은 구체적인 양식분석이나 논증을 거쳐 이루어진 것이 아니다. 따라서 본 장에서는 좀 더 세밀하게 기솔리 석불입상의 현상과 양식에 대해 살펴보고 조성시기와 존명을 추정하고자 한다.

현상과 양식적 특성

기솔리 석불입상은 양 쪽 모두 나발이 표현되지 않은 육계를 갖고 있으며 육계 위에는 판석형 보개가 있다. 좌측(向左) 석불의 보개는 방형에 가깝고 폭이 얇은 원형의 판석형 보개이다. 우측 석불의 보개는 부정형이다. 기솔리 석불입상의 상호는 좌측 석불과 우측 석불의 얼굴 높이 대비 전체 높이의 비율은 좌측 석불이 약 1:5이며, 우측 석불이 1:4.5 정도로서 마을 사람들에 의해 '남미륵'이라 불리는 우측 석불의 얼굴이 전체적으로 크게 조성되었음을 알 수 있다. 기솔리 석불입상의 상호는 얼굴의 크기에서 차이를 보이지만 양 불상 모두 높은 육계, 반개한 눈, 상대적으로 짧은 코 등에서 유사점이 확인된다. 하지만 '남미륵'으로 불리는 우측 석불의 입술 모양은 좌측 석불과 다른 모습이다. 우측 석불의 입술은 벌어진 채 조각되어 있으며 입술의 중앙부분을 윗입술부터 아랫입술까지 세로로 도드라진 선이 새겨져 있다.

기솔리 석불입상은 양 석불 모두 통견을 착용하고 있다. 착의 형식에서 주목되는 특징은 양쪽 석불 모두 왼쪽 어깨를 덮는 삼각형 모양의 옷자락이 표현되어 있다는 점을 들 수 있다. '여미륵'으로 불리는 좌측 석불의 경우 왼쪽 어깨를 덮는 넓은 삼각

12) 안성문화원, 『安城文化遺蹟總攬』, 1996, 24쪽.
13) 홍윤식, 「安城 雙彌勒寺佛蹟의 性格」, 『素軒南都泳博士古稀紀念 歷史學論叢』, 민족문화사, 1993 ; 박경식, 「경기도 안성시의 석탑과 석불에 관한 고찰」, 『古文化』55, 한국대학박물관협회, 2000 ; 윤현희, 「竹山地域 佛教遺蹟의 現況과 特徵」, 『奉業寺』, 경기도박물관, 2002 ; 오호석, 「高麗前期 竹州地域의 石佛에 대한 一考察」, 『博物館誌』14, 충청대학 박물관, 2005.

3-2 안성 기솔리 석불입상 (좌측) 3 3 안성 기솔리 석불입상 (우측)

형 모양의 옷자락을 확인할 수 있다. 우측 석불의 왼쪽 어깨 위에도 삼각형 옷주름이 확인된다. 다만 우측 석불의 삼각형 모양 옷주름은 좌측 석불의 삼각형 옷주름보다 크기가 작게 표현되어 있다.(도3-2 · 3)

왼쪽 어깨를 옷자락으로 덮는 형식은 7세기 후반 경 조성된 군위 삼존석불 본존상에서부터 찾아볼 수 있으며 8세기에 들어서 여러 석불과 금동불에서 확인된다. 이러한 형식은 9세기에 들어 크게 유행하였고 나말여초기로 비정된 여러 불상에서 나타난다. 대표적인 불상으로는 남원 계신리 마애불좌상, 대구 팔공산 마애약사불좌상, 傳 적조사지 철불좌상, 포천 출토 철불좌상 등과 후백제 왕실 발원 불상으로 추정되는 봉림사지 삼존불의 본존불상[14] 등을 예로 들 수 있다.

좌측 석불에서 어깨를 덮는 옷자락 이외에 주의하여 살펴볼 착의 형식으로 내의를 들 수 있다. 이 석불은 통견의 대의 안에 왼쪽 어깨에서 오른쪽 겨드랑이 사이로

14) 陳政煥, 「後百濟 佛敎美術의 特徵과 性格」, 『東岳美術史學』 11, 東岳美術史學會, 2010, 183쪽.

사선 형태의 내의를 착용하고 있다. 사
선 형태의 내의 밑에는 리본 같은 매듭이
표현되어 있다. 대의와 울타라승이 겹쳐
진 착의 형식을 하면서 내의 매듭이 리본
처럼 올라온 표현은 9세기에 조성된 예
천 청룡사 석불좌상, 동화사 비로암 석조
비로자나불좌상 등이 있다. 이러한 유형
의 석불좌상은 8세기 말부터 9세기에 걸
쳐 경주를 중심으로 경북 지역에서 다수
조성되었고 점차 전국적으로 퍼져 나갔
던 것으로 보이는데 부석사 자인당 석불

3-4 개태사 석조삼존불입상

좌상, 경북대학교 석조비로자나불좌상,
홍천 물걸리 석불좌상, 창원 불곡사 석조비로자나불 등 많은 예가 전한다.[15]

'님비극'으로 불리는 우측 석불의 상부 착의 형식에서 먼저 눈에 띄는 것은 옷주름
을 들 수 있다. 이 석불은 통견형 대의의 전면에 U자 형태의 평행 띠주름이 가슴 위
부터 무릎 아래까지 흘러내리고 있다.(도3-5) 이러한 옷주름은 도피안사 철불, 골굴
암 마애불 등 9세기에 조성된 불상에서 주로 찾아볼 수 있다. 우측 석불에서 주목되
는 착의 형식 중 또 다른 하나는 몸에 밀착되어 있는 전면이 U자형의 평행 띠주름으
로 표현된 반면 몸에 밀착되어 있지 않은 측면은 마치 날개처럼 표현되어 있는 점이
다. 이러한 옷자락 표현 방법은 개태사 석조삼존불입상의 양 협시보살상에서 확인할
수 있다.이것은 고려 불상 중에서 개태사 석조삼존불입상 이외에 찾아보기 어려운
착의 형식이다.(도3-5~7)

개태사 협시보살상에 나타나 있는 측면 옷자락 표현 방법은 말하자면 노른자를 구
형으로 그대로 남겨놓은 채 흰자 부위만을 반으로 자른 삶은 계란 형태에 비유할 수 있

15) 최성은,『석불: 돌에 새긴 정토의 꿈』, 한길아트, 2003, 202쪽.

3-5 안성 기솔리 석불입상	3-6 개태사 석조삼존불입상	3-7 개태사 석조삼존불입상
(우측 신체)	(우협시보살상 신체)	(좌협시보살상 신체)

다. 측면 옷자락은 반으로 잘린 흰자 부위로 비유할 수 있으며 신체부위는 구형으로 남은 노른자 부위에 비유할 수 있을 것이다. '남미륵'으로 불리는 기솔리 우측 석불의 경우 신체부분이 개태사 협시보살상처럼 양감 있게 돌출되어 있지 않지만 기본적으로 원기둥 형태의 석재를 반으로 잘랐을 때 잘린 부분의 양 측면을 옷자락의 측면으로 사용하고 가운데 부분에 신체를 표현하는 방식은 일맥상통하는 표현 형식이라 할 수 있다. 이와 같은 분석에서 알 수 있듯이 안성 기솔리 석불입상과 논산 개태사 양 협시보살상은 다른 곳에서는 찾아보기 어려운 서로 동일한 양식적 형태틀을 갖고 있다.

기솔리 석불입상(우측)의 하단 옷주름 표현 방법도 눈여겨봐야 되는 의문 표현 방법 중 하나이다. 우측 석불은 대의 자락이 U자 형태로 무릎과 발목 사이의 중간 지점까지 흘러내린다. 전면 신체 부분은 마지막 U자형 주름에서 발목까지 아무런 장식이나 옷주름 표현이 없다. 반면 전면의 양 측면과 측면의 바깥 부분은 폭이 비교적 넓은 여러 갈래의 수직선으로 옷주름을 표현하였다. 이러한 표현 방법은 개태사 석조삼존불입상 중 본존불의 옷자락에서도 찾을 수 있다. 개태사 본존불은 편단우견의 대의를 착용하고 있는데 대의는 무릎까지 사선을 그리며 내려오다가 무릎 아래 부분에서는 두터운 옷주름이 굵은 수직선으로 표현되어 있다.(도3-8 · 9)

기솔리 석불입상 중 우측에 세워져 있는 석불은 뭉툭한 상자형 발을 갖고 있다.(도 3-11) 일반적으로 석불입상이나 마애불 등에서 발의 표현은 생략되거나, 만들더라도 유선형의 신발 모양이나 맨발과 닮은 자연스러운 형태의 모습이다. 그러나 기솔리 석불(우측)의 발은 발의 양 측면과 전면이 수직으로 깎여 있으며 발등 부분은 비스듬하게 경사지게 표현되었다. 기솔리 석불입상에서 확인할 수 있는 상자형 발의 모습은 개태사 석조삼존불입상의 발에서 크기가 더욱 강조된 모습으로 나타난다.(도3-10)

3-8 안성 기솔리 석불입상(우측) 신체 하단 옷주름

3-9 개태사 석조삼존불 본존불 (신체 하단 옷주름)

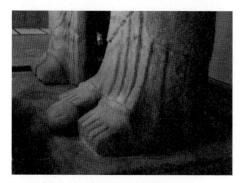

3-10 개태사 석조삼존불입상 본존불 발 모습

3-11 안성 기솔리 석불입상 발 모습(우측)

이렇듯 불상의 발을 상자처럼 크고 뭉툭하게 표현하는 방법은 안성 기솔리 석불입상과 개태사 석조삼존불입상 이외에 다른 곳에서는 유사한 모습을 찾기 어렵다.[16] 이와 같은 측면에서 볼 때 '궁예미륵'이라 전칭되는 기솔리 석불입상의 양식적 특성은 상호와 표현 장식 등에서 일부 차이가 있으나 전체적으로 개태사 석조삼존불입상과 유사한 점이 많다고 할 수 있다.

조성시기와 존명

조성시기

안성 기솔리 석불입상은 앞에서 언급했듯이 통일신라시대 불상의 특징이 잔존해 있다. 안성 기솔리 석불입상이 세워져 있는 곳은 현재 안성시 죽산면 기솔리이다. 죽산면 일대에는 유형문화재나 문화재자료로 지정된 많은 수의 석조불상이 존재한다. 이 많은 석불 중 기솔리 석불입상은 주변 지역의 석불과 조형적 공통성이 나타나지 않는다. 오히려 논산 개태사 석조삼존불입상과 밀접한 양식적 특징을 보이고 있다. 안성 기솔리와 개태사 석불에서 확인되는 양식적 공통점은 원기둥을 반으로 자른 듯한 신체의 형태틀과 상자와 같은 뭉툭한 발 모양을 들 수 있다. 다른 시기와 장소의 작품에서 찾아보기 어려운 특징들이 두 곳의 불상에서 동시에 나타나고 있다. 이러한 점은 두 작품의 조성시기가 크게 차이나지 않기 때문으로 볼 수 있다. 또한 장인 간의 교류 가능성도 상정해 볼 수 있다.

개태사 석조삼존불입상의 조성시기를 살펴보면 『고려사』의 기록을 통해 볼 때, 이 불상은 936[17]~940[18]년 사이에 만들어진 것을 알 수 있다. 기솔리 석불입상의 조

---

16) 경주 배동 석조삼존불입상 중 본존불 발의 경우도 발이 비교적 네모나고 발등이 경사져 있다. 하지만 발의 두께는 얇게 만들어져 있어 상자형 발로 볼 수 없으며, 발 등의 경사면도 발뒤꿈치를 올려 조각했기 때문에 기솔리 석불입상이나 개태사 석조삼존불입상과는 다른 발 모양이다.

17) 『고려사』 권2 태조19년.

18) 『고려사』 권2 태조23년.

성시기는 양식적 특징의 유사성을 고려한다면 개태사 석조삼존불입상의 조성시기와 큰 차이가 없을 것으로 추정된다. 기솔리 석불입상의 조성시기는 개태사 석조삼존불입상과 비교했을 때 그보다 앞서 만들어졌거나 혹은 후에 조성 되었을 가능성을 생각해 볼 수 있다.

죽주지역 석불 및 개태사 석조삼존불입상과의 양식 비교

기솔리 석불입상이 개태사 석조삼존불입상보다 나중에 만들어졌다면 940년 이후 죽주지역에서 만들어진 불상과의 비교가 필수적이다. 비교 대상이 될 수 있는 불상으로는 구체적으로 조성시기의 추정이 가능한 안성 매산리 석조보살입상을 들 수 있

3-12 안성 매산리 석조보살입상

3-13 개태사 석조삼존불(좌협시보살상 상호)

3-14 안성 매산리 석조보살입상 상호

다. 이 석조보살상은 고려 광종11(960)~14년(963)사이에 광종이 스스로를 황제라 칭하면서 이를 대외에 선전하기 위해 주요 교통로 상에 조성한 것으로 볼 수 있다.[19] 매산리 석조보살입상은 면류관형 보개를 착용하고 있어 이중방형 보개를 착용한 논산 관촉사 석조보살입상의 원형(prototype)으로 추정할 수 있다.

　　매산리 석조보살입상의 상호는 개태사 석조삼존불입상의 상호에서 일정부분 영향을 받은 흔적을 찾을 수 있다. 이는 아래턱이 둥글게 발달해 있는 점, 눈이 올라간 각도, 상대적으로 짧은 코, 인중과 아랫입술 밑부분의 세로로 파진 홈 등의 유사점을 통해 알 수 있다.(도3-12~14) 두 석불의 형태틀을 살펴보면, 매산리 석조보살입상 法衣의 양측면은 개태사 협시불이나 기솔리 석조보살입상에서 볼 수 있듯이 마치 날개 형태의 옷자락 모습이다.(도3-12) 그러나 기솔리나 개태사 불상의 것보다 그 폭이 많이 좁아져 있는 것을 알 수 있다. 이는 법의의 양 측면을 날개처럼 표현하는 방법이 개태사 석조삼존불입상 이후 크게 유행되지 않고 점차 쇠퇴하고 있음을 보여준다. 그 이유 중의 하나는 10세기 중후반 경에 조성된 안성 매산리 석조보살입상 이후 11세기 경부터 중부지역에 조성된 고려시대 석불입상은 주로 원형의 신체를 갖고 있는 석주형으로 만들어졌기 때문으로 보인다. 대표적인 예로 11세기 전기에 조성된 것으로 볼 수 있는 당진 안국사지 석불입상과[20] 11세기 말~12세기 초 경에 조성된 것으로 추정 가능한 충주 미륵대원지 석불입상을 들 수 있다.[21](도3-15)

　　안성 매산리 석조보살입상이 개태사 석조삼존불입상의 영향을 크게 받고 있는 점은 다리 사이의 돋을띠를 통해서 확인할 수 있다. 이 돋을띠는 개태사 우협시불의 다리 사이의 끈을 모방한 것으로 보이며, 직접적으로는 개태사 석조공양상 다리 사이

---

19) 丁晟權,「安城 梅山里 石佛 立像 硏究: 高麗 光宗代 造成說을 제기하며」,『文化史學』17, 韓國文化史學會, 2002.
20) 안국사지 석불은 최근의 발굴조사에서 출토된 "太平十.."銘 기와를 통해 조성시기를 유추할 수 있다(충청남도역사문화원,『唐津 安國寺址』, 2006). 이 시기는 遼의 成宗(1021~1030)연간으로서 "太平十.."은 1030년을 가리킨다. 안국사지에서는 막새기와가 단일종류의 것만이 출토되고 있어 "太平十.."銘 기와를 창건기의 기와로 봐도 무방할 것이며 안국사지 석불 역시 이 시기에 완성되었을 것이다(본 책 제12장 304쪽).
21) 충주 미륵대원지에 대해서는 본 책의 12장에 서술하였다.

의 돈을띠 문양이 직접적으로 영향을 준 것으로 생각된다.[22]

안성 매산리 석조보살입상이 고려 光宗대 조성된 이후 이를 모방한 불상이 주변지역은 물론 원주지역까지 나타난다.[23] 안성 기솔리 석불입상이 개태사 석조삼존불입상의 조성 이후에 죽주에서 들어섰다면 960년경 조성된 안성 매산리 석조보살입상과 비슷하였거나 그 영향을 받아 조성되었을 가능성이 높다. 또는 기솔리 석불의 양식적 특징이 960년경 조성된 매산리 석조보살입상에 어떠한 형태로든 영향을 미쳤을 것이다. 그

3-15 충주 미륵대원지 석불입상

러나 기솔리 석불입상에서는 매산리 석조보살입상의 모습이 거의 나타나지 않는다. 오히려 매산리 석조보살입상 법의의 양 측면이 날개 형태로 표현된 모습이 퇴화되고 있는 모습에서 기솔리 석불입상, 개태사 석조삼존불입상에서 유행했던 복식 표현이 쇠퇴하고 있음을 알 수 있다. 이와 같은 분석은 기솔리 석불입상의 경우 매산리 석조보살입상이 직접적인 영향을 받고 있는 개태사 석조삼본불보다 먼저 만들어졌음을 추정할 수 있게 해준다.

---

22) 정성권,「論山 開泰寺 石造供養像 硏究: 조성시기와 조성배경에 관하여」,『佛敎美術』23, 東國大學校 博物館, 2012, 75~76쪽.
23) 안성 매산리 석조보살입상을 모방한 불상으로는 안성 쌍미륵사 마애불, 안성 아양동 석조보살입상, 진천 노원리 마애여래입상, 용인 미평리 석불입상, 용인 목신리 석조보살입상 등을 들 수 있다. 원주 봉산동 석조보살입상의 경우 안성 매산리 석조보살입상을 똑같이 모방하려고 시도하고 있어 주목된다.

통일신라시대 금동불과의 양식 비교

기솔리 석불입상이 개태사 석불입상보다 앞서 조성되었을 가능성은 금동불과의 비교를 통해서도 유추할 수 있다. 기솔리 석불입상과 비교 대상이 될 수 있는 금동불은 현재 일본 도쿄국립박물관에 소장되어 있는 통일신라시대 금동불이다.(도3-16) 이 금동불의 전면에는 U자형 띠주름이 가슴부터 무릎 아래까지 흘러내리고 있으며 무릎 아래, U자형 주름 밑으로는 폭이 비교적 두꺼운 수직의 주름이 발목을 덮고 있다. 왼팔에는 오른쪽에서 넘겨진 법의자락이 걸쳐있다. 이 옷자락은 가슴 부위에서 마치 전면 옷주름처럼 표현되어 있다. 금동불과 석불이라는 재질의 특성에서 오는 차이가 존재함에도 불구하고 기본적으로 기솔리 석불입상과 이 금동불은 취하고 있는 복식 표현에서 유사한 점이 많다. 다만 기솔리 석불입상의 경우 무릎 아래 수직주름이 정면에서는 잘 확인되지 않으나 측면과 배면에서는 도쿄국립박물관 소장 통일신라시대 금동불과 동일한 모습을 보이고 있다.(도3-8 · 16)

3-16 도쿄국립박물관 소장 통일신라시대 금동불입상 정면   3-17 도쿄국립박물관 소장 통일신라시대 금동불입상 측면

기솔리 석불입상이 도쿄국립박물관 소장 금동불과 유사한 형태의 금동불을 모방하여 조성되었을 가능성은 금동불의 좌측 팔과 옆구리가 만나는 지점의 옷주름을 통해서도 유추할 수 있다. 이 금동불의 양쪽 어깨를 걸쳐 아래로 흘러내린 대의는 가슴 부분에서 횡방향의 U자형 주름 안으로 끼어 들어간다.(도3-21 · 22) 일반적으로 통일신라시대 금동불을 비롯하여 나말여초 불상에서 오른쪽 옷주름이 오른쪽 가슴부분의 횡으로 가로지른 옷주름 사이에 끼워져 있는 경우는 철원 도피안사 철불과 여주 계신리 마애여래입상 등에서 간혹 확인할 수 있다. 그러나 도쿄국립박물관 소장 통일신라시대 금동불에서와 같이 왼쪽 가슴부분에 위에서 내려온 대의 자락이 끼어져 있는 경우는 매우 드문 옷주름 표현이다. 이러한 옷주름이 이 금동불에 나타난 이유는 금동불의 측면에서 보면 옷자락이 왼팔을 넘어 걸쳐져 있기 때문이다. 정면에서 보았을 때는 가슴부터 허리 아래로 규칙적으로 흘러내리고 있는 U자형 주름처럼 보이지만, 실제 가슴 부위의 옷주름은 왼쪽 팔을 덮는 오른쪽 법의의 옷자락 주름선이 된다.(도3-21) 오른쪽 옷자락의 끝부분이 왼팔로 넘어가는 모습의 옷 주름은 북위시기에 조성된 불상에서 주로 볼 수 있으며 6세기를 전후한 시기 중국에서 유행한 복제이다.

　　운강석굴 16동 불상은 북위식 복식을 뚜렷하게 볼 수 있는 불상이다.(도3-18) 앞트인 통견이 도식화된 옷주름을 형성하며 몸을 감싸 발목까지 떨어진다. 왼쪽 어깨에서 내려온 가사로 왼팔과 가슴을 덮은 후 오른쪽으로 돌려 앞가슴과 복부부분을 덮은 후 오른쪽 어깨를 휘감아 돌려 가사 끝자락을 왼팔에 놓는다. 이러한 가사 형태는 황제의 冕服과 비슷하다. 북위 불교의 특색인 왕즉불 사상과 연관지어 생각해 보면, 황제를 닮은 불상을 조상하고 황제의 의복인 면복과 유사한 복식을 표현한 것이라 추측할 수 있다.[24] 북위시기에 크게 유행하였던 이러한 복제는 삼국시대 우리나라에서도 일부 받아들인 것으로 보인다. 이는 연가칠년명 금동여래입상이나 계미명 금동삼존불을 통해 유추할 수 있다.

---

24) 고혜련, 『미륵과 도솔천의 도상학』, 일조각, 2011, 138쪽.

통일신라시대에 들어서도 6세기 중국에서 유행하였던 복제 중 오른쪽 옷자락 끝 부분이 왼팔로 넘어가는 형태의 옷주름을 하고 있는 불상이 지속적으로 만들어졌다. 이는 동국대학교 박물관 소장 공주 정안면 출토 납석제 삼존불비상과(도3-19) 국립중 앙박물관 소장 통일신라시대 금동불입상(도3-20), 그리고 앞에서 언급한 도쿄국립박 물관 소장 금동불입상(도3-16) 등을 통해 알 수 있다. 오른쪽 옷자락이 왼쪽 팔로 넘 어가는 복제는 통일신라시대 불상조각에서 크게 유행하지 않았다. 하지만 통일신라 시대 비록 소수이기는 하지만 꾸준하게 만들어지고 있음에 반해 고려시대에 들어서 는 거의 유행되지 않은 것으로 보인다. 이러한 점을 보았을 때 왼팔을 덮는 옷자락의 모습을 취하고 있는 기솔리 석불입상은 통일신라시대 전통이 잔존해 있는 나말여초 기의 상으로 추정할 수 있을 것이다.

기솔리 석불(우측)의 왼팔을 덮는 옷자락 모습을 구체적으로 살펴보면, 도쿄국립 박물관 소장 통일신라시대 금동불의 옷주름과 같이 왼쪽 어깨부터 흘러내린 대의 자락이 왼쪽 가슴과 팔이 만나는 부근에서 가슴을 횡으로 가로지르는 U자형 옷주름 사이에 끼어 들어가고 있다.(도3-22) 대의가 왼쪽 가슴부근에서 횡으로 형성된 옷주

3-18 운강 석굴 16동 불상

3-19 동국대학교박물관 소장
공주 정안면 삼존불비상

3-20 국립중앙박물관소장
금동여래입상

3-21 도쿄국립박물관소장
통일신라 금동불입상 전면 세부

3-22 안성 기솔리 석불입상(우측) 전면 (세부)

름 사이에 끼어 들어가게 된 이유는 금동불을 측면에서 보았을 때와 동일하다. 오른쪽에서 왼팔을 걸쳐 넘어온 옷자락이 왼쪽 어깨부터 아래로 흘러내린 대의를 가리기 때문이다.[25] 기솔리 우측 석불은 앞서 언급한 금동불과 마찬가지로 전면에서 보았을 때 왼팔 위로 길쳐진 옷자락의 표현은 거의 나타나지 않으며 가슴 위부터 U자형 옷주름이 규칙적으로 아래로 흘러내리고 있다. 이는 기솔리 석불입상이 통일신라시대 금동불에 나타난 옷주름 표현 수법을 충실히 모방하고자 하는 의도에 의해 표현된 것으로 볼 수 있다. 기솔리 석불입상과 같이 이러한 세밀한 옷자락 표현은 다른 지역의 고려시대 석불에서는 찾아보기 어렵다. 일반적으로 고려시대 석불의 경우 세밀한 표현 수법보다 괴체적인 표현 방법이나 조금은 투박한 조각 수법을 확인할 수 있다. 따라서 기솔리 석불입상은 통일신라 금동불의 옷주름을 충실히 모방하고 있다는 점에서 고려적 특성보다 통일신라의 특성이 강하게 잔존해 있다고 할 수 있다.

반면 개태사 석조삼존불입상의 경우 양 팔목을 휘어감은 천의가 배 부분에 넓게 닿아 있고 앞자락의 요포 부분에 작은 화문이 장식되어 있다. 또한 다리 사이에 술장

25) 기솔리 우측 석불의 왼쪽 측면에는 오른쪽에서 왼팔을 걸쳐 넘어온 옷자락 표현을 확인할 수 있다.

식이 늘어져 있는데, 이러한 표현은 9~10세기 인도 팔라왕조의 보살상을 수용하여 중국적으로 변용한 것을 고려에 수용된 것으로 생각된다.[26](도3-4·7) 즉, 기솔리 석불입상은 통일신라 금동불의 표현을 보수적일 정도로 꼼꼼히 모방하고 있는데 반해 개태사 석조삼존불입상은 인도나 중국의 새로운 외래양식을 적극 반영하고 있는 것이다. 따라서 기솔리 석불입상은 새로운 외래양식이 본격적으로 유행하기 전, 개태사 석조삼존불입상보다 앞서 조성되었음을 알 수 있다.

작업공정을 통한 조성시기 추정

지금까지의 분석을 통해 안성 기솔리 석불입상의 조성시기가 개태사 석조삼존불입상보다 앞서 있음을 파악하였다. 기솔리 석불입상은 양식분석을 통해 알 수 있듯이 개태사 석조삼존불입상이 본격적으로 만들어지기 시작하는 936년 이전에 조성된 것으로 추정된다. 기솔리 석불입상의 조성시기를 좀 더 구체석으로 추정한다면 918년 이전 조성된 것으로 볼 수 있다. 그 이유는 918년 태조 왕건이 궁예를 축출하고 고려를 건국한 이후 능달에 의해 925년 봉업사가 중창되기 전까지 친궁예 지역이었던 죽주지역에서 대규모 인력과 자본이 동원되는 기솔리 석불입상의 조성작업은 시행되기 어려웠을 것이기 때문이다. 또한 925년 이후는 능달에 의한 봉업사의 중창에서 알 수 있듯이 대규모 불사의 중심은 봉업사에 집중되었기 때문이다.[27]

기솔리 석불입상은 땅에 매몰되어 있는 부분까지 고려한다면 전체 높이가 6~7m 이상 되는 매우 큰 석불이다. 기솔리 석불입상에서 약 20km 떨어진 곳에 만들어진 이천 어석리 석불입상의 경우 높이가 약 4.3m이며, 석불 조성의 효율성을 위해 석불의 몸체를 2개의 돌로 나누어 조립하여 만들었다. 높이 4.1m인 이천 갈산동 석불입상 역시 몸체는 2개의 돌로 나누어 만들었다.(도3-23·24) 이 점을 고려한다면 6m가

---

26) 崔聖銀,「開泰寺 石造三尊佛立像 硏究: 새로운 統一王朝 高麗의 出現과 佛教彫刻」,『美術史論壇』 16·17, 한국미술연구소, 2003, 101~102쪽.

27) 京畿道博物館,『奉業寺』, 2002, 458쪽(능달에 의한 봉업사 중창에 대해서는 본 책의 7장에 서술하였다).

3-23 이천 이석리 석불입상   3-24 이천 갈산동 석불입상

넘는 동돌을 이용하여 석불을 조성한 것은 이 석불이 단지 기솔리 주민들만이 모여 만든 불상이 아니라 대규모의 지원이 조직적으로 이루어진 불상으로 이해해야 할 것 이다.

화강암 1㎥의 무게는 약 2.75톤이다. 기솔리 우측 석불은 석불 전면의 폭이 약 1.2m 이다. 이 석불을 만들기 위해 폭 1.2m, 높이 6m의 직육면체를 옮겼다면 석불을 다듬기 전 원석의 무게는 약 23톤이다. 1톤의 석재를 옮기는데 필요한 인력이 약 9～ 10명 정도로 추산되므로[28] 기솔리 우측 석불을 만들기 위해 동원된 인력을 산술적으로 계산하면 약 200명 정도가 된다. 기솔리 석불이 만약 주변 지역에 만들어진 고려 시대 석불들과 마찬가지로 몸체를 반으로 나누었다면 석불을 만들기 위해 동원된 인력은 100여명 정도로도 충분하였을 것이다. 인력을 절약할 수 있는 방법이 있음에도

---

28) 전북 고창에서 고인돌 개석을 옮기는 실험고고학이 실시된 바 있다. 이 결과 9.8톤의 개석을 85명이 동원 되어 4시간 동안 70m를 이동시켰다(이영문, 『세계문화유산 화순 고인돌』, 동북아지석묘연구소, 2004, 35쪽).

불구하고 일시에 200명 이상 동원되는 방법을 선택하였다는 것은 대규모 자본과 인력을 조직적으로 동원할 수 있는 세력이 후원한 것으로 볼 수 있다.

통일신라말 죽주지역은 죽주적괴 기훤이 활약한 곳이며[29] 899년에는 양길과 궁예가 전쟁을 치른 지역이기도 하다.[30] 통일신라말부터 계속되어 온 죽주지역의 혼란은 궁예가 중부지역을 장악하는 901년 이후에나 수습된다. 당시 죽주지역의 상황을 고려한다면 200명 이상의 대규모 인력을 조직적으로 동원하고 후원할 수 있는 세력으로 궁예정권을 추정할 수 있다. 특히 안성에서 가까운 이천 장암리 마애보살상(981)의 조성에 20명이 동원된 것을 고려한다면[31] 나말여초기에 조직된 장정 200명의 의미는 매우 크다.

200여명의 인력이 기솔리 석불입상을 조성하는데 투입되었다는 점은 이 불상이 단지 지방의 향도들이 힘을 합해 만든 단순한 지방양식의 불상으로만 여길 수 없으며 더 큰 단위의 지원을 생각하게 만든다. 앞에서 언급했듯이 기솔리 석불입상은 개태사 석조삼존불입상보다 먼저 조성된 것으로 볼 수 있다. 죽주지역의 사회적 안정은 899년 숙수지역에서 벌어진 비뇌성 전투 후 중부지방을 궁예가 완전히 장악한 901년 이후나 가능하였다.[32] 925년 이후부터 광종대까지는 주요 불사가 봉업사에 집중되었다. 이러한 점을 고려한다면 교통로에서 떨어져 있는 기솔리에 석불입상을 조성하기 위해 많은 인력을 동시에 동원할 수 있으며 이들을 후원할 수 있는 세력으로 궁예정권을 상정할 수 있을 것이다.

형식분석을 통한 조성시기 추정

기솔리 석불입상이 궁예정권기에 조성된 것으로 추정될 수 있는 근거는 이 석불

---

29) 『삼국사기』 권50 열전10 궁예.
30) 이도학, 「궁예의 북원경 점령과 그 의의」, 『東國史學』 34, 동국사학회, 2007, 196~198쪽.
31) 최성은, 「高麗시대 佛敎彫刻의 對中關係」, 『高麗 美術의 對外交涉』, 예경, 2004, 118쪽.
32) 정성권, 「弓裔와 梁吉의 전쟁, 비뇌성 전투에 관한 고찰」, 『軍史』 83, 국방부 군사편찬연구소, 2012, 200쪽.

입상의 상호에 대한 분석을 통해서도 가능하다. 기솔리 석불(우측)의 상호를 자세히 관찰하면 조성시기를 추정할 수 있는 실마리를 찾을 수 있다. 기솔리 석불의 상호 중 특별히 관심을 갖고 살펴보아야 될 곳은 입술 부분이다. 우측 석불의 윗입술은 양 끝 부분이 아랫입술 밖으로 길게 뻗어 나와 있다. 아랫입술은 윗입술과 떨어져 있어 일 반적인 불상의 입술 모양과 다르게 만들어져 있다.(도3-25)

기솔리 석불(우측)이 입을 벌린 채 조각된 모습은 육안이나 사진으로도 확인할 수 있다. 하지만 3D 스캔을 통한 Z-map 효과나 디지탈 탑본 이미지를 통해 보면 보다 명확하게 확인된다. 입술 부분을 Z-map 효과 이미지로 보았을 때 검게 보 이는 부분과 디지털 탑본 이미지로 보았을 때 흰색으로 나타나는 부분은 주변의 다른 부분보다 들어가 있음을 나타낸다.(도3-28·29)[33] 기솔리 석불의 윗입술과 아 랫입술 사이는 Z-map 효과 이미지상 검게 보이며, 디지털 탑본 이미지로 보았을 때는 흰색으로 보인다. 이는 윗입술과 아랫입술 사이에 공간이 있음을 의미한다. 즉, 기솔리 석불입상은 입을 벌린 채 조각되어 있음을 알 수 있다. 많은 시간 동안

3-25 안성 기솔리 석불입상(우측) 입술 세부

33) Z-map 효과 이미지와 디지털 탑본 이미지는 3D 스캔을 이용한 특허기술이다. 이 기술을 이용하여 자료 사진을 만들어주신 최원호 박사님께 이 자리를 빌어 감사의 말씀을 전한다.

3-26 안성 기솔리 석불입상(우측) 상호

3-27 안성 기솔리 석불입상(우측)
상호 3D 스캔을 이용한 폴리곤 이미지

3-28 안성 기솔리 석불입상(우측)
상호 3D 스캔을 이용한 Z-map 효과 이미지

3-29 안성 기솔리 석불입상(우측)
상호 3D 스캔을 이용한 디지털 탑본 이미지

제3장 '궁예미륵' : 안성 기솔리 석불입상

외부에 노출되어 마모가 상당 부분 진행된 상태이나 이 석불을 만든 장인들은 입을 벌린 불상을 의도적으로 만들었음이 확실하다. 전통사회의 석조불상에는 채색이 가해지기도 하였다. 참배자들이 입술에 채색이 가해졌을 상태의 불상 상호를 보았다면 불상이 입을 벌리고 있는 모습은 지금보다 더욱 선명하게 보였을 것이다.

우리나라에서 입을 벌리고 있는 불상은 기솔리 석불(우측) 이외에 다른 불상에서는 거의 찾을 수 없다. 일본에서도 입을 벌리고 있는 불상을 찾기는 매우 힘들며 필자가 아는 한 중국뿐만 아니라 인도의 불상에서도 입을 벌리고 있는 여래상은 한 점도 없는 것으로 알고 있다. 당시 사람들에게 절대적 존재로 숭앙되었을 불상을 조각함에 있어 기존에는 없었던 이러한 특징을 불상조각에 시도하기 위해서는 합당한 이유가 있어야 할 것이다. 만약 장인들이 불상에서 가장 중요한 상호를 조각할 때 특별한 이유 없이 절대적 존재인 불상의 입을 벌려 조각하도록 지시를 받았다면 분명 그 주문에 반발하였을 것이다. 장인들이 그 지시에 반발하지 않고 작업을 계속하게 하기 위해서는 합당한 교리적 이유를 제공하거나 지시를 거부할 수 없는 강력한 권위자의 명령이 뒷받침되어야 한다.

입을 벌린 부처의 상호를 조각하게 하기 위한 교리적 근거로는 부처의 32길상 중 입과 관련된 '四十齒相', '齒齊相', '牙白相', '大舌相' 등을 조각하기 위한 것이라 말할 수도 있다. 또는 『화엄경』 「노사나불품」에 묘사된 입과 이빨 사이에서 무수한 광명을 발하는 부처의 상이라 설명할 수도 있었을 것이다. 그러나 우리나라 불상 중에 이러한 교리적 근거를 갖고 입을 벌린 채 만들어진 불상이 없었다는 점에서 부처의 입을 벌려 조각해야 되는 장인들을 쉽게 설득하지 못했을 것이다. 결국 입을 벌리고 있는 불상은 부처의 입을 벌리도록 지시하였을 때 그 명령을 거부할 수 없는 권위자의 존재를 생각해 볼 수밖에 없다. 그 권위자로는 우리나라 역사상 왕즉불을 표방한 유일한 국왕인[34] 궁예를 상정할 수 있을 것이다. 만약 기솔리 석불입상의 입을 벌려 조

---

34) 남동신, 「나말여초 국왕과 불교의 관계」, 『역사와 현실』 56, 한국역사연구회, 2005, 85쪽.

금학산(947m)

고대산(831m)

철원 동송읍 마애불입상
위치

3-30 풍천원 석등 원경 (북쪽에서 남쪽 방향을 향해 찍은 사진)

각하게 한 이가 궁예라면 거기에는 특별한 이유가 있을 것이다. 그 이유는 궁예 스스로 미륵이라 칭한 점을 미루어 생각한다면 하생한 미륵이 설법하는 장면을 연출하고자 한 의도가 있는 것으로 추정할 수 있다.

이러한 추정에 대한 근거로는 철원 동송읍 마애불입상을 들 수 있다. 동송읍 마애불입상은 금학산의 동쪽 기슭에 위치해 있다. 이곳은 사진(도3-30)에서 알 수 있듯이 태봉국도성 내 왕궁성에서 남쪽을 바라보았을 때 한눈에 들어오는 곳으로 지정학적으로 매우 상징적인 곳에 위치해 있다. 마애불이 바라보는 방향에는 태봉국도성으로 바로 연결되는 주요 교통로인 현재의 87번 국도가 지나고 있다. 마애불상의 전체 크기는 5.76m에 달하는 웅대한 규모이다. 그 위치가 지면보다 높게 우뚝 솟아 있어서

3-31 동송읍 마애불   3-32 동송읍 마애불 상호

마지 천계에서 하강하는 여래의 모습을 연상하게 한다.[35](도3-31)

　동송읍 마애불은 가사와 군의 위에 넓은 띠 모양의 옷주름을 하고 있는데 이는 9
세기 후반부터 고려초까지 유행한 것이다. 수인은 오른손을 아래로 내려서 중지와
무명지를 가볍게 안으로 접고, 왼손은 올려서 엄지와 검지를 살짝 맞대고 중지와
무명지는 안으로 구부리고 있다. 이러한 수인은 통일신라시대나 당대의 불상에서
비교적 일반적으로 많이 확인되는 것으로 미륵불의 수인이라고 추정된다. 마애불
에 나타나는 나말여초기의 조각적 특징과 마애불이 위치하고 있는 입지여건을 종
합해 볼 때 동송읍 마애불입상은 태봉의 미륵사상과 연관지을 수 있는 불상으로 추
정 된다.[36]

　이 마애불입상의 윗입술은 'ㄱ'자 형태로서 윗입술의 양쪽 끝부분이 밑으로 길게

35) 江原大學校博物館, 『鐵原郡의 歷史와 文化遺蹟』, 1995, 79쪽.
36) 최성은, 「나말여초 중부지역 석불조각에 대한 고찰: 궁예 태봉(901~918)지역 미술에 대한 시고」, 『역사
　　와 현실』44, 한국역사연구회, 2002, 53~54쪽.

향한 채 입을 벌리고 있는 모습이다.(도3-32) 현재 마모가 심하게 진행되어 입을 벌린 모습을 육안으로 명확하게 확인할 수 없다. 하지만 윗입술의 모양과 전체 입술의 두께로 보아 동송읍 마애불은 입을 벌리고 있는 입술 형태로 보인다. 이와 같이 우리나라뿐만 아니라 중국·일본에서도 거의 찾아보기 어려운 입을 벌리고 있는 불상이 유독 궁예 정권기에 조성된 것으로 추정되는 석불에서만 보이는 점은 주목되는 특징이다. 이는 입술 모양이 상징하는 바가 있기 때문으로 생각되며 그 상징하는 의미는 앞에서 언급한 설법하는 미륵, 즉 스스로 미륵이라 칭한 궁예를 상징하는 것으로 여겨진다.

궁예는 불교 경전 20권을 친히 짓기도 하였는데 석총이 "모두 사특한 설, 괴이한 말로서 교훈이 될 수 없다."[37]라고 비난을 할 만큼 궁예의 불교관은 기존의 불교 해석을 뛰어넘는 독창적이고 자유분방한 점이 있었다. 만약 궁예가 당시의 사람들에게 절대적 존재로 숭상되는 불상의 입을 벌려 조각하게 지시하였다면 이는 대단히 파격적인 일로 받아들여졌을 것이다. 입을 벌린 불상의 조성은 당시 사람들에게 받아들여지기 어려운 도상이었을 것이다. 석총이 궁예를 신랄하게 비난한 원인은 아마도 궁예의 이러한 파격적인 불상 조성 역시 한 원인이 되지 않았을까 생각된다.[38]

---

37) 『삼국사기』 권50 열전 10 궁예.

38) 궁예가 부처의 입을 벌려 조각하게 한 또 다른 이유는 불상에 나타난 입술 모양을 통해 유추해 볼 수 있지 않을까 생각한다. 대개 불상의 입술은 단아하게 양 입술을 다물고 있는 모습이며 간혹 미소를 머금은 입술을 갖고 있는 불상은 있지만 입을 벌리고 있는 불상의 모습은 거의 없다. 그럼에도 불구하고 '남미륵'으로 불리는 기솔리 석불은 입술을 벌리고 있는 모습으로 만들어졌을 뿐만 아니라 입술 중앙에 세로로 돌출된 선 모양을 만들어 놓고 있다. 이렇게 입 모양을 만든 이유는 사진 자료와 디지털 탑본 이미지에서 확인할 수 있듯이 의도적으로 만든 것임을 알 수 있다. 그렇다면 그 의도를 어떻게 해석해야 될까? 입술의 모양을 벌린 채 조각하고 그 위에 세로의 선을 올려놓았다는 점은 觀佛修行하는 사람들에게 특별한 이미지를 떠오르게 하기 위한 의도된 시도로 보인다. 觀佛은 수행자가 선정에 들어 일심으로 부처의 佛身, 相好와 공덕까지 떠올리며 觀하는 행위를 가리킨다(고혜련, 『미륵과 도솔천의 도상학』, 일조각, 2011, 70쪽). 상호를 觀할 때 자연스럽게 입술의 모양은 눈에 들어오게 된다.
이 의도된 시도를 조금 더 적극적으로 해석한다면 기솔리 석불입상의 입이 벌어진 채 입술 가운데 세로 선이 새겨진 이유를 설명할 수 있지 않을까 생각된다. 안성 기솔리 석불입상의 입은 도3-25에서 보는 바와 같이 활 모양을 하고 있다. 특히 윗입술의 양 끝 부분이 아랫입술보다 길게 옆으로 뻗어 조각된 모습은 다른 불상의 입술 모양에서는 찾아보기 힘든 형태이다. 윗입술을 아랫입술 옆으로 길게 뻗어 조각한

구비전승을 통한 조성시기 추정

앞에서 언급하였듯이 나말여초기 이후의 불교조각에 대한 연구는 양식적 특성의 비교뿐만 아니라 고고학이나 민속학과의 학제간 연구가 도움을 줄 수 있다. 특히 궁예 관련 전설의 사실성은 2장에서 살펴보았듯이 잘 알려져 있으며 이미 국문학이나 민속학계에서 매우 높게 평가되고 있다.

근래 들어 궁예 관련 설화의 사실성은 역사학계에서도 주목하고 있다. 특히 궁예 관련 구비전승의 연구 성과 중 가장 주목되는 결과를 이끌어 낸 이는 이재범이라 할 수 있다. 그는 궁예관련 전설을 분석하며 궁예 전승의 특징으로는 집중석, 구체성, 통일성을 들었다.[39] 이밖에 궁예관련 구비전승의 특징으로 희소성을 들 수 있다. 현재 우리나라에서 '궁예미륵'으로 불리는 석불은 안성 기솔리와 포천 구읍리에서만 전

이유는 안성 기솔리 석불입상의 입술이 활 모양으로 보이게 하기 위해서인 것으로 추정된다. 입술 중앙의 세로선은 화살이 올려진 활 모양을 만들기 위해 의도적으로 조성한 것으로 보인다. 그렇지 않다면 이빨의 모양도 아니며 입술의 모습도 아닌 세로선을 조각할 필요 이유가 되는 것으로 추정된다. 이가 아니기 때문이다. 안성 기솔리 석불입상 중 '남미륵'의 입술은 기솔리 석불입상 앞에 서서 불상의 상호를 觀할 때 떠오르는 상이 활이 되게 불상의 입술을 만든 것이라 추정해 볼 수 있다.

불상의 상호에서 활을 觀할 수 있게 만든 이유는 弓裔라는 이름을 통해 유추가 가능하다. 弓裔라는 이름은 문자 그대로 '활의 후예'라는 뜻이다. 궁예는 출가 후 스스로 善宗이라 일컬었으나 후에 스스로 弓裔 즉, '활의 후예'라 칭하였다. 여기서 말하는 활의 의미는 '활'이라는 이름 자체를 갖고 있었던 주몽을 뜻한다(활이 주몽을 뜻한다는 출전은 朴漢卨, 「弓裔姓名考」, 『韓國學論叢-霞城李瑄根博士古稀紀念論文集』, 李瑄根博士古稀紀念論叢刊行委員會, 1974, 76~79쪽). 곧, 궁예의 이름이 갖고 있는 의미는 朱蒙(高句麗)의 후예라는 의미가 되겠다. 궁예가 처음 세운 나라의 이름이 後高句麗(高麗)라는 점과 궁예의 활동 초기 고구려 계승 의식을 강하게 강조한 점 등에서 궁예가 자신의 이름을 '활(朱蒙)의 후예'로 개명한 이유를 확인할 수 있다. 弓裔의 이름에서 알 수 있듯이 활은 궁예를 상징하는 하나의 아이콘(icon)으로 볼 수 있다. 기솔리 '남미륵'의 입술이 마치 화살이 걸쳐진 활의 모습으로 표현된 이유는, 기솔리 '남미륵'이 현세의 미륵불이며 '활의 후예'라는 이름을 갖고 있었던 궁예를 상징화하여 조각한 것임을 보여주려는 의도된 표현 때문이라 생각된다. 彌勒觀心法을 수행하기도 한 궁예는 기솔리 석불의 상호에 활모양을 조각함으로써 불상의 상호를 觀하는 참배자로 하여금 이 부처가 현생한 미륵불인 궁예를 형상화하여 만든 '궁예미륵'임을 확실하게 인식할 수 있게 한 것으로 추정할 수 있다(정성권, 「'궁예미륵' 석불입상의 구비전승적 연구-안성 기솔리 석불입상, 포천 구읍리 석불입상을 중심으로」, 『民俗學研究』30, 국립민속박물관, 2012, 102쪽).

39) 이재범, 「철원 지역의 궁예 전승과 고려 재건에 대한 평가」, 『高麗 建國期 社會動向 研究』, 京仁文化社, 2010, 175쪽(이재범의 궁예 관련 구비전승에 대한 구체적인 분석은 본 책의 2장에 서술하였다).

해 지고 있다. 안성 기솔리에는 쌍미륵사와 국사암이 약 400m 간격으로 떨어져 위치해 있다. 포천 구읍리에는 구읍리사지와 용화사가 약 1km의 간격을 두고 있다. 각각의 사찰과 사지에는 석불들이 세워져 있는데 이 석불들은 모두 '궁예미륵'으로 전칭되고 있다. 이 중 궁예와 관련지을 수 있는 석불은 나말여초기의 양식적 특징이 남아 있는 안성 기솔리 석불입상과 포천 구읍리 석불입상을 들 수 있다. 궁예의 활동지역은 한반도 중부지역 전체와 나주를 포함한 전남지역 일대까지 광범위하다. 이렇게 넓은 지역에 궁예가 활동하였음에도 '궁예미륵'으로 전칭되어 오는 불상은 필자가 아는 한 오직 안성 기솔리와 포천 구읍리밖에 없다.

궁예관련 전승의 사실성과 '궁예미륵'으로 불리는 석불입상들의 희소성에도 불구하고 '궁예미륵' 석불입상은 학문적으로 전혀 주목을 받지 못하였다. 그 이유는 2장에서 살펴보았듯이 궁예의 활동시기와 관련이 없는 국사암 석조삼존불입상(여말선초), 포천 구읍리 석조보살입상이(11세기) 더 많이 알려져 있기 때문이다. 또한 안성 기솔리 석불입상과 포천 구읍리 석불입상 역시 세밀한 분석 없이 고려전기 석불로 소개되어 왔기 때문이다.

포천 구읍리에 전하는 궁예관련 구비전승은 포천 반월산성을 궁예가 쌓았다는 내용과 구읍리에 있는 두 구의 불상이 '궁예미륵'이라 불리고 있다는 정도의 내용이다. 이에 반해 안성 기솔리에 전하는 궁예 전승은 매우 구체적인 모습을 띠고 있다. 기솔리에 남아 있는 궁예 전설은 국사봉에서 궁예가 무예를 닦았으며 쌍미륵사에서 설법을 하였고 궁예의 설법을 듣고 그를 존경하게 된 사람들이 미륵을 세웠다는 것이다.[40] 국사봉은 안성 기솔리 석불입상이 위치한 쌍미륵사 뒷산의 정상부이다. 이밖에 궁예가 죽주에 머무른 1년 남짓한 기간 동안 그는 삼죽면 기솔리 뒷산 터골에 근거지를 두고 있었다는 구전이 전한다.[41]

민간에서 채록된 구비전승의 사실성을 완전히 신뢰할 수는 없을 것이다. 하지만

---

40) 경기도박물관, 『경기민속지 VII』, 2004. 221쪽.
41) 京畿道博物館, 『奉業寺』, 2002, 499쪽.

앞에서 언급한 바와 같이 궁예 전승의 사실성이 매우 높다는 점을 감안한다면 안성 기솔리에 전해지는 궁예 전승은 일정 정도의 역사적 사실성을 담보하고 있다 할 수 있다. 앞에서 고찰한 바와 같이 기솔리 석불입상은 개태사 석조삼존불보다 앞선 통일신라 말의 양식적 특성을 갖고 있다. 또한 이 석불은 주변 지역의 석불상들과 다르게 200명 이상의 대규모 인력이 동원되어 만들어졌다. 이밖에 불상이 입을 벌리고 있는 모습은 다른 곳에서는 거의 찾아볼 수 없고 오직 궁예 정권기에 조성된 것으로 추정된 철원 동송읍 마애불입상과 5장에서 서술한 나주 철천리 석불입상에서만 나타나고 있다. 이러한 점을 고려한다면 기솔리에 전해지는 구비전승 중 궁예가 기솔리 일대에 1년 정도 머물렀고 궁예 정권기에(그의 설법을 들은 사람들이 불상을 세웠음으로) 석불이 세워졌다는 내용은 역사적으로 사실일 가능성이 높은 것으로 보인다.

이 중 궁예가 기솔리 일대에 1년 정도 머물렀다는 내용은 사료를 통해서도 추정이 가능하다. 궁예는 진성여왕 즉위 5년(891)에 죽주적괴 기훤에게 의탁하였다. 그러나 기훤은 궁예를 업신여기고 잘난 체하며 예우하지 않았다.[42] 이에 궁예는 892년 北原(원주)의 양길에게로 간다.[43] 사료에서 언급되고 있는 죽주적괴 기훤은 현재 죽주일대의 지정학적 조건을 고려하였을 때 봉업사나 봉업사 뒤편의 죽주산성에 웅거하고 있었을 것이다. 죽주산성은 동쪽으로 장호원까지 평야와 낮은 구릉으로 탁 트여져 있어서 시계가 매우 좋다.[44] 이밖에 북쪽과 남쪽 역시 산성에서 조망이 양호한 평야에 가까운 구릉지대이다.

자신에게 투탁한 궁예를 기훤이 업신여기고 잘 대우해주지 않았다는 내용은 궁예를 자신의 거처인 죽주산성이나 봉업사에 머무르게 하지 않고 죽주 지역의 외곽방어에 종사시킨 것으로 이해할 수 있다. 그렇다면 죽주 지역에서 외곽방어의 필요성이 크게 대두되는 지역은 죽주산성에서 시계가 한정된 서쪽지역으로 추정 가능하다. 기솔리는 죽주산성에서 서쪽으로 약 8km 정도 떨어진 곳이다. 이 지역은 국사봉 지맥

---

42) 『삼국사기』 권50 열전10 궁예.
43) 『삼국사기』 권50 열전10 궁예.
44) 단국대학교 매장문화재연구소, 『안성 죽주산성 지표 및 발굴조사 보고서』, 2002, 28쪽.

이 남북으로 형성되어 있어 죽주지역과 현재의 안성지역을 지리적으로 나누는 경계선 부근에 해당한다.(도4-1) 즉, 궁예가 1년 정도 기솔리에 머물렀다는 구비전승은 궁예를 대우하지 않았다는 죽주적괴 기훤에 관한 사료를 통해 보았을 때 사실성이 매우 높다고 할 수 있다. 이와 더불어 궁예 정권기에 기솔리 석불이 조성되었다는 구비전승 역시 양식적 특성을 고려하였을 때 사실성이 높은 것으로 간주된다. 안성 기솔리 석불입상은 양식적 특성과 사실성이 높다고 연구된 궁예 관련 전승이 상보하는 관계를 맺고 있다. 이 점에서 기솔리 석불입상은 궁예정권기에 조성되었을 가능성이 높은 것으로 판단된다.

존명 추정

앞에서 살펴본 바와 같이 현재 '남미륵'으로 불리는 기솔리 석불입상(우측)은 궁예를 상징화한 미륵으로 추정된다. '여미륵'으로 불리는 좌측 석불의 경우 석불들이 세워진 위치로 보아 '남미륵'과 동시에 조성된 것으로 볼 수 있다.[45] 우리나라에서 두 구의 불상이 함께 조성되는 경우는 『법화경』「견보탑품」에 근거한 이불병존상으로 다보불과 석가불이 있으며 법상종 계통에서 미륵과 아미타, 미륵과 지장을 조성하는 경우가 있다. 우리나라에서 조성된 대표적인 이불병존상으로는 괴산 연풍리 마애이불좌상을 예로 들 수 있다. 기솔리 우측 석불의 경우 미륵불로 볼 수 있기에 「견보탑품」에 근거한 이불병존상과 연결시킬 수 없다.

---

45) 석불은 대지 중앙에서 각각 5m씩 떨어져 대지의 측면 부근에 각기 세워져 있다. 지형이 크게 변하지 않은 대지의 측면에 2기의 석불이 10m의 간격을 두고 각각 세워져 있는 점은 처음부터 2기를 한꺼번에 세운 조성의도를 보여준다. 왜냐하면 1기의 석불만을 세울 경우 대지의 중앙에 석불을 세우게 되는데 2기의 석불이 대지의 측면에 세워져 있다는 것은 두 석불이 동시에 조성된 것임을 말해 준다. 처음 1기의 석불(A)을 대지의 중앙에 세운 후 시간이 흐른 후 다른 석불(B)을 세우기 위해 처음 세운 석불(A)을 뽑아서 대지의 측면에 다시 세운 후 다른 측면에 석불(B)을 세울 수도 있다. 이러한 방법이 실제 사용되었는지는 발굴조사를 진행하면 쉽게 알 수 있다. 그러나 현실적으로 땅 밑에 묻힌 부분까지 합쳐 6m 이상 되는 기존의 거대한 석불을 옮겨가며 후대에 새로운 석불을 세웠을 가능성은 매우 희박하다 할 수 있다. 이러한 이유로 안성 기솔리 석불입상 2기는 동시기에 조성된 것으로 보는 것이 합리적이다.

궁예는 세달사에 있을 때 진표계 미륵신앙을 접한 것으로 알려져 있다.[46] 진표계 미륵신앙의 신앙대상은 지장과 미륵이다.[47] 그런데 기솔리 좌측 석불의 경우 도상학적으로 지장보살상이 될 수 없다. 또한 궁예가 지은 경전과 강설이 "모두 사특한 설, 괴이한 말로서 교훈이 될 수 없다"고 지적한 석총의 경우 진표의 제자 석충으로 여겨지고 있는 점으로 보아 궁예는 진표의 미륵신앙을 접하였으나 이를 변형시킨 것으로 보인다. 미륵을 주존불로 하는 신라 법상종의 계파는 크게 미륵과 아미타를 모시는 계통과 미륵과 지장을 모시는 계통으로 나누어진다.[48] 전자는 태현에 의해 대표되며, 후자는 앞에서 언급한 진표에 의해 대표된다. 궁예의 경우 자신을 미륵불, 장자를 청광보살, 차자를 신광보살로 칭하였다. 지금까지의 연구 성과에 의하면 청광보살은 관음을 상징한 것이며 신광보살은 아미타를 다른 이름으로 부른 것이라 한다.[49]

미륵과 아미타 관음이 함께 나오는 이야기는 『삼국유사』에서 찾아볼 수 있다. 성덕왕 때(709) 노힐부득과 달달박박이 여인으로 현신한 관음의 도움으로 미륵과 아미타불로 성불하였는데 이들이 성불한 곳에 경덕왕이 남백월산南白月寺를 선립(764)하고 미륵, 아미타의 양불을 조성하였다.[50] 미륵과 미타를 모시는 태현계의 법상종파에서는 관음이 중시되어 신앙되었는데, 이 삼존은 곧 궁예의 부자가 스스로 표방한 삼존과 일치한다. 이 점은 궁예의 법상종 신앙이 백월산 계통의 법상종 전통을 계승하였음을 알려준다.[51] 앞에서는 기솔리 석불입상 중 '남미륵'으로 전칭되는 우측 석불의 경우 입을 벌리고 설법하는 형상을 나타낸 미륵불로 추정하였다. 궁예의 법상종 신앙이 백월산 계통의 법상종 전통을 계승하였다면 기솔리 좌측 석불은 아미타불로 볼

46) 조인성, 『태봉의 궁예정권』, 푸른역사, 2007, 49~51쪽.
47) 洪潤植, 「新羅時代 眞表의 地藏信仰과 그 展開」, 『佛教學報』34, 동국대학교 불교문화연구원, 1997, 356쪽.
48) 문명대, 「新羅 法相宗의 成立問題와 그 美術 下」, 『歷史學報』63, 역사학회, 1974, 159~160쪽.
49) 梁敬淑, 「弓裔와 그의 彌勒佛 思想」, 『北岳史論』3, 북악사학회, 1993, 128쪽.
50) 『삼국유사』권3 탑상 남백월이성조.
51) 金杜珍, 「高麗初의 法相宗과 그 思想」, 『韓㳓劤博士停年紀念史學論叢』, 지식산업사, 1981, 221쪽.

수 있을 것이다.[52]

　안성 기솔리 석불입상이 세워져 있는 지역은 교통로와 인접한 곳이 아니다. 이곳은 기솔리 석불입상 북쪽에 위치한 국사봉에서 흘러내린 지맥이 동·서를 막아서 있는 곳이며 사람도 많이 살고 있지 않는 궁벽한 곳이다. 이런 곳에 궁예가 지상에 노출된 높이만도 6m에 가까운 거대한 석불입상을 2개나 세웠다면 무엇인가 특별한 이유가 있었을 것이다. 아마도 이 장소가 특별한 역사적 의미를 부여할 수 있는 장소이기 때문으로 추정된다. 다음 장에서는 현재의 쌍미륵사에 안성 기솔리 석불입상이 조성된 배경에 대해 살펴보고자 한다.

---

52) 현재 석불이 위치해 있는 向의 경우 대지 중앙을 중심으로 보면, 미륵으로 추정되는 우측 석불의 경우 동북 방향, 아미타불로 추정되는 좌측 석불의 경우 서남 방향을 향하고 있다. 우측 석불을 서방 극락정토의 주재자인 아미타불로 추정하였을 경우 일단 석불이 위치해 있는 향과는 부합된다.

제4장 '궁예미륵' 조성배경 : 궁예와 양길의 전쟁, 비뇌성 전투

궁예는 우리나라의 역사적 인물 중 가장 극적인 삶을 보여주는 자이다. 태어나자마자 죽을 운명에 처했던 궁예는 유모의 손에 구해져 세상과 등진 채 어린 시절을 보냈다. 이후 통일신라 말 호족의 각축장에 뛰어든 궁예는 우여곡절 끝에 새로운 국가를 세우고 마침내 스스로 신(미륵)의 위치까지 올랐다. 궁예의 최후는 살 알려서 있듯이 사신의 심복이었던 왕건에 의해 죽임을 당하여 마무리짓게 된다. 이렇듯 궁예의 삶은 그 자체가 한편의 극적인 드라마를 보는 듯하다. 그의 파란만장한 삶 중에는 개인의 운명뿐만 아니라 민족사의 방향을 전환하는 중대한 사건이 여러 차례 발생하였다. 그 중 하나로 뽑을 수 있는 사건이 바로 非惱城 전투이다.

비뇌성 전투는 궁예와 양길이 한강 유역과 중부지역의 패권을 놓고 자웅을 겨룬 전쟁이었다. 이 전쟁은 승패에 따라 궁예와 양길, 개인들의 운명뿐만 아니라 통일신라 이후 등장하게 되는 새로운 국가의 방향성마저 정하게 되는 매우 중대한 전쟁이었다. 그동안 비뇌성의 위치에 대해서는 많은 주장이 제기되어 왔다. 이 중 근래의 연구 성과는 죽주산성을 비뇌성으로 비정하였으며 설득력을 얻고 있다.[1]

이 글에서는 궁예세력의 형성 과정과 더불어 비뇌성의 정확한 위치와 토착세력에

---

1) 이도학, 「궁예의 북원경 점령과 그 의의」, 『東國史學』34, 동국사학회, 2007.

대해 살펴보았다. 이와 더불어 비뇌성으로 추정되고 있는 죽주산성의 입지를 분석하여 비뇌성 전투가 벌어진 전장의 위치를 추정해 보았다. 비뇌성 전투는 양길이 자신의 전 병력을 소집하여 궁예를 공격한 총력전이라 할 수 있다. 당시의 상황을 고려했을 때 객관적인 병력은 양길이 궁예보다 앞서 있었던 것으로 보인다. 그럼에도 불구하고 궁예는 비뇌성 전투에서 양길에게 대승을 거두었다. 이 글에서는 궁예가 크게 승리할 수 있었던 원인에 대해서도 살펴보았다.

궁예세력의 형성 과정과 비뇌성의 위치

1장에서 언급하였지만 궁예세력의 형성과정을 다시 한 번 살펴보면 다음과 같다. 『삼국사기』에 의하면 궁예는 10대에 출가하여 세달사로 가서 승려가 되어 선종이라고 자호하였다.[2] 궁예는 세달사에서 대망의 꿈을 품고 세달사와 인근지역에서 세력을 모은 후 진성여왕 5년(891) 죽주적과 기훤에게 투덕하였다.[3] 궁예는 기훤에게 의탁하였으나 기훤은 궁예를 잘 대접하지 않았다. 이에 궁예는 892년 기훤을 떠나 북원의 양길에게 투신하였다. 양길로부터 기병 100여기를 받은 궁예는 북원의 동쪽 부락과 명주 관내인 주천, 내성, 울오, 어진 등 10여 군·현을 습격하기도 하였다.[4]

894년 10월 궁예는 600명의 무리를 이끌고 명주에 들어갔으며 이때에 스스로 장군이라 칭하였다.[5] 895년 3,500명을 이끌고 명주를 떠난 궁예는 그해 8월에 철원일대를 장악하고 896년에는 철원에 도읍을 열었다. 898년 7월에는 패서도와 한산주 관내의 30여 성을 취하였고 송악군에 도읍하였다.[6] 이후 궁예의 세력은 더욱 커졌고 이에 위기의식을 느낀 양길은 휘하 30여개 성의 정예 병력을 동원하여 899년 궁예

---

2) 『삼국사기』 권50 열전10 궁예.
3) 『삼국사기』 권50 열전10 궁예.
4) 『삼국사기』 권50 열전10 궁예.
5) 『삼국사기』 권11 신라본기11 진성왕8년.
6) 『삼국사기』 권12 신라본기12 효공왕2년.

를 공격하였다. 그러나 양길의 군대는 비뇌성 아래에서 궁예의 역습을 받아 궤멸되었다.[7] 비뇌성 전투의 승리를 통해 궁예는 한반도 중부지역의 패권자로 등극하였다. 또한 이 승리는 901년 궁예가 스스로 왕으로 칭하고 후고구려를 건국할 수 있는 결정적인 계기가 되었다.

이처럼 중요한 비뇌성의 위치에 대해서는 그동안 가평군 하면 현리[8], 경기도 광주와 안성 사이의 구간[9], 철원군 김화읍[10], 양평군 양평읍[11] 등으로 비정되기도 하였다.[12] 하지만 최근의 연구 성과는 비뇌성의 위치가 현재 안성 죽주산성임을 논증하고 있다.[13] 비뇌성의 위치 비정에 논거가 되는 자료는 『고려사』 권94 「지채문전」에 나오는 현종의 몽진 노정이다. 현종은 거란의 침입을 받아 나주로 몽진할 때 광주 → 비뇌역 → 양성(안성시 양성면) → 사산현(직산) → 천안부의 노정을 거치는데 광주와 양성 사이에 있는 비뇌역이 비뇌성의 위치를 비정하는데 중요한 논거 역할을 한다. 현종의 몽진 기사인 사료4-1의 내용을 살펴보면 비뇌역의 위치를 추정할 수 있다.

4-1. 앞에 광주를 출발하여 게른 넘어 비뇌역에 유숙하는데 지채문이 아뢰기를 "호종하는 장사가 모두 '처자를 찾는다'고 청탁하고서 사방으로 흩어졌으니 혼야에 적이 가만히 발할까 두렵습니다. 청컨대 기치로 장사의 관에 꽂아서 변별하도록 하소서"하니 이를 따랐다. 유종이 말하기를 "신의 고향인 양성이 여기에서 멀지 아니하오니 청컨대 행차하소서"하기에 기뻐하여 드디어 양성으로 행차하였는데 …….[14]

이 몽진 기사에서 유종이 "신의 고향인 양성이 여기(비뇌역)에서 멀지 아니하오니

---

7) 『삼국사기』 권12 신라본기12 효공왕3년.
8) 북원문화역사연구소, 『건등산 뿌리의 후삼국지』, 2005, 195쪽.
9) 安永根, 「나말여초 청주 세력의 동향」, 『수촌 박영석박사화갑기념한국사학논총』 상, 탐구당, 1992, 400~401쪽.
10) 한국정신문화연구원, 『역주 삼국사기』, 1997, 382쪽.
11) 李在範, 『後三國時代 弓裔政權 研究』, 혜안, 2007, 71쪽.
12) 기존의 언급된 비뇌성의 위치가 성립될 수 없는 이유에 대해서는 이도학의 논문에 자세히 언급되었다 (이도학, 「궁예의 북원경 점령과 그 의의」, 『東國史學』 34, 동국사학회, 2007, 196~198쪽).
13) 이도학, 위의 글, 194~202쪽.
14) 『고려사』 권94 열전7 지채문.

청컨대 행차하소서"하고 말하고 있다. 비뇌역에서 양성이 멀지 않은 곳에 위치해 있다면 비뇌역의 위치는 가평이나 양평이 아닌 현재 같은 행정구역(안성)으로 편재되어 있는 죽산(죽주)일대로 이해하는 것이 합리적일 것이다. 따라서 비뇌성의 위치를 죽주산성으로 비정한 최근의 연구 성과는 타당하다고 할 수 있다. 이밖에 고려 건국 이후에도 죽주산성과 산성 바로 아래에 위치한 봉업사의 증축이 계속되고 있는 점을 보아도 죽주산성의 전략적 중요성을 알 수 있다.

비뇌성 전투와 전장

궁예와 양길 군대가 충돌한 비뇌성 전투에 관한 기사는 『삼국사기』에 두 번에 걸쳐 나온다. 비뇌성 전투와 관련된 『삼국사기』 기사내용을 살펴보면 다음과 같다.

4-2, 3년(899) 가을 7월에 북원의 도적 우두머리 양길이, 궁예가 자기에게 딴 마음을 품고 있는 것을 꺼리어 국원 등 10여 곳의 성주들과 함께 그를 칠 것을 모의하고 군사를 비뇌성 아래로 진군시켰으나 양길의 군사가 패하여 흩어져 달아났다.[15]

4-3. [건녕] 3년 병진(896)에 승령현과 임강현 두 고을을 공격하여 취하고 4년 정사(897)에 인물현이 투항하였다. 선종은 송악군이 한강 이북의 유명한 군으로서 산수가 기이하고 아름답다고 생각하여 드디어 이곳을 도읍으로 삼고 공암과 검포, 혈구 등의 성을 공격하여 함락시켰다. 그때 양길은 北原에 있으면서 國原 등 30여 성을 차지하고 있었는데 선종이 차지한 땅이 넓고 백성이 많다는 소식을 듣고 크게 노하여 30여 성의 강한 군사로써 습격하고자 하니 선종이 이를 미리 알아채고 먼저 공격하여 크게 승리하여 물리쳤다.[16]

---

15) 『삼국사기』권12 신라본기 효공왕3년, "三年 秋七月 北原賊帥梁吉 忌弓裔貳己 與國原等十餘城主 謀攻之 進軍於非惱城下 梁吉兵潰走".

16) 『삼국사기』권50 열전10 궁예, "三年丙辰 攻取僧嶺 臨江兩縣 四年丁巳 仁物縣降 善宗謂松岳郡漢北名郡 山水奇秀 遂定以爲都 擊破孔巖・黔浦・穴口等城 時梁吉猶在北原 取國原等三十餘城有之 聞善宗地廣民 衆 大怒 欲以三十餘城勁兵襲之 善宗潛認 先擊大敗之".

궁예는 892년 양길에게 의탁한 후 894년 명주에 입성, 895년 3,500명의 병력을 이끌고 명주에서 나왔다. 이후 여러 군을 격파하며 승승장구 끝에 896년에는 철원에 도읍을 열었다. 898년 7월에는 패서도와 한산주 관내의 30여 성을 취하고 송악군에 도읍하였다.[17]

사료4-3을 살펴보면 양길이 궁예와 전쟁을 치르기 시작한 시기가 궁예가 송악에 도읍을 연 시기인 898년부터임을 알 수 있다. 양길의 입장에서 궁예는 자신의 휘하에 있던 부하였다. 그런 궁예가 894년 명주 입성 후 스스로 장군이라 부르기 시작하며 양길을 배반할 기색을 보였다.[18] 결국, 궁예가 898년 송악에 도읍을 열자 양길과 궁예 사이는 더 이상 같은 지역에서 공존할 수 없는 존재가 되었다. 사료4-3에서 알수 있듯이 양길은 궁예가 송악에 도읍을 정하자 궁예와의 전쟁을 시작한 것으로 보인다. 양길이 궁예와 전쟁을 시작할 수밖에 없는 요인으로는 한강 하류 일원을 장악한 궁예를 제거하지 않고서는 한반도 중심부를 관통하는 한강이라는 내륙 수로를 온전하게 이용할 수 없었기 때문이다.[19]

898년부터 시작된 궁예와 양길의 신생은 사료4-2에서 알 수 있는 바와 같이 899년 비뇌성 전투에서 궁예의 대승으로 막을 내렸다. 현재의 죽주산성으로 추정되는 비뇌성은 궁예가 호족들의 각축장에 처음 투신하고자 죽주적괴라 불렸던 기훤에게 투탁하였을 때 기훤세력의 근거지로 활용되었던 지역이다. 궁예가 기훤의 부하가 되었을 때는 진성여왕 5년(891)[20]이므로 비뇌성 전투가 벌어졌던 899년 당시 죽주산성이 누구의 수중에 들어가 있었는지에 대해서는 기록이 남아 있지 않아 알 수 없다. 하지만 사료4-2에서 보이는 바와 같이 양길이 궁예를 치기 위해 국원을 비롯하여 10곳의 성주들과 힘을 합해 진군한 곳이 비뇌성임을 고려한다면 비뇌성 전투가 벌어진 899년경에는 적어도 죽주산성을 비롯한 죽주 일원은 궁예에 의해 장악되어 있었음

---

17) 『삼국사기』 권12 신라본기12 효공왕2년.
18) 『삼국사기』 권11 신라본기11 진성왕8년.
19) 이도학, 「궁예의 북원경 점령과 그 의의」, 『東國史學』 34, 동국사학회, 2007, 194쪽.
20) 『삼국사기』 권50 열전10 궁예.

을 알 수 있다.

죽주산성이 궁예의 군대에 의해 선점되어 있었을 것으로 추정할 수 있는 또 다른 이유는 당시 죽주의 토착세력이 친궁예세력이었기 때문이다. 비뇌성 전투시 궁예 병력의 주력 중 하나는 패서 지역의 군진세력이었다. 당시 패서 지역의 유력한 호족인 평산박씨에 대해서는 뒤에서 상술하겠지만 죽주지역의 토착세력이 된 박적오의 후손 중 일부가 평주로 이주하여 패서지역의 유력한 호족이 된 것이다. 즉, 비뇌성 전투 당시 죽주지역은 궁예 병력의 주력인 패서호족과 혈연관계로 연결될 수 있는 세력이 재지세력으로 존재하고 있었다. 이와 같은 상황을 고려한다면 898년부터 시작된 궁예와 양길의 전쟁은 899년 경 궁예가 죽주지역까지 세력을 확대하자 양길이 자신의 총력을 모아 사활을 건 전면전을 벌인 것으로 추정할 수 있다. 아마도 궁예의 지휘 아래 궁예군이 양길의 영향력 아래에 있었던 비뇌성을 빼앗자 양길은 이에 대항하고 비뇌성에 주둔해 있는 궁예를 치기 위해 총력전을 벌인 것으로 보인다.

위 두 사료에서 약간의 차이는 있으나 사료4-3의 기록을 보았을 때 양길은 궁예를 공격하기 위해 자신이 모을 수 있는 최대한의 병력을 동원한 것으로 보인다. 이는 양길이 머물고 있던 북원지역뿐만 아니라 그의 통치하에 있던 국원 병력을 비롯하여 30여 성의 강한 군사로써 궁예를 공격하고 있었다는 것을 통해 알 수 있다. 당시 양길세력은 궁예세력보다 객관적인 전력면에서 앞서 있었던 것으로 보인다. 이러한 상황은 후백제 견훤이 양길에게 자신의 전직인 비장직을 내려주었던 점을 통해 알 수 있다.[21] 견훤이 양길에게 비장직을 제수한 이유는 그만큼 양길세력이 강성했기 때문이다. 또한 견훤은 이를 통해 자신의 위상을 높이는 한편 여타 호족들과 차별화를 시도한 것으로 보인다. 여기서 더욱 중요한 사실은 견훤이 양길과 세력을 제휴했다는 점이다.[22]

견훤과 전략적 제휴까지 맺고 있던 양길세력은 궁예를 물리치기 위해 선제공격을 가하였다. 그러나 사료를 통해 알 수 있듯이 양길 군대는 비뇌성 아래까지 진격하였

---

21) 『삼국사기』 권50 열전10 견훤.
22) 이도학, 「궁예의 북원경 점령과 그 의의」, 『東國史學』 34, 동국사학회, 2007, 207쪽.

으나 궁예의 기습 공격을 받고 괴멸되고 만다. 이를 통해 비뇌성 전투는 공성전이 아니라 성 밖에서 벌어진 전투임을 알 수 있다. 객관적 전력에서 밀리고 있었던 궁예가 공성전이 아닌 야전에서 승리 할 수 있었던 이유는 지형지세를 잘 이용하였고 토착세력의 도움을 받았기 때문이다. 잘 알려진 바와 같이 궁예는 891년 세달사를 나와 죽주의 기훤에게 투탁하였다. 궁예는 죽주에서 약 1년 정도 머무르면서 기훤의 휘하에 있던 원회, 신훤 등과 결합하였다.[23] 앞에서 언급했듯이 기훤은 궁예를 얕보고 예로서 대접하지 않았다. 이는 궁예를 자신의 휘하에 두지 않고 외곽 방어 등의 한직에 두었음을 의미한다. 궁예는 죽주에 머무는 동안 기훤의 핵심세력으로 활동하지 못했지만 이 지역의 지형지세를 완벽하게 익힐 수 있었을 것이다. 이는 궁예가 공성전을 택하지 않고 비뇌성인 죽주산성에서 나와 대규모로 주둔하고 있는 양길 군대를 기습 공격하여 승리할 수 있는 자신감의 원동력이 되었다.

죽주산성은 죽산 분지의 북쪽에 위치하고 있다. 이 산성은 죽산의 진산인 비봉산 (해발 372m)에서 동남쪽 약 1km 지점에 있는 해발 229m의 봉우리를 중심으로 축조된 온압식 산성이다. 비봉산 성상부와 숙수산성 사이는 마안형의 능선으로 연결되어 있다. 죽주산성 동쪽·북쪽·남쪽은 청미천과 죽산천에 의하여 형성된 평야지대가 감싸고 있다. 따라서 죽주산성에서의 시계는 서쪽은 비봉산에 막혀서 제한되어 있지만 나머지 방향으로는 원거리까지 아주 우수하다. 특히 동쪽으로는 장호원까지 평야와 낮은 구릉으로 탁 트여져 있어서 시계가 가장 좋다.[24] 양길은 청미천이 자연 해자 역할을 하는 죽주산성 북쪽이나, 산성에서 병력의 정탐이 용이한 평지지역인 동쪽과 남쪽 지역에 대규모 군대를 주둔시키기는 어려웠을 것이다.

양길의 군대는 비뇌성(죽주산성)에 주둔하고 있는 궁예군을 공격하고자 사료4-2와 같이 비뇌성으로 진군하였다. 사료4-3을 통해보면 양길 군대의 작전은 강한 군대를 이용한 기습공격을 염두에 둔 것이다. 양길군은 비뇌성에 주둔해 있는 궁예군대가

---

23)『삼국사기』권50 열전10 궁예.
24) 단국대학교 매장문화재연구소,『안성 죽주산성 지표 및 발굴조사 보고서』, 2002, 28쪽.

장기적인 농성전을 준비할 시간을 벌 수 없도록 비뇌성을 급습할 준비를 한 것으로 보인다. 비뇌성을 급습하기 위해서는 양길 군대의 집결지가 비뇌성에서 정탐이 어려운 곳에 위치해야만 한다. 비뇌성(죽주산성)은 앞에서 설명한 바와 같이 북쪽과 동쪽, 남쪽이 모두 전망이 좋은 곳이다. 지형적 조건을 고려했을 때 비뇌성을 급습하고자 하는 군단의 배후 집결지로 가장 적당한 곳은 현재의 기솔리 쌍미륵사 일대로 추정할 수 있다.

이 지역은 양길의 군대가 30여성의 병력을 모은 것으로 보았을 때 최종 집결지로 적합하다. 왜냐하면 899년 비뇌성 전투에서 궁예가 양길에게 크게 승리한 후 이듬해 평정한 지역이 광주·충주·청주·당성·괴양 등이기 때문이다.[25] 이 지역들은 양길의 영향권 아래에 있었던 지역이며 죽주산성을 중심으로 환호형으로 배치된 지역이다. 이들 지역에서 군대가 동원되었다면 그 집결지는 지정학적인 위치상 죽주산성의 서쪽지역이 될 확률이 높다. 죽주산성의 서쪽지역인 기솔리 쌍미륵사 일대의 지

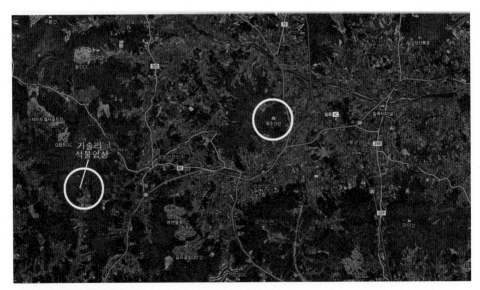

4-1 죽주산성, 기솔리 일대 지도

25) 『삼국사기』 권50 열전10 궁예.

역은 양길의 입장에서 보았을 때 대규모 병력을 은거시킬 만한 곳이다. 쌍미륵사 서쪽에는 해발 300m 내외의 국사봉 지맥이 남쪽으로 흐르고 있다. 쌍미륵사 앞산에 해당되는 동쪽에는 해발 250m 내외의 낮은 산맥이 역시 남북방향으로 형성되어 있다. 즉, 쌍미륵사는 국사봉에서 남쪽으로 흘러내린 두 개의 큰 지맥 사이에 위치해 있는 셈이다.(도4-1)

이곳은 죽주산성에서 약 8km 정도 떨어져 있는 곳으로서 죽주산성을 공격하고자 하는 군단의 배후 집결지로 이용하기에 적당한 거리를 두고 있다. 만약 양길이 이곳에 대규모 군대를 주둔시켰다면 국사봉에서 흘러내린 동쪽 지맥을 자연 방어막으로 이용할 수 있었을 것이다. 또한 죽주산성에서 보았을 때 서쪽 지역은 비봉산에 막혀 동향파악이 어렵다. 이러한 점 등을 고려하면 산성의 서쪽 방향으로부터 산성을 향해 공격해 들어가는 방법은 지형을 고려한 전술적 선택일 수 있다. 이와 같은 상황을 고려한다면 '궁예미륵'이라 일컬어지는 기솔리 석불입상이 위치한 쌍미륵사 일대는 양길 군대가 궁예군을 공격하기 위해 주둔한 배후기지일 가능성이 있다.

비뇌성 전투는 사료4-2·3에서 알 수 있듯이 공성전이 아니라 궁예군의 기습 공격으로 시작된 전투이다. 사료4-3에 의하면 양길은 비뇌성에 주둔한 궁예군을 30여 성의 강한 군사로써 습격하고자 했다. 양길의 군대는 비뇌성을 공격하기 전 궁예군의 눈에 띄지 않은 채 전열을 정비하고자 국사봉 지맥이 성벽 역할을 하는 현재의 기솔리 일대에 병력을 집결시킨 것으로 추정된다. 그러나 죽주지역 일대의 지리를 누구보다 잘 알고 있는 궁예는 사료4-3에서 알 수 있듯이 양길의 공격을 알아채고 먼저 기습 공격하여 대승을 거두었다. 비뇌성 전투의 양상은 궁예의 기습공격에 의한 대승이며 전장은 현재의 기솔리 쌍미륵사 일대일 가능성이 있다.

토착 세력의 동향

비뇌성 전투는 그 지역의 지형지세를 손바닥 보듯이 파악하고 있는 궁예측이 이미 반은 이기고 들어가는 싸움이었다. 이와 더불어 토착세력의 절대적인 지지는 궁예가 승리할 수 있는 결정적인 계기가 되었다. 토착세력의 절대적인 지지를 확인하기 위해서는 죽주지역의 대표적인 토착세력인 박적오계를 살펴볼 필요가 있다. 박적오에 대한 논의는 주로 아래의 사료에 의거하여 이루어진다. 사료를 살펴보면 다음과 같다.

4-4. 그 선대는 북경도위 赤烏로 신라로부터 죽주에 들어가 察山侯가 되었고 또 평주로 들어가 십곡성 등 13개 성을 설치하여 궁예에게 귀부하였다. 그 후 자손이 번창하여 우리 태조가 통합할 때부터 지금에 이르기까지 계사가 끊기지 않았다.[26]

4-5. 박씨의 선조는 계림인으로 대개 신라 시조 혁거세의 후예이다. 신라 말 그 후손 찰산후 積古의 아들 직윤은 대모달로 평주의 관내 八心戶에 徙居하여 읍장이 된 까닭에 직윤으로부터 그 후손은 평주인이 되었다.[27]

사료4-4에서 알 수 있듯이 박적오는 경주에서 지방관으로 나갔다가 임지에 정착하였던 인물이다. 적오는 북경도위를 역임하였는데 북경은 무열왕 5년(658)까지 북소경으로 불리기도 하였던 명주로 알려지고 있다.[28] 명주에서 죽주로 온 박적오는 죽주에서 찰산후가 되었다. 죽주는 본래 고구려의 개차산군으로 불렸다가 신라 경덕왕 때 개산군으로 바뀐 곳이다.[29] 찰산은 죽주의 옛 명칭인 개차산을 지칭한 것으로 보여진다.[30] 여기서 주목되는 점은 적오가 찰산후로 불렸다는 점이다. 찰산후는 개

26) 김용선 편, 「朴景仁墓誌銘」, 『고려묘지명집성』, 한림대 아세아문화연구소, 1993, "其先北京都尉赤烏 自新羅入竹州 爲察山侯 又入平州 置十谷城等十三城 歸于弓裔主 厥後子孫蕃昌 自我太祖統合時 至于今 不絶繼嗣".

27) 김용선 편, 「朴景仁墓誌銘」, 『고려묘지명집성』, 한림대 아세아문화연구소, 1993, "朴氏之先 雞林人 也 蓋新羅始祖赫居世之裔也 新羅之季 其孫察山侯積古之子 直胤大毛達徙居 平州管八心戶爲邑長 故自直胤而下爲平州人".

28) 鄭淸柱, 「新羅末·高麗初 豪族의 形成과 變化에 대한 一考察: 平山朴氏의 一家門의 實例 檢討」, 『歷史學報』118, 역사학회, 1998, 4쪽.

29) 『삼국사기』 권35 잡지4 지리2.

30) 李樹健, 「高麗前期 地方勢力과 土姓」, 『韓國中世社會史研究』, 一潮閣, 1984, 156쪽.

산군의 태수를 지칭한 것이다.[31]

개산이라는 지명은 이곳이 고려 태조 23년(940) 죽주로 승격 될[32] 때까지 일반적으로 이 지역 사람들에게 통용되었으며 죽주로 지역명이 개명된 뒤에도 한동안 병행되어 사용되었다. 이는 망이산성에서 발굴된 명문기와를 통해 알 수 있다. 이 명문 기와의 등면에는 "□□峻豊四年(광종 14년, 963년) 壬戌大介山竹州"[33]라는 명문이 적혀 있다. 이 명문을 통해 고려초까지 개산이라는 지역명이 죽주와 혼용되어 사용되고 있음을 알 수 있다.

그런데 왜 박적오는 개산군의 태수를 지칭하면서 개산군의 고구려 때 지명을 이용한 찰산후라는 명칭을 사용했을까? 박적오가 죽주에 온 시기는 경덕왕 때로 추정되기도 한다.[34] 근래에 제시된 더 설득력 있는 연구 성과에 의하면 그 시기는 9세기 초·중반 이후로 여겨지기도 한다.[35] 경덕왕 때라 추정하였을 경우 이 시기는 경덕왕 때 반포된 지명의 한식화가 시행되는 시점이다. 그러하기에 그동안 익숙하게 사용되어 왔을 개차산이라는 시명을 이용하여 찰산후라는 명칭을 사용했을 수 있다. 하지만 신라 중앙정부에서 임명되어온 지방의 내수라면 정부의 시책을 충실히 따랐어야 했다. 그러나 박적오는 태수의 다른 명칭이었을 '侯' 앞에 고구려 옛 지명인 찰산(개차산)을 사용하였다.

박적오가 죽주에 온 시기를 9세기 초·중반 이후로 상정하였을 경우 그가 고구려 옛 지명을 이용한 것은 특별한 이유가 있지 않을까 생각된다. 그 이유는 아마도 박적오가 고구려 국계의식을 표방해야 할 특별한 사유가 있었던 것으로 보인다.

박적오는 앞의 사료에서 알 수 있는 바와 같이 신라인의 후손으로 고구려 유민은

31) 鄭淸柱, 「新羅末·高麗初 豪族의 形成과 變化에 대한 一考察: 平山朴氏의 一家門의 實例 檢討」, 『歷史學報』118, 역사학회, 1998, 5쪽.

32) 『大東地志』권4 죽산 연혁.

33) 단국대학교 중앙박물관, 『안성 망이산성 2차 발굴조사 보고서』, 1999, 147~148쪽.

34) 鄭淸柱, 위의 글, 6쪽.

35) 이재범, 「신라말·고려초 안성지역의 호족과 칠장사」, 『안성 칠장사와 혜소국사 정현』, 사회평론, 2011, 27쪽.

아니었다. 그가 고구려 국계의식을 표방해야 했던 이유는 그의 아들 박직윤에서 찾을 수 있다. 사료4-5에 의하면 박직윤은 패강진이 위치한 평주의 읍장이 된다. 그런데 그의 관직명은 대모달로 칭해지고 있다. 대모달이란 고구려의 무관직이다. 박직윤의 예에서 알 수 있듯이 패강진은 신라의 영토임에도 불구하고 9∼10세기 초까지 고구려의 관직을 그대로 사용하고 있었다. 이러한 점은 패강진 지역에 고구려 유민의 전통적 국계의식이 강하게 작용하고 있었으며, 신라의 중앙정부조차 통어할 수 없는 지방세력이 형성되었음을 실증해 준다고 할 수 있다.[36] 즉, 박직윤은 평주를 비롯한 패서지역의 원활한 통치를 위해 그 지역 사람들이 공유하고 있었던 고구려 계승의식을 받아들였다고 할 수 있다.

사료4-4를 보면 죽주에서 평주로 들어간 이는 박적오이며 사료4-5에서는 평주에 들어간 이가 적오의 아들 박직윤으로 되어 있다. 박직윤이 평주로 이주하자마자 바로 대모달을 칭하기는 어려웠을 것이다. 박직윤이 평주로 이주하여 대모달이라 칭할 수 있었던 것은 박적오 때부터 패서지역의 호족들과 박적오 사이에 이미 유대관계가 형성되어 있었음을 상징할 수 있지 않을까 생각된다. 박적오가 고구려 계승의식이 강한 패서지역의 호족들과 유대관계를 맺을 수 있었던 이유는 박적오 역시 그들과 같은 의식을 공유하고 있었기 때문이라 할 수 있다. 이러한 이유로 박적오는 고구려 때 지명을 이용한 찰산후라는 명칭을 그대로 사용한 것으로 보인다.

박적오가 패서호족과 공유할 수 있는 고구려 계승의식을 갖고 있었을 가능성은 그의 이름을 통해서도 추정할 수 있다. 박적오의 이름을 풀이하면 붉은 까마귀이다. 잘 알려져 있다시피 까마귀, 그중에서 삼족오는 동방 고대의 조류숭배사상에서 발로한 것이다.[37] 고구려에서는 고분벽화나 금관장식 등에서 발견되는 신조이다. 붉은 까마귀가 가지고 있는 의미는 晉의 崔豹가 지은 『古今注』에서 살필 수 있다.

---

36) 崔根泳, 『統一新羅時代의 地方勢力研究』, 신서원, 1990, 97쪽.

37) 李亨求, 「고구려의 삼족오 신앙에 대하여: 고고학적 측면에서 본 鳥類숭배사상의 기원 문제」, 『東方學志』 86, 연세대학교 국학연구원, 1994, 28쪽.

4-6. 赤烏라는 새는 위(북방)에서 내려온 것이다. 그것은 높은 곳에서 사는데 태양 속에 사는 세발 달린 三足烏의 精이 아래로 내려와 삼족오를 낳았다.[38]

여기서 赤烏는 동북아시아에 분포해 있던 玄鳥인 까마귀를 신조로 여겼던 동이족의 일파가 중국 서북부에서 동남부의 산동반도 지역으로 남하한 것을 의미한다. 적오의 적색을 오행사상과 결부시켜 보면 남방에 해당하는 색이므로 이는 동이족의 남하에 따라 삼족오의 형상도 까마귀와 같은 현조에서 적오의 단계를 거쳐 붉은 색의 주작으로 변이되었음을 시사한다.[39]

박적오는 박혁거세의 후손으로 신라인이다. 그의 원래 이름은 적오가 아닌 사료 4-5에서 보이는 積古일지도 모른다. 이런 그가 패서지역 호족과 국계의식을 공유할 수 있었다는 것은 스스로를 남쪽(신라)으로 내려온 (고구려의)현조인 적오라고 주장했기 때문이 아닌가 추측해 본다. 물론 이름만을 갖고 고구려 계승의식을 주장하는 것은 억측일 수 있다. 하지만 박적오가 고구려 지명을 이용한 찰산후라는 직명을 갖고 있으며 그의 아들이 통일신라시대에 고구려 무관직인 대모달이라 칭하였고, 그의 후손들이 고구려를 계승한 후고구려(대봉), 고려 등에서 번창하고 있는 점에서 박적오라는 이름이 함축하고 있는 의미의 상징성은 한번 쯤 고려해볼 만한 문제라 할 수 있다.

위에서 살펴본 바와 같이 죽주지역의 토착세력이 된 박적오의 후손 중 일부는 평주로 이주하여 평산박씨의 시조가 되며 패서지역의 유력한 호족이 되었다. 죽주지역에서는 박적오계의 후손들이 죽산박씨를 이루어 살았다. 이들은 고려조에 들어와 삼중대광까지 오른 박기오를 배출할 정도로 유력한 호족세력을 이루었다.[40] 평산박씨 가계에서 궁예에게 귀부한 인물은 박직윤의 아들인 박지윤이었다. 그는 895년 패서

---

38) 『古今注』, "所謂 赤烏者 降而也 其所居高處 日中三足烏之精 降而生三足烏"(김주미, 「三足烏・朱雀・鳳凰 圖像의 성립과 친연성 고찰」, 『역사민속학』 제31호, 한국역사민속학회, 2009, 265쪽 재인용).

39) 김주미, 위의 글, 266쪽.

40) 정성권, 「안성 매산리 석불 입상 연구: 고려 광종대 조성설을 제기하며」, 『文化史學』 17, 韓國文化史學會, 2002, 299~300쪽.

지방의 호족들이 궁예에게 귀부할 때 궁예세력에 편제된 것으로 보이며 이후 궁예가 패서지역을 장악하는데 상당한 도움을 주었던 것으로 생각된다.[41] 평산박씨 세력은 패강진이 설치된 지역을 장악하고 있던 호족들이며 왕건의 아버지인 송악의 왕륭보다 먼저 자발적으로 궁예에게 귀부하였다. 이들은 본래 군진세력으로서 궁예군의 편제에 있어 매우 중요한 역할을 수행하였으며 비뇌성 전투에도 참가했다고 볼 수 있다. 이들이 비뇌성 전투에 참가할 당시는 박적오계의 후손들이 평산과 죽주로 분화된지 얼마 되지 않은 시점이다. 그렇다면 죽주지역의 토착세력은 패서지역의 평산박씨들과 혈연적으로도 매우 가까운 관계를 갖고 있었음을 알 수 있다. 이러한 점을 고려한다면 죽주지역의 토착세력들은 한때 기훤이나 양길의 영향권 아래에 있었다 하더라도 다른 어느 지역의 토착세력보다 더 적극적으로 궁예를 지지하였다고 할 수 있다.

지형지세를 완전히 익히고 있으면서 토착세력의 적극적인 지지까지 받을 수 있다면 그곳에서 벌어지는 전투의 승패는 이미 판가름 난 것이나 다름없다. 이러한 이유로 인해 궁예는 양길의 대군을 상대로 기습적인 선제공격을 통해 대승을 거둘 수 있었던 것이다. 비뇌성 전투의 승리는 궁예에게 적대적이었던 충주, 청주 등을 비롯하여 괴양의 우두머리 청길과 신훤 등이 성을 들어서 궁예에게 투항하는 결과를 가져왔다.[42] 즉, 비뇌성 전투의 승리는 궁예에게 있어 중부지역의 패권을 완전히 장악하고 새로운 국가를 세울 수 있는 기틀을 마련한 매우 중요한 사건이었다.

앞에서 살펴본 바와 같이 비뇌성 전투가 벌어진 전장은 현재의 안성 기솔리 일대로 추정이 가능하다. 현재 기솔리 쌍미륵사에는 기솔리 석불입상이 세워져 있다. 기솔리 석불입상의 조성시기는 3장에서 살펴 본 바와 같이 궁예정권기로 추정할 수 있다. 구체적인 조성시기는 아마도 궁예가 스스로 미륵이라 부르기 시작하는 시기 이후로 볼 수 있을 것이다. 이 시기는 국호를 마진에서 태봉으로 바꾼 911년 이후이

---

41) 鄭淸柱,「新羅末·高麗初 豪族의 形成과 變化에 대한 一考察: 平山朴氏의 一家門의 實例 檢討」,『歷史學報』118, 역사학회, 1998, 12쪽.
42) 『삼국사기』 권50 열전10 궁예.

다.[43] 이 시기부터 궁예는 스스로를 미륵이라 칭하며 자신을 신격화하는 작업을 진행하였다. 기솔리 석불입상은 궁예가 자신을 신격화하는 작업의 일환으로 조성된 것으로 추정된다.

안성 기솔리 석불입상이 위치한 지역은 교통로와 인접한 곳이 아니다. 이런 곳에 거대한 석조불상을 2개나 세운 이유는 이 장소가 특별한 역사적 의미를 부여할 수 있는 장소이기 때문이라 할 수 있다. '궁예미륵'이 세워진 곳에 부여할 수 있는 특별한 역사적 사건은 이 글에서 언급한 비뇌성 전투의 승리를 들 수 있을 것이다. 비뇌성 전투는 궁예의 대승으로 끝이 났다. 이를 계기로 궁예는 중부지역의 패권을 완전히 장악하게 되었다. 이러한 중요한 전투의 전장지가 기솔리 일대였다면, 기솔리 석불입상은 중부지역 패권을 장악하는데 결정적인 계기가 된 비뇌성 전투의 승전과 관련지을 수 있을 것이다.

43) 『삼국사기』 권50 열전10 궁예.

제5장 후삼국 통일의 염원 : 나주 철천리 석불입상

나주 철천리 석불입상은 높이 5.38m의 대형 불상이다. 이 불상이 위치한 곳은 나주평야 남쪽, 평야가 끝나며 산지가 시작되는 경계선 부근의 야산 위이다. 불상은 북쪽을 바라보고 서 있다. 철천리 석불입상에 대한 기존의 연구는 불상 상호에서 비만감이 느껴지며, 전체적으로 괴체화된 몸체 등을 갖고 있다는 점을 들어 조성연대를 10세기로 추정하였다.[1] 이 밖에 신흥 고려의 기운을 타고 각 지방에서 대대적으로 제작되었던 일련의 거불 조각 가운데 하나로 10~11세기 경에 조성된 것으로 여겨지기도 하였다.[2] 나주 철천리 석불입상의 조성배경은 고려 제2대 혜종(943~945)의 원찰이었던 나주 흥룡사를 건립한 후원세력에 의해 제작된 것으로 간주되기도 하였다.[3]

나주 철천리 석불입상의 조성시기는 기존의 연구 성과에서 알 수 있듯이 고려초로 추정되고 있다. 그러나 이 불상의 조성시기는 구체적인 제작연대를 파악할 수 있는 다른 불상과의 비교 분석을 통해 얻은 결론이 아니다. 조성배경 또한 고려초 나주지역에서 가장 영향력이 강했을 혜종의 외척세력들을 거불 조성의 후원자로 잠정적으로 추정하고 있을 뿐이다.

---

1) 진홍섭, 『한국의 불상』, 일지사, 1976, 304쪽.
2) 최성은, 『석불·마애불』, 예경, 2004, 350쪽.
3) 성춘경, 「나주 만봉리 석불입상에 대한 고찰」, 『전남의 불상』, 학연문화사, 2006, 143~144쪽.

나주 철천리 석불입상의 정확한 조성시기나 조성배경을 알려주는 문헌자료나 고고학적 자료는 아직까지 없다. 다만 선학들의 연구 성과를 통해 이 불상이 지방호족들의 후원 아래 고려초에 조성된 것으로 추정되고 있을 뿐이다. 그러나 근래에 축적된 미술사와 후삼국기 시대사에 대한 연구 성과는 나주 철천리 석불입상의 구체적인 조성시기와 조성배경을 재고할 수 있게 해 준다.

이 글에서는 나주 철천리 석불입상과 안성 기솔리 석불입상의 양식비교를 진행하였다. 안성 기솔리 석불입상은 나주 철천리 석불입상과 거리상으로 매우 떨어져 있으나 양식적으로 강한 친연성이 있다. 안성 기솔리 석불입상에 대한 조성시기와 조성배경은 앞장에서 논의하였으며 궁예정권기 비뇌성 전투와 관련지어 고찰하였다. 양식적 공통점을 통해 안성 기솔리 석불입상은 나주 철천리 석불입상의 조성시기와 배경을 추정하는데 있어 매우 유용한 분석틀을 제공한다. 나주 철천리 석불입상의 조성시기는 근래에 진행된 후삼국기 연구 성과를 통해 추정하였다. 이 불상의 조성배경은 나주 지역의 역사적 상황과 관방유적의 분포를 통해 살펴보았다.

현상과 양식적 특징

나주 철천리 석불입상은 신체와 광배, 대좌가 모두 한 돌로 이루어져 있다. 머리는 소발이며 높은 육계가 솟아 있다. 얼굴은 방형에 가깝고 코와 입이 두툼하게 표현되었다. 불상은 위로 치켜 올라간 길쭉한 눈과 삼도가 깊게 그려진 굵은 목 등에 의해 강건한 인상을 풍긴다. 불상의 수인은 시무외인·여원인 형태의 통인이나 왼손이 아래를 향하고 오른손이 위를 향하는 일반적인 통인과는 반대의 모습을 취하고 있다.

몸에는 양 어깨를 모두 덮고 발 밑까지 흘러내리는 통견의 법의를 입었다. 물결 모양의 옷주름이 가슴부터 발목 위에까지 흘러내린다. 발목 부근에는 옷주름을 수

직선으로 표현하였다. 오른쪽 겨드랑이 부분은 왼쪽과 다르게 음각으로 표현된 옷주름이 수직방향과 수평방향이 서로 겹쳐져 있는 형태이다. 이는 오른팔을 덮는 옷자락을 표현하기 위해 만들어진 것으로 보인다. 자연스러운 옷주름과 어울리지 않게 발은 끝이 뭉툭하고 발등이 경사졌으며 신체에 비해 작게 만들어졌다. 얼굴의 폭만큼 굵게 표현된 목과 폭이 넓은 불상의 신체는 석불을 보는 사람들로 하여금 괴량감과 당당함을 느끼게 한다. 규칙적인 물결모양의 옷주름과 발목 부근의 수직선 표현, 당

5-1 나주 철천리 석불입상

당당한 신체 모습 등은 나발여조 성기·중청 지방에 건립된 불상과 상통하는 점이 있다.

불상의 광배는 주형거신광배이다. 광배는 두 줄의 선으로 머리 광배와 몸 광배를 구분하여 나타냈다. 머리 광배의 중심부는 연화문으로 장식하였으며 연화문 밖에는 雲文을 조각하였다. 몸 광배에는 두 줄의 선 안쪽에 운문이 장식되었다. 대좌는 타원형의 원기둥 형태이며 대좌 장식은 없다. 대좌의 정면은 잘 다듬어져 있어 불상을 만든 유래를 적은 조상기가 적혀 있었을 법하나 장식이나 명문 등은 조각되어 있지 않다.

나주 철천리 석불입상은 근엄하면서도 장중한 느낌을 전해주는 대형 불상이다. 이러한 기념비적 불상이 어느 한 지역에 세워지면 주변지역에서는 이를 모방한 불상이 후대에 제작되기도 하였다. 나주 철천리 석불입상의 경우도 주변 지역에서 이를 모방한 불상이 만들어졌다. 인근에 있는 나주 만봉리 석불입상이 대표적이며 보성 반석리 석불좌상의 경우도 철천리 석불입상의 상호와 두광 표현을 모방하였다. 나주

철천리 석불입상은 5m가 넘는 초대형 불상인 점과 후대에 이를 모방하여 다른 불상들이 조성되고 있는 점을 통해 보았을 때 나주와 그 주변지역에서 매우 중요하게 숭배되었던 불상임을 알 수 있다.

나주 철천리 석불입상은 신흥 고려의 기운을 타고 각 지방에서 대대적으로 제작되었던 일련의 거불 조각 가운데 하나라고 생각되어 왔다.[4] 일반적으로 지방 유력 호족에 의해 조성된 것으로 추정되는 이 불상은 거불 조각이라는 점과 괴체적이며 괴량적인 양감을 갖고 있다는 점에서 지방색이 강한 불상으로 여겨졌다. 그러나 나주 철천리 석불입상이 갖고 있는 양식적 특징은 경기·충청 지역의 석불들과 상통하는 점이 있어 주목된다. 특히 안성 기솔리 석불입상과 양식적으로 유사한 점을 많이 갖고 있다. 구체적인 두 석불의 유사점을 살펴보도록 하겠다.

안성 기솔리 석불입상과의 비교

나주 철천리 석불입상의 양식적 특징을 살펴보기에 앞서 이와 매우 유사한 양식적 특징을 갖고 있는 안성 기솔리 석불입상에 대하여 고찰해 볼 필요가 있다. 안성 기솔리 석불입상에 대해서는 2~4장에서 자세히 살펴보았다. 2장에서는 일반적인 구비전승의 특성과 다른 궁예 전승의 특수성에 주목하여 '궁예미륵'으로 불리고 있는 불상에 대해 고찰하였다. 이 연구를 통해 '궁예미륵'이라 불리는 안성 기솔리 석불입상의 구비전승이 사실성이 높다는 것을 논하였다. 3장에서는 안성 기솔리 석불입상의 조성시기를 구체적으로 추정하였다. 안성 기솔리 석불입상의 조성시기는 후삼국기인 궁예 정권기에 조성되었을 가능성이 높다는 의견을 개진하였다. 궁예 정권기 안성 기솔리에 거대한 불상이 조성된 이유는 4장에서 고찰하였다. 이를 통해 필자는 불상이 세워진 지역이 중부지역 패권을 놓고 궁예와 양길이 벌인 비뇌성 전투의 전

---

4) 최성은, 『석불·마애불』, 예경, 2004, 350쪽.

장지일 가능성이 있다는 의견을 제시하였다.

안성 기솔리 석불입상이 세워져 있는 곳은 고려시대 죽주로 불렸던 지역의 일부이다. 이 지역 일대에는 봉업사지, 칠장사 등의 사지와 고찰이 현재도 남아 있다. 봉업사지 일대의 석조 미술품의 분포율은 경기도 지역에서 가장 높다. 안성 기솔리 석불입상에서 주목되는 점은 6m에 가까운 대형 불상임에도 불구하고 주변지역의 불상들 중 기솔리 석불입상으로부터 양식적으로 영향을 받은 불상이 거의 없다는 점이다. 이에 반해 봉업사지 부근에 위치한 높이 5.6m의 안성 매산리 석조보살입상의 경우 고려 광종대에 조성된 이후 이를 모방한 불상이 주변 지역은 물론 원주지역까지 나타난다.

주변 지역과의 양식적 영향관계가 거의 보이지 않는 안성 기솔리 석불입상은 특이하게도 나주 철천리 석불입상과 비교했을 때 공통된 불상 표현 방법이 확인된다. 특히 안성 기솔리 석불입상 중 마을 주민들에 의해 '남미륵'이라 통칭되는 향우측의 석불입상에서 양식적 친연성이 강하게 확인된다. 안성 기솔리 석불입상은 석주형에 가까운 석불임에 반해 나주 철천리 석불입상은 구형광배를 짓고 있는 불상이기 때문에 불상을 서로 비교할 때 공통점보다 차이점이 먼저 눈에 들어온다. 그럼에도 불구하고 이 두 불상은 다른 불상들과 비교했을 때 찾아보기 어려운 유사한 공통점이 서로 확인되고 있어 주목된다. 나주 철천리 석불입상과 안성 기솔리 석불입상 중 향우측의 불상에서 확인되는 공통점은 크게 다섯 가지로 나눌 수 있다.

방형의 상호와 굵은 목

나주 철천리 석불입상과 안성 기솔리 석불입상은 얼굴의 중심을 차지하는 코의 표현이 서로 다르다. 철천리 석불입상의 코는 길게 뻗어 내려왔으며 끝 부분이 둥글게 표현되어 있다. 이에 반해 안성 기솔리 석불입상은 눈썹과 연결된 콧등이 직선으로 내려왔으며 코의 길이와 굵기의 변화 없이 짧게 내려온 후 마무리되어 있다. 나주 철천리 석불입상의 상호는 콧등에 비해 콧망울이 두툼하고 둥글게 표현되어 있어 안성 기솔리 석불보다 조금 더 세속적인 얼굴 표현이 간취된다.

두 불상의 코 표현이 다르게 표현되었음에도 불구하고 두 불상의 상호는 당당한 이미지를 표출하고 있다는 점에서 상통한다. '당당함'의 이미지를 표출할 수 있는 이유는 양 불상 상호가 모두 방형의 남성형 상호라는 점에서 기인한다. 단순히 상호가 방형이라는 이유만으로 불상의 상호에서 군센 이미지를 얻을 수 없다. 두 불상이 모두 군세고 강한 이미지를 뿜어낼 수 있는 이유는 방형의 상호를 보완해 주는 굵은 목 때문이다.

일반적으로 석불은 금동불에 비해 목이 굵고 짧게 만들어지는 경향이 있다. 이는 재료의 특성상 머리 부분의 파손 위험을 감소시키려는 의도 때문이다. 그럼에도 불구하고 대부분의 석불은 얼굴의 폭에 비해 목의 굵기를 조금 더 좁게 만들어 자연스러운 목의 표현을 나타내고자 한다. 그러나 나주 철천리와 안성 기솔리 석불입상의

5-2 안성 기솔리 석불입상

5-3 나주 철천리 석불입상

목 두께는 얼굴 폭과 같거나 더 넓게 표현되어 있다. 특히 나주 철천리 석불입상의 목은 몸체와 연결된 부분에서 얼굴보다 목이 더욱 굵게 만들어져 있다. 이렇듯 굵은 삼도가 새겨진 두꺼운 목은 방형의 상호와 더불어 두 불상이 모두 강인한 이미지를 연출하는데 있어 중요한 역할을 하는 공통된 요소라고 할 수 있다.

'아육왕상' 형식의 U자형 옷주름

불입상의 옷주름 표현은 몸에 大衣를 착용한다는 공통된 전제 하에 하체의 옷주름이 전체적으로 어떤 모양을 하는가에 따라 크게 U자형과 Y자형으로 구분된다. U자형 옷주름의 불입상은 이른바 '阿育王像' 형식이라고 한다. Y자형 옷주름의 불입상은 '優塡王像' 형식이라고도 한다. 아육왕은 고대 인도에서 불교를 숭상한 대표적인 군주이며 우전왕은 도리천에 올라간 석가모니부처를 그리워하며 부처 모습을 나

5-4 나주 철천리 석불입상 옷주름

5-5 안성 기솔리 석불입상 옷주름

무로 조각하였다는 인도의 왕이다.[5]

나주 철천리 석불입상과 안성 기솔리 석불입상은 모두 통견형태의 법의를 입고 있다. 두 불상의 법의 옷주름은 '아육왕상' 형식의 U자형이다. 나주 철천리 석불입상의 U자형 옷주름은 아래로 내려갈수록 주름이 도드라지게 표현되어 있다. 안성 기솔리 석불입상의 경우 U자형 옷주름은 파도가 밀려오는 듯한 층단식으로 표현되어 있다. 안성 기솔리 석불입상 가슴 부근의 옷주름은 U자형이며 왼쪽 어깨 부근에 작은 삼각형 형태의 접힌 부분이 있다. 나주 철천리 석불입상의 경우 삼각형 형태의 옷주름은 없지만 가슴 부근의 옷주름이 겹쳐지게 표현되어 있다.

나주 철천리 석불입상과 안성 기솔리 석불입상의 '아육왕상' 형식 옷주름은 위에서 언급했듯이 세부적인 표현에서는 차이점을 보인다. 하지만 나말여초기 석불입상 중 가슴 위부터 무릎 아래까지 U자형 옷주름이 흘러내리는 '아육왕상' 형식의 통견을 착용한 석불입상은 드물다.[6] 이러한 점에서 두 불상 전면에 표현된 '아육왕상' 형식의 옷주름은 두 불상의 공통적 요소 중 하나로 파악할 수 있다. 이밖에 무릎 아래에서 끝나는 마지막 U자형 옷주름 밑으로 수직선이 표현된 점 역시 두 불상의 공통점으로 볼 수 있다.

팔 측면으로 넘겨진 옷자락

나주 철천리 석불입상과 안성 기솔리 석불입상이 '아육왕상' 형식의 옷주름을 보여주고

5) 국립중앙박물관, 『영원한 생명의 울림 통일신라 조각』, 2008, 221쪽. 불상 옷주름에 대한 구체적인 연구성과는 다음 논문 참조(金理那, 「慶州 掘佛寺址의 四面石佛에 대하여」, 『韓國古代佛教彫刻史研究』, 일조각, 1989, 252~254쪽).
6) 나말여초기 석불입상 중 가슴 위부터 무릎 아래까지 U자형의 옷주름이 흘러내리는 통견을 착용한 불상의 다른 예로는 청양 석조삼존불입상의 본존불을 들 수 있다. 여주 계신리 마애불입상이나 충주 원평리 석불입상의 경우도 U자형 옷주름으로 볼 수 있지만 모두 가슴 아래나 허리 아래에서 흘러내리고 있다. 일반적으로 나말여초기 석불입상에서는 '아육왕상' 형식의 옷주름보다 '우전왕상' 형식의 옷주름을 표현한 불상이 더 많은 편이다.

있다는 점은 두 불상의 공통된 요소로 언급할 수 있다. 그러나 '아육왕상' 형식의 옷주름만으로는 두 불상이 양식적으로 상호 연결되었다는 점을 강조하기에 설득력이 부족한 것이 사실이다. 그 이유는 '아육왕상' 형식의 옷주름을 착용한 석불입상이 다른 지역에서도 조성되었기 때문이다. 그럼에도 불구하고 '아육왕상' 형식의 옷주름을 나주 철천리 석불입상과 안성 기솔리 석불입상의 공통된 양식적 요소로 언급할 수 있는 이유는 U자형 옷주름의 일부로 보이는 옷자락이 한쪽 팔을 걸쳐 넘어가는 형태가 양 불상에서 모두 확인되고 있기 때문이다.

불상의 복제 중 오른쪽 옷자락의 끝 부분이 왼팔을 걸쳐 넘어가는 형태의 모습은 중국 북위시기에 크게 유행하였다. 북위시기인 470~475년에 조성된 것으로 알려진 운강석굴 6동의 불상은 옷자락의 한쪽 끝이 왼팔을 걸쳐 넘어가는 불상의 최초 작례로 알려져 있다.[7](도3-18)

5-6 운강석굴 6동 동벽 상층 불상

우리나라에서도 통견 법의의 오른쪽 자락이 왼팔을 넘겨 걸쳐 있으며 포복식 佛衣를 갖추고 있는 형태의 불상이 중국의 영향을 받아 삼국시대부터 조성되었다. 3장에서도 살펴보았듯이 대표적인 작례로는 연가칠년명 금동여래입상을 들 수 있다. 옷 끝부분이 넓게 퍼지는 포복식 불의 형식을 갖추고 있지 않더라도 옷자락이 왼팔을 넘어가는 형식은 삼국시대를 거쳐 통일신라시대에도 계속 조성되었다. 그러나 이러한 형태의 복제를 착용한 불상은 통일신라시대에 들어와서는 크게 유행하지 않았다.[8]

7) 최완수, 「포복식 불의의 출현」, 『한국불상의 원류를 찾아서 1』, 대원사, 2002, 177쪽.
8) 이는 2008년 12월 16일~2009년 3월 1일까지 국립중앙박물관에서 열린 '영원한 생명의 울림 통일신라 조각'전에서 확인할 수 있다. 이 전시회에는 주로 금동불로 구성된 163점의 통일신라 조각이 출품되었다. 이

이렇듯 우리나라에서 크게 유행하지 않은 복제 양식이 나주 철천리 석불입상과 안성 기솔리 석불입상에서 나타나고 있다는 점은 주목된다.

법의의 옷자락이 한쪽 팔을 넘겨 걸친 형태로 나타나는 삼국시대나 통일신라시대의 불상을 보면 왼팔을 걸쳐 넘어가는 옷자락의 형태가 선명하게 나타난다.(도 3-19·20) 그러나 나주 철천리 석불입상과 안성 기솔리 석불입상의 경우 전면에서 불상을 보았을 때 옷자락이 한쪽 팔을 걸쳐 넘어가는 형태는 확인하기 어렵다. 나주 철천리 석불입상의 경우 전면에서 보면 단지 U자형 옷주름이 아래로 흘러내리는 모습만이 확인된다. 그러나 나주 철천리 석불입상의 오른팔 측면에는 오른팔을 걸쳐 넘어온 옷자락 표현이 나타나고 있다.(도5-7)

안성 기솔리 석불입상의 경우 역시 전면에서 불상을 보았을 때 U자형의 옷주름이 규칙적으로 흘러 내려가는 모습만이 보인다. 왼쪽 측면에서 불상을 보면 나주 철천리 석불입상과 같이 한쪽 팔을 넘겨 걸쳐진 옷자락의 표현이 확인된다.(도3-22, 5-8)

5-7 나주 철천리 석불입상 오른팔 옷자락   5-8 안성 기솔리 석불입상 왼팔 옷자락

중 단 한 점의 금동여래입상에서만 오른쪽에서 흘러내린 옷자락이 왼팔로 넘어가는 복식을 확인할 수 있었다(정성권,「안성 기솔리 석불입상 연구: 궁예 정권기 조성 가능성에 대한 고찰」,『新羅史學報』25, 新羅史學會, 2012, 370쪽).

나주 철천리 석불입상의 경우 일반적으로 왼쪽 팔에 옷자락이 걸쳐 넘겨지는 것과 반대로 오른쪽 팔에 옷자락이 걸쳐져 넘겨져 있다. 옷자락이 걸쳐지는 팔의 좌우가 바뀌었다는 점만 제외한다면 나주 철천리 석불입상과 안성 기솔리 석불입상의 옷자락 표현은 매우 흡사하게 닮아있다.

우리나라에서 크게 유행하지도 않았던 팔을 넘기는 옷자락 표현이 두 불상에 공통적으로 표현된 점은 두 불상이 어떠한 형태로든 상호 밀접한 관계 하에 조성되었을 가능성을 염두에 두게 한다. 특히 두 불상은 전면에서 보았을 때 전형적인 '아육왕상' 형식의 옷주름을 취하고 있다. 전형적인 '아육왕상' 형식의 불상은 법의가 가슴 위에서부터 무릎 아래까지 U자형 옷주름이 흘러내린다. 그렇기 때문에 한쪽 팔을 넘기는 옷자락을 표현하기 힘들다. 팔을 넘기는 옷자락을 만들기 위해서는 반대편 옷자락이 가슴 아래까지 흘러내린 포복식 불의 형태가 만들어져야 한다. 포복식 불의 같이 흘러내린 옷자락이 있어야만 반대편 팔을 넘기는 옷자락의 모습을 만들 수 있다. 그런데 나주 철천리와 안성 기솔리 석불입상은 가슴 위부터 무릎 아래까지 옷주름이 U자형인 '아육왕상'식 옷주름을 하고 있어 팔을 넘기는 옷자락이 없다. 그럼에도 불구하고 불상의 한쪽 팔 측면에는 팔을 넘긴 옷자락이 표현되어 있다.

팔을 넘긴 옷자락 표현은 불상의 전면에서는 잘 보이지도 않으며 불상 조성 시 생략해도 되는 표현이다. 이러한 옷자락 표현은 실제로 존재할 수 없으며 생략해도 무관하고 크게 유행하지도 않았다. 이처럼 매우 드문 형태의 옷자락 표현이 지리상으로 크게 떨어진 두 불상에서 굳이 조각되고 있는 점은 두 불상이 매우 밀접한 양식적 공통점이 있음을 보여주는 중요한 요소라 할 수 있다.

상자형 佛足

나주 철천리 석불입상은 방형의 얼굴과 굵은 목, 당당한 신체로 인하여 굳센 이미지를 풍기는 불상이다. 이 불상의 다리와 발은 당당한 신체의 이미지와 걸맞지 않게 빈약하게 표현되어 있다. 안성 기솔리 석불입상의 발은 개태사 석조삼존불입상의 발과 같이 크고 뭉툭한 상자형의 발을 갖고 있다. 크기만을 놓고 비교한다면 나주 철천리 석불입상의 발과 안성 기솔리 석불입상의 발은 공통점이 없다고 할 수 있다. 그러나 발의 모양을 놓고 보면 두 불상의 발은 '상자형 발' 모양을 갖고 있다는 점에서 공통점을 찾을 수 있다.

나주 철천리 석불입상의 발은 크기는 작지만 측면과 정면이 수직에 가깝게 다듬어져 있다. 발등 부분은 비스듬하게 경사지게 만들어져 있으며 발가락 모양을 구체적으로 만들지 않고 단순한 수직선으로 표시해 놓았다. 이러한 발 모양은 발등 부분이 비스듬하게 경사지었으며 양 측면과 전면이 수직으로 깎여 있고 발가락을 수직선으로 표현한 안성 기솔리 석불입상 발의 축소판이라 할 수 있다.(도5-9·10)

5-9 나주 철천리 석불입상 발　　　5-10 안성 기솔리 석불입상 발

입 모양

나주 철천리 석불입상과 안성 기솔리 석불입상이 강한 조형적 친연성이 있다는 점을 보여주는 부분은 바로 두 불상의 입 모양이다. 필자는 안성 기솔리 석불입상을 조사하는 과정에서 불상의 입이 벌려져 있으며 불상의 입 중앙을 돌출된 세로선이 가로지르고 있는 것을 확인할 수 있었다. 안성 기솔리 석불입상 중 '남미륵'이라 불

리는 불상의 상호는 사진촬영과 3D 스캔조사 결과 입을 벌리고 있을 뿐만 아니라 벌리고 있는 입의 중앙을 도드라진 세로선이 가로지르고 있음을 확인할 수 있었다.(도 3-26~29)

입을 벌리고 있는 불상은 중국뿐만 아니라 인도나 일본의 불상에서도 거의 찾을 수 없는 매우 희귀한 사례이다. 안성 기솔리 석불입상은 입을 벌리고 있는 여래상이라는 점만으로도 매우 독특한 경우인데 입 중앙에 도드라진 세로의 선이 가로지르고 있어 그 희귀성을 더하고 있다.[9]

나주 철천리 석불입상의 경우 불상의 아래쪽에서는 입을 벌리고 있는 것처럼 보이지 않는다. 그러나 불상 상호 정면에서 불상의 입을 살펴보면 입을 살짝 벌리고 있는 모습을 확인할 수 있다.[10](도5-13 · 14) 나주 철천리 석불입상은 안성 기솔리 석불입상처럼 입을 크게 벌리고 있지 않지만 입 중앙 부분에 공간이 있음을 확인할 수 있다. 이 불상이 입을 벌리고 있음을 알 수 있는 점은 윗입술의 입술 선을 통해서다. 입을 다물고 있다면 윗입술의 입술 선은 아랫입술과 붙어 있게 표현되어야 한다. 그런데 나주 철천리 석불입상의 윗입술의 입술 선은 입의 중앙부근에서 아랫입술과 붙지 않고 중앙 부근으로 떠 있게 조각되어 있다.(도5-12~18)

나주 철천리 석불입상이 안성 기솔리 석불입상의 입과 유사한 점은 단지 입을 벌리고 있는 점 이외에도 입술 중앙을 가로지르는 도드라진 세로선이 조각되어 있다는 점을 들 수 있다. 나주 철천리 석불입상의 입 중앙에 있는 도드라진 세로선은 인중

9) 필자는 안성 기솔리 석불입상 중 '남미륵'이라 불리는 불상이 입을 벌리고 있는 이유를 궁예와 관련하여 추론하였다. 안성 기솔리 석불입상이 입을 벌리고 있는 이유와 입술 중앙에 세로의 도드라진 선이 벌린 입을 가로지르고 있는 이유에 대해서는 3장 각주 38 참조. 나주 철천리 석불입상의 입 모양은 안성 기솔리 석불입상에서와 같이 확연한 활 모양으로 보이지는 않는다. 나주 철천리 석불입상이 궁예 정권기에 조성되었다면 이를 조각할 때 안성 기솔리 석불입상의 입 모양과 같이 벌어진 입 모양으로 조각하도록 지시가 있었을 것이다. 그러나 현장의 장인들에게 기존의 불상 상호에는 존재하지 않았던 특이한 입 모양의 의미가 정확하게 전달되지 않았기에 안성 기솔리 석불입상과 같이 크게 벌린 입 모양이 아니라 살짝 벌린 입으로 조각되었을 것으로 생각된다.

10) 나주 철천리 석불입상은 2013년 8월경 보존처리를 위해 석불 주변에 비계가 가설된 바 있다. 필자는 이 시기에 비계에 올라 불상의 상호를 자세히 조사할 수 있었다.

5-11 안성 기솔리 석불입상 상호

5-12 나주 철천리 석불입상 상호

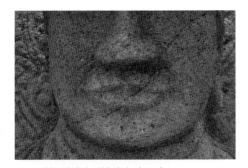
5-13 나주 철천리 석불입상 입 모양1

5-14 나주 철천리 석불입상 입 모양2

바로 아래부터 시작하여 살짝 벌린 입을 가로지른 후 아랫입술 밑으로 입술의 밖으로까지 뻗어 있다. 현실의 입에는 존재하지 않는 도드라진 세로선은 안성 기솔리 석불입상에서는 입의 중앙을 가로지른 후 윗입술 위까지 보일 듯 말 듯 조금 솟아나 있다. 이에 반해 나주 철천리 석불입상의 입은 중앙을 가로지른 세로선이 아랫입술 밖으로 뻗어 나와 있다.(도5-15 · 18)

5-15 나주 철천리 석불입상 입 모양3

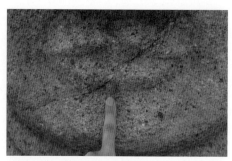
5-16 나주 철천리 석불입상 입 모양4

5-17 나주 철천리 석불입상 입 모양5

5-18 나주 철천리 석불입상 상호

　불상의 입술에 세로의 도드라진 선이 새겨진 것처럼 보이는 상은 괴산 각연사 비로자나불좌상이나 북한산 구기동 마애불좌상 등에서도 확인된다. 그러나 각연사 불상이나 구기동 마애불좌상 입술의 세로선은 인중 아래 윗입술의 중앙부분이 조금 도드라져 보일 뿐 입술 중앙을 가로지르지는 않는다. 이 불상들의 윗입술은 두텁고 인중을 중심으로 돌출되게 표현하였지만 윗입술과 아랫입술 사이에는 입술이 서로 붙어 있는 것을 표현한 가로선이 명확하게 새겨져 있다. 이에 반해 나주 철천리 석불입상과 기솔리 석불입상에는 현실의 인체 표현에 존재하지 않는 입술을 가로지르는 세로선이 도드라지게 새겨져 있다.

　나주 철천리 석불입상과 안성 기솔리 석불입상에 조각된 세로의 도드라진 선은 불상을 조각할 때 정과 망치로 몇 번 다듬기만 하면 쉽게 제거할 수 있는 돌출물이다. 특히 나주 철천리 석불입상의 경우 돌출된 세로선을 깎아 없애고 위와 아래의 입술이 맞닿는 수평의 입술 선을 그어주면 일반적인 불상의 입술모양을 만들 수 있다. 그럼에도 불구하고 양 불상에서는 현실에서 존재하지 않으며 쉽게 제거할 수 있는 돌출물을 불상조각에서 가장 중요한 부분인 상호에 그대로 남겨두고 있다. 쉽게 제거할 수 있는 이 세로선은 결국 의도적으로 만들어진 것이라 볼 수 있다. 나주 철천리 석불입상과 안성 기솔리 석불입상의 입이 벌어져 있으며 벌어진 입의 중앙을 돌출된 세로선이 가로지르고 있는 것은 두 불상이 매우 밀접한 관련이 있음을 시사한다.

두 불상의 전체적인 이미지는 공통점보다 차이점이 더 확연히 들어난다. 특히 광배의 착용 여부를 비롯하여 불상의 코 표현 방법, 조각수법 등에서 서로 다른 조각 유파의 장인들에 의해 만들어진 것임을 알 수 있다. 그러나 지역적으로 멀리 떨어져 있으며 조각 장인도 다른 두 불상이 앞에서 언급한 바와 같이 양식적으로 서로 깊은 친연성이 있는 부분이 있다. 특히 전형적인 '아육왕상' 법의를 착용한 불상임에도 불구하고 '아육왕상'식 법의에서는 나타나지 않는, 한쪽 팔을 넘기는 옷자락이 두 불상 모두에서 확인되고 있는 점은 두 불상의 조성 과정이 상호 깊은 연관성이 있음을 보여준다. 이와 더불어 다른 시대에서나 지역에서 찾아볼 수 없는 불상의 입 모양이 지역적으로 멀리 떨어져 있는 두 불상에서 공통적으로 나타나고 있는 점은 두 불상의 조성시기나 배경이 매우 밀접할 수 있다는 추론을 가능하게 한다.

조성시기와 조성배경

나주 철천리 석불입상과 안성 기솔리 석불입상은 앞에서 살펴보았듯이 일반적인 불상의 조성과정에서는 찾아볼 수 없는 독특한 조형적 특징을 공통적으로 갖고 있다. 안성 기솔리 석불입상은 3장에서 언급하였듯이 태봉의 궁예 정권기에 조성되었을 가능성이 제시되었다. 이 불상의 조성 배경은 궁예가 양길과의 전투에서 대승을 거둔 비뇌성 전투의 승전과 관련 있을 것으로 4장에서 고찰하였다. 지역적으로 멀리 떨어진 두 불상에서 양식적으로 매우 특이한 조형적 특징이 공통적으로 나타나고 있다면 두 불상의 조성시기와 조성배경의 성격은 유사할 가능성이 매우 높은 것으로 사료된다.

나주 철천리 석불입상에서 남서쪽으로 약 3km 떨어진 곳에는 나주 만봉리 석불입상이 있다. 나주 만봉리 석불입상은 주형거신광배를 갖추고 있으며 좁고 높은 육계, 콧망울이 둥글게 표현된 상호, '아육왕상'식 옷주름 표현 등을 통해 나주 철천리 석불입상을 직접 모방하여 제작되었음을 알 수 있다.(도5-19) 그러나 만봉리 석불입상에서는 나주 철천리 석불입상에서 관찰되는 한 쪽 팔을 넘겨

5-19 나주 만봉리 석불입상

걸쳐져 있는 옷자락이나 입을 벌린 입술, 입술을 가로지르는 세로선 등은 보이지 않는다. 후대에 나주 철천리 석불입상을 모방하여 불상을 제작하고자 했던 사람들에게는 눈에 잘 띄지 않거나 현실에 존재하지 않는 옷주름, 입술 모양 등은 중요한 주목 대상이 되지 못하였을 것이다.

나주 철천리 석불입상을 근거리에서 직접 모방한 나주 만봉리 석불입상에서도 나타나지 않는 조형적 특징이 경기도 안성 기솔리와 전라도 나주 철천리의 두 불상에서 확인되고 있다. 나주 철천리 석불입상과 안성 기솔리 석불입상은 불상 조각의 세부적인 측면과 서로 다른 불상 상호 등의 모습에서 지역적·유파적 배경이 다른 장인들에 의해 조성된 불상임을 알 수 있다. 그럼에도 불구하고 눈에 잘 띄지 않는 옷주름이나 다른 불상에서는 찾아볼 수 없는 입술 모양 등이 공통적으로 조각되었다. 이외에도 여러 공통된 양식적 특징이 두 불상에서 발견되고 있다. 이는 두 지역의 불

상을 조각하도록 주문한 주체가 서로 동일하기 때문일 가능성이 높다.

안성 기솔리 석불입상과 더불어 태봉의 미륵사상과 연관지어볼 수 있는 불상으로는 철원 동송읍 마애불입상이 있다.[11] 안성 기솔리 석불입상의 입술은 활 모양으로 크게 벌어져 있으며 그 가운데 세로의 돌출선이 지나고 있다. 동송읍 마애불상의 경우 양식적으로 안성 기솔리 석불입상과 차이가 있으나 마애불상의 입은 기솔리 석불입상의 입과 공통점이 있다. 동송읍 마애불상의 입은 현재 마모가 진행되어 육안으로는 정확하게 판별이 어려우나 입이 벌어져 있으며 그 가운데 세로의 도드라진 돌출선이 희미하게 남아 있다.(도3-31 · 32)

우리나라뿐만 아니라 인도 · 중국 · 일본 등에서도 거의 찾아보기 어려운 입을 벌리고 있는 불상이 유독 궁예 정권기에 조성된 것으로 추정되는 석불에서만 보이는 점은 주목되는 특징이라 할 수 있다. 아마도 입술 모양이 상징하는 바가 있기 때문으로 추정된다. 그 상징하는 의미는 설법하는 미륵, 즉 스스로 미륵이라 칭한 궁예를 상징하는 것으로 추정됨을 3장에서 살펴 보았다.[12]

궁예정권기에 조성된 것으로 추정된 안성 기솔리 석불입상과 철원 동송읍 마애불입상에서 특이한 입 모양이 공통적으로 나타난다. 이와 같은 특징이 나주 철천리 석불입상의 입 모양에서도 등장한다면 나주 철천리 석불입상의 조성 주체 역시 궁예 정권과 관련지을 수 있다고 생각된다. 특히 안성 기솔리 석불입상과 같이 입 모양뿐만 아니라 조각의 여러 형식 요소가 공통적으로 나타나고 있다는 점은 두 불상의 조성 주체가 동일함을 방증하는 것이라 할 수 있다.

---

11) 최성은, 「나말여초 중부지역 석불조각에 대한 고찰: 궁예 태봉(901~918)지역 미술에 대한 시고」, 『역사와 현실』44, 한국역사연구회, 2002, 53~54쪽.

12) 입술을 가로지르는 세로선에 대한 해석은 3장 각주 38 참조.

조성시기

나주 철천리 석불입상의 조성 주체를 궁예로 상정할 수 있다면 철천리 석불입상의 조성시기 역시 궁예정권기로 볼 수 있다. 나주 철천리 석불입상은 근래의 후삼국 연구 성과를 통해 불상의 조성시기를 좀 더 구체적으로 밝힐 수 있다. 잘 알려져 있다시피 나주 지역은 후삼국 초기 견훤의 통제 하에 있었으나 903년 궁예정권의 영역에 포함되었다.

5-1. 나주목은 원래 백제의 발라군인데 신라 경덕왕은 금산군으로 고쳤다. 신라 말에 견훤이 후백제 왕이라고 자칭하고 이 지역을 모두 점령하고 있었으나 얼마 있지 않아 이 군 사람이 후고구려 왕 궁예에게 의탁하여 왔으므로 궁예는 태조를 정기대감으로 임명하여 해군을 거느리고 가서 이 지역을 빼앗아서 나주로 만들었다.[13]

5-2. 天復 3년 계해(903) 3월에 태조는 수군을 거느리고 서해로부터 광주 지경에 이르러 금성군을 공격하여 이를 함락시키고, 10여 개의 군·현을 공격하여 이를 쟁취하였다 이어 금성을 나주로 고치고 군사를 나누어 수비하게 한 후 개선하였다.[14]

5-3. (태조 즉위)18년에 태조가 여러 장군들에게 이르기를 "나주계 40여 군은 우리의 울타리로 되어 오랜 기간 교화에 복종하였다. 일찍이 대상 견서, 권직, 인일 등을 파견하여 안무하였는데 근자에는 백제에게 약탈당하므로 6년간에 바닷길도 통하지 않으니 누가 나를 위하여 안무하려 가려 하는가?"라고 하였다.[15]

나주는 사료5-1에서 확인되듯이 통일신라시대에는 금산군이었다. 신라말의 혼란기에 나주는 잠시 견훤의 통제 하에 있었으나 사료5-2에서 기록된 바와 같이 903년 궁예가 보낸 왕건에 의해 후고구려의 영역으로 편입되었다. 사료 5-3에서 주목되는 점은 금성군을 공격하여 함락시킨 후 후고구려가 편입한 군현의 숫자가 10여 개라는

---

13) 『고려사』 권57 지11 지리2 나주목.
14) 『고려사』 권1 세가1 태조1.
15) 『고려사』 권92 열전5 유검필.

점이다. 궁예정권이 처음 확보한 나주 지역은 현재 나주시를 중심으로 한 10여 군이었다. 사료5-3의 '나주계 40여 군'이라는 내용을 통해서 알 수 있듯이 고려 설립 직후 고려의 영역으로 편입된 군현이 40여 곳으로 늘어나 있었다. 군현 숫자가 늘어난 구체적인 시기는 나주를 중심으로 광역권이 형성된 태봉시기이며 태조 원년에는 '羅州道'라는 실체가 존재했다고 여겨진다.[16]

근래의 연구 성과는 궁예 정권이 초기에 확보한 나주 지역을 현재의 영산강 이북 지역으로 보고 있다. 후고구려가 903년 차지한 지역은 서남해지역 전체가 아니라, 영산내해 북쪽에 위치한 나주와 무안 및 함평의 일부 지역 등의 한정된 장소로 여겨진다.[17] 나주성(금성산성)이 영산내해의 북쪽에 위치한 사실을 고려하면, 나주 호족은 오늘날의 나주 시내와 다시면 일대의 해상세력이 그 중심이 된다. 반면에 영산내해의 남쪽에 위치한 나주 반남면과 공산면 일대 및 영암 방면의 해상세력은 후백제의 세력권에 편입된 것으로 볼 수 있다.[18]

나주 반남지역은 영산강 북부의 금성을 비롯한 세력들이 왕건을 비롯한 외부 세력과 교통하는 것을 적극적으로 막아야 하는 견훤 정권의 군사석 중심지가 되었을 것이다. 이러한 상황은 곧 나주 지역 고래의 두 정치 세력이었던 다시 지역과 반남(공산) 지역의 대립 길항 관계의 재현과도 같은 것이다.[19]

후고구려가 나주지역을 차지하는데 사용한 군대는 해군이었다. 나주는 903년 이후 궁예 정권기 내내 궁예의 통치하에 있었다는 점을 고려한다면 영산강을 통한 해로는 궁예정권의 통제하에 있었다고 볼 수 있다. 영산강을 이용한 해로를 궁예정권이 통제하고 있었다는 점을 고려한다면 후백제의 주력은 영산강 바로 이남이 아닌 삼포강 이남, 기존의 연구 성과와 같은 반남 지역 일대에 주둔하였을 가능성이 높다. 현재 구전으로 전해지고 있는 궁예의 군대와 견훤 군대간의 전투 내용인 나주 공

16) 전덕재, 「泰封의 地方制度에 대한 考察」, 『신라문화』 27, 동국대학교 신라문화연구소, 2006, 179쪽.
17) 문안식, 「궁예정권의 서남지역 경략과 토착세력의 동향」, 『백산학보』 96, 백산학회, 2013, 218쪽.
18) 문안식, 위의 글, 214쪽.
19) 배재훈, 「공산 지역 고대 정치체의 성장과 발전: 반남과 다시 두 지역의 競爭과 拮抗」, 『고려의 후삼국 통합과정과 나주』, 경인문화사, 2013, 66쪽.

산면 복사초리 전쟁설화는 영산강 해로를 통제하고자 하는 양 국의 충돌이 영산강 이남지역과 삼포강 이북지역 사이에서 빈번히 일어났음을 반영한 것이라 할 수 있다.[20](도5-20)

반남면 일대는 영산내해를 통해 나주로 들어오는 궁예의 해군세력과 맞닥뜨리게 되는 후백제의 최전방이라 할 수 있다. 반남지역에 주둔하고 있었던 후백제군의 상급 지휘부는 당시의 지정학적 위치상 武府(광주)에 위치해 있었음을 알 수 있다. 무부와 반남지역과의 교통로는 영산강 이남의 나주평야를 통해 연결되어 있다. 일제강점기 지도와 현재 확인된 토성 및 산성의 분포도를 보면 반남지역과 무부와 연결되는 교통로는 자미산성 → 성산리토성 → 성덕산성 → 나주 철천리 석불입상 부근(거성동) → 건지산성을 거쳐 현재의 광주시 남구쪽으로 연결된다.(도5-21) 궁예 정권기에 조성된 것으로 볼 수 있는 나주 철천리 석불입상은 영산강 이남 지역이 후백제의 통제 하에 있었을 당시에는 조성될 수 없었을 것이다.

5-4 (효공왕)13년(909년) 여름 6월에 궁예가 장군(왕건)에게 명하여 병사와 선박을 이끌고 진도군을 함락시키고, 또 고이도성을 깨뜨렸다.[21]

5-5. (효공왕)14년(910년)에 견훤이 몸소 보병·기병 3천을 이끌고 나주성을 포위하고 열흘이 지나도록 풀지 않았다. 궁예가 수군을 보내어 이를 습격하니, 견훤이 군사를 끌고 후퇴하였다.[22]

5-6. 다시 나주 포구에 이르렀을 때에는 견훤이 직접 군사를 거느리고 전함들을 늘어놓아 목포에서 덕진포에 이르기까지 머리와 꼬리를 서로 물고 수륙 종횡으로 군사 형세가 심히 성하였다. 그것을 보고 우리 여러 장수들은 근심하는 빛이 있었다. 태조는 말하기를, "근심하지 말라. 전쟁에서 이기고 지는 것은 군대의 의지가 통일되어 있느냐 없느냐에 있는 것이지 그 수가 많고 적은 데 있는 것은 아니다."라고 하면서 곧 진군하여 급히 공격하니 적선들이 조금

---

20) 복사초리 전쟁설화에 대해서는 다음 논문을 참조하였다(이진영 외, 「나주 고안면 상방리 복사초리 전적지」, 『고려의 후삼국 통합과정과 나주』, 경인문화사, 2013).
21) 『삼국사기』 12 신라본기 제12 효공왕13년.
22) 『삼국사기』 12 신라본기 제12 효공왕14년.

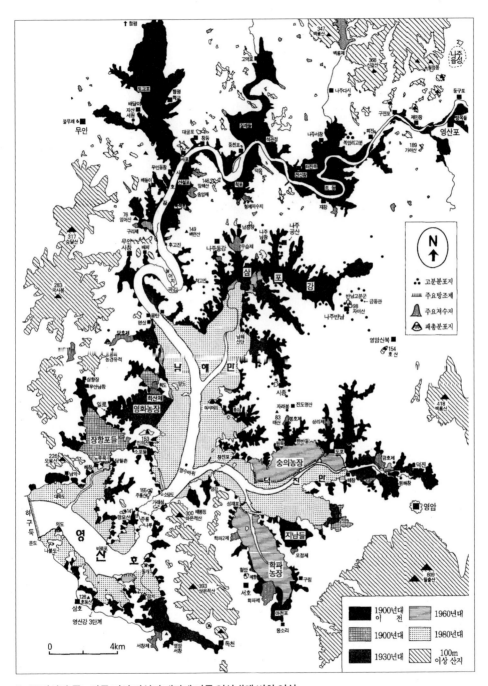

5-20 영산강 중 · 하류 지역 간석지 개간에 따른 영산내해 변화 양상

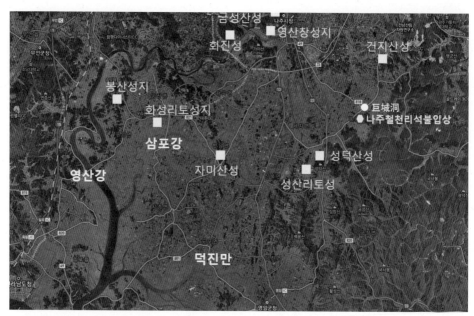

5-21 나주 일대의 관방유적 배치도

퇴각하였다. 이에 풍세를 타서 불을 놓으니 적들이 불에 타고 물에 빠져죽는 자가 태반이었다. 여기서 적의 머리 5백여 급을 베었다. 견훤은 작은 배를 타고 도망하였다. 처음에 나주 관내 여러 군들이 우리와 떨어져 있고 적병이 길을 막아 서로 응원할 수가 없었기 때문에 자못 동요하고 있었는데 이때에 와서 견훤의 정예 부대를 격파하니 군사들의 마음이 모두 안정되었다. 이리하여 삼한 전체 지역에서 궁예가 절반 이상을 차지하게 되었다.[23]

위의 사료5-4와 5-5에서 알 수 있듯이 서남해 지역의 영유권을 놓고 벌어진 양국의 충돌은 909년부터 본격화되었다. 910년에는 견훤이 몸소 보병·기병 3천을 이끌고 나주성을 열흘간 포위 공격하기도 하였다. 이와 같은 양국의 치열한 쟁투는 912년 덕진포 해전을 계기로 큰 전환점을 이루게 된다. 사료5-6은 덕진포 해전과 관련된 기사이다. 그런데 사료5-6이 기록된 『고려사』의 기록은 양나라 開平 3년 기사 (909)에 덕진포 해전과 관련된 문장이 연결되어 있어 덕진포 해전이 909년에 벌어졌

---

23) 『고려사』 권1 세가1 태조 양 개평3년.

던 것으로 이해되기도 한다.[24]

궁예가 직접 덕진포에서 견훤과 전투를 벌였다는 기록은 『삼국사기』의 내용 이외에도 강진 무위사에 있는 선각대사탑비를 통해서도 알 수 있다.[25] 최근의 연구 성과는 선각대사탑비에 기록된 大王이 궁예이며 궁예가 직접 912년 8월 나주와 무부(광주) 등 전라도 남부지역을 공략했음을 밝히고 있어 주목된다.[26] 그러나 이 연구 성과에서도 덕진포 해전은 909년에 벌어진 사건으로 설명하고 있으며 선각대사탑비에 기록된 912년 8월, 궁예에 의한 전라도 지방의 친정은 사료에 기록되지 않은 별도의 사건으로 이해하고 있다. 이에 반해 신성재와 문안식은 덕진포 해전을 912년 궁예가 직접 수군을 이끌고 견훤의 수군과 벌인 전투로 해석하였다.[27]

궁예가 전라도 지역에 직접 군대를 이끌고 친정했다는 내용은 매우 중요한 역사적 사실이다. 궁예가 전라도 지역을 친정했다면 필시 대군을 이끌고 왔을 것이며 이에 대한 후백제의 대응은 대규모 전투로 이어졌을 것이다. 이러한 대규모 전투로는 사료에 기록된 태봉과 후백제와의 나주 일대 전투 기록 중 가장 큰 전투인 덕진포 해전으로 보아도 무방하다고 생각된다. 그 근거로는 당시의 역사적 상황뿐만 아니라 『삼국사기』에 견훤이 912년 덕진포에서 궁예와 전투를 벌였다는 기사가 있기 때문이다.[28]

5-7. (천우)9년(912) 8월에 이르러 前主(궁예)께서 북쪽 지역을 완전히 평정하시고 남쪽을 평정하고자 하시었다. 그래서 큰 배들을 일으키어 친히 수레를 몰고 오셨다. 이때 나주는 항복하였으므로 강가의 섬에 군대를 멈추었지만, 무부(광주)는 저항하였으므로 서울에서 무리를 크게 일으키셨다.[29]

24) 전덕재, 「泰封의 地方制度에 대한 考察」, 『신라문화』27, 동국대학교 신라문화연구소, 2006, 170쪽 ; 최연식, 「강진 무위사 선각대사비를 통해 본 궁예 행적의 재검토」, 『목간과 문자』7, 한국목간학회, 2011, 213쪽.

25) 「無爲寺先覺大師遍光塔碑」, 『역주 나말여초금석문(상)』, 혜안, 한국역사연구회, 1996, 171쪽.

26) 최연식, 위의 글.

27) 신성재, 「궁예와 왕건과 나주」, 『韓國史研究』151, 한국사연구회, 2010, 8쪽 ; 신성재, 「후백제의 수군활동과 전략전술」, 『한국중세사연구』36, 한국중세사학회, 2013, 148쪽 ; 문안식, 「궁예정권의 서남지역 경략과 토착세력의 동향」, 『백산학보』96, 백산학회, 2013, 238쪽.

28) 『삼국사기』50 열전 제10 견훤, "乾化二季 萱 與 弓裔 戰于 德津浦".

29) 「無爲寺先覺大師遍光塔碑」에 대한 위의 번역은 최연식의 해석을 따랐다(최연식, 위의 글, 208쪽).

912년 덕진포 해전의 결과 견훤은 사료5-6에서 알 수 있듯이 작은 배를 타고 도망갈 정도로 대패하였다. 덕진포 해전의 대패는 단지 수군의 패배로만 이어지지 않았다. 사료5-7에서 확인 되듯이 태봉은 영산강 이남을 포함한 나주 전역을 확보했을 뿐만 아니라 후백제의 주요 거점 지역인 무부(광주)까지 위협하였다. 결국 궁예의 덕진포 해전 승리는 태봉이 서남해 지역을 완전히 장악하게 되는 결정적인 역할을 하였다.

나주 철천리 석불입상은 영산강 이남 지역인 현재의 봉황면 철천리에 세워져 있다. 이 지역은 위에서 고찰한 바와 같이 912년 덕진포 해전의 승리를 통해 태봉의 영역으로 확보된 지역이다. 그렇다면 궁예 정권기 만들어진 나주 철천리 석불입상의 조성시기는 912년 이후부터 궁예가 권좌에서 물러나는 918년 사이에 조성된 것으로 추정해도 무방할 것이다.

조성배경

나주 철천리 석불입상의 조성시기는 덕진포 해전의 승전을 통해 영산강 이남 지역이 태봉의 수중에 들어오는 912년부터 고려가 건국되는 918년 사이로 추정된다. 그렇다면 왜 나주 철천리에 거대한 불상이 세워졌을까. 나주 철천리 석불입상이 궁예정권기에 조성된 불상으로 보기 위해서는 이에 대한 합당한 설명이 필요하다.

나주 철천리 석불입상이 영산강 이남 현재의 위치에 세워진 이유를 추정할 수 있는 직접적인 사료는 없다. 하지만 덕진포 해전에 관련된 사료5-6은 철천리 석불입상의 조성배경을 추론할 수 있게 해준다. 덕진포 해전은 사료5-6을 통해 해상 전투가 중심이었으나 육지에서의 전투 역시 진행되었음을 알 수 있다. 특히 영산강 이남 지역을 수비하고 있었던 후백제군에는 수군과 보기병이 모두 동원되고 있었다. 배치된 부대의 규모가 "수륙종횡으로 병세가 심히 성하였다"고 하거나 나주 관내의 여러 군이 태봉 수군과 미리 연락할 것을 우려하여 보기병으로 하여금 길목을 차단하였던

것이 이를 말해준다.[30]

덕진포 해전 이전 나주 관내에 배치된 후백제군의 주둔지는 반남지역에 위치한 자미산성이 서해안쪽 최전방이 되었을 것이다. 현재 남아 있는 고려시대 이전의 관방유적을 살펴보면 영산강 이남 지역의 후백제군 주요 주둔지를 추정할 수 있다.[31] 도5-21에서 확인할 수 있듯이 봉산성이나 화성리 토성은 영산강 유역을 통제할 수 있는 삼포강 이북에 위치해 있기 때문에 후백제군의 주둔지로 확정지어 말할 수 없다. 하지만 삼포강 이남지역에 해당되는 자미산성, 성산리토성, 성덕산성, 건지산성은 후백제군의 주둔지로 추정할 수 있다. 앞에서도 설명했듯이 반남지역에 주둔한 후백제군은 나주평야를 관통하는 교통로를 통해 연결되어 있었다. 이 교통로는 영산강 유역과 접해 있는 나주평야 북쪽이 아닌 나주평야 남쪽, 평야와 산지가 만나는 지점에 해당된다.

자미산성과 성산리토성 사이에는 삼포강의 상류가 가로지르고 있다. 성산리토성과 성덕산성은 강진 쪽으로 빠지는 교통로를 통제하는 역할을 한다. 선시산성은 현제의 보성군과 광주방향으로 연결된 교통로와 관련이 있는 산성이다. 위에 열거한 관방유적은 나주평야가 끝나고 산악지대가 형성되는 접경지대에 위치하며 교통로를 통제하는 역할을 한다는 공통점이 있다. 즉, 주요 교통 분기점을 통제할 수 있는 지점에 관방유적이 조성되고 있음을 알 수 있다.(도5-21)

이와 같은 점을 고려한 채 관방유적의 간격을 추정해 보면 성덕산성과 건지산성 사이의 간격이 매우 떨어져 있음을 확인할 수 있다. 자미산성과 성산리토성의 간격역시 떨어져 있지만 두 성 사이에 삼포강이 흐르고 있는 점을 고려한다면 주요 교통로를 통제하기 위한 군대의 주둔지로서 적당한 간격으로 볼 수 있다. 하지만 성덕산

---

30) 신성재, 「후백제의 수군활동과 전략전술」, 『한국중세사연구』36, 한국중세사학회, 2013, 149쪽.
31) 영산강 이남 지역의 관방유적은 다음 책을 참조하였다(목포대학교박물관 · 전라남도 · 나주시, 『文化遺蹟分布地圖: 全南 羅州市』, 1998). 본고에서 언급한 영산강 이남 지역의 관방유적은 일부를 제외하고는 발굴조사가 시행되지 않아 정확한 축조연대를 확인할 수 없다. 그러나 조선시대에는 해안가에 주로 읍성이 축조되고 있었던 점을 고려한다면 영산강 이남의 관방유적은 고려시대나 후삼국기 이전에 조성된 것으로 추정하여도 무방하다고 생각한다.

성과 건지산성 사이에는 보성과 장흥으로 연결되는 교통로가 존재하며 반남지역과 무부(광주)를 연결하는 주요 교통로가 지나가는 지점임에도 불구하고 관방유적이 존재하지 않는다는 점은 의문이 간다. 특히 이 지역이 후삼국기 궁예 정권과 후백제와의 접경 지역임을 고려한다면 주요 교통로를 보호하기 위한 관방유적이 존재했을 가능성은 충분히 상정할 수 있다.

성덕산성과 건지산성의 간격에서 주목되는 점은 나주 철천리 석불입상이 두 관방유적의 중간지점에 조성되었다는 점이다. 철천리는 주요 교통로를 통제하기 위한 관방유적이 위치하기에 적당한 위치가 된다. 이러한 추론을 보충할 수 있는 것이 일제강점기 나주 철천리의 지명이다. 일제강점기에 제작된 지도를 보면 나주 철천리 석불입상이 위치한 지역의 마을 이름은 巨城洞이다. 거성동이라는 지명은 1789년 편찬된 것으로 추정되는 『戶口總數』에서도 확인된다.[32] 거성동은 커다란 성이 있는 마을을 뜻하는 것으로 이 지역의 지정학적 위치를 추정할 수 있게 한다.

현재의 나주시는 영산강 북안과 접해 있으며 나주시 건너편 영산포 지역은 영산강 남안과 접해 있다. 영산포는 후삼국시대 영산강 이남 지역이 후백제에 속해 있었을 당시에도 궁예 정권의 통제를 받는 지역이었다. 이는 왕건이 지휘하는 수군이 나주에 자유롭게 드나들었던 『삼국사기』, 『고려사』 등의 기록을 통해 알 수 있다. 현재의 나주시 건너편, 영산강 이남 영산포 일대가 후삼국시대 궁예정권의 관할 하에 놓이기 위해서는 후백제의 공격을 막아낼 수 있는 대규모 군대의 주둔이 필수적이다.

후백제 입장에서는 영산포 일대에 주둔하였던 태봉의 군대는 해로를 통해 접근하는 수군보다 더 경계해야 할 대상이었을 것이다. 왜냐하면 영산강 이남 지역인 영산포 일대의 태봉군은 반남·공산 지역에 위치했던 후백제군의 배후를 공격하며 보급로를 차단할 수 있는 위치에 존재했기 때문이다. 이에 대한 후백제의 대응은 성덕산성과 건지산성의 중간지점이며 영산포 일대의 태봉군과 가장 가까운 지점에 대규모의 성을 쌓아서 교통로의 안전을 확보하고자 한 것으로 생각된다. 이러한 원인으로

32) 『戶口總數』 영인본, 서울대학교출판부, 1978, 201쪽.

거성동 일대에 실제로 거대한 성이 조성되었을 가능성이 높다. 따라서 옛 마을 이름인 거성동은 실제 巨城의 존재와 관련이 있다고 할 수 있다. 그러나 현재 거성동으로 불렸던 철천리 지역에는 지표조사 등을 통해 보고된 관방유적이 존재하지 않는다.

거성동이라는 마을 이름이 존재하였고 지정학적 위치상으로도 후백제의 대규모 군대가 필히 주둔할 만한 위치임에도 불구하고 관방유적이 보고되지 않았다면 이를 어떻게 해석해야 할까. 후삼국시대 전투기록을 살펴보면 거성동의 지명 유래가 꼭 토성이나 석성에서 기인 한 것이 아님을 알 수 있다. 사료5-8은 태조 왕건이 940년 12월 후백제의 항복을 받은 장소에 개태사를 완공하고 이를 기념하기 위해 낙성화엄법회를 열었을 때 친히 작성한 '開泰寺華嚴法會疏'의 일부이다.

5-8. (중략) 지난 병신년(936) 가을 9월에 숭선성 가에서 (후)백제병과 교진함에 한 번 부르짖으니 광흉의 무리가 와해하고 다시 북소리를 울린 즉 역당이 얼음 녹듯 소멸되어, 개선의 노래가 하늘에 뜨고 환호의 소리가 땅을 뒤흔들었나이다. 드디어 곧 批羆의 萬隊를 어루만지고 열흥의 천군을 몰아 ㉮ 황산에 繫馬하고 이곳에 둔영한즉, 진실로 雲梯의 공격이 없었고 物檄의 論招가 없이 ㉯ 轅門에 난좌하고 秦下에 開眼하니로, 百濟鳴工시 무리를 이끄고 興伽하여 항복을 청해오고 (중략)[33]

사료5-8은 왕건이 후백제의 항복을 받은 장소인 마성의 위치를 비정하는데 결정적인 근거를 제공하는 매우 중요한 사료이다. 위 사료는 태조 왕건군이 일리천 전투에서 후백제군을 격파한 후 퇴각하는 후백제군을 쫓아 황산의 馬城에 둔영하고 있는 내용을 서술한 것이다. 마성과 관련된 위 사료의 해석은 8장에서 다시 언급할 것이다. 이 장에서는 후삼국시대에 목책이 사용되고 있다는 점을 중점적으로 서술하고자 한다.

사료5-8의 기록 중 ㉮에서 말하고 있는 둔영지는 『고려사』의 기록, "우리 군사가 추격하여 황산군에 나아감에 탄령을 넘어 마성에 주둔하였는데"에서 알 수 있듯이

---

33) 「開泰寺華嚴法會疏」『東人之文四六』卷8(원문의 번역은 양은용의 글을 따랐다 ; 梁銀容, 「高麗太祖 親制 開泰寺華嚴法會疏의 연구」, 『伽山李智冠스님華甲紀念論叢 韓國佛敎文化 思想史』上, 1992, 815쪽).

마성에 해당한다.[34] 마성은 현재 개태사 주변의 토성으로 알려져 있다.[35] 이 성은 군사적 성격의 토성이 아닌 성의 이름에서 알 수 있듯이 말의 방목장이었을 가능성이 있다. 이러한 가능성은 토성의 서쪽 부분에 해당하는 개태사 서쪽 일대에 성벽이 전혀 없이 개활지로 트여 있으며 이곳을 연산천이 가로질러 흐르고 있다는 점을 통해 유추가 가능하다.(도8-4)

'개태사화엄법회소'에서 마성과 관련되어 주목되는 점은 사료5-8의 ④부분이다. ④의 "自然團坐轅門 眠眼寨下"의 내용 중 원문은 수레 끌채를 세워 만든 임시 문으로 군대 주둔지인 陣營의 입구를 가리킨다. 성문을 임시문으로 만들었다는 점은 마성이 군주둔지로 조성된 기존의 토성이나 석성이 아니었음을 암시한다. ④부분에서 원문과 더불어 눈 여겨 봐야 할 부분은 채라는 단어이다. 寨下의 채는 목책을 뜻하므로 고려군은 진영을 설치하고 주변에 방어시설로 목책을 만들어 놓은 후 후백제군을 정벌할 준비를 하였음을 알 수 있다.[36] 실제 개태사 주변 토성은 현재의 개태사를 중심으로 북쪽으로 약 1km, 동쪽으로는 500m, 그리고 남쪽으로는 약 400m 떨어진 곳에 토성의 흔적이 남아 있다.[37](도8-4) 마성의 서쪽은 연산천이 흐르고 있는 평지여서 원래부터 토성이나 석성이 마성의 서쪽에는 존재하지 않았음을 알 수 있다. 후백제 신검군을 쫓는 수만의 왕건 군대가 마성에 주둔하였다면 당연히 방어시설이 전혀 없이 얕은 하천만이 흐르는 마성의 서쪽 부분은 사료5-8과 같이 목책을 설치하여 방어시설을 만들었을 것이다.

이와 같이 후삼국시대에는 전투 중에 대규모의 목책을 방어시설로 설치하였음을 알 수 있다. 이를 고려한다면 거성동 지명의 유래는 실제 巨城에서 찾을 수 있을 것이다. 그 거성은 토성이나 석성이 아닌 목책으로 조성되었기에 오늘날 관방유적의 흔적이 남아있지 않을 가능성 역시 고려할 수 있다. 사료5-6에서 알 수 있듯이 덕진

---

34)『고려사』권2 태조19년 9월.

35) 정성권,「개태사 석조삼존불입상 조성배경 재고: 태조 왕건군 둔영지 馬城의 위치와 관련하여」,『白山學報』92, 白山學會, 2012, 202쪽.

36) 정성권, 위의 글, 218쪽.

37) 公州大學校博物館·論山市,『開泰寺址』, 2002, 128쪽.

포 해전에서 패한 견훤은 작은 배를 타고 도망하였다. 견훤의 도주로는 나주평야 남동쪽에 분포해 있는 토성과 산성 주변의 교통로를 거쳐 갔을 것이다. 보기병 간의 전투 역시 벌어졌을 것이며 사료에 기록되어 있지 않지만 거성동에서도 대규모 전투가 벌어졌을 가능성도 상정할 수 있다.

이와 같은 상황을 고려한다면 결국 나주 철천리 석불입상의 조성배경은 영산강 이남 지역을 확보하는 결정적 계기가 되었던 덕진포 해전의 승전을 기념하기 위해 세운 것이라 할 수 있다. 그 위치가 철천리인 이유는 거성동으로 불렸던 철천리가 덕진포 해전의 연장선 속에 벌어진 주요 격전지 중 하나였기 때문으로 추정된다. 이 같은 추정은 안성 기솔리 석불입상이 비뇌성 전투의 승전지에 조성된 것으로 추정되는 조성배경과 같은 성격이라 할 수 있다.

II. 석조미술로 보는 고려의 역사

제6장　경기도 내의 통일신라 석불 : 죽산리 석불입상

제7장　태조 왕건의 봉업사 중창과 능달 : 봉업사지 석불입상

제8장　새로운 통일왕조의 출현 : 개태사 석조삼존불입상

제9장　왕즉불 사상의 구현 : 개태사 석조공양상

제10장　고려 광종을 보는 또 다른 시각 : 미술사와 고고학을 통하여

제11장　신양식의 출현과 확산 : 보개 착용 석조불상

제12장　고려 석조미술의 보고 : 충주 미륵대원지

제13장　전통의 단절과 계승 : 봉녕사 석조삼존불상

제6장 경기도 내의 통일신라 석불입상 : 죽산리 석불입상

현재의 행정구역상 서울을 포함한 경기도 지역은 백제와 고구려의 영토였으나 553년 경 신라에 편입되었다. 이후 한강을 중심으로 한 이 지역은 계속해서 신라와 통일신라의 영역으로 유지되었다. 이와 같이 경기도 일대가 오랫동안 신라의 영역이 있음에도 불구하고 이 지역에는 조성시기에 대해 학자들의 의견이 일치하는 통일신라시대 불상이 한 점도 알려져 있지 않고 있다. 통일신라시대의 불상은 철원 도피안사 철불좌상에서 알 수 있듯이 휴전선 인근에도 등장하고 있으며 강원도 양양 지역에서도 존재한다. 양양 지역의 대표적인 통일신라시대 불상으로는 양양 서림사지 석조비로자나불상을 비롯하여 부조상이기는 하지만 양양 진전사지 삼층석탑 탑신석에 조각된 사방불이 있다. 인왕상과 신장상을 조각한 불교조각은 양양 선림원지 삼층석탑에서도 표현되어 있으며 금강산 신계사 삼층석탑과 장연사지 삼층석탑에도 조각되어 있다. 이와 같은 예에서 알 수 있듯이 통일신라시대 불교조각은 강원도 철원뿐만 아니라 그보다 북쪽에 위치한 금강산에도 존재하고 있다.

삼국시대부터 이미 신라의 영역이었던 경기도 일대에 통일신라시대에 조성된 불교조각이 한 점도 알려져 있지 않다는 점은 필자의 오래된 의문이었다. 더욱이 이 지역은 명문기록이나 발굴조사 등을 통해 통일신라시대에 조성된 사찰이 여러 곳에 존재하고 있음이 확인된 바 있다. 대표적인 통일신라 사찰로는 안양 중초사지, 서울 은 평뉴타운에 위치한 청담사지, 안성 봉업사지 등이다. 중초사지는 사지 내에 위치한 당간지주의 명문을 통해 이 사찰이 흥덕왕 원년(826)경에는 창건된 사찰임을 알 수 있다.[1] 청담사지는 발굴조사와 이를 바탕으로 한 연구를 통해 최치원이 작성한『法藏和尙傳』에 등장하는 "負兒山 靑潭寺"일 가능성이 높다는 견해가 제시되었다.[2] 봉업사지 역시 발굴조사를 통해 통일신라시대 華次寺라는 절이 존재하였음이 보고되었다.[3] 이와 같이 통일신라시대에 조성된 사찰이 여러 곳에 존재하였음에도 불구하고 경기도 일원에 통일신라시대에 조성된 불상이 알려져 있지 않은 점은 의아스럽다.

경기도 일원에는 통일신라시대 불상으로 확정된 불상은 존재하지 않으나 나말여 초기나 고려초로 비정되는 석불은 여러 구 존재한다. 대표적인 것이 여주 계신리 마 애불, 여주 포초골 석불좌상, 평택 심복사 석조비로자나불좌상 등이다. 그런데 근래 들어 나말여초기 이후 고려시대의 불교조각에 대한 조성시기 편년이 2세기에서 5세 기 이상의 대폭 수정된 주장들이 제기되고 있는 실정이다.[4] 이러한 주장들을 고려한 다면 아마도 그동안 학계에 나말여초기 또는 고려초기나 전기에 조성된 것으로 알려 진 불상들 가운데 통일신라시대에 조성된 불상이 있을 가능성이 있을 것이다. 필자 는 이와 같은 의문점을 바탕으로 현재의 경기도 지역에서 통일신라시대에 조성된 불 상의 존재 가능성에 대해 검토하였다. 검토 결과 그동안 고려초기에 조성된 것으로 알려졌던 죽산리 석불입상이 통일신라시대에 조성되었을 가능성이 높은 것으로 판 단할 수 있었다.

이 글에서는 일반적인 양식분석과 더불어 석불이 놓여 있었던 지역의 발굴조사 결과를 분석하였다. 발굴조사 결과를 적극적으로 활용한 이유는 양식분석만을 통한 불상의 조성시기 추정은 앞에서 언급하였듯이 학자들 간의 조성시기에 대한 시각의 편차가 너무 클 수 있기 때문이다. 본문에서는 먼저 발굴조사 결과를 분석하여 죽산

1) 朴慶植,「安養 中初寺址에 대한 考察」,『實學思想研究』14, 역사실학회, 2000, 101쪽.
2) 최성은,「慈氏閣의 불상과 화엄십찰 靑潭寺」,『강좌미술사』32, 한국불교미술사학회, 2009, 44쪽.
3) 京畿道博物館,『奉業寺』, 2002, 447쪽.
4) 제3장 각주 5, 6, 8 참조.

리 석불의 조성 시기를 크게 구분하였다. 이후 미술사적 양식분석을 통하여 조성시기의 범위를 세분하는 시도를 하였다.

죽주의 역사와 안성 봉업사지 일대의 석조미술

고려시대 죽주의 범위는 대략적으로 현재의 안성시 죽산면을 중심으로 한 안성시 일죽면과 삼죽면, 용인시의 백암면과 원삼면 지역에 해당한다. 죽주는 삼국시대부터 지리적으로 매우 중요한 교통의 요지 역할을 하였다. 삼국시대 고구려나 백제는 현재의 서울에서 이천을 거쳐서 충주와 청주 방면으로 진출했고 신라는 소백산맥을 넘어서 충주를 발판으로 한강 하류로 진출했다. 따라서 어떤 경우에서든 남북과 동서 교통의 요지에 해당하는 죽주지역은 삼국의 전략적 요충지로 인식되었다. 백제나 고구려는 차령산맥을 넘어가기 위한 전진기지로서 죽주지역을 중요시하였고 신라는 청주나 충주 방면에서 한강 유역이나 아산만으로 진출하기 위한 교두보로서 죽주지역을 요충지로 인식하고 있었다. 그러나 지리적인 조건을 고려할 때 고구려나 백제보다 신라쪽에서의 활용도가 컸던 것으로 보인다. 서라벌에서 대중국 항구인 서해안의 당은포로 연결되는 교통로는 서라벌-충주-죽산(죽주)-안성-남양만(당항성)으로 연결되는 길과 서라벌-청주-진천-죽산(죽주)-안성 남양만(당항성)으로 연결되는 길이 있다. 이 길들은 모두 죽주지역을 거친다. 이러한 죽주의 지리적 중요성은 고려시대까지 이어졌다.[5]

죽주는 傳 매산리 미륵당 오층석탑 출토 '永泰二年'명(766) 탑지석에서 알 수 있는 바와 같이 766년경 이미 사찰이 창건되어 있었고 그 사찰 내에 탑이 조성되어 있었다.[6] 발굴조사를 통해 밝혀진 통일신라시대 사찰명은 華次寺이다. 화차사는 '太和六年'(832)

---

5) 서영일, 「竹山地域의 歷史 地理的 背景」, 『奉業寺』, 京畿道博物館, 2002, 25~26쪽.
6) 黃壽永, 「新羅塔誌石과 舍利壺」, 『美術資料』10, 국립박물관, 1965 ; 京畿道博物館, 「永泰二年 塔誌石」, 『京畿道佛蹟資料集』, 1999, 391~392쪽.

과 '大中八年'(854)의 명문 기와가 출토됨에 따라 당시 불사가 이루어 졌음을 확인할 수 있다.[7] 발굴조사를 통해 통일신라의 사명이 밝혀진 봉업사지는 초창 이래 고려시대까지 중요한 사찰로 여겨졌다. 하지만 이 사찰은 신라말의 혼란기에 한 때 폐허에 가까울 정도로 사찰이 훼손되었다. 이는 당시의 역사적 상황과 발굴조사 결과를 통해 알 수 있다.

중앙정부의 지방 통제력이 약화되어 가는 880년대 이후부터 신라는 급격히 쇠퇴하였다. 특히 이 시기에는 전국이 내란상태에 놓이게 되며 진성여왕대에 이르러 호족이 전국 각지에서 대두하여 '호족의 시대'를 열었다.[8] 889년경부터는 중앙정부의 독촉에도 불구하고 농민들은 조세를 납부하지 않았다. 이를 통해 신라의 몰락은 가속화되어 갔다. 신라말 등장한 호족들은 스스로를 성주·장군이라 칭하였다. 기록을 통해 파악할 수 있는 나말여초기 성주·장군의 활약 지역은 37군데 이상이며,[9] 賊이라는 용어가 사용된 성주 장군의 사례로는 9명의 인물이 확인된다.[10] 적이라는 용어로 지칭된 인물 중 문헌 기록 속에 가장 먼저 등장하는 인물이 바로 죽주적괴 기훤이다 『삼국사기』 궁에 열진에는 891년 궁예가 죽주적괴 기훤에게 투탁하고 있음을 기록해 놓았다.[11] '적'은 중앙정부에 반하는 불법적인 저항 집단에 많이 쓰이고 있었다.[12] 적이라는 용어로 일컬어지는 성주 또는 장군이 죽주에서 처음 등장한다는 것은 결국 죽주지역이 889년경 일어난 공부부납사건 때부터 이미 신라 중앙정부의 통제에서 벗어났음을 의미한다.

---

7) 京畿道博物館, 『高麗 王室寺刹 奉業寺』, 2005, 205~207쪽.
8) 국사편찬위원회, 『한국사』11, 1996, 69쪽.
9) 최종석, 「羅末麗初 城主·將軍의 정치적 위상과 城」, 『韓國史論』50, 서울대학교 국사학과, 2004, 82~83쪽(이 논문에 작성된 [표1]에서는 28 장소의 성주·장군을 정리하였으나 지명 중 '國原 등 10여 城'으로 표현된 것은 개개의 숫자로 계산하여 37이란 숫자가 나왔다. 그러나 '新羅 邊邑' 들은 따로 계산하지 않았기 때문에 실제 성주·장군 등으로 칭한 숫자는 37보다 많았을 것이다).
10) 최종석, 위의 논문, 144쪽.
11) 『삼국사기』 권50 열전10 궁예.
12) 이순근, 「羅末麗初 地方勢力의 構成形態에 關한 一研究」, 『한국사 전환기의 문제들』, 知識産業社, 1993, 79쪽.

죽주적괴 기훤의 활약은 죽주지역이 889년경부터 혼란의 소용돌이 한가운데에 있었음을 말해준다. 죽주지역은 또한 899년 궁예와 양길이 중부지역의 패권을 놓고 벌인 비뇌성 전투의 전장지로도 알려져 있다.[13] 당시 죽주(통일신라시대에는 개산군)의 치소는 죽주산성이었는데[14] 봉업사지는 바로 죽주산성에서 흘러내린 산자락과 남쪽으로 연접한 평야지대에 세워져 있었다. 봉업사지는 죽주적괴 기훤의 활약과 궁예와 양길의 전쟁 와중 폐허에 가까운 피해를 입은 것으로 보인다. 결국 봉업사지는 나말의 시기에 큰 피해를 입었으며 고려 건국 직후가 되어서 재건되기 시작하였다. 이후 고려 광종기에 들어서 대대적인 사역의 확장이 시행되었다.

봉업사지가 위치한 죽주지역은 다른 어느 지역보다 학제간 연구를 시행하기에 적합한 조건을 갖고 있다. 그 이유는 봉업사지가 1997년부터 2004년까지 3차에 걸쳐 발굴조사가 진행되어 사찰의 대략적인 범위와 연혁에 대해 파악할 수 있는 자료를 제공하고 있기 때문이다. 죽주지역과 관련해서는 『삼국사기』 같은 문헌자료와 더불어 묘지석, 탑지석, 명문기와 등의 기록자료 역시 부족하나마 존재하고 있다. 이밖에 양식을 상호 비교할 수 있는 석불들이 봉업사지 일대에 많이 분포하고 있으며 그래들어 이 일대의 석조미술에 대한 연구 성과가 비교적 많이 축적되어 있는 상태이기 때문이다.

봉업사지 일대의 석조 미술품의 분포율은 경기도 지역에서 가장 높다. 봉업사지 일대에 분포한 석불 중 고려시대에 조성된 것으로 알려진 석불만 하더라도 이 글의 고찰 대상인 죽산리 석불입상을 비롯하여 봉업사지 석불입상, 매산리 석조보살입상, 장명사지 석불좌상, 기솔리 석불입상, 기솔리 마애불입상, 두현리 석조삼존불상, 국사암 석조삼존불입상, 기솔리 미완성 석불 등이 있다. 현재 면단위의 행정구역 중 봉

---

13) 비뇌성의 위치에 대해서는 다양한 이견이 있으나 일반적으로 비뇌성의 위치를 죽주 관내로 보거나 죽주 산성으로 보는 관점이 우세하다. 비뇌성의 위치를 죽주관내나 죽주산성으로 본 논문은 다음과 같다. 신 호철, 「후삼국 건국세력과 청주 지방세력」, 『新羅 西原小京 硏究』, 서경, 2001, 260쪽 ; 이도학, 「궁예의 북원경 점령과 그 의의」, 『東國史學』34, 동국사학회, 2007, 194~202쪽 ; 정성권, 「弓裔와 梁吉의 전쟁, 비뇌성 전투에 관한 고찰」, 『軍史』83, 국방부 군사편찬연구소, 2012, 201쪽.

14) 서영일, 「竹山地域의 歷史 地理的 背景」, 『奉業寺』, 京畿道 博物館, 2002, 27쪽.

업사지가 위치한 죽산면의 석불 분포 현황은 죽산면과 바로 인접하였으며 죽주에 포함되었던 이천과 용인지역 일부의 석불까지 합친다면 경주에 버금갈 정도로 많은 분포를 보인다. 석조미술의 높은 분포비율과 비례하여 연구 성과 역시 비교적 많은 편이다. 그동안의 연구는 개별적인 불상의 고찰과 더불어 이 일대의 불적에 대한 종합적인 고찰이 함께 이루어졌다.[15] 이러한 축적된 연구 성과는 본고에서 다루는 죽산리 석불입상의 조성시기를 추정하는데 많은 도움을 주었다.

죽산리 석불입상의 조성시기

발굴 성과를 통한 조성시기 추정

죽산리 석불입상은 현재 봉업사지 사역의 북쪽에 위치한 용화사 경내에 자리잡고 있다. 용화사는 근래에 만들어진 사찰이며 이 사찰의 법당 건물 북서쪽 언덕에 부재 일부가 설실된 석탑과 죽산리 석불입상이 함께 세워져 있다. 현재 위치는 봉업사지 사역의 북쪽 끝자락과 죽주산성이 위치한 산의 능선이 평탄지와 만나는 지점에 해당한다. 죽산리 석불입상의 원위치는 현재 세워져 있는 곳에서 서남쪽으로 약 200m 떨어진 곳으로 죽산리 삼층석탑의 서쪽 인근에 해당된다.[16](도6-1 · 2)

---

15) 홍윤식, 「安城 雙彌勒寺佛蹟의 性格」, 『素軒南都泳博士古稀紀念 歷史學論叢』, 민족문화사, 1993 ; 박경식, 「경기도 안성시의 석탑과 석불에 관한 고찰」, 『古文化』55, 한국대학박물관협회, 2000 ; 윤현희, 「竹山地域 佛敎遺蹟의 現況과 特徵」, 『奉業寺』, 京畿道博物館, 2002 ; 오호석, 「高麗前期 竹州地域의 石佛에 대한 一考察」, 『博物館誌』14, 충청대학박물관, 2005 ; 오호석, 「고려초기 竹州지역의 석탑과 건립배경」, 『先史와 古代』, 韓國古代學會, 2009.

16) 오호석, 「高麗時代 竹州地域 石造美術 硏究」, 단국대학교 석사학위 논문, 2005, 9쪽. 죽산리 석불입상이 세워졌던 정확한 위치는 밝혀지지 않았지만 죽산리 삼층석탑 부근이라는 기존의 주장은 타당하다고 본다. 그 이유는 봉업사지가 현재까지의 발굴조사를 통해 보았을 때 고려 광종 때 조성된 진전구역을 제외한다면 통일신라시대 목탑이 있었던 사찰구역과(1 · 2차 발굴조사) 통일신라 석탑이 있었던 사찰구역(3차 발굴조사지)으로 나눌 수 있기 때문이다. 목탑이 있었던 사찰구역은 7장에서 상술하겠지만 925년 능달에 의해 중창되며 이 때 조성된 석불이 봉업사지 석불입상으로 추정되고 있다. 죽산리 석불입상이 목탑이 있었던 사찰구역에 세워졌을 가능성도 완전히 배제할 수 없을 것이다. 그러나 능달이 통일신라

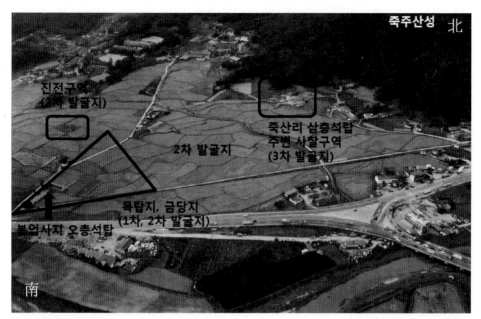

6-1 봉업사지 사역 전경

　죽산리 석불입상의 조성시기를 파악하기 위해서는 먼저 죽산리 석불입상이 세워
졌던 사찰인 봉업사지의 발굴조사 결과를 분석할 필요가 있다. 봉업사지는 경기도박
물관에 의해 3차의 발굴조사가 진행된 바 있다. 1차 발굴조사는 1997년 9월~1998년
3월까지 진행되었으며 조사 지역은 봉업사지 오층석탑과 봉업사지 당간지주가 위치
한 구역과 인접지역이었다. 조사 결과 봉업사지에는 모두 21개의 건물지와 그 부속
시설이 확인되었다. 2차 발굴조사는 2000년 10월~2001년 3월까지 실시되었으며 1
차 조사 지역 북쪽, 현재 경작지로 이용되고 있는 평탄지 일대를 조사하였다. 2차 조
사결과 고려시대 진전지를 확인할 수 있었으며 '華次寺'명 기와의 출토를 통해 통일
신라시대 봉업사지의 사찰명을 파악할 수 있었다.[17] 3차 발굴조사는 2004년 3월~

───────────

시대 목탑이 있었던 구역을 중창하며 새로운 석불을 만들고 있는 것으로 보아 죽산리 석불입상은 목탑
이 있었던 사찰구역이 아닌 기존에 알려진 바와 같이 통일신라 석탑이 있었던 사찰구역 근처에 위치해
있었던 것으로 보인다.

17) 1·2차 발굴조사 결과는 다음의 보고서에 게재되어 있다(京畿道博物館, 『奉業寺』, 2002).

죽산리 석불입상 현위치

죽산리 삼층석탑

죽산리 석불입상 원위치

6-2 죽산리 삼층석탑 주변 사역(3차 발굴조사지역)

2004년 9월까지 실시되었으며 조사 지역은 죽산리 삼층석탑 주변지역이다. 3차 발굴조사결과 건물지 6개소와 담장석렬, 범종 주조 유구, 9세기 석탑 하층기단 등의 유구와 많은 유물이 확인되었다.[18]

3차에 걸친 봉업사지 발굴조사는 봉업사지에 있었던 사찰의 변천 과정을 추정할 수 있는 자료를 제공해 주었다. 1차 발굴조사는 38번 국도 바로 옆에 위치한 봉업사지 오층석탑 주변에서 실시되었다. 조사 결과 많은 수의 건물지가 확인되었다. 2차 발굴조사는 1차 발굴조사 북쪽지역 일대를 조사하였는데 2차 조사 지역의 서쪽에서 진전 구역이 확인되었다. 2차 조사의 북쪽은 개답공사와 경작 등으로 인해 유구가 상당히 훼손되어 있는 상태였다. 죽산리 삼층석탑 주변의 3차 조사에서는 담장 유구 및 기타 유구가 2차 조사 지역 방향인 남쪽으로 연장되고 있어 봉업사지의 사역이 봉업사지 오층석탑에서 죽산리 삼층석탑에 이르는 대규모의 사역이었음을 추정 가능

18) 3차 발굴조사 결과는 다음의 보고서에 게재되어 있다(京畿道博物館,『高麗 王室寺刹 奉業寺』, 2005).

6-3 봉업사지 오층석탑

6-4 죽산리 삼층석탑

6-5 미륵당 오층석탑

하게 해주었다.

　1차 발굴조사가 진행된 봉업사지 오층석탑에서 3차 발굴조사가 진행된 죽산리 삼층석탑까지의 거리는 직선으로 487m이다. 봉업사지는 약 500m의 거리에 건물이 가늘 늘어섰던 내규모 사인으로 볼 수 있다. 그러나 봉업사지는 처음부터 사역의 직선거리가 500m에 가까운 대찰은 아니었다. 봉업사지는 2차 발굴조사에서 알 수 있듯이 통일신라시대 화차사라는 절이 존재하였으며 신라말의 혼란기에 사찰이 거의 폐허가 되었다. 이후 봉업사는 후삼국시대 능달에 의해 봉업사지 오층석탑 일대가 중창되었으며 고려 광종대에 이르러 대대적인 중창이 전 사역에서 벌어졌다. 통일신라시대 조성된 사찰은 8세기 중엽부터는 존재하였던 것으로 보인다. 이는 '영태 2년' 명 탑지석을 통해 알 수 있다. 이 탑지석은 봉업사지 북동쪽에 위치한 미륵당 오층석탑에서 출토된 것으로 전해지고 있다.(도6-5) 탑지석의 내용은 다음과 같다.

　6-1. 영태 2년(신라 혜공왕 2년, 766년) 병오 3월 30일에 박씨와 방서, 영문 두 승려가 먼저 한 번 만들고자 하는 것을 능히 행하여 만들었다. ㉮ 탑이 이루어진 영태 2년 병오년으로부터 (탑을) 고친 금년 순화사년(고려 성종 12년, 993) 계사년 정월 8일까지 헤아려 보니 228년이 된다. 전에 처음 만든 이가 박씨이고, 또 다시 고친 이도 박씨이니, 연대가 비록 다르나 지금과 옛날이 자못 동일하여 참된 정성을 더욱 힘써 보탑을 중수하였다. 만든 장인은 현곽장로이고,

탑을 만든 주인은 박렴이다.[19]

위의 내용 중 ㉮의 내용을 살펴보면 신라 혜공왕 2년인 766년에 두 승려의 주도로 탑이 만들어졌음을 알 수 있다. 아마도 이 탑은 봉업사지에 있었던 통일신라시대 사찰의 경내에 건립되었을 가능성이 높은 것으로 보인다. 그렇다면 봉업사지에 있었던 통일신라시대 사찰은 적어도 8세기 경부터 법등이 이어져 온 것이라 할 수 있다. 그러나 현재까지 발굴조사를 통해 밝혀진 유구는 9세기부터 만들어진 것으로 보고되어 있다.

1·2차의 발굴조사는 봉업사지 오층석탑 주변의 사역에 대한 현황을 파악할 수 있게 해 주었다. 3차 발굴조사는 통일신라시대 조성된 사찰 가람이 봉업사지 사역의 북쪽인 현재의 죽산리 삼층석탑 일원에서 먼저 조성되기 시작하여 9세기에 들어 사역의 남쪽인 현재의 봉업사지 오층석탑 주변의 목탑지, 금당지로 확장되었을 가능성을 보여주었다. 그 이유는 1·2차 조사 시 통일신라시대 목탑과 금당지로 사용되었던 곳에서는 '대중 8년'명(854) 기와가 출토되었는데, 3차 조사에서는 죽산리 삼층석탑 하부에서 '태화 6년'명 기와가 다량으로 출토되었기 때문이다. 출토된 명문기와의 시기가 해당 사역의 초창 시기인지 정확히 알 수 없으나 인근에 건립된 청주 흥덕사지,[20] 이천 창전동 유적[21]에서 확인되는 통일신라시대 사찰이 모두 산과 연접하여 세워지고 있는 점은 주목된다. 이러한 사찰의 입지 조건을 고려한다면 봉업사지에서는 '태화 6년'명 기와가 출토된 죽산리 삼층석탑 주변, 죽주산성 인근지역에서 먼저 사찰이 세워지고 이후 목탑지와 금당지가 현재의 봉업사지 오층석탑 부근의 평탄지로 사역이 확장된 것으로 추정된다.(도6-1)

'태화 6년'명 기와가 출토된 죽산리 삼층석탑 주변의 사역은 죽산리 석불입상의 원

---

19) 京畿道博物館,「永泰二年 塔誌石」,『京畿道佛蹟資料集』, 1999, 391~392쪽, "(옆면)永泰二年丙午三月卅日 朴氏芳序令門二僧謀一造之先□行能 (밑면) 自雁塔始永泰二年丙午到治今年淳化四年癸巳正月八日竺得 二百二十八年前始成者朴氏又更治者朴氏年代雖異今古頗同益勵丹誠重修寶也造匠賢蕭長老造主朴廉".

20) 淸州大學校 博物館,『淸州興德寺址 發掘調査報告書』, 1986, 15~16쪽.

21) 겨레문화유산연구원,『이천 온천공원 조성공사 문화재 시·발굴조사 약보고서』, 2010, 31쪽.

위치로 알려져 있는 곳이다.(도6-2·4) 죽산리 삼층석탑 주변 사역에 대한 분석은 죽산리 석불입상의 조성시기를 추정할 수 있게 해주는 단서를 제공해 준다. 앞에서 언급하였듯이 죽산리 삼층석탑 하부와 3차 발굴조사 시 1건물지로 명명된 곳의 하부에서는 '태화 6년'명(832) 기와가 다량으로 출토되었다. '태화 6년'명 기와는 봉업사지 3차 발굴조사에서 가장 많이 출토된 명문기와이다. 이를 고려했을 때 832년에 현재의 죽산리 삼층석탑 주변에 여러 채의 건물이 들어섰으며 석탑의 존재로 보아 독립된 사역이 있었음을 알 수 있다.

죽산리 삼층석탑과 약 500m 떨어진 죽산리 오층석탑 부근 목탑지와 금당지에서 출토된 명문 기와 중 조성시기가 가장 이른 명문 기와는 '대중 8년'명(854) 기와이다. 1·2차 조사지역인 이곳에서는 3차 조사지역에서 다량으로 출토된 '태화 6년'명(832) 기와가 한 점도 출토되지 않은 점으로 미루어 보아 죽산리 삼층석탑 부근의 사역은 9세기 중엽경이 되어서야 현재의 봉업사지 오층석탑 북쪽 부근의 사역까지 확장된 것으로 생각된다. 9세기 중엽 경 사찰이 대대적으로 확장된 이유는 이 지역이 경주에서 충주 또는 청주를 거쳐 서해안이나 한강 방면으로 나아가는 교통의 격절지이기 때문이라 할 수 있다. 9세기 중엽 크게 중창되고 화차사라는 사명이 확인된 사찰은 통일신라말 죽주적괴 기훤의 활약과 더불어 이 지역이 궁예와 양길의 전쟁터 등이 되면서 폐허가 된 것으로 추정된다. 이는 발굴조사 결과를 통해 확인할 수 있다.

1·2차 발굴조사 결과 봉업사지 오층석탑 북쪽 인근에 있는 건물지는 통일신라시대 남북자오선을 중심축으로 목탑-금당-강당의 정연한 가람배치를 이루었음을 알 수 있다. 이후 고려시대에 들어와 목탑 앞에 봉업사 오층석탑이 건립되었으며 통일신라시대 목탑지는 금당지로, 통일신라시대 금당지는 봉업사의 강당지로 재건축되었다.[22] 통일신라시대 사찰이 고려시대에 들어와 재건축된 시기는 발굴보고서에서는 고려전기로 언급하고 있으나 이 지역에서 출토된 명문와를 분석하면 구체적인 조

---

22) 京畿道博物館,『奉業寺』, 2002, 448쪽.

성시기를 유추할 수 있다. 통일신라시대와 고려시대의 목탑지, 금당지, 강당지가 있는 지역은 1·2차 발굴조사 시 A지역과 B지역으로 명명되었다. 이곳에서는 통일신라시대의 보상화문이 장식된 막새기와와 '화차사'명·'대중 8년'명 기와가 출토되었다. 고려시대 기와로는 '能達'명 기와와 '西州官'명 기와 등이 출토되었다. 능달명 기와에는 "□年乙酉八月日竹…/…里凡草伯士能達毛"라는 명문이 기와의 등면에 양각되어 있다. 보고서에서는 이 기와의 명문 내용을 "925년 8월에 능달이 죽주에서 모두의 힘을 합쳐 불사를 하였다"로 풀이하고 있다.[23]

능달은 청주 출신으로서 태조가 즉위한 직후 청주지역의 모반 가능성을 탐지하기 위해 태조에 의해 문식, 명길 등과 함께 청주에 파견되었던 인물이다. 문식과 명길은 청주지역을 정탐한 후 태조에게 청주인들이 모반할 가능성이 있다고 아뢴 반면 능달은 청주인들이 "다른 뜻이 없고 족히 믿을 수 있다"고 진언하였다.[24] 이러한 능달이 925년 8월에 죽주에서 모두의 힘을 합쳐 대규모 불사를 하였다. 능달은 죽주 사람들뿐만 아니라 자신의 출신지역인 청주 사람들의 도움을 받았던 것으로 보인다. 이는 청주지역을 의미하는[25] '서주관'명 기와를 통해 알 수 있다. '서주관'명 기와는 목탑지 바로 동편에 위치한 B-2 건물지에서 출토되었다.(도6-1)

발굴조사에서 밝혀진 바와 같이 통일신라시대 화차사의 목탑이 세워졌던 장소는 금당지로, 화차사의 금당이 세워졌던 장소는 강당으로 변했다. 이는 화차사가 폐허가 되어 목탑과 금당터를 정리하고 다시 그 위에 금당과 강당이 중수되었다는 것을 의미한다. 폐허가 된 화차사는 925년 고려 태조의 명을 받은 능달이 죽주지역의 역량과 자신의 출신지역인 청주지역의 지원을 합하여 크게 중창한 것으로 볼 수 있

---

23) 京畿道博物館,『奉業寺』, 2002, 458쪽. 위의 해석에서는 伯士에 대해 정확히 해석하지 않고 있는데, 우두머리라고 할 수 있는 명망가 정도로 해석할 수 있을 것이다. 명문의 해석에 대해서는 발굴 보고서와 같이 "힘을 합쳐 불사를 하였다"는 내용으로 직역하기는 어렵다. 하지만 '925년 8월 백사 능달'이라는 명문 내용으로 보아 능달의 주도하에 봉업사가 중창되었다는 발굴 보고서의 내용은 인정할 수 있다고 생각한다. 伯士에 대한 해석은 다음 논문을 참고하였다(이재범,「고려 건국 전후 하남 지역의 호족」,『高麗 建國期 社會動向 硏究』, 京仁文化社, 2010, 256~263쪽).

24) 『고려사』92, 왕순식전부 견금전.

25) 車順喆,「官字銘 銘文瓦의 使用處 檢討」,『慶州文化硏究』5, 경주대학교 경주문화연구소, 2002, 122쪽.

다. 아마도 태조 왕건은 친궁예지역인 죽주를 위무하기 위해 궁예에게 우호적이었던 것으로 보이는 능달을 925년 죽주에 파견하여 신라말 폐허가 된 봉업사지를 대대적으로 중수하게 한 것으로 보인다. 그러나 능달에 의한 중수는 봉업사지 전 사역에 걸쳐 이루어지지는 않았던 것 같다. 왜냐하면 통일신라시대 별도의 예배

6-6 죽산리 삼층석탑 기단 노출 모습

구역이 있었던 죽산리 삼층석탑 주변지역에서는 '능달'명 기와나 '서주관'명 기와가 출토되지 않았기 때문이다.

죽산리 삼층석탑이 위치한 지역 역시 나말의 혼란과 전쟁을 거치는 동안 폐허가 된 것이 거의 확실하다. 통일신라시대의 목탑과 금당이 사라질 정도의 혼란기에 바로 옆에 위치한 사찰이 부사하였다고 보기 어렵기 때문이다. 이러한 추정은 죽산리 삼층석탑을 통해서도 확인할 수 있다. 죽산리 삼층석탑은 상층 기단 면석에 탱주가 없으며 기단 갑석 상면에 복련문이 시문된 점을 보아 전형적인 고려시대 삼층석탑이다. 그러나 3차 발굴조사 시 석탑의 하부를 조사하였는데 석탑의 하층 기단은 9세기 통일신라 석탑의 하층 기단을 그대로 재사용하고 있음을 확인하였다.[26](도6-6) 한편 석탑의 하부 토층에서는 '태화 6년'명(832) 기와가 출토되어 이 지역에 통일신라시대 사찰이 존재하였음을 확인시켜 주었다.

3차 발굴조사에서 확인한 바와 같이 현재 죽산리 삼층석탑이 세워져 있는 지역은 통일신라시대 평면 방형의 일반형 삼층석탑이 이미 세워져 있었다. 이 석탑은 신라 말 혼란의 소용돌이 속에서 석탑의 기단을 제외한 다른 부재는 재사용을 할 수 없을

---

26) 京畿道博物館, 『高麗 王室寺刹 奉業寺』, 2005, 206쪽.

정도로 깨지거나 파손된 것으로 보인다.[27] 이러한 이유로 죽산리 삼층석탑은 고려시대에 들어와 통일신라시대에 만들어진 삼층석탑의 기단만을 재사용하고 나머지 부재는 새로 만들어 석탑을 건립하였던 것으로 볼 수 있다. 그렇다면 새로운 석탑을 건립한 시기는 언제일까?

봉업사지가 통일신라 말기의 폐허를 딛고 다시 중수되기 시작한 것은 925년 능달에 의한 중창 때부터임은 앞서 살펴보았다. 925년 능달의 주도로 봉업사가 중창된 시기는 후백제와 여전히 대립하고 있던 때이기에 한정된 자원은 화차사의 중심사역이었던 목탑지와 금당지 일원에 집중되었던 것으로 생각된다. 사역의 북쪽, 죽산리 삼층석탑 주변의 폐허가 된 사역은 이 당시에는 복원되지 않은 것으로 보인다.

죽산리 삼층석탑 주변의 사역은 나말에 폐허가 된 이후 광종대가 되어서야 대대적인 중창을 시작하였다. 이는 사역에서 발견되는 명문기와와 유물을 통해 알 수 있다. 죽산리 삼층석탑 주변지역을 조사한 봉업사지 3차 발굴조사에서는 다량의 명문기와가 출토되었다. 가장 수량이 많은 기와는 '太和六年壬子/…(善)○凡草'명 기와이다. 이 기와는 죽산리 삼층석탑 하부와 건물지 1의 주변에서 많이 출토되었다. 죽산리 삼층석탑 주변 지역에서는 '태화 6년'명(832) 기와 이외에는 봉업사지 오층석탑 부근 목탑지와 금당지 등에서 출토되는 '대중 8년'명(854)기와나 통일신라시대 기와로 보고된 '香'명 기와 등이 출토되지 않았다. 고려초의 '능달'명 기와와 '서주관'명 기와 역시 죽산리 삼층석탑 주변 지역에서는 출토되지 않았다. 죽산리 삼층석탑 주변 지역에서는 목탑지, 금당지 등에서 출토되는 나말여초기 기와가 없는 반면에 고려 광종대 이후의 명문기와는 다양하게 출토되었다. 출토된 명문기와 중 조성시기를 구체적으로 알 수 있는 기와는 주로 광종대에 집중되어 있으며 성종대와 경종대의 기와도 출토되었다.[28](도6-1·2)

---

27) 죽산리 석불입상 역시 목이 부러져 있었던 것을 최근에 수리하여 복원해 놓았다.

28) 京畿道博物館, 『高麗 王室寺刹 奉業寺』, 2005, 85쪽 '丙辰上年/○○(收)(宣)佰士'(광종7년, 956), '(發)(令)/戌午年凡草作佰士必(收)毛'(광종9년, 958), '(發)(令)/戌午年凡草作佰士必山毛'(광종9년, 958), '乾德五年丁酉/大○山(白)士'(광종18년, 967), '丁丑七月七日作草'(경종2년, 977), '(興)國八年/天下大平'(성종2년, 983) 등이다.

죽산리 삼층석탑 주변 사역의 발굴조사를 통해 출토된 명문기와와 통일신라시대 하층기단을 갖고 있는 고려시대 삼층석탑의 존재 등을 고려한다면 다음과 같은 결론을 얻을 수 있다. 죽산리 삼층석탑 주변의 사역은 태화 6년에(832) 초창 내지 크게 중창되었다. 대중 8년(854) 경에는 사역의 범위가 약 500여m 남쪽까지 확대되었으며 이 당시 사찰의 이름은 화차사였다. 이후 신라말의 혼란 속에 화차사는 다시 사용할 수 없을 정도로 큰 피해를 입었다. 폐허가 된 화차사는 925년경 능달에 의해 현재의 봉업사지 오층석탑 일원의 사역이 중수되었다. 이후 이 사역은 태조 왕건의 후삼국 통일과 혜종·정종을 거쳐 광종 즉위 직전까지 봉업사지의 중심사역이었다. 광종 즉위 이후 956년경부터는 봉업사지가 크게 중창되었다. 특히 이 시기에는 진전이 만들어지고 그동안 방치되어 있었던 죽산리 삼층석탑 주변의 사역이 다시 대대적으로 정비된 것으로 보인다.

　죽산리 석불입상의 원위치가 죽산리 삼층석탑 서쪽 주변이었던 점을 고려한다면 죽사리 석불입상의 조성시기는 사역이 존속하였던 시기로 구분하여 살펴볼 수 있다. 그 시기는 크게 통일신라시대와 고려전기이다. 죽산리 석불입상은 그동안 고려초기에 조성된 것으로 추정되어 왔던 불상이다. 그러나 발굴조사에서 알 수 있듯이 9세기 말엽부터 10세기 전반기 동안 죽산리 석불입상이 위치해 있었던 사역은 석탑이 무너질 정도의 폐허 상태로 방치되어 있었던 것으로 보인다. 죽산리 석불입상 역시 목이 부러져 있었던 상태였으나 근래에 다시 접합해 놓았다.

　만약 죽산리 삼층석탑이 통일신라시대에 만들어졌다면 아마도 그 조성시기는 죽주적괴 기훤이 본격적으로 활약하는 891년 이전일 가능성이 높다. 반면에 죽산리 석불입상이 고려시대에 조성되었다면 고려 광종대 이후 사찰이 대대적으로 중창되었을 때 만들어졌을 가능성이 있다. 죽산리 석불입상의 구체적인 조성시기는 제작시기를 알 수 있는 기년명 불상이나 주변지역 석불들과의 양식 비교를 통해 유추가 가능하다.

양식 분석을 통한 조성시기 추정

죽산리 석불입상은 소발의 머리 위에 높은 육계를 가지고 있다. 불상의 상호는 어깨에 비해 큰 편이다. 동그란 얼굴을 하고 있으나 턱 주변에 살은 많지 않다. 반개한 눈, 단정하게 다문 입술을 하고 있으며 귀는 어깨까지 흘러내린다. 목에는 삼도가 있었으나 떨어져 나간 머리를 보수하는 과정에서 석분이 발라져 현재는 육안을 통해서는 거의 보이지 않으며 3D 스캔 이미지에서만 확인할 수 있다.

죽산리 석불입상은 통견식의 대의를 입고 있으며 목 아랫부분에 겹쳐진 옷자락이 세 줄의 옷주름으로 표현되어 있다. 이 주름 밑으로 U자형의 옷주름이 아랫배까지 흘러내린다. 허리부터는 U자형으로 흘러내린 옷주름이 Y자형으로 갈라져 양 다리 위에 타원형 모양의 주름을 남기고 있다. 오른손은 여원인 모양을 취하고 있다. 왼손은 손바닥을 몸쪽으로 한 채 자연스럽게 내려놓고 있다. 이 불상은 정면에서 보면 다

6-7 죽산리 석불입상 전면　　　6-8 죽산리 석불입상 우측면　　　6-9 죽산리 석불입상 좌측면

리 사이와 가슴 부근의 양감이 두드러지지 않고 평면적으로 보인다. 하지만 측면에서 보면 등이 뒤로 젖혀진 채 몸이 부드럽게 활처럼 휘어져 있어 입체적인 볼륨감을 느낄 수 있다. 또한 불상의 뒷면은 어깨가 넓고 둥글게 다듬어져 있으며 허리 아래쪽은 좁게 다듬어져 있다. 불상의 허리는 안으로 휘어져 있어 마치 매병을 연상시키는 굴곡을 가지고 있다.(도6-7·8·9)

죽산리 석불입상의 대좌는 원래의 석불입상 대좌가 아니다. 이 대좌는 상면 지름이 약 90cm 정도이고 오목하게 파여져 있다. 불상이 올라가 있는 대좌 앞에는 비슷한 지름으로 윗면이 파여져 있는 하대석이 있다. 이 하대석은 죽산리 석불입상의 대좌와 짝을 이루어 좌상 형태의 불상 석조 대좌였던 것으로 보인다. 이 석조대좌는 연잎 안에 화려한 장식이 되어 있는 점으로 보아 현재 죽산리 석불입상이 올라가 있는 대좌가 상대석, 그 앞에 놓인 복련석이 하대석으로 사용된 것으로 볼 수 있다.

그동안 죽산리 석불입상의 조성시기는 고려초로 알려져 왔다. 그 이유는 죽산리 석불입상의 두부가 커다랗고 그에 비해 어깨가 좁으며 불신의 양감이 줄어 전체적으로 평평하고 길쭉한 신체적 특징을 보이기 때문이다. 이와 더불어 죽산리 석불입상이 고려초에 조성된 것으로 주장된 근거로는 이 불상이 일본 교토(京都) 세이료지(清凉寺) 목조석가모니불입상과 그 모습이 유사하다는 점 때문이다.(도6-10) 죽산리 석불입상의 전체적인 조형감은 북송초 일본의 승려 奝然이 雍熙2년(985)에 중국 台州에서 佛工 張延皎 형제를 시켜 모각하여 일본으로 가져온

6-10 京都 清凉寺 목조석가모니불입상

세이료지 목조석가모니불입상과 커다란 얼굴, 좁은 어깨, 평면적인 신체의 길쭉한 실루엣과 매우 유사한 것으로 여겨졌다.[29]

당시 이 불상의 모본이 되었던 상은 원래 楊州 開元寺에 봉안되어 있던 인도 우전왕이 조성했다는 전설적인 栴檀釋迦瑞像으로, 이미 남북조시대부터 우전왕상에 대한 기록이 전해오고 우전왕상이라는 명문이 있는 상들이 조성되었다. 이 양주 개원사상은 오대 남당의 天福연간(936~944)에 금릉으로 옮겨졌다가 송이 남당을 정복한 뒤, 개봉의 開寶寺로 옮겨졌고 다시 송 태종이 宮中의 滋福殿에 모셔놓았을 정도로 상당히 유명한 불상이었다.[30] 세이료지 목조석가모니불입상의 경우 북송 당시 세인의 주목을 끌었던 상이었음에 틀림이 없고 중국과의 교류가 빈번했던 고려에도 익히 알려졌을 가능성이 크다.[31] 북송초인 985년에 일본의 승려가 모각을 하여 일본으로 가져갈 정도의 불상이라면 고려에도 그 유명세는 충분히 전해졌을 것이다.

죽산리 석불입상은 상대적으로 큰 얼굴과 좁은 어깨 평면적인 신체 등의 양식적 특성과 북송초 일본의 승려가 중국에서 모각을 해 일본에 가져간 세이료지 목조석가모니불입상과 조형감 등이 유사하여 고려초에 조성된 것으로 추정되어 왔다. 그러나 여기서 한 가지 생각해 볼 점은 죽산리 석불입상의 조성시기를 판단할 때 세이료지 목조석가모니불입상의 조성시기가 아니라 세이료지 목조석가모니불입상의 모본이 되었던 양주 개원사상의 조성시기와 그와 유사한 양식이 크게 유행한 시기를 고려해야 되지 않나 생각된다.

양주 개원사상의 조성시기는 정확히 알려져 있지 않으나 세이료지 목조석가모니불입상의 양식을 통해 미루어 보면 옷주름의 간격이 촘촘하고, 머리의 중심에 새끼줄 모양의 머리카락이 소용돌이처럼 표현된 것은 5세기 북위의 금동불입상과 좀 더

---

29) 최성은,「高麗時代 佛教彫刻의 對中關係」,『高麗 佛教美術의 對外交涉』, 예경, 2004, 114쪽.

30) 佐佐木岡三,『淸凉寺』, 中央公論美術出版, 1965, 20~25쪽 ; 猪川和子,『淸凉寺釋迦如來像と日本: 考古美術』, 吉川弘文館, 1987, 251~270쪽 ; 최성은, 위의 글, 114쪽.

31) 최성은,「高麗前期의 石佛試考: 廣州, 楊州, 竹州일대의 석불을 중심으로」,『고려시대 개성과 경기』, 경기도박물관, 2003, 44쪽.

관련 있어 보인다.[32] 불입상의 옷주름 표현은 5장에서 서술하였듯이 U자형인 '아육왕상' 형식과 Y자형인 '우전왕상' 형식으로 나눈다.[33]

중국의 현장은 644년 호탄 방문이후 645년 귀국길에 우전왕상을 가지고 돌아왔다. 현장의 호탄 방문 이후 Y자형 옷주름 형식에 우전왕상 이름이 붙여지게 되었다. 그러나 이러한 형식의 옷주름은 5세기 중엽부터 보이기 시작하여 약간의 변형은 있었지만 8~9세기 당대에 이르기까지 꽤 오랫동안 쓰였다.[34] 즉, 죽산리 석불입상에서 볼 수 있는 Y자형 옷주름이 크게 유행한 시기는 9세기 이전의 당나라시대이며 우리나라에서는 통일신라시대이다. 통일신라시대 대표적인 우전왕상 형식의 옷주름은 거창 양평동 석불입상, 농산리 석불입상, 남원 과립리 석불입상 등에서 찾아볼 수 있다. 반면에 개태사 석조삼존불입상, 안성 매산리 석조보살입상, 논산 관촉사 석조보살입상 등에서 알 수 있듯이 고려초에 조성된 것으로 알려진 불상에서는 크게 유행하지 않은 옷주름 형식이다.

죽산리 석불입상의 조성시기는 이 석불이 위치했던 사역에 대한 발굴조사 결과에서 확인하였듯이 죽주적괴 기훤이 활약하기 시작한 889년 이선이시니 죽산리 삼층석탑 주변의 사역이 중창되는 957년 이후가 될 것이다. 그렇다면 먼저 10세기 경에 등장하는 기년명 불상이나 죽주지역 및 인근지역의 불상들과 양식 비교를 통해 죽산리 석불입상의 조성시기를 유추할 수 있다.

먼저 10세기에 조성된 불상 중 구체적인 조성시기를 알 수 있는 불상으로는 개태사 석조삼존불입상, 논산 관촉사 석조보살입상, 이천 장암리 마애보살반가상 등을 들 수 있다. 개태사의 창건은 태조가 후백제를 멸한 태조 19년(936)에 착공하여,[35] 태조 23년(940) 완공하였다.[36] 개태사 석조삼존불입상 역시 이때에 만들어진 것이다. 논산 관촉사 석조보살입상의 조성시기는 '관촉사 사적비'에 기록되어 있다. 이 사적

---

32) 임영애, 「優塡王式 불입상의 형성 · 복제 그리고 확산」, 『美術史論壇』 34, 한국미술연구소, 2012, 26쪽.
33) 5장 각주 5 참조.
34) 임영애, 위의 글, 18쪽.
35) 『고려사』 권2 태조19년.
36) 『고려사』 권2 태조23년.

6-11 논산 개태사	6-12 안성 매산리	6-13 논산 관촉사	6-14 이천 장암리
석조삼존불입상 본존불	석조보살입상	석조보살입상	마애보살반가상

비는 후대의 것이지만 불상의 양식 등을 고려할 때 기록의 신빙성은 충분한 것으로 평가된다. 관촉사 석조보살입상은 사적비 내용을 통해 광종 21년(970)부터 목종 9년(1006)년 사이에 만들어진 불상임을 알 수 있다.[37] 이천 장암리 마애보살반가상의 경우 마애불의 후면에 명문이 있어 불상의 조성시기가 경종 6년(981)임을 알 수 있다.[38] 고려시대의 불상은 크게 통일신라시대의 조각전통을 계승하고 이를 변형한 양식과 고려의 독자양식으로 나눌 수 있다.[39] 통일신라시대 조각전통을 계승한 양식은 경주를 비롯한 경상도 일원에서 많이 나타나는 반면 통일신라시대 조각전통과 구별되는 고려시대의 독자양식을 갖춘 불상들은 경기도와 충청도 일원에서 많이 보인다.

개태사 석조삼존불입상은 후백제 신검이 태조 왕건에게 항복을 청한 바로 그 자

37) 「灌燭寺事蹟碑」, 『朝鮮金石總攬』下, 亞細亞文化社, 1976, 1153쪽, "高麗光宗之十九年己巳沙梯村女...僧慧明應擧朝廷 若工匠百餘人始事 於康午訖功於丙午凡三十七年也".

38) 단국대학교 매장문화재연구소, 『이천 태평흥국명마애보살좌상 주변지역 발굴조사 보고서』, 단국대학교 출판부, 2002, 65쪽, "太平興國六年辛巳二月十三日 □道俗香徒十廿□人 上首□"

39) 金理那, 「高麗時代 石造佛像 硏究」, 『考古美術』166·167, 韓國美術史學會, 1985, 59∼67쪽.

리에 세워진 불상이다.[40] 이 불상은 새로운 통일왕조 고려의 성립을 알리는 매우 의미 있는 작품이다. 개태사 석조삼존불입상은 커다란 손과 팔을 갖고 있으며 발 역시 매우 큰 상자 모양으로 되어 있어 괴체적이고 육중한 조형감을 보여준다. 이러한 괴체적이고 육중한 조형감은 광종 21년(970)경부터 만들기 시작한 관촉사 석조보살입상에서도 볼 수 있다. 특히 관촉사 석조보살입상의 경우 볼과 턱에 살집이 많이 잡혀 있어 육중한 조형감이 더욱 강조되었다. 관촉사 석조보살입상에서 주목되는 점은 괴체적인 조형감과 더불어 보살상이 착용하고 있는 이중방형의 면류관형 보개이다. 방형의 면류관형 보개는 안성 매산리 석조보살입상에서 처음 등장하는 것으로 알려져 있다.[41]

안성 매산리 석조보살입상의 경우 보살상의 상호가 개태사 석조삼존불입상의 상호와 매우 유사함을 알 수 있다. 특히 아래턱이 둥글게 발달해 있는 점, 눈이 올라간 각도, 상대적으로 짧은 코, 인중과 아랫입술 사이의 세로로 파진 홈 등이 매우 흡사하다.[42] 안성 매산리 석조보살입상의 조성시기는 관촉사 석조보살입상의 조형적 原型이라는 점과 개태사 석조삼존불입상의 양식적 영향이 미치고 있는 점, 보살상이 자리잡은 지리적 위치, 황제가 착용하는 면류관과 유사한 형태의 면류관형 보개를 착용한 점, 봉업사지의 발굴조사 성과 등을 종합해 볼 때 광종이 스스로 황제라 칭하기 시작한 광종 11(960)~14년(963) 사이에 조성된 것으로 추정된다.(도6-12)

개태사 석조삼존불입상, 매산리 석조보살입상, 관촉사 석조보살입상에서 확인되는 불상의 상호는 모두 볼과 턱이 부풀어 오른 형태이다. 이러한 상호는 죽산리 석불입상에서 멀지 않으며 정확한 조성시기(981)를 알 수 있는 이천 장암리 마애보살반가상에서도 찾아볼 수 있다. 이천 장암리 마애불의 상호는 개태사 석조삼존불입상의 좌협시불의 상호나 매산리 석조보살입상의 상호처럼 아래턱이 부풀어 오른 듯이 두

---

40) 정성권, 「개태사 석조삼존불입상 조성배경 再考」, 『白山學報』92, 白山學會, 2012, 222쪽.

41) 丁晟權, 「安城 梅山里 石佛 立像 硏究: 高麗 光宗대 造成說을 제기하며」, 『文化史學』17, 韓國文化史學會, 2002.

42) 정성권, 「안성 기솔리 석불입상 연구: 궁예 정권기 조성 가능성에 대한 고찰」, 『新羅史學報』25, 新羅史學會, 2012, 364쪽.

6-15 죽산리 석불입상 상호

6-16 이천 장암리 마애보살반가상 상호

6-17 논산 개태사 석조삼존불입상 중 좌협시불 상호

6-18 안성 매산리 석조보살입상 상호

드러지게 강조된 모습이다. 아래턱이 두드러지게 강조된 형태의 불상은 나말여초기
에 조성된 전 적조사지 출토 철불좌상에서부터 본격적으로 나타나기 시작하여 고려
의 후삼국 통일 후 고려전기에 유행한 것으로 보인다.(도6-15~18)

이와 같은 흐름을 통해 보았을 때 죽산리 석불입상은 어깨에 비해 큰 상호를 갖고 있으나 볼에 살집이 잡혀 있지 않으며 아래턱도 두드러져 있지 않다. 죽산리 석불입상의 상호는 개태사나 매산리, 관촉사, 장암리 불상 등에서 볼 수 있는 상호보다 오히려 경주나 경상도 일원의 통일신라 불상의 상호와 닮아 있다.(도6-15)

불상의 법의 또한 비교의 대상이 될 수 있다. 앞에서 언급한 고려의 후삼국 통일 이후에 조성된 10세기의 고려시대 불상은 주로 편단우견형의 법의를 입고 있다. 또는 통견형의 옷이라도 몸에 밀착된 형태의 옷을 입고 있으며 옷주름 역시 자유로운 모습을 띠고 있다. 이에 반해 죽산리

6-19 안성 죽산리
석불입상 옷주름

6-20 동국대 박물관 소장
통일신라 석불입상 옷주름

석불입상은 전형적인 '우전왕상'식 옷주름을 취하고 있고 옷주름 역시 규칙적이며 정연한 흐름을 보여준다. 이러한 옷주름의 정연한 흐름은 통일신라시대 불상인 동국대학교 박물관 소장 석불입상에서도 확인된다. 이 불상은 U자형의 '아육왕상'식 착의를 하고 있지만 어깨에서 배로 흐르는 기본적인 옷주름의 정연한 흐름과 정면에서 보았을 때 다소 평면적으로 보이는 신체의 볼륨감은 죽산리 석불입상과 유사하다.(도6-19 · 20)

죽산리 석불입상이 통일신라시대 불상이 아니라 고려시대 불상으로 추정된 근거는 석불의 두부가 신체에 비해 크며 어깨가 좁고 불신의 양감이 평면적이라는 이유 때문이다. 이러한 판단 근거는 경주를 중심으로 한 통일신라 중앙지역에서 만들어진

불상과의 양식비교라는 점에서 재고할 필요가 있다. 죽산리 석불입상은 경주에서 멀리 떨어진 문화적 변두리 지역에 세워진 불상임을 고려해야 한다. 이러한 점을 생각한다면 죽산리 석불입상과 비교대상이 될 수 있는 불상은 중앙지역의 불상이 아니라 변경지역의 불상이 되어야 한다. 이에 적합한 양식비교 대상이 될 수 있는 통일신라시대 석불은 남원 과립리 석불입상을 들 수 있다. 과립리 석불입상은 통일신라 말기에 만들어진 것으로 추정되는 불상이다. 이 불상은 신체의 굴곡 있는 볼륨감, 원만한 불상의 상호, 측면에서 보았을 때 휘어진 허리, '우전왕상' 형식의 옷주름 등을 통해 보았을 때 기존에 일반적으로 알려진 대로 통일신라 말기의 불상으로 볼 수 있다.

과립리 석불입상은 통일신라시대에 조성된 불상이라 할 수 있으나 죽산리 석불입상과 마찬가지로 불상의 두부가 좁은 어깨에 비해 상대적으로 큰 편이다. 이밖에 팔과 가슴 등에는 볼륨감이 있으나 다리 부분은 죽산리 석블입싱보다 비례가 짧은 편이며 평면적이다. 즉, 기존에 죽산리 석불입상이 고려시대 불상으로 추정되는 양식적 특징은 이미 통일신라시대 후반기부터 신라의 문화적 변경지대에서는 진행되고 있는 현상으로 이해된다. 이밖에 죽산리 석불입상이 고려시대 불상이 아니라 통일신라시대 석불로 볼 수 있는 근거는 죽산리 석불입상이 고려전기 불

6-21 남원 과립리 석불입상 정면

6-22 남원 과립리 석불입상 측면

상의 양식적 특징을 갖고 있지 않기 때문이다. 매산리 석조보살입상이나 장암리 마애보살반가상처럼 바로 이웃해 있거나 비교적 가까운 지역에 있는 불상들은 10세기 후반에 나타나는 양식적 특징을 공유하고 있다. 그러나 죽산리 석불입상은 개태사 석조삼존불입상을 비롯하여 관촉사 석조보살입상이나 이웃한 매산리 석조보살입상, 이천 장암리 마애보살반가상 등에서 공유되는 볼과 턱에 살이 오른 상호, 몸에 밀착된 법의, 자유로운 옷주름 등과 같은 공통된 형식적 특징이 보이지 않는다.

이는 결국 죽산리 석불입상이 10세기 후반에 조성된 불상으로 볼 수 없음을 말해준다. 죽산리 석불입상이 11세기 경에 조성된 것으로는 더더욱 볼 수 없다. 왜냐하면 11세말 12세기초에 건립된 충주 미륵대원지나 1030년 경에 조성된 것으로 추정되는 당진 안국사지 석불입상,[43] 11세기 경 조성된 것으로 추정되는 이천 어석리 석불입상, 이천 갈산동 석불입상 등의 양식 때문이다. 경기·충청 지역에서는 11세기가 되면 본격적으로 석주형 석불들이 등장하고 있는데 이러한 시대의 사조를 통해 보았을 때 죽산리 석불입상은 11세기의 죽주지역에서는 등장하기 어려운 양식이다.

죽산리 석불입상의 조성시기는 죽산리 석불입상이 있었던 사역의 문학시기가 통일신라 말까지와 고려 광종대 이후의 중창시기로 나누어지고 있는 점을 고려할 필요가 있다. 이를 통해 보았을 때 죽산리 석불입상은 통일신라 9세기 후반기의 작품으로 볼 수 있지 않을까 생각된다. 이는 통일신라 후반기에 조성된 것으로 보이는 동국대학교 박물관 소장 통일신라시대 석불입상과 남원 과립리 석불입상의 양식적 특징이 죽산리 석불입상의 양식적 특징과 유사하다는 점에서도 부합된다. 죽산리 석불입상이 통일신라시대에 조성되었을 것으로 볼 수 있는 또 다른 이유는 석불의 신체 모델링이 통일신라시대 금동불을 모방하여 만들어진 것으로 볼 수 있기 때문이다. 현재 죽산리 석불입상은 정면에서 보았을 때 경상도 지역의 9세기 통일신라시대 석불에 비해 평면적으로 보이는 것이 사실이다. 그러나 석불을 조금만 옆에서 보면 마치 통일신라시대 보살상의 삼굴자세를 보는 것 같은 강한 곡선미를 확인할 수 있다.(도

---

43) 제3장 각주 20 참조.

6-23 죽산리 석불입상과 통일신라 금동불
　배후면의 젖혀진 각도 비교1

6-24 죽산리 석불입상과 통일신라 금동불
　배후면의 젖혀진 각도 비교2

6-8) 특히 죽산리 석불입상은 등이 뒤로 쳐져 있어 측면에서 보았을 때 마치 활처럼 휘어진 곡선이 확인된다. 이는 통일신라 금동불에서 쉽게 확인할 수 있는 곡선이다.(도6-23·24)

　불성의 등이 활처럼 휘어진 모습은 고려시대 석불에서도 일부 나타나기도 한다. 그러나 일반적으로 고려시대 석불을 대표하는 용어로 석주형 석불이라는 용어가 쓰이고 있는 것을 통해 알 수 있듯이 고려시대 석불은 불상의 뒷부분이 직선으로 만들어지는 경우가 대부분이다. 아마도 죽산리 석불입상을 조성한 장인은 이 석불을 조성할 때 통일신라시대 금동불을 모델로 하여 석불을 조성한 것으로 추정된다.

　죽산리 석불입상이 위치해 있었던 사역의 고고학적 발굴성과와 석불의 양식적 특성을 고려한다면 죽산리 석불입상은 9세기 후반기에 조성된 통일신라시대 석불이라 할 수 있다. 죽산리 석불입상이 자리잡은 지정학적 위치 또한 이 불상이 9세기에 조성된 불상일 가능성을 방증해 준다. 통일신라의 문화 전파 양상을 보여주는 평면 방형인 일반형 삼층석탑의 북방한계는 (금강산)-속초 향성사지 삼층석탑-인제 한계사지 삼층석탑-홍천 물걸리사지 삼층석탑-횡성 중금리 삼층석탑-원주 거돈사지 삼층석탑-안성 (봉업사지)죽산리 삼층석탑으로 이어진다. 이 중 홍천 물걸리사지의 경우 봉업사지와 매우 유사한 입지 조건을 갖고 있다. 물걸리사지는 북원경이었던 원주와 진전사지, 선림원지 등이 있었던 현재의 양양·속초지역을 연결하는 교통의 요지에 위치해 있다.

물걸리사지를 통해 알 수 있듯이 평면 방형의 일반형 삼층석탑으로 대변되는 통일신라 문화는 北界 지역이라 하더라도 그곳이 교통의 요지라면 사찰과 함께 석탑과 석불이 조성되기도 하였다. 죽산리 석불입상이 위치해 있었던 봉업사지 역시 서해안 및 한강유역과 충주·청주를 거쳐 남부지방으로 향하는 교통로의 결절점에 해당하는 교통의 요지이다. 이곳에는 발굴조사에서 확인되었듯이 평면 방형의 일반형 삼층석탑이 세워졌다. 통일신라시대 삼층석탑이 있었던 큰 규모의 사찰이라면 석불이 존재했을 가능성은 매우 높다.

이러한 지정학적 특성과 양식적 특징, 발굴 결과 분석을 종합하면 죽산리 석불입상은 그동안 알려진 바와 같이 고려초 또는 고려전기에 조성된 불상이 아니라 통일신라시대 만들어진 불상으로 볼 수 있다. 죽산리 석불입상에 대한 구체적인 조성시기 파악은 고려전기 석조미술과 불교조식을 연구하는 데 도움을 줄 수 있을 것이다.

제7장 태조 왕건의 봉업사 중창과 능달 : 봉업사지 석불입상

　　고려 왕실사찰이 있었던 봉업사지는 경기도 안성시 죽산면 죽산리 일대에 위치해
있다. 6장에서도 파악하였듯이 봉업사는 사역의 규모가 남북 500m의 길이에 이를
정도로 매우 큰 사찰이었다. 이 사찰은 교통의 요충지에 자리잡았을 뿐만 아니라 사
찰 뒤편에 삼국시대부터 사용된 죽주산성이 위치하고 있어 군사적으로도 중요한 곳
으로 인식되었다.(도6-1) 죽주지역은 통일신라 말기 각 지역에서 중앙의 통제에서 벗
어난 성주·장군 등이 일어날 때 여러 성주·장군 중 賊이라는 명칭으로 사료상에
가장 먼저 등장하는 인물인 죽주적괴 기훤이 활약했던 곳이기도 하다.[1]

　　봉업사지는 경기도박물관에 의해 발굴조사가 이루어졌으며 그 결과 많은 유물이
출토되어 봉업사의 성격을 밝히는데 큰 도움을 주었다. 특히 1차 발굴조사에서 봉업
사의 전신이었던 '화차사'명 기와가 출토되어 봉업사의 전신인 통일신라시대 사찰이
화차사였음을 알 수 있게 되었다. 이밖에 통일신라시대~고려시대에 이르는 많은 명
문기와의 출토는 문헌사료에서 언급되지 않았던 고려시대 역사를 복원하는데 결정적
인 자료를 제공하였다. 이러한 중요한 자료 중 하나가 바로 '能達'명 기와이다. 능달은
청주출신 사람으로 고려 건국기 태조 왕건의 휘하에서 활동하였던 사람이다. '능달'명

---

1) 최종석, 「羅末麗初 城主·將軍의 정치적 위상과 城」, 『韓國史論』 50, 서울대학교 국사학과, 2004, 82~83쪽.

기와는 925년 능달이 봉업사를 대대적으로 중창하고 있음을 확인시켜 주었다. 능달에 의한 봉업사 중창은 태조의 명령에 의해 시행된 것으로 볼 수 있다.

발굴조사를 통해 출토된 많은 유물 이외에도 봉업사지 일원에서는 경기도에서 가장 높은 분포 비율을 보이는 석불과 석탑 등이 산재해 있다. 이러한 이유 등으로 봉업사지 일원은 학계의 많은 주목을 받아 왔다. 그러나 학계의 많은 관심과 주목에도 불구하고 고려 건국 직후 태조 왕건이 능달을 시켜 봉업사를 중창하는 이유는 아직 명확하게 밝혀지지 않고 있다. 이 글에서는 발굴조사에서 출토된 유물과 당시의 역사적 상황 등을 고찰하여 태조 왕건이 왜 능달을 시켜 고려 건국 직후에 봉업사를 중창하였는지 그 이유에 대해 살펴보았다. 이와 더불어 능달에 의한 봉업사 중창 과정을 좀 더 구체적으로 고찰하였다. 특히 봉업사 중창에 참여한 장인 집단의 출신 지역과 봉업사지 중창에 동원된 인력의 수급 문제에 대해서도 검토하였다. 이러한 시도는 봉업사지 출토 명문기와와 봉업사지 석불입상의 양식 분석 등을 통해 가능하였다.

봉업사의 중창 과정과 배경

봉업사의 중창

봉업사지는 안성시 죽산면에 위치한 사지로서 태조 왕건의 진전을 봉안하였던 사찰로 알려져 있는 곳이다. 봉업사는 경기도박물관에 의해 3차에 걸친 발굴조사가 진행되었다. 1·2차 발굴조사를 통해서는 봉업사지 오층석탑 북쪽에서 남북자오선을 중심축으로 통일신라시대에 조성된 목탑-금당-강당이 정연하게 가람배치를 이루었음을 알 수 있었다. 이후 고려시대에 들어와 목탑 앞에 봉업사 오층석탑이 건립되었으며 통일신라시대 목탑지는 금당지로, 통일신라시대 금당지는 봉업사의 강당지로 재건축되었다.[2] 이 지역에서는 1·2차 발굴조사 시 통일신라시대의 보상화문이

---

2) 京畿道博物館, 『奉業寺』, 2002, 448쪽.

장식된 막새기와와 '화차사'명 기와·'大中 8年'명(854) 기와가 출토되었다. 고려시대 기와로는 '능달'명 기와와 '西州官'명 기와 등이 출토되었다. 능달명 기와에는 '□年乙酉八月日竹…/…里凡草伯士能達毛'라는 명문이 기와의 등면에 양각되어 있다. 발굴보고서에서는 이 기와의 명문 내용을 "925년 8월에 능달이 죽주에서 모두의 힘을 합쳐 불사를 하였다"로 풀이하고 있다.[3]

　봉업사지 발굴조사에 대한 현황은 6장에서 자세히 살펴보았다. 봉업사지 발굴조사에서 알 수 있는 바는 통일신라시대에 조성된 사찰이 9세기 중반경 현재의 봉업사지 사역 전체로 확장되었다는 사실이다. 이후 이 사찰은 나말의 시기에 사역 전체가 폐허로 되었으며 고려초와 광종대에 들어와 중창되었음이 발굴조사를 통해 파악되었다. 고려초에는 능달에 의해 현재의 봉업사지 오층석탑 주변 지역이 먼저 중창되었다. 이후 고려 광종대에 들어와 3차 발굴조사 지역인 죽산리 삼층석탑 주변 지역이 중창되었다. 이러한 사실은 '능달'명 기와가 봉업사지 오층석탑 주변지역에서만 발견되며 3차 발굴소사 지역에서는 '능달'명 기와가 발견되지 않는 반면 고려 광종대 이후의 기와가 집중적으로 출토되고 있는 점을 통해 알 수 있나. 3차 발굴소사 지역인 죽산리 삼층석탑 주변 지역에서는 1·2차 발굴조사 지역인 목탑지, 금당지 등에서 출토되는 나말여초기 기와가 없는 반면에 고려 광종대 이후의 명문기와는 다양하게 출토되었다.(도6-1)

　발굴조사를 통해 알 수 있는 바와 같이 능달은 통일신라시대에 조성되었으나 나말의 혼란기에 폐허가 된 목탑지 위에 금당지를 새롭게 중창하였다. 그러나 능달은 고려 건국 직후라는 시대적 상황으로 말미암아 봉업사지 사역 전체에 대한 중창불사는 시도하지 못하였다. 능달에 의한 봉업사지 중창은 화차사의 중심지였던 목탑지와 금당지 부근의 복원에 집중되었다. 그러나 비용과 시간이 많이 소요되는 목탑의 경우 이를 다시 만들지 않고 그 자리를 금당으로 복원하였다. 목탑지가 금당으로 복원되었기에 목탑 북쪽에 위치했던 금당지는 강당으로 중창된 것으로 보인다.

---

3) 6장 각주 23번 참조.

봉업사 중창 당시의 역사적 상황

능달이 봉업사를 중창한 시기는 고려 건국 직후이다. 고려 건국 직후인 925년에 청주 출신 능달이 죽주 봉업사를 대대적으로 중창하게 된 것은 능달 개인의 결정이 아니라 태조 왕건의 명에 의한 공무수행이라 할 수 있다. 태조 왕건이 능달을 시켜 봉업사를 중창하게 만든 이유를 파악하기 위해서는 당시의 역사적 상황을 살펴볼 필요가 있다.

죽주지역은 삼국시대부터 교통의 요지로 잘 알려진 곳이다. 이 지역은 신라가 한강 하류를 장악한 553년경 이후 6세기 후반기부터 줄곧 신라의 영역이었던 곳이다. 이 지역은 경주에서 충주나 청주를 거쳐 남양만에 위치한 대중국 항구에 이르기 위해서는 꼭 거쳐야 되는 교통의 중심지이다. 이러한 이유 등으로 삼국시대부터 활용된 죽주산성과 망이산성 등이 이 지역에 자리 잡았다.

발굴조사에서 확인된 바와 같이 9세기경에는 죽주산성의 남쪽에 위치한 현재의 봉업사지 일대에 대규모의 통일신라 사찰이 들어섰다. 이 사찰은 신라말 죽주적괴 기훤의 활약과 비뇌성 전투로 알려진 궁예와 양길의 전쟁 등으로 인해 폐허가 된 것으로 보인다. 폐허가 된 봉업사지는 925년경 태조의 명을 받은 능달에 의해 봉업사지 오층석탑 주변의 사역이 크게 중창되었다. 이후 봉업사는 고려 광종대에 들어와 사역 전체가 다시 대대적으로 중창되었다. 925년 능달에 의한 봉업사지 중창은 918년 고려 건국직후 여전히 정국이 불안정한 시기에 진행된 것이다. 수도를 철원에서 개경으로 옮긴지 얼마 되지 않은 시기에 지방에 대규모의 사찰을 중창하고 있는 이유는 태조의 전략적 판단에 기인한 것으로 이해된다. 봉업사지의 구체적인 중창 배경을 살펴보기 위해서는 먼저 당시의 역사적 상황을 좀 더 구체적으로 살펴볼 필요가 있다.

태조 왕건은 잘 알려져 있다시피 918년 궁예를 몰아내고 고려를 건국하였다. 고려 건국 직후의 정국은 매우 불안정하였다. 친궁예 세력의 반란이 연이어 일어났으며 후백제와 인접한 熊州와 運州 등 10여 주현이 배반하여 후백제에 귀부하기도 하였다.[4] 태조 왕건은 고려 건국 직후의 혼란을 무마하고자 노력하였다. 919년에 이르러 왕건은 청주에 직접 행차하여 성을 쌓게 하는 한편 烏山城을 예산현으로 고치고 홍유로 하여금 유민 5백여 호를 안집하게 하였다. 이로써 왕건은 예산-아산-청주를 잇는 방어전선을 구축하게 되었다.[5] 건국 직후부터 왕건은 호족들을 대할 때 重幣卑辭 정책을 취하였다. 이러한 정책은 920년경을 시작으로 925년까지 효과적인 빛을 발하였다. 그 결과 920년 康州장군 윤웅이 아들 일강을 인질로 보냈다.[6] 922년에는 하지현 장군 원봉이 귀순하였고 명주 장군 순식 역시 아들을 보내어 항복을 청하였다. 같은 해에는 진보성 성주 홍술이 사절을 파견하여 항복을 청하기도 하였다.[7] 923년에는 명지성 장군 성달과 벽진군 장군 양문이 귀부하였다.[8] 그리고 925년에는 매조성 장군 능현이 사절을 파견하여 항복을 청하기도 하였다.[9]

능달이 봉업사를 중창하는 925년 8월까지의 고려 정국은 앞에서 언급한 바와 같이 고려 내부의 결속을 다지는 시기였다. 『고려사』의 기사를 살펴보면 왕건은 건국한 이듬해인 919년에 송악 남쪽에 수도를 정하여 궁궐을 건축하고 3省 6尙書官 9寺를 설치하였으며 시전을 세웠다. 또한 왕건은 법왕사, 왕륜사 등 10개의 사찰을 수도 내에 창건하였다. 고려 건국 직후 태조 왕건은 후백제와의 직접적인 충돌은 피했던 것으로 보인다. 고려가 후백제를 공격하기 시작한 것은 고려 내부의 결속이 어느 정도 마무리된 925년 10월경 이후부터다. 태조 왕건은 925년 10월 유금필을 보내어 후백제의 연산진을 공격하였으며 태조 왕건이 직접 군사를 거느리고 조물군에서 견훤과 교전하기도 하였다.[10] 925년 실시된 능달에 의한 봉업사의 중창은 본격적인 후백제 공격에 앞서 배후기지의 정비 차원에서 진행된 것으로 이해할 수 있다. 태조 왕건

---

4) 『고려사』 권1 세가 태조1.
5) 김갑동, 「후백제의 성립과 영역의 변천」, 『고려의 후삼국 통일과 후백제』, 서경문화사, 2010, 34쪽.
6) 『고려사』 권1 세가 태조3.
7) 『고려사』 권1 세가 태조5.
8) 『고려사』 권1 세가 태조6.
9) 『고려사』 권1 세가 태조8.
10) 『고려사』 권1 세가 태조8.

이 아직 수도의 정비도 완전히 이루어지지 않았을 시기인 925년에 봉업사를 대규모로 중창한 것은 특별한 이유가 있었기 때문으로 생각된다. 다음은 그 이유에 대해서 살펴보고자 한다.

봉업사 중창 배경

태조 왕건은 고려 건국 직후부터 925년까지 친 궁예파와 친 왕건파로 분열되었던 고려를 안정화시키는 작업에 주력하였다. 그 결과 925년경에는 태봉의 영역에 있었던 대부분의 호족들이 왕건의 휘하로 재집결하였다. 고려 건국 직후 예산-아산-청주를 잇는 방어선을 구축한 왕건은 925년경까지 고려의 방어선을 문경(가은)과 안동(하지현)선까지 확장하였다. 봉업사는 고려 태조 왕건의 집권 초기에 형성된 대후백제 방어선의 배후기지에 해당한다. 봉업사가 위치한 죽주지역은 삼국시대부터 교통의 요지로 매우 중요시되었던 지역이다. 죽주의 중요성은 고려 건국 후에도 개성에서 충주·청주를 거쳐 남부지방으로 연결되는 교통의 요충지로 여전히 중요하게 인식되었다.

태조 왕건 집권 초기 고려의 남방 경계선은 대략 예산-아산-청주-충주-문경-안동 정도로 설정할 수 있다. 당시 고려의 수도였던 개경을 중심으로 놓고 보았을 때 죽주는 청주와 충주 방향으로 교통로가 나뉘는 분기점 역할을 하였을 뿐만 아니라 고려의 남방 경계선을 배후에서 지원하는 후방 기지 역할을 하는 곳이었다. 태조 왕건은 이러한 죽주의 지리적·전략적 중요성을 충분히 인식하고 있었다. 그렇기 때문에 태조 왕건은 고려 건국 직후 각 지역의 호족들에 대한 규합이 끝나가는 925년경 죽주 봉업사를 대대적으로 중창한 것이라 할 수 있다.

죽주가 교통의 요지라는 점 이외에 태조 왕건이 봉업사를 중창하는 배경을 이해하기 위해서는 능달에 대한 고찰이 선행되야 한다. 능달은 태조가 즉위한 직후 청주지역의 모반 가능성을 탐지하기 위해 태조에 의해 문식, 명길 등과 함께 청주에 파견되었던 인물이다. 문식과 명길은 청주지역을 정탐한 후 태조에게 청주인들이 모반할 가능성이 있다고 아뢴 반면 능달은 청주인들이 "다른 뜻이 없고 족히 믿을 수 있다"고 진언하였다.[11] 능달이 태조에게 청주인들의 변란 가능성이 없다고 보고한 이유는 변란 가능성이 있다고 보고했을 경우 청주인들이 해를 입을 것을 두려워했기 때문이다.[12] 능달은 지금까지의 연구 성과에 의하면 왕건과 궁예의 정권 교체 시기인 918년을 전후한 시기에 친왕건세력이나 친궁예세력이 아닌 중립세력이었던 것으로 이해되거나[13] 또는 고려초 친왕건과 반왕건으로 나뉜 청주세력 중 반왕건세력을 대표하는 인물로 알려져 왔다.[14] 따라서 능달은 고려 건국 직후 왕건계와 밀접한 관계에 있지 않았음을 알 수 있다.

그렇다면 청주인으로서 죽주에 연고도 없는 능달이 고려 건국 직후인 925년 왜 죽주 봉업사를 중창하고 있었는지 살펴볼 필요가 있다. 지금까지의 연구 성과는 능달이 죽주에 파견된 이유가 후삼국의 복잡한 정황 속에 후백제에 붙기도 하고, 또는 친궁예적인 성향을 나타내며 고려초기 빈번한 반란을 일으키기도 하였던 청주의 호족에 대한 동태를 파악할 목적으로 죽주에 파견된 것으로 알려졌다.[15] 이러한 주장은 죽주의 지리적 중요성을 감안한다면 일면타당한 설명일 수 있다. 하지만 청주지방의 반란을 견제하기 위해 마군장군 홍유, 유금필 등이 병사 1,500명을 거느리고 주둔한 곳이 죽주의 남쪽에 위치한 鎭州(진천)이었던[16] 점은 능달의 죽주 파견 이유를 재고하게 한다. 진천 임씨 가문은 혜종의 비를 배출할 정도로 왕건과 유착되어 있었다. 또한 진천 임씨 가문은 왕건을 강력하게 지지하여 고려의 건국과 왕권 안정에 기여하였다.[17] 이러한 점을 고려한다면 진천보다 북쪽에 있고 청주와의 거리도 비교적 많이 떨어져 있는 죽주에 청주 호족의 동태를 파악할 목적으로 능달을 파견하지는 않

11)『고려사』권92 왕순식전부 견금전.
12) 金甲童,「高麗建國期의 淸州勢力과 王建」,『韓國史硏究』48, 한국사연구회, 1985, 45쪽.
13) 金周成,「高麗初 淸州地方의 豪族」,『韓國史硏究』61·62, 한국사연구회, 1988, 169쪽.
14) 金甲童, 위의 글, 1985, 45쪽.
15) 金成煥,「羅末麗初 竹州의 奉業寺와 豪族의 關係」,『奉業寺』, 京畿道博物館, 2002, 502쪽.
16)『고려사』권92 왕순식전부 견금전.
17) 문안식,『후백제 전쟁사 연구』, 혜안, 2008, 111쪽.

앗을 것이다. 왕건은 진천을 청주 호족들을 제압하는 군사 거점으로 활용하였다.[18] 이러한 이유 등을 고려한다면 태조 왕건이 능달을 죽주에 파견한 이유는 다른 곳에서 찾아야 할 것이다.

능달은 앞서 살펴보았듯이 고려 건국 직후 왕건에게 협조하지 않은 중립적인 세력이었거나 오히려 반왕건세력이었던 인물이다. 이와 같은 성향의 인물이 자신의 연고지역이 아닌 죽주에 파견되었다. 뿐만 아니라 고려가 건국된지 얼마 되지 않은 925년 죽주의 봉업사를 중창하기까지 하였다면 거기에는 특별한 이유가 있었을 것이다. 그 이유는 죽주지역이 전략적·지리적 요충지임에도 불구하고 매우 강한 친궁예 성향을 띠고 있었다는 점을 들 수 있다. 죽주지역이 강한 친궁예 성향을 띠고 있었다는 점은 4장에서 자세히 서술하였다.

비뇌성 전투에 참여하였거나 도움을 주었던 죽주 토착세력들에게 있어 궁예 정권은 자신들이 목숨을 바쳐 만들어낸 정권이었다. 이런 이유로 죽주지역은 고려 건국 직후에도 다른 어느 지역보다 친궁예 성향이 강한 지역으로 남아 있었을 것이다. 비뇌성 전투가 벌어진 시기는 899년이며 능달이 봉업사지를 중창하는 시기는 925년이다. 능달이 봉업사를 중창하는 시기는 비뇌성 전투에 참전하였을 죽주의 청년과 장년들이 장년과 노년의 시기에 접어든 때이다. 925년경 이들은 죽주지역의 여론 형성을 주도하는 핵심 세력으로 자리잡고 있었을 가능성이 높다. 당시 모반의 기운이 강했던 청주 세력과 죽주 세력이 연합하여 고려에 반기를 든다면 고려 입장에서는 청주나 죽주 등의 지역 단위만을 후백제에 넘겨주는 것이 아니라 태조 집권 초기에 구축해 놓았던 고려의 남방 경계선 전체가 무너지는 결과를 가져올 수 있는 상황이었다. 이러한 이유 때문에 태조 왕건은 자신에게 반발하였던 고려 영역 내부의 호족들이 귀부하는 상황이 정리되자 바로 죽주 봉업사를 대대적으로 중창한 것으로 볼 수 있다.

고려 건국 직후 중폐비사 정책을 취했던 왕건의 입장에서 충주와 청주를 연결하는

---

18) 申虎撒, 「高麗의 建國과 鎭州 林氏의 역할」, 『중원문화논총』 1, 충북대학교 중원문화연구소, 1997.

중부지방의 핵심지역에 자리잡은 죽주의 안정은 매우 중요한 고려 대상이었다. 고려가 건국한지 얼마 되지 않은 925년경의 죽주는 아직 친궁예지역이며 반왕건적 기류가 강하게 흐르는 곳이었다. 이러한 곳을 위무하기 위해서는 친왕건적 인물보다 능달 같은 중립적이거나 한때 반왕건적이었던 인물을 파견하는 것이 그 지역의 반감을 누그러뜨리는데 큰 도움이 될 것임은 자명하다. 능달은 모반 가능성이 있는 청주 세력을 견제하기 위해 죽주에 파견된 것이 아니라 친궁예 지역인 죽주를 위무하기 위해 파견된 것으로 판단된다. 태조 왕건이 능달을 친궁예 지역인 죽주에 파견하여 봉업사를 중창하게 한 것은 그의 뛰어난 용인술과 비상한 정치적 판단력을 보여주는 한 단면이다.

능달의 봉업사 중창은 개인적인 결정에 의한 것이기보다 고려 중앙 정부의 승인과 지원 아래 전략적인 이유를 가지고 단행된 일로 생각된다. 봉업사를 중창하는 925년은 개경 내에서 사찰 창건 기사가 보이지 않는다. 이는 수도의 정비를 미루어가면서까지 지방 사찰의 중창을 지원했을 가능성을 상정해 볼 수 있다. 개경에서도 새로운 사찰의 창건 기사가 보이지 않는 시기에 많은 재정과 인력을 투입하여 봉업사를 중창하고 있는 상황은 태조 왕건이 죽주의 안정에 매우 큰 관심을 갖고 있었다는 방증이라 할 수 있다. 당시 봉업사는 죽주의 중심 사찰이었으나 죽주적괴 기훤세력의 활약과 신라 말의 혼란 및 비뇌성 전투 등으로 인해 폐허가 되어 있었다. 능달이 고려 중앙정부의 지원 아래 "죽주에서 모두의 힘을 합쳐" 봉업사를 중창하였다면 죽주지역의 반왕건적 정서는 상당히 개선될 수 있었을 것이다. 능달에 의해 925년에 실시된 봉업사의 중창은 고려 건국 직후부터 925년까지 적극적으로 실시된 친궁예세력 포용 정책이 완성되었음을 보여주는 상징적인 사건이라 할 수 있다.

봉업사지 석불입상을 통해 본 봉업사 중창의 인력수급

봉업사 중창은 앞에서 살펴본 바와 같이 청주 출신 능달에 의해 시행되었다. 이 장에서는 봉업사 중창에 동원된 장인과 인력의 수급 문제를 살펴보고자 한다. 현재 능달에 의한 봉업사 중창을 알 수 있는 자료는 '□年乙酉八月日竹…/…里凡草伯士能達毛'명 기와와 '西州官'명 기와 등이 있다. 이 중 '서주관'명 기와는 능달에 의한 봉업사 중창과정에 청주지역 장인들이 참여하였음을 시사하는 중요한 기와이다. '서주관'명 기와는 1·2차 발굴조사시 암키와 17점, 수키와 3점 등 모두 20점이 출토되었다. '서주관'명 기와는 봉업사지 출토 명문기와 중 寺名·지명 등 고유명사를 나타내는 명문기와 가운데 가장 많은 수가 출토된 것이다.

능달이 925년에 죽주에서 모두의 힘을 합쳐 대규모의 불사를 진행하였을 때 참여한 사람들은 죽주지역 사람들이 주축이 되었을 것이다. 그러나 앞에서 살펴보았듯이 봉업사 중창의 주된 목표는 죽주지역의 위무에 있었다. 이러한 목표를 달성하기 위해서는 고려 중앙정부에서 전폭적으로 봉업사 중창을 지원하고 있다는 점을 죽주 지역민에게 보여줘야만 하였다. 그렇지 않고 친궁예 성향이 강한 죽주지역 사람들만을 동원하여 봉업사를 대규모로 중창하였다면 오히려 가중된 부역에 의해 왕건에 대한 반발은 더욱 커졌을 가능성이 있다. 또한 건국 직후라는 당시의 역사적 상황은 죽주의 주요 호족인 죽산박씨나 기타 죽주지역 호족 등이 주축이 되어 독자적으로 사찰을 중창할 수 있는 상황은 아니었다.

'서주관'명 기와는 봉업사 중창에 죽주지역 사람들뿐만 아니라 청주 장인들 역시 동원되었음을 보여주는 중요한 자료이다. '서주관'명 기와에 기록된 서주는 청주를 의미한다.[19] 태조 왕건에 의해 봉업사의 중창을 명령받았을 능달은 고려 중앙정부로부터 자금지원을 받았을 것이다. 그러나 건국 이듬해부터 개경에 10개의 사찰이

---

19) 車順喆,「官字銘 銘文瓦의 使用處 檢討」,『慶州文化研究』5, 경주대학교 경주문화연구소, 2002, 122쪽.『신증동국여지승람』에 의하면 청주는 본래 백제의 상당현이었고 신라 신문왕 5년 서원소경을 두었다. 경덕왕 때 서원경으로 승격되었고 청주목이라는 명칭은 태조 23년에 명명된 것이다. 봉업사가 중창되는 925년은 태조 8년으로 아직 서원경이 청주목으로 명명되기 전이다. 태조 왕건의 고려 건국 당시 청주의 명칭은 서원경으로 불리지는 않았을 것이다.『신증동국여지승람』등에는 기록되어 있지 않지만 고려 건국 초기 서원경의 명칭은 西州로 불렸을 가능성이 있다고 생각되며 서주를 청주로 본 차순철의 견해는 타당하다고 생각된다. 근대의 기록이지만 청주시 봉명동, 사창동 지역이 원래 청주군 西州內面에 속했다는 점도 청주가 서주로 불렸을 가능성을 생각해 볼 수 있게 하는 자료이다.

동시에 지어지고 있으며 수도의 위용을 갖추기 위해 많은 공사가 진행되고 있는 상황을 고려한다면 장인들의 파견은 여의치 않았을 것이다. 이러한 상황에서 봉업사의 중창을 명령받은 능달은 자신의 인맥을 동원하여 봉업사 중창에 참여할 주요한 장인들을 모집한 것으로 보인다. 통일신라시대 일급의 기술을 갖고 있는 전문 장인은 현재 남아 있는 작품의 양과 질로 보았을 때 주로 경주와 5소경을 중심으로 활동하였거나 또는 큰 규모의 사찰에 소속되어 활동하였다. 이들은 관장과 승장으로 나누어진다.[20] '서주관'명 기와는 봉업사지 중창에 청주지역 와장이 동원되었음을 보여준다. 청주는 통일신라시대의 서원경으로 주요 장인들이 활동한 근거지 중 하나라 할 수 있다. 죽주지역 역시 봉업사의 전신인 화차사를 중심으로 장인들이 활약하였을 것이다. 그러나 나말의 시기 사찰이 폐허가 될 정도로 혼미함이 극에 달하였다는 점을 고려한다면 능달이 봉업사를 중창할 때 죽주지역 장인들만으로는 인력 수급에 차질이 있었을 것이다.

능달은 봉업사의 중창에 있어 와장뿐만 아니라 주요 장인들의 경우 청주지역 출신들로 구성하여 작업을 수행한 것으로 추정된다. '서주관'명 기와는 능달이 청주지역 출신 와장을 동원하였다는 근거이다. 그러나 '서주관'명 기와만을 가지고는 능달이 봉업사를 중창할 때 주요 장인들을 청주지역 출신으로 구성했다는 근거로 판단하기에는 부족한 점이 있다. 청주지역 장인들이 봉업사 중창에 참여하였다는 주장을 보충하기 위해서는 또 다른 근거가 필요하다. 능달이 청주지역 출신 장인들을 대대적으로 조직하여 봉업사 중창에 투입했다는 것을 보여주는 중요한 근거로는 안성 봉업사지 석불입상을 들 수 있다. 안성 봉업사지 석불입상은 능달이 봉업사를 중창할 때 청주지역 출신 석장들에 의해 조성된 것으로 추정되는 불상이다. 안성 봉업사지 석불입상이 능달에 의해 청주지역 석장들이 동원되어 만들어진 불상임을 확인하기 위해서는 불상에 대한 세밀한 고찰이 선행되어야 한다.

---

20) 정성권, 「泰封國都城(弓裔都城) 내 풍천원 석등 연구」, 『韓國古代史探究』7, 韓國古代史探究學會, 2011, 182쪽.

안성 봉업사지 석불입상의 현상

봉업사지 석불입상은 현재 칠장사 대웅전 옆에 모셔져 있다. 이 석불입상은 광배
와 불신이 1매의 석재에 함께 조성되어 있다. 이 불상은 비교적 높은 육계를 갖고 있
으며 동그란 얼굴에 상호는 살이 오른 모습이다. 신체는 두 발을 곧게 편 채 바른 자세

7-1 봉업사지 석불입상 정면

7-2 봉업사지 석불입상 측면

7-3 봉업사지 석불입상 다리사이 S자형 주름

7-4 봉업사지 석불입상 왼팔 위 Ω자형 주름

로 서 있는 모습이다. 오른손은 손바닥을 안으로 향하게 하여 명치 부근에 대고 있다. 왼팔은 아래로 내려뜨리고 있으며 왼손은 옷자락을 살짝 잡고 있다. 봉업사지 석불입상은 광배와 함께 조성되어 마애불과 같은 부조 형태이나 실제는 옷자락을 잡은 팔의 뒷면까지 일부 표현되어 있을 정도로 환조에 가깝게 조각되었다.(도7-1~4)

법의는 통견을 입고 있으며 왼쪽 어깨에는 삼각형 형태의 옷자락이 덮고 있다. 가슴 부근은 비교적 넓게 노출 되어 있으며 배 부위까지 흘러내리는 U자형 주름은 다리 부근에서는 Y자형 옷주름으로 바뀐다. 발목 부근과 왼쪽 팔 부근에는 특이한 형태의 옷주름 문양이 조각되어 있다. 발목 사이에는 S자형 옷주름이, 왼쪽 팔에는 Ω자형의 주름이 잡혀 있다. 광배는 거신 광배이며 광배 안에 두광과 신광이 나뉘어져 있다. 두광에는 3구의 화불이 조각되어 있다.

봉업사지 석불입상의 착의 형태와 손의 모습, 옷주름 등은 기본적으로 거창 양평동 석불입상이나 거창 농산리 석불입상과 같은 전형적인 신라 하대 불입상의 형식을 따르고 있다. 다만, 이 상에는 신라 하대 불입상의 형식에서 조금 더 형식화가 진행되었다.[21] 봉업사지 석불은 비교적 이른 시기에 학계에 알려졌다.[22] 이후 이 석불은 개설서 등에 나말여초기에 조성된 석불로 소개되었고[23] 태봉시기나 또는 능달의 사찰 중건 시 제작되었을 가능성이 언급되기도 하였다.[24] 일반적으로 봉업사지 석불입상의 조성시기는 통일신라시대 불입상의 형식을 그대로 계승하고 있으면서 섬세하고 형식화, 세속화가 진행된 고려초기 불상으로 여겨지고 있다.[25]

21) 최성은,『석불-돌에 새긴 정토의 꿈』, 한길아트, 2003, 252쪽.

22) Harrict C.Mattusch,「安城 二竹面의 菩薩立像과 臺座」,『考古美術』28, 한국미술사학회, 1962.

23) 최성은,『석불·마애불』, 예경, 2004, 281쪽.

24) 최성은,「나말여초 중부지역 석불조각에 대한 고찰: 궁예 태봉(901~918)지역 미술에 대한 시고」,『역사와 현실』44, 한국역사연구회, 2002, 52쪽.

25) 최성은,「高麗前期의 石佛 試考: 廣州, 楊州, 竹州일대의 석불을 중심으로」,『고려시대 개성과 경기』, 경기도박물관, 2003, 43쪽 ; 봉업사지 석불입상은 11세기 조각들에 비해 더욱 정형화된 단계를 보여주는 상으로서 玄化寺 칠층석탑(1020) 부조상을 알고 있는 석장이 조성한 석불로 추정되기도 한다(최성은,「고려전기 竹州의 석불조각」,『안성 칠장사와 혜소국사 정현』, 사회평론, 2011, 151쪽 ; 최성은,「竹州 長命寺址 석불좌상의 복원적 고찰과 고려초기 석불 양식」,『講座美術史』36, 韓國佛敎美術史學會, 2011, 527쪽). 그러나 안성 봉업사지 석불입상은 안성·이천 및 충청 지역에 등장하는 10세기 중반~11세기 석불

봉업사지 석불입상의 주요한 양식적 특징은 왼쪽 어깨를 덮는 삼각형의 옷자락을 먼저 언급할 수 있다. 이와 더불어 석불입상의 발목 사이에 나타난 S자형 옷주름과 왼쪽 팔 위에 표현된 Ω자형 옷주름 등을 주요 특징으로 들 수 있다. 발목 사이의 S자형 옷주름은 통일신라시대 금동불의 다리 사이에서 간혹 보이는 옷주름이다. 원래는 통일신라시대 금동불의 허리 아래부터 흘러내리는 옷주름이었다. 이후 통일신라 후기 S자형 옷주름은 형식화가 진행되어 다리 아래 사이에 간략하게 표현된다. 봉업사지 석불입상에서 보이는 이러한 옷주름은 고려시대 불상에서 찾아보기 어려운 편이다. 이러한 특징을 고려한다면 봉업사지 석불입상은 통일신라시대 불입상의 형식을 그대로 계승하고 있으면서 섬세하고 형식화, 세속화가 진행된 고려초기 불상으로 볼 수 있다.

안성 봉업사지 석불입상의 조성시기와 장인

안성 봉업사지 석불입상의 구체적인 조성시기를 파악하기 위해서는 먼저 봉업사지 중창시기에 대한 고찰이 필요하다. 발굴조사 결과에서 알 수 있듯이 봉업사지는 통일신라시대 화차사라는 이름으로 존재하였으며 통일신라 말에 폐허에 가까울 정도로 사찰이 피해를 입었다. 이러한 사실은 통일신라시대 조성된 목탑지가 고려초에 들어와 금당지로 바뀌며, 통일신라시대에 금당지가 봉업사 중창시에 강당지로 재건축되고 있는 것을 통해서 파악할 수 있다. 봉업사지는 발굴조사와 현재 사역 내에 남아 있는 석탑의 위치를 통해 보았을 때 크게 봉업사지 오층석탑을 중심으로 하는 사역과 죽산리 삼층석탑을 중심으로 하는 사역으로 나눌 수 있다. 이 중 봉업사지 오층석탑을 중심으로 하는 사역이 능달에 의해 925년경 중창된 곳이며 죽산리 삼층석탑 주변의 사역은 신라말에 폐허가 되었다가 고려 광종대에 들어와 중창된 곳임을 6장에서 살펴보았다.

일반적으로 사찰을 대대적으로 중창할 때 불상을 같이 조성한다고 생각한다면 봉

들과 양식적 친연성이 매우 적다는 점을 고려한다면 기존에 알려진 바와 같이 고려초기 조성설이 보다 합당하다고 생각한다.

업사지 석불입상은 925년경 능달이 봉업사를 중창할 때 함께 만들어진 불상으로 볼 수 있다. 그 이유는 봉업사지 석불입상의 양식적 특징에서 광종대 이후에 조성되는 불상들의 특징을 찾을 수 없기 때문이다. 봉업사지 석불입상은 기존의 연구에서 알려진 바와 같이 통일신라시대 불입상의 양식적 특징을 갖고 있다. 봉업사지 석불입상의 조성시기는 다른 불상들과의 비교를 통해서도 확인할 수 있다. 능달이 봉업사를 중창하는 925년의 시기는 새로운 통일왕조를 기념하여 만든 개태사 석조삼존불입상이 만들어지기 전이다.

논산 개태사 석조삼존불입상은 태조 왕건이 후삼국 통일을 기념하여 개태사에 조성한 대형의 석조삼존불입상이다. 936~940년에 조성된 개태사 석조삼존불입상은 이후 조성되는 고려시대 석불에 큰 영향을 끼쳤다. 특히 얼굴이 팽창되고 아래턱이 발달한 상호의 특징은 다른 지역의 불상 상호에 많은 영향을 끼쳤다. 그러나 봉업사지 석불입상에서는 개태사 석조보살입상이나 인근지역의 불상에 큰 영향을 준 안성 매산리 석조보살입상의 영향이 간취되지 않고 있다. 이러한 점으로 보아 봉업사지 석불입상은 개태사 석조삼존불입상이 조성되는 936년 이전에 만들어진 불상으로 추정 가능하다. 봉업사지 석불입상이 개태사 석조삼존불입상 이후에 만들어졌다면 광종대 조성된 안성 매산리 석조보살입상과 비슷한 시기에 조성되었다는 얘기가 된다. 그렇다면 안성 매산리 불상에서 확인되듯이 개태사 불상의 영향이 나타나야 되는데 그러한 흔적을 찾기 어렵다.

봉업사지 석불입상은 거창 양평동 석불입상이나 거창 농산리 석불입상과 같은 전형적인 신라 하대 불입상의 전통을 따르고 있다.[26] 봉업사지 석불입상에 표현된 신라 하대 불입상의 전통을 분석하면 봉업사지 석불입상이 청주 출신 능달에 의해 조성되었을 가능성을 파악할 수 있다. 봉업사지 석불입상에서 주목해야 될 부분은 옷주름이다. 특히 다리 사이의 S자형 주름과 왼쪽 팔의 Ω자형 옷주름은 봉업사지 석불입상의 조성 장인을 유추할 수 있는 단서를 제공한다. 앞에서도 언급하였지만 다리

---

26) 최성은, 『석불: 돌에 새긴 정토의 꿈』, 한길아트, 2003, 252쪽.

7-5 감산사 석조미륵보살입상 전경 및 세부   7-6 감산사 석조아미타불입상 전경 및 세부

사이나 발목 사이에서 보이는 S자형 주름은 통일신라 8세기경에 조성된 것으로 보이
는 금동불이나 8세기에 조성된 감산사 석조미륵보살입상의 다리(도7-5·6), 굴불사지
사면석불 중 서면의 우협시보살상의 다리에서 확인할 수 있다. 8세기에 조성된 금동

7-7 日本 光明寺소장 통일신라시대 금동불입상   7-8 日本 도쿄국립박물관소장 통일신라시대 금동불입상

태봉과 고려 석조미술로 보는 역사

7-9 죽령 보국사지 석불입상

불이나 석불의 다리 사이에서 확인되는 S자형 주름은 무릎을 포함한 다리 사이에 전체적으로 길게 표현된다.(도7-7·8) 이러한 표현 방법은 9세기에 들어와 죽령 보국사지 석불입상(도7-9), 예천 흔효리 석불입상, 영주 읍내리 석불입상의 다리 사이에서도 나타나는데 발목 사이의 좁은 부분에서만 형식화된 S자형 주름이 표현된다.(도7-10·16) 물론 발목 사이의 S자형 옷주름이 나타난다고 해서 모두 동일한 유파나 작가에 의해 조성된 불상으로 볼 수 없다. 그러나 불상의 옷주름을 표현하는 방법이 전체적인 흐름이나 분포 양상을 보았을 때 발목 사이의 S자형 옷주름은 옷주름 조각 방법의 지역적 특색으로 크게 구분이 가능하다.

발목 사이에 S자형 옷주름을 표현하는 수법은 8세기 경주를 중심으로 하는 지역에 유행하였다. 9세기 경에는 경상북도 예천, 영주를 비롯하여 소백산 죽령 고개 정상부위까지 불상 표현 형식이 확장되었다. 이러한 표현 방법은 9세기까지 소백산 이남 지역에서 유행한 표현 방법이다. 불상의 다리 사이를 S자형 옷주름으로 표현하는 형식은 봉업사지 석불입상을 제외하면 소백산 북쪽 지역에서는 청주 일대에서만 확인된다. 청주 일대에 조성된 불상 중 발목 사이에 S자형 옷주름이 표현된 불상은 나말여초기에 조성된 것으로 추정되는 청주 목우사지 석조여래입상과 보은 삼년산성 내 보은사 석불입상을 들 수 있다.[27](도7-13·18) 불상의 발목 사이를 S자형으로 마무

---

27) 목우사지 석불입상과 보은사 석불입상에 대한 개략적인 설명은 다음 논문 참조(김춘실, 「統一新羅末 ~高麗前期 轉法輪印 石佛立像의 고찰」, 『中原文化論叢』15, 충북대학교 중원문화연구소, 2010, 158~162쪽).

7-10 영주 읍내리 석조여래입상 전경

7-11 영주 읍내리 석조여래입상 세부1

7-12 영주 읍내리 석조여래입상 세부2

7-13 청주 목우사지 석조여래입상 전경

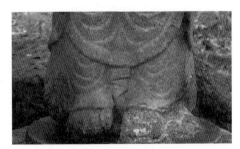

7-14 청주 목우사지 석조여래입상 세부1

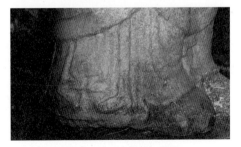

7-15 청주 목우사지 석조여래입상 세부2

7-16 예천 흔효리 석조여래입상 전경

7-17 예천 흔효리 석조여래입상 세부

7-18 보은 보은사 석조여래입상 전경

7-19 보은 보은사 석조여래입상 세부

제7장 태조 왕건의 봉업사 중창과 능달 : 봉업사지 석불입상

리 짓는 표현 방법은 경상도 일대에서 유행한 양식이며 유행의 북방한계는 청주까지이다. 이러한 표현 방법은 고려초기 죽주지역까지 확장된 것으로 보인다.

봉업사지 석불입상의 왼팔 위에 보이는 Ω자형 옷주름 역시 발목사이에 보이는 S자형 옷주름과 동일한 전파 양상을 보인다. Ω자형의 옷주름은 8세기에 조성된 감산사 아미타불과 남산 칠불암 본존불의 다리 사이 옷주름 등에서 확인할 수 있다. 이러한 옷주름 표현 방법은 영주 읍내리 석불입상, 영주 석교리 석불입상에서 파악할 수있는 바와 같이 9세기 후반기나 말기에는 경상북도 북부지역의 불상에서도 확인할수 있다. 영주 지역의 불상에서 보이는 Ω자형의 옷주름은 나말여초기에 조성된 청주 목우사지 석불입상에서도 유사한 형태로 나타난다.(7-13~15) 소백산 이남 경상도일원에서만 나타나는 독특한 불상 옷주름 표현 양식은 소백산 북쪽으로는 청주 일원으로만 전파된 것으로 보인다.

봉업사지 석불입상의 왼팔 위에 Ω자형의 옷주름이 나타나며 다리 사이에 S자형옷주름이 조각된 이유는 결국 능달과 관련지을 수 있다. 이러한 이유는 능달에 의한봉업사지 중창시 소백산 이남의 독특한 옷주름 형식을 받아들인 청주지역 장인들이참여하였기 때문으로 볼 수 있다. 청주 지역 석장들은 청주-보은-예천-영주 등에분포한 석불들 중 발목 사이의 옷주름을 S자형으로 표현하거나 옷주름의 일부분을Ω자형으로 만든 석불들의 존재를 잘 알고 있었을 것이다. 청주지역에서 활동하였던이들은 능달에 의한 봉업사 중창시 능달에 의해 소집되어 봉업사의 중창과 봉업사지석불입상의 조성에 참여한 것으로 볼 수 있다.

능달은 봉업사지를 중창하는 데 있어 재정적 지원은 고려 조정으로부터 받아 수행하였을 것이다. 그러나 실제 건물을 만들고 불상을 조성하는 장인들의 섭외는 자신의 인간 관계의 범위 내에서 해결한 것으로 보인다. 이러한 이유 때문에 봉업사지에서 다량의 '서주관'명 기와가 출토되고 소백산 이북에서 청주 일대 석불에서만 확인되는 불상 조각 방법의 편린이 봉업사지 석불입상에 나타난 것으로 추정된다. 태조 왕건이 승인하고 능달에 의해 수행된 죽주 위무 계획은 능달에 의해 봉업사 중창이 단행되며 훌륭하게 수행된 것으로 볼 수 있다. 이는 능달이 봉업사 중창 이후 936

년 후백제와의 마지막 전투 시 支天軍大將軍으로서 참여하고 있음을 통해 알 수 있다.[28] 친왕건세력이 아니었던 능달이 지천군대장군으로 참여할 수 있었던 이유 중의 하나는 태조의 죽주 위무 계획을 능달이 잘 수행하여 태조의 신임을 얻을 수 있었기 때문이었던 것으로 보인다.

봉업사의 중창은 왕건의 명에 의해 능달이 수행하였다. 태조 왕건은 후삼국기의 정세를 정확하게 읽고 있었으며 상황에 맞는 유효한 대책을 세우기도 하였다. 능달을 파견하여 중창한 봉업사는 태조 왕건의 영민한 전략적 판단을 보여주는 매우 중요한 유적이라 할 수 있다.

---

28) 『고려사절요』 권1 태조19년 9월.

제8장   새로운 통일왕조의 출현 : 개태사 석조삼존불입상

태조 왕건은 936년 후백제를 평정한 후 개태사를 건립하였다. 개태사에 대한 연구는 미술사, 고고학, 역사학 분야에서 다양하게 진행되어 왔다. 개태사에 대한 연구 대상은 개태사 석조삼존불입상, 개태사 석조공양상, 개태사 발굴유물, 태조 이후의 개태사 등 다양한 분야에서 연구가 진행되었다.[1] 연구 대상과 관점은 다양하지만 개태사 창건 및 석조삼존불입상의 조성배경은 936년 태조 왕건이 후백제를 멸한 후 후삼국 통일을 기념하기 위해 세운 것이라는 점에서 의견을 같이 한다.

개태사 석조삼존불입상 조성배경에 대한 기존 학계의 의견은 태조 왕건이 후백제 정

---

1) 미술사 관련 논문은 다음과 같다(文明大, 「開泰寺 石丈六三尊佛立像의 硏究: 毘盧舍那丈六三尊佛像과 관련하여」, 『美術資料』29, 국립중앙박물관, 1981 ; 金春實, 「忠南 蓮山 開泰寺 石造三尊佛考: 本尊像과 右脇侍 菩薩像이 後代의 模作일 가능성에 대하여」, 『百濟硏究』21, 충남대 백제문화연구소, 1990 ; 崔聖銀, 「開泰寺 石造三尊佛立像 硏究: 새로운 統一王朝 高麗의 出現과 佛教彫刻」, 『美術史論壇』16·17호, 한국미술연구소, 2003).

고고학 관련 논문 및 보고서는 다음과 같다(尹武炳, 「開泰寺 三尊石佛殿 創建基壇 調査報告」, 『百濟硏究』17, 충남대학교 백제연구소, 1986 ; 論山郡·開泰寺址發掘調査團, 『論山 開泰寺址 發掘調査略報告』, 1990 ; 公州大學校博物館·論山市, 『開泰寺址』, 2002 ; 淸水信行, 「開泰寺址 출토 銘文瓦에 대한 一考察」, 『百濟硏究』28호, 충남대학교 백제연구소, 1998).

역사학 관련 논문은 다음과 같다(윤용혁, 「後三國과 開泰寺, 그리고 王建」, 『開泰寺址』, 公州大學校博物館·論山市, 2002 ; 김갑동, 「後三國과 開泰寺, 그리고 王建」, 『開泰寺址』, 公州大學校博物館·論山市, 2002).

복과 후삼국의 통일을 기념해서 손수 발원·조성한 당대를 대표할 수 있는 걸작품으로 이해되고 있다.[2] 이와 더불어 개태사의 창건은 새 시대의 개막을 선포하는 상징적인 의미를 가지고 있는 것으로 알려져 있다.[3] 이와 같이 개태사는 태조 왕건이 후백제를 물리친 후 세운 전승기념 사찰로 이미 잘 알려져 있다. 개태사(석조삼존불입상)의 조성배경에 대한 여러 학설은 전승을 기념하기 위한 것이라는 점에서 별다른 이의가 없다. 지금까지 큰 논란이 없는 개태사와 석조삼존불입상의 조성배경을 본 장에서는 다시 논의하고자 한다. 그 이유는 개태사 석조삼존불입상이 현 위치에 건립된 직접적이고 구체적인 동기를 馬城의 위치비정을 통해 구체적으로 파악할 수 있기 때문이다. 마성은 태조 왕건이 一利川 전투에서 후백제군을 대파한 후 후백제 신검군을 쫓아 마지막으로 항복을 받기까지 屯營하였던 성이다.

마성의 정확한 위치비정은 개태사 석조삼존불입상이 왜 지금의 위치에 세워져야만 했는지에 대한 역사적인 이해를 심화시킬 수 있다. 그러나 현재 학계에서는 마성의 위치에 대해 공통된 의견이 없이 다양한 학설이 제기되어 있는 상태이나. 개태사와 개태사 석조삼존불입상의 조성동기가 크게 보아 하나로 모아지고 있음에 반하여 마성의 위치에 대한 제 학설은 완주, 익산, 거창 또는 논산에 있었던 산성으로 비정하고 있다. 마성에 대한 기존의 논의는 현재 10가지가 있으며 이 10가지의 논의 중 마성의 위치에 대한 제 학설은 크게 6개로 구분된다.[4]

이 글에서는 사료의 분석과 지표조사 및 발굴조사 등의 고고학적 성과를 바탕으로 마성의 정확한 위치를 고찰해 보고자 한다. 이러한 작업을 통하여 개태사 석조삼존불입상이 현재의 자리에 세워지게 된 역사적 정황을 밝힐 수 있으며, 개태사 석조삼존불입상이 현재의 위치에 건립된 보다 직접적이고 구체적인 이유를 규명할 수 있을 것이다.

---

2) 文明大, 「開泰寺 石丈六三尊佛立像의 硏究: 毘盧舍那丈六三尊佛像과 관련하여」, 『美術資料』29, 국립중앙박물관, 1981, 3쪽.

3) 윤용혁, 「후삼국과 개태사, 그리고 왕건」, 『開泰寺址』, 공주대학교박물관·논산시, 2002, 37쪽.

4) 馬城의 위치에 대한 제 학설은 본문의 〈표8-1〉에 정리하였다.

개태사 연구사 검토 및 석조삼존불입상 조성에 대한 제 의견

개태사 석조삼존불입상에 대한 학계의 기존 의견에 대해서는 연구사 검토를 통해 알 수 있다. 개태사는 태조가 후백제를 멸한 태조 19년(936)에 착공하여,[5] 태조 23년(940) 완공하였다.[6] 940년 12월, 개태사가 완공되었을 때 태조는 낙성화엄법회를 열고 친히 疏文을 지었다. 이 소문은 崔瀣가 찬한『東人之文四六』권8에 전문이 수록되어 있다.[7] 이를 요약한 내용이『신증동국여지승람』연산현조와 최자가 찬한『보한집』에 나오는데 이를 통해 개태사 창건 배경을 알 수 있다. 다음은『신증동국여지승람』에 나오는 기사의 일부분이다.

8-1. (중략) 병신년(936년) 가을 9월에 숭선성 가에서 백제의 군사와 대진하여, 한 번 부르짖으니 兇狂의 무리가 와해하였고, 두 번째 북을 울리니 역당이 얼음 녹듯 소멸되어 개선의 노래가 하늘에 떠 있고, 환호의 소리는 땅을 뒤흔들었습니다. 云云. 풀잎의 도적과 산골의 흉도들이 저희들이 죄과를 뉘우쳐 새 사람 되겠다고 곧 귀순해 왔습니다. 某(왕건)는 그 뜻이 간사한 자늘 부르고 악한 자를 제거하며, 약한 자를 구제하고 기울어진 것을 붙들어 일으키는 데 있으므로 털끝만큼도 침범하지 않고 풀 한 잎새도 다치지 않았습니다. 云云. ㉮ 부처님의 붙들어주심에 보답하고 산신령님의 도와주심을 갚으려고 특별히 맡은 官司에 명하여 불당을 창건하고는 이에 산의 이름을 天護라 하고, 절의 이름을 開泰라고 하나이다. 云云. 원하옵건대 부처님의 위엄으로 덮어 주고 보호하시며 하늘의 힘으로 붙들어 주옵소서.[8]

개태사는 사료8-1의 ㉮와 같이 후백제전에서의 승리와 후삼국 통일을 가능하게 도와 준 부처와 산신령의 은혜에 보답하기 위해 창건되었다. 이는 문헌에 나타난 개태사 창건의 직접적인 조성배경이라 할 수 있다. 개태사 석조삼존불입상의 조성에 대한 학계의 제 의견은 개태사 창건 배경과 맥락을 같이 한다.

개태사에 대한 연구는 크게 미술사, 고고학, 역사학 분야로 나눌 수 있다. 먼저 미술

---

5)『고려사』권2 태조19년.
6)『고려사』권2 태조 3년.
7) 成均館大學校 大東文化硏究所,『高麗名賢集』5, 1980, 89~91쪽.
8)『신증동국여지승람』권18 충청도 연산현조.

8-1 개태사 석조삼존불입상 전경

사 분야의 연구 성과를 살펴보면, 개태사에 대한 첫 연구 성과는 문명대에 의해서 발표되었다. 그는 1981년에 「開泰寺 石丈六三尊佛立像의 研究: 毘盧舍那丈六三尊佛像과 관련하여」라는 글을 발표하였다. 이 글에서 문명대는 개태사 석조삼존불입상의 조성배경, 현상과 특징, 조각사적 의의 및 존상명 등을 고찰하였다.[9] 이 논문에서는 석조삼존불입상의 조성배경을 후삼국 통일을 기념하기 위해 세운 것으로 보았으며, 개태사 석조삼존불입상이 괴량감과 활력이 넘치는 미 양식을 보여주는 불상임을 논증하였다. 조각사적 의의로는 후삼국을 통일하고 고려의 통일을 기념하고자 태조 자신의 발원으로 조성한 작품답게 후삼국 조각을 결산하고 새로운 고려 불상양식을 정립하는 최초기의 걸작 불상이라는 점을 들었다. 그리고 이 글에서는 또 다른 미술사적 의의로 936년에서

---

9) 文明大, 「開泰寺 石丈六三尊佛立像의 研究: 毘盧舍那丈六三尊佛像과 관련하여」, 『美術資料』29, 국립중앙박물관, 1981, 3∼17쪽.

940년 사이에 조성한 절대연대를 알 수 있는 조각이라는 점을 들었다. 문명대는 불상의 존명에 대해서 화엄계 노사나(비로자나)·문수·보현의 삼존불상으로 보았다.

　개태사 석조삼존불상에 대한 다음 논문은 김춘실에 의해 쓰여졌다. 1988년 보호각이 해체되고 좌협시불의 본래 머리가 새로 발견된 것이 연구의 자극제가 되었다. 그는 1990년 「忠南 蓮山 開泰寺 石造三尊佛考: 本尊像과 右脇侍 菩薩像이 後代의 模作일 가능성에 대하여」라는 글을 발표하여 본존과 우협시보살상이 좌협시보살상을 모본으로 하여 조성된 모작이라고 주장하였다.[10] 이밖에 김춘실은 좌협시보살상이 한송사지 석조보살상이나 신복사지 석조공양보살상 같은 강원도 명주지방 석조보살상들과 친연성이 매우 높음을 논증하였다. 특히, 그는 좌협시보살상의 경우 코와 입을 작게 조각하여 얼굴 아래 부분이 더욱 풍만해 보이는 점을 주목하여 명주지방의 석불과 친연성을 주장하였다. 이는 개태사 석조삼존불입상의 조성 장인집단을 고찰하는데 있어 매우 중요한 시사점을 제공한다. 개태사 석조삼존불입상 중 본존상과 우협시보살상이 후대에 모작되었다는 논지는 일부 파격적인 주장이라 할 수 있다. 하지만 좌협시보살상에서 9~10세기 인도 팔라왕조 보살상을 수용하여 중국적으로 변용한 장식적인 표현이 보이고 있는 점 등에서 충분히 그 가능성을 열어 놓고 검토해 볼만한 사항이라 생각한다. 다만 아쉬운 점은 1986년도에 실시된 개태사 석조삼존불전 창건기단에 대한 발굴조사 보고서를[11] 참고하지 못한 점을 들 수 있다.

　개태사 석조삼존불상에 대한 근래의 논고는 최성은에 의해서 작성되었다. 그는 2003년에 「開泰寺 石造三尊佛立像 硏究: 새로운 統一王朝 高麗의 出現과 佛敎彫刻」을 발표하였다.[12] 이 논고에서는 개태사 석조삼존불의 양식을 경북·충북 일대의 석불들과 비교 분석하여 경북 북부와 충주·괴산 일대의 조각들과 연산 개태사 석조삼존불상들 사이에 상호 영향관계가 있음을 주장하였다. 이를 바탕으로 개태사 석조삼존불상을 만든

10) 金春實, 「忠南 蓮山 開泰寺 石造三尊佛考: 本尊像과 右脇侍 菩薩像이 後代의 模作일 가능성에 대하여」, 『百濟硏究』21, 충남대학교 백제연구소, 1990, 321~347쪽.

11) 尹武炳, 「開泰寺 三尊石佛殿 創建基壇 調査報告」, 『百濟硏究』17, 충남대학교 백제연구소, 1986.

12) 崔聖銀, 「開泰寺 石造三尊佛立像 硏究: 새로운 統一王朝 高麗의 出現과 佛敎彫刻」, 『美術史論壇』16·17호, 한국미술연구소, 2003, 79~113쪽.

장인집단이 충주지역 장인들일 것으로 추정하였다. 이밖에 최성은은 개태사 삼존불상에 보이는 외래적 요소를 고찰하였는데 삼존불상이 인도의 팔라왕조 시대의 불교조각이나 이를 수용·변용한 당·오대의 상들로부터 직·간접적으로 영향을 받았음을 설득력 있게 밝히고 있다. 마지막 장에서는 개태사 본존상이 비로자나불임에도 불구하고 지권인을 취하지 않은 이유를 당시 화엄종 사찰에서 예배되던 '7처9회 화엄경변상도'에 보이는 화엄종 고유의 비로자나불 도상을 따랐을 가능성이 높기 때문이라 논증하고 있어 개태사 석조삼존불입상에 대한 연구를 더욱 심화시켰다.

고고학 분야의 연구 성과는 발굴조사와 지표조사의 시행에서 찾을 수 있다. 개태사에 대한 첫 번째 발굴조사는 1986년 실시되었는데 개태사 석조삼존불입상이 모셔져 있는 보호각 일대에 대해서 조사가 진행되었다. 발굴 결과 근래에 만들어진 보호각 하부에 창건 당시 기단이 존재하고 있음이 확인되었다. 창건 기단 위에 건립되었던 불전은 정면 5칸(21.5m), 측면 3칸(10.3m)의 맞배지붕이 시설되었던 건물지임이 밝혀졌다.[13] 「조사보고」에 실려 있는 도면을 살펴보면 주춧돌과 괴임돌은 약간의 인위적인 이동 흔적이 보이나 대체로 가지런한 모습을 하고 있다. 또한 건물 기단에 시간적 차이가 나타나는 중복유구가 없는 점을 미루어 석조삼존불전은 창건 당시의 건물로서 근년까지 중창된 적이 없음을 알 수 있다.(도8-2)

이와 같은 사실은 개태사 석조삼존불입상이 봉안된 전각이 건축되기 이전에 본존과 좌·우 협시불이 동시에 모두 조성되었고, 이후 삼존불을 중심으로 건물이 신축되었음을 알 수 있게 해준다. 만약 좌협시불이 먼저 조성되고 본존상과 우협시 보살상이 후대에 모작되었다면, 개태사 석조삼존불입상이 위치한 불전의 기단은 중복유구로 나타나야 한다. 즉, 모작설이 사실이라면 태조 왕건이 친히 疏文을 짓고 개태사 낙성법회를 열었을 당시 개태사 석불은 현재의 좌협시 보살상 한구만이 존재해 있었던 것이 된다. 어떠한 이유로 후에 본존불과 우협시 보살상이 모작되었다면 태조가 낙성법회를 열었을

---

13) 尹武炳, 「開泰寺 三尊石佛殿 創建基壇 調査報告」, 『百濟研究』 17, 충남대학교 백제연구소, 1986, 315쪽 ; 論山郡·開泰寺址發掘調査團, 『論山 開泰寺址 發掘調査略報告』, 1990, 307~337쪽.

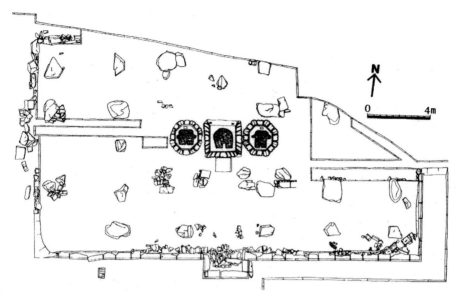

8-2 개태사 석조삼존불전 창건기단 실측도

당시 불상이 모셔져 있던 법당은 후대에 모작된 석불을 안치하기 위해서 해체되어 있어야만 한다. 왜냐하면 거의 4.5m에 달하는 본존 석불을 건물이 만들어진 다음 법당 안으로 들여놓는 것은 불가능에 가깝기 때문이다. 본존불과 우협시 보살상이 좌협시불을 모방하여 후대에 만들어졌다는 모작설은 석조삼존불이 있는 법당의 기단이 시간적 차이를 갖고 있는 초석에 의해 중복되어 있었다면 충분히 진지하게 검토할 필요가 있었을 것이다. 하지만 발굴조사 결과 석조삼존불입상이 모셔져 있었던 법당 기단은 근래에 조성되었던 소규모의 법당 유구 이외에 중복된 유구가 없고 초창기 기단 유구만이 존재하였다. 이러한 점으로 미루어 석조삼존불입상은 태조 왕건의 명에 의해 동시에 조성된 것임을 알 수 있다.

개태사에 대한 두 번째 발굴조사는 1989년 12월에 실시되었다. 두 번째 발굴조사는 현재의 개태사에서 북쪽으로 약 300m 정도 떨어져 있는 개태사지 일대에서 실시되었다. 개태사지 일대는 여러 단의 석축과 토단으로 이루어져 있는데 이 중 금당지와 중문

지 일대를 발굴하였다. 발굴결과 금당은 3차례에 걸쳐 중건된 사실이 밝혀졌다.[14]

개태사지에 대한 정밀 지표조사는 논산시에서 개태사에 대한 종합적인 조사 정비를 계획하게 됨에 따라 2002년 공주대학교 박물관에서 실시하였다. 지표조사 결과 개태사지 일대는 불전지와 진전지, 출입지역 등 크게 3개의 구역으로 나누어지고 있음이 개략적으로 밝혀졌다.(도9-4) 특히 삼성미술관 리움 소장의 개태사 청동대탑과 현존 개태사에 있는 석탑, 그리고 개태사 공양상 등이 불전지에서 반출된 것임을 확인할 수 있었다. 이밖에 지표조사 결과 개태사 주변에 토성지가 있음을 확인하였다.[15]

개태사지 출토 유물에 대한 본격적인 분석은 시미즈 노부유키(清水信行)에 의해 실시되었다. 그는 1998년 발표된 「開泰寺址 출토 銘文瓦에 대한 一考察」에서 1989년 발굴 조사된 개태사 금당지·중문지 일대 출토 명문와를 분석하였다.[16] 이 논문에서는 개태사 명문와를 제작 기법에 따라 A~D류로 분류하였으며 분석결과 명문와는 주로 14세기 전반에서 15세기 초반에 제작되었음을 밝히고 있다. 특히 '皇慶癸丑三月'명문와는 1313년으로 고려 중숙왕의 왕위 계승이 설성된 연월이니, 개태사가 대조 잉긴이 세온 사원인 점을 통해, 고려왕실의 경사와 관련된 때에 개태사가 중창(제2기 건물)되었음을 논하였다. 이와 더불어 중창 건물은 왜구의 침입에 의해 소실되었으며 삼창(제3기 건물)이 고려 종말기에 행해졌을 가능성이 높음을 제시하였다. 이 연구는 태조 이후의 개태사에 대한 연구 성과가 빈약한 현실에서 창건 이후 개태사의 변천과정을 고고학적 성과를 통해 밝히고 있다는 점에서 주목된다.

역사학 분야의 연구 성과는 태조가 친제한 '개태사화엄법회소'에 관한 연구와 개태사에 관한 연구로 나눌 수 있다. '개태사화엄법회소'에 관한 연구는 양은용에 의해 1992년에 발표된 「高麗太祖 親製 開泰寺華嚴法會疏의 연구」라는 논문을 통해 고찰되었다.[17]

---

14) 충남대학교박물관, 『開泰寺 I 』, 1993, 49쪽.

15) 公州大學校博物館·論山市, 『開泰寺址』, 2002, 125~236쪽.

16) 清水信行, 「開泰寺址 출토 銘文瓦에 대한 一考察」, 『百濟研究』 28, 충남대학교 백제연구소, 1998, 357~396쪽.

17) 梁銀容, 「高麗太祖 親製 開泰寺華嚴法會疏의 연구」, 『伽山李智冠스님華甲紀念論叢 韓國佛教文化 思想史』 上, 1992, 810~822쪽.

그는 이 글에서 최해가 찬한『동인지문사육』(1338)에 실려 있는 '개태사화엄법회소'의 전문을 번역하고 원문을 분석하여 태조의 숭불 정책에 대해 살펴보고 있다. 또한 '화엄법회소'와 태조가 찬한 또 다른 글인 '훈요십조'를 비교하여 '훈요'가 태조의 친술문임을 밝히고 있다.

개태사에 대한 역사학 분야의 연구는 윤용혁과 김갑동의 연구를 들 수 있다. 윤용혁은 「936년 고려의 통일전쟁과 개태사」라는 글에서 936년 태조 왕건의 출정과 일리천에서 후백제 최후의 현장 황산벌까지의 고려 통일전쟁에 관해 기술하고 있다.[18] 이 글의 마지막 장에서는 개태사 건립의 상징적 의미를 살펴보고 있으며 견훤이 終身한 '황산 불사'를 개태사로 추정하고 있다. 김갑동은 「고려시대의 불교와 개태사」라는 글에서 고려 태조의 불교정책과 개태사 창건과정을 개괄적으로 기술하고 대고 이후의 개태사의 변신 과정에 내해 살펴보고 있다.[19] 개태사의 경우 그동안 학계의 관심은 태조 왕건에 의해 창건되었을 당시 만들어진 석조삼존불입상과 태조에 의해 친제된 '개태사화엄법회소'를 중심으로 연구가 진행되었다. 그 결과 태조 이후의 개태사의 변천과정에 대한 관심은 상대적으로 소홀

8-3 개태사 석조삼존불입상 측면 전경

18) 윤용혁, 「936년 고려의 통일전쟁과 개태사」, 『한국학보』 30, 일지사, 2004, 2~30쪽 ; 윤용혁, 「고려의 통일전쟁과 논산 개태사」, 『충청 역사문화 연구』, 서경문화사, 2009, 253~290쪽(앞의 글들은 윤용혁, 「後三國과 開泰寺, 그리고 王建」, 『開泰寺址』, 公州大學校博物館·論山市, 2002, 23~44쪽에 실린 글을 일부 수정하여 재수록한 것이다).
19) 김갑동, 「開泰寺의 創建과 그 動向」 『白山學報』 83호, 백산학회, 2009, 365~389쪽(앞의 글은 김갑동, 「後三國과 開泰寺, 그리고 王建」, 『開泰寺址』, 公州大學校博物館·論山市, 2002, 45~70쪽에 실린 글을 일부 수정하여 재수록한 것이다).

한 편이었다. 김갑동은 이 글에서 고려 말 홍건적 및 왜구의 침입과 관련해서 역사에 새롭게 등장하는 개태사의 변천과정을 사료를 통해 자세히 소개하고 있다.

지금까지 고찰한 연구 성과와 더불어 개태사 석조삼존불입상의 조성배경에 대해 직접적으로 언급한 것만 살펴보면 다음과 같이 정리할 수 있다. ① 문명대는 개태사 석조삼존불입상에 대해 이 불상은 후백제군이 궤멸된 지점이자 후백제가 결정적으로 패배한 역사적인 장소에 후삼국 통일을 기념해서 조성한 고려 최초기의 불상이라는 점을 논했다.[20] ② 김춘실은 개태사가 고려 태조 왕건이 후삼국의 통일 위업을 달성한 후 곧 有司에 명해 세운 기념비적 사찰이라 하였다.[21] ③ 최성은의 경우 개태사는 태조가 개경이 아닌 지방에 창건한 유일한 사찰로서 후백제의 옛 영토였던 이 지역의 후백제 유민들에게 고려의 승리를 알림과 동시에 후백제의 잔존세력을 통제하고 그 동태를 파악하기 위한 정치적, 군사적 목적의 사찰이었다고도 생각되므로 이 사찰의 창건이 지닌 의미는 단순히 신앙적인 차원을 넘어선 것이었다고 언급하였다.[22]

고고학 분야에서 ④ 윤무병은, 개태사는 태조 왕건이 후삼국을 통일한 직후 후백제를 평정한 것을 기념하기 위하여 건립되어 약 4년에 걸쳐 완성된 국립사찰이라고 하였다.[23] ⑤ 이강승은, 개태사는 고려 태조 왕건이 후백제를 치고 후삼국을 통일한 기념으로 세운 개국사찰로 유명하다고 간단히 언급하였다.[24] ⑥ 시미즈 노부유키 역시 개태사는 고려 태조 왕건이 후백제를 치고 한반도를 다시 통일한 기념으로 세운 사원이라고 간략히 논하였다.[25]

역사학 분야에서 ⑦ 윤용혁은, 개태사 창건은 고려의 건국에 의하여 후삼국의 쟁란

20) 文明大, 「開泰寺 石丈六三尊佛立像의 硏究: 毘盧舍那丈六三尊佛像과 관련하여」, 『美術資料』29, 국립중앙박물관, 1981, 3쪽.
21) 金春實, 「忠南 蓮山 開泰寺 石造三尊佛考: 本尊像과 右脇侍 菩薩像이 後代의 模作일 가능성에 대하여」, 『百濟硏究』21, 충남대학교 백제연구소, 1990, 111쪽.
22) 崔聖銀, 「開泰寺 石造三尊佛立像 硏究: 새로운 統一王朝 高麗의 出現과 佛敎彫刻」, 『美術史論壇』16 · 17호, 한국미술연구소, 2003, 79~80쪽.
23) 尹武炳, 「開泰寺 三尊石佛殿 創建基壇 調査報告」, 『百濟硏究』17, 충남대학교 백제연구소, 1986, 309쪽.
24) 論山郡 · 開泰寺址發掘調査團, 『論山 開泰寺址 發掘調査略報告』, 1990, 15쪽.
25) 淸水信行, 「開泰寺址 출토 銘文瓦에 대한 一考察」, 『百濟硏究』28, 충남대학교 백제연구소, 1998, 357쪽.

기를 종식시킨 功業, 분열의 시대에서 통일의 시대로 전란의 소용돌이를 잠재우고 마침내 평화와 번영의 새 시대를 열어간 역사적 과업의 상징물이라 하였다.[26] ⑧ 김갑동은 개태사가 견훤이 終身한 黃山 佛舍일 가능성이 많다고 언급하며, 태조는 견훤이 죽은 절이 후백제 잔존세력의 근거지가 될 것을 염려하여 그 자리에 개태사를 다시 짓고 후백제의 잔영을 없애버리려 한 것이라 주장하였다.[27]

앞에서 살펴본 바와 같이 개태사(석조삼존불입상)의 조성배경에 대한 입장은 크게 전승 기념 사찰로 창건되었다는 의견과(①~⑦) 견훤이 죽은 장소로서 후백제 잔존세력의 정신적 중심지가 될 것을 염려하여 창건되었다는 견해(⑧)로 나누어진다. 그러나 ⑧번의 의견은 윤용혁에 의해 설득력 있는 반론이 제기된 상태이다.[28] 이와 같은 학계의 논의를 살펴보면 개태사 창건 배경은 사료에 나와 있는 기록과 부합되는 의견으로 전체적인 주장들이 통일되어 있어 큰 차이는 보이지 않는다. 그럼에도 불구하고 개태사 석조삼존불입상의 조성배경을 다시 논하는 이유는 정확한 마성의 위치비정을 통해 왜 개태사 석조삼존불입상이 현재의 자리에 세워졌는지를 알 수 있기 때문이다.

정확한 마성의 위치 비정은 문헌자료나 그간의 연구 업적에서 언급되지 않았던 개태사 석조삼존불입상의 조성배경에 대한 새로운 사실을 알 수 있게 해 준다. 그러나 현재 학계에서 논의된 마성의 위치에 대해서는 개태사 건립배경과 다르게 무척 다양한 의견이 개진되어 있는 상태이다. 다음 장에서는 마성의 정확한 위치를 살펴보기에 앞서 마성의 위치에 대한 제 의견을 검토해 보았다.

---

26) 윤용혁, 「고려의 통일전쟁과 논산 개태사」, 『충청 역사문화 연구』, 서경문화사, 2009, 280쪽.

27) 김갑동, 「後三國과 開泰寺, 그리고 王建」, 『開泰寺址』, 公州大學校博物館・論山市, 2002, 55쪽.

28) 김갑동은 개태사의 개창 동기에 대하여, 이곳이 견훤이 최후를 맞이한 장소라는 점에서 "후백제 잔존세력이 정신적 중심지가 될 것을 염려한 때문"이 아닐까 추측하였다. 개태사의 개창에 의하여 '후백제와 견훤의 자취'를 제거하려는 것이었다는 것이다(김갑동, 「후백제의 멸망과 견훤」, 『한국사학보』 12, 고려사학회, 2002, 83~91쪽). 나아가 개태사 삼존불의 무사적 분위기도 이와 관련이 있는 것처럼 해석하였다. 그러나 견훤의 종신처가 후백제민의 반고려적 거점이 될만한 상황은 아니었다. 견훤은 이미 후백제를 배반하고 후백제의 멸망에 앞장세워진 장본인으로서, "후백제의 수도에 갈 수 없었던"(김갑동, 위 논문, 91쪽), 따라서 '반고려'의 구심으로서는 영향력 없는 존재였기 때문이다(윤용혁, 「고려의 통일 전쟁과 논산 개태사」, 『충청 역사문화연구』, 서경문화사, 2009, 280쪽).

馬城에 대한 제 의견

마성의 위치에 대한 여러 의견을 알아보기 위해서는 고려와 후백제와의 전쟁 과정을 살펴볼 필요가 있다. 『고려사』 세가에는 936년 9월 왕건이 군대를 이끌고 일리천 부근에서 후백제군과 전투를 벌이는 과정이 상세히 기록되어 있다.

8-2. (중략) 왕이 대장군 공헌에게 명하여 바로 중군을 공격하게 하고 삼군이 일제히 전진하여 맹렬히 공격하니 적이 크게 무너졌다. 적장 혼강, 견달, 은술, 금식, 우봉 등을 비롯하여 3천 2백명을 사로잡고, 5천 7백 명의 목을 베었다. 적들은 창끝을 돌려 저희들끼리 서로 공격하였다. ㉮ 우리 군사가 추격하여 黃山郡에 나아감에 炭嶺을 넘어 馬城에 주둔하였는데 (我師追至黃山郡 踰炭嶺 駐營馬城), 신검이 그 아우인 청주성주 양검, 광주성주 용검 및 문무관료들과 더불어 항복하여 왔다. (중략)[29]

위의 사료8-2에서와 같이 일리천 전투에서 고려군은 후백제군을 대파하였다. 일리천 전투에서 패한 후백제군은 황산군으로 후퇴하였고 고려군은 후백제군을 쫓아 탄령을 넘어 마성에 주둔하였다. 위의 사료에 나오는 마성의 위치는 개태사 건립 배경을 이해하는데 매우 중요한 역할을 한다. 현재 학계에서는 탄령과 마성의 위치에 대해서 많은 의견이 있다. 이는 원문 ㉮의 "我師追至黃山郡 踰炭嶺 駐營馬城"에서 탄령과 마성의 해석 차이에서 기인한다. 炭嶺 또는 炭峴 등은 '숯고개', '숯골', '숙고개' 등의 지명을 한자로 표기한 것으로 우리나라의 여러 곳에서 동일 지명을 찾을 수 있다. 그렇기 때문에 마성의 정확한 위치를 찾을 수 있다면 炭嶺의 위치도 자연스럽게 해결할 수 있을 것이다.[30]

---

29) 『고려사』 권2 태조19년 9월, "王命大將軍公萱 直擣中軍 三軍齊進奮擊 賊兵大潰 虜將軍昕康 見達 殷述 今 式 又奉等三千二百人 斬五千七百餘級 賊倒戈相攻 我師追至黃山郡 踰炭嶺 駐營馬城 神劍與其弟菁州城 主良劍光州城主龍劍 及文武官僚來降".

30) 탄현에 대한 제 학설은 크게 대전 동쪽으로 보는 견해와 금산방면으로 보는 견해로 나누어 볼 수 있다. 이렇게 서로 다른 주장이 나올 수 있었던 것은 당시 신라군의 출발지점과 황산벌의 위치를 서로 달리 파악하고 있었기 때문이다. 대전 동쪽의 설은 池內宏 이후 지헌영, 이병도, 이기백, 이기동 등을 거치면서 학계의 통설로 자리매김되었다. 금산방면으로 비정한 견해들은 홍사준, 輕部慈恩, 전영래, 성주탁 등

마성의 위치에 대해 처음 언급한 자는 古山子 金正浩이다. ① 김정호는『大東地志』에서 마성을 용계산성에 비정하였는데 이는 현재 전북 완주군 운주면 금당리에 위치한 용계산성이다.[31] 이후 마성의 위치 비정을 시도한 학자는 이케우치 히로시(池内宏)이다. ② 그는 익산 금마면의 미륵산성을 마성으로 비정한 바 있다.[32] ③ 이병도의 경우 마성을 연산의 북산성으로 비정하였다.[33] ④ 황선영은 마성이 현재의 거창군 가조면에서 남하면 둔마리 일대로서 이 일대를 둘러싼 소백산맥 峻峰이 마성이라 주장하였다.[34] ⑤ 양은용은 '개태사화엄법회소'에 나오는 "繫馬於黃山 屯營於此地"라는 구절을 근거로 마성이 바로 개태사지였음을 주장하였다. 구체적으로는 현존 개태사지의 석축터가 마성이며 이곳이 바로 태조의 둔영지로 보고 있다.[35] ⑥ 김갑동은 양은용의 의견과 같이 개태사지를 마성으로 피력하고 있다.[36] ⑦ 류영철은 김정호가『대동지지』에서 마성을 현재의 전북 완주군 용계산성으로 비정한 바를 언급하며 이를 따르고 있다.[37] ⑧ 윤용혁은 마성의 위치를 개태사에서 가까운 주변의 산성으로 보았으며 마성일 가능성이 있는 산성으로 북산성을 비롯하여 연산군 부적면의 외성리산성 등을 언급하고 있다.[38] 이 밖에 ⑨ 문안식의 경우 후백제 신검이 패잔병을 수습하여 추풍령을 넘어 전열을 정비한 곳을 연산의 마성으로 보았다.[39] ⑩ 김명진은 태조 왕건이 마성인 용계산성에서 후백제 신검

에 의해 제시된 견해이다(서정석,「탄현에 대한 소고」,『중원문화논총』7, 충북대학교 중원문화연구소, 2003, 105쪽).

31)『大東地志』卷5 連山 典故, "馬城 高山縣龍溪古城".

32) 池内宏,「高麗太祖の 經略」,『滿鮮地理歷史硏究報告』7, 1920;『滿鮮史硏究』中世篇2, 1937, 63쪽.

33) 李丙燾,『韓國史』(중세편), 을유문화사, 1961, 55쪽.

34) 황선영,「고려 통일기의 黃山·炭峴에 대하여」,『역사와 경계』13, 부산사학회, 1987;「고려 통일기의 黃山 炭峴에 대하여」,『나말여초 정치제도사 연구』, 국학자료원, 2002, 142쪽.

35) 梁銀容,「高麗太祖 親制 開泰寺華嚴法會疏의 연구」,『伽山李智冠스님華甲紀念論叢 韓國佛敎文化 思想史』上, 1992, 818쪽.

36) 김갑동,「고려 태조 왕건과 후백제 신검의 전투」,『창해 박병국교수 정년기념사학논총』, 1994,;「후백제와 고려의 마지막 전투와 멸망」,『고려의 후삼국 통일과 후백제』, 서경문화사, 2010, 71쪽.

37) 류영철,「고려와 후백제의 쟁패과정 연구」, 영남대학교 박사학위 논문, 1997, 152쪽;『高麗의 後三國 統一過程 硏究』, 경인문화사, 2004, 222쪽.

38) 윤용혁,「후삼국과 개태사, 그리고 왕건」,『開泰寺址』, 공주대학교박물관·논산시, 2002, 34쪽.

39) 문안식,『후백제 전쟁사 연구』, 혜안, 2008, 225쪽.

으로부터 항복을 받고 제반 마무리 조처는 개태사 자리에서 했다고 주장한다.[40] 이상의
선행연구에 따라 비정된 마성의 위치를 표로 정리하면 다음과 같다.

〈표 8-1〉 마성의 위치에 대한 제 의견

연번	주장자	연 도	마성의 위치 / 의견
①	김정호	1860년대	전북 완주군 운주면 용계산성
②	池內宏	1920	전북 익산시 금마면 미륵산성
③	이병도	1961	충남 연산 북산성
④	황선영	1987	경남 거창군 가조면~남하면 둔마리 일대의 소백산맥 峻峰
⑤	양은용	1992	충남 논산 개태사지 석축
⑥	김갑동	1997	충남 논산 개태사지
⑦	류영철	1997	전북 완주군 운주면 용계산성
⑧	윤용혁	2002	충남 논산 개태사 주변의 산성(북산성, 외성리산성)
⑨	문안식	2000	후백제 신검이 견훤을 정비한 곳이 연산면이 마성임
⑩	김명진	2008	용계산성에서 항복받은 후 제반 마무리는 개태사에서 처리

〈표8-1〉과 같이 마성에 대해 다양한 의견이 제시되는 이유는 기본적으로 앞에서
언급한 바와 같이 사료 B중 ㉒의 "我師追至黃山郡 踰炭嶺 駐營馬城"이라는 기록에서
해석의 차이점에 기인한다. 이케우치 히로시는 이를 "고려군이 황산에 追至하여 탄령
을 넘어 마성에 주둔하였다"고 하여, 고려군의 진로를 황산 → 탄령 → 마성으로 해석
하고 있다. 이에 대하여 이병도는 "황산군으로 追至할 새"로 해석하고, 이에 따라 "踰炭
嶺"은 동군(황산군)의 경계인 탄현을 넘었다는 것, "駐營馬城"은 황산의 마성에 駐營하였
다는 것으로 보아야 한다고 정리하였다. 요컨대 사료의 해석에 따라 마성은 황산군에
있는 것일 수도 있고, 황산군을 지나 탄령의 너머에 위치할 수도 있는 것이다. 이케우
치 히로시와 류영철이 후자라면 이병도의 해석은 황산군 내에 그 위치를 찾는다는 점

---

40) 김명진,「太祖王建의 一利川戰鬪와 諸蕃勁騎」,『한국중세사연구』25, 한국중세사학회, 2008, 230쪽.

에서 차이가 있다.[41]

위의 주장 중 ①~③번과 ⑦번의 주장은 크게 보아『고려사』에 나오는 기사의 해석에 대한 차이라고 할 수 있다. 이 중 ①, ②, ⑦번의 경우 마성을 전북 완주와 익산지역에 비정하였는데 태조 왕건이 친제한 '개태사화엄법회소'의 내용 중 "繫馬於黃山 屯營於此地"이라는 기록을 보아 마성을 황산이 아닌 완주나 익산으로 비정하기 어렵다고 생각된다.

③번 의견은 마성이 충남 연산의 북산성이라 주장한다. 대동여지도 연산현 부근을 보면 연산 바로 위에 北山이 위치해 있으며,『신증동국여지승람』연산현조에는 성곽이 북산성 한 곳만 나타나고 있다.[42] 당시에 접할 수 있었던 자료의 한계를 고려했을 때 북산성을 마성이라 언급한 것은 합리적인 주장이라 생각한다. 북산성은『세종실록지리지』에 성황산 석성으로 나타나 있다.[43] 그러나 공주와 대전을 포함한 연산면 주변 75개의 성을 표시한 일람표에는 북산성이나 성황산 석성의 이름은 보이지 않는다.[44] 다만 지금의 연산리 북쪽에 위치한 석성으로 둘레가 830m인 황산성이 있는데 이 산성이 북산성일 가능성이 높은 것으로 보인다. 논산시 연산면 관동리에 위치한 황산성은 해발 365m의 함지봉 아래에 위치한 테뫼식 산성이다. 이 산성은 산성의 입지로 보아 수세에 몰린 후백제군이 전열을 가다듬고 고려군에게 대항하기 위해 입보한 산성으로 보는 것이 합리적일 것이다. 왜냐하면 후백제군을 쫓는 고려군의 입장에서 해발 300m가 넘는 산성에 올라 농성전을 치룰 필요가 없기 때문이다. 이러한 점을 고려한다면 북산성 역시 마성으로 비정하기 어렵다.

④번 의견의 경우는 거창군 가조면 전체가 소백산맥의 준봉에 둘러싸인 분지로서 그 자체가 하나의 거대한 城塞라고 주장한다. 그러나『고려사』에서 마성이라고 구체적으로 이름을 명시한 성을 소백산맥 준봉일 것으로 추정하는 것은 무리라고 생각

---

41) 윤용혁,「後三國과 開泰寺, 그리고 王建」,『開泰寺址』, 公州大學校博物館·論山市, 2002, 32~33쪽.
42)『신증동국여지승람』연산현조 성곽.
43)『세종실록지리지』연산현조.
44) 忠南大學校百濟硏究所,『論山黃山벌戰蹟地』, 2000, 126~128쪽.

된다. 또한 후삼국 통일을 기념하여 세운 개태사의 위치가 현재의 논산시 연산면 천호리임을 고려할 때 마성을 경남 거창군 가조면 일대로 비정한 것은 동의하기 힘든 주장이다.

⑤번의 의견은 '개태사화엄법회소'의 내용을 근거로 개태사지가 마성임을 주장하였다. 특히 개태사지 현존 석축터가 태조의 둔영지였던 것으로 추정하고 있다. 그러나 현재 석축이 남아 있는 곳은 개태사지 진전지와 불전지로서 이는 광종 5(954)~광종 11년(960)년 사이에 건립된 것임이 근래의 논문을 통해 밝혀진 바 있다.[45] 즉, 태조가 둔영하였던 곳으로 추정된 석축은 광종대에 조성된 진전사원지로써 태조 왕건 때에는 존재하지 않았을 가능성이 매우 높다. 또한 당시에 건물의 석축터를 마성이라 부르지는 않았을 것이다.

⑥번의 의견은 ⑤번의 의견과 마찬가지로 '개태사화엄법회소'를 인용하며 마성은 다름 아닌 개태사지라고 주장하고 있으나 왜 이곳을 마성이라 했는지 이유에 대해서는 자세히 알 수 없다고 언급하고 있다.[46]

⑧번 의견의 경우 북산성과 외성리산성을 언급하고 있다. 북산성의 경우 위에서 언급한 대로 마성으로 보기 어렵다. 논산시 부적면 외성리에 위치한 외성리산성은 토축으로 해발 118m의 비교적 낮은 구릉에 자리잡고 있는 토성이다. 그러나 성의 둘레가 400m 밖에 되지 않아 이 성을 후백제군을 추격하였던 고려의 대군이 주둔하였던 마성으로 보기는 어렵다.

⑨번 주장의 경우 신검군이 패잔병을 수습하여 추풍령을 넘어 충남 논산시 연산면의 마성에서 전열을 정비하였다고 언급하고 있다. 그러나 이러한 주장은 『고려사』나 '개태사화엄법회소'와 같은 사료의 내용과 부합하지 않는다.

⑩번 의견의 경우 김정호의 기록을 수용한 류영철의 의견과 동일하다. 다만 태조 왕건이 신검의 항복을 용계산성에서 받고 제반 마무리 조치는 개태사에서 했다고 주장한

---

45) 정성권, 「論山 開泰寺 石造供養像 硏究」, 『佛敎美術』23, 동국대학교 박물관, 2012.
46) 김갑동, 「후백제의 성립과 멸망」, 『고려의 후삼국 통일과 후백제』, 서경문화사, 2010, 71쪽.

다. 그러나 '개태사화엄법회소'에 나오는 "繫馬於黃山 屯營於此地"라는 기록에 의하면 태조 왕건이 둔영한 곳은 황산이며 黃山은 連山의 옛 이름이다.[47] 즉, 마성은 1860년대 김정호가 언급한 高山縣에서 찾을 것이 아니라 태조 왕건이 친제한 '개태사화엄법회소'의 내용에 따라 黃山(連山)에서 확인해 봐야 할 것이다. 또한 용계산성에서 신검의 항복을 받은 후 제반 마무리 조치를 개태사에서 했다는 주장 역시 이해하기 어렵다. 왜냐하면 당시의 개태사는 태조가 官司에 명하여 석조삼존불입상을 세우고 크게 개창하기 이전의 작은 규모의 사찰로 보이기 때문이다. 즉, 용계산성에서 후백제의 수도인 전주로 가는 길에 있는 작은 사찰에서 제반업무를 처리했다고 하여 관사에게 특별히 명하여 4년에 걸쳐 그 사찰을 새롭게 창건하고 거대한 석조삼존불입상을 만드는 공역을 후백제의 수도도 아닌 현재의 개태사에서 해야 할 특별한 이유가 없기 때문이다.

위와 같이 마성의 위치에 대한 제 학설은 완주의 용계산성, 익산의 미륵산성, 연산의 북산성, 외성리산성을 비롯하여 거창군 일대의 준봉과 개태사지 석축터까지 언급되고 있는 상황이다. 마성의 위치는 크게 보아 총 6개의 학설이 제기되어 있으며, 이외에 연산의 마성에서 고려군이 아닌 후백제군이 주둔한 곳으로 보기도 하는 등 다양한 의견이 개진되어 있다. 그러나 그동안 주장되었던 마성의 위치는 사료의 내용과 부합하지 않거나 패배한 후백제군을 쫓아 공격하는 입장에 있는 고려의 대군이 주둔하기에 적당한 성으로 볼 수 없다. 다음 장에서는 마성의 정확한 위치에 대하여 살펴보도록 하겠다.

마성의 위치와 석조삼존불입상의 조성배경

마성의 위치는 완주나 익산, 거창 등지에서 찾기보다 일단 黃山 내에서 찾아야 할 것이다. 왜냐하면『고려사』에 나오는 "我師追至黃山郡 踰炭嶺 駐營馬城"라는 기록과 '개태사화엄법회소'에 나오는 "繫馬於黃山 屯營於此地"라는 기록 때문이다. 이와 함께 후삼국

---

47)『신증동국여지승람』연산현조.

통일을 기념하기 위해 세운 개태사가 신라시대에 황산군으로 불렸던 연산면에 세워져 있기 때문이다.

마성의 위치를 비정하기 위해서는 먼저 936년 당시의 역사적 상황을 고려해야 한다. 936년 9월, 고려군은 후백제군을 일리천에서 대파하고 퇴각하는 후백제군을 쫓는 공세의 입장이었다. 이와 함께 고려해야 할 사항은 고려군의 물리적 규모이다. 일리천 전투에 참가한 고려군은 당시 고려의 전 병력이라 할 수 있는 8만 7천 5백명이며 포로로 잡은 숫자가 3천 2백명이다.[48] 일리천 전투에서 입은 고려군의 피해를 고려한다고 하여도 후백제군을 쫓는 고려군의 숫자는 8만에 육박하는 대군이었다. 이를 통해 마성에 주둔한 병력은 수만명이었다는 점을 알 수 있다. 즉, 마성은 교통로에 가까우며 수만명의 대군이 동시에 주둔할 수 있었던 대규모의 성이었음을 추정할 수 있다. 근래에 조사된 바에 따르면 연산 지역이 위치해 있었던 지금의 논산시 일대에는 18개의 성과 보루가 있다.[49] 보루들은 둘레가 50m 내외의 작은 규모이며 산성 역시 대부분이 둘레가 1km 미만의 것들이다. 기존에 보고된 논산 지역의 산성 중 규모만을 놓고 보았을 때 마성의 후보지로 비정할 수 있는 산성은 찾기 어렵다.

마성의 정확한 위치를 파악하기 위해서는 기존에 보고된 관방유적뿐만 아니라 근래 지표조사를 통해 밝혀진 새로운 유적을 1차 사료와 더불어 정밀하게 재검토를 할 필요가 있다. 근래 지표조사를 통해 새로 보고된 유적 중 주목되는 것은 개태사지 주변의 토성이다. 개태사지 주변의 토성은 2002년 공주대학교 박물관에서 실시한 지표조사에서 확인되었다. 토성은 현재의 개태사를 중심으로 북단으로 약 1km, 동쪽으로 500m 그리고 남쪽으로 약 400m 떨어진 곳에 위치해 있다.[50] 토성의 북쪽 시작은 연산천 위에 놓인 화악교 동단 산 기슭부터이며 남동쪽 끝 지점 역시 연산천과 만나는 지점으로 추정된다. 이 토성은 서쪽의 연산천을 해자로 삼고 나머지 삼면에 토루를 조성한 형태의 토성이다. 토성은 토루의 길이만 2.7km이며 해자 역할을 하는 서쪽의 연산천까지 포함하면

---

48) 『고려사』 권2 태조19년.

49) 忠南大學校 百濟硏究所, 『論山黃山벌戰蹟地』, 2000, 126~128쪽.

50) 公州大學校博物館·論山市, 『開泰寺址』, 2000, 128쪽.

전체 둘레가 약 4km에 이르는 대규모의 성이다. 지표조사 보고서에서는 이 토성이 고려말 왜구의 침입을 방비하기 위해 조성된 시설로 추정하고 있다.[51]

토성의 정확한 조성시기는 발굴조사를 통해 밝힐 수 있을 것이다. 하지만 현재까지의 성곽 연구 성과를 보았을 때 개태사 주변의 토성은 고려말 왜구의 방비를 위해 조성된 것으로 보기 어렵다. 왜냐하면 고려후기에 축성된 산성들은 삼국시대 이래 고려전기까지 축성된 산성들과 축성 목적이 확연히 다르기 때문이다. 고려후기 축성된 산성은 주로 입보용 산성으로서 산성의 경영 시기는 고려후기 몽골 침입 이후부터 조선초기 왜구의 침구가 잦아들 때까지 주로 사용되었다.[52]

고려후기에 조성된 입보용 산성은 포위공격이 어렵고 수원이 풍부하여 인마를 충분히 수용할 공간이 있는 곳을 택하였으며 중심 촌과의 거리나 등성로는 고려되지 않았다. 아울러 산세가 험한 곳을 골라 여러 개의 봉우리를 포함하여 8~9부 능선상에 축조되었기 때문에 평면은 매우 불규칙한 형태이다. 또 성내 최고점과 최저점의 차가 심하게 나타나고 있어 공격과 방어를 동시에 고려하기보다는 방어에 초점

8-4 개태사 및 개태사 주변 토성 범위

51) 公州大學校博物館·論山市, 『開泰寺址』, 2000, 128쪽.
52) 오강석, 「高麗後期 入保用 山城 一考察」, 『강원지역의 역사고고학(강원고고학회 추계학술대회 발표문)』, 강원고고학회, 2008, 61쪽.

이 맞추어져 있다.[53]

개태사 주변의 토성을 고려말 왜구에 대한 방비를 목적으로 축성한 것으로 보기 어려운 또 다른 이유는 이 지역에 백제시기 이래 축성된 산성이 이미 많이 분포하고 있다는 점을 들 수 있다. 개태사 주변 반경 10km 내에는 황산성, 산직리산성, 모촌리산성, 웅치산성을 포함하여 10개의 산성 및 보루가 분포하고 있다. 이 산성들은 백제시기 수도인 사비의 외곽방어를 위해 축조된 것으로 볼 수 있는 산성들이다. 특히 연산을 비롯한 지금의 논산지역 일대는 백제 수도의 외곽 방위선이라는 지역적 특징 때문에 다른 지역보다 산성의 분포비율이 높은 편이다. 이미 견고하게 쌓여져 있는 많은 산성들이 분포하고 있는 상황에서 평지성이나 마찬가지이며 방어력이 떨어지는 토성을 왜구의 방비를 위해 쌓았다고 보는 것은 납득하기 어렵다. 개태사지 주변의 토성에 대한 보다 합리적인 이해는 교통로와 관계하여 고찰해야 할 것이다.

개태사지가 위치한 지역은 사찰의 동쪽과 서쪽 지역이 남북방향으로 연달아 산이 이어져 있는 連山이다. 이 산 사이에는 현재의 대전과 논산을 연결하는 교통로가 조성되어 있다. 이 교통로를 중요하게 통제해야 할 필요성이 있는 나라로는 백제와 후백제를 들 수 있다. 개태사가 위치한 곳을 지나 논산에서 서쪽으로 가면 부여이며, 개태사에서 남쪽으로 내려가면 전주이기 때문이다. 백제와 후백제는 이 교통로를 중요시하였고 적극적으로 통제하였을 것이다. 백제의 경우 주요 요충지마다 산성을 쌓고 이를 거점으로 교통로 및 주변지역을 통제하였다. 백제는 자신들이 필요로 하는 지역에 많은 공역을 들여 산성을 쌓았기에 이를 관리하기 위해 평시에도 일정 수준의 군인들을 주둔시켰을 것이다.

후백제의 경우는 백제시기에 축성된 산성을 적극 활용하였을 것이다. 하지만 이러한 산성은 자신들의 필요로 인해 축성한 것이 아니기에 백제시기에 조성된 모든 산성에 병력을 주둔시키지는 않았을 것이다. 후백제의 경우 전략적으로 중요한 산성에는 병력을 상주시켰을 것이며, 그 외의 산성의 경우 평시에는 주요 교통로 주변에 군 주둔지를 조

---

53) 白種伍, 「경기지역 고려성곽 연구」, 『史學志』35, 단국사학회, 2002, 111쪽.

성하여 군대를 상주시키며 비상시에 산성에 입보하거나 상대편을 공격하기 위해 이동한 것으로 이해할 수 있다. 그렇다면 개태사 주변의 토성지는 후백제에 의해 만들어졌을 가능성이 가장 높지 않을까 생각한다. 근래의 고고학적 성과는 통일신라 말에 지방호족의 거소나 통치 거점으로 생각되는 토성들이 평지에 가까운 구릉상에 집중적으로 축조되고 있다는 점을 밝히고 있다. 이러한 대표적인 예로는 홍성 신금성, 천안 목천 토성, 중원 견학리 토성, 나주 회진토성, 대전 구정동 토성 등을 들 수 있다.[54] 이와 같은 연구 성과는 개태사 주변의 토성에 대한 조성시기를 추정하는데 시사점을 제공한다.

선산의 일리천 전투에서 대패한 후백제 신검이 수도인 전주 방향으로 후퇴하지 않고 지금의 연산으로 후퇴한 이유는 이 지역에 수도 외곽 방어를 위한 군대를 남겨놓았기 때문으로 보인다. 신검은 이들과 합류한 후 전열을 가다듬어 고려에 대항하고자 하였을 것이다. 연산지역에 남아있던 후백제군은 지금의 개태사 주변 토성지에 주둔하고 있다가 신검군이 패하고 이 지역으로 후퇴하자 신검군과 합류하여 방어가 용이한 주변의 산성으로 입보하여 고려군과 대치하였던 것으로 보인다. 고려군은 개태사 주변의 토성에 둔영을 조성하고 후백제군과 대치하고 있다가 후백제 신검의 항복을 개태사 주변의 토성 안에서 받은 것으로 생각된다. 아래의 사료를 재검토하면 이러한 추정의 근거를 확인할 수 있다.

8-3. (중략) 지난 丙申年(936) 가을 9월에 숭선성 가에서 (후)백제병과 交陳함에 한 번 부르짖으니 狂兇의 무리가 와해하고 다시 북소리를 울린 즉 역당이 얼음 녹듯 소멸되어, 개선의 노래가 하늘에 뜨고 환호의 소리가 땅을 뒤흔들었나이다. 드디어 곧 批羆의 萬隊를 어루만지고 裂兇의 천군을 몰아 ㉮ 黃山에 繫馬하고 이곳에 屯營한즉, ㉯ 진실로 雲梯의 공격이 없었고 羽檄의 論招가 없이 ㉰ 轅門에 團坐하고 寨下에 閑眠하여도, ㉱ 百濟僞王이 무리를 이끌고 輿櫬하여 항복을 청해오고 諸道의 酋長豪族이 그 軍을 거느리고 牽羊하여 귀순을 청해오며, 州州郡郡 縣縣鄕鄕이 안개가 모이고 구름이 좇듯 朝臻暮至하고 蘿蒲의 寇竊이나 溪洞薇兇에 이르기까지 改過하여 自新하고 壽懷歸順 하며, 다투어 臣節을 바쳐와서, 四郡封陲와 三韓彊境이 열흘이 못되어 赤誠을

54) 成正鏞,「後百濟 都城과 防禦體系」,『후백제와 견훤』, 충남대학교 백제연구소, 2000, 84~85쪽.

다하여 모두 歸伏하고 바람처럼 席卷되어 화살처럼 砥平되었나이다.(중략)[55]

    사료8-3은 태조 왕건이 친제한 '개태사화엄법회소'의 한 부분이다.『고려사』에는 "우리 군사가 추격하여 황산군에 이르매 탄령을 넘어 마성에 주둔하였다."라는 기록이 있다.[56] ㉮는 "繫馬於黃山 屯營於此地"라 되어 '황산에 말을 메고 이곳에 둔영하였다'라고 해석되므로, 둔영한 이곳은 바로 마성이며 마성은 황산에 있었음을 알 수 있다. 원문 ㉯ "固非雲梯攻擊 亦無羽檄論招"는 일리천 진투 이후 고려와 후백제간 선쟁 양상을 올바르게 이해할 수 있게 해주는 중요한 문장이다. 일반적으로 개태사 석조삼존불입상은 후백제와의 전쟁에서 승리한 후 세운 전승기념물로 인식되고 있다. 이러한 이유로 개태사 부근의 황산벌에서는 삼국통일과 후삼국통일을 결정짓는 역사적인 대전투가 두 번이나 벌어진 곳으로 인식되었다.[57] 그러나 ㉯와 ㉰, ㉱의 글은 일리천에서 대패한 후백제군이 이곳 황산 부근에서 선열을 가다듬고 고려군과 잠시 대치하였으나 이미 괴멸 상태에 놓인 거나 마찬가지인 후백제군은 고려군과 전투를 치르지 않고 고려군 진영으로 와 항복하고 만다. 즉, 황산에서는 고려군과 후백제군과의 대전투는 없었음을 알 수 있다.[58] 이는 사료8-3의 ㉯ "固非雲梯攻擊 亦無羽檄論招"에서 유추할 수 있다. ㉯의 내용은 공성용 도구인 雲梯를 사용하지 않고 군대에서 급한 명령을 내릴 때 사용하는 羽檄 또한 사용하지 않았다는 내용이다. 특히 우격을 사용하지 않았다는 내용은 급한 명령을

---

55) "昨以丙申秋九月 於崇善城邊 與百濟交陣 一呼而狂兇瓦解 再鼓而逆黨氷消 凱唱浮天 歡聲動地 逐乃擁批羆之萬隊 駈裂兇之千群 繫馬於黃山 屯營於此地 固非雲梯攻擊 亦無羽檄論招 自團圓坐輾門 閑眠寨下 百濟僞主 率乃僚而輿襯納降 諸道酋豪 領其軍而牽羊獻款 州州郡郡 縣縣鄉鄉 霧集雲趨 朝臻暮至 及於蓷蒲寇竊 溪洞薇兒 改過自新 壽懷歸順 爭輪臣節 競納臣忠 四郡封疆 三韓彊境 未經旬日 咸聲赤誠 悉使席卷風驅 砥平實速"「開泰寺華嚴法會疏」,『東人之文四六』卷8. 원문의 번역은 양은용의 글을 따랐다(梁銀容,「高麗太祖 親制 開泰寺華嚴法會疏의 연구」,『伽山李智冠스님華甲紀念論叢 韓國佛教 思想史』上, 1992, 815쪽).

56)『고려사』권2 태조19년.

57) 文明大,「開泰寺 石丈六三尊佛立像의 硏究: 毘盧舍那丈六三尊佛像과 관련하여」,『美術資料』29, 국립중앙박물관, 1981, 8쪽 ; 황선영,「高麗 統一期의 黃山 炭峴에 대하여」,『부산사학』13, 부산경남사학회, 1987, 1쪽 ; 서정석,「탄현에 대한 소고」,『중원문화논총』7, 충북대학교 중원문화연구소, 2003, 106쪽.

58) 윤용혁 역시 황산에서는 큰 전투가 벌어지지 않았음을 언급하고 있다(윤용혁,「936년 고려의 통일전쟁과 개태사」,『한국학보』30, 일지사, 2004, 12～13쪽).

내릴 필요가 없었다는 뜻이며 이는 대규모의 전투가 벌어지지 않았음을 암시한다.

㉮에서 공성용 도구인 운제를 사용하지 않았다는 내용을 조금 더 생각해 보면, 황산 군 일대로 후퇴한 후백제군은 이 일대에 잔류하였던 후백제군과 합세하여 백제시기에 조성된 산성으로 퇴각한 채 방어준비를 하였음을 추정할 수 있다. 즉, 고려는 공성전을 치를 입장이었으나 이미 일리천 전투에서 고려군의 타격을 받아 괴멸 상태에 처한 후백 제 입장에서는 더 이상의 저항을 하지 못하고 고려에 항복하였으므로 운제나 우격은 사 용할 필요가 없었던 것이다.

㉯의 내용은 학계에서 논란이 되고 있는 '馬城'의 위치를 파악할 수 있는 매우 중요한 문장이다. 마성의 원위치에 대한 논의는 앞에서 살펴본 바와 같이 매우 다양하다. 그러 나 기본적으로 그동안 마성이라고 비정되고 있는 곳은 산성이며, 이 산성들은 백제시 기부터 조성된 성일 가능성이 높다. 원문 ㉯ "自然團坐轅門 眠眼寨下"의 내용 중 轅門은 수레 끌채를 세워 만든 임시 문으로 곧 軍門, 즉 전투중인 군대의 주둔지인 진영의 입구 를 가리킨다. 만약 고려군이 기존의 마성으로 비정되고 있는 산성으로 입보하였다면 산 성의 문을 城門이라 일컬었을 것이며 轅門이라 말하지는 않았을 것이다. 고려는 공격하 는 입장이므로 산성에 입보할 필요가 없었다. 그렇기에 기존에 마성으로 비정된 산성에 는 가지 않았다고 할 수 있다. 고려군이 기존의 산성에 입보하지 않았음은 寨下라는 용 어에서도 알 수 있다. 寨下의 寨는 목책을 뜻하므로 고려군은 진영을 설치하고 주변에 방어시설로 목책을 만들어 놓은 후 후백제군을 정벌할 준비를 하였던 것이다. 고려군이 목책을 설치한 곳이 바로 馬城이다. 성에 목책을 설치하고 轅門을 만들었다는 것은 이 성이 석성이 아니라 토성임을 방증한다.

토성이라 하여 모두 목책을 설치해야만 하는 것은 아니다. 그러나 개태사지 주변의 토성은 서쪽 지역에 해자 역할을 하는 연산천만 흐르고 있으며 토루는 없다. 비록 연산 천이 위치하고 있지만 이 천은 강과 같이 넓거나 인공 해자 같이 깊은 곳이 아니기에 방 어를 위해서는 토루가 끝나는 지점부터 연산천 부근을 따라 목책을 설치하여 외부 침입 세력을 방비하여야 한다. 따라서 개태사 주변 토성은 목책을 필요로 하였음을 알 수 있 다. 또한 방어가 아닌 공격하는 입장이므로 교통로와 가까운 토성이 되어야 할 것이다.

이밖에 『고려사』에 의하면 일리천 전투에 참여한 고려군은 보군 2만 3천, 마군 4만, 기병 9천 8백, 원병 1만 4천 7백이며 전체 8만 7천 5백에 이르는 대군이었다.[59] 이는 당시 고려의 전 병력이라 할 수 있으므로 이를 수용하기 위해서는 대규모의 토성이 되어야 한다. 대전, 공주 지역까지 포함한 황산벌 주변 75개 산성 중에 이러한 조건을 충족시키는 토성은 주변 둘레가 약 4km에 달하는, 개태사를 감싸고 있는 토성밖에 없다.[60]

근래에 조사된 바에 따르면 연산 지역이 위치해 있었던 지금의 논산시에는 18개의 성과 보루가 있다.[61] 보루들은 둘레가 50m 내외의 작은 규모이며 산성 역시 대부분이 둘레가 1km 미만의 것들이다. 이 중 둘레 1km 이상인 성은 논산시 가야곡면의 매화산성(1.2km)과 벌곡면의 달이산성(1.8km)이 있다. 이 성들은 백제시기 수도를 방어하기 위해 축성된 것으로 추정되는 석성들이다. 마성은 앞에서 언급한대로 토성일 가능성이 매우 높은 성이다. 또한 고려군은 패주하는 적병들을 쫓는 입장에서 비교적 해발 고도가 높은(매화산성:해발 370m, 달이산성:해발 640m) 방어용 산성에 입보할 이유가 없다. 또한 이 성들은 개태사 수변에서도 비교적 멀리 떨어져 있는 석성이다. 따라서 매화산성이나 달이산성은 마성으로 보기 어려운 성들이다.

개태사 주변의 산성 중 반경 10km 이내에 위치한 산성이나 보루는 모두 10개이다. 이중 산성의 둘레가 가장 길며 개태사와 비교적 가까운 거리에 위치해 있는 성은 개태

---

59) 『고려사』 권2 태조 19년의 기록을 보면 일리천 전투에 참가한 고려군은 8만 7천 5백명에 이른다.

60) 개태사 주변의 토성 둘레는 토루가 있는 곳이 2.7km, 해자로 이용되었던 연산천 지역이 0.93km로서 총 둘레는 약 3.9km이다. 이는 황산벌 주변의 75개 산성 중 둘레가 가장 긴 성이다. 대전, 공주 지역까지 포함한 황산벌 지역의 산성 중 1km를 넘는 산성은 6개이며 이 중 공산성 2.26km, 達伊산성 1.8km를 제외하면 모두 1km 내외의 산성이다(忠南大學校百濟硏究所, 『論山黃山벌戰蹟地』, 2000, 125~128쪽, 조사지역 주변 산성 조사 일람표 참조). "탄령을 넘어 馬城에 주둔하였다"는 『고려사』 기록을 보았을 때 마성은 일리천 전투 이전에 존재하고 있었던 것을 알 수 있다. 마성은 교통로를 통제하기 위해 후백제에 의해 작은 규모로 경영되지 않았을까 생각된다. 현재 황산벌 주변에 남아있는 토축성들의 둘레가 500m 내외인 점을 고려하면 마성의 규모도 지금과 같이 둘레 약 4km에 이르는 대규모의 토성은 아니었을 가능성이 있다. 이러한 대규모의 토성이 조성된 것은 후백제군을 쫓아 마성에 주둔한 수만명의 고려군에 의해 일시에 확장되어 조성된 것으로 추정된다. 마성의 확장 여부 및 목책 설치 여부 등은 발굴조사가 진행된다면 보다 상세히 밝혀질 수 있을 것이다.

61) 忠南大學校百濟硏究所, 『論山黃山戰蹟地』, 2000, 125~128쪽, 조사지역 주변 산성 조사 일람표 참조.

사 남서쪽으로 약 3km 떨어져 있는 황산성이다. 황산성의 둘레는 약 830m인데 내부 면적을 산술적으로 계산해보면 약 43,264㎡가 된다. 이를 계산의 편리를 위해 평으로 환산하면 약 13,000평이 된다. 보급물자나 숙영지가 차지하는 면적 등을 고려하여 군대가 실제 주둔할 수 있는 산성 내의 공간 등을 생각해 보면 황산성의 최대 수용인원은 평당 1명 정도가 최대일 것이다. 이는 13,000명 정도로 할 수 있는데 단순히 산술적으로 계산한 최대치이며, 실제로는 둘레 830m 규모의 산성에 1만명 이상의 대군이 주둔하지 않았을 것이다. 그러나 숙영지나 보급물자, 기병들이 차지하는 공간 등을 무시하고 단순히 산술적으로 계산하여 평당 2명의 무장 군인을 수용인원으로 본다면 최대 26,000명 정도의 병력이 수용 가능하다 할 수 있다. 이렇게 무리한 조건으로 추산하여도 황산성은 당시 일리천 전투에 참여한 고려군 병력의 절반도 수용할 수 없으며, 중군 숫자인 3만 3천명에도 미치지 못한다.

개태사 주변의 토성은 주변 둘레가 약 4km이므로 내부 면적은 1,000,000㎡이며 평으로 환산하였을 시 302,500평이 된다. 약 8만명의 군대가 수둔한다고 가정하였을 시 1인의 무장 병력이 차지하는 면적은 4평(3.8평)이며, 4만명의 군대가 주둔할 시 8평 정도가 된다. 이는 군대가 주둔할 수 있는 자연지형, 기병이 차지하는 공간, 군수 물자를 적치하는 공간을 고려했을 시 매우 현실적인 점유 면적이라 할 수 있다. 즉, 지금의 개태사 주변 토성은 당시 일리천 전투에 출병하였던 8만 7천 5백의 병력을 고려했을 때 주력부대가 주둔한 마성으로 추정해도 무리가 없을 것이다. 이러한 추정은 ㉣를 통해서도 확인된다.

㉣의 원문은 "百濟僞主 率乃僚而輿櫬納降"이다. 이 중 輿櫬하여 항복하였다는 표현은 자기가 죽을죄를 지었다는 뜻을 나타내기 위해 관을 수레나 가마에 올려놓는 행위를 말한다. 당시 후백제가 항복을 청하기 위해 고려군 진영을 찾았을 때 정말로 여츤을 하였는지 알 수 없다. 하지만 사료를 그대로 신뢰한다면 후백제군은 수레에 관을 싣고 여츤의 예를 행하며 항복을 청했다고 볼 수 있다. 그렇다면 마성은 수레가 드나들 만한 곳에 위치한 성이 되며 수레가 드나들 만한 교통로상에 위치한 대규모 토성은 역시 지금의 개태사를 감싸고 있는 토성이 될 수 있다.

위의 사료 분석을 통해 그동안 학계에서 논란이 되어왔던 마성은 지금의 개태사 주변 토성으로 보아도 무리가 없을 것이다. 마성의 위치에 대해서는 앞서 언급했듯이 거창 일대의 소백산맥 준봉부터 개태사지 석축터까지 각양각색의 의견이 개진되었다. 제시된 다양한 의견 중 1차 사료인 '개태사화엄법회소'를 근거로 개태사지 석축터가 마성임을 주장한 양은용의 의견이 마성의 위치를 가장 근접하게 밝힌 학설이라 할 수 있다.[62]

개태사지 석축터 일대는 현재 충청남도 기념물 제44호 '개태사지'로 지정되어 있으며 개태사 석조삼존불입상이 세워져 있는 곳으로부터 북쪽으로 약 300m 정도 떨어진 곳에 위치해 있다. 이곳은 충남대학교 박물관에 의해 1989년 12월 발굴조사가 실시되었다. 개태사지 일대는 여러 단의 석축과 토단으로 이루어져 있는데 이 중 금당지와 중문지 일대가 발굴되었다. 발굴조사 결과 금당은 3차례에 걸쳐 중건된 사실이 밝혀졌다.[63] 개태사지의 중창과 삼창은 시미즈 노부유키에 의해 1313년경 중창이 되고, 고려 종말기에 삼창이 이루어진 것으로 추정되었다.[64] 그러나 개태사지의 초창에 대해서는 구체적으로 언급하지 않았으나 최근의 논문에서 다른 지역의 진전사원지 발굴성과와 개태사지 발굴유물을 분석하여 개태사지가 광종 5(954)~11년(960) 사이 조성된 것임이 밝혀졌다.[65] 즉, 개태사지 석축터는 광종대에 조성된 것으로 태조가 둔영하였을 당시에는 존재하지 않았던 곳이다. 또한 건물지 석축을 성으로 보는 것은 무리한 관점이라 할 수 있다. 아마도 이러한 학설을 주장할 당시에는 개태사 주변 토성의 존재가 알려지지 않았기 때문에 이러한 주장이 제기된 것으로 사료된다.

후백제 신검은 목책으로 둘러싸인 마성으로 무리를 이끌고 와서 태조 왕건에게 항복을 청하였다. 당시 마성 내에서 수만의 대군을 이끌고 있던 태조가 머물렀던 곳은 적의 기습공격으로부터 충분한 보호를 받을 수 있는 군영의 중심지라 할 수 있다. 이곳은 방어시설이 상대적으로 빈약한 서쪽의 연산천 부근에서 일정 정도 떨어져 있는 곳이어야

62) 梁銀容, 「高麗太祖 親制 開泰寺華嚴法會疏의 연구」, 『伽山李智冠스님華甲紀念論叢 韓國佛敎文化 思想史』上, 1992, 818쪽.
63) 충남대학교박물관, 『開泰寺 I』, 1993, 49쪽.
64) 淸水信行, 「開泰寺址 출토 銘文瓦에 대한 一考察」, 『百濟研究』28, 충남대학교 백제연구소, 1998, 385쪽.
65) 정성권, 「論山 開泰寺 石造供養像 硏究」, 『佛敎美術』23, 동국대학교 박물관, 2012.

한다. 또한 동쪽 천호산으로부터 기습해 내려올 수 있는 마성의 북쪽이나 동쪽의 성벽에서도 일정한 거리를 유지한 곳이 되어야 한다. 이러한 점을 고려한다면 태조 왕건이 숙영하였던 지휘부의 위치는 마성의 중심지로 상정할 수 있다.

현재 개태사 석조삼존불입상이 세워져 있는 곳은 개태사를 감싸고 있는 토성의 중앙 부근에 해당한다. 이는 당시 사령부가 위치한 장소로 보아도 무리가 없을 것이다. 그렇다면 지금의 개태사 석조삼존불입상이 세워져 있는 장소는 후백제 신검이 무리를 이끌고 와서 태조 왕건에게 항복을 청한 장소가 되는 것이며, 태조 왕건이 후백제의 항복을 받아들인 역사적 장소가 되는 셈이다.[66] 이러한 이유로 인해 개태사 석조삼존불입상은 후삼국 통일이라는 대업을 이룬 바로 그 장소에 태조 왕건의 위업을 영원히 기리기 위해 세워진 것이다.

그동안 개태사 창건 배경에 관해서는 '후백제를 멸하고 세운 전승 기념 사찰', '후삼국 통일의 상징적 사찰' 등이 논의되었다.[67] 이러한 인식의 바탕 위에 개태사 및 개태사 석조삼존불입상의 친밀 배경으로 개태사 석조삼존불입상이 세워신 장소가 바로 태조 왕건이 후백제의 신검으로부터 항복을 받은 바로 그 장소이며, 후삼국이 마침내 통일된 상징적인 장소라는 점 역시 새롭게 인식되어야 할 것이다. 이밖에 거대한 석조삼존불입상을 세운 이유로는 새로운 통일왕조 고려의 국력과 신국가 통치에 대한 자신감을 보여주고자 하는 정치적 의도가 있었다고 할 수 있다.

---

66) 양은용은 근거는 제시하지 않았지만 태조 왕건이 개태사 석조삼존불입상이 세워져 있는 곳에서 후백제의 항복을 받지 않았을까 의심하였다(梁銀容, 「高麗太祖 親制 開泰寺華嚴法會疏의 연구」, 『伽山李智冠스님華甲紀念論叢 韓國佛敎文化 思想史』上, 1992, 818쪽).

67) 文明大, 「開泰寺 石丈六三尊佛立像의 硏究-毘盧舍那丈六三尊佛像과 관련하여」, 『美術資料』29, 국립중앙박물관, 1981, 3쪽 ; 윤용혁, 「후삼국과 개태사, 그리고 왕건」, 『開泰寺址』, 공주대학교박물관·논산시, 2002, 37쪽.

제9장 왕즉불 사상의 구현 : 개태사 석조공양상

개태사는 태조 왕건이 936년 후백제를 멸하고 전승기념으로 세운 사찰이다. 이곳은 새로운 통일왕조 고려의 본격적인 시작을 알리는 상징적인 장소이다. 이뿐만 아니라 개태사는 미술사에 있어서도 통일신라와 다른 고려 미술의 시작을 알리는 기념비적인 작품이 남아있는 장소이다. 개태사는 발굴조사 후 근래에 법당을 복원한 개태사 구역과 이곳으로부터 북쪽으로 약 300m 떨어진 곳에 위치한 개태사지로 나뉘어져 있다. 현재 개태사에는 석조삼존불입상, 오층석탑, 철확 등이 있으며 개태사지에는 석조공양상, 석조 등이 남아 있다.

개태사 석조삼존불입상은 역사적 중요성으로 인해 일찍이 선학들로부터 학술적 주목을 받아왔다. 그러나 개태사 석조삼존불입상을 비롯하여 개태사에 관련된 연구 업적은 개태사의 역사적 중요도에 비해 상대적으로 많지 않다고 할 수 있다. 그 이유는 여러 가지가 있겠으나 미술사적 연구 분야만을 한정해서 본다면,『고려사』와 더불어 태조 왕건이 친제한 '개태사화엄법회소' 등을 통해 미술사의 일차적인 연구 목적이 되는 조성시기, 조성배경, 조성주체, 도상적 의미 등이 이미 알려져 있다는 것이 상대적으로 연구 업적이 많지 않은 역설적인 이유라 할 수 있다.

개태사 석조삼존불입상의 경우 이 불상을 주제로 다룬 논문은 3편이 발표된 바 있다.[1]

---

1) 8장 각주 1번 참조.

새로운 통일왕조 고려의 시작을 알리는 불상이라는 중요도를 고려할 때 더 많은 연구가 진행되어야 할 것이다. 지금까지의 연구 업적은 부족한 편이지만 개태사 석조삼존불에 대해 심도 있는 이해를 가능하게 해 주었다. 하지만 개태사 석조공양상에 대해서는 아직까지 본격적인 논의가 진행된 바 없다.

개태사 석조공양상과 자세와 형태가 매우 흡사한 명주지방 고려시대 석조보살상에 대해서는 이미 오래 전부터 연구가 진행되어 오고 있다.[2] 그러나 명주지방 석조보살상보다 앞서 조성되었으며, 탑전 공양보살상의 시작이라 할 수 있는 개태사 석조공양상의 경우 명주지방 보살상들과의 관련성만 언급되었을 뿐이며 자세한 연구는 진행되지 않았다. 개태사 석조공양상이 갖고 있는 역사적, 조형적 중요성에 비추어 본다면, 개태사 석조공양상에 대한 본격적인 학술적 논의가 진행된 바 없다는 점은 매우 아쉬운 점이다.(도9-1·2)

이 글에서는 그동안 구체적인 연구가 진행된 바 없는 개태사 석조공양상에 관해 고찰하였다. 개태사 석조공양상의 조성시기를 구체적으로 유수하기 위해 본 글에서는 발굴조사 결과를 살펴보았다. 이를 위해 개태사 석조공양상이 위치해 있었던 현재의 개태사지 출토 발굴유물을 비교 가능한 다른 지역의 발굴유물과 비교하였다. 이와 더불어 개태사 석조공양상의 복장 형식을 다른 지역의 조각상과 비교하여 구체적인 조성시기를 유추해 보았다. 이와 더불어 개태사 석조공양상의 조성배경에 대해서도 살펴보았다. 이와 더불어 탑전 공양상이 승상에서 보살상으로 변화하게 된 이유에 대해서도 추론하였다.

석조공양상의 현상과 조성시기

개태사는 석조삼존불입상이 세워져 있는 현재의 개태사 구역과 이곳으로부터 북쪽

---

2) 崔聖銀,「溟州地方의 高麗時代 石造菩薩像에 대한 硏究」,『佛敎美術』5, 東國大學校博物館, 1980 ; 權保京,「고려전기 강릉일대 석조보살상 연구」,『史林』25, 首善史學會, 2006.

9-1 일제강점기 개태사 석조공양상과 石槽　　　　　　9-2 개태사 석조공양상

으로 약 300m 떨어져 있는 개태사지로 나누어진다. 개태사에는 보물 제219호로 지정된 석조삼존불입상과 더불어 철확, 오층석탑[3] 등이 위치해 있다. 개태사 석조공양상은 개태사지 부근에 위치한 용화사 법당 내에 모셔져 있다. 석조공양상은 두부가 결실되어 있으며 오른쪽 무릎을 땅에 대고 두 손을 가슴 앞에 모은 형상이다. 이 석조공양상 역시 개태사지 불전지에서 옮겨온 것이다.[4]

　개태사 석조공양상은 명주지역의 공양상과 자세 및 지물을 꽂을 수 있게 만들어진 손의 모습 등이 매우 유사하여 그동안 많은 관심을 받아왔다. 이 석조공양상은 현재의 개태사로 옮겨진 오층석탑과 같이 불전지에서 반출된 것으로 석탑 앞에 놓여졌던 공양

3) 현재 개태사 석조삼존불입상이 있는 개태사 경내에는 기단부가 결실된 오층석탑이 세워져 있다. 이 석탑의 원위치는 개태사 석조삼존불입상이 있는 현재의 사찰에서 북쪽으로 약 300m 떨어져 있는 개태사지에서 옮겨온 것이다. 개태사지는 불전지와 진전지로 크게 구분되는데 이 석탑은 불전지에서 옮겨온 것이다 (公州大學校博物館・論山市,『開泰寺址』, 2002, 138쪽).

4) 위의 책, 138쪽.

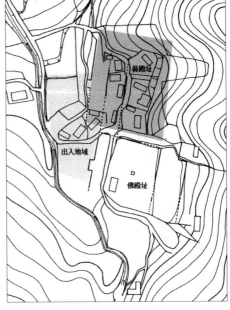

9-3 개태사 주변 지형도

9-4 개태사지 건물 배치도

상으로 알려져 있다.[5] 개태사 석조공양상의 구체적인 조성시기에 대해서는 그동안 개
태사 창건시에 석조삼존불입상과 함께 조성된 것으로 이해되어 왔으며,[6] 명주지역 공
양보살상들과의 유사성이 지적되어 왔다.[7]

개태사 석조공양상의 구체적인 조성시기를 밝히기 위해서는 공양상이 세워져 있었던
개태사지의 성격부터 알아보아야 한다. 현재 개태사지는 크게 불전지와 진전지, 출입시
설로 구분되고 있다.[8](도9-4) 불전지로 추정되고 있는 지역은 1989년 발굴조사가 진행되
고 1993년 발굴조사 보고서가 간행된 바 있어 조성시기를 추정하는데 매우 중요한 정보

---

5) 金理那,「高麗時代 石造佛像 硏究」,『考古美術』166・167, 한국미술사학회, 1985, 64쪽.

6) 崔聖銀,「溟州地方의 高麗時代 石造菩薩像에 대한 硏究」,『佛敎美術』5, 東國大學校博物館, 1980, 76쪽.
   홍대한,「高麗 前期 '塔前供養像' 考察」,『博物館紀要』18, 檀國大學校 石宙善紀念博物館, 2003, 56쪽.

7) 崔聖銀,「溟州地方의 高麗時代 石造菩薩像에 대한 硏究」,『佛敎美術』5, 東國大學校博物館, 1980, 66쪽.

8) 公州大學校博物館・論山市,『開泰寺址』, 2002, 135~137쪽.

태봉과 고려 석조미술로 보는 역사

를 제공한다.[9]

개태사 석조삼존불입상이 세워져 있는 현재의 개태사 구역이 태조 왕건에 의해 창건된 사찰 구역이라면 불전지와 진전지로 나누어져 있는 개태사지는 태조 사후 정비된 지역이라 할 수 있다. 왜냐하면 태조의 진전은 태조 사후 봉안된 것이기 때문이다. 불전지와 진전지는 출입지역을 중심으로 동쪽과 서쪽으로 나누어진다. 주 출입구가 진전지와 불전지 사이에 위치해 있는 점으로 보아 진전지와 불전지는 동시기에 정비·건립된 것으로 볼 수 있다. 개태사 석조공양상의 조성시기는 개태사지에 조성된 태조의 진전 및 불전의 건립시기와 밀접한 관련이 있다.

고려시대 태조의 진전은 개태사 이외에 개경의 봉은사, 평안도 영안현의 봉진사, 죽주의 봉업사, 문경의 양산사(봉암사의 다른 사명) 등에 설치되었으며 이외에도 西京, 基州, 천안군, 光州 등에서도 태조진이 진전의 형태를 가지고 배향 공신상과 함께 있었을 가능성이 있다.[10] 이중 개경의 봉은사 태조 진전은 태조의 통일대업과 연고가 있는 여러 지역에 설치된 태조 진전들을 종합하는 중심으로서의 기능도 가졌다.[11] 봉은사를 비롯하여 발굴조사가 진행된 죽주 봉업사의 기록과 발굴자료를 살펴보면 개태사지 내에 위치한 진전지와 불전지의 건립시기를 파악하는데 도움이 된다.

봉은사는 광종이 즉위한 다음해(951)에 불일사와 더불어 창건되었다.[12] 봉은사는 태조의 원당으로 창건된 것이며 대봉은사라는 명칭에서 알 수 있듯이 다른 사찰들보다 사찰의 격이 높았음을 알 수 있다. 봉은사에는 천자가 쓰는 二十四梁 通天冠을 착용한 태조 왕건 동상이 봉은사 진전의 玉座인 御榻에 안치되어 있었다. 왕건 동상이 만들어진 것은 봉은사가 창건된 광종 2년(951) 경으로 이때 태조 왕건의 원찰인 봉은사에 왕건 동상이 봉안되었다.[13](도 10-1·2)

---

9) 충남대학교박물관, 『開泰寺 I』, 1993, 49쪽.
10) 韓基汶, 「高麗時代 開京 奉恩寺의 創建과 太祖眞殿」, 『韓國史學報』33, 고려사학회, 2008, 222~224쪽.
11) 한기문, 위의 글, 232쪽.
12) 『고려사』 권2 광종2년.
13) 노명호, 「고려 태조 왕건 동상의 황제관복과 조형상징」, 『북녘의 문화유산』, 국립중앙박물관, 1996, 227쪽.

현재 안성 죽산면에 위치한 봉업사는 1997년부터 2001년까지 경기도박물관에 의해 발굴조사가 진행된 곳으로 2004년에도 발굴조사가 실시되었다. 발굴조사는 조사대상 지역을 A~H 지역으로 나누어 진행되었다. 조사 결과 추정목탑지와 금당지·강당지 등을 포함한 28개 동의 건물지가 확인되었다. 진전이 있었던 곳으로 추정되는 곳은 봉업사 오층석탑에서 북서쪽으로 200m 떨어져 있는 H지역이다. 이곳에서 확인된 건물은 온돌시설을 갖추지 않은 건물지로 생활공간이 아니라 예배대상 공간으로 추정되는 곳이다. 이곳에서 고려 광종대의 연호명과 간지명을 가지고 있는 다수의 명문기와가 출토되었다. 발굴조사단은 이곳에서 발견된 '峻豊四年'명(960) 기와와 '乾德五年'명(967) 기와를 비롯하여 기타 간지명 기와를 근거로 광종 11(960)~18년(967)경에 진전이 H지역에 설치된 것으로 추정하고 있다.[14](도 6-1)

『고려사』의 기록과 발굴성과 등을 살펴본 결과 태조의 진전은 광종대부터 설치되고 있음을 알 수 있다. 태조의 진전이 가장 먼저 설치된 곳은 태조의 원찰로 창건된 대봉은사라 할 수 있다. 지방에 설치된 태조의 신선사원 등 정확한 설지시기를 알 수 있는 곳은 없다. 다만 발굴조사를 통해 봉업사의 진전이 광종 11~18년 경에 설치된 것으로 추정될 뿐이다. 봉은사가 창건된 이후 지방에도 진전사원이 만들어졌는데 지방에 설치된 것 중 가장 먼저 설치된 것으로 개태사 진전을 설정해도 무리가 없을 것이다. 수도 개경에 광종 2년(951), 대봉은사가 창건된 후 지방 사찰인 봉업사에 진전이 설립된 시기 역시 광종대이다. 광종대에 지방 진전사원이 건립되고 있는 점을 고려한다면 태조가 후삼국통일을 기념하여 세운 사찰인 개태사의 경우 그 상징성으로 보아 봉업사보다 먼저 진전이 설치된 것으로 생각된다.

이러한 추론은 발굴성과를 통해서 확인할 수 있다. 충남대학교에서 1989년 실시한 개태사지 불전지에 대한 발굴조사에서는 금당과 중문을 확인할 수 있었다. 이중 금당의 경우 3차례에 걸쳐 중건되었는데 발굴조사 보고서에서는 정확한 조성시기나 중건시기

---

14) 경기도박물관, 『奉業寺』, 2002, 447~449쪽.

를 언급하고 있지 않다.[15] 그러나 보고서에 실려 있는 막새기와를 고찰하면 개태사지 불전지의 조성시기를 파악할 수 있다. 발굴조사 보고서에는 개태사지 불전지에서 발굴된 수막새를 문양별로 구분하고 있는데 크게 細瓣 연화문 수막새와 단판 연화문 수막새, 귀목문 수막새로 나누고 있다. 이 중 단판 연화문 수막새 D식은 조선시대 수막새로 구분하고 있다.[16] 수막새 중 제작 시기가 가장 올라가는 수막새는 세판 연화문 수막새 A식이다. 그러나 발굴조사 보고서에서는 구체적인 막새의 제작 시기에 대해서 언급하고 있지 않다.[17] 다만 막새 도면 배치에 있어 수막새 A식을 가상 앞에 배치하고 있어 수막새 A의 제작시기가 발굴조사에서 출토된 막새 중 가장 이른 시기에 만들어졌음을 암시하고 있다.(도9-5)

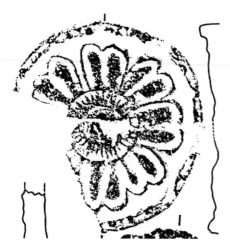

9-5 개태사지 금당지 출토 수막새 탑본   9-6 숭선사지 창건기 수막새

---

15) 충남대학교박물관,『開泰寺 I 』, 1993, 47~50쪽(발굴보고서에서는 개태사 금당지가 3차례에 걸쳐 중건되었다고 보고하고 있으나 정확한 중건 시기에 대해서는 언급하지 않고 있다. 淸水信行은 발굴조사를 통해 출토된 개태사 금당지 기와를 분석한 그의 글에서 중창(1313년)과 삼창(고려종말기) 시기를 언급하고 있다. 淸水信行,「開泰寺址 출토 銘文瓦에 대한 一考察」,『百濟硏究』28, 충남대학교 백제연구소, 1998, 357~396쪽, 본 책 제8장 각주 16 참조).

16) 충남대학교박물관,『開泰寺 I 』, 1993, 31~35쪽.

17) 보고서에서는 막새기와의 도면배치에서 세판 연화문 수막새 A식을 가장 앞에 배치하고 있어 이 수막새의 제작시기가 가장 앞선 것을 암시하고 있다(충남대학교박물관,『開泰寺 I 』, 1993, 56쪽).

세판 연화문 수막새 A식은 자방의 중심에 1개의 연자가 있으며 이 연자를 중심으로 주변에 4개의 연자가 배치되어 있다. 화판은 8엽 복판이며 화판과 자방 사이에는 방사성 문양이 자방을 둥그렇게 감싸고 있다. 이러한 형식의 수막새는 근래 발굴조사가 실시된 충주 숭선사지 창건기 막새기와에서 찾을 수 있다. 숭선사는 『고려사』 광종 5년조에 "五年春創崇善寺追福先妣"라는 기록이 있어 광종이 母后인 충주 유씨 神明順成太后의 명복을 빌기 위해 954년에 창건한 사찰임을 알 수 있다. 이 사지는 충청대학 박물관에 의해 2000~2004년까지 총 4차에 걸친 발굴조사가 진행되어 사찰의 구조와 변천과정을 알 수 있게 되었다. 발굴조사 결과 숭선사는 954년에 창건되었으며 이후 두 차례 중창되었음이 밝혀졌다.[18]

숭선사지 창건 수막새는 자방의 중심에 1개의 연자가 있으며 이 연자를 중심으로 주변에는 4개 또는 8개의 연자가 있다.[19] 화판은 8엽 복판으로 짧고 도드라져 있다. 창건 수막새의 가장 큰 특징은 자방과 화판 사이에 원형의 테두리가 쳐져 있고 이 원형 테두리 안에 연문이 시문되어 있다는 점이나. 이는 꽃술내다 봉싱아기노 하는네 자방과 화판 사이에 꽃술대가 있는 기와는 흥덕사지에서도 출토된 바 있다. 흥덕사지에서는 광종 5년(954)에 조성된 '靑銅禁口'가 출토되기도 하였다. 이를 고려한다면 자방과 화판 사이에 꽃술대가 시문된 기와는 일단 고려초에 유행한 것으로 판단할 수 있을 것이다.[20](도9-6)

숭선사지 창건기 막새는 숭선사지에서만 출토된 것이 아니라 고려초 중요한 사찰로 인식되었던 흥덕사지[21]를 비롯하여 봉업사지[22]등에서도 출토되었으며 개태사지 불전지에서도 확인되었다. 이를 통해 알 수 있는 점은 중요 사찰의 창건이나 중창 시 중앙정부가 장인을 파견하여 사찰 건립을 지원해주고 있다는 점이다.

18) 忠清大學 博物館, 『충주 숭선사지 시굴 및 1~4차 발굴조사보고서』, 2006, 649~659쪽.

19) 숭선사지 창건기 막새에 대해서는 다후쿠 료의 연구가 있다(田福涼, 「崇善寺址의 創建 막새」, 『文化史學』 26, 한국문화사학회, 2006).

20) 丁晟權, 「'中原彌勒里寺址' 조성시기 고찰」, 『東岳美術史學』 9, 東岳美術史學會, 2008, 147쪽.

21) 淸州大學校 博物館, 『淸州興德寺址 發掘調査報告書』, 1986, 182쪽.

22) 경기도 박물관, 『奉業寺』, 2002, 623쪽.

개태사지 불전지에서 출토된 세판 연화문 수막새 A식은 자방 안에 1+4의 연자와 8엽 복판의 연화문, 그리고 자방과 연판 사이에 꽃술대가 있는 점에서 숭선사지 창건기 기와와 동일한 기와로 볼 수 있다. 이를 통해 개태사지 불전지는 진전지와 더불어 광종대에 만들어진 것임을 알 수 있다. 그렇다면 구체적인 건립시기는 언제일까. 개태사지 불전지에서 출토된 꽃술대가 있는 수막새 A식은 광종 5년(954)에 창건된 숭선사지 창건기 수막새와 모양이 거의 같다. 그러나 수막새와 짝을 이루는 개태사지 불전지 암막새의 경우 숭선사지 창건기 암막새보다 문양이 형식화되는 경향을 보여주고 있어 숭선사지 창건기 기와가 개태사지 불전지 수막새 A식보다 앞설 가능성이 있다. 그러나 문양만을 가지고 정확한 시기를 나눌 수 없기에 개태사지 불전지와 진전지의 건립시기 상한연도는 숭선사지 창건기의 기와 제작시기와 같은 광종 5년(954)으로 설정하여도 무리가 없을 것이다.

개태사지 불전지와 진전지 건립의 하한연도는 개태사 진전이 봉업사지 진전보다 먼저 건립되었을 가능성을 고려한다면 봉업사 진전 건립 상한연도인 광종 11년(960)으로 설정할 수 있을 것이다. 이와 같은 추론의 타당성은 공양상의 옷주름 형식을 통해서 살펴볼 수 있다. 개태사지 석조공양상은 오른쪽 무릎을 땅에 대고 있으며 두 손은 살짝 주먹을 쥔 채 가슴 앞에 모아 놓고 있다. 현재 두부가 결실되어 보살상인지 동자상인지 정확히 알 수 없지만 강원도 지역의 공양보살상과 유사한 탑전 공양상임을 미루어 개태사지 석조공양상은 공양보살상일 가능성이 높다. 이 석조공양상의 오른손은 주먹을 쥔 채 새끼손가락만을 편 상태로 가볍게 주먹을 쥔 왼손을 받치고 있다. 주먹을 쥔 왼손의 상면에는 원형 홈이 파여져 있어 지물을 꽂았던 흔적임을 알 수 있다. 석조공양상의 오른손은 마치 대석을 갖춘 花形 받침 위에 올려놓은 모습이다.(도9-13) 그러나 오른손 밑에 있는 화형 받침 형태의 것은 받침이 아니라 복부 중앙의 허리띠와 허리띠에서 다리 사이로 흘러내린 끈이 매듭처럼 엮여져 있는 모습이다. 허리띠와 다리 사이를 가로지르는 끈이 복부에서 화문 같은 매듭을 취하고 있는 형태는 개태사 석조삼존불 중 우협시상에서 확인할 수 있다.(도8-1)

개태사지 석조공양상의 복부 부분 화문 모양의 끈 매듭은 안성 매산리 석조보살입상

9-7 개태사 석조공양상 정면

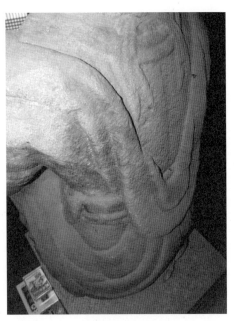

9-8 개태사 석조공양상 후면

9-9 개태사 석조공양상 우측면

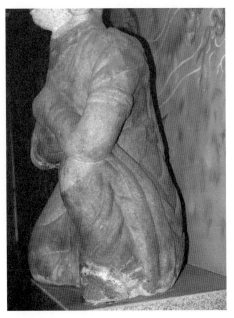

9-10 개태사 석조공양상 좌측면

에서도 확인된다.(도9-11·12) 개태사지 석조공양상은 裳衣를 입고 양 어깨 위에 천의를 걸친 복식을 하고 있다. 석조공양상의 측면을 보면 두 줄의 허리띠를 착용하고 있는 것을 알 수 있다. 이 허리띠를 넘어 허리 안쪽에서 밖으로 접힌 옷자락이 마치 이중 요포처럼 흘러내리고 있다. 즉, 개태사지 석조공양상은 실제로 허리띠를 착용하고 있으며 다리 사이 복부 부분에 보이는 화문은 허리띠와 다리 사이에 늘어뜨려진 끈이 매듭을 맺어 만들어진 형상임을 알 수 있다.(도9-7~10)

안성 매산리 석조보살입상은 광종 11(960)~14년(963) 사이 스스로 황제라 칭하기 시작한 광종에 의해 교통의 요지인 죽주에 세워진 것으로 추정되는 석불이다.[23] 안성 매산리 석조보살입상의 허리 아래, 다리 사이의 옷주름은 개태사 석조공양상에서 볼 수 있

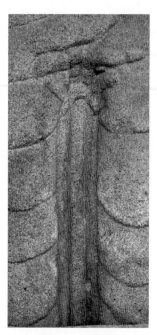

9-11 매산리 석조보살입상   9-12 매산리 석조보살입상   9-13 개태사 석조공양상
                                   다리사이 띠 문양   다리사이 띠 문양

---

23) 안성 매산리 석조보살입상에 대해서는 다음과 같은 논문이 있다(丁晟權, 「安城 梅山里 石佛 立像 硏究: 高麗 光宗代 造成說을 제기하며」, 『文化史學』17, 韓國文化史學會, 2002 ; 정성권, 「高麗 光宗代 石佛의 특성과 영향」, 『文化史學』27, 韓國文化史學會, 2007).

는 것과 같은 형태의 주름이 있다. 개태사 석조공양상의 경우 허리띠와 다리 사이로 흘러내린 끈이 손 아래에서 매듭 형상을 하고 있다. 그러나 안성 매산리 석조보살입상은 허리띠를 착용하고 있지 않을 뿐만 아니라 허리 부분이 아닌 다리 사이이기 때문에 화문형 매듭 형태의 모습은 불필요한 표현이다. 그럼에도 불구하고 개태사 석조공양상에서 보이는 매듭 형태의 표현을 매산리 보살상에 시문한 이유는 개태사 석조공양상 다리 사이에 표현된 끈 모양을 매산리 석조보살입상이 모방하는 과정에서 나타난 현상으로 이해된다. 즉, 매산리 석조보살입상의 일부 표현은 개태사 석조공양상에서 모방한 것이라 할 수 있다. 그러므로 개태사 석조공양상은 매산리 석조보살입상보다 먼저 조성된 것으로 볼 수 있기에 개태사 석조공양상의 조성시기 하한은 매산리 석조보살입상의 조성시기 상한인 광종 11년(960)으로 볼 수 있다.

위의 분석에서 살펴본 바와 같이 개태사지 진전지와 불전지는 광종 5(954)~11년(960) 사이에 건립된 것임을 알 수 있다. 불전지에 세워져 있었던 개태사지 석조공양상 역시 진전과 불전이 건립되는 때에 함께 그 성된 것으로 추성할 수 있다. 이를 통해 개태사지 석조공양상의 조성시기는 광종 5(954)~11년(960)으로 설정이 가능하다.

석조공양상의 조성배경

개태사지 석조공양상의 조성배경은 광종의 진전사원 건립에서 찾아야 할 것이다. 광종은 940년대 왕위계승전의 최종 승자로 왕의 자리에 올랐다.[24] 태조의 사후 왕위에 오른 이는 혜종이었다. 왕건과 함께 전장을 누빈 혜종은 일찍이 정윤에 책봉되었고(921) 태조 사후 왕위를 계승하게 된다.[25] 그러나 혜종은 이복동생이었던 왕요(정종)·왕소(광종)와의 왕위계승전 혼란 속에서 34세의 나이에 운명을 다하게 된다.

24) 940년대 왕위 계승전에 대해서는 다음 논문을 참조하였다(李鍾旭,「高麗初 940年代의 王位繼承戰과 그 政治的 性格」,『高麗光宗硏究』, 一潮閣, 1981).
25) 『고려사』 권64 지18.

혜종에 이어 정종이 왕위를 이었는데 서경의 왕식렴 세력이 정종의 후원자였다. 정종은 서경에 왕성을 건립하기도 하였는데 이는 왕식렴 세력의 근거지인 서경으로 천도하기 위한 시도라 할 수 있다. 『고려사』의 기록에 의하면 정종은 천둥과 번개에 크게 놀라 병이 들고 만다.[26] 결국 이 병이 깊어져 왕위를 동복 아우 소(광종)에게 물려주고 제석원으로 옮긴 후 崩御하였다.[27]

광종은 사료에서 알 수 있듯이 內禪에 의해 왕위에 올랐다.[28] 그러나 죽음을 맞을 당시 정종의 나이가 27세인 점을 고려한다면 아마도 정종과 광종 사이에도 왕위계승전이 있었을 가능성이 매우 높다. 혜종과 정종을 상대로 왕위계승전을 벌여 권좌에 오른 광종은 개경에 봉은사를 창건함으로써 부친의 은혜를 잊지 않는 효자임을 드러냈다. 이뿐만 아니라 자신이 고려의 창업자이자 삼한을 통일한 태조의 정통 후계자임을 과시하였다.[29] 광종이 대봉은사를 창건하고 지방의 진전사원을 설립한 또 다른 이유는 본격적인 왕권강화를 추진하기 위한 사전 준비 작업으로 이해할 수 있다.

광종은 봉은사 창건 후 곧이어 개태사에도 진전사원을 건립하였으며 불전지 앞에 석탑과 탑전 공양상을 설치한 것으로 보인다. 개경에 봉은사를 창건하고 개태사에 진전사원을 건립한 것은 앞에서 언급한 바와 같이 태조의 정통성을 자신이 이은 것을 강조하기 위해서다. 또한 광종의 이러한 작업은 태조를 황제로 숭배하여 자신도 황제가 되어야 하는 당위성을 만들기 위한 사전 정지작업으로 이해된다. 봉은사와 개태사 진전사원의 공통적인 건립배경 이외에 개태사 진전사원의 건립 배경으로 개태사 석조공양상을 조성한 이유가 추가될 수 있다.

왼쪽 무릎을 세우고 반대편 무릎은 땅에 대는 형태의 우슬착지형 공양상은 이미 삼국시대부터 나타나는데 충주시 가금면 봉황리 마애반가사유상군의 공양상이 대표적인 예가 될 것이다. 통일신라시대에는 공양상이 탑이나 부도에도 많이 조각되며 원각상으

26) 『고려사』 권2 정종3년.
27) 『고려사』 권2 정종4년.
28) 『고려사』 권2 정종4년.
29) 김창현, 『광종의 제국』, 푸른역사, 2003, 211쪽.

로는 화엄사 사사자 삼층석탑 앞의 공양상이 있다.[30] 공양상이 가장 유행한 시기는 통일신라시대이며 주로 탑이나 승탑 이외에 석불대좌의 중대석에도 부조로 새겨져 있다. 통일신라시대 석불대좌 중대석에서 우슬착지형 자세를 취하고 있는 공양상이 나타나는 대표적 작품으로는 양양 서림사지 석조비로자나불좌상 대좌 중대석, 홍천 물걸리사지 석조비로자나불좌상 대좌 중대석을 들 수 있다. 이들 중대석에 나타나는 공양상은 왼쪽 무릎을 세우고 오른쪽 무릎을 구부린 채 땅에 대고 있는 형태이다. 이밖에 경주 남산 탑곡 마애조상군 공양상 역시 통일신라시대에 조성된 우슬착지형 공양상이라 할 수 있다.[31] 우슬착지형이 아닌 단순히 공양물을 올리는 공양상은 더 많이 분포하며 대부분이 부조의 형태로 존재한다.[32]

환조로 조성된 공양상은 통일신라시대에 조성된 구례 화엄사 사사자 삼층석탑 앞 공양상(도9-14), 나말여초에 만들어진 것으로 추정되는 구례 대전리 석조비로자나불입상 앞의 공양상(도9-15)을 비롯하여 고려시대에 만들어진 금장암지 사사자 삼층석탑 앞 공양상 등에서도 보인다.(9-16) 이 공양상들은 기의를 입은 승려 형상의 공양상이다. 환조 형태의 탑전 공양상은 화엄사 사사자 삼층석탑 앞의 공양상이 최초의 형태라 할 수 있으며 이 공양상은 승려의 형상을 취하고 있다. 탑전 공양상이 승려 형상에서 보살상의 형태로 나타나는 것은 개태사 진전사원에서부터이다. 이후 신복사(도9-17), 법천사[33](도

30) 崔聖銀,「溟州地方의 高麗時代 石造菩薩像에 대한 研究」,『佛敎美術』5, 東國大學校 博物館, 1980, 66쪽.

31) 경주 남산 탑곡 마애조상군의 조성 시기는 학자마다 다양한 의견을 제시하고 있어 제작편년의 차이가 7세기 초부터 9세기 초까지 약 200년의 시차를 보이고 있다. 본고에서는 그동안의 연구 성과를 검토한 후 7세기말~8세기초 제작설을 제시한 최근의 연구성과를 따랐음을 밝힌다(朴俊泳,「慶州 南山 塔谷磨崖彫像群 研究」, 동국대학교 석사학위 논문, 2008, 82쪽 ;「慶州 南山 塔谷磨崖彫像群 研究」,『佛敎美術史學』10, 불교미술사학회, 2010, 7~48쪽).

32) 부조의 형태로 존재하는 공양상의 대표적인 예로는 합천 청량사 석가여래좌상 대좌 중대석 공양상, 양산 용화사 석조여래좌상 대좌 중대석 공양상, 선산 해평동 석조여래좌상 대좌 중대석 공양상, 예천 청룡사 석조여래좌상 대좌 중대석 공양상, 원주 봉산동 석조여래좌상 대좌 중대석 공양상 등이 있다.

33) 법천사 공양보살상은 2003년 강원문화재연구소에서 실시한 법천사지 3차 발굴조사 시 N14E7 구역 내 도로 밑에서 출토되었다. 법천사 공양보살상이 우슬착지하여 앉아 있는 대좌는 신복사지 공양보살상과 같이 앞부분이 조금 파손되고 높이가 낮은 원형 대좌이다. 법천사 공양보살상의 우슬착지한 오른쪽 무릎은 신복사지 공양보살상과 같이 대좌 밖으로 나와 있다. 이와 더불어 양 다리 사이에 옷자락이 흘러내리고 있는 점 등은 법천사지 공양보살상이 신복사지 공양보살상과 매우 유사한 형태였음을 유추할 수 있

9-14 화엄사 사사자 삼층석탑
　　앞 공양상

9-15 대전리 석불입상
　　앞 공양상

9-16 금장암 사사자 삼층석탑
　　앞 공양상

9-17 신복사지 공양보살상

9-18 법천사지 출토 공양
　　보살상 편(上:정면, 下:측면)

9-19 월정사 공양보살상

9-18), 월정사 탑전 공양보살상으로 제작 전통이 이어진다.(도9-19) 우리나라에서 탑 앞에 공양보살상을 조성한 것은 광종이 조성한 개태사 진전사원의 석조공양상이 첫 번째 사례가 된다. 화엄사 사사자 삼층석탑 공양상에서 알 수 있듯이 탑 앞에 공양상을 모셔놓는 전통은 통일신라시대부터 이미 존재했다. 그러나 고려 광종대에 와서는 승려의 형상이 보살상의 모습으로 바뀐다. 그렇다면 왜 광종은 탑전 공양보살상의 전통을 새롭게 창안하였을까?

아래의 사료는 『고려사』 최승로전에 나온 내용과 최승로가 성종에게 올린 시무책 중 광종에 대해 언급한 내용의 일부이다. 이 사료를 통해 탑전 공양보살상이라는 새로운 조형물을 만들어낸 광종의 불교에 대한 관심이 어느 정도였는지 파악할 수 있다.

9-1. (중략) 더욱이 불교를 혹신하고 그것을 지나치게 소중히 여기어 정상적으로 올리는 재를 이미 많이 베풀었으며 특별 발원하는 焚香, 修道 등의 행사가 또한 적지 않았습니다. 복과 長壽를 구하는 데만 전심하고 ㉮ 다만 기도만을 일삼으니 한도가 있는 재물을 탕진하면서 끝없는 인연을 만드는 것이며 그리고 임금의 손범성을 상실하면서 사소한 선행하기를 좋아하였습니다. (중략) 둘째로, (중략) 이 폐단은 광종 때부터 시작된 일인바 그는 참소를 믿고 무죄한 사람들은 많이 죽이고 불교의 인과보응설에 미혹되어 ㉯ 자기의 죄악을 제거하고자 백성의 고혈을 짜내서 불교 행사를 많이 거행하였으며 혹은 ㉰ 비로자나참회법을 베풀거나 혹은 球庭에서 중들에게 음식을 먹이기도 하였으며 혹은 귀법사에서 무차수륙회도 베풀었습니다. 매양 부처에게 재를 올리는 날에는 반드시 걸식승들에게 밥을 먹였으며 또는 내도장의 떡과 실과를 가져다가 거지에게 주었으며 혹은 혈구산과 마리산 등처에 새로 못을 파서 魚梁을 설하고 물고기들을 방생하는 장소로 만들었으며 1년에 네 차례씩 사신을 파견하여 그곳의 사원들로 하여금 불경을 개강하게 하고 또한 살생을 금지하며 궁중에서 쓰는 육류를 도살부에게 도살시키지 않고 시장에서 사다가 쓰게 하였습니다. 그래서 심지어 대소 신민들로 하여금 ㉱ 모두다 참회를 시켰으므로 미곡과 柴炭, 건초 콩을 메며 지고 가서 서울과 지방의 길가에서 나누어주게 한 것

게 해준다. 법천상 공양보살상 역시 신복사지 공양보살상과 같이 별도의 대좌를 마련하여 그 위에 올려져 있었을 것으로 보인다. 법천사에 대한 시굴조사와 1~5차 발굴조사에 대한 조사 내용은 다음의 책에 실려 있다(江原文化財研究所 原州市, 『原州 法泉寺』, 2009). 보고서에서는 법천사 출토 공양보살상에 대해 소개되어 있지 않으며, 이 공양보살상의 출토지와 현상, 사진 등이 소개된 자료는 원주 법천사지 3차 발굴조사 지도위원회 회의 자료집인 다음의 책이다(江原文化財研究所, 『法泉寺』, 2003, 41쪽).

이 부지기수였습니다.[34](중략)

위의 사료에서 알 수 있는 바와 같이 광종은 고려가 불교 국가임에도 불구하고 불교를 지나치게 맹신하였다고 비판받을 정도로 불교에 대한 믿음이 깊었다. 광종은 "기도만을 일삼는다"는 말을 들을 정도로 부처님께 많은 기도를 드렸는데 이는 위의 사료 ㉑에서 확인할 수 있다. 또한 사료 ㉴에서 언급된 바와 같이 비로자나참회법을 베풀기도 하였다. 이는 사료 ㉯에서 확인할 수 있는 바와 같이 자신의 죄악을 제거하기 위한 방편으로 참회법을 베푼 것으로 보인다. 참회란 과거의 죄를 뉘우쳐 부처·보살·스승·대중 등에게 고백하고, 너그러운 마음으로 참고 용서해 주기를 청하는 것이다.[35] 비로자나참회법은 자신의 죄를 비로자나불에게 고백하고 용서를 청하는 참회법 중의 하나라 할 것이다. 스스로 비로자나참회법을 베풀기도 하였던 광종은 위의 사료 ㉴에서 볼 수 있는 바와 같이 대소 신민들로 하여금 모두다 참회를 시키기도 하였다. 참회의 절차는 여러 가지가 있으나 그 절차 중 하나는 우슬착지 후 합장을 하고 범한 죄명을 말한 후 절을 하는 방법이 있다.[36]

광종이 개태사에 진전사원을 세운 후 석탑과 우슬착지형 공양상을 세운 이유는 다양하다 할 수 있겠으나 그 중 하나로 비로자나참회법과 관련하여 생각해 볼 필요가 있다. 환조로 된 탑전 공양상 중 승려의 모습을 취하고 있는 공양상이 예배하고 있는 대상은 비로자나불로 상징되는 탑이나 불상이다. 통일신라시대에 조성된 화엄사 사사자 삼층석탑은 사자빈신삼매 속에서 발하는 대광명의 법신(비로자나)을 형상화한 것이고[37] 그 앞에

---

34) 『고려사』권93 열전6 최승로전, "加以酷信佛事 過重法門 常行之齋設旣多 別願之焚修不少 專求福壽 但作禱祈 窮有涯之財力 造無限之因緣 自輕至尊 好作小善(중략) 此弊始於光宗 崇信讒邪 多殺無辜 惑於浮屠果報之說 欲除罪業 浚民膏血 多作佛事 或設毗盧遮邪懺悔法 或齋僧於毬庭 或設無遮水陸會於歸法寺 每値佛齋日 必供乞食僧 或以內道場餠果 出施丐者 或以新池 穴口與摩利山等處魚梁 爲放生所 一歲四遣使 就其界寺院 開演佛經 又禁殺生 御廚肉膳 不使宰夫屠殺 市買以獻 至令大小臣民 悉皆懺悔 擔負米穀柴炭蒭豆".

35) 곽철환 편저, 『시공 불교사전』, 시공사, 2003, 673쪽.

36) 한정희, 『불교용어사전』下, 경인문화사, 1998, 1607쪽.

37) 申龍澈, 「華嚴寺 四獅子石塔의 造營과 象徵-塔으로 구현된 光明의 法身」, 『美術史學硏究』250·251, 韓國美術史學會, 2006, 113쪽.

승려 형상의 공양상이 우슬착지의 자세를 취하고 있다.(도9-14) 나말여초 시기에 조성된 것으로 추정되는 구례 대전리 공양상은 석조비로자나불입상을 향해 우슬착지의 자세를 취하고 있다.(도9-15) 고려시대 조성된 금장암지 사사자 삼층석탑은 석탑 기단 중심에 지권인을 취하고 두건을 쓰고 있는 인물상이 앉아 있는데 지권인을 취한 인물상과 법신을 형상화한 사사자 삼층석탑의 전통을 잇고 있는 점에서 이 석탑 역시 비로자나불을 상징한다고 할 수 있다. 즉, 통일신라시대 이래 공양상들은 법신(비로자나)을 향해 예배(참회)를 드리고 있음을 알 수 있다.

　　개태사 진전사원에 건립된 석탑 역시 법신을 형상화한 것으로 볼 수 있다. 이는 공양상 앞에 세워진 석탑이 법신을 상징하였던 전통에도 부합된다. 또한 개태사가 화엄사찰이며 개태사 석조삼존불입상이 화엄계 비로자나삼존불상임을[38] 고려한다면 개태사 진전사원에 세워진 석탑 역시 법신을 상징하는 것으로 이해할 수 있다. 그런데 광종은 탑 앞의 공양자상을 공양보살상으로 교체하고 있다. 전통적인 탑전 공양상을 만들면서 공양을 드리는 대상은 법신으로 변하가 없으니 공양을 하는 대상은 가사를 입은 인물상에서 보살상으로 격이 높아졌다. 이러한 이유는 왕즉보살의 관념이 작용하지 않았을까 생각된다. 왕즉보살의 관념은 넓게 보아 왕즉불의 관념에 포함된다 할 수 있다. 그러나 미륵불이 되고자 하였던 궁예의 시도가 비극적인 최후를 맞으면서, 이후 세속군주 가운데 아무도 왕즉불을 자처하지 않았다. 대신 고려 태조가 보살계 제자를 자임한 이래로 역대 고려의 군주들은 왕즉보살에 만족하였다.[39] 광종이 은연중에 보살상과 자신을 동일시하는 모습은 여러 곳에서 확인할 수 있다. 960년부터 면류관을 착용하면서 스스로 황제라 칭한 광종은 안성 매산리 석조보살입상, 부여 대조사 석조보살입상, 논산 관촉사 석조보살입상 등을 조성하면서 이들 상에 황제가 착용하는 면류관 형태의 보개를 착용시키고 있다.[40] 전례에 없었던 면류관형 보살의 등장은 왕즉보살 사상의 반영이라 할 수 있다.

38) 文明大, 「開泰寺 石丈六三尊佛立像의 硏究-毘盧舍那丈六三尊佛像과 관련하여」, 『美術資料』29, 국립중앙박물관, 1981, 25쪽.
39) 남동신, 「나말여초 국왕과 불교의 관계」, 『역사와 현실』56, 한국역사연구회, 2005, 107쪽.
40) 정성권, 「고려 광종대 석불의 특성과 영향」, 『文化史學』27, 韓國文化史學會, 2007, 599쪽.

광종이 법신을 상징하는 석탑과 공양보살상을 개경의 봉은사가 아닌 개태사에 세운 이유는 비로자나참회법과 관련지어 생각해 볼 수 있을 것이다. 석탑과 공양상이 조성된 시기는 광종 5(954)~11년(960) 사이이다. 이 시기는 최승로에 의해 광종의 치세가 하·상·주 3대에 비견될 만하며 조정의 의식과 제도에서 자못 볼 만한 것이 있었다고 찬사를 받은 시기이다. 또한 구신들과의 관계도 원만한 때였다. 이러한 구신들과의 관계 이외에 개태사가 후백제 신검이 항복한 바로 그 장소로서 후삼국간의 전쟁이 종결된 매우 상징적인 장소임을 생각한다면 석탑과 공양상이 개태사 진전사원에 세워진 이유를 유추할 수 있다.

탑전 공양상을 개태사 진전사원에 세운 이유는 고려건국 과정에서 희생된 공신들에 대한 예우와 전쟁의 참화에 대한 속죄를 목적으로 건립된 것으로 볼 수 있을 것이다.[41] 이와 더불어 왕위계승전의 소용돌이 속에서 자신에 의해 희생될 수밖에 없었던 이복형 (혜종)과 친형(정종)의 추복을 빌며 형들을 죽음으로 몰아넣었던 자신의 행동에 대한 참회의 방편으로 탑전 공양보살상을 세운 것으로 보인다. 아버지인 태조가 세운 개태사만큼 참회를 의미하는 공양보살상을 세울 상징적이며 합당한 장소는 없었을 것이다. 비로자나참회법을 베풀기도 하였던 광종은 아마도 비로자나불께 자신의 죄를 참회하였을 것이다. 이뿐만 아니라 광종은 아버지가 세운 사찰 내에 태조를 모시는 진전과 탑전 공양보살상을 세움으로써 형들을 죽인 자신의 죄를 비로자나불께 참회하고 있다는 것을 親父인 태조 왕건에게 보여주고자 했던 것이 아닌가 생각된다.

이 글을 통해 밝혀진 개태사 석조공양상 연구 성과는 그동안 학계에서 중요한 보살상으로 논의되어 왔던 명주지방 보살상에 대한 이해를 조금 더 심화시키는데 일조할 수 있을 것으로 기대한다. 또한 아직 정확한 연구가 진행되지 않은 고려초 조각 장인의 유파에 관해서도 해결의 실마리를 제공해 줄 수 있을 것이라 생각된다. 궁예정권 시기 태봉국도성 내 가장 중요한 조형물 중 하나인 풍천원 석등을 만든 장인들은 명주지방 장

---

41) 홍대한은 개태사를 시발로 고려건국 과정에서 희생된 공신들에 대한 예우와 전쟁의 참화에 대한 속죄를 목적으로 참법행사가 국가주도로 광범위하게 전개되었을 것으로 보고 있다(홍대한, 「高麗 前期 '塔前供養像' 考察」, 『博物館紀要』18, 檀國大學校 石宙善紀念博物館, 2003, 39쪽).

인들일 것으로 추정되고 있다. 이들은 고려 건국 후에도 도태되거나 숙청되지 않고 고려의 관제에 흡수된 것으로 추정된다.[42] 개태사 석조공양상과 명주지방 공양보살상에서 보이는 유사성의 이유로 후백제 신검 정벌에 참여한 왕순식과의 관계가 언급된 바 있다.[43] 그러나 개태사 석조공양상과 명주지방 공양보살상이 유사성을 갖는 이유는 본문에서 언급하지 않았지만 태봉 정권부터 활약한 명주지방 장인들의 활동에 기인한 것으로 이해해야 할 것 같다. 개태사 석조삼존불입상을 만든 장인들에 대한 정확한 이해가 선행된다면 이에 대한 본격적인 논의를 시도해 볼 수 있을 것이다.

42) 丁晟權, 「泰封國都城(弓裔都城)내 풍천원 석등 연구」, 『韓國古代史探究』7, 韓國古代史探究學會, 2011, 206~207쪽.
43) 金理那, 「高麗時代 石造佛像 研究」, 『考古美術』166·167, 한국미술사학회, 1985, 64쪽.

제10장 고려 광종을 보는 또 다른 시각 :
미술사와 고고학을 통하여

고려의 역대 제왕 중 대중과 학계의 관심을 가장 많이 받는 군주는 태조 왕건이다. 태조 왕건의 아들이면서 스스로 황제의 반열에 오른 광종의 경우 태조 왕건에 비해 대중적 관심의 정도는 적다고 할지라도 일찍이 학계의 주목을 많이 받아왔다. 광종에 대한 연구 성과는 이미 30여년 전에 단행본으로 출간된 바 있다.[1] 이 연구 성과는 광종만을 단독으로 다룬 연구라는 데 큰 의의가 있다. 광종을 다룬 단행본은 근래에도 출간된 바 있어 광종에 대한 학계의 관심이 지속되고 있음을 확인할 수 있다.[2] 단행본 이외에 광종 치세 기간을 포함한 고려초를 다룬 연구 논문은 이 시기가 역사적 변혁기라는 시대적 특성상 다른 시기에 비해 상대적으로 많은 편이다. 그러나 광종에 대한 연구 성과는 대부분이 문헌자료를 바탕으로 연구된 것들이다.

광종에 대한 기록은 『고려사』만 놓고 보더라도 광종의 오랜 집권기간에 비해 그의 치세를 설명해 주는 사료의 내용은 매우 빈약하다. 이러한 사료의 영세성은 광종 집권기간을 이해하는데 제약으로 작용한다. 그런데 근래 들어 미술사와 고고학 분야에서 광종 재위기간에 조성되었거나 중수된 유적과 유물들이 많이 연구되고 발굴조사가 이루

---

1) 李基白 編,『高麗光宗研究』, 一潮閣, 1981.
2) 김창현,『광종의 제국』, 푸른역사, 2003.

어졌다. 미술사와 고고학을 통해 밝혀진 것들은 광종대에 조성된 불상들과 광종대에 처음 만들어지거나 중수된 사찰유적, 관방유적 등이다. 미술사와 고고학을 통해 조성시기가 밝혀진 유적과 유물들은 사료의 영세함을 보완해 줄 수 있는 또 다른 사료이다. 다른 관점에서 본다면 조선초에 정리된 『고려사』보다 광종 당시에 만들어진 유적과 유물이 진정한 1차 사료라고도 할 수 있다. 그러나 문헌기록이 없는 유적과 유물은 주관적인 해석을 도출할 수 있는 위험을 항상 갖고 있다. 이러한 위험성을 상쇄할 수 있는 방법으로는 문헌을 근거로 논지를 전개하는 전통적인 역사학과 미술사, 고고학간의 학제간 연구를 진행하는 것이 한 방법일 수 있다.

이 글은 문헌사의 연구 업적을 바탕으로 그동안 축적된 광종대의 미술사, 고고학의 연구성과를 광종 치세기간의 연속성 속에서 살펴본 것이다. 본문에서는 광종 치세기간을 집권 초기, 중기, 후기로 나누어 각 시기에 해당하는 유적과 유물을 분석하였다. 광종 집권 초기에 해당하는 유적과 유물은 태조 왕건 동상, 충주 숭선사지, 개태사 석조공양상이다. 광종 집권 중기에 해당하는 유저은 안성 봉입사지, 닝이산성, 상릉리사지, 평택 비피산성이 있다. 이 시기는 광종이 황제체제를 본격적으로 수행한 시기이다. 본문에서는 이를 상징적으로 보여주는 불상으로 안성 매산리 석조보살입상의 의미를 논하였다. 광종 집권 말기의 유물은 개성 관음사 관음보살상과 논산 관촉사 석조보살입상이다. 본문에서는 이 불상들이 갖고 있는 정치적 상징성을 해석해 보았다.

집권초기 – 『정관정요』를 읽는 군주

고려사에 나온 광종 즉위년의 기사는 광종이 '光德'이라는 연호를 반포하고 『정관정요』를 일상적으로 즐겨 읽었다는 내용이다.[3] 『정관정요』는 잘 알려져 있다시피 당 태종과 명신들의 문답 내용이 기술되어 있는 책이다. 아마도 광종은 당 제국을 건설하는데

---

3) 『고려사』권2 세가 광종원년.

있어 기초를 다진 당 태종 이세민에게 더 관심이 많았을지도 모른다. 하지만 신하들은 『정관정요』를 일상적으로 읽는 광종을 보며 덕을 쌓고 신하들의 의견을 귀담아 듣고자 노력하는 이상적인 군주가 즉위하였다고 생각했다.

이러한 신하들의 생각은 최승로의 글을 통해 알 수 있다. 최승로는 집권 초의 광종을 "즉위한 해로부터 8년간 정치와 교화가 청백 공평하였고 형벌과 표창을 남용하지 않았다"라고 묘사하고 있다.[4] 이 시기 최승로의 평가에서 알 수 있듯이 광종은 집권 초기 勳臣宿將들의 의견을 존중하는 성치를 폈다. 광종이 최승로의 극찬을 받을 정도로 舊臣들의 의견을 존중하는 정치를 시행한 이유는 이미 잘 알려져 있는 바와 같이 왕권강화를 추진하기 위해 자신의 힘을 축적하고자 하는 의도 때문이었다.

광종 집권 초기의 기간은 여전히 강력한 사병을 거느린 宿將들과 호족들이 존재하고 있었다. 광종은 혜종이 그랬던 것처럼 태조 왕건과 함께 후삼국 통일전쟁에 참여하지는 못하였다. 하지만 광종은 940년대의 왕위계승전에 직접 참여하면서 군사력을 갖춘 호족들의 힘이 얼마나 막강한지를 몸소 체험하였다.[5] 광종은 친형 요(정종)를 도와 이복형 혜종을 왕위에서 제거하였다. 뿐만 아니라 친형인 정종과도 왕위계승전을 벌였던 것으로 보인다.

광종의 왕위 즉위 과정은 사료에서 內禪으로 언급하고 있다.[6] 그러나 이 사료를 그대로 신빙하기는 어렵다. 西京의 왕식렴 세력의 후원을 업고 혜종을 무력으로 제압한 후 왕위에 오른 정종은 왕식렴 세력의 근거지인 서경으로 천도하기 위한 노력을 적극적으로 시도하였다. 그러나 왕식렴이 죽고 두 달 만인 949년 정월에 정종은 병이 위독해져 왕위를 아우인 광종에게 내선하고 바로 죽음을 맞이하였다. 정종이 병을 얻게 된 것은 『고려사』의 기록에 의하면 천덕전에 있을 때 천둥과 번개에 크게 놀라 병이 들었다고

---

4) 『고려사』 권93 열전6 최승로.
5) 940년대의 왕위 계승전에 대해서는 다음 논문을 참조하였다(李鐘旭, 「高麗初 940年代의 王位繼承戰과 그 政治的 性格」, 『高麗光宗研究』, 一潮閣, 1981 ; 李仁在, 「충주 정토사 玄暉와 영월 흥녕사 折中-고려 혜종 대 정변과 관련하여-」, 『韓國古代史研究』49, 한국고대사학회, 2008).
6) 『고려사』 권2 정종4년.

한다.[7] 그러나 정종의 후원자인 왕식렴이 죽고 바로 정종이 죽음을 맞이한 점과 병을 얻을 당시 정종의 나이가 26세인 점을 고려한다면 천둥과 번개에 놀라 병이 들었다는 사료의 내용은 의심스럽다. 아마도 정종과 광종 사이에도 왕위계승전이 있었을 가능성이 높으며 정종의 죽음 또한 병사가 아닐 가능성이 있다.

혜종과 정종에 이어 왕위에 오른 광종은 혜종과 정종이 왕위에 오른 과정과 마찬가지로 자신을 적극적으로 후원하는 숙장들과 호족세력들의 힘에 의지하였을 것이다. 집권초기의 광종은 당연히 이들의 존재를 의식해야만 하였다. 훈신숙장의 숙청과 황제권 강화라는 심모원려한 뜻을 품은 광종은 집권초기 자신의 뜻을 숨기며 구신들을 존중하는 모습을 취하였다. 그러면서도 광종은 자신의 큰 꿈을 이루기 위한 작업을 하나하나 진행시켜 나갔다.

집권초기 광종이 진행한 황제권 강화를 위한 사전 작업은 사료에 언급되어 있지 않다. 그러나 미술사와 고고학적 방법을 이용하면 기록되어 있지 않지만 황제권 강화를 위한 사전 작업을 주도면밀하게 시행하는 광종의 모습을 찾아볼 수 있다. 이러한 광종의 숨은 뜻을 읽을 수 있는 첫 번째 대상이 바로 태조 왕건 동상이다.

태조 왕건 동상

태조 왕건 동상은 1992년 10월 개성 서북쪽에 위치한 고려 태조 왕건의 능인 顯陵을 정비하던 중 출토되었다. 이 상은 현실에서 북쪽으로 5m 떨어진 지점의 지하 2m 되는 곳에서 매장되어 있었다. 왕건 동상은 처음 발굴될 당시 보살상으로 알려져 있었고 개성 고려박물관에 '보살상'으로 전시되었던 상이나 연구 결과 고려 태조 왕건상임이 밝혀졌다. 태조 왕건 동상에 대한 연구는 여러 편의 논문과 단행본이 간행될 정도로 비교적 많이 진행되었다.[8]

---

7) 『고려사』 권2 정종3년.

8) 고려 태조 왕건동상에 관한 연구성과는 다음과 같다(盧明鎬, 「高麗太祖 王建 銅像의 流轉과 문화적 배경」, 『한국사론』 50, 서울대학교 국사학과, 2004 ; 기쿠다케 준이치, 「고려시대 裸形男子倚像 고려태조 왕건상 試論」, 『미술사논단』 21, 한국미술연구소, 2005 ; 노명호, 「고려 태조 왕건 동상의 황제관복과 조형

10-1 태조 왕건 동상

10-2 태조 왕건
동상 얼굴

태조 왕건 동상은 광종 2년(951) 창건된 대봉은사에 안치되었던 상이다. 이 상은 봉은사의 창건과 함께 광종 2년 무렵에 만들어진 것으로 여겨진다.[9] 태조 왕건 동상이 대봉은사의 창건과 함께 만들어진 것으로 추정하는 기존의 학설은 타당하다 생각된다. 그 이유는 왕건 동상의 뒷머리 보발처리와 팽창된 상호, 입술 아래의 세로선 등이 태조 말년과 광종대에 조성된 석불들의 특징과 유사하기 때문이다.[10]

봉은사를 창건하게 된 동기는 일련의 왕위계승전을 경험한 광종이 부왕의 원당을 창건함으로서 태조로부터 정통성을 잇기 위한 것이다.[11] 광종은 태조의 원당인 대봉은사를 성 남쪽에 창건하였을 뿐만 아니라 같은 해에 어머니 유씨의 원당을 창건하였다.[12] 광종이 대봉은사와 더불어 불일사를 창건한 이유는 모후를 높임으로써 태조 왕건의 계승자로서의 자신의 위치를 공개적으로 강조한 것이다. 불일사를 비롯한 광종 2년(951)에

　상징」, 『북녘의 문화유산』, 국립중앙박물관, 2006 ; 『고려 태조왕건의 동상』, 지식산업사, 2012 ; 정은우, 「고려 청동왕건상의 조각적 특징과 의의」, 『한국중세사연구』37, 한국중세사학회, 2013).

　9) 노명호, 『고려 태조왕건의 동상』, 지식산업사, 2012, 147쪽 ; 기쿠다케 준이치, 「고려시대 裸形男子倚像 고려태조 왕건상 試論」, 『미술사논단』21, 한국미술연구소, 2005, 130쪽.

10) 태조 왕건 동상의 입술 아래에는 깊은 세로 홈이 파여 있다. 이러한 입술 아래의 세로 홈은 태조 말년에 조성된 개태사 석조삼존불입상, 광종대에 조성된 안성 매산리 석조보살입상 등 고려초의 불상에 유행하였던 형식이다. 또한 왕건 동상의 뒷머리 보발은 머리카락 끝이 단발머리처럼 처리되었고 수직으로 보발선이 표현되었다. 이러한 형식 역시 안성 매산리 석조보살입상, 부여 대조사 석조보살입상의 뒷머리 처리에서 볼 수 있는 바와 같이 고려초에 조성된 석불에서 찾아 볼 수 있는 형식이다.

11) 韓基汶, 「高麗時代 開京 奉恩寺의 創建과 太祖眞殿」, 『韓國史學報』33, 고려사학회, 2008, 209쪽.

12) 『고려사』권2 광종 2년.

시행된 봉은사 태조 진전의 건립은 당시에 정치적 기선을 잡는 명분이었고, 새로이 출범한 고려 국가에서 군주권의 신성한 권위를 확립하는 초석을 놓는 일이었다.[13]

이와 같은 대봉은사의 창건 배경은 곧 태조 왕건 동상의 조성 배경으로 이해해도 될 것이다. 그러나 집권 초 광종의 의도를 읽기 위해서는 이러한 연구 성과와 더불어 태조 왕건 동상에 좀 더 주목할 필요가 있다. 태조 왕건 동상은 裸像으로서 머리에는 통천관을 착용하고 있다. 이 동상은 두 손을 명치 부근에 모으고 있는 채 의자에 앉아 있다. 이상에서 주목되는 점은 왕건 동상이 착용하고 있는 통천관이다. 통천관은 천자만이 착용하는 관이다. 통천관은 제후가 착용하는 遠遊冠과는 차이가 있는데, 가장 큰 차이는 관 내부에 수직으로 뻗은 물결모양의 梁의 개수이다. 즉, 천자의 통천관은 양이 24개이고, 제후의 원유관은 양이 3개이다.[14]

태조 왕건 동상은 천자가 착용하는 통천관을 쓰고 있다는 점에서 태조 왕건이 곧 황제였다는 점을 보여준다. 고려가 원나라의 간섭을 받기 전까지 고려의 군주를 천자나 황제로 언급한 내용은 각종 자료에 널리 나타난다. 그러나 언제부터 '稱帝建元' 하였는지 명확하지 않다. 이미 궁예의 경우 '武泰', '聖册', '水德萬歲' 등의 독자적인 연호를 사용하였으나[15] 칭제하였다는 기록은 없다. 태조 왕건 역시 '天授'[16] 연호를 사용하였으나 칭제한 기록은 없다. 다만 태조 왕건의 경우 혜종이 7살이 되던 해에 혜종을 정윤으로 책봉하고자 계책을 꾸미는 과정에서 박술희에게 柘黃袍를 주어 나주 오씨에게 전하게 한 점과[17] 태조 21년(938) 탐라국에서 태자 末老가 와서 내조하자 星主王子의 작위를 주고 있는 점에서 알 수 있듯이 황제국을 지향했던 점을 알 수 있다.

---

13) 노명호, 『고려 태조왕건의 동상』, 지식산업사, 2012, 149~150쪽.
14) 『신당서』권25 지14 차복, "武德四年始著車輿衣服之令,天子之服十四" ; 노명호, 「고려 태조 왕건 동상의 황제관복과 조형상징」, 『북녘의 문화유산』, 국립중앙박물관, 2006, 232쪽.
15) 『삼국사기』권50 열전10 궁예.
16) 『고려사』권86 표1.
17) 『고려사』권92 열전5 박술희.

태조 왕건 시기 고려는 북번과 탐라국, 芋陵島 등을 주변에 거느린 해동천하를 구성하였다.[18] 그러나 태조 왕건이 황제국을 지향하며 실제로 藩邦을 거느렸다 할지라도 고려 건국기라는 시대적 특성상 실질적인 황제국 체제를 완성하지는 못하였을 것이다. 고려에서 칭제건원하며 황제국 제도를 본격적으로 완성한 시기는 광종 11년(960) 이후부터라 할 수 있다.

광종이 태조 왕건 동상에 통천관을 착용시킨 것은 광종이 추진하고자 하는 국정 운영 방향을 상징적으로 보여준 것이다. 광종은 황제의 관인 통천관을 착용한 왕건 동상을 만듦으로 해서 죽은 태조 왕건을 확실한 황제의 반열에 올려놓았다. 이는 곧 광종 자신 역시 황제 왕건의 아들이기에 그를 이어 황제가 되어야 한다는 당위성을 은연중에 만들어 주었다. 광종이 즉위한 직후의 시대적 상황은 강력한 군사력을 독자적으로 운영할 수 있는 신하들이 여전히 존재해 있는 상황이었다. 즉위 초의 광종은 태조 왕건과 같이 이들을 압도할 수 있는 권위가 없었으며 군사적 능력 또한 월등하지 못했다. 이러한 상황에서 광종이 왕권 강화를 위해 취한 행동은 태조 왕건의 권위를 더욱 높이고 그의 권위를 자신이 인수받는 모양을 취하는 것이었다. 광종이 통천관을 착용한 태조 왕건상을 만든 것은 이러한 이유 때문이라 할 수 있다.

즉위 직후 광종은 대봉은사와 통천관을 착용한 태조 왕건 동상을 만듦으로서 고려가 황제국 체제의 나라가 되어야 한다는 의도를 암묵적으로 선포하였던 것으로 보인다. 이러한 선포의 내면에는 자신 역시 왕건을 이어 황제가 되어야만 한다는 당위성이 내포되었다. 그러나 이러한 광종의 의도는 대봉은사와 불일사의 창건이 태조와 모후인 유씨를 추복하기위한 것이라는 명분 속에 감추어졌으며 신하들의 경계를 받지 않았던 것으로 보인다.

---

18) 추명엽, 「고려시기 '海東'인식과 海東天下」, 『한국사연구』129, 한국사연구회, 2005, 48쪽.

충주 숭선사지

광종은 즉위 5년이 되는 해인 954년에 충주 숭선사를 창건하였다. 숭선사의 창건 이유는 광종이 죽은 어머니인 충주 유씨 神明順成太后의 명복을 빌기 위함이었다.[19] 충주 숭선사지는 충청대학 박물관에 의해 2000년부터 2004년까지 4차에 걸친 발굴조사가 진행되었다. 숭선사지의 발굴조사 결과 이곳에서는 금당지, 강당지, 탑지, 회랑지, 남문지, 동문지 등이 확인되었다. 조사단은 숭선사의 초창이 『고려사』의 기록과 마찬가지로 954년임을 확인하였다. 이밖에 사역이 전체적으로 두 차례에 걸쳐 중창되었음을 파악하였다. 사역이 중창된 시기는 고려 명종 6년(1182) 경과 조선 선조 12년(1579) 경임을 명문기와와 유구의 변화를 통하여 확인할 수 있었다.[20]

숭선사는 고려 중앙 정부의 지원하에 조성된 대규모 사찰이었다. 그런데 여기서 의문이 드는 점은 숭선사의 창건 동기이다. 『고려사』의 기록에는 숭선사의 창건 동기가 先妣劉氏의 추복을 빌기 위함이라 하였다. 그러나 광종은 이미 3년 전에 불일사를 毌后의 인당으로 개경에 상선한 바 있다. 태조 진전의 경우 개경의 대봉은사 이외에도 많은 곳에 만들어졌다. 구체적으로 살펴보면 개경의 봉은사 이외에 평안도 영안현의 봉진사, 죽주의 봉업사, 양산사(문경 봉암사의 다른 寺名) 등에 설치되었으며 이외에도 西京, 基州, 천안군, 光州 등에서도 태조진이 진전의 형태를 가지고 배향 공신상과 함께 있었을 가능성이 있다.[21] 그러나 광종대에 추복선비의 의도로 만들어진 사원은 불일사와 더불어 필자가 파악한 범위 안에서 숭선사가 유일하다. 달리 말하면 모후를 위한 사원은 태조 진전과 같이 많이 만들 필요가 없으며 불일사만으로도 충분히 추복선비의 기능을 할 수 있었다. 불일사가 개경에 있음에도 불구하고 모후의 원당이라 하여 숭선사를 충주에 또다시 창건한 데에는 특별한 이유가 있다고 생각한다.

먼저, 분열된 광종의 지지 세력을 규합하기 위한 것으로 볼 수 있다. 태조 왕건은 충주

---

19) 『고려사』 권2 광종5년.

20) 忠淸大學 博物館, 『충주 숭선사지-시굴 및 1~4차 발굴조사보고서』, 2006, 649~652쪽.

21) 韓基汶, 「高麗時代 開京 奉恩寺의 創建과 太祖眞殿」, 『韓國史學報』 33, 고려사학회, 2008, 222~224쪽.

10-3 충주 숭선사지

의 유력한 호족인 유긍달의 딸과 혼인하여 여러 자식을 얻었다. 그 중 둘째와 셋째 아들이 후에 정종과 광종이 되었다. 충주 유씨 세력은 정종의 외척세력이기에 혜종과의 왕위계승전을 벌일 때 적극적으로 정종의 지지세력이 되어 주었다. 그러나 이들은 광종이 왕위에 오르는 과정 속에서 분열되었을 가능성이 있다. 그 이유는 앞에서 언급했듯이 광종의 즉위 과정 속에서도 왕위계승전이 벌어졌을 가능성이 높기 때문이다. 그러나 그들 내부의 분열은 정종과 광종이 모두 충주유씨 신명순성태후의 아들이라는 점에서 극단적으로 분열되지 않았을 것이다.

광종은 즉위 후 이듬해에 바로 대봉은사와 불일사를 창건하여 태조 왕건의 계승자로서 정치적 기선을 잡았다. 광종은 모후를 위한 불일사를 개경 인근에 창건하였음에도 불구하고 3년 후에는 숭선사를 충주에 건립하였다. 숭선사를 충주에 건립한 표면적 이유는 충주유씨인 어머니의 추복이었지만 실제로는 정종을 지지하였던 세력과 자신을 지지하였던 충주유씨 세력이 충주 숭선사의 창건을 계기로 하나로 합쳐지기를 바란 것으로 볼 수 있다. 즉, 광종은 숭선사의 창건을 통해 이들을 규합시켜 자신의 적극적인 지지세력으로 만든 것이라 할 수 있다.

숭선사를 충주에 창건한 두 번째 이유는 숭선사지의 지리적 위치를 통해 유추할 수 있다. 고려초 충주의 유력한 호족인 충주유씨 세력이 모여 살았던 지역은 현재의 충주 성내동을 중심으로 한 충주시내 일대일 것으로 보인다. 그 이유는 성내동은 고려시대부터 존재한 충주 읍성이 자리했던 지역이기 때문이다. 조선시대에도 이 지역은 중심지역이었다. 이는 충주목사가 집정하던 동헌인 淸寧軒이 이 지역에 자리잡고 있음을 통해 알 수 있다. 이와 더불어 이 일대에는 고려시대 철불인 충주 철불좌상, 단호사 철불좌상 등이 성내동을 중심으로 한 지역에 분포해 있어 고려시대 충주의 중심지역임을 알 수 있다.

숭선사의 창건 목적이 『고려사』의 기록대로 충주유씨의 추복에 있었다면 숭선사는 도심에서 멀지 않은 곳에 세워졌을 것이다. 그래야지만 충주유씨 세력들이 원당을 참배하거나 관리하는 데 있어 편리했을 것이기 때문이다. 그러나 숭선사는 충주의 중심지였던 현재의 성내동에서 직선거리로 22km 이상 떨어진 충주시 신니면 문승리 숭선마을에 위치해 있다. 광종 5년(954)에 건립된 숭선사의 위치는 비슷한 시기에 중창되었던 죽주 봉업사지와 안성 망이산성 등과의 관계에서 고려되어야 한다. 뒤에서 상술하겠지만 봉업사지는 숭선사지와 거의 비슷한 시기에 광종에 의해 중창되며 망이산성 역시 광종 중반기에 대대적으로 정비되었다. 안성 망이산성의 위치는 숭선사지에서 서쪽으로, 직선거리 약 19km 떨어진 곳에 위치해 있다. 봉업사지는 숭선사지에서 서쪽으로 약 25km 떨어진 곳이다. 숭선사의 위치는 삼국시대 이래 교통의 요충지였던 죽주 봉업사 일대와 충주 사이의 중간 지점에 해당된다.

이 지점에 광종이 954년 숭선사를 건립하고 있는 것은 단순히 모후의 추복을 위해서만이 아니었다는 점은 쉽게 짐작할 수 있다. 숭선사를 건립한 일사적인 목석은 광종이 본격적인 황제권 강화와 구신 숙청에 앞서 자신을 절대적으로 지지하는 세력인 충주유씨 세력을 규합하기 위한 것으로 보인다. 숭선사를 현재의 자리에 건립한 보다 더 중요한 이유는 자신의 지지세력인 충주유씨 세력과의 물리적 소통을 위한 교통로의 안전한 확보를 담보하기 위해서라 할 수 있다. 개성을 출발하여 충주로 들어가는 길은 수로를 이용하지 않는다면 현재의 520번 지방도로와 518번 지방도로가 통과하는 교통로를 이용해야 된다. 숭선사지 북쪽에는 현재의 520번 지방도로가, 남쪽에는 518번 지방도로가 고대의 교통로 위에 개설되어있다. 숭선사는 사찰의 북쪽과 남쪽을 지나는 교통로를 모두 통제할 수 있는 위치에 조성되었다. 즉, 숭선사는 충주의 관문 역할을 하였던 사찰이라 할 수 있다.

충주 숭선사의 건립과 더불어 비슷한 시기에 이루어진 봉업사의 중창 등은 모두 황제권 강화라는 자신의 뜻을 본격적으로 드러내기 전 구체적인 힘을 축적해 가는 광종의 사전 작업이라 말할 수 있다. 본격적인 황제체제 구축을 위한 광종의 이러한 치밀한 계획은 훈신숙장들의 견제를 받지 않기 위해 '追福先妣'라는 의도로 포장된 것으로 보인다.

논산 개태사 석조공양상

집권초기 시행한 광종의 정치는 후에 최승로의 평에서 극찬을 받을 정도로 구신들과 대립각을 세우지 않았으며 기존의 질서를 깨뜨리지 않은 채 큰 무리 없이 진행되었다. 광종은 아직 자신의 힘이 축적되지 않은 상태에서 훈신숙장들을 대대적으로 숙청하고 황제국 체제를 완성하고자 하는 자신의 야망을 드러내지 않았다. 광종은 자신의 깊은 뜻을 감추었을 뿐만 아니라 오히려 구신들의 경계를 누그러뜨리기 위한 일을 적극적으로 추진하기도 하였다. 그 대표적인 예가 개태사 석조공양상의 조성이라 할 수 있다.(도 9-7~10)

논산 개태사에는 석조삼존불입상이 세워져 있으며 이곳에서 북쪽으로 약 300m 떨어진 개태사지에는 석조공양상이 있다. 개태사 석조삼존불입상은 후백제 신검이 태조 왕건에게 항복을 청한 바로 그 자리에 세워진 불상으로 태조가 후백제를 멸한 태조 19년(936)에 착공하여 태조 23년(940)에 완공되었다. 개태사 석조삼존불입상에 대해서는 여러 선학들이 연구를 진행한 바 있다.[22] 반면에 개태사 석조공양상에 대해서는 그동안 구체적인 분석 없이 개태사 석조삼존불입상과 동시기에 만들어진 것으로 여겨져 왔다. 9장에서는 개태사 석조공양상의 조성시기가 광종 5(954)~11년(960)임을 밝혔다.

개태사 석조공양상의 조성시기는 발굴 성과와 불상의 양식분석을 통해 추정하였다. 특히 개태사 석조공양상이 있었던 개태사지 발굴조사 결과 충주 숭선사지 초창기 막새와 같은 종류의 막새가 출토된 것이 개태사 석조공양상의 조성시기를 추정할 수 있었던 단서가 되었다. 개태사지는 발굴조사에서 출토된 수막새를 통해 조성시기의 상한선을 954년경으로 추정할 수 있었다. 불전지와 진전지로 구성된 개태사지의 건립 하한연도는 죽주 봉업사지 진전보다 개태사 진전이 먼저 건립되었을 가능성을 고려하여 봉업사 진전 건립 상한연도인 광종 11년(960)으로 추정하였다. 개태사 공양상은 현재의 개태사 석조삼존불이 위치한 곳에서 북쪽으로 약 300m 떨어진 곳인 개태사지에 진전이 건립됨

---

22) 제8장 각주 1 참조.

과 동시에 조성된 것으로 볼 수 있다. 이러한 이유로 개태사 석조공양상의 조성시기는 광종 5(954)~11년(960)으로 추정된다.

개태사 석조공양상은 집권 초기 광종에 대한 많은 정보를 제공해 준다. 먼저, 개태사 석조공양상이 탑 앞에 세워졌던 공양보살상이라는 점을 주목할 필요가 있다. 원각상 형태로 탑 앞에 세워지는 석조공양상은 전통적으로 승려 형상의 모습이었다. 그런데 개태사 석조공양상은 탑전공양상임에도 불구하고 보살상의 모습을 취하였다. 9장에서는 개태사 석조공양상이 보살상의 모습을 취하고 있는 점은 왕즉보살의 관념이 석조공양상에 반영된 것으로 추정하였다. 이러한 추정은 면류관형 보개를 착용한 보살상이 광종대에 집중적으로 만들어지고 있는 점을 통해 보았을 때 충분히 가능성이 있는 것으로 판단된다.

태조를 기리는 개태사 진전에서 전에 없었던 새로운 조각상이 처음 도입된 것은 결국 개태사 진전을 만든 광종에 의해서라 할 수 있다. 개태사 석조공양상이 보살상의 모습을 취하게 된 것은 광종이 의도가 반영된 것이다 알 수 있으며 크게 보아 왕즉불 사상이 반영된 결과로 해석이 가능하다.[23] 광종에 의해 시도된 왕즉불 사상은 광종 집권 중반기에 본격적으로 나타난다. 개태사 석조공양상은 집권 중반기와 집권 후반기에 본격적으로 드러나는 왕즉불 사상이 집권 초반기부터 잉태되고 있음을 보여주는 상징적인 조각이다.

광종이 개태사 석조공양상을 세운 목적은 9장에 상술하였다. 이를 요약하면 다음과 같다. 탑전 공양보살상을 개태사 진전에 세운 이유는 고려건국 과정에서 희생된 공신들에 대한 예우와 전쟁의 참화에 대한 속죄를 목적으로 건립된 것으로 볼 수 있다. 이밖에 광종은 왕위계승전의 소용돌이 속에서 자신에 의해 희생될 수밖에 없었던 이복형(혜종)과 친형(정종)을 추복하며 형들을 죽음으로 몰아넣었던 자신의 행동에 대한 참회의 방편

---

23) 10~11세기 조성된 중앙아시아 베제클릭 20굴의 벽화에는 이 굴을 조영한 발원자인 왕과 왕후의 모습이 공양자상으로 벽화에 그려져 있다(조성금, 「위구르인들의 成佛 誓願 : 베제클릭 20굴 「毘奈耶藥事變相圖」,『中央아시아 硏究』17, 중앙아시아학회, 2012, 115~116쪽). 이와 같이 벽화에 그려진 공양자상에 발원자의 모습이 반영되는 경우를 통해 보았을 때 개태사 석조공양상에 개태사 탑전공양상을 발원한 광종의 모습이 투영되었다고 추론할 수 있다.

으로 탑전 공양보살상을 세운 것으로 보인다. 아버지인 태조가 세운 개태사만큼 참회를 의미하는 공양보살상을 세울 상징적이며 합당한 장소는 없었을 것이다. 비로자나참회법을 베풀기도 하였던 광종은 아마도 비로자나불에게 자신의 죄를 참회하였을 것이다. 이는 탑전 공양보살상이 공양의 자세를 취하고 있는 대상이 비로자나불로 상징되기도 하는 석탑이라는 점을 통해서 유추할 수 있다.

광종이 참회의 의미를 포함한 공양상을 개태사 영역에 세운 이유는 단순히 부처님께 자신이 참회하고 있다는 것을 보여주기 위해서만은 아니다. 개태사 영역에 광종에 의해 진전이 세워지고 석조공양상이 만들어지기 시작한 때는 광종이 본격적으로 황제 체제를 선포하기 이전이다. 이 시기의 광종은 여전히 강력한 신하들과 호족들의 존재를 의식해야만 하는 때였다. 광종에 의한 개태사 진전의 건립과 탑 앞에 만들어진 보살형태의 석조공양상은 태조 왕건이 구축해 놓은 건국초기의 체제를 존중하겠다는 무언의 상징물로 보인다. 그 상징은 광종이 왕위계승전을 통해 이복형과 친형을 죽음으로 몰아넣은 것을 참회하는 석소공양상을 세웠으니 앞으로는 더 이상이 희생이나 숙청이 없을 것이라는 암시로도 해석할 수도 있다. 즉, 광종은 자신을 견제하고자 하는 신하들에게 자신을 견제할 필요가 없으니 안심해도 된다는 의미를 개태사 석조공양상을 통해 전달하고자 하였던 것으로 보인다. 이를 통해 광종은 집권초기 부처님께 자신의 죄를 참회하며 아버지 왕건이 만들어놓은 체제를 계승하고 유지하고자 하는 선량한 군주의 이미지를 성공적으로 구축하였다고 할 수 있다.

집권중기 - 황제 체제의 선포

집권초기의 광종은 『정관정요』를 읽으며 부모를 위해 원당을 창건하고 개태사 석조공양상과 같이 참회와 화합을 상징하는 조형물을 만들었다. 이러한 일련의 과정은 자신을 견제하는 강력한 호족들의 경계심을 누그러뜨리기 위한 방편으로 볼 수 있다. 이와 동시에 광종은 자신의 힘을 축적하기 위한 다양한 작업을 매우 치밀하게 수행해 간다. 그 대표적인 예가 앞에서 설명한 숭선사의 창건이다.

이러한 일련의 작업과 더불어 광종은 즉위 7년(956)에 노비안검법을 실시하였고 광종 9년(958)에 과거제를 시행하여 본격적인 황제체제 구축을 위한 제도적 준비도 갖추어 갔다. 황제체제 구축을 위한 10년에 걸친 준비과정을 거친 광종은 마침내 즉위 11년(960)에 백관의 공복을 제정하고 개경을 皇都로 칭하였으며 서경을 서도라 명명하였다.[24] 아마도 광종은 이때 스스로를 황제라 칭했을 것이다.

스스로 황제의 자리에 오른 광종은 960년부터 본격적이고 대대적인 숙청작업에 들어갔다. 『고려사』 최승로전에 의하면 광종의 숙청작업은 960년부터 광종 말년까지 16년간 지속되었다.[25] 황제권을 확고히 확립하고자 하는 광종과 강력한 사병을 거느린 훈신숙장의 존재는 숙명적으로 병립할 수 없는 관계였다. 결국 어느 편의 실질적인 물리력이 상대편을 제압할 수 있느냐에 따라 정국의 향배는 갈리게 되었다. 광종은 10년간 자신의 뜻을 숨기며 구세력을 압도할 수 있는 힘을 군비해 왔다. 본격적인 숙청작업을 진행하는 집권중기에도 광종은 여전히 자신의 세력을 키우고 강력한 호족들의 반발에 철저하게 대비하고 있었다. 호족들의 반발에 치밀하고 철저하게 대비하고 있었던 광종의 모습은 아래에서 설명할 유적의 발굴성과를 통해 알 수 있다.

안성 봉업사지, 망이산성, 장릉리사지, 평택 비파산성

봉업사지는 경기도 안성시 죽산면에 위치하고 있으며 1997년부터 2004년까지 경기도박물관에 의해 3차례의 발굴조사가 진행된 바 있다. 발굴조사 결과 봉업사는 통일신라시대에 화차사라는 이름으로 존재하였으며 이 사찰은 나말의 시기에 폐허가 되었다가 능달에 의해 925년경 사역의 일부가 중창되었음이 밝혀졌다. 봉업사는 광종대에 들어와 진전이 건립되고 현재의 봉업사지 사역 대부분에서 대대적인 중수가 이

---

24) 『고려사』 권2 광종11년.
25) 『고려사』 권93 열전6 최승로.

루어졌다. 1차 발굴조사는 봉업사지 오층석탑 주변에서 진행되었다. 발굴조사 성과에 대해서는 6장에서 상술하였다. 광종은 집권 중반기를 전후한 시기에 봉업사를 집중적으로 중창하였을 뿐만 아니라 인근의 망이산성까지 수리하였다. 망이산성은 백제시기에 축성된 토성과 통일신라시대～고려시대에 사용된 석성으로 이루어진 곳이다. 단국대학교 박물관에서 1998년 실시한 발굴조사에서는 "□□峻豊四年 壬戌大介山 竹州"명(광종 14년, 963) 기와가 출토되었다. 이를 통해 망이산성이 광종대에 증축되었음이 밝혀졌다.[26]

광종대 죽주지역에서는 봉업사의 중창과 망이산성의 증축 등이 행해졌을 뿐만 아니라 새로운 사찰이 창건되기도 하였다. 이 사찰은 장릉리사지로서 2005～2006년 사이 중앙문화재연구원의 발굴조사 결과 광종대에 초창된 것이 밝혀진 사지이다. 발굴조사 결과 장릉리사지에서 발견된 유물 중 초창 시기를 밝힐 수 있는 유물로 '凡(瓦)草'명(광종 9년, 958) 기와, '觀音...庚申崇造'명(광종 11년, 960) 기와가 출토되었다. 이밖에 '太平興國七年...竹州凡(瓦)草□水□水…'명(성종 원년, 982) 등이 기와도 출토되었다.[27]

광종 집권 중반기에 실시된 사찰과 관방유적의 신축 및 증·개축은 충주 숭선사지, 죽주일대를 비롯하여 평택에서도 확인된다. 평택 비파산성에서는 경기도박물관에서 실시한 지표조사를 통해 수해로 파괴된 성벽 기저부에서 "乾德三年"명(광종 16년, 965) 기와가 출토되었다.[28] 이후 비파산성은 단국대학교 매장문화재연구소에 의해 2004년 발굴조사가 실시되어 이 성의 초축을 "乾德三年"(965)으로 보았다.[29]

즉위 5년(954) 충주 숭선사를 창건한 광종은 956년경부터 죽주에 위치한 봉업사를 본격적으로 중창하였다. 광종에 의한 봉업사 중창 사업은 광종이 본격적인 황제체제를 선포한 즉위 11년(960)경 이후에는 봉업사에 진전사원이 건립될 정도로 광종 집권 중반기에 집중적으로 시행되었다. 광종대에 추진된 봉업사의 대대적인 중창은 출토된 기와

---

26) 단국대학교 중앙박물관, 『안성 망이산성 2차 발굴조사 보고서』, 1999, 246~251쪽.
27) 中央文化財研究院, 『安城 長陵里 골프장 豫定敷地內 安城 長陵里寺址』, 2008, 76~78쪽.
28) 경기도박물관, 『平澤 關防遺蹟(Ⅰ)』, 1999, 340쪽.
29) 단국대학교 매장문화재연구소, 『평택 서부 관방산성 시·발굴조사 보고서』, 2004, 359쪽.

를 통해 보았을 때 광종대 후반과 경종, 성종대에도 있었지만 주로 광종 집권중기인 광종 7년(956), 광종 9년(958), 광종 11년(960), 광종 13년(962)에 집중되었다. 죽주지역에 대한 광종의 관심은 봉업사의 중창에만 머무르지 않았다. 광종은 봉업사에서 서남쪽으로 약 5km 떨어진 곳인 장릉리사지에 광종 9년(958) 사찰을 창건하기도 하였다. 이밖에 광종은 집권 중반기에 동남쪽으로 약 6km 떨어진 망이산성을 수리하였으며(광종 14년, 963) 평택 비파산성을 초축하기도(광종 16년, 965) 하였다.

광종이 새로 만들거나 중·개축하는 사찰과 성곽의 조성시기와 위치를 보면 한 가지 의문점이 든다. 광종대는 비록 불안정하기는 하였어도 고려가 후삼국을 통일한 후 이미 4대째 군주가 등극해 있는 상황이었다. 고려의 안보에 위협을 주는 실질적인 위험은 고려 내부가 아니라 북방의 외적이라 할 수 있었다. 이러한 이유로 고려는 태조 때부터 서경을 복구하였으며 정종은 서경으로 천도를 시도하기까지 하였다. 북방지역의 축성은 태조 때부터 광종 초까지 지속되었다. 정종 2년(947)에는 德昌鎭(博州)과 德成鎭(渭州)이 축성되었고, 같은 해 동무 내무 지역인 鐵岳鎭(血州)노 축성되었다. 이러한 추세는 광종 초에도 지속되어 광종 2년(951)에 □靜鎭(撫州)이 축성되었으나 이후 20년 가까이 축성이 중단되었다. 광종대의 북방 개척은 광종대 후반에 이르러 다시 진행되었다. 광종 21년(970)경이 되어서야 安朔鎭(延州)과 光化鎭(泰州)이 축성되고 광종 23년(972) 威化鎭(雲州)이 축성되었다.[30]

광종은 집권 초기인 광종 2년(951)에 북방 축성 사업을 실시하였으나 이후 오랜 기간 동안 북방 축성 사업을 진행하지 않았다. 그런데 이미 후삼국이 통일된 지 30년이 가까이 된 시점에 광종은 한반도 중부지방에 위치한 망이산성을 수리하고 비파산성을 초축하였다. 외적의 실질적인 위험이 상존하는 북방의 축성사업도 진행하지 않은 광종이 한반도 중부지방에 축성사업을 진행하고 있는 것을 어떻게 해석해야 할까?

성곽과 사찰은 국방과 밀접한 관련이 있는 시설이다. 고려 광종 때 처음 만들어지거나 수리된 성곽과 사찰을 지도상에서 이어보면 평택, 안성(죽주), 충주로 이어진다. 제천

---

30) 윤경진, 「고려 태조-광종대 북방 개척과 州鎭 설치」, 『奎章閣』37, 서울대학교 규장각, 2010, 284쪽.

월광사와[31] 영월 흥녕사의 단월이 충주 유씨 세력이었던 점을 고려한다면 지도상의 선은 제천과 영월로 연장된다. 이 선은 동서를 가로지르는 현재의 38번 국도선과 일치하며 이는 후삼국시대 고려의 영역과 거의 일치하는 것으로 볼 수 있다.[32] 후삼국시대에는 이 선보다 남쪽에 있는 천안이나 청주 지역 역시 고려의 영역에 포함되어 있었으나 이 지역은 실질적인 전투가 벌어지는 최전선이거나 반란의 역모가 의심되는 지역이기도 하였다. 이런 점을 고려한다면 평택-안성(죽주)-숭선사-충주-제천-영월을 잇는 지역은 후삼국시대에 온전한 고려의 영역이었음을 알 수 있다. 즉, 광종은 고려 왕실의 미지노선이라 할 수 있는 이 지역에 대한 방어선 정비까지 마친 상태에서 본격적인 구신과 호족세력의 숙청작업에 들어간 것이라 할 수 있다. 이러한 방어선의 구축은 광종이 강력한 황제국 체제를 만들어감에 있어 이에 반발하는 세력의 반란이라는 최악의 상황까지 염두에 두고 매우 치밀하고 착실하게 황제권 강화를 준비해 갔음을 보여준다 하겠다.

황제국 체제 완성을 위한 광종의 치밀한 준비작업은 발굴조사 결과에서 알 수 있듯이 특히 숙수를 중심으로 한 지역에 집중되었다. 죽주지역에서는 봉업사가 대대적으로 수리되면서 봉업사 뒤편의 죽주산성 역시 정비된 것으로 볼 수 있다. 이밖에 장릉리사지의 사찰과 망이산성이 신·개축되었다. 망이산성은 청주·진천과 충주지역에서 올라오는 교통로를 통제할 수 있는 요지에 건설된 산성이다. 장릉리사지는 청주에서 진천을 거쳐 북쪽으로 올라오는 현재의 17번 지방도로가 동서를 가로지르는 38번 지방도로와 만나는 교차로 지점 근처에 위치해 있다. 장릉리사지는 청주와 진천 쪽에서 올라오는 교통로를 감시할 수 있는 위치에 건립되었다.

광종이 죽주지역에 위치한 사찰과 산성을 집중적으로 수리하고 개축한 이유 중의 하나는 앞에서 언급했듯이 자신의 정책에 반발하는 세력들을 감시하고 제압하기 위해서일 것이다. 본격적인 구신 숙청작업에 들어가기 전 광종이 가장 경계했던 세력들은 아마도 자신보다 앞서 왕위에 올랐던 혜종과 정종을 지지했던 세력이라 할 수 있다. 이들

---

31) 월광사는 발굴조사되어 보고서가 간행되었다(충청전문대학 박물관,『堤川 月光寺址』, 1998).
32) 정성권,「高麗 光宗代 石佛의 특성과 영향」,『文化史學』27, 韓國文化史學會, 2007, 586쪽.

은 왕위계승전 와중에 심각한 타격을 받았을 것이나 이들이 거주하는 지역에서는 여전히 무시 못 할 힘을 유지하고 있었을 것이다. 죽주지역에 집중적으로 사찰과 관방유적이 정비되고 있는 것으로 보아 광종이 가장 경계했던 세력 중 하나는 바로 진천의 호족들과 청주의 호족들이 아닌가 한다.

진천과 청주는 바로 혜종과 정종의 외척세력들이 존재하는 곳이었다. 혜종의 장인으로는 진천 임희와 청주 김긍률, 경주 연예 등이 있으며, 그 중 김긍률은 정종의 장인이기도 하였다. 이들 호족세력들은 광종이 등극한 후 표면적으로 불만을 들어내지 못했을 것이나 언제든지 광종에게 반기를 들 수 있는 세력이었다. 이밖에 광종이 죽주지역에 관심을 집중한 이유는 바로 이곳이 핵심적인 교통의 요지라는 점 때문일 것이다. 광종은 죽주를 반발세력을 제압하는 배후기지이자 황제국 체제를 선전하는 전초기지로 활용했다고 할 수 있다. 죽주지역이 반발세력을 제압하는 배후기지의 역할을 했다는 내용은 앞에서 설명한 바와 같다. 죽주지역이 황제국 체제를 선전하는 전초기지 역할도 하였다는 근거는 아래에서 설명하는 매산리 석조보살입상을 통해서 알 수 있다.

안성 매산리 석조보살입상

안성 매산리 석조보살입상은 고려시대 석조미술사를 연구함에 있어 매우 중요한 위치를 차지하는 기념비적인 작품이다. 이 불상은 봉업사지 사역의 북동쪽 끝에 해당하는 매산리 마을 입구 미륵당이라는 곳에 세워져 있다. 이 불상은 최근까지 거의 주목받지 못한 채 고려시대 중기 혹은 말기의 작품으로 평가되기도 하였다.[33] 그러나 필자는 근래의 연구 성과를 통해 매산리 석조보살입상이 고려 광종 11(960)~14년(963) 사이에 조성된 석불임을 논증하였다.[34]

---

33) 경기도, 『機內寺院誌』, 1988, 713쪽.
34) 丁晟權, 「安城 梅山里 石佛立像 硏究-高麗 光宗代 造成說을 제기하며-」, 『文化史學』 17, 韓國文化史學會, 2002, 290~297쪽.

3장에서도 잠시 언급하였지만 매산리 석조보살입상은 광종 21년(970)경부터 만들기 시작한 논산 관촉사 석조보살입상의 原型(prototype)으로 볼 수 있는 상이다. 매산리 석조보살입상에는 940년 완공된 개태사 석조삼존불의 영향이 강하게 잔존해 있다. 안성 매산리 석조보살입상의 경우 보살상의 상호가 개태사 석조삼존불입상과 매우 유사하다. 특히 아래턱이 둥글게 발달해 있는 점, 눈이 올라간 각도, 상대적으로 짧은 코, 인중과 아랫입술 사이의 세로로 파진 홈 등이 매우 흡사하다.(도3-12~14) 안성 매산리 석조보살입상의 조성시기는 이 불상이 관촉사 석조보살입상의 조형적 원형이라는 점과 개태사 석조삼존불입상의 양식적 영향이 나타남, 보살상이 자리잡은 지리적 위치, 황제가 착용하는 면류관과 비슷한 면류관형 보개의 착용, 봉업사지의 발굴조사 성과 등을 종합해 볼 때 광종이 스스로 황제라 칭하기 시작한 광종 11(960)~14년(963) 사이에 조성된 것으로 추정할 수 있다.[35]

매산리 석조보살입상은 태조 왕건이 조성한 개태사 석조삼존불입상과 양식적으로 강한 친연성을 보이고 있으나 면류관형 보개를 착용하고 있는 것은 큰 차이점이다. 보살상이 황제가 착용하는 면류관과 닮은 방형의 보개를 착용하고 있는 점은 매우 주목된다. 보살상이 보관을 착용할 경우 화려한 원통형 보관을 착용하는 것이 일반적이다. 하지만 보관 위에 면류관과 닮은 형태의 방형 보개를 올려놓은 경우는 광종대에 조성된 면류관형 보개착용 보살상과 후대에 이를 모방한 보살상들을 제외하면 우리나라뿐만 아니라 중국이나 일본에서도 거의 찾아볼 수 없다. 면류관 형태의 보개를 착용한 불상의 조성은 광종에 의해 창안된 신양식이라 할 수 있다. 광종은 현재 남아 있는 기록을 보았을 때 우리나라에서 처음으로 면류관을 착용한 황제이다.[36] 황제가 착용하는 면류관을 보살상의 보개로 만든 이유는 개태사 석조공양상의 창안에서 보았듯이 왕즉보살 사상, 넓게 보아 왕즉불(황제즉불) 사상이 반영된 것으로 추정된다.

지금까지의 연구 성과에 의하면 광종의 치세기간은 전제정치로 규정되었고, 호족세

---

35) 丁晟權, 앞의 글, 290~297쪽.

36) 한국역사연구회 편, 「普願寺法印國師寶乘塔碑」, 『譯註 羅末麗初金石文』, 1996, "大王躬詣道場 服冕拜爲 國師 □之以避席之禮 于以問道 字以乞言 大師言曰".

10-4 안성 매산리 석조보살입상   10-5 안성 매산리 석조보살입상 면류관형 보개와 상호

력의 숙청과 신진세력의 등용을 통하여 왕권을 강화하였던 것으로 이해되었다. 이러한 신진세력으로는 군소 호족출신의 신진관료 및 과거관료, 쌍기를 비롯한 중국계 귀화인, 측근 문신 등 다양한 견해가 제시되었다. 그리고 당시 이루어진 여러 가지 제도개혁과 과거제의 실시, 문한기관의 확장, 노비안검의 시행과 시위군의 확대, 중앙 관부의 변화 등은 그러한 체제를 만들거나 유지하기 위한 제도로 인식되었다.[37] 광종의 왕권강화에 대한 노력은 앞에 언급한 정치기반의 확장과 제도개선 이외에 고려 왕실의 마지노선이라 할 수 있는 후삼국시대의 고려 영역에 대한 방어선 정비에까지 미치고 있었다. 이는 위에서 언급한 최근의 발굴성과를 통해 알 수 있다.

즉위 11년이 되는 960년, 광종은 스스로 황제임을 천명하고 본격적인 구신숙청에 들

37) 윤성재, 「高麗 光宗의 政治基盤」, 『한국사학보』13, 고려사학회, 2002, 137쪽.

어갔다.[38] 안성 매산리 석조보살입상은 광종 11(960)~14년(963) 사이 죽주에 세워진 것으로 추정된다. 불상이 세워진 이곳은 광종이 구축한 평택 자미산성-죽주-충주-제천을 연결하는 방어선의 최전선 중앙에 해당하는 지역이다. 광종은 스스로 황제로 칭한 960년 직후, 교통의 요지인 죽주에 면류관형 보개를 착용한 매산리 석조보살입상을 세워 만천하에 새로운 시대가 도래했음을 선전한 것으로 여겨진다.

안성 매산리 석조보살입상을 살펴보는데 있어 눈여겨봐야 할 점은 석조보살입상이 서있는 입지이다. 매산리 석조보실입상은 현재 미륵당이라 불리는 곳에 서 있으며 바로 옆에는 거찰 봉업사가 존재하였다. 봉업사지 발굴조사 결과 다량의 명문기와가 출토되어 광종대에 대대적으로 증·개축되었음을 알 수 있다. 매산리 석조보살입상이 서 있는 곳은 크게 봉업사의 영역이라 볼 수 있다. 하지만 봉업사 중심사역에서 벗어난 북쪽지역이다. 매산리 석조보살입상이 황제를 상징하는 중요한 불상이라면 봉업사지의 중심사역 내에 위치해도 부족함이 없을 것이다. 그럼에도 불구하고 봉업사지의 사역 북쪽끝에 위치한 이유는 교통로 때문이다. 고려시대에 전라도나 충청도 쪽에서 개경으로 가기 위해서는 청주를 거쳐 죽주산성 앞을 지나 북쪽으로 향하였다. 경상도 쪽에서는 월악산 하늘재를 넘어 충주를 거쳐 죽주산성 앞을 지나 개경으로 향하는 길이 있다. 따라서 고려시대 죽주지역은 교통의 핵심 요충지였다.

안성 매산리 석조보살입상이 봉업사의 북쪽 끝자락에 위치한 이유는 충주쪽과 연결된 교통로가 죽주산성 동쪽, 현재의 매산리 석조보살입상이 서 있는 곳과 연결되기 때문이다. 충주 쪽에서 오는 사람들이 개경을 향하다가 봉업사를 방문하기 위해서는 죽주산성 동쪽의 갈림길에서 남쪽방향으로 내려와야 한다. 그리 먼 길은 아니지만 봉업사에 볼일이 없는 사람들의 경우 굳이 남쪽으로 발길을 돌릴 이유가 없다. 이러한 이유로 매산리 석조보살입상은 청주와 충주방향의 길이 만나는 삼거리의 북쪽에 세워진 것이라 할 수 있다. 이 위치에 세워짐으로 해서 남쪽에서 개경으로 향하는 사람들이나 개경에서 남쪽 지방으로 향하는 거의 모든 사람들은 안성 매산리 석조보살입상의 앞을 지나가

---

38) 『고려사』 열전6 최승로.

야만 하였다. 즉, 광종은 스스로 황제라 칭하기 시작한 960년 무렵 면류관형 보개를 착용한 석조보살입상을 선전효과가 가장 좋은 장소에 세움으로써 새로운 황제의 시대가 도래했음을 온 만방에 효과적으로 선포한 것으로 보인다.

집권후기 - 왕즉불 사상의 추구

광종 집권 후기는 즉위 19년(968)경부터로 볼 수 있다. 이 시기의 사료를 보면 광종은 弘化寺, 遊巖寺, 三歸寺 등을 창건하고 탄문을 왕사로 삼았다. 광종 19년 『고려사』에는 "왕이 아첨하는 말을 듣고 많은 사람을 죽였으므로 내심으로 가책을 받게 되었다."라고 기록되어 있다.[39] 왕이 가책을 받을 정도로 많은 사람을 죽였다면 960년부터 본격적으로 추진된 훈신숙장들의 숙청이 어느 정도 마무리되었다는 것을 의미한다. 또한 왕이 내심으로 가책을 받았다는 것은 광종의 정책에 빈번히는 새덕이 나타나기 시작했다는 것을 암시한다. 이를 상징적으로 보여주는 것이 광종 19년경에 벌어진 正秀에 의한 均如의 참소사건이다. 정수는 균여를 광종에 대한 비판적인 견해를 가졌다고 참소하였으나 광종은 도리어 참소한 정수를 처형하였다. 이러한 사실은 광종이 반발세력에 대하여 어느 정도 유화적인 태도를 보였다는 사실을 말해주는 것으로 이해된다.[40]

즉위 19년 이후 집권 후반기를 맞는 광종은 오랜 숙청에 반발하는 세력이 다시 커져가는 상황을 맞이하였다. 이에 대한 대응으로 광종은 유화책과 강경책을 함께 사용했던 것 같다. 미술사적 관점에서도 집권 후반기 광종의 정책이 유화책과 강경책이 공존했음을 읽을 수 있다. 이는 현재 남아있는 광종대의 불상들 중 광종 후반기 때 조성된 것들을 살펴보면 알 수 있다.

---

39) 『고려사』 권2 광종19년.
40) 金龍善,「光宗-改革의 挫折과 繼承-」,『韓國史 市民講座』13, 일조각, 1993, 40쪽.

개성 관음사 관음보살상

관음사 관음보살상은 개성시 산성리 관음사 뒤편의 관음굴에 있었던 보살상이다. 이 보살상은 대리석으로 만들었으며 원통형 보관을 착용하였다. 몸에는 화려한 영락장식과 장신구로 치장되었다. 자세는 왼발을 올려 반가부좌를 틀고 오른발은 아래로 내린 반가좌 형식이다. 이 보살상은 2006년 국립중앙박물관에서 이루어진 '북녘의 문화유산' 전시회에 출품되기도 했던 불상이다. 『신증동국여지승람』 佛宇조에는 박연폭포 상류에 관음굴이 있고 두 석상이 안치되어 있으며 광종대에 창건되었다고 기록되어 있다.[41](도10-7)

10-6 952년작 오대 후주 쌍보살도 부분

관음사 관음보살상의 조성시기가 『신증동국여지승람』의 기록과 같이 광종 집권기에 만들어졌음을 알 수 있는 근거는 보살상 이마에 표현된 八자 형의 머리카락 모습이다. 보살상의 이마에 팔자형의 머리카락이 표현된 예는 미국 넬슨 애킨스 미술관 소장, 952년 오대 후주에서 조성된 '쌍보살도'에서 확인할 수 있다.[42](도10-6) 952년 그려진 불화의 보살 머리카락과 관음사 관음보살상에 표현된 이마의 八자형 머리카락은 동일한 모습이다. 관음사 관음보살상의 이마에 표현된 머리카락 모양은 광종대에 중국에서 유행한 양식을 고려에서 받아들인 것으로 볼 수 있다.

관음사 관음보살상의 구체적인 조성시기는 970년 이후 광종대 후반기로 추정이 가능하다. 그 근거는 관음사 관음보살상과 모습이 거의 유사할 뿐만 아니라 970년 조성 명문이 있는 금동보살상을 통해서 알 수 있다. 이 금동보살상은 현재 대만 역사박물관에 소장되어 있으며 遼에서 만들어진 것으로 보인다. 보살상

---

41) 『신증동국여지승람』 개성부 상 불우.
42) 정은우, 「개성 관음굴 석조보살상과 송대 외래요소의 수용」, 『시각문화의 전통과 해석』, 예경, 2007, 205쪽.

10-7 개성 관음사 보살상　　　　　10-8 保寧二年銘 보살상

의 대좌 뒷면에는 "保寧二年(970)佛弟子璟賢 敬造菩薩一尊 永亨供養" 이라는 명문이 있어 970년에 조성된 것임을 알 수 있다.[43](도10-8) 광종대에 조성된 관음사 관음보살상은 대만 역사박물관 소장 금동보살상과 원통형 보관, 반가부좌한 자세, 다리 아래까지 내려오는 화려한 영락장식 등이 직접 모방을 하였다고 말할 수 있을 정도로 매우 흡사하다. 아마도 관음사 관음보살상은 970년경에 만들어진 대만 역사박물관 소장 금동보살상과 비슷한 보살상이 고려에 전래되어 이를 모방하여 조성된 것으로 보인다. 따라서 관음사 관음보살상의 조성시기는 이마 위의 머리카락 모양, 광종대에 조성되었다는 『신증동국여지승람』의 기록, "保寧二年"명 대만 역사박물관 소장 금동보살상의 존재로 보았을 때 970년 이후 광종 집권 후반기에 만들어진 것으로 볼 수 있다.

43) 이 금동보살상은 대만 국립역사박물관에 소장되어 있다(國立歷史博物館, 『藏佛觀雲-金銅佛像展』, 2009, 42∼45쪽. 보살상이 실려 있는 도록은 서울여자대학교 박물관 권보경 학예사가 제공하였다. 이 자리를 빌어 감사의 말을 전한다).

관음사 관음굴은 명승지로 유명한 박연폭포 인근에 조성되었기에 고려 광종대에도 많은 사람들이 찾았을 것이다. 또한 관음보살상 자체가 흔치 않은 재료인 대리석으로 화려하게 만들어졌기에 광종 후반기 당시에도 매우 유명한 불상으로 여겨졌을 것이다. 광종이 많은 사람들이 찾는 장소에 자비의 상징인 관음보살상을 두 구나 만든 것은 『고려사』 광종 19년 조의 기록으로 그 조성배경을 유추할 수 있다. 앞에서 언급하였듯이 광종 19년까지 광종은 가차없는 숙청을 자행하여 많은 사람을 죽였다. 집권 후반기 광종의 모습은 무자비한 폭군의 이미지로 알려졌을 것이며 광종에 반발하는 세력도 형성되기 시작하였다. 황제 체제를 구축하기 위해 많은 사람을 죽인 광종은 불교의 인과보응설을 믿었으며 많은 불사와 참회를 통해 자신의 과업을 소멸하고자 하였다.[44]

970년 이후 광종 후반기에 조성된 관음사 보살상은 광종이 자신의 과업을 참회하고 불사를 통해 선업을 쌓기 위해 만들어진 것으로 볼 수 있다. 이 밖의 목적으로는 광종 자신은 폭군이 아니라 자비의 상징인 관음보살과 같은 마음을 갖고 있는 존재라는 것을 개경의 백성과 신료들에게 보여주고자 조성된 것으로 보인다. 즉, 커져가는 반발세력들을 유화정책으로 무마하고자 하는 광종의 의도가 반영된 것으로 추정할 수 있다. 집권 후반기에 등장하기 시작한 반발세력들에 대한 광종의 대응은 유화정책과 더불어 자신의 권위에 도전하는 자는 용서하지 않겠다는 메시지를 보내는 강경책도 함께 사용하였다. 자신의 권위를 한껏 높이며 자신에 대한 도전을 용서하지 않겠다는 광종의 메시지는 관촉사 석조보살입상을 통하여 엿볼 수 있다.

논산 관촉사 석조보살입상과 관촉사 사각석등

논산 관촉사 석조보살입상의 조성시기는 '관촉사 사적비'의 기록을 통해 광종 21년 (970)부터 목종 9년(1006)년 사이에 만들어진 불상임을 알 수 있다.[45] 그러나 같은 사적비에 광종 19년(968)에 커다란 돌이 솟아 조정에 보고하였다는 기록이 있는 것으로 보아 관

---

44) 『고려사』 권93 열전6 최승로.
45) 「灌燭寺事蹟碑」, 『朝鮮金石總攬』 下, 亞細亞文化社, 1976, 1153쪽.

촉사 석조보살입상의 조성 계획은 광
종 19년부터 진행된 것임을 추측 할 수
있다.

10-9 관촉사 석조보살입상 전경

관촉사 석조보살입상은 높이
18.12m로 우리나라 최대의 불상이다.
필자의 연구에 의하면 관촉사 석조보
살입상은 왕권강화정책에 대한 훈신
숙장의 반발을 억압하고 권력의 피로
현상을 극복하기 위하여 건립된 불상
으로 추정된다. 관촉사 석조보살입상
은 970년 경을 전후하여 등장하는 반
발세력과 관련된다. 광종은 반발세력
에 대한 경계로 자신의 아들마저 가까
이 오지 못하게 하였다. 아들마서 경계
해야 할 정도로 광종에 반발하는 세력의 힘은 커져 갔다. 광종은 이들을 저지하기 위한
해결책으로 위엄이 가득한 불상을 조성하여 불력에 기대고자 하였다. 관촉사 석조보살
입상이 우리나라 최대의 불상으로 제작된 이유는 광종의 불안한 심리적 자화상이 반영
되었기 때문으로 보인다. 즉, 커져가는 반발세력에 대해 불안하게 생각했던 광종의 마
음이 괴력과 크기가 과장된 형태의 불상으로 표현된 것으로 볼 수 있다. 광종이 전례에
없었던 우리나라 최대의 불상을 제작하고 그 불상의 상호와 조형미에 괴력이 넘치는 모
습이 반영된 이유는 당시의 정치적 상황과 직접적인 관련이 있기 때문이다.[46] 이러한 기
존의 연구성과와 더불어 관촉사 석조보살입상과 석등과의 관계를 해석하면 좀 더 구체
적인 집권 후반기 광종의 의도를 확인할 수 있다.

---

46) 丁晟權, 「安城 梅山里 石佛立像 硏究-高麗 光宗代 造成說을 제기하며-」, 『文化史學』17, 韓國文化史學
會, 2002, 301~304쪽.

관촉사 석조보살입상과 함께 조성된 대표적인 고려초 석조미술로는 관촉사 사각석등을 들 수 있다. 고려시대의 대표적인 사각석등으로는 관촉사 석등과 현화사 석등 등이 있다. 이 중 관촉사 석등은 현재 논산 관촉사 석조보살입상 앞에 세워져 있다. 이 석등의 조성시기는 관촉사 석조보살입상과 같이 10세기 후반 광종대에 설계되어 세워진 것으로 볼 수 있다. 관촉사 사각석등은 화사석 위에 또 다른 화사석이 올려져 있어 크기가 더욱 크게 보이며 조각수법 또한 매우 우수하여 國工이 참여하여 만든 석등으로 생각된다.

10-10 논산 관촉사 석조보살입상과 사각석등

석등의 경우 일반적으로 사찰의 중심 건물 앞에 세워지는 것이 상례이다. 대표적인 예가 경주 불국사 대웅전 앞 석등과 부석사 무량수전 앞 석등이 있다. 사찰 앞에 세워진 석등은 사찰의 중심법당 안에 안치된 여래에게 등공양을 하는 의미를 담고 있기 때문에 전통적으로 여래 앞에 세워져 왔다. 그런데 관촉사 사각석등은 이러한 전통적인 석등 배치와 다르게 관촉사 석조보살입상 앞에 만들어졌다. 이는 관촉사 석조보살입상의 성격이 일반적인 보살상이 아니며 사찰의 중심법당에 있는 부처와 대등한 의미를 갖고 있다는 것을 상징적으로 보여준다.

관촉사 석조보살입상은 면류관 형태의 보개를 착용하고 있다. 우리나라의 기록에서 확인되는 실제로 면류관을 착용한 군주는 황제라 칭한 광종부터이다.[47] 관촉사 석조보살입상이 황제가 착용하는 면류관형 보개를 착용한 이유는 왕즉불 사상과 관련이 있는

---

47) 「普願寺法印國師寶乘塔碑」, 『譯註 羅末麗初金石文』, 1996, "大王躬詣道場 服冕拜爲國師 □之以避席之
禮 于以問道 字以乞言 大師言曰".

것으로 보인다. 면류관형 보개를 착용하고 있는 불상은 광종대 매산리 석조보살입상에서 처음 만들어진 양식이다. 아마도 황제 광종은 면류관형 보개를 착용한 석불과 황제인 자신을 은연중에 동일시하지 않았나 생각된다.

우리나라 왕즉불 사상에 대한 최근의 연구 성과는 왕즉불과 왕즉보살 사상을 구분하였다. 우리나라 역사상 왕즉불을 표방한 국왕은 궁예가 유일하며[48] 나말여초기의 경우 태조가 개태사 낙성법회에서 '보살계제자'를 자처하며 왕즉보살의 관념을 표방한 이후 고려의 역대 국왕들은 한결같이 왕즉보살의 관념을 수용하였다고 한다.[49] 이러한 연구 성과는 『삼국사기』에서 스스로 미륵이라 칭한 궁예에 대한 기록이나 관촉사 석조보살입상과 같이 보관을 착용하고 있는 보살형 불상을 통해 그 주장이 설득력이 있음을 알 수 있다. 그러나 고려 건국기 태조와 광종의 경우는 스스로 佛이라 주장하지 않았으나 은연중 왕즉불 사상을 구현하고자 한 것으로 판단된다. 특히 광종의 경우 탑전 공양보살상에서 나타난 왕즉보살 사상이 황제라 칭한 이후 왕즉불 사상의 구현으로 변화되어간 것으로 보인다

광종의 경우 즉위 초기 탑전 공양보살상의 건립을 통해 왕즉보살의 관념을 표방한 것으로 이해할 수 있다. 이후 광종은 스스로 황제라 칭한 이후 노골적으로 왕즉불의 관념을 표방하지 않았지만 암묵적으로 왕즉보살이 아닌 왕즉불의 관념을 표방하고자 한 것으로 추정된다. 이는 관촉사 사각석등의 위치를 통해 알 수 있다. 사각석등은 광종대에 들어와 새롭게 만들어진 석등 양식이다. 광종은 화려한 사각 석등을 창안하여 면류관형 보개를 착용한 관촉사 석조보살입상 앞에 석등을 배치하면서 왕즉불 사상을 펼친 것으로 보인다. 광종은 거대한 사각석등을 일반적으로 부처가 안치되어 있는 사찰의 중심법당 앞이 아닌 관촉사 석조보살입상 앞에 조성함으로써 관촉사 석조보살입상의 격이 부처와 동등함을 표방하고 있는 것으로 보인다. 따라서 광종은 왕즉불과 왕즉보살을 즉위 초기에는 구분한 것으로 보이나 스스로 황제라 칭한 이후 왕즉불 관념을 현실에서

---

48) 남동신, 「나말여초 국왕과 불교의 관계」, 『역사와 현실』56, 한국역사연구회, 2005, 85쪽.
49) 남동신, 위의 글, 87쪽.

구현하고자 시도한 것으로 볼 수 있다.[50]

광종 19년 경부터 계획되어 만들어지기 시작한 관촉사 석조보살입상과 관촉사 사각석등은 집권 후반기를 맞는 광종이 당시의 정국을 어떻게 바라보고 있었는지 알 수 있게 해준다. 『고려사』에 기록된 광종 19년의 기사와 정수에 의한 균여의 참소사건에서 알 수 있듯이 광종 집권 후반기에는 권력의 피로현상이 누적되고 호족들의 반발이 표면화되기 시작하였다. 집권 후반기의 광종은 태자로 책봉된 자신의 아들까지 의심할 정도로 반발세력들을 심각하게 의식하였으며 그들을 견제하였다. 우리나라 최대의 불상인 관촉사 석조보살입상은 반발세력들을 견제하고자 하는 광종의 의도가 반영되어 설계된 불상이라 할 수 있다.

우리나라 최대의 불상이 논산에 세워진 이유는 바로 근처에 있는 개태사 석조삼존불입상을 염두에 둔 것으로 보인다. 개태사 석조삼존불입상은 태조 왕건이 후삼국 통일 후 만든 기념비적 불상으로 태조의 권위를 상징한다. 광종은 개태사 근처에 개태사 불상들을 압도하는 엄청난 크기의 석불을 조성함으로 해서 자신의 권위가 태조 왕건에 버금가거나 오히려 더 크다는 것을 과시하고자 한 것으로 생각된다. 그러나 이러한 시도는 역설적으로 광종의 권위가 도전받고 있었으며 불안정해졌다는 것을 의미한다.

관촉사 석조보살입상은 광종의 권위를 불안하게 하는 위협들을 타개하기 위한 방편으로 조성된 것이라 할 수 있다. 관촉사 석조보살입상을 조성함으로써 반발세력들에게 개태사 석조공양상으로 상징되었던, 구신들을 존중하며 자신의 죄를 참회했던 광종은

---

50) 王卽佛 사상을 구현하고자 한 광종의 시도는 논산 관촉동 석조비로자나불입상을 통해서도 엿볼 수 있다. 석조비로자나불입상은 마을사람들에 의해 관촉사 석조보살입상보다 먼저 조성되었다고 하여 '은진미륵'의 어머니부처라고 불리기도 하는 불상이다. 이러한 구비전승 이외에 관촉동 석조비로자나불입상은 관촉사 석조보살입상과 유사한 상호를 하고 있어 관촉사 석조보살입상과 비슷한 시기인 광종대에 조성된 것으로 추정된다. 비로자나불은 진리가 태양의 빛처럼 온 우주에 가득한 것을 형상화한 것이다. 즉, 비로자나불은 빛을 상징한 것이라 해석할 수 있다. 그런데 光宗은 諱가 昭이고 字는 日華이며 묘호 역시 光宗임을 통해서 알 수 있듯이 빛과 매우 밀접한 관계의 이름을 갖고 있었던 왕이다. 만약 광종이 王卽佛을 구체적으로 주장하며 스스로 부처라고 하였다면 궁예와 같이 미륵불이라 주장하기보다는 스스로를 비로자나불로 주장하지 않았을까 생각된다. 관촉동 석조비로자나불입상은 광종의 왕즉불 사상이 일정 정도 반영되어 조성된 석불일 가능성도 있을 것으로 생각된다.

더 이상 없다는 것을 전달하고자 했던 것이 아닌가 한다. 즉, 광종은 괴력이 넘치는 우리나라 최대의 불상을 통해 자신은 부처와 같은 권위를 가지고 있기에 자신에게 도전하는 세력은 용서하지 않겠다는 무언의 메시지를 반발세력들에게 전하고 싶어했던 것으로 해석된다.[51]

---

51) 미술사와 고고학을 통한 역사 해석은 문자로 기록된 역사가 아니기에 주관적일 수밖에 없다. 이 글은 과도한 주관적 해석이 개입되었다는 비판을 감수할 수밖에 없을 것이다. 그럼에도 불구하고 이 글을 작성한 이유는 그동안 축적된 광종 집권기간의 미술사와 고고학적 연구 성과가 상당하기 때문이다. 그러나 그 연구 성과는 파편적이고 개별적으로 흩어져 있었다. 개인적으로 광종과 관련된 여러 유적의 발굴조사에 참여하였으며 미술사를 공부하는 입장에서 흩어진 연구 성과를 한번쯤은 정리해야 한다는 의무감으로 이 글을 작성하게 되었다. 이 글이 학제간 연구의 작은 발판이 될 수 있기를 기원한다.

제11장 신양식의 출현과 확산 : 보개 착용 석조불상

우리나라 불교조각의 발달 양상은 삼국시대부터 중국과 매우 밀접한 관계를 맺고 있다. 이러한 관계는 통일신라시대를 거쳐 고려시대에도 지속된다. 하지만 나말여초 이래 불교의 대중화가 더욱 진전되고 불상조성의 지방화가 가속화되면서 중국의 것과 다른 독특한 모습의 불상이 등장하게 된다. 寶蓋[1]를 착용하고 있는 석불의 등장은 이러한 예 중 하나로 들 수 있다.

보개는 산스크리트어로 "chattra"라 하고 한역하여 蓋, 傘蓋, 繪蓋, 天蓋, 日傘 등으로 표현 한다.[2] 보개는 인도에서 이미 불교 이전부터 햇빛이나 비를 막기 위한 실용적인 도구로부터 출발하여 점차 신분의 지위를 나타내는 상징물로 변화해 갔다. 이러한 蓋는 불교신앙이 점차 확대됨에 따라 불과 보살의 머리를 장식하는데 이용됨으로써 광배와 함께 불상을 장엄하게 해주는 중요한 요소가 되었다.[3] 이 글에서 다루고자 하는 보개 착용 석불은 석불이나 마애불의 머리 부분에 別石의 석재를 올린 불상을 말한다. 석불 보개에 관한 연구는 그동안 개괄적인 검토만이 있어 왔다.[4]

---

1) 성춘경은 寶蓋라는 용어가 주로 탑 상륜부의 부재로 사용되기에 불상에 나타난 蓋는 天蓋라는 호칭이 더 합리적이라 주장한다(성춘경, 「潭陽지역의 石佛研究」, 『전남 불교미술 연구』, 학연문화사, 1999, 157쪽). 이 글에서는 용어의 정의가 아직 확립되지 않았기에 일반적으로 통용되는 寶蓋를 사용하고자 한다.

2) 尹昌淑, 「韓國 塔婆 相輪部에 관한 研究」, 단국대학교 박사학위 논문, 1993, 48쪽.

3) 『望月佛教大辭典』1卷, 375~376쪽.

4) 성춘경, 앞의 글, 154~158쪽 ; 최선주, 「高麗初期 灌燭寺 石造菩薩立像에 대한 研究」, 『미술사연구』14,

우리나라 불상이 착용하고 있는 보개는 광종이 황제라 칭한 이후 면류관 형태의 보개를 착용한 석조보살입상이 만들어지면서 큰 변화가 있었다. 필자가 확인한 바에 의하면 현재 우리나라의 석불 중 보개를 착용한 석불은 81구에 이른다. 보개의 형태는 원형, 방형, 육각, 팔각 등 다양한 모습을 보여준다. 이 글에서는 보개 착용 석불의 분포 및 보개의 변화 양상에 대하여 살펴보았다. 이를 통해 면류관형 보개의 등장 이전과 이후의 변화양상과 더불어 면류관형 보개의 등장이 우리나라 석불 보개의 확산에 끼친 영향을 고찰하였다.

보개 착용 석불의 지역별 · 시대별 분포

보개 착용 석불은 현재까지 필자가 파악한 바로는 전국 76곳에 81구의 석불이 있다.[5] 〈표11-1〉에서 확인할 수 있는 바와 같이 지역별 분포를 살펴보면 서울과 경기도에 30구의 보개를 착용한 석불이 산재해 있어 가장 많은 분포를 보인다. 그 다음으로는 충남에 16구의 보개착용 석불이 현존하고 있으며[6], 전북에 8구[7], 충북에 7구, 전남과 경북에 각 5구씩 산재해 있다. 강원도에는 5구[8]의 보개착용 석불이 분포해 있는데 그 중 고성군에 있는 월비산리 석불좌상은 현재 북한의 행정구역에 편입되어 있다. 이밖에 경남과

2000, 19~21쪽 ; 문명대, 「대조사 석미륵보살상과 관촉사 석미륵보살상」, 『원음과 적조미』, 예경, 2003, 132~133쪽.

5) 성춘경, 「담양지역의 석불연구」, 『전남불교미술연구』, 학연문화사, 1999, 155쪽에는 33곳의 보개형 석불 분포현황이 있다. 본고에서는 76곳 81구의 보개형 석불을 연구대상으로 하였다(사진 등으로 확인할 수 없는 북한 황해도 지역 보개착용 석불 3구는 제외했다. 진홍섭, 「北韓의 石造美術」, 『文化財』 13, 文化財管理局, 1980, 80쪽에는 황해도 信川郡 · 載寧郡 · 璧城郡 등에 원형 및 팔각 보개착용 석불이 있음을 서술하고 있다). 현재 보개는 없으나 보개를 착용했던 흔적을 갖고 있는 석불(예:원주 교항리 석조불두), 보개가 탈락되어 있는 석불 등이 파악되면 보개착용 석불의 수는 증가할 수 있다.

6) 성춘경이 작성한 보개형 석불 분포현황(위의 각주 5) 중 아산 외암리 석불입상은 보개가 근래에 만들어진 것이기에 본고의 연구대상에서 제외하였다.

7) 전북 고창군 고수면 초내리 포상정 석불은 마을 주민의 말에 의하면 고창군 성송면에서 옮겨온 것이라 한다. 필자의 현장 답사 시(2004, 2월) 이 불상은 분실되어 있었다(국립전주박물관, 『全羅北道의 佛敎遺跡』, 2001, 227쪽 사진 참조).

8) 강원도 보개착용 석불 중 원주 법천리 석불입상은 문화재관리국 문화재연구소, 『小川敬吉調査文化財資料』, 1994, 112쪽에서 확인한 것이다.

제주도에 각 2구씩의 보개 착용 석불이 있다. 북한지역에 분포해 있는 보개 착용 석불은 현재 5구로 파악되고 있다.[9] 이 중 사진자료 등으로 확인할 수 있는 것은 월비산리 석불좌상 이외에 남포시 용강군의 애원리 석불입상[10]을 들 수 있다.

총 81구의 보개 착용 석불들 중 서울·경기도와 충청도에 전체의 약 65퍼센트에 해당하는 53구의 보개 착용 석불이 현존하고 있다. 보개 착용 석불은 경기도 지역의 이천, 안성, 용인, 안양 등 경기 남부에 주로 분포하고 있으며 충청도 지역에는 충주, 논산, 부여, 아산, 예산 등에 집중하여 나타나고 있다. 이에 반해 경상도 지역은 경북 지역에 5구, 경남 지역에 2구의 보개 착용 석불 분포현황을 보이고 있어 보개형 석불의 분포율이 낮음을 알 수 있다. 시대별 현황은 81구의 석불 중 현재 보개를 착용하고 있는 통일신라시대의 석불은 5구가 있으며, 고려시대는 53구, 조선시대는 23구로 파악되고 있어 고려시대가 압도적으로 높은 비율을 보이고 있다.

형태별 분포

보개의 형태는 평면 모양을 기준으로 원형, 사각, 육각, 팔각으로 나눌 수 있으며 보개의 생김새에 따라 다시 세분할 수 있다. 먼저 원형 보개는 크게 판석형[11]과 벙거지형으로 분류할 수 있다. 사각 보개는 판석형과 지붕형, 벙거지형[12], 면류관형[13]등으로 분류 가능하다. 팔각 보개는 판석형[14]과 옥개석형으로 세분할 수 있다. 판석형 보개를 하고 있는 대

---

9) 진홍섭,「北韓의 石造美術」,『文化財』13, 文化財管理局, 1980, 80쪽.

10) 서울대학교출판부,『북한의 문화재와 문화유적 IV』, 2000, 123쪽.

11) 보개 위에 따로 돌을 올려놓은 경우 판석형으로 분류하였다(예 : 아산 신현리 석불입상, 이천 자석리 석불입상).

12) 보개는 사각이나 보개 위에 높은 벙거지형 頭冠이 있는 경우 벙거지형으로 분류하였다(예 : 부여 정림사지 석불좌상, 예산 읍내리 석불입상).

13) 면류관형 보개는 사각 보개 밑에 육계가 아닌 원통형 高冠형태의 殼(冠身)이나 이와 유사한 형태의 것이 있는 것을 기준으로 하였다.

14) 충주 미륵리 석불입상의 경우 보개 위에 얇은 頭冠 형태가 있으나 판석형으로 분류하였으며 육각의 삽교 석불입상 보개 역시 얇은 두관 형태가 있으나 판석형으로 분류하였다.

11-1 거창 양평동 석불입상

11-2 구미 황상동 마애여래입상

11-3 안성 대농리 석불입상

11-4 제주 용담동 석불입상

11-5 흥성 신견리 마애여래입상

11-6 강릉 신복사지 석조공양보살상

11-7 강릉 굴산사지 석불좌상

11-8 충주 원평리 석불입상

제11장 신양식의 출현과 확산 : 보개 착용 석조불상

표적인 불상으로는 경남 거창 양평동 석불입상(도11-1), 구미 황상동 마애여래입상(도11-2)을 들 수 있다. 대표적인 벙거지형 불상은 경기 안성 대농리 석불입상(도11-3), 제주 복신미륵(도11-4)을 들 수 있다.

이 글에서 벙거지형으로 분류된 보개는 대농리 석불의 보개처럼 실제의 벙거지와 비슷한 모양을 한 것도 있으나 대다수는 벙거지 부분이 작게 표현되고 챙 부분이 넓고 두텁게 표현된 판석형에 가깝다. 지붕형 보개를 하고 있는 대표적인 불상으로는 충남 홍성 신경리 마애불(도11-5)이 있다. 대표적인 면류관형 보개 착용 불상은 충남 논산 관촉사 석조보살입상, 부여 대조사 석조보살입상을 들 수 있다. 석등 옥개석형 보개를 착용한 불상으로는 강릉 신복사지 석조보살좌상(도11-6)이 대표적인 예이다.

〈표11-1〉은 보개 형태별 분포현황을 작성한 것이다. 이 표에서 알 수 있듯이 원형 보개를 착용한 석불은 파주 용미리 마애이불병립상까지 합쳐 39구로 가장 높은 비율을 보이고 있으며, 사각 30, 팔각 9, 육각 2 등의 분포 양상을 보인다. 원형과 방형의 보개 비율은 전체 비교대상 보개의 약 80퍼센트를 차지하는 매우 높은 비율을 보이고 있으며, 팔각 보개는 상대적으로 적은 숫자를 차지하고 있다.

〈표 11-1〉 보개착용 석불 분포현황

번호	불 상 명 칭	소 재 지		연대	보개 형태/분류
1	강릉 신복사지 석조공양보살상	강원 (5구)	강릉	고려시대	팔각 (석등 옥개형)
2	강릉 굴산사지 석불좌상			고려시대	팔각 (석등 옥개형)
3	영월 무릉리 마애불상		영월	고려시대	방형 (판석형 일부파손)
4	원주 법천리 석불입상		원주	고려시대	원형 (벙거지형)
5	고성 월비산리 석불좌상		고성	고려시대	육각 (판석형/북한소재)
6	이천 어석리 석불입상	경기 (26구)	이천	고려시대	팔각 (판석형)
7	이천 자석리 석불입상			고려시대	원형 (판석형)
8	이천 선읍리 석불입상			고려시대	원형 (판석형, 타원형)
9	이천 장암리 마애불상			고려시대	방형 (판석형)

10	안성 기솔리 석불입상		고려시대	방형 (동·무정형판석) 원형 (서:판석형)
11	안성 대농리 석불입상		고려시대	원형 (병거지형)
12	안성 매산리 석조보살입상	안성	고려시대	방형 (면류관형)
13	안성 국사암 석조삼존불		고려시대	원형 (병거지형/3구)
14	안성 아양동 석조보살입상		고려시대	방형 (석불앞제단으로사용)
15	용인 미평리 석불입상		고려시대	방형 (무정형판석에가까움)
16	용인 가창리 석불입상	용인	조선시대	원형 (병거지형)
17	용인 목신리 석불입상		고려시대	원형 (무정형판석에가까움)
18	용인 목신리 석조보살입상		고려시대	원형 (병거지형)
19	여주 포초골 석불좌상	여주	고려시대	방형 (관식형)
20	포천 구읍리 석조보살입상	포천	고려시대	방형 (면류관형)
21	파주 용미리 석불입상	파주	조선시대	방형 (면류관형)/원형
22	안양 망해암 석불입상	안양	조선시대	원형 (병거지형)
23	안양 용화사 석불입상		고려시대	방형 (면류관형)
24	양평 불곡리 석불입상	양평	조선시대	원형 (병거지형)
25	과천 문원리 석불입상	과천	조선시대	원형 (병거지형)
26	수원 파장동 석불입상	경기	수원	조선시대	원형 (병거지형)
27	화성 오산리 석불입상	(26구)	화성	조선시대	원형 (병거지형)
28	북한산 구기리 마애불상			고려시대	팔각 (판석형)
29	우면동 석불입상	서울		조선시대	원형 (병거지형)
30	개화동 미타사 석불입상	(4구)		조선시대	원형 (병거지형)
31	개화동 약사사 석불입상			고려시대	원형 (병거지형)
32	창녕 탑금당치성문기비	경남	창녕	통일신라	방형 (지붕형)
33	거창 양평동 석불입상	(2구)	거창	통일신라	원형 (판석형)
34	문경 대승사 마애불상		문경	고려시대	방형 (판석형 모서리깨짐)
35	경산 관봉 석조여래좌상		경산	통일신라	팔각 (판석형 일부파손)
36	경주 안계리 석조여래좌상	경북	경주	통일신라	팔각 (석등 옥개석)
37	구미 황상동 마애불	(5구)	구미	나말여초	방형 (판석형 일부파손)
38	김천 미륵암 석불입상		김천	고려시대	원형 (병거지형)
39	순천 금둔사지 석불비상		순천	통일신라	방형 (지붕형)
40	구례 신학리 석불입상		구례	고려시대	원형 (부도 복발)
41	담양 오룡리 석불입상	전남	담양	고려시대	원형 (판석형)
42	장성 원덕리 석불입상	(5구)	장성	고려시대	팔각 (옥개석형)
43	영광 남죽리 석불입상		영광	조선시대	방형 (판석형)

44	익산 고도리 석불입상		익산	고려시대	방형 (면류관형/2구)
45	정읍 망제동 석불입상		정읍	고려시대	원형 (벙거지형)
46	김제 흥복사 석불입상		김제	조선시대	방형 (면류관형)
47	고창 건동리 석불입상		고창	고려시대	방형 (지붕형)
48	고창 연동리 석불입상			조선시대	방형 (지붕형)
49	고창 초내리 석불입상			조선시대	원형 (벙거지형/불상분실)
50	부안 용화사 석불입상	전북 (8구)	부안	고려시대	원형 (벙거지형)
51	논산 관촉사 석조보살입상		논산	고려시대	방형 (면류관형)
52	논산 송불암 석불입상			고려시대	방형 (지붕형)
53	부여 대조사 석조보살입상		부여	고려시대	방형 (면류관형)
54	부여 정림사지 석불좌상			고려시대	방형 (벙거지형)
55	천안 도원리 석불좌상		천안	조선시대	원형 (판석형)
56	아산 신현리 석불입상		아산	고려시대	원형 (판석형)
57	아산 송용리 석불입상			고려시대	원형 (판석형)
58	아산 백암리 석불좌상			고려시대	원형 (벙거지형)
59	예산 삽교읍 석불입상	충남 (16구)	예산	고려시대	육각 (판석형)
60	예산 신평리 석불입상			조선시대	방형 (판석형)
61	예산 읍내리 석불입상			고려시대	방형 (벙거지형)
62	예산 금시니 석불입상			조선시대	방형 (판석형)
63	홍성 신경리 마애불상	충남 (16구)	홍성	고려시대	방형 (지붕형)
64	홍성 내덕리 석불입상			조선시대	원형 (판석형)
65	보령 금강암 석불좌상		보령	조선시대	원형 (옥개석형)
66	당진 안국사지 석불입상		당진	고려시대	방형 (면류관형)
67	충주 미륵리 석불입상	충북 (7구)	충주	고려시대	팔각 (판석형)
68	충주 원평리 석불입상			고려시대	팔각 (석등 옥개석형)
69	충주 목행동 석불입상			조선시대	원형 (벙거지형)
70	충주 몽선암 석불입상			고려시대	원형 (판석형)
71	충주 용산동 석불입상			고려시대	방형 (판석형)
72	진천 용화사 석불입상		진천	고려시대	원형 (벙거지형)
73	음성 보룡리 석불좌상		음성	조선시대	원형 (벙거지형)
74	제주 동자복 석불입상	제주건입동		조선시대	원형 (벙거지형)
75	제주 서자복 석불입상	제주용담동		조선시대	원형 (벙거지형)
76	남포시 애원리 석불입상	평남 남포		고려시대	원형 (벙거지형/북한소재)
총　계			76곳 81구		

도11-9 장성 원덕리 석불입상

보개 형태별 분포현황을 자세히 살펴보면 몇 가지의 특징으로 분류된다. 먼저 벙거지형 보개 및 면류관형 보개가 경기지역에서 비교적 높은 비율을 차지하고 있는 점을 들 수 있다. 특히 면류관형 보개의 경우 그 대표적인 예로 논산 관촉사 석조보살입상, 부여 대조사 석조보살입상 등 충청도 지역 석불이 주로 알려져 왔음에 비해 경기도 일대에도 면류관형 보개 착용 불상이 높은 분포비율을 보이고 있음은 주목할 만한 점이다.

팔각 보개 중 석등 옥개석형은 강릉 신복사지 석조공양보살상(도11-6), 굴산사지 석불좌상(도11-7) 등 주로 강릉지역에 나타난다. 다른 지역의 석등 옥개석형 보개 중 경주 안계리 석불좌상[15] 보개의 경우 처음부터 불상을 위해 만든 것이 아니다. 이는 후대에 석등 옥개석을 올려놓은 것으로 본래부터 불상을 위해 제작된 옥개석형 보개와 그 성격이 다르다. 이 밖에 충주 원평리 석불입상보개의 경우 석등 옥개석형으로 분류되었지만 판석형에 가까운 폭이 넓은 형태의 모습을 하고 있다.(도11-8) 전남 장성 원덕리 석불입상 보개의 경우 석등 옥개석형으로 분류할 수 있으나 보개 각 변의 길이가 불균등한 팔각이며 양식적으로 퇴화된 모습을 보인다.(도11-9)

---

15) 경주 안계리 석불좌상의 보개는 옥개석 하단부에 8각의 옥개받침이 있으며 석등 상륜부를 꽂았던 지름 8cm의 구멍이 뚫려있어 석등 옥개석임을 알 수 있다. (옥개석 지름 83cm) 현재는 보개가 제거되어 있다.

보개의 변천

〈표 11-2〉보개 형태별 분포현황[16]

구 분	원 형		사 각				육 각	팔 각	
	판석형	벙거지형	판석형	지붕형	벙거지형	면류관형	판석형	판석형	옥개석형
강원 (5)		1	1				1		2
경기(24)	4	11	4			5		1	
서울 (2)		3						1	
경남 (2)	1		1						
경북 (5)		1	2					1	1
전남 (4)	1		1	1					1
전북 (8)		3		2		3			
충남(12)	3	3(옥개형 1포함)	2	2	2	3	1		
충북 (6)	1	3	1					1	1
제주 (2)		2							
평남 (1)		1							
총계(79)	10	28	11	6	2	11	2	4	5

보개는 불교시대 이전부터 인도에서 신분의 지위를 나타내는 상징물로 표현되었다. 고대 이집트에서는 대권의 표시로서 상형문자에 傘을 표시하는데, 이것은 하늘이 준 신성한 권력으로 곧 天을 의미한 것이라 한다.[17] 중국의 보개장식은 돈황이나 운강석굴 등에서 확인할 수 있다. 대표적인 예로는 운강석굴 제6동 남벽 상층 서감 불상과 상층 남감 불상을 들 수 있다.(도5-6)

삼국시대 보개의 예로는 김제 출토 금동판불좌상(도11-14)이 있으며 통일신라시대 작품으로는 동화사 사리함 금판불상이 좋은 예이다.[18] 이 외에 경주 남산 탑곡 마애조상군

---

16) 〈11-2〉는 본고에서 다루는 81구의 석불 중 2구의 석불이 제외된 것이다. 제외된 석불로는 坡州 龍尾里 磨崖二佛並立像 중 원형 보개를 한 불상(면류관형으로 분류할 수 있으나 원형보개임), 구례 신학리 석불입상(부도 상륜에 사용된 복발석을 보개로 이용)이다.

17) 尹昌淑, 「한국 탑과 상륜부에 관한 연구」, 단국대학교 박사학위 논문, 1993, 50쪽.

18) 최선주, 「高麗初期 灌燭寺 石造菩薩立像에 대한 硏究」, 『미술사연구』14, 미술사연구회, 2000, 19쪽.

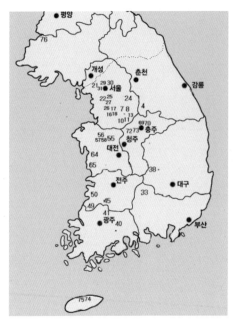

11-10 원형 보개 착용 석불 분포도

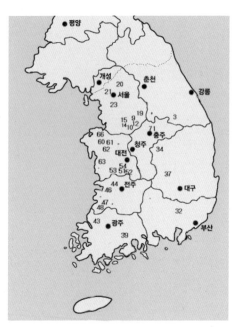

11-11 방형 보개 착용 석불 분포도

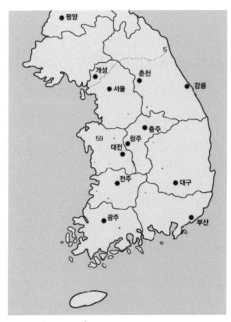

11-12 육각 보개 착용 석불 분포도

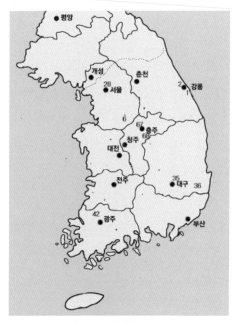

11-13 팔각 보개 착용 석불 분포도

중 바위 북면에 있는 마애불좌상 역시 보개 장식이 있다.(도11-15) 그러나 이러한 형태의 보개 장식은 傘이나 닫집 형태로서 석불의 머리 위에 직접 착용하는 보개와 같이 불상을 장엄하고 존숭하는 의미는 같다고 할 수 있으나 형태상에서 큰 차이가 있다.

석불의 머리 위에 별석의 석재를 올린 보개는 부조형태의 보개장식이 있는 판불이나 마애불보다 원각상 형태의 보개에서 그 기원을 찾아야 할 것이다. 그렇다면 가장 오래된 보개 착용 불상으로는 창녕 탑금당 치성문기비에 새겨진 승상을 들 수 있다.(도11-16) 물론 탑금당 치성문기비 이전에 지붕형 옥개를 갖춘 국보 제108호인 계유명 삼존천불비상이 보개 착용 석불의 기원으로 볼 수 있다. 하지만 이 비상은 단독상의 머리 위에 올려진 것이 아니라 천불을 새긴 비의 옥개부분이기 때문에 직접적인 보개 착용 상으로는 탑금당 치성문기비의 승상을 언급하고자 한다.

이 승상은 비상으로서 승상의 뒷면에는 총 345자가 새겨져 있어 이 상의 건립시기와 목적 등을 파악할 수 있다. 이 비상은 이수와 귀부를 가진 신라 일반형 석비와 달리 지붕형 옥개를 하고 있으며 뒷면에 새겨진 "元和五年庚寅六月二日"[19]이라는 기록을 통해 신라 언덕왕 2년(810) 6월 3일 인양사의 불납과 금당을 완성하고 그 기념으로 만들어진 것임을 알 수 있다. 이 비상은 지붕형 옥개가 승상을 풍우로부터 보호하기 위한 상징적인 장식이란 점에서 후대의 것과 장식적인 면에서 상통한 점이 있다. 그러하기에 이 승상을 보개형 석불의 시작으로 볼 수 있다. 방형 보개를 갖춘 비상은 전라도 지역에서도 조성되었는데 순천 금둔사지 석불비상이 그것이다. 이 비상은 9세기에 조성된 작품으로서 판석형에 가까운 지붕형 보개를 갖추고 있다.[20] 탑금당 치성문기비와 금둔사지 비상에서 알 수 있듯이 우리나라 보개의 시작은 비상에 사용된 방형의 지붕형 보개라 할 수 있다.

비상형식의 보개 외에 불상이 직접 착용하고 있는 보개의 시초는 나머지 보개 착용 통일신라시대 석불을 고찰하면 파악할 수 있을 것이다. 현재 비상을 제외한 보개 착용

---

19) 문명대, 「仁陽寺금당 治成碑像과 비문」, 『원음과 적조미』, 예경, 2003, 332쪽.
20) 순천 금둔사지 석불비상에 대해서는 다음 논문에 상세히 설명되어 있다(崔仁善, 「順天 金芚寺址 石佛碑像에 대한 考察」, 『文化史學』5, 韓國文化史學會, 1996, 75~92쪽).

11-14 김제출토 금동판불좌상 보개

11-15 경주 탑곡 마애불 보개

11-16 창녕 탑금당치성문기비

11-17 대구 관봉 석불좌상

통일신라시대 석불은 관봉 석불좌상(도11-17), 경주 안계리 석불좌상, 거창 양평동 석불입상(도11-1) 등이 있다. 이 중 경주 안계리 석불좌상은 앞에서 언급한 것처럼 후대에 석등 옥개석을 불상 보개로 사용한 것으로 우리나라 보개의 기원을 논의할 때 제외시킬 수 있다. 거창 양평동 석불입상의 경우는 판석형의 폭이 넓은 원형 보개를 착용하고 있다. 폭이 넓은 보개는 비나 눈으로부터 불상을 보호하고자 하는 불심의 표현이라 할 수 있다. 이러한 실용적인 측면이 강조된 폭이 넓은 보개는 주로 노천불에 사용된 것으로 추정된다.[21]

팔공산 관봉 석불좌상은 판석형 보개를 착용하고 있는데 보개의 일부가 파손되어 있지만 다듬어진 면을 통해 볼 때, 판석형 팔각보개로 추정된다. 관봉 석불은 그 위치를 고려할 때 처음부터 보개를 착용하고 있었을 가능성이 크다. 팔공산 관봉 정상에서 남동 20°의 향으로 신라본토를 바라보고 있는 근엄한 부처는 산봉우리에 만들어졌기에 풍우의 노출이 심했다. 불자들이나 장인들은 비바람으로부터 부처를 보호하고자 하는 자연스러운 불심을 발현하였을 것이며 이러한 이유로 불상의 조성과 함께 보개가 만들어졌을 가능성이 있다.

현재에도 신성시되며 깊은 신앙의 대상으로 섬겨지는 관봉 석불좌상은 처음 조성되었을 당시 불자들에 의해 추앙받는 신성성은 지금보다 결코 작지 않았을 것이다. 관봉 석불좌상은 조성과 동시에 신성성을 획득했을 것이며 불상과 같은 재질로 보이는 보개는 결국 불상이 조성될 때 같은 암반에서 원재료가 채취·가공되어 불상 보개로 사용되었을 가능성이 있다. 관봉 석불좌상의 보개는 불상이 완성된 후에는 신성한 장소가 된 관봉에서 그 재료가 채취되지 못했을 가능성이 높기에 석불과 동시기에 조성된 것으로 추정할 수 있다.

우리나라 보개착용 불상의 기원은 넓은 의미에서 앞서 언급한 두 구의 비상으로 볼 수 있으나 직접적 기원은 관봉 석불좌상이라 할 수 있다. 창녕 탑금당 치성문기비와 순

---

21) 거창 양평동 석불입상이 착용하고 있는 보개의 경우 후보되었을 가능성도 있다. 하지만 보개가 후보된 것인지 원래부터 조성된 것인지는 석불 주변의 보호각 시설 유구에 대한 발굴조사를 실시한다면 보다 정확하게 추정할 수 있을 것이다.

천 금둔사지 석불비상에서 태동하기 시작한 불상 보개 착용의 전통은 관봉 석불좌상에 서부터 본격적으로 출발한 것으로 추정된다. 이러한 전통은 나말여초기에 구미 황상동 마애여래입상의 판석형 방형 보개로 이어진 것으로 생각된다. 황상동 마애여래입상에 사용된 단순한 판석형 보개는 고려초에 들어와서 충주 원평리 석불입상과 강릉 신복사 지 석조공양보살상[22] 등과 같이 석등 옥개석형 팔각 보개로 발전한다. 이러한 보개의 발 전과 확산은 고려 광종대에 면류관형 보개를 착용한 석불의 등장과 함께 더욱 가속도를 얻게 된다.[23]

면류관형 보개는 우리나라 석불 보개 발달사에서 매우 중요한 위치를 차지한다. 현재까지 주로 논의되고 있는 대표적인 면류관형 보개착용 불상은 관촉사 석조보살 입상과 대조사 석조보살입상이다.[24] 이 두 불상의 보개는 면류관형이면서도 이중 방 형의 모습을 취하고 있어 매우 장식화되었음을 알 수 있다. 관촉사 석조보살입상은 고려 광종 21년(970)부터 조성되기 시작하여 목종 9년(1006)에 완성된 불상이다. 관촉 사 불상이나 대조사 불상 같이 앞 시대에 등장한 적이 없는 이중방형 보개를 착용한 대형 석불은 문화적 역량의 축적이 없으면 등장하기 어렵다. 관촉사 석조보살입상 조 성의 바탕이 된 문화적 역량의 축적은 이중방형 보개의 도상적 원형으로 추정되는 안 성 매산리 석조보살입상에서도 찾을 수 있다. 안성 매산리 석조보살입상은(도11-36) 960년 경부터 본격적으로 구신숙청 작업을 시작한 광종의 왕권강화 의지를 상징적으 로 보여주는 기념물이라 할 수 있다. 광종 11년(960) 경 안성 매산리 석조보살입상에

---

22) 神福寺址 석불좌상은 10세기 후반경에 조성된 것으로 추정된다(崔聖銀, 「溟州地方의 高麗時代 石造菩薩像에 대한 硏究」, 『佛敎美術』 5, 東國大學校博物館, 1980, 68쪽).

23) 면류관을 처음 착용한 왕은 고려 光宗으로 추정된다. 光宗은 즉위 11년(960)에 峻豊이라는 독자적 연호를 사용하기 시작하였으며 이 해에 개경을 황도로 칭하였다. 또한 光宗은 이때부터 관료의 공복제정과 더불어 스스로는 면류관을 쓰기 시작했던 것으로 보인다. 『고려사』 권72 여복지, "高麗太祖開國 事多草 創 因用羅舊 光宗始 定百官公服 於是尊卑上下等威以明". 光宗이 직접 면류관을 착용했음을 알 수 있는 사료는 다음과 같다(「普願寺法印國師寶乘塔碑」, 「譯註 羅末麗初金石文」, 한국역사연구회편, 1996, "大 王躬詣道場 服冕拜爲國師 □之以避席之禮 于以問道 宇以乞言 大師言曰").

24) 문명대, 「대조사 석미륵보살상과 灌燭寺 석미륵보살상」, 『삼매와 평담미』, 예경, 2003, 119~139쪽 ; 최 선주, 「高麗初期 灌燭寺 石造菩薩立像에 대한 硏究」, 『미술사연구』 14, 미술사연구회, 2000, 3~33쪽.

11-18 부여 대조사 석조보살입상

11-19 황제 면복도(唐閻立本, 隋文帝)

서 처음 등장한 것으로 보이는 면류관형 보개는 광종 20년(969) 경부터 조성되기 시작한 관촉사 석조보살입상에 와서 더욱 장식화가 진전된다. 이는 이중방형 보개를 통해 알 수 있다. 이 장식화의 진전은 광종 19년(968) 경부터 본격화되는 구세력의 반발에 대응하고 황제의 권위를 더욱 강조하고자 하는 광종의 의도가 반영된 것으로 추정된다.

고려 광종대 죽주(안성)와 논산, 부여 일대에 조성된 면류관형 보개 착용 석불은 경기도 일대와 충청도 일대에 조성되는 면류관형 방형 보개의 등장에 큰 영향을 미쳤다. 경기도 일대에 등장하는 면류관형 보개 착용 석불은 안성 매산리 석조보살입상 이외에 포천 구읍리 석조보살입상, 파주 용미리 마애이불병립상, 안양 용화사 석불입상(도11-22), 안성 아양동 석조보살입상(11-23)²⁵) 등이다. 이 중 포천 구읍리 석조보살입상은 11

---

25) 아양동 석조보살입상의 경우 보살입상 앞에 놓여 있는 네모난 상석이 원래는 사각형 보개다. 이 보개는 안쪽에 홈이 파여 있는 것으로 보아 보개가 놓여 있는 옆, 문인석 같이 생긴 불상의 보개로 추정된

세기 전반기에 조성된 불상으로 추정된다.[26](도2-6) 이 불상은 매산리 석조보살입상, 대조사 석조보살입상, 관촉사 석조보살입상 등과 같은 왕즉불사상과 고려왕은 황제라는 관념이 반영되어 조성된 불상으로 추정된다.[27]

11세기 후반기부터는 '금상황제' 의식은 많이 사라진 것으로 보인다. 11세기 후반 이후 조성되는 안양 용화사 석불입상,[28] 안성 아양동 석불입상 등은 '금상황제' 의식 등은 반영되지 않고 단지 면류관의 형태만을 형식적으로 반영시킨 것으로 보인다. 충청도 및 전북 일대에 등장하는 면류관형 보개 착용 불상은 관촉사 석조보살입상, 대조사 석조보살입상 이외에 당진 안국사지 석불입상(도11-24), 익산 고도리 석불입상(도11-25), 김제 흥복사 석불입상(도11-28) 등을 들 수 있다. 이밖에 예산 읍내리 석불입상의(도11-26) 보개 역시 면류관형 보개의 영향하에 조성된 보개로 볼 수 있다.

11세기 전반기에[29] 조성된 당진 안국사지 석불입상은 '금상황제' 의식의 반영이 일부 보인다고[30] 할 수 있으나 지방화, 형식화가 신전되어 나타난 것이다. 면류관형 보개의 형식화는 지방에서 이미 10세기 후반기부터 시작되었다. 11세기 경에는 보개의 모양 변화에도 영향을 미쳐 면류관형 보개는 판석형의 육각, 팔각 등으로 분화한 것으로 보인다. 그 대표적인 예는 예산 삽교 석불입상(도11-29), 이천 어석리 석불입상(도11-30), 충주 미륵대원지 석불입상 등을 들 수 있다.

다. 아양동 석조보살입상의 경우 보관의 문양이 매산리 석조보살입상을 모방하고 있으며 보관 상부가 평평하다. 이를 통해 아양동 석조보살입상이 매산리 석조보살입상을 모방한 보개가 있었음을 유추할 수 있다.

26) 정성권, 「抱川 舊邑里 石佛立像의 조성시기에 관한 연구」, 『범정학술 논문집』 24, 단국대학교 대학원, 2002, 293~307쪽.

27) 光宗 11년경부터 적극적으로 표현된 고려의 '今上皇帝' 의식은 문종 19년(1065) 거란왕이 九旒冠(황태자나 친왕이 사용), 九章服 등을 보낸 11세기 후반기 이후 옅어졌을 것이다. 『고려사』지26 관복, "靖宗九年十一月 契丹主賜 冠服 文宗三年丁月 契丹主賜 冠服 九年五月 契丹主賜 冠服 圭 十一年 三月 契丹主賜 冠服 十九年四月 契丹主賜 九旒冠 九章服 玉圭".

28) 안양 용화사 석불입상의 보개는 용화사에 방치되어 있던 원형 보개가 원래의 보개일 가능성이 있다.

29) 제3장 각주 20 참조.

30) 당진 안국사지 석조삼존불의 협시불들은 唐시대의 閻立本이 그린 황제 행렬도 중 좌우에서 황제를 시중드는 高冠을 착용한 신하들의 모습을 연상케 한다.

고려 광종대 안성 매산리 석불입상에서 처음 등장한 것으로 추정되는 면류관형 보개는 광종 후반기 부여 대조사 석조보살입상, 논산 관촉사 석조보살입상의 이중 방형 보개로 변화되어 그 장식성이 증가되었다. 이후 11세기에 등장하는 면류관형 보개는 광종대에 조성된 면류관형 보개의 형식적인 모방에 그친다. 이러한 모방은 조선시대까지 이중 방형 보개를 모방하는 예가 등장하게 되는 계기가 된다. 김제 흥복사 석불입상의 보개가 이에 해당된다. 이러한 이중방형 보개의 전통은 근래에까지 지속되고 있어 최근 조성되는 많은 수의 불상에 이중방형 보개가 사용되거나 아산 외암리 석불입상(도1-27) 처럼 고래의 불상에 이중방형 보개를 근래에 들어 후보하는 경우가 있다.[31]

방형 보개 중에서 조성시기를 알 수 있는 것은 고려 경종 6년(981)에 조성된 이천 장암리 마애보살상의[32] 보개이다.(도11-31)[33] 이 보개는 정방형의 두터운 판석형 보개로서 상면 모서리에는 우동선이 표현되어 있어 마치 석탑의 상대갑석과 같은 모습을 하고 있다. 석탑 갑석과 같은 모습의 정방형 판석형 보개를 착용하고 있는 불상으로는 장암리 마애보살상 이외에 여주 포초골 석불좌상(도11-32)을 들 수 있다. 이 불상의 보개 밑부분에는 복련 연화문이 장식되어 있으며 마치 석탑 갑석을 뒤집어 놓은 듯하다. 장암리 마애보살상과 포초골 석불좌상의 보개는 형태의 다양한 분화양상을 보여주는 한 예라 할 수 있다. 원형 보개를 착용한 석불 중에는 조각 유파적 특징을 보여주는 것도 있다. 안성 국사암 석조삼존불(도2-4)과 서울 개화동 약사사 석불입상(도2-3)이 그것이다. 이 불상들은 두께가 두텁고 챙의 폭이 넓은 벙거지형 보개를 착용하고 있다. 이 불상들은 괴체적인 상호 및 신체의 모습, 연꽃 등의 지물을 잡고 있는 모습 등에서 동일한 유파의 작품으로 추정된다.

---

31) 이 불상은 현재 아산시 송악면 외암리 송암사 경내에 있으며 석불의 보개는 30여년 전 조성된 것으로 보개의 뒷면에는 시주자 2명의 이름이 음각되어 있다.

32) 鄭永鎬, 「利川 '太平興國'명 磨崖半跏像」, 『史學志』 16, 단국사학회, 1982.

33) 이 보개 사진 및 도면은 다음 책에 상세히 나와 있다(단국대학교 매장문화재연구소, 『이천 태평흥국명마애보살좌상 주변지역 발굴조사 보고서』, 2002).

11-20 용인 미평리 석불입상

11-21 용인 목신리 석조보살입상

11-22 안양 용화사 석불입상

11-23 안성 아양동 석불입상

제11장 신양식의 출현과 확산 : 보개 착용 석조불상

290

11-24 당진 안국사 석조삼존불입상

11-25 익산 고도리 석불입상

11-26 예산 읍내리 석불입상

11-27 아산 외암리 석불입상

11-28 김제 흥복사 석불입상

11-29 예산 삽교 석조보살입상

11-30 이천 어석리 석불입상

11-31 이천 장암리 마애보살상 보개

11-32 여주 포초골 석불좌상 보개

11-33 안양 망해암 석불입상

11-34 수원 파장동 석불입상

11-35 양평 불곡리 석불입상

조선시대에 들어와 조성된 불상으로는 안양 망해암 석불입상을 들 수 있다.(도11-33) 안양 망해암 석불입상은 그동안 고려시대에 조성된 것으로 알려진 석불이다. 그런데 최근 이 불상에서 명문이 발견됨에 따라 조성시기가 조선시대임을 확인할 수 있었다.[34] 이와 유사한 양식적 특징을 보여주는 수원 파장동 석불입상(도11-34), 양평 불곡리 석불입상(도11-35) 등도 조선 초기에 조성된 것으로 추정된다. 이 중 수원 파장동 석불입상의 경우 불상 상호의 길이가 1.1m로서 신체에 비해 상호가 상당히 길게 조성되었다. 이와 같이 상호의 길이가 과장될 정도로 길게 조성된 이유는 안성 아양동 보살입상의 영향 때문으로 보인다. 앞에서 살펴본 바와 같이 벙거지형 원형 보개 중 보개의 폭이 두텁고 지름이 넓은 형태의 보개는 여말선초기 경기 일대에서 유행한 양식으로 볼 수 있다.

면류관형 보개 착용 석불의 모방과 전파

면류관 형태의 보개는 광종이 스스로 황제라 칭한 후 처음 등장하는 석불의 구성요소이다. 본문에서 고려 광종대에 조성된 것으로 추정된 석불들은 모두 면류관형 보개를 착용하고 있는 석조보살입상들이다. 안성 매산리와 부여 대조사, 논산 관촉사에 조성된 면류관형 보개 착용 석조보살입상은 경기도와 충청도 일대에 조성되는 면류관형 보개의 등장에 큰 영향을 미쳤다.

경기도 일대에 등장하는 면류관형 보개착용 석불은 포천 구읍리 석조보살입상, 파주 용미리 마애이불병립상 등이다. 이 중 안성 매산리 석조보살입상과 흡사한 보관을 착용하고 있는 포천 구읍리 석조보살입상은 11세기 전반기에 조성된 불상으로 추정된다.[35] 이 불상들은 매산리 석조보살입상, 관촉사 석조보살입상 등과 같이 왕즉불 사상이 반영되어

---

34) 2004년 5월 19일 현장답사(답사자 : 엄기표, 정성권) 결과 안양 망해암 석불입상의 보개 하단에서 "成化 十五年四月日造成"이라는 명문을 확인할 수 있었다. 그동안 고려시대에 조성된 것으로 추정되던 망해암 석불입상은 음각명문을 통해 조선 성종 10년(1479)에 조성된 불상임을 알 수 있었다.

35) 정성권, 「포천 구읍리 석불입상의 조성시기에 관한 연구」, 『범정학술 논문집』 24, 단국대학교 대학원, 2002, 293~307쪽.

조성된 석불이라 할 수 있다. 파주 용미리 마애이불병립상은 최근의 연구 성과에 의해 조선 초기에 만들어진 마애불임이 밝혀졌다.[36] 이에 따라 이 마애불은 고려전기의 면류관형 석불 착용과 달리 앞 시대의 면류관형 보개를 모방하여 조성된 것이라 할 수 있다.

충청도 일대에 등장하는 면류관형 보개착용 불상은 관촉사 석조보살입상, 대조사 석조보살입상 이외에 당진 안국사지 석불입상, 익산 고도리 석불입상, 김제 흥복사 석불입상, 예산 읍내리 석불입상 등을 들 수 있다. 그러나 이 석불상들은 단순히 방형의 면류관형 보개를 착용하고 있다는 점 이외에는 광종대에 조성된 석불상으로부터 직접적인 형식이나 양식적 영향을 받지 않은 것으로 보인다.

반면 안성 매산리 석조보살입상은 주변의 석불상에 매산리 석조보살입상의 양식적 특징을 강하게 미치고 있다. 안성 매산리 석조보살입상의 영향이 나타나고 있는 석조불상의 편년은 고려초에서 후기까지 다양하다. 매산리 석조보살입상의 조형적 영향이 미치는 석불은 가까이 안성과 진천, 용인 지역에 분포해 있으며 멀리는 포천과 원주 지역에서도 나타나고 있다. 안성 지역의 경우 쌍미륵사 마애불과 아양동 석조보살입상에서 매산리 석조보살입상의 흔적을 찾을 수 있다. 쌍미륵사 마애불의 경우 마모가 심하고 부조된 선각의 깊이가 얕아 상반신 이상은 알아보기 힘드나 하반신은 다리 사이에 매산리 석조보살입상에서 보이는 돈을띠 문양이 있음을 알 수 있다. 아양동 석조보살입상은 상호가 길고 크게 조성되어 있어 전체적으로 매산리 석조보살입상과 닮은 점을 찾기 어려우나 보관 중앙과 주변의 화문 장식이 매산리 석조보살입상에서 기인했음을 알 수 있다.(도 11-23)

진천 지역에서는 노원리 마애불입상이 매산리 석조보살입상의 영향을 크게 받고 있음을 알 수 있다. 노원리 마애불입상의 상호는 토속적으로 표현되어 있으나 돈을띠와 두 다리 위에 U자형 옷주름이 표현된 신체 하부는 매산리 석조보살입상을 모방한 것임을 알 수 있다. 용인 지역에서는 미평리 석불입상의 다리 사이 돈을띠(도11-20), 용인 목

---

36) 이경화, 「坡州 龍尾里 磨崖二佛竝立像의 造成時期와 背景 : 成化7년 造成設을 제기하며」, 『불교미술사학』3, 불교미술사학회, 2005.

신리 석조보살입상(도11-21)의 상호 등에서 안성 매산리 석조보살입상의 영향을 확인할
수 있다.

안성 매산리 석조보살입상이 가까운 주변지역의 다른 석불상에 형식적 영향을 미치
고 있는 점은 자연스러운 현상으로 생각할 수 있다. 하지만 원주 봉산동 석조보살입상
의 경우 안성 매산리 석조보살입상을 똑같이 모방하려고 시도하고 있어 주목된다.(도
11-36~39) 원주 봉산동 석조보살입상은 봉산동의 작은 야산 위에 위치한 민가 옆에 세
워져 있다. 이 석조보살입상은 높이가 1.78m로서 언뜻 보면 비슷한 크기의 원주지역 보
살상들과 비슷한 양식처럼 보인다.[37] 하지만 수인의 위치, 보살상임에도 대의를 착용하
고 있는 점, 대의의 하반신 옷주름, 보관과 이마가 만나는 지점이 일직선이 아닌 여러 개
의 반원형으로 표현된 점 등은 봉산동 석조보살입상이 약 5.6m 크기의 안성 매산리 석
조보살입상을 모방하고 있음을 알게 해준다.

봉산동 석조보살입상의 보관 정상부는 현새 시멘트가 발라져 있어 둥글게 돌출되어
있는 것처럼 보인다. 그러나 원래의 형태는 평평하게 마감되어 있어 매산리 석조보살
입상과 같은 면류관형 보개가 올려져 있었을 가능성이 있다. 원주 봉산동 석조보살입
상은 보관의 장식같은 세부적인 표현에서 안성 매산리 석조보살입상과 차이를 보인다.
봉산동 석조보살입상의 보관은 마치 통천관의 梁을 표현해 놓은 듯이 정면에서 보았을
때 좌우로 갈라진 수직의 물결문이 조각되어 있다. 원주 봉산동 석조보살입상의 상호는
1090년에 조성된 원주 입석사 마애불의 상호와 비슷한 점이 많아 조성시기를 입석사 마
애불과 비슷한 시기로 유추할 수 있다.[38]

11세기 말경에 조성된 것으로 추정되는 원주 봉산동 석조보살입상이 960년경에 조
성된 것으로 볼 수 있는 안성 매산리 석조보살입상을 모방하고 있는 것은 주목할 만하
다. 이는 안성 매산리 석조보살입상이 11세기 말경까지도 인근지역뿐만 아니라 비교적
멀리 떨어져 있는 원주 지역까지에도 매우 중요한 석조보살상으로 인식되고 있었음을

---

37) 임영애, 「고려전기 원주지역의 불교조각」, 『미술사학연구』 228·229, 한국미술사학회, 2001, 54쪽.
38) 임영애, 위의 글, 58쪽.

11-36 안성 매산리 석조보살입상

11-37 원주 봉산동 석조보살입상

11-38 안성 매산리 석조보살입상

11-39 원주 봉산동 석조보살입상

보여주는 방증이라 하겠다.

면류관형 보개의 등장은 석불 보개의 확산에 큰 영향을 끼쳤다. 안성 매산리 석조보살입상에서 처음 등장한 것으로 추정되는 면류관형 보개는 관촉사 석조보살입상에 이르러 이중방형으로 장식화되었다. 이 두 불상은 경기도와 충청도 지역에서 보개의 확산에 매우 큰 영향을 주었다. 경기도와 충청도 일대에 보개 착용 석불의 분포 비율이 높은 이유는 이 두 불상의 영향이 큰 역할을 하였기 때문이다. 경기지역에서는 면류관형 보개 이외에 원형 보개 역시 크게 유행하였다. 경기 남부에 유행한 원형 보개착용 불상 중에서는 국사암 석조삼존불상과 같이 조각 유파적 특징을 찾을 수 있는 것도 존재한다.

불상 보개의 첫 사용은 관봉 석조여래좌상에서 알 수 있듯이 눈·비로부터 불상을 보호하고자 하는 불심이 발현된 실용적인 목적이 컸던 것으로 보인다. 이 후 면류관형 보개의 등장으로 실용적인 목적보다는 황제의 권위나 미륵불의 관을[39] 나타내는 상징적인 용도로 보개가 사용된 것으로 보인다. 이후에는 면류관형 보개를 단순 모방한 것, 형태가 육각, 팔각 등으로 분화된 것 등이 나타난다. 다른 나라 불상에서는 찾기 어려운 불상 보개가 우리나라 석조불상에서 다수 확인되고 있는 것은 우리나라 석조미술의 특수성 중 하나로 볼 수 있을 것이다.

---

39) 문명대, 「대조사 석미륵보살상과 灌燭寺 석미륵보살상」, 『삼매와 평담미』, 예경, 2003, 133쪽.

제12장 고려 석조미술의 보고 : 충주 미륵대원지

충주 미륵대원지는 사적 제317호로서 충주시 상모면 미륵리 58번지 일대에 위치해 있다. 이곳은 고려시대의 대표적 사원 중의 하나로 알려진 곳으로서 다섯 번의 발굴조사와[1] 두 번의 실측조사가[2] 실시되었다. 충주 미륵내원시는 大院寺로 불렸던 사찰구역과 彌勒大院으로 불렸던 院址로 나누어져 있다.

1977년 실시된 1차 발굴조사에서는 석불입상과 석탑이 있는 사역 일대에 대한 조사가 실시되었다. 1차 조사는 시굴성격의 조사였으며, 1978년 실시된 2차 발굴조사에서 석굴과 석탑이 위치한 사역 일대에 대한 전면 발굴조사가 실시되었다. 1982년에 실시한 3차 발굴조사는 사지와 원지의 입구 부분에 해당하는 북쪽 경계선 부근 일부를 발굴하였다. 1990년과 1991년에 실시한 4·5차 발굴조사는 사찰구역의 동쪽에 위치한 원지 일대를 조사하였다. 5차에 걸친 발굴조사에서는 다량의 유물이 나왔으나 창건시기를 말해줄 수 있는 결정적인 명문이나 탑비 등은 출토되지 않았다.

---

1) 清州大學 博物館, 『彌勒里寺址發掘調査報告書』, 1978 ; 清州大學 博物館, 『彌勒里寺址2次發掘調査報告書』, 1979 ; 梨花女子大學校博物館, 『彌勒里寺址3次發掘調査報告書』, 1982 ; 清州大學校博物館, 『中原彌勒里寺址: 4次發掘調査報告書』, 1992 ; 清州大學校博物館, 『大院寺址·彌勒大院址 中原彌勒里寺址: 5次發掘調査報告書』, 1993.
2) 中原郡, 『중원군 미륵리 석굴실측조사보고서』, 1979 ; 충주시, 『미륵리 석불입상 보호석실 정밀실측 조사보고서』, 2005.

충주 미륵대원지는 발굴조사 보고서에서 조성시기를 고려초로 추정하고 있다.[3] 여러 선학들도 고려초 10세기에 조성된 것으로 보고 있다. 다만 2차 발굴조사 보고서는 석불입상의 조성시기를 석굴이 화재를 입은 후 다시 만든 것으로 추정하였다. 진홍섭도 석불입상의 조성시기를 11세기로 추정하고 있다.[4] 충주 미륵대원지의 축조편년에 대한 논의를 구체적으로 살펴보면 황수영·문명대의 경우 고려초에 조성된 것으로 보았으며 신영훈의 경우 901~937년으로 보고 있다.[5] 또한 두 차례 간행된 실측조사 보고서 역시 미륵대원지의 창건시기를 고려초 또는 고려의 건국과 더불어 조성된 것으로 파악하였다. 충주 미륵대원지를 본격적으로 고찰한 논문에서도 이 사찰의 창건연대를 나말여초[6], 늦어도 광종대까지는 축조되었을 것으로 추정하였다.[7] 이외 근래의 연구로, 최성은은 석불입상의 10세기 조성설에 대해 의문을 제기하지만 사찰의 창건에 대해서는 10세기로 인정하였다.[8] 김봉렬 역시 충주 미륵대원지의 건립시기를 10세기로 추정하고 있다.[9]

이와 같이 그동안의 발굴 및 연구 성과는 충주 미륵대원지 석불입상의 조성시기에 관해 의문을 제기하기도 하였지만 전체적인 사찰의 창건시기를 고려초, 10세기경으로 보고 있다. 구체적으로 태조 때, 늦어도 광종 때까지는 조성된 사찰로 파악하고 있다. 충주 미륵대원지의 사찰 창건시기에 관해서는 그동안 큰 의문 없이 선학들의 의견이 대체적으로 수용되어 왔다. 그러나 근래 들어 고고학·미술사의 연구 성과가 축적되면서 30여 년 전의 발굴 성과와 이를 바탕으로 한 10세기 창건설은 다시 한 번 점검해봐야 할 문제

3) 淸州大學校博物館, 『大院寺址·彌勒大院址 中原彌勒里寺址: 5次發掘調査報告書』, 1993, 100쪽.
4) 秦弘燮, 『韓國의 佛像』, 一志社, 1976, 306~307쪽.
5) 황수영의 글은 다음 글에 실려 있다(문화재관리국, 『문화재대관』, 보물편, 1969).
   문명대, 「한국석굴사원의 연구」, 『역사학보』 38, 역사학회, 1968, 159쪽 ; 신영훈, 「미륵대원의 연구」, 『考古美術』 146·147, 한국미술사학회, 1980, 90쪽.
6) 옥영무, 「新羅末 高麗初 彌勒信仰寺刹에 關한 硏究 : 彌勒大院의 分析을 中心으로」, 한양대학교 석사학위논문, 1987, 67쪽.
7) 김길웅, 「미륵대원 석굴의 고찰」, 『文化財』 18, 문화재관리국 문화재연구소, 1985, 15쪽.
8) 최성은, 『석불·마애불』, 예경, 2004, 372쪽.
9) 김봉렬, 『불교건축』, 솔, 2004, 105쪽.

가 되었다. 이 글에서는 이러한 문제의식을 바탕으로 충주 미륵대원지의 창건시기에 대해 근래 축적된 고고학·미술사의 연구 성과를 분석하여 좀 더 정확한 조성시기를 추정하고 창건배경에 대해서도 검토해 보고자 한다.

발굴 유물을 통한 시기추정

충주 미륵대원지 출토 기와

충주 미륵대원지는 다섯 차례에 걸쳐 발굴조사가 진행되었다. 이 중 1차와 2차 발굴조사가 석굴과 석탑이 있는 사찰구역 일대에 걸쳐 진행되어 사찰의 창건시기를 밝히는데 가장 중요한 역할을 하였다. 그러나 1·2차 발굴조사 보고서의 경우 거의 대부분이 기와와 전류들만 사진자료로 제시되어 있다. 반면에 토기, 자기류 등은 한 점도 싣고 있지 않다. 36~7년 전에 진행된 빈 고사와 이를 바탕으로 발간된 발굴조사 보고서이기에 지금의 시점에서 보면 아쉬운 점이 많은 것이 사실이다. 그러나 다행스럽게도 당시 출토된 기와류가 이 사찰의 창건 시기를 밝히는데 있어 중요한 단서를 제공해주고 있다.

충주 미륵대원지에서 창건기에 사용된 막새로는 16엽 연화문 수막새와 고사리문 암막새를 들 수 있다.(도12-1-③, ④) 이 막새 이외에 일휘문, 범자문 막새 등도 발굴조사를 통해 출토되었으나 일휘문, 범자문 등의 막새는 사찰의 중창이나 보수용으로 사용된 것으로 추정된다. 창건 시 사용된 것으로 볼 수 있는 16엽 연화문 수막새와 고사리문 암막새는 1~5차에 걸친 발굴조사 시 모두 출토되었다. 이 막새류는 출토된 막새 중 가장 수량이 많은 것으로 판단됨에 따라 사찰 창건 당시 일시에 사용된 것으로 볼 수 있다.

16엽 연화문 수막새는 지름이 16.7cm이며 자방의 가운데에 1개의 연자와 이를 둘러싼 8개의 연자가 있다.(도12-1-③) 이 수막새의 가장 큰 특징은 자방의 연자를 화문의 융기선이 둘러싸고 있는 점이다. 고사리문 암막새는 두께가 5.5cm로서 막새 중앙 하단에 위치한 한 개의 돌기에서 3개의 줄기가 연결되어 있다.(도12-1-④) 이 3개의 줄기 좌우

에는 각각 5개씩의 고사리문이 시문되었다. 1차 발굴조사 보고서에서는 이 암막새를
고사리문 암막새로 명명하였지만 고사리 문양의 경우 당초문이 형식화된 것으로 볼
수 있다.

〈12-1〉 각종 막새류

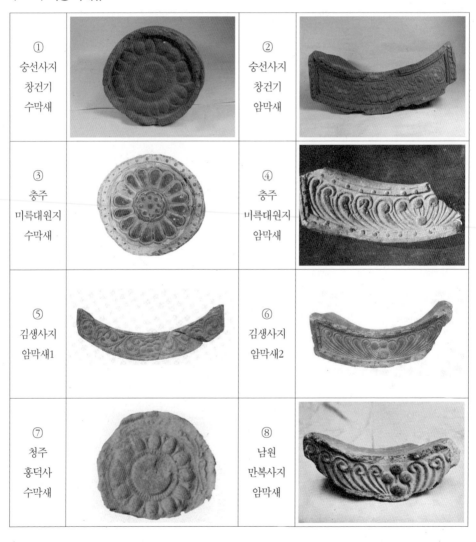

① 숭선사지 창건기 수막새	② 숭선사지 창건기 암막새
③ 충주 미륵대원지 수막새	④ 충주 미륵대원지 암막새
⑤ 김생사지 암막새1	⑥ 김생사지 암막새2
⑦ 청주 흥덕사 수막새	⑧ 남원 만복사지 암막새

숭선사지 출토기와

숭선사지는 충주시 신니면 숭선마을에 위치하고 있으며 충주 미륵대원지와 같은 문화권에 속해 있다. 숭선사는 『고려사』 광종 5년조에 "五年春創崇善寺追福先妣"라는 기록이 있어 광종이 母后인 충주 유씨 神明順成太后의 명복을 빌기 위해 954년 창건한 사찰임을 알 수 있다. 이 사지는 충청대학 박물관에 의해 2000~2004년 4차에 걸친 발굴조사가 진행되어 사찰의 구조와 변천과정을 알 수 있었다. 발굴조사 결과 숭선사는 954년에 창건하였으며 1182년경에 1차 중창이 있었고 16세기 중·후반에 다시 2차로 중창되었음이 밝혀졌다.[10] 숭선사지에서는 다량의 유물이 출토되었는데 이 중 창건기 막새기와를 대상으로 한 연구논문이 다후쿠 료(田福涼)에 의해 발표되었다.[11]

숭선사지 창건 수막새는 자방의 중심에 1개의 연자가 있으며 이 연자 주변에는 8개의 연자가 있다.(도12-1-①) 화판은 8엽 복판으로 짧고 도드라져 있다. 창건 수막새의 가장 큰 특징은 자방과 화판 사이에 원형의 테두리가 쳐져 있고 이 원형 테두리 안에 서문이 시문되어 있다는 것이다. 이는 꽃술대라 통칭하기도 하는데 자방과 화판 사이에 꽃술대가 있는 기와는 청주 흥덕사지에서도 발견된 바 있다.(도12-1-⑦) 흥덕사지는 광종 5년(954)에 조성된 것으로 밝혀진 '靑銅禁口'가 출토된 곳이다.[12] 이를 고려한다면 자방과 화판 사이에 꽃술대가 시문된 기와는 일단 고려초에 유행한 것으로 판단할 수 있을 것이다. 물론 이러한 문양의 막새는 추후 문양이 변화될 수 있으나 숭선사지 출토 창건막새의 경우 954년이라는 절대 연대를 갖고 있다고 할 수 있다.

숭선사지 출토 창건기 암막새는 막새의 중앙에 화문이 있으며 화문 주변으로 당초문이 시문되어 있다.(도12-1-②) 암막새의 연화당초문은 통일신라의 흔적을 찾을 수 있을 정도로 비교적 유려한 편이다. 숭선사지 출토 창건기 막새기와는 광종5년(954)이라는 제작연도를 알 수 있어 충주 미륵대원지 출토 막새기와의 제작시기를 밝힐 수 있는 중요

---

10) 충청대학 박물관, 『충주 숭선사지 시굴 및 1~4차 발굴조사보고서』, 2006, 656쪽.
11) 田福涼, 「崇善寺址의 創建 막새」, 『文化史學』 26, 韓國文化史學會, 2006.
12) 淸州大學校 博物館, 『淸州興德寺址 發掘調査報告書』, 1986, 88쪽.

한 열쇠가 된다.

김생사지 출토기와

　김생사지는 충주시 금가면 반송리 65-5번지 일대에 위치한 곳으로서 충청북도 기념물 제114호로 지정된 곳이다. 김생사지는 숭선사지와 직선거리로 19km, 충주 미륵대원지와는 27km 떨어진 곳으로서 같은 문화권에 속해 있다. 김생사지는 2002년 충청대학 박물관에 의해 발굴조사가 진행된 곳으로 삼국시대에 창건되어 조선시대까지 법등이 이어져온 사찰이었음이 밝혀졌다.[13] 김생사지에서 출토된 막새 중에는 숭선사지에서 발굴된 창건기 암막새(도12-1-⑤)와 더불어 충주 미륵대원지에서 출토된 고사리문 암막새(도12-1-⑥)도 출토되었다. 2002년에 시행된 김생사지 발굴조사는 전체 발굴지역을 Ⅰ~Ⅳ구역으로 나누어서 진행되었다. 숭선사지 창건기 암막새는 Ⅳ구역에서만 출토된 반면 충주 미륵대원지에서 보이는 것과 같은 형태의 고사리문 암막새는 김생사지 Ⅰ, Ⅱ, Ⅳ구역에서 출토되고 있다. 숭선사지에서는 충주 미륵대원지에서 출토되는 막새기와가 나오지 않았으며 충주 미륵대원지에서는 숭선사지에서 출토된 막새기와가 수습되지 않았다. 반면에 김생사지에서는 숭선사지와 충주 미륵대원지에서 사용되었던 막새기와가 모두 출토되고 있다. 김생사지 막새기와의 출토 양상은 숭선사지와 충주 미륵대원지에서 사용되었던 막새 기와류가 시차를 두고 사용된 것으로 해석할 수 있어 충주 미륵대원지의 조성시기를 파악하는데 중요한 단서를 제공한다.

만복사지 출토기와

　만복사지는 전라북도 남원시 왕정동 489번지 일원에 위치한 곳으로서 사적 제349호

---

13) 忠淸大學 博物館, 『忠州 金生寺址 發掘調査報告書』, 2006, 310~315쪽.

로 지정된 곳이다. 만복사는 고려 문종(1046~1083)때 창건된 사찰이다.[14] 이곳은 전북대학교 박물관에 의해 1979년부터 1985년까지 7차에 걸쳐 발굴조사가 진행되었다. 발굴조사 결과 만복사지에는 다량의 유물이 출토되었으며 출토 기와 중에 고사리문 암막새도 포함되어 있다.(도판 1-⑧) 만복사지에서 출토된 암막새는 주로 쌍조문과 인동문, 일휘문이 주류를 이루고 있다. 7차에 걸친 발굴조사 결과 출토된 암막새의 개체수는 총 650점이나 고사리문 암막새는 단 8점만이 출토되었다.[15] 문양별 분류에서 쌍조문류가 134점, 일휘문이 382점 출토된 반면 고사리문은 8점만이 출토되었다. 이를 통해 고사리문 암막새의 경우 창건기 막새가 아니라 후대에 보수용으로 사용된 것임을 알 수 있다. 만복사지 출토 고사리문 암막새는 충주 미륵대원지에서 사용되는 고사리문의 사용시기를 밝히는 데 매우 중요한 역할을 한다.

기와 분석

앞에서 언급한 막새 기와 중 연대를 확실히 알 수 있는 것은 숭선사지 창건기와다.(도12-1-①, ②) 이 기와는 광종 5년(954) 숭선사를 창건할 때 사용된 기와이다. 숭선사는 954년 창건 후 1182년 경에 중창을 하였다.[16] 그 사이에 일부 보수를 한 흔적은 있으나 충주 미륵대원지에서 사용된 암막새와 수막새는 보이지 않는다. 숭선사지에 사용된 창건기 수막새는 954년 중창된 청주 흥덕사지에서도 출토되었다.[17](도12-1-⑦) 흥덕사지에서 출토된 막새는 자방과 화판 사이의 꽃술대가 숭선사지에서 출토된 막새보다 조금 작은 편이나 같은 패턴을 보이는 동시기의 막새로 추정할 수 있다.

광종대부터는 승과제도의 시행으로 관료와 같이 승려를 국가가 선발하고 僧階를 주어 배출한 고급승려를 각 사원에 파견하여 사원을 점차 국가통제권에 흡수할 수 있게

---

14) 『신증동국여지승람』 남원 불우조.
15) 全北大學校 博物館, 『萬福寺 發掘調査報告書』, 1986, 111쪽.
16) 충청대학 박물관, 『충주 숭선사지 시굴 및 1~4차 발굴조사보고서』, 2006, 649~653쪽.
17) 淸州大學校 博物館, 『淸州興德寺址 發掘調査報告書』, 1986, 182쪽.

하였다.[18] 고려초부터 시행된 사원의 통제는 이미 광종대에 이르러 승과제도의 시행을 통해 공식화되었다. 국가가 직접 고급 승려를 선발하여 사원에 파견하고 있는 점은 이미 전국의 주요 사찰이 국가의 통제하에 있었음을 방증하는 것이라 하겠다. 이는 새로운 사찰의 창건은 국가의 승인하에 가능함을 의미한다고 할 수 있다. 특히 대규모의 사찰 창건이나 중요사원의 중창에는 국가의 승인과 더불어 지원이 따랐다. 이는 숭선사와 홍덕사 출토 막새기와를 통해서도 유추할 수 있다. 숭선사와 홍덕사는 모두 광종 5년에 창건 및 중창된 사찰이다. 숭선사는 광종의 모후를 위해 창건된 사찰이며 홍덕사는 통일신라시대 이래 중요한 지리적 위치를 차지하고 있는 청주에 위치한 사찰이다. 이 사찰의 공역에는 國工이나 충청도 일대에서 활약하는 전문 와장이 파견되었을 것이며 전문장인이 파견되었기에 지리적으로 떨어진 곳임에도 불구하고 같은 패턴의 막새기와가 출토될 수 있었다.

그렇다면 숭선사지, 홍덕사지와 같은 '중원 문화권'이라 할 수 있는 충주 미륵대원지의 경우, 이 사찰이 그동안 주장되어 온 것 같이 10세기에 창건된 사찰이라면 숭선사지나 홍덕사지에서 보이는 막새기와가 출토되어야 할 것이다. 그러나 충주 미륵대원지에서는 숭선사지 창건기 막새가 전혀 보이지 않고 있다.[19]

충주 미륵대원지 출토 막새류는 이 사찰의 창건 시기를 밝힐 수 있는 중요한 열쇠 역할을 한다. 먼저 충주 미륵대원지 수막새를 살펴보겠다. 1~5차 보고서에 모두 실려 있으며 충주 미륵대원지 창건기 막새로 추정되는 수막새는 지름이 16.7cm인 16엽 연화문 막새이다.(도12-1-③) 이 막새의 특징은 자방에 화문이 있다는 점을 들 수 있다.

숭선사지 창건기 기와에서도 자방에 화문이 있는 기와를 찾을 수 있다. 숭선사지 창건 기와 중 자방이 화문으로 되어 있는 것은 서까래 기와이다.(도12-2) 이 기와는 막새 모양의 기와로서 12엽 단판 연화문으로 화판과 間瓣 모두 볼륨감 있게 표현되어 있다. 화

---

18) 韓基汶, 『高麗寺院의 構造와 機能』, 民族社, 1998, 113쪽.

19) 미륵리사지 1차 보고서(清州大學 博物館, 『彌勒里寺址發掘調査報告書』, 1978, 103쪽)에는 자방과 화판 사이에 원형의 테두리가 있고 테두리 사이에 선문이 있는 기와가 출토되고 있으나 화판의 문양이 선각에 가까우며 원형 테두리 안의 선문이 형식화되어 있는 점을 고려한다면 숭선사지와 같은 시기의 막새로 볼 수 없다.

12-2 충주 숭선사지 출토 서까래 기와   12-3 제천 사자빈신사지 석탑 연화문

판 끝과 간판 중앙에는 능선이 있다.[20] 숭선사지 서까래 기와의 자방은 화문 자방으로서 충주 미륵대원지 출토 막새기와의 화문 자방과 다르게 자방 자체가 화문형으로 만들어 져 있다. 광종 5년(954)에 만들어진 것으로 볼 수 있는 화문 자방이 있는 서까래 기와의 연화문 문양은 1022년까지 현재의 충주 지역 일대에 유행하였다. 이는 현종 13년(1022) 에 만들어진 사자빈신사지 석탑의[21] 연화문에서 확인할 수 있다.(도12-3)

제천시 한수면 송계리에 위치한 사자빈신사지 석탑은 충주 미륵대원지에서 북쪽으로 약 5km 정도 떨어진 매우 가까운 곳에 위치해 있다. 이 석탑의 갑석 하단에는 연화문이 새겨져 있다. 이 연화문은 8엽 단판 연화문으로 화관과 간판 모두 볼륨감이 있으며 화판 과 간판에는 능선이 음각으로 표현되었다. 숭선사지 서까래 기와의 자방은 자방 자체가 화문 모양이었으나 사자빈신사지 석탑 연화문의 자방은 원형의 자방 안쪽에 화문이 음 각으로 새겨져 있다. 사자빈신사지 석탑 연화문 자방 안에 있는 연자는 숭선사지 서까래 기와의 연자와 마찬가지로 2중 원을 형성하였다. 숭선사지 서까래 기와의 연화문과 사 자빈신사지 석탑 연화문을 비교해 보면 화판과 간판의 볼륨감, 화문형 자방, 연자의 2중 배열 등에서 11세기 전반기까지 화문 자방이 있는 연화문 조성 전통이 크게 변화되지 않 았음을 알 수 있다.

---

20) 충청대학 박물관, 『충주 숭선사지 시굴 및 1~4차 발굴조사보고서』, 2006, 304쪽.
21) 국립문화재연구소, 『한국금석문자료집(상)』, 2005, 335쪽.

충주 미륵대원지 출토 막새에서 볼 수 있는 화문형 자방은 사자빈신사지 석탑의 화문형 자방과 같이 원형의 자방 안쪽에 화문을 표현한 것이다.(도12-1-③) 그러나 연자의 배열은 사자빈신사지 석탑의 연자가 숭선사지의 것을 그대로 모방하고 있다면, 충주 미륵대원지의 것은 자방 중심에 1개의 연자만을 두고 있어 숭선사지, 사자빈신사지 연화문의 연자 배열과 다른 형태이다. 충주 미륵대원지 출토 수막새의 화판 역시 숭선사지, 사자빈신사지의 연화문 화판과 다른 모습을 보이고 있다. 숭선사지와 사자빈신사지 석탑의 연화문 화판은 끝이 뾰족하고 간판이 있으며 화판과 간판은 모두 볼륨감이 있고 능선이 표현되었다. 이에 반해 충주 미륵대원지 출토 화문 자방이 있는 막새의 경우 간판이 없는 16엽 연화문으로서 화판은 볼륨감은 있어 보이나 단조로운 패턴을 보이고 있어 형식화가 진전된 양식임을 알 수 있다.

자방에 화문이 있는 연화문의 경우 그 기원에 대해서는[22] 다시 논의해야 되겠지만 적어도 충주지역에 있어서는 숭선사지(954년) → 사자빈신사지 석탑(1022년) → 충주 미륵대원지 등에서 유행했다고 할 수 있다. 이를 고려한다면 충주 미륵대원지 출토 수막새의 사용 시기는 11세기 중반경 이후가 될 것이며 더 구체적인 기와의 사용 시기는 암막새의 분석을 통해서 유추할 수 있다.

숭선사지에서는 충주 미륵대원지에서 사용된 막새기와가 출토되지 않고 있으며 충주 미륵대원지에서도 숭선사지에서 사용된 막새기와가 발견되지 않았다. 반면에 김생사지에서는 양 사찰에서 사용된 막새기와가 출토되고 있어 주목된다. 김생사지는 삼국시대부터 조선시대까지 법등이 이어진 사찰로 여러 차례의 중수가 이루어진 곳이다. 2002년에 발굴조사된 김생사지 IV구역에서는 숭선사지에서 보이는 암막새가 출토되었으며 I, II, IV구역에서는 충주 미륵대원지에서 사용된 고사리문 암막새가 출토되었다.[23](도12-1-⑤) 이는 고려초 광종연간에 IV구역에 있는 건물지가 일부 보수되었으며

---

22) 발해의 연화문 전돌에서 자방이 화문으로 되어 있는 연화문을 확인할 수 있다(국립중앙박물관, 『유창종 기증 기와·전돌』, 2002, 111쪽). 화문형 자방 연화문의 기원에 대해서는 추후 자세한 고찰을 시도해 볼 예정이다.

23) 忠淸大學 博物館, 『忠州 金生寺址 發掘調査報告書』, 2006, 130~132쪽.

이후 어떤 시점에서 김생사지의 여러 건물이 고사리문 암막새(도12-1-⑥)를 이용하여 보수 또는 중건되었음을 의미한다. 고사리문 암막새를 이용한 시점은 충주 미륵대원지 창건시기와 비슷한 시기일 것이다.(도12-1-⑧)

그렇다면 고사리문 암막새는 언제부터 사용되었을까? 이는 고려 문종 연간(1046~1083)에 창건된 만복사지에서 그 실마리를 찾을 수 있다. 만복사지에는 발굴조사를 통해 확인된 건물지 이외에 오층석탑, 석조대좌, 당간지주, 석불입상이 있다.[24] 만복사는 기록을 통해 고려 문종 때 창건된 사찰임을 알 수 있다. 구체적인 창건시기는 발굴조사 보고서에서 밝히고 있지 않지만 만복사지 석불입상이 고려초 석불입상들에 비해 수려한 모습을 취하고 있는 것으로 보아 고려 문화가 원숙해지는 문종 중반기에 이후에 만들어진 것으로 추정된다. 이를 통해 만복사의 창건연대는 문종 중반기 이후로 추정할 수 있을 것이다.

만복사지는 전북대학교 박물관에 의해 7차에 걸친 발굴조사가 진행되었다. 발굴조사를 통해 만복사지에서 다량의 유물이 출토되었다. 미세기와규 중 암막새 기와는 주로 쌍조문, 인동문, 일휘문이 출토되었다. 발굴조사에서 수습된 암막새 개체수는 쌍조문이 134개, 인동문이 31개, 일휘문이 382개이다. 반면에 고사리문 암막새기와는 단 8점만이 수습되었다.[25] 만복사지에서 수습된 고사리문 암막새는 중앙 하단에 1개의 원형 돌기가 있으며 그 위에 다시 3개의 원형 돌기가 있다. 이 원형 돌기 좌우로 고사리문이 동일하게 반복되고 있다.(도12-1-⑧) 이러한 모습은 충주 미륵대원지에서 출토된 고사리문 암막새의 문양과 기본적으로 동일한 모습이다. 고사리문 암막새는 쌍조문이나 인동문, 일휘문 등에 비해 발굴조사 등에서 출토되는 비율이 낮은 막새이다. 이를 고려한다면 고사리문 막새는 고려시대 특정시기에 잠시 유행한 막새로 볼 수 있다.

만복사지에서 사용된 고사리문 암막새는 출토량을 보았을 때 창건기에 사용된 막새가 아니라 보수용으로 사용된 막새로 볼 수 있다. 보수용으로 사용된 막새 중 기존의 막

---

24) 제12장 각주 14 참조.
25) 제12장 각주 15 참조.

새 문양과 다른 문양이 소량 사용된 예는 숭선사지에서도 찾아볼 수 있다.[26] 만복사의 창건을 문종 후반기로 본다면 보수용으로 사용된 고사리문 암막새의 사용 시기는 문종 이후가 될 것이다. 고려시대의 국가적 관심과 지원 아래 창건 및 보수된 건물 중 12세기 이후의 건물은 대부분이 일휘문 막새를 사용한다. 이는 파주 혜음원지,[27] 고달사지,[28] 황룡사지[29] 등을 통해서 알 수 있다. 일휘문 막새가 본격적으로 사용되는 시기는 앞에서 언급한 사원에서 알 수 있듯이 12세기 전반기부터다.

만복사지에서도 가장 많이 출토된 막새기와는 일휘문 막새기와이다. 그렇다면 만복사지에서 보수용으로 사용된 고사리문 기와는 일휘문 막새기와가 보편적으로 사용되기 전인 11세기 말에서 12세기 초에 사용된 것으로 볼 수 있다. 만복사지에서 사용된 보수용 막새는 충주 미륵대원지 창건기와로 볼 수 있는 고사리문 기와와 같은 패턴을 갖고 있다. 이로 보아 충주 미륵대원지의 창건시기는 고사리문 막새를 이용하여 만복사지 건물을 보수한 11세기 말에서 12세기 초로 추정할 수 있다.

충주 미륵대원지에서 발굴 보고된 유물은 대부분이 기와이다. 기와 이외의 것으로 보고서에 도면과 함께 실린 유물로는 토기편과 자기편이 있으며 모두 고려시대의 것이다. 이 중 가장 시기가 올라가는 유물은 3차 발굴조사 보고서에 실려 있는 해무리굽 청자를 들 수 있다. 해무리굽 청자는 한국 초기청자의 발생과 깊은 연관이 있는 청자로서 그 발생기는 9세기로 상정하는 학설이 초기의 학설이었다. 하지만 근래의 연구 성과에 의하면 한국 초기청자의 생산은 10세기 경에 시작되며 내저원각이 있고 접지면의 폭이 약간 넓어진 한국식 해무리굽완은 11세기 경부터 나타나는 것으로 보고 있다.[30] 충주 미륵대원지 3차 발굴조사 보고서에는 5점의 해무리굽 청자가 수록되었다.[31] 이 청자들은

26) 田福涼, 「崇善寺址의 創建 막새」, 『文化史學』 26, 한국문화사학회, 2006, 106쪽.
27) 최문환, 「파주 혜음원지 출토 막새기와 연구」, 단국대학교 석사학위 논문, 2005, 47~49쪽.
28) 김태근, 「고달사지 출토 막새 고찰」, 『高達寺址 II』, 기전문화재연구원, 2007, 845~859쪽.
29) 정성권, 「혜음원지 출토 막새기와에 대한 고찰」, 『文化史學』 19, 韓國文化史學會, 2003, 184쪽.
30) 李鐘玟, 「韓國 初期靑磁의 形成과 傳播」, 『美術史硏究』 240, 韓國文化史學會, 2003, 65쪽.
31) 梨花女子大學校博物館, 『彌勒里寺址3次發掘調査報告書』, 1982, 23~24쪽.

접지면의 폭이 약간 넓고 내저원각이 있는 한국식 해무리굽 청자들이다.[32] 최근 학계의 연구성과를 반영한다면 충주 미륵대원지 출토 해무리굽 청자는 11세기 경부터 만들어지는 한국식 해무리굽으로서 기와 분석을 통해 파악한 충주 미륵대원지의 창건시기를 보완해 주는 유물이라 할 수 있다.

석조미술을 통한 시기추정

충주 미륵대원지 석불입상

충주 미륵대원지 창건시기에 대한 견해는 대체로 10세기 경에 맞춰져 있다.[33] 충주 미륵대원지 2차 발굴보고서에서는 현재의 석불입상의 경우 석굴이 화재를 입은 후 원래의 석불이 파불되고 지금의 석불입상이 세워진 것으로 추정하고 있다.[34] 그러나 기존의 창건시기에 대한 견해에 따르면 충주 미륵대원지 석불입상은 10세기에 조성한 것이된다.(도12-9) 충주 미륵대원지 석불입상과 같이 머리에 보개를 착용하고 있는 거석불중 10세기에 조성된 대표적인 석불은 주로 광종 연간에 조성된 석불들이다.[35] 광종 연간에 조성된 석불의 특성과 영향을 분석해 보면 충주 미륵대원지 석불입상이 10세기에 조성된 불상이 되는지 알 수 있을 것이다.

먼저 광종대에 조성된 대표적인 석불로는 안성 매산리 석조보살입상(도12-4), 부여 대조사 석조보살입상(도12-5), 논산 관촉사 석조보살입상(도12-6)을 들 수 있다. 각각의

---

32) 충주 미륵대원지 출토 해무리굽 청자들은 이화여자대학교 박물관에서 보관하다 1997년 국립청주박물관으로 이관되었다. 발굴보고서에서는 청자편의 외면만 있어 내저원각의 유무를 확인할 수 없으나 국립청주박물관에 보관된 유물을 필자가 확인한 결과 내저원각을 확인할 수 있었다.

33) 진홍섭의 경우 석불입상의 조성시기를 11세기로 추정하고 있다(진홍섭, 『韓國의 佛像』, 일지사, 1976, 306~307쪽).

34) 淸州大學 博物館, 『彌勒里寺址2次發掘調査報告書』, 1979, 53~54쪽.

35) '개태사지 석조삼존불입상'은 개태사가 완공되는 태조 23년(940)에 만들어진 불상으로서 대표적인 10세기 석불이나 충주 미륵대원지 석불입상과 직접적인 양식적 친연성을 비교하기에 무리가 있어 제외하였다.

조성시기는 안성 매산리 석조보살입상의 경우 광종 11(960)~14년(963)[36], 부여 대조사 석조보살입상은 광종 1(950)~11년(960)[37], 논산 관촉사 석조보살입상은 광종 21(970)~목 종 9년(1006) 으로 알려져 왔다.[38] 이 중 부여 대조사 석조보살입상은 근래의 연구성과에 의해 조성시기를 광종19년(968)~26년(975)으로 재비정되었다.[39]

광종대 석불의 두드러진 양식적 특징은 모두 면류관 형태의 방형 보개를 착용하고 있다는 점이다.[40] 이는 황제를 자칭하며 스스로 면류관을 착용하기까지 광종의 영향이 반영된 것이라 할 수 있다.[41] 광종은 개경을 皇都로 칭하며 스스로 12류 면류관을 착용하기도 하였다.[42] 광종대에 조성된 석불 3구의 경우 모두 보살상임에도 불구하고 부처의 대의를 입고 있는데, 이는 석조보살입상들이 착용하고 있는 면류관은 면복, 즉 곤룡포와 한 쌍을 이루고 있기에 면류관형 보개를 착용한 석조보살입상은 곤룡포와 비슷한 대의를 입게 된 것으로 추정할 수 있다.[43]

고려의 왕이 일반 백성들로부터도 황제로 불리웠음을 하남시 교동 마애약사불좌상의 명문에서도 확인할 수 있다. 마애불 몸 광배의 오른쪽 벽면에는 977년에 새겨진 29자의 명문이 있는데 마지막에 "皇帝萬歲願"의 다섯 글자가 확인된다. 고려의 왕이 황제라

---

36) 丁晟權,「安城 梅山里 石佛 立像 硏究: 高麗 光宗代 造成說을 제기하며」,『文化史學』17, 韓國文化史學會, 2002, 290~297쪽.

37) 문명대,「대조사 석미륵보살상과 관촉사 석미륵보살상」,『삼매와 평담미』, 예경, 2003, 132쪽.

38) 「灌燭寺事蹟碑」,『朝鮮金石總覽』下, 亞細亞文化社, 1976, 1153쪽, "高麗光宗之十九年己巳沙梯村女...僧慧明應擧朝廷 若工匠百餘人始事 於康午訖功於丙午凡三十七年也."

39) 정성권,「고려 광종대 석불의 특성과 영향」,『文化史學』27, 韓國文化史學會, 2007, 587~591쪽.

40) 미륵의 보관에 탑을 두는 근거를 경전에서 찾으며, 사각의 면류관형 보개의 경우 탑을 연상시키는 것으로 보는 논문도 있다(孫永文,「高麗時代 彌勒圖像의 硏究」, 동국대학교 석사학위 논문, 2002, 89쪽). 이 밖에 중국의 원통형 고관이 관촉사상의 冠에 영향을 미친 것으로 파악하는 논문도 있다.(崔聖銀,「唐末五代와 遼代의 圓筒形 高冠菩薩像에 대한 一考察: 高麗初期 高冠形 菩薩像과 관련하여」,『講座美術史』9, 한국불교미술사학회, 1997, 61쪽 ; 辛廣姬,「灌燭寺 石造菩薩像에 대한 硏究」, 동국대학교 석사학위 논문, 2002, 42쪽). 본고에서는 석불에서 보이는 폭이 넓은 방형 보개의 기원을 황제 광종이 착용하기 시작한 12류 면류관으로부터 시작된 것으로 보고자 한다.

41) 丁晟權,「安城 梅山里 石佛 立像 硏究: 高麗 光宗代 造成說을 제기하며」,『文化史學』17, 韓國文化史學會, 2002, 292쪽.

42) 제11장 각주 23 참조.

43) 정성권,「고려 광종대 석불의 특성과 영향」,『文化史學』27, 韓國文化史學會, 2007, 599쪽.

12-4 안성 매산리 석조보살입상

12-5 부여 대조사 석조보살입상

12-6 논산 관촉사 석조보살입상

12-7 포천 구읍리 석조보살입상

12-8 당진 안국사지 석조보살입상   12-9 충주 미륵대원지 석불입상

는 관념은 면류관을 착용한 불상들이 만들어지는 11세기 전반기까지 비교적 강하게 남
아 있었던 것으로 보인다.

　광종대 석불의 특성은 한마디로 황제 광종의 영향이 강하게 미친 불상이 만들어지고
있다는 점을 들 수 있다. 면류관과 면복으로 상징되는 이러한 불상들은 10세기 중엽에
처음 만들어져 11세기 전반기까지 영향을 미치고 있다. 이는 안국사지 불상을 통해서
도 알 수 있다.(도12-8) 안국사지 불상은 최근의 발굴조사에서 출토된 "太平十.." 銘 기와
를 통해 조성시기를 유추할 수 있다. 이 시기는 遼의 成宗 연간(1021~1030)으로서 "太平
十.."은 1030년을 가리킨다.[44) 안국사지에서는 막새기와가 단일 종류의 것만이 출토되
고 있어 "太平十.." 銘 기와를 창건기의 기와로 봐도 무방할 것이며 안국사지 불상 역시
이 시기에 완성되었을 것이다.

<hr />

44) 충청남도역사문화원, 『唐津 安國寺址』, 2006, 163쪽.

포천 구읍리 석조보살입상에서도 광종대 석불의 특성이 강하게 남아 있는 모습을 확인할 수 있다.(도12-7) 이 석조보살입상은 11세기 전반기에 만들어진 것으로 추정할 수 있다. 이는 포천 구읍리 석조보살입상이 연산 개태사 석조삼존불입상, 안성 매산리 석조보살입상, 논산 관촉사 석조보살입상, 예산 삽교 석조보살입상의 특성을 고루 갖추고 있음을 통해 알 수 있다.[45]

안성 매산리 석조보살입상, 부여 대조사 석조보살입상, 논산 관촉사 석조보살입상 등 광종대에 계획되어 만들어진 석불들은 비교적 알맞은 크기의 면류관형 보개와 대의를 착용하고 있다. 그러나 1030년 경 안국사지 석조보살입상에 와서는 석불의 신체가 석주형으로 변하면서 형식화가 진행되었다. 하지만 이 시기까지도 석불의 보개는 황제의 12류 면류관을 모방한 방형의 보개를 사용하고 있었다.[46] 이러한 방형 보개의 사용은 11세기 중반 경부터 줄어든 것으로 추정되며 그 원인으로 여러 가지가 있을 것이나 그 중 하나는 1047년 행해진 거란에 의한 문종의 책봉을 들 수 있을 것이다.[47] 거란에 의한 문종의 책봉에도 불구하고 고려에서는 계속해서 한계기 휘S이는 12류 면류관을 사용했던 것으로 보인다. 이는 거란이 1065년에 9류 면류관, 구장복 등을 보내오고 있는 점에서 유추할 수 있다.[48] 거란이 9류 면류관, 구장복 등을 보낸 이유는 그동안 고려가 황제만이 사용할 수 있는 12류 면류관을 계속해서 사용했기에 이를 막기 위해 왕이 사용하는 9류 면류관과 구장복을 보낸 것으로 해석할 수 있다.

---

45) 정성권, 「포천 구읍리 석불입상의 조성시기에 관한 연구」, 『범정학술논문집』24, 단국대학교 대학원, 2002, 295~296쪽.

46) 면류관은 중국 고대 관모의 하나인 爵弁에서 발달된 것으로 後漢 때 완성되었다. 이 면류관의 가장 큰 특징은 면판의 앞뒤에 늘어뜨린 旒로, 그 숫자는 계급에 따라 차등을 두었다. 천자는 白玉珠 12류, 황태자와 친왕은 靑珠 9류를 쓴다(『한국민족문화대백과사전』, 한국정신문화연구원, 1989, 798~799쪽).

47) 『고려사』 세가7 문종.

48) 『고려사』 지26 관복, "靖宗 9년(1043) 11월에 거란 왕이 관복을 보내어 왔다. 文宗 3년(1049) 정월에도 거란 왕이 관복을 보내어 왔으며 동 9년(1055) 5월에도 거란 왕이 관복과 圭를 보내왔다. 동 11년(1057) 3월에 거란 왕이 관복을 보내 왔다. 동 19년(1065) 4월에는 거란 왕이 九旒冠(9류 면류관), 九章服, 玉圭를 보내어왔다".

이러한 거란의 간섭과 불상 자체의 형식화 등이 원인이 되어 방형의 면류관형 보개는 11세기 중반 경부터 판석형의 폭이 좁은 사각, 육각, 팔각형 보개로 분화되어 간다. 충주 미륵대원지 석불입상의 경우 판석형의 팔각형 보개를 착용하고 있으며 신체가 석주형으로 이루어져 있고 대의의 모습이 형식적으로 이루어져 있다. 이러한 점을 보았을 때 이 석불입상의 조성시기는 안국사지 석불입상보다 후대에 만들어진 것으로 봐야 할 것이며 그 시기는 11세기 중기 이후가 될 것이다.

충주 미륵대원지 오층석탑

충주 미륵대원지 오층석탑과 비교할 수 있는 석탑은 10세기에 조성된 석탑과 충주 미륵대원지와 비교적 가까운 곳에 조성된 석탑을 들 수 있다. 10세기에 조성된 석탑으로는 봉업사지 석탑을 들 수 있다.[49](도12-11) 이 석탑은 1층 탑신석이 다른 층의 탑신석에 비해 매우 높은 편으로서 충주 미륵대원지 오층석탑의 1층 탑신석과 유사한 면을 보이고 있다. 그러나 세부적인 모습을 비교해 보면 충주 미륵대원지 오층석탑은 봉업사지 오층석탑에 비해 낙수면의 경사가 급하며 옥개석의 합각선이 빠르게 내려오고 있어 전각의 반전이 매우 둔하다. 이러한 옥개석은 마치 전탑의 옥개석을 보고 있는 듯한 느낌이다.

충주 미륵대원지와 가까운 거리에 있는 석탑으로는 제천 사자빈신사지 석탑을 들 수 있다.(도12-13) 이 석탑은 기단부에 명문이 새겨져 있어 고려 현종 13년(1022)에 만들어진 석탑임을 알 수 있다. 이 밖에 비교적 가까운 거리에 있는 예천 개심사지 오층석탑 역시 정확한 조성시기를 알 수 있어 비교의 대상이 될 수 있다.(도12-12) 개심사지 오층석탑은 갑석 하단부 명문을 통해 이 석탑이 고려 현종 원년(1010)에 만들어진 것임을 알 수 있다. 정확한 조성시기를 알 수 있는 예천 개심사지 오층석탑과 제천 사자빈신사지 석탑은 모두 정교하고 치밀한 조각수법을 보이고 있다. 높이가 6m 가량 되는 봉업사지 오층석탑의 경우도 우주의 표현, 옥개받침의 조각

---

49) 경기도박물관,『高麗 王室寺刹 奉業寺』, 2005, 207쪽.

12-10 충주 미륵대원지 오층석탑

12-11 안성 봉업사지 오층석탑

12-12 예천 개심사지 오층석탑

12-13 제천 사자빈신사지 석탑

태봉과 고려 석조미술로 보는 역사

12-14 향산 보현사 구층석탑

수법에서 비교적 정교한 수법을 보이고 있어 전문 장인에 의해 치밀하게 계획된 작품임을 알 수 있다. 그러나 충주 미륵대원지 오층석탑은 분명하지 않은 우주의 표현, 둔중한 옥개석, 기단에 비해 너무 크게 만들어진 1층 탑신석 등을 고려해 보면 적어도 國工 수준의 작품은 아닌 것으로 사료 된다. 그리고 이 석탑의 갑석 상면에는 복련문이 새겨져 있는데 갑석 전체에 복련문이 조식된 것이 아니라 일부분에만 새겨져 있어 사자 빈신사지의 갑석 복련문 등을 모방하려다 만 것으로 추정된다.

전체적으로 충주 미륵대원지 오층석탑은 10세기, 또는 11세기 전반기에 만들어진 석탑보다 양식적으로 퇴화된 모습을 보여주고 있다. 옥개석이 둔중해지는 현상은 11세기 중반 경부터 나타나는데 이는 고려 정종 10년(1044)에 만들어진 보현사 구층석탑을 통해서 알 수 있다.[50] (도12-14) 보현사 구층석탑은 1층 탑신석이 다른 층의 탑신석보다 높고 감실이 뚫려 있는 점 등에 있어서 10세기경 고려 광종 때 만들어진 봉업사지 오층석탑과 유사한 점이 있다. 하지만 옥개석은 옥개받침보다 낙수면이 월등히 두꺼워 투박한 인상을 주고 있다. 결국 충주 미륵대원지 오층석탑은 보현사 구층 석탑보다 양식적으로 퇴화되고 있음을 볼 때 11세기 중기 이후에 조성된 것으로 볼 수 있다.

---

50) 국립문화재연구소, 『사진으로 보는 북한 국보유적』, 2006, 23쪽.

충주 미륵대원지 사각석등

충주 미륵대원지 오층석탑 동쪽에는 사각석등이 세워져 있다. 이 자리는 원위치가 아니며 사각석등의 정확한 원위치는 발굴조사 보고서에도 언급되어 있지 않다. 다만 발굴조사 전에 찍은 사진을 보면 이 사각석등은 오층석탑 북쪽에 석탑과 연접해 세워져 있었음을 알 수 있다.[51] 사각석등의 원위치는 석탑의 북쪽, 석불과 석탑의 일직선상에 놓여 있었을 가능성이 있다. 충주 미륵대원지 사각석등은 석불입상 앞에 있는 팔각석등과 지대석의 복련 문양이 유사하고 양 석등 모두 상륜부를 간략하게 만든 점 등에서 비슷한 시기에 조성된 것으로 볼 수 있다.(도12-17)

고려시대의 대표적인 사각석등은 관촉사 석등과 현화사 석등을 들 수 있다. 관촉사 석등은 현재 논산 관촉사 석조보살입상 앞에 서 있다. 이 석등의 조성 시기에 대해서는 관촉사 석조보살입상과 같이 10세기 후반 광종대에 설계되어 세워진 것으로 전술하였다.(도12-15) 관촉사 사각석등은 화사석 위층에 또 다른 화사석이 올려져 있어 크기가 더욱 크게 보인다. 이 석등의 조각수법 또한 매우 우수하여 國工이 참여하여 만든 석등으로 보여진다. 고려 현종 10년(1020)에 만들어진 현화사 사각석등 역시 크고 건장하게 조성되어 있어 당시 국가 대찰 중 하나인 현화사의 사격에 걸맞는 석등이라 할 수 있다.(도12-16) 관촉사와 현화사 사각석등은 간주석이 원형이며 간주석 중앙부위가 화문으로 장식되어 있어 장식성도 뛰어난 석등이다. 또한 관촉사, 현화사 석등의 상륜부 정상에는 화염형 보주가 올려져 있어 장식성을 더한다. 이 양 석등은 크기 또한 매우 커서 보는 이를 압도한다. 이에 반해 충주 미륵대원지 사각석등은 관촉사나 현화사 석등의 반 정도에 미치는 작은 규모의 석등이다.

충주 미륵대원지 사각석등은 방형의 지대석 위에 볼륨감 있는 복련이 있으며 복련 위에는 사각의 간주석이 있다. 간주석 전면에는 연봉 모양의 문양이 새겨져 있다. 상대석 아랫면에는 얕은 양감의 앙련이 있으며 화사석은 상대석 네 모퉁이에 원형의 기둥을 세워 조성하였다. 옥개석의 낙수면 경사는 비교적 완만한 편이며 옥개석 상부에는 노반

---

51) 清州大學 博物館, 『彌勒里寺址2次發掘調査報告書』, 1979, 107쪽.

12-15 논산 관촉사 석등

12-16 개성 현화사지 석등

12-17 충주 미륵대원지 사각석등

12-18 개성 개국사지 석등

형태의 상륜부가 남아 있다.

충주 미륵대원지 사각석등과 비교할 수 있는 고려시대 석등으로는 개국사 석등을 들 수 있다.(도12-18) 태조에 의해 창건된 개경의 개국사는 예종 원년(1106)에 숙종의 진전사원으로 전환된다.[52] 개국사지 석등은 앙련이 새겨진 하대석과 복련이 시문된 상대석이 모두 방형이며 앙련과 복련 모두 얕게 새겨져 있다. 간주석은 방형이나 모서리가 다듬어져 있어 부등변 팔각형 모양이나 간주석의 아랫부분과 윗부분은 방형을 유지하고 있다. 옥개석은 사각형이며 관촉사, 현화사 석등의 옥개석에 비해 두께가 얇은 편이다. 상륜부는 둥근 원형의 보주가 올려져 있어 매우 단순한 형태를 보이고 있다.

고려초에 만들어진 사각석등의 경우 전체적으로 매우 화려한 모습을 띠고 있다. 이에 반해 개국사 석등은 단순한 모습을 보이고 있다. 개국사 석등이 개국사가 창건된 후 얼마 지나지 않은 시점에서 조성되었다면 이 석등 역시 관촉사나 현화사 석등과 비슷한 모습을 취했을 것이다. 즉, 현재와 같은 단순화된 방형의 모습을 보이고 있는 개국사 석등은 고려소나 11세기 전반기에 조성된 것이 아니라는 점을 보여주고 있다. 그렇다면 개국사 석등은 언제 조성되었을까. 앞에서 언급한 것처럼 개국사가 예종 원년(1106), 숙종의 진전사원으로 전환되었을 때 조성되었을 가능성이 높다. 진전사원으로의 전환은 사격이 높아지는 것을 의미하며 이에 걸맞는 조형물이 필요하기에 개국사 석등이 조성된 것으로 보인다. 개국사 석등의 크기는 현화사 석등과 비교될 수 있을 정도의 크기로 비교적 큰 석등에 속한다.

개국사 석등과 충주 미륵대원지 사각석등은 조형적인 측면에서 유사한 점이 많다. 먼저 간주석을 들 수 있는데, 관촉사 사각석등과 현화사 사각석등은 간주석이 원형으로 만들어져 있으며 중앙에 연화문 장식이 있다. 이에 반해 개국사 석등과 충주 미륵대원지 사각석등의 간주석은 방형으로 되어 있어 관촉사나 현화사 사각석등에 비해 단순한

---

52)『고려사』 세가12 예종1, "경신일에 숙종의 神主는 우궁으로 옮기고 그 초상은 開國寺로 옮겼다. 임술일에 이날은 숙종의 小祥이므로 왕이 개국사에 갔다".

편이다. 개국사 석등은 간주석의 모서리를 다듬었다. 충주 미륵대원지 석등은 간주석 전면에 연봉무늬를 얕게 새겼으나 여전히 관촉사, 현화사 석등에 비해 단순한 모습을 띠고 있다. 상대석의 경우 얕게 새겨진 앙련문 위에 얇은 화사석 받침이 있어 양쪽 석등이 유사한 모습을 띠고 있다. 또한 양쪽 석등 모두 옥개석 하부에 연기가 빠지는 구멍이 뚫려져 있고 옥개석의 폭이 관촉사나 현화사 석등에 비해 얇다. 상륜부 역시 단순하게 마무리하고 있는 점에서 양쪽 석등의 양식이 상통함을 알 수 있다.

전체적으로 보았을 때 개국사 석등과 충주 미륵대원지 사각석등은 비슷한 시기에 조성된 석등으로 볼 수 있다. 그러나 개국사 석등은 조성시기를 예종 원년(1106)으로 추정할 수 있으나 충주 미륵대원지 사각석등의 경우 정확한 조성시기를 추정할 수 없다. 다만, 두 석등이 유사한 양식적 특징을 보여주고 있으므로 충주 미륵대원지 사각석등의 경우 1106년을 전후한 시기인 11세기 말이나 12세기 초에 조성된 것이라 할 수 있다.

조성시기와 배경

앞 장에서는 충주 미륵대원지에서 출토된 기와와 사지 내에 있는 석조 미술품들의 양식을 고찰해 보았다. 고찰 결과 충주 미륵대원지는 그동안 알려져 왔던 것처럼 10세기에 조성된 것이 아니라 11세기 말에서 12세기 초에 창건된 사원임을 알 수 있었다. 이 장에서는 충주 미륵대원지의 조성시기를 주변의 사원과 비교해 보고 충주 미륵대원지의 창건 배경에 대해서 살펴보고자 한다.

충주 미륵대원지는 계립령로 상에 위치해 있으며 하늘재의 북쪽에 해당한다. 계립령로는 영남과 중부지역을 잇는 중요한 도로로서『삼국사기』신라본기 아달라 이사금 3년조에 '夏四月... 開鷄立嶺路'라는 기록이 있어 서기 156년에 공식적으로 개통된 도로임을 알 수 있다. 현재의 행정구역은 하늘재를 중심으로 서북쪽은 충청북도에 편입되며 동남쪽은 경상북도에 해당한다. 하늘재는 남쪽에 해발 1106m의 주흘산이 있으며 북쪽

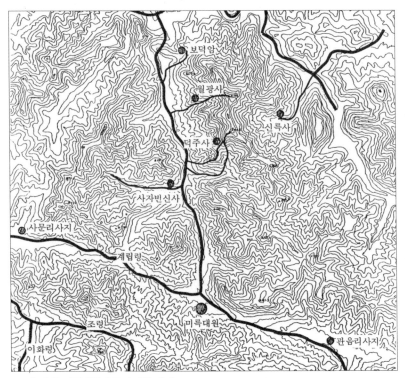

12-19 충주 미륵대원지 주변 사찰 배치도

에는 해발 961m의 포함산이 있다. 해발 약 1000m 높이의 산 사이에 하늘재가 있으며 이
고개 북쪽에 충주 미륵대원지가 위치해 있다. 충주 미륵대원지는 계립령로에서 가장 높
은 하늘재의 북쪽 고개 바로 밑에 있으며 월악산 일대의 사찰 중 가장 깊은 산중에 위치
해 있는 셈이다.(도12-19)

　　삼국시대부터 이용되어 온 계립령로에서는 여러 산성과 사찰의 흔적을 찾을 수 있
다. 점촌에서 문경을 거쳐 충주에 이르는 구간에 축조된 계립령로의 산성은 고모산성,
고부산성, 마고산성, 하늘재 차단성, 야문성, 덕주산성, 남산성, 대림산성 등이 있다.[53]
이 산성들은 고려시대에 축성된 것도 있으나 대부분이 삼국시대 신라에 의해 축성된 것

53) 서영일, 『신라 육상 교통로 연구』, 학연문화사, 1999, 206쪽.

으로 보인다. 삼국시대 충주 일대는 삼국의 각축장이었기에 사찰보다 산성이 교통로상의 요지에 위치해 있었다.(도12-9)

통일신라시대에 들어와서 계립령로 상에도 비교적 큰 규모의 사찰이 세워졌다. 대표적인 통일신라시대 사찰로는 月光寺를 들 수 있다. 월광사는 8세기 전반 법상종 사찰로 창건되었다가 9세기 후반 경문왕대에 圓郎禪師가 선사상을 전파하면서 禪刹化된 사찰이다.[54] 이 사찰은 통일신라시대에 창건되어 조선시대 초까지 법등이 이어진 것으로 추정된다. 이 밖에 통일신라시대 사찰로는 문경읍 관음리 일대 사지를 들 수 있다. 문경읍 관음리 산50번지에는 관음리 석조 반가사유상이 있다.[55] 이 상은 마모가 심해 정확한 조성연대를 파악하기 어려우나 나말여초기에 조성된 것으로 추정된다. 이 상 주변은 완만한 구릉으로 이루어져 있으며 현재 과수원으로 경작 중이다.(도 12-19)

관음리 석조반가사유상이 있는 사지는 하늘재의 남동쪽에 위치해 있다. 이곳은 월악산의 남쪽 초입에 해당하며 월광사지는 월악산의 북쪽 초입에 해당한다. 이 두 사지는 약 15km 정도 떨어져 있다. 하늘재가 고갯길임을 감안하더라도 이 정도의 거리는 아침에 출발하면 오후 늦게까지는 충분히 도달할 수 있는 거리다. 관음리사지에는 남쪽에서 개성이나 중부지역으로 가는 행인들이, 월광사지에는 영남쪽으로 가는 행인들이 주로 머물렀을 것이다.

주요 교통로 상에 위치한 사원의 중요한 기능 중의 하나는 행인들에게 숙식을 제공하는 것이다. 통일신라~고려초까지 월악산 일대의 계립령로에서는 월광사지와 관음리사지가 이 역할을 수행하였다. 1022년경 사자빈신사지가 창건되면서 숙식을 제공하는 역할의 일부를 나누어 수행한 것으로 보인다. 사자빈신사지는 월광사지보다 하늘재와 가까운 곳에 위치해 있으며 교통로상에서의 접근성도 월광사지보다 수월한 편이다. 그러나 현재 남아 있는 사역의 규모로 보았을 때 대규모의 인원을 수용하기에 한계가 있었을 것이다.

---

54) 忠淸專門大學 博物館,『堤川 月光寺址』, 1998, 9쪽.
55) 관음리 185번지 일대에도 '문경 관음리 석불입상'이 세워져 있다. 이 상은 고려시대에 조성된 것으로 추정되며 주변에서 기와편이 수습되었다.

12-20 계립령로의 주요 산성 배치도

　11세기 말에서 12세기 초에 들어와서 大院寺와 더불어 彌勒大院이 만들어졌다.(도 12-21) 이는 현재의 충주 미륵대원지로서 계립령로상에 위치한 사찰 중 가장 깊은 산중에 조성되었다. 그렇다면 11세기 말～12세기 초에 월악산 가장 깊숙한 산중에 대규모의 사원이 건립된 이유는 무엇일까. 현재 이에 대한 기록이 전혀 남아있지 않아 정확한 조성배경을 파악하기 어렵다. 하지만 창건시기가 크게 차이나지 않는 혜음원지의 창건배경이 충주 미륵대원지의 조성배경을 이해하는데 도움을 줄 수 있다고 생각한다.

　혜음원지는 혜음령 고개의 북쪽에 해당하는 파주시 광탄면 용미 4리 173번지 일대에 위치해 있다.(도12-22) 혜음원지의 창건에 대해서는 김부식이 찬한 '惠陰寺新創記'가 『동문선』에 실려 있어 그 면모를 파악할 수 있다. 다음은 '혜음사신창기'에 기록된 혜음원의 창건 배경이다.

12-21 충주 미륵대원지 전경

12-22 파주 혜음원지 전경

12-1. 봉성현에서 남쪽으로 20리쯤 되는 곳에 조그마한 절이 있었는데, 허물어진지 벌써 오래였으나 지방 사람들은 아직도 그곳을 석사동이라 불렀다. 동남방에 있는 모든 고을에서 서울로 들어오는 사람이라든지 또는 위에서 내려가는 사람이 모두들 이 길을 사용하기 때문에 사람들은 어깨가 서로 스치고, 말은 굽이 서로 닿아서 항상 복잡하고 인적이 끊어질 사이가 없었는데, 산과 언덕이 깊숙하고 멀며, 초목이 무성하게 얽혀 있어서 호랑이가 떼로 몰려다니며 안심하고 숨어 있을 곳으로 생각하여, 몰래 숨어서 옆으로 엿보고 있다가 때때로 나타나서 사람을 해친다. 이뿐 아니라 간혹 불한당들이 이 지역이 으슥하고 잠복하기가 쉬우며 다니는 사람들이 지레 겁을 먹고 두려워하는 것을 이용하여, 여기에 와서 은신하면서 그들의 흉행을 감행하기도 하였다. 이리하여 올라오는 사람이나 내려가는 사람이 주저하고 감히 전진하지 못하며, 반드시 서로 경계하여 많은 동행자가 생기고 무기를 휴대하여야만 지나갈 수 있는데도, 오히려 살해를 당하는 자가 1년이면 수백 명에 달하게 되었다.

선왕인 예종이 왕위에 오르신지 15년인 기해년(1119) 가을 8월에 측근의 신하인 소천이 임금의 사명을 받들고 남쪽 지방에 갔다가 돌아왔다. 임금께서 "이번 길에 민간의 고통스런 상황을 들은 것이 있느냐" 물으시니, 곧 이 사실을 보고하였다. 임금께서는 측은히 이를 딱하게 생각하시고, "어떻게 하면 폐해를 제거하고 사람이 안심하게 할 수 있느냐" 하셨다. 아뢰기를, "전하께옵서 다행히 신의 말씀을 들어주신다면 신이 한 가지 계교가 있사온데, 국가의 재정도 축나지 아니하며 민간의 노력도 동원시키지 않고, 디민 중들을 노십하여 그 허물어진 집을 새로 건축하고 양민을 모아들여 그 옆에 가옥을 짓고 노는 백성들을 정착시키면, 짐승이나 도둑의 해가 없어질 것이며, 통행자의 난관이 해소될 것입니다" 하였다. 임금께서는, "좋다. 네가 그것을 마련해 보라" 하셨다.(이하 생략)[56]

사료12-1의 기록에서와 같이 이소천은 임금의 명을 받고 묘향산으로 가서 승려들을 모집한 후 1120년 봄 2월에 공사를 착공하여 1122년 2월에 혜음원을 완공하였다. 혜음령 일대는 개성과 비교적 가까운 거리에 위치한 곳임에도 불구하고 위의 사료에서 알 수 있듯이 虎患과 도적들이 끊이지 않았다. 이에 대한 대책으로 고려 중앙정부에서는 승려들을 모아 혜음원을 창건한다. 최근의 발굴성과[57]에서도 알 수 있듯이 혜음원은 행궁까지 갖추고 있는 매우 큰 규모의 사원이다. 개성과 가까우며 행궁까지 갖추어져 있는 대규모의 원을 승려들을 동원하여 창건한 점은 매우 주목되는 부분이다.

---

56) 『동문선』권64.
57) 단국대학교 매장문화재연구소, 『파주 혜음원지 발굴조사 보고서: 1차~4차』, 2006.

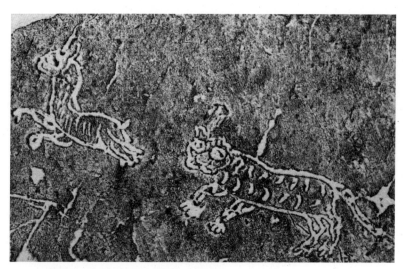

12-23 미륵대원지 출토 기와 등면 호랑이 그림 탑본

충주 미륵대원지의 창건 배경도 혜음원지의 창건 배경과 크게 다르지 않을 것이다. 개경과 가까운 혜음령에 호랑이와 도적이 들끓는 상황이었다면 월악산 첩첩산중에 해당하는 하늘재의 상황은 더욱 좋지 않았을 것이다. 하늘재에 호랑이가 빈번히 출몰했음은 미륵대원지 출토 기와를 통해서도 그 단면을 엿볼 수 있다. 현재 국립청주박물관에 소장되어 있는 충주 미륵대원지 출토 암키와 등면에는 사슴을 쫓는 호랑이가 그려져 있다. 이 그림은 와공이 그린 것으로 볼 수 있는데 당시 하늘재 일대에 호랑이가 자주 목격되었음을 알게 해주는 그림이라 할 수 있다.(도12-23)

하늘재가 있는 계립령로는 삼국시대부터 중요하게 이용된 교통로이다. 이러한 교통로가 호환이나 도적떼들에 의해 통행이 제한된다면 고려 중앙정부의 입장에서는 영남지역에 대한 통치권이 제약을 받는 아주 중차대한 문제가 된다. 충주 미륵대원지는 이러한 문제를 극복하기 위한 해결방안으로 창건된 것으로 볼 수 있다.

혜음원의 창건은 문종·숙종·예종의 南京 경영과 관련이 있다.[58] 남경이 위치한 중부지역과 영남지역을 잇는 교통로의 안전한 확보를 목적으로 하는 충주 미륵대원지의

---

58) 全瑛俊, 「高麗 睿宗代의 사찰 창건과 승도 동원」, 『震檀學報』 97, 진단학회, 2004, 51쪽.

창건 배경 또한 남경 경영과도 연관지어 생각할 수 있을 것이다. 충주 미륵대원지는 원지와 대규모의 사찰지로 구역되어 있다. 깊은 산속에 행인에게 숙식을 제공하는 원지와 더불어 대규모의 사찰이 조성되었다는 점은 사찰에 비교적 많은 수의 상주인구를 확보하기 위한 방책이었을 것이다. 많은 수의 상주인구가 확보되어야만 호랑이와 도적 떼들로부터 계립령로를 통행하는 행인의 안전을 담보할 수 있기 때문이다.

충주 미륵대원지의 석불입상, 팔각석등, 석탑, 사각석등 등은 바로 전 시기의 석탑이나 불상, 석등 등과 비교해 보면 조각 기법이나 수준이 떨어지는 것이 사실이다. 그 이유는 무엇일까? 아마도 혜음원의 창건과 같이 대원사 · 미륵대원의 건립 역시 중앙정부의 건축 승인 아래 승려들이 주체가 되어 조성되었기 때문으로 보인다. 만약 국가에서 파견한 감독관이 직접 감독하고 국가에서 관리하는 석장을 비롯한 工匠이 파견되었다면 석불입상이나 석탑, 석등 등의 모습은 지금보다 우수했을 것이다.

충주 미륵대원지는 혜음원지보다 앞서 창건된 것으로 볼 수 있다. 혜음원지에서 출토된 막새는 12세기에 집중적으로 출토된 일휘문이 대부분인 것에 반해 충주 미륵대원지에서는 연화문 막새가 다수 출토되기 때문이다.[59] '혜음사신창기'에서 이소천이 예종에게 "…국가의 재정도 축나지 아니하며 민간의 노력도 동원시키지 않고, 다만 중들을 모집하여 그 허물어진 집을 새로 건축하고…"라고 아뢸 수 있었던 것은 아마도 11세기 말~12세기 초에 이루어진 충주 미륵대원지의 창건 과정을 이소천이 알고 있었기 때문일 것이라 할 수 있다.

결론적으로 충주 미륵대원지의 조성시기는 고고학적 발굴성과와 미술사적 양식분석을 통해 살펴 본 바와 같이 11세기 말~12세기 초반으로 상정할 수 있다. 충주 미륵대원지의 조성배경은 호환과 도적떼로부터 행인을 보호하고 주요 교통로의 안전을 확보하여 지방통치에 안정을 기하기 위한 것이라 할 수 있다.

---

59) 충주 미륵대원지에서도 일휘문 막새가 출토된다. 그러나 충주 미륵대원지의 일휘문 막새의 경우 중창시기에 사용된 것이다.

제13장 전통의 단절과 계승 : 봉녕사 석조삼존불상

  고려시대 불교조각사는 시대에 따라 연구 대상의 재질이 크게 구분될 수 있을 정도로 불상의 재질이 편중되게 나타난다. 고려전기에는 주요 연구대상으로 석불과 철불이 압도적으로 많이 등장한다. 이에 반해 고려후기 불교조각사에서는 목조와 금동불상이 주로 연구 되고 있다. 단행본으로 출간된 근래의 연구 성과만 보더라도 고려후기 불교조각 연구는 일부 건칠불보살상 이외에 대부분 목조불상과 금동불상을 대상으로 하고 있다.[1] 대표적인 불상의 도판을 보여주는 조각사 개설서에서도 고려시대는 불상의 재질 차이는 시대별로 확연히 들어나며 고려후기 부분을 차지하는 석조불상의 비율은 매우 낮게 나타난다.[2]

---

1) 鄭恩雨,『高麗後期 佛教彫刻 研究』, 문예출판사, 2004 ; 최성은,『고려시대 불교조각 연구』, 일조각, 2013. 중 연구대상이 된 고려후기 불상의 주요 목록은 다음과 같다(개심사 목조아미타불좌상, 개운사 목조아미타불좌상, 봉림사 목조아미타불좌상, 수국사 목조아미타불좌상, 자운사 목조아미타불좌상, 봉정사 목조관음보살좌상, 보광사 목조관음보살좌상, 민천사 금동아미타불좌상, 장곡사 금동약사불좌상, 문수사 금동아미타불좌상, 법흥사 금동아미타불좌상, 부석사 금동관음보살좌상, 지순명 금동관음보살입상 대세지보살입상, 선운사 도솔암 금동지장보살좌상, 용문사 금동보살좌상, 장륙사 건칠관음보살좌상, 국립중앙박물관소장 금동관음보살좌상, 국립광주박물관소장 금동아미타불좌상, 국립춘천박물관소장 금동관음보살좌상, 국립전주박물관소장 금동관음보살좌상, 리움박물관소장 금동관음보살좌상, 호림미술관소장 금동대세지보살좌상, 심향사 건칠아미타불좌상).
2) 강우방외,『불교조각 II』, 솔, 2003 ; 최성은,『KOREAN Art Book 석불·마애불』, 예경, 2004 ; 최성은,『석불, 돌에 새긴 전토의 꿈』, 한길사, 2004. 등의 도록에서도 고려후기 석조불상의 비율은 매우 낮다.

고려전기 불교조각 연구에 있어 석불과 철불만이 집중적으로 등장하는 이유는 어느 정도 이해가 된다. 아마도 수많은 전란과 외침 속에 불에 타기 쉬운 목불이나 크기가 상대적으로 작은 금동불 등은 훼손되거나 약탈당했을 가능성이 높다. 이러한 이유로 고려전기 불교조각은 주로 현존하는 석불과 철불 등에 초점이 맞추어져 왔다. 그러나 고려후기 불교조각사에서 석조불상이 거의 논의되지 않고 있는 이유는 필자의 오랜 의문이었다. 고려시대 불교조각사 연구에서 알 수 있듯이 고려후기에도 많은 수의 불상이 만들어졌다. 고려후기 조성된 불상들은 조각수준 역시 높아 우아하고 화려하며 단아한 일종의 귀족적 분위기나 양식이 나타난다고 평가되기도 하였다.[3]

고려후기는 불교를 숭배하는 분위기와 불상을 만드는 전통이 고려전기와 비교했을 때 전혀 뒤떨어지지 않았다. 이러한 사회적 분위기에서 알 수 있듯이 고려후기에도 전통적인 불상조성 재료인 석재를 이용해서 불상이 만들어지기도 하였다.[4] 그러나 고려후기 석조불상은 학계에 알려진 대상만을 놓고 보면 고려전기에 비해 절대적으로 적은 편이다. 석조불상이 적은 이유는 연구 대상으로 목조불상이나 금동불상 같이 秀作의 불상이 먼저 주목되었기 때문일 것이다. 하지만 고려후기 불교조각사에서 석조불상이 거의 논의되지 않은 이유는 석조불상의 조성이 고려전기에 비해 절대적으로 줄어들었기 때문일 것이다.

이 글을 작성하게 된 동기는 고려후기 석조불상 조성이 전기에 비해 크게 줄어든 구체적인 원인이 무엇인가에 대한 의문이 발단이 되었다. 이러한 의문을 풀기위해 먼저 고려후기로 조성시기 비정이 가능한 불상을 살펴볼 필요가 있었다. 이후 이 불상과 더불어 비교 가능한 다른 불상을 고찰 한다면 고려후기 석조불상을 만드는 전통이 급격히 위축된 이유를 추정할 수 있을 것으로 생각하였다.

이러한 가설을 바탕으로 이 글에서 조성시기를 논증하고자 선정된 불상이 수원 봉녕사 석조삼존불상이다. 본문에서는 봉녕사 석조삼존불상의 구체적인 조성시기를 파악

---

3) 文明大, 「高麗後期 端雅樣式(新古典的樣式)佛像의 成立과 展開」, 『古文化』 22, 韓國大學博物館協會, 1983, 33쪽.

4) 『동문선』에는 石台菴 石地藏像, 松泉寺 石彌勒 등과 같이 석조 불보살상의 조성 작례가 등장한다(文明大, 위의 글, 37쪽).

하고자 시도하였다. 봉녕사 석조삼존불상의 조성시기를 파악한 후에는 이 삼존불상의 미술사적 의의를 논하였다. 이를 통해 고려후기 석조불상 조성 전통이 전기에 비해 쇠퇴한 이유를 추정해 보았다. 이와 더불어 고려후기 석조불상 조성 전통이 어떻게 진행되어 왔는지 그 흐름의 일단을 살펴보고자 하였다.

봉녕사 석조삼존불상의 현상

수원 봉녕사의 고려시대 연혁에 대한 구체적인 전거는 알려져 있지 않다. 2002년 작성된 〈광교산 봉녕사 사적비문〉에 의하면 봉녕사는 고려 희종 4년(1208)에 원각국사가 처음 창건하여 사명을 성창사라 하였다고 전한다. 이후 조선 정종 2년(1400) 봉덕사로 개칭하여 오다가 조선 예종 원년(1469) 혜각국사가 중수하여 다시 사명을 봉녕사로 고쳤다고 한다.[5] 조선후기 들이와서는 순조 1년(1801) 정조의 진전인 화령전의 원찰로 삼기 위해 봉녕사라는 사액이 하사되었다.[6] 봉녕사의 조선시대 상황은 1860년대까지 여러 동의 당우를 갖추고 있었음을 알 수 있다. 1860년에 주불전으로 판단되는 대웅전이 신축되었고, 이후 제작된 영산회상도(1878), 현황탱(1878), 신중탱(1881)이 현존하는 것으로 보아 신축된 대웅전에 봉안되었음을 추정할 수 있다.[7]

수원 봉녕사 석조삼존불상은 경기도 유형문화재 제151호로 지정되어 있으며 현재

---

5) 이러한 기록은 2002년 건립된 〈광교산 봉녕사 사적비문〉에 적혀있으며 봉녕사의 연혁은 고려 중기까지 소급된다고 알려져 있다. 그러나 최근 열린 학술심포지움에서 사적비에 실린 봉녕사의 역사에 대해 고려시대까지 사찰의 역사가 올라가는 것을 입증해줄 만한 전거가 현재로서는 없다는 의견이 제기된 바 있다 (황인규,「전 근대기 봉녕사 역사의 변천과정과 관련 고승,『봉녕사의 역사와 문화 학술심포지움 자료집』, 봉녕사, 2013, 13~32쪽). 봉녕사 역사에 대한 문헌기록이나 전거는 18세기 무렵부터 나타난다. 하지만 봉녕사 석조삼존불상이 사역내에서 출토된 점을 고려했을 때 고려후기부터는 존속했던 사찰임을 짐작할 수 있다.

6) 김상영,「봉녕사의 근·현대 역사와 寺格」,『봉녕사의 역사와 문화 학술심포지움 자료집』, 봉녕사, 2013, 49쪽.

7) 최태선,「봉녕사의 가람배치 특성과 정비방안」,『봉녕사의 역사와 문화 학술심포지움 자료집』, 봉녕사, 2013, 83쪽.

13-1 수원 봉녕사 석조삼존불상 전경

봉녕사 용화각 내에 위치해 있다. 본존불은 하대·중대·상대석이 모두 갖추어진 대좌 위에 안치되어 있으며 신체 높이 1.45m의 좌상이다. 본존불 좌우에는 입상의 협시불이 있다. 우협시 불상의 높이는 1.33m이며 좌협시 불상은 1.37m이다. 석조삼존불상은 대웅전 뒤편의 터를 닦던 도중에 출토되었다고 한다.[8]

본존불

봉녕사 석조삼존불상 본존불의 상호는 방형이며 나발이 표현된 매우 낮은 육계를 갖고 있다. 불상의 이목구비는 마모가 심하게 진행되어 있어 선명한 모습을 찾아보기 어렵다. 입술은 상당히 닳아져 있어 그 모양을 찾아보기 어렵다. 코 역시 마모되어 있으나 콧망울이 둥글게 퍼져있는 형태이다. 반개한 눈은 수평으로 길게 뻗은 모습이다. 귀의

8) 현 주지스님(자연스님)의 전언에 의하면 석조삼존불상은 1970년 약사보전의 불단 아래에 파불된 형태로 수습되었다고 한다. 파손된 불상을 매납하는 매불의례 형태로 매납 된 것으로 추정된다. 석조삼존불상은 발견 후 야외에 놓여져 있었으나 1998년 용화각 신축 후 용화각 내에 안치되었다. 용화각 신축 이전의 사진을 보면 본존불 대좌 상대석이 新造되어 있었음을 알 수 있다. 이 상대석은 용화각 신축 후 사찰에 보관 중이던 원래의 부재로 대체되었다고 한다.

13-2 수원 봉녕사 석조삼존불상 본존불 정면   13-3 수원 봉녕사 석조삼존불상 본존불 측면

모습은 도드라진 타원형으로 단순하게 표현하였으며 귓바퀴의 연골 부분은 조각되어 있지 않다. 불상의 목에는 삼도가 없으며 두껍게 조성되었다.

불상의 법의는 가슴 중앙에 남아있는 V자 형태의 조각을 통해 보면 통견을 입고 있는 것으로 볼 수 있다. 그러나 가슴을 사선으로 가로지르는 옷 주름의 형태를 중심으로 보면 우견편단을 착용한 것임을 알 수 있다. 옷 주름은 왼쪽 어깨와 오른쪽 가슴 아래부근에서 도드라진 3~5줄의 양각선이 사선으로 조각되어 있으며 서로 연결되어 있지 않다. 오른손은 손등을 위로 향하게 하여 오른쪽 허벅지 위에 올려놓았으며 왼손은 손바닥을 안으로 향한 채 명치 부근에 대고 있다. 길상좌 형태로 결과부좌한 다리는 다리의 폭이 신체의 폭과 크게 차이가 나지 않게 만들어져 있어 전체적인 신체의 입체감은 감소하고 있다.

대좌는 하대석, 중대석, 상대석이 모두 갖추어져 있다. 하대석과 상대석에는 연화문이 시문되어 있다. 상대석 연화문은 일반적인 불상 대좌 앙련문과 다르게 개개의 연잎이 독립적으로 떨어진 채 조각되어 있다. 상대석과 하대석의 평면은 원형이며 중대석은 팔각이다. 중대석의 각진 부분은 돌출되게 조각되었다.(도13-1~3)

협시불

일반적으로 보살상으로 소개되고 있는 협시불의 전체적인 조각 수법은 본존불과 유사한 점이 많아 본래부터 석조삼존불상으로 조성된 것임을 알 수 있다. 협시불은 좌협시의 대좌에 복련이 조각되어 있지 않은 점을 제외하면 좌·우 협시불의 조각 수법은 거의 동일한 형태이다. 양협시불의 얼굴은 방형이며 정수리 부근이 인위적으로 평평하게 다듬어져 있는 점으로 보아 처음 제작 시에는 보개가 머리위에 있었을 것이다.

불상의 이목구비는 마모가 심하게 진행되었으나 입술의 경우 본존불에 비해서 마모가 덜 진행된 상태이다. 목은 삼도가 표현되어 있지 않으며 얼굴과 신체를 큰 굴곡 없이 바로 연결시킬 정도로 두껍게 만들었다. 오른손은 손바닥을 편 채 곧게 아래로 내려뜨렸고 왼손은 손바닥을 안으로 한 채 가슴 부근에 올려놓고 있다. 복련이 시문된 대좌 위에는 낮은 부조로 발이 조각되어 있다.

법의는 통견을 입고 있으며 양 어깨에는 명치부근으로 모이는 세 줄의 V자형 옷 주름이 표현되어 있다. 통견의 옷 주름이 가슴 부근에서 자연스럽게 흘러 내려오지 않고 V자형으로 표현된 경우는 함안 대산리 석조삼존불상의 양쪽 협시에서도 확인할 수 있다. 봉녕사 석조삼존불상의 옷 주름은 고려 후기에 조성된 것으로 여겨지는 함안 대산리 석조삼존불입상의 옷 주름보다 더 형식화가 진행된 것으로 볼 수 있다. 봉녕사 석조삼존불상의 협시불이 입고 있는 법의의 전면 하단 끝부분은 U자형으로 표현되어 있다. 허리의 옷 주름 형태는 보이지 않지만 하체의 옷 주름이 양 다리사이에 표현되어 있어 Y자형으로 표현되는 '우전왕상' 형식의 옷 주름이 단순하게 형식화 된 것임을

13-4 수원 봉녕사 석조삼존불상 우협시상　　　13-5 수원 봉녕사 석조삼존불상 좌협시상

알 수 있다.[9](도13-4·5)

　'우전왕상' 형식의 옷 주름은 7세기 중반 경 중국에 도입되어 이후 크게 유행하였다.[10] Y자형 옷 주름이 유행한 시기는 9세기 이전의 당나라시기이며 우리나라에서는 통일신라 시기이다. 통일신라시기 대표적인 우전왕상 형식의 옷주름은 거창 양평동 석불입상, 농산리 석불입상, 남원 과립리 석불입상 등에서 찾아 볼 수 있다. 예천 읍내리 석불입상, 청주 목우사지 석불입상 등에서 볼 수 있듯이 나말여초기 및 고려전기에도 '우전왕상'

---

9) 제5장 각주 5 참조.
10) 중국의 현장은 644년 호탄 방문이후 645년 귀국길에 우전왕상을 가지고 돌아온다. 현장의 호탄 방문 이후 Y자형 옷 주름 형식에 우전왕상 이름이 붙여지게 되었다. 그러나 이러한 형식의 옷주름은 5세기 중엽부터 보이기 시작하여 약간의 변형은 있었지만 8~9세기 당대에 이르기까지 꽤 오랫동안 쓰였다(임영애,「優塡王式 불입상의 형성 복제 그리고 확산」,『美術史論壇』34, 한국미술연구소, 2012, 18쪽).

형식의 옷 주름을 착용한 불상은 꾸준히 만들어졌다. 고려 중기 이후의 '우전왕상' 형식 옷 주름을 착용한 불상으로는 만복사지 석불입상, 덕주사 마애불상, 함양 마천면 마애불상 등을 들 수 있다. 이후 '우전왕상' 옷 주름은 봉녕사 석조삼존불상에서와 같이 형식적인 모습으로 변모되는 것으로 보인다.

봉녕사 석조삼존불상의 조성시기

봉녕사 석조삼존불상의 조성시기를 고찰하기 위해서는 봉녕사 석조삼존불상이 갖고 있는 형식적 특징을 조성시기 추정이 가능한 다른 불상과 비교할 필요가 있다. 봉녕사 석조삼존불상의 형식적 특징 중 가장 먼저 언급할 수 있는 것은 양 협시상의 성격이 모호하다는 점이다.[11] 일반적인 삼존불의 구성은 중앙에 본존불을 중심으로 양 협시상의 자리에 보살상이 등장하는 것이 가장 잘 알려져 있는 모습이다. 그런데 봉녕사 석조삼존불 협시상의 경우 보살상이 착용하는 천의를 착용하고 있지 않으며 영락장식이나 지물 등을 갖고 있지 않은 점으로 보아 보살상이 아닌 것으로 생각된다.

봉녕사 양 협시상의 경우 보살상으로 보기 어려운데 반해 머리에 육계 표현이 없는 점으로 보아 여래상으로 추정하기도 어색하다. 협시상의 전체적인 외관은 승복을 입은 승려 상으로 보인다. 이러한 모습은 조선시대 목불이나 불화 등에서 확인되는 여래상 좌우에 서있는 가섭과 아난을 나타내는 제자 상을 연상하게 한다. 그런데 고려시대 이전 우리나라에서 석조로 조성된 삼존불상 중에서 가섭과 아난이 협시로 존재하는 불상

11) 우리나라 천태종에서는 三佛 또는 三世佛을 주로 봉안하였다(문명대, 『삼매와 평담미』, 예경, 2003, 361쪽). 봉녕사 석조삼존불 협시상이 모두 여래상이라 한다면 봉녕사 석조삼존불상은 천태종에서 주로 봉안하였던 삼불 또는 삼세불로 추정할 수도 있다. 특히 봉녕사를 창건하였다고 전하는 원각국사가 천태종 승려였다는 점을 고려한다면(許興植, 「天台宗의 形成過程과 所屬寺院」, 『高麗佛教史研究』, 一潮閣, 1986, 262쪽). 그 가능성은 크다. 하지만 제13장 각주5에서 밝혔듯이 봉녕사의의 역사가 고려시대까지 올라가는 것을 입증해줄 만한 전거가 현재로서는 없다. 이밖에 봉녕사 석조삼존불 협시상의 경우 보개를 착용했을 가능성이 매우 높기에 여래상보다 보살상의 성격이 더 높다. 이러한 이유로 본문에서는 봉녕사 석조삼존불의 성격에 대한 고찰보다 구체적인 편년을 먼저 밝히는데 주력하고자 한다.

은 거의 알려져 있지 않다.[12]

현재까지 알려진 불상 중 여래상 좌우의 협시상이 보살상인지, 여래상인지 또는 제자상인지 정확히 알 수 없는 모호한 모습으로 조성되는 경우는 고려 중기부터 등장하는 것으로 보인다. 대표적인 불상이 강화여고 기숙사 증축부지 내 유적에서 발견된 금동삼존불상을 들 수 있다.

강화여고 출토 금동삼존불상과의 비교

이 금동삼존불상은 2010년 서경문화재연구원에서 조사한 '인천 강화군 강화여고 기숙사 증축부지 내 유적 발굴조사' 중 고려시대 생활유적인 제2건물지에서 출토된 불상이다.(도 13-6) 이 불상은 높이 약 7cm 규모의 소형 불상으로서 제작 시기는 고려 정부가 몽골의 침입을 피해 강화도로 천도한 13세기 중·후반기의 작품으로 추정된다.[13] 금동삼존불상의 본존불은 육계의 경계가 명확하지 않고 나발이 있는 머리를 하고 있다. 오른손은 들어 올렸으며 왼손은 항마촉지인처럼 무릎 아래를 가리키고 있다. 좌우협시불은 손의 위치만 다를 뿐 두 협시상이 거의 비슷한 모습으로 조각되었다. 두 협시상은 보살이 입는 천의를 입지 않고 여래상이 입는 대의를 입고 있다. 머리 위에는 육계가 없으며 승려의 머리와 같이 삭발한 형태이다. 두 협시상이 만약 제자상이라 한다면 한 상은 노인의 모습을 한 가섭이 될 것이며 다른 한 상은 청년의 얼굴을 한 아난이 될 것이다. 그런데 강화여고 출토 금동삼존불상의 협시상은 양쪽 모두 동그란 얼굴에 탄력이 있는 상대적으로 젊은 사람의 모습을 하고 있다. 현재로서는 강화여고 출토 금동삼존불의 정확한 존명과 협시상의 성격은 좀 더 연구가 진척된 이후 정확한 의미를 알 수 있을 것이다.[14]

---

12) 단석산 신선사 마애불상군 중 북벽의 마애불이 미륵하생불이며, 동쪽 마애상이 아난존자, 남쪽 마애상이 가섭존자일 가능성이 높다는 주장이 제기된 바 있다(고혜련, 「단석산 미륵삼존불 도상 재고」, 『新羅史學報』 29, 新羅史學會, 2013, 434~436쪽).

13) 서경문화재연구원, 「인천 강화군 강화여고 기숙사 증축부지 내 유적발굴조사 개략보고서」, 2010, 30쪽.

14) 강화여고 출토 금동삼존불상은 근래에 진정환에 의해 자세히 고찰된 바 있다. 그는 이 불상을 석가삼존

13-6 강화여고 출토 금동삼존불상

강화여고 출토 금동삼존불의 소성 시기는 그 발굴 장소와 양식적 특징으로 보았을 때 고려 정부가 몽골의 침입을 피해 강화도에 입도하였을 시기 제작된 것으로 추정한 발굴보고서의 의견이 타당하다고 생각한다. 그렇다면 봉녕사 석조삼존상의 경우 본존불과 양 협시상의 옷 주름 및 대좌의 연화문 무늬가 형식화된 점으로 미루어 강화여고 출토 금동삼존불상보다 늦은 시기에 조성된 것으로 생각된다. 이를 통해 봉녕사 석조삼존불상의 조성시기를 일단 고려 후기로 크게 설정할 수 있다.

함안 대산리 석조삼존불상과의 비교

마애불 형태의 삼존불 형상은 이미 삼국시대부터 다양한 모습으로 만들어져 왔다. 그러나 환조 형태의 석조 삼존불상은 그 작례가 드문 편이다. 봉녕사 석조삼존불상과

불로 보았으며, 조성시기는 江都時期(1232~1270), 배경은 강도시기 유행한 법화신앙과 관련이 있을 것으로 추정하였다(진정환, 『강화 관청리 향교골 유적 강화군 강화여고 기술사 증축부지 발굴조사』, 서경문화재연구원, 2012, 152~163쪽).

13-7 함안 대산리 석조삼존불상

비교할 수 있는 고려시대 석조 삼존불상으로는 함안 대산리 석조삼존불상을 들 수 있다.(도 13-7) 대산리 석조삼존불상은 머리가 훼손된 여래좌상과 양 협시보살상으로 이루어져 있다. 협시보살상의 경우 좌협시상이 보병을 지물로 잡고 있으며 우협시보살상 머리위에는 띠 같은 장식이 있어 협시상이 보살상임을 알 수 있다. 그러나 좌협시 보살상의 머리 위에 우협시보살상과는 달리 육계가 표현되어 있어 상호만을 놓고 본다면 여래상의 머리를 조성해 놓은 것 같다. 대산리 석조삼존불상의 경우 양쪽 협시상들이 보살상임은 확실하나 협시 보살상의 표현이 명확하게 보살상으로 표현되지 않고 있다. 이러한 점에서 이 석조삼존불상은 강화여고 출토 금동삼존불상과 같이 몽골 침략기 이후 조성된 불상으로 추정할 수 있다.[15]

---

15) 함안 대산리 석조삼존불상의 조성시기는 11세기 전반기 조성설과 13~14세기 조성설로 나누어지고 있다. 11세기 전반기 조성설은 문명대에 의해 제기되었다. 문명대는 함안 대산리 석조삼존불상이 1022년 조성된 사자빈신사지 석탑 내에 안치된 상과 유사함을 들어 함안 대산리 석조삼존불상이 사자빈신사지와 같은 계열의 불상으로 11세기 전반기 조성된 상으로 추정하고 있다(문명대,『삼매와 평담미』, 예경, 2003, 94~95쪽). 13~14세기 조성설은 최성은에 의해 제기되었다(최성은,『KOREAN Art Book 석불·마

함안 대산리 석조삼존불상은 몽골 침략기 이후 조성되었으며 환조로 조성된 석조삼
존불상이라는 점, 협시상의 성격을 명확하게 드러내지 않고 있다는 점에서 봉녕사 석조
삼존불상 조성시기와 큰 차이가 나지 않은 것으로 생각된다. 대산리 석조삼존불상의 조
성시기 추정은 봉녕사 석조삼존불상의 구체적인 조성시기 추정에 도움을 줄 수 있다.
특히 대산리 석조삼존불상 협시상의 경우 가슴 부근의 복식 표현이 V자형으로 표현된
점은 주목된다. 일반적인 보살상의 천의나 통견 형태의 대의를 착용하고 있는 불보살상
의 경우 가슴 부분 옷 주름이 V자 형태로 표현되는 경우는 거의 없다. 그런데 대산리 석
조삼존불상과 봉녕사 석조삼존불상 협시상의 경우 가슴 부분 옷 주름 표현이 공통적으
로 V자 형태로 나타나고 있다.

함안 대산리 석조삼존불상의 조성시기 추정은 본존불의 수인이 하나의 단서가 될 수
있다. 본존불은 머리가 훼손되어 있지만 아미타정인의 수인을 취하고 있다. 이러한 수
인은 이전에는 흔히 보이지 않던 표현으로서 결가부좌한 발목 위에 두 손을 포개어 놓
고 가운데 손가락을 구부려 그 끝을 엄지손가락의 끝과 맞내고 있다. 이 수인은 만당 이
래 송대에 이르도록 중국 조각에서 크게 유행했던 阿彌陀定印으로 妙觀察智印이라고
도 부르는데 금강정경계의 의궤에 나오는 밀교계 도상으로서 아미타불 특유의 別印이
다. 이 수인은 나말여초 조각에서부터 나타나 경상북도 경주 분황사 석조아미타불좌상,
원주 출토 철조아미타불좌상 등에서 보이지만 그 후에는 크게 유행하지 않은 듯하다.[16]

고려전기 이후 크게 유행하지 않았던 아미타정인을 결하고 있는 석조불상이 개경에
서 멀리 떨어진 함안에서 조성되게 된 것은 어떤 특별한 이유가 있었을 것이다. 대산리
석조삼존불상이 아미타정인을 취한 채 함안 지역에 조성된 구체적인 이유는 기록이나

애불』, 예경, 2004, 398쪽). 문명대는 사자빈신사지 석탑 내의 상과 함안 대산리 석조삼존불상, 덕주사 마
애불 입상을 사자빈신사지 석탑 상과 동일 계열로 보고 있다. 옷 주름이나 비례, 지역적 거리감 등을 고
려한다면 함안 대산리 석조삼존불상을 사자빈신사지 석탑 상, 덕주사 마애불 입상과 같은 계열로 볼 수
있는지에 대해서는 의문이 든다. 함안 대산리 석조삼존불상의 조성시기는 고려 전기에 거의 보이지 않
는 보살상의 생소한 착의법, 보살상의 옷 주름, 형식화된 허리띠 등을 고려한다면 고려 후기로 추정한 최
성은의 의견이 타당하다고 생각한다.

16) 최성은, 「나말려초 아마타불상의 도상적 고찰」, 『강좌미술사』 26, 한국미술사연구소, 2006, 225~227쪽.

전승 등이 전하지 않아 알 수 없다. 그러나 기존에 크게 유행하지 않았던 아미타 정인의 수인을 결하고 있는 석불좌상이 만들어지게 된 이유는 아미타정인을 결한 불좌상이 고려사회에 유행하게 되었기 때문이라 할 수 있다. 아미타정인을 결한 불좌상이 고려사회에 유행하게 된 계기는 고려말 유행한 아미타 신앙과 더불어 고려의 수도 개경의 중심지에 있었던 旻天寺에서 이루어진 삼천불상의 조성이 중요한 계기가 되었다고 할 수 있다.

민천사는 개경에 있었던 사찰로 충선왕이 복위한 후 1309년 모후인 제국공주의 추복을 위해 수녕궁을 절로 바꾸어 민천사를 만들었다.[17] 이후 민천사에서는 1313년 충선왕 5년, 삼천불을 조성하는 대규모 불사가 진행되었다. 민천사 삼천불을 조성하기 위해서 많은 인원이 동원되었는데 양광도, 전라도, 서해도의 丁夫 500명을 징발하여 연경궁

13-8 민천사 금동아미타불좌상(1313년경)   13-9 경주박물관소장 금동아미타불좌상

---

17) 『고려사』 권33 세가33 충선왕 1년 9월.

에서 부역하게 하였다.[18] 현존하는 민천사 불상은 1926년 출토되어 1937년에 개성박물관에서 발간한 『박물관진열품도감』에 소개되었다. 이후 민천사 불상은 일찍이 여러 학자들에 의해서 소개되었는데 이 불상은 1313년 조성된 민천사 삼천불상 가운데 한 구로 인정되고 있다.[19](도 8)

민천사 불상 크기는 40cm 가량으로 삼천불의 하나로 주조되어 일반적인 예배상보다 크기가 작다. 민천사상은 아미타정인을 취하고 있는데 현존하는 고려시대 불교조각에서 아미타정인을 결한 아미타불상은 드물다. 민천사상과 유사하며 또 다른 민천사 삼천불 중 하나일 가능성이 높은 불상으로는 출토지 미상의 국립경주박물관 소장 금동아미타불좌상을 들 수 있다.(도13-9) 이밖에 강화도 백련사 철조아미타불좌상 역시 민천사상과 유사하다.[20] 민천사 불상을 조성하기 위해 동원된 장정이 전라도·양광도 등에서 500명 이상임을 고려한다면 민천사 삼천불의 조성은 14세기 고려사회에 큰 영향을 미친 조불사업이라 할 수 있다.

석조 불상조각을 만듦에 있어 아미타정인은 쉽게 피스딜 수 있는 수인이기에 현존하는 석조 불상조가 중 아미타정인을 취한 불상은 찾아보기 어렵다. 그런데 함안 대산리 석조삼존불상의 본존불이 아미타정인을 취하고 있다는 점은 민천사 삼천불상이 조성된 14세기 초반 이후 고려사회의 불상조각 조성 경향이 반영된 것으로 보인다. 즉, 대산리 석조삼존불입상은 1313년에 시행된 민천사 삼천불상 조불사업 이후에 조성된 14세기 작품으로 추정할 수 있을 것이다.

남부지역의 사람들까지 동원하여 조성된 민천사 삼천불상의 조성은 고려사회에 전반적인 영향을 미쳤다. 고려사회에 미친 민천사 삼천불상의 영향은 현재 남아있는 석조불상을 통해 그 편린을 유추할 수 있다. 민천사 삼천불의 형식적 특징 중 하나는 정면에서 보았을 때 불상 머리 측면이 마치 가발을 쓴 것처럼 두드러져 보인다는 점이다. 육계

---

18) 『고려사』 권33 세가33 충선왕 5년 1월.
19) 高裕燮, 「養怡亭과 香閣」, 『韓國美術史 及 美學論攷』, 通門館, 1972, 186~189쪽.
20) 민천사 불상의 양식과 국립경주박물관 소장 금동아미타불좌상, 백련사 철조아미타불좌상에 대해서는 다음 글 참조(최성은, 「왕실불사와 민천사 금동아미타불좌상」, 『고려시대 불교조각 연구』, 일조각, 2013, 340~355쪽).

13-10 청주 오창읍 창리사지 석불입상　　　　　13-11 강진 무위사 석불입상

가 표현된 불상의 머리 측면이 특히 두드러지게 표현된 석조불상으로는 청주 오창읍 창
리사지 석불입상과 강진 무위사 석불입상 등을 들 수 있다.[21](도13-10 · 11)

　　창리사지 석불입상 앞에는 고려후기에 폐사된 사찰 터가 있다.[22] 창리사지 석불입상
과 무위사 석불입상은 모두 고려후기 조성된 석불입상으로 여겨지고 있다. 불상의 머리

21) 강진 무위사 석불입상은 현재 先覺大師遍光塔碑 뒤편의 전각에 모셔져 있다. 창리사지 석불입상은 마을
　　주민의 전언에 의하면 불상의 상호가 마모되어 있었는데 1970년대 현재의 모습으로 얼굴 부분만 다시
　　조각되었다고 한다.
22) 창리사지 석불입상은 근래에 석불 앞의 사지가 발굴 조사된 바 있다. 발굴조사 결과 창리사지 석불입상
　　앞에는 고려시대 사찰로 사용된 건물지가 확인되었다. 이 건물지는 고려후기에 폐사되었으며 이후 이
　　지역에는 사찰 건물은 다시 들어서지 않았다. 발굴조사에 대한 전반적인 고찰은 다음 보고서를 참조하
　　였다(中原文化財研究院, 『오창 제2산업단지 조성사업부지 내 청원 주성리 · 창리 유적: 고찰 · 부록』,
　　2013, 1~30쪽).

표현은 정면에서 보았을 때 양 측면이 강조된 형태로 조각되어 있다. 그 이유는 민천사 삼천불의 영향과 더불어 당시 유행하였던 티베트 불상의 두발 형식이 영향을 미친 것으로 보인다.[23] 민천사 삼천불과 같이 측면이 부풀어 오른 머리 모양을 한 석조 불상이 충청북도 청원과 전남 강진에서 확인되고 있는 이유는 민천사 삼천불 조불사업과 직접적으로 관련되었을 가능성도 상정해볼 수 있다.

민천사 삼천불의 조성 사업에는 앞에서 살펴본 바와 같이 양광도, 전라도, 서해도의 丁夫 500명이 동원되기도 하였다. 동원된 인부들이 불상을 직접 조성한 장인들은 아닐지라도 이들의 눈에 비친 삼천불은 인부들에게 강한 인상을 남겼을 것이다. 이들이 고향에 돌아간 후 불상 조성에 참여할 기회가 있었다면 삼천불의 영향이 어떠한 형태로든 반영되었을 것이다. 민천사 삼천불과 유사한 머리모양을 갖고 있는 불상이 충청도(양광도) 청원과 강진에서 확인되고 있는 점이 이러한 추정을 가능하게 한다.

이와 같이 민천사 삼천불의 영향은 금동불상뿐만 아니라 석조불상에도 영향을 주고 있음을 알 수 있다. 이를 통해 함안 대산리 석조삼존불상은 민천사 삼천불상이 만들어신 1313년 이후 14세기 중기 경에 조성된 것으로 생각된다. 봉녕사 석조삼존불상의 협시불이 대산리 석조삼존불상 협시불의 복식 표현을 모방하고 있는 모습에서 봉녕사 석조삼존불상 역시 14세기 작품으로 추정할 수 있을 것이다.

안성 국사암 석조삼존불상과의 비교

봉녕사 석조삼존불상의 조성시기를 파악하는데 있어 중요하게 고려해야 되는 점 중 하나는 협시상들의 정수리 부분이 인위적으로 평평하게 제작되었다는 점이다. 이는 머리 위에 보개를 착용시키기 위해 의도적으로 협시상의 머리를 다듬은 것으로 생

---

23) 무위사 석불입상의 경우 창리사지 석불입상보다 머리 측면의 두드러짐이 덜하다. 마애불에서 머리 측면이 두드러지게 표현되는 현상은 마애불 조각의 한계로도 볼 수 있다. 하지만 머리 측면이 두드러진 경향이 고려전기보다 후기에 조성된 불상에서 더 많이 나타나고 있는 점으로 보아 시대적 특성이 반영된 것으로 생각하여도 큰 무리는 없을 것이다.

13-12 수원 봉녕사 우협시상 머리 모습

각된다.(도13-12)

불상의 머리에 착용된 보개의 모양은 팔각, 육각, 사각, 원형 등 그 평면 형태가 다양하다. 보개 밑 부분은 드물게 연화문이 장식되기도 하나 대부분 불상의 머리가 들어갈 수 있도록 홈이 파여 있거나 불상의 머리 위에 올려놓기 위해 밑 부분이 평평하게 다듬어져 있다. 보개를 착용한 불상의 머리는 반구형의 육계를 갖고 있는 불상으로부터 위가 평평한 사각형이나 원통형 보관을 쓰고 있는 불상까지 다양한 모습을 하고 있다. 수원 봉녕사 석조삼존불상의 경우 두께가 두꺼운 판석형 보개가 올려져 있었을 것으로 생각된다. 어말선초기 경기지역의 불상 보개는 주로 두께가 두터운 판석형이나 벙거지형 보개가 사용되었다.[24]

봉녕사 석조삼존불상의 보개와 조성시기를 추정하는데 있어 비교대상이 되는 또 다른 석조삼존불상은 안성 국사암 석조삼존불입상을 들 수 있다. 국사암 석조삼존불입상은 모두 폭이 두터운 벙거지형 보개를 착용하고 있으며 협시 상들은 손에 지물을 들고 있다. 불상의 상호는 턱이 생략된 채 신체에 붙어 있어 괴체적인 느낌을 준다.(도2-2) 두터운 판석형, 벙거지형 보개가 주로 여말선초에 유행하였던 보개임을 고려한다면 안성 국사암 석조삼존불입상의 조성시기는 여말선초기로 유추할 수 있다.

국사암 석조삼존불입상과 봉녕사 석조삼존불상은 조각수법 면에서 다른 점도 존재하나 전체적으로 괴체적인 양식을 보여주고 있다는 점에서 상통하는 점이 있다. 그렇다면 봉녕사 석조삼존불입상의 보개 역시 국사암 석조삼존불입상의 보개와 같이 두께가 두텁고 폭이 넓은 보개를 착용하고 있었을 가능성이 있다. 봉녕사 석조삼존불입상

---

24) 정성권,「寶蓋 착용 석불 연구: 寶蓋를 중심으로」,『文化史學』21, 韓國文化史學會, 2004, 736~737쪽.

13-13 수원 봉녕사 석조삼존불상 우협시상

은 사찰이 근래에 들어 지금과 같이 중창되기 이전에는 노천에 세워져 있었다. 당시 사진을 보면 본존불과 양쪽 협시상 앞에 폭이 두꺼운 방형의 판석이 놓여 있는 것을 알 수 있다. 좌협시상 앞의 판석은 일부 깨져 있으나 방형의 판석임이 확실해 보인다. 아마도 이 판석들은 봉녕사 석조삼존불입상의 보개로 사용되었을 것으로 생각된다.[25](도13-13)

폭이 두터운 판석형이나 벙거지형 보개는 주로 여말선초에 유행하였는데 명문이 새겨진 보개를 통해서 알 수 있다. 명문이 새겨진 보개를 착용하고 있는 석불은 안양 망해암 석불입상

을 들 수 있다. 안양 망해암 석불입상은 그동안 고려시대에 조성된 것으로 알려진 석불이다. 그런데 근래에 조선시대 조성된 것임을 확인할 수 있는 명문이 발견되어 조선 성종 10년(1479)에 제작된 것임을 확인할 수 있게 되었다.[26](도11-33) 이와 유사한 양식적 특징을 보여주는 수원 파장동 석불입상(도11-34), 양평 불곡리 석불입상 등도 조선 초기에 조성된 것으로 추정된다. 조선시대 불상은 주로 원형 보개를 착용하고 있으며 단독으로 만들어진 입상이 주를 이루고 있다. 이에 반해 봉녕사 석조삼존불입상은 방형보개를 착용한 것으로 보이며 석조삼존불로 구성된 점에서 일단 여말선초기의 불상으로 분류할 수 있을 것이다. 더 세분하여 조성시기를 추정한다면 협시불의 복식 표현이 함안 대산

25) 봉녕사 석조삼존불상은 봉녕사 경내 용화각 내에 모셔져 있다. 용화각 내에 판석은 함께 보관되고 있지 않아 주지 스님과 원로스님들께 문의하였으나 방형 판석의 소재를 알고 계신 분은 없었다.
26) 제11장 각주34 참조.

리 석조불상을 모방하고 있는 점에서 고려말기로 추정이 가능할 것이다. 봉녕사 석조삼존불입상의 구체적인 조성시기 추정은 다음 절에서 살펴보고자 한다.

조성시기 추정

지금까지의 고찰을 통해 봉녕사 석조삼존불상의 조성시기를 살펴보았다. 먼저 삼존불 협시상의 성격이 유사한 강화여고 출토 금동삼존불상을 통하여 봉녕사 석조삼존불상의 조성시기를 몽골의 고려침략기 이후로 크게 추정할 수 있었다. 구체적인 조성시기는 함안 대산리 석조삼존불상과 큰 차이가 나지 않을 것으로 파악하였다. 함안 대산리 석조삼존불상 역시 좌협시보살상이 육계를 갖고 있어 강화여고 출토 금동삼존불상과 마찬가지로 협시 보살상의 성격이 명확하게 드러나지 않는 특징을 하고 있다. 이러한 특징과 더불어 환조로 조각된 고려시대 석조좌상+석조입상으로 구성된 석조삼존불의 구성은 고려시대 조각사에서 드문 경우라는 점을 통해 함안 대산리 석조삼존불상과 봉녕사 석조삼존불상의 조성시기를 비슷한 시기로 추정할 수 있었다. 봉녕사 석조삼존불상 가슴에 나타난 V자형 옷 주름은 대산리 석조삼존불상 협시불 가슴의 V자형 옷 주름보다 형식화되어 있다. 이를 통해 보았을 때 봉녕사 석조삼존불 입상은 함안 대산리 석조삼존불상보다 후대에 조성된 것으로 보인다.

함안 대산리 석조삼존불상은 구체적인 조성시기를 추정 할 수 있는데 그 이유는 본존불이 아미타정인을 결하고 있기 때문이다. 앞 장에서는 그동안 거의 조성되지 않았던 아미타정인을 결한 석불좌상이 만들어진 계기를 1313년 시행된 민천사 삼천불상의 조불사업의 영향으로 추정하였다. 민천사 삼천불상의 조불사업은 금동불뿐만 아니라 14세기 이후 조성되는 석조불상의 제작에도 큰 영향을 미친 것으로 보인다. 이는 민천사 삼천불상의 머리모양과 유사한 두발형태가 청주 오창읍 창리사지 석불입상, 강진 무위사 석불입상 등에서 확인되고 있는 점을 통해 추정 할 수 있다. 함안 대산리 석조삼존불상과 비슷한 시기에 조성되었을 것으로 생각되는 봉녕사 석조삼존불입상의 조성시기도 14세기 중기 이후인 고려말기로 추정이 가능하다.

봉녕사 석조삼존불입상이 14세기 중반 이후, 고려말기에 조성된 작품임을 알 수 있게 해주는 또 다른 자료는 안성 국사암 석조삼존불입상을 들 수 있다. 이 불상은 두께가 두껍고 폭이 넓은 벙거지형 보개를 착용하였으며 신체가 괴체적인 모습을 하고 있는 것이 특징이다. 봉녕사 석조삼존불상의 협시불은 머리가 판판하게 정리되어 있어 원래 보개가 올려져 있었던 것임을 알 수 있다. 두께가 두꺼운 판석형이나 벙거지형 보개가 올려진 괴체적인 불상은 안성 국사암 석조삼존불입상에서 알 수 있는 바와 같이 여말선초기에 조성된다. 봉녕사 석조삼존불상 역시 보개가 올려져 있으며 신체가 괴체적으로 조성된 점으로 보아 여말선초의 시기에 조성된 것으로 볼 수 있다. 구체적인 조성시기는 두꺼운 원형보개가 아닌 고려시대 유행하였던 방형보개를 착용하고 있었던 것으로 추정되는 점으로 보아 조성시기를 고려말기로 추정할 수 있다.

봉녕사 석조삼존불상의 조성시기를 좀 더 구체적으로 추정할 수 있게 해주는 자료는 불상 대좌이다. 봉녕사 석조삼존불상 본존불과 협시불 대좌에 조각된 연화문은 하트 문양을 하고 있다. 특히 우협시 불상 대좌의 복련문이 하트 모양과 매우 유사하게 조각되어 있다.(도13-15) 불상 대좌의 연화문이 하트 모양처럼 만들어진 불상 대좌가

13-14 금강산 내강리 출토 금동여래
좌상

13-15 봉녕사 우협시불상 대좌

| 13-16 봉녕사 석조삼존불 본존불 대좌 | 13-17 불갑사 각진국사 자운탑 기단 |

등장하는 시기는 주로 14세기 조성된 금동불상의 대좌에서 확인된다. 대표적인 예로 1344년작 금강산 내강리 출토 금동여래좌상을 들 수 있다.[27] (도13-14) 금강산 내강리 출토 금동여래좌상은 통견식 내의를 입는 전통적 요소인 반면 대좌는 전형적인 라마교 형식을 따르고 있다.[28] 이 불상 대좌의 복련과 앙련은 모두 하트 모양으로 표현되어 있어 대좌 연화문이 하트 문양으로 조각된 봉녕사 석조삼존불상의 조성시기를 추정하는 데 도움을 준다.

봉녕사 본존불 대좌 역시 조성시기를 알 수 있는 다른 석조미술과 비교가 가능하다. 본존불 대좌는 하대석의 경우 폭이 좁고 높게 제작되었으며 복련의 경사도가 급한 편이다. 중대석은 평면 팔각이며 낮게 마련되어 있다. 상대석은 하대석보다 넓게 만들어져 있으며 연꽃잎이 서로 떨어져 독립적으로 배치되어 있다.(도13-16) 봉녕사 본존불 대좌와 비교될 수 있는 작품으로는 불갑사 覺眞國師 慈雲塔의 기단을 들 수 있다.(도13-17) 각진국사는 10살의 나이에 圓悟國師 天英에게 출가하여 구족계를 받았으며, 1349 충정왕의 왕사가 되어 '覺儼尊者'라는 존호를 받았다. 1352년에는 공민왕이 불갑사에 주석하고 있는 각진국사 復丘를 다시 왕사에 책봉하였으며, 1355년 백암사로 옮겨 머물다가 7

---

27) 이 불상은 현재 평양 조선중앙역사박물관에 소장되어 있다.
28) 鄭恩雨, 「고려 후기 라마도상의 불교조각」, 『高麗後期 佛教彫刻 硏究』, 문예출판사, 2004, 195쪽.

월 27일 게송을 남겨두고 입적하였다. 이에 문인들이 백암사 서쪽 산봉우리 아래에서 화장하고 유골은 함에 담아 불갑사로 옮겨 모셔왔으며, 그해 12월 임금이 사자를 보내 조문하고 시호를 '각진국사', 탑호를 '자운'이라 내렸다고 한다. 이러한 기록으로 보아 불갑사 각진국사 자운탑은 1355년 후반 경에 건립되었음을 알 수 있다.[29]

각진국사 자운탑의 기단부는 하대석이 높고 복련의 경사도가 급하며 낮은 중대석을 갖고 있는 점에서 봉녕사 석조삼존불 본존불 대좌의 중대석 및 하대석과 비슷하다. 각진국사 자운탑 기단부 대좌 상대석에 비해 폭이 좁은 편이다. 하지만 상대석에 시문된 앙련의 연잎은 간엽을 제외한다면 각각의 연잎이 독립적으로 떨어져 표현되어 있다는 점에서 봉녕사 본존불 대좌의 상대석 연잎과 유사한 측면이 있다. 봉녕사 본존불 석조대좌는 일반적인 불상 대좌의 경우 하대석이 상대석보다 조금 더 폭이 넓게 만들어지는데 반해 상대석의 폭이 하대석 보다 크다. 봉녕사 본존불 석불대좌는 하대석의 높이와 크기, 경사도가 고려후기 조성된 송광사 16국사 부도와 유사하며, 상대석 연판의 문양과 연잎이 독립적으로 떨어져 배치되어 있는 모습 등은 송광사 16국사 부도 중에서도 각진국사 지운탑과 유사한 심이 있음을 알 수 있다. 이를 통해 봉녕사 석조삼존불입상은 각진국사 자운탑이 조성되는 14세기 중기 경에 조성된 것임을 추정할 수 있다.

1355년 각진국사 자운탑이 만들어지고 4년이 지난 후인 1359년에는 각진국사 탑비가 조성되었다. 뒤에서 다시 자세히 언급하겠지만 각진국사비는 귀부와 비의 크기가 작고 귀부의 조각 수법이 거칠고 간략화 되었다.(도13-18) 탑비는 주로 왕사나 국사를 역임한 승려에게 제자들이 왕께 주청하여 왕명으로 조성되는 기념물이다. 이러한 작품이 거칠고 간략화 되었다는 점은 몽골 침략기를 거치면서 석조조각 전통이 쇠퇴하고 단절되었음을 보여주는 것이다. 이러한 석조미술 전통의 쇠퇴와 단절의 흐름은 고려말기 원 간섭기가 끝나면서 다시 회복 되어 조선으로 전수되었다.[30]

---

29) 엄기표, 「고려후기 송광사 출신 16국사의 석조부도 연구」, 『文化史學』29, 한국문화사학회, 2008, 72쪽.
30) 고려말기 석조조각의 전통이 다시 회복되었음을 알 수 있는 것은 수려한 문·무인석이 조각되어 있는 공민왕릉을 통해서이다. 우리나라 왕릉 중에서 갑옷을 입은 무석인이 처음 등장한 곳은 공민왕과 노국공주의 능인 현릉과 정릉에서 부터이다. 고려 왕릉 중에는 무석인을 세운 예가 없었는데, 현·정릉에 와서 비로서 각종 갑옷으로 착장한 무석인을 세우고 있다. 이렇게 화려하게 성장한 무인상 도상은 우리나

13-18 영광 불갑사 각진국사 탑비　　　　　　　13-19 수원 창성사 진각국사 탑비(1382)

　　봉녕사와 가까운 곳에 세워진 고려말기의 대표적인 석조문화재는 수원 창성사에 세
워져 있었던 眞覺國師 千凞(1307~1382)의 탑비를 들 수 있다.(도13-22) 진각국사 천희의 탑
비는 1382년 입적 후 문인들이 千凞의 行狀을 우왕에게 올리자 국왕은 李穡에게 명하여
비문을 찬하도록 하였고 탑비는 1386년 완공되었다. 탑비는 귀부를 만들지 않았고 대신
에 평면 방형의 臺石을 조성하여 그 위에 비신과 옥개석을 결구시켰다. 전체적으로 석
비의 규모는 작아졌으나 비신을 검은색 화강암 오석을 사용하는 등 상당한 관심 하에
조성되었음을 알 수 있다.[31)

　　14세기 중기 조성된 각진국사 탑비는 조각적 어려움에도 불구하고 탑비의 귀부를 만

　　라에서는 현·정릉에서 처음 나타날 뿐 아니라 사실적인 신체 표현이나 세련된 복식의 형태와 문양으로
　　구현된 뛰어난 조각기법은 당시를 대표하는 조각품으로 손색이 없다. 이것은 이후 조선 왕릉과 왕후릉
　　에 문·무석인을 갖추는 전범이 되었을 뿐 아니라 조선 초기 석인상 양식을 형성하는데도 기여하여 그
　　미술사적 의미가 매우 크다(국립문화재연구소,『조선왕릉Ⅰ』, 2009, 31쪽).
31) 진각국사 탑비에 대해서는 다음 논문을 참조하였다(엄기표,「水原 彰聖寺의 沿革과 眞覺國師 千凞의 史
　　蹟」,『文化史學』39, 한국문화사학회, 2013).

들고 있다는 점에서 앞 시기의 전통을 계승하고자 고심했던 흔적을 읽을 수 있다. 반면에 고려 말기에 조성된 진각국사 천희의 탑비는 귀부를 대석으로 조성하고 있어 탑비를 조성하는 전통적인 방식에 변화가 일어났음을 알 수 있다. 조각기법 또한 14세기 중기보다 일정한 진전이 있었다. 이는 탑비의 옥개석 끝 부분이 가볍게 반전되고 있는 점을 통해 유추할 수 있다. 이와 같이 조성시기를 알 수 있는 다른 석조미술과의 비교를 통해 봉녕사 석조삼존불상의 조성시기를 추정해 보면 14세기 후반기로 추정이 가능하다. 구체적인 조성시기는 불갑사 각진국사 자운탑이 조성되는 14세기 중엽 경부터 수원 창성사 진각국사 천희의 탑비가 만들어지는 1382년 사이로 추정할 수 있다. 봉녕사 석조삼존불상의 조성시기를 진각국사 천희의 탑비가 조성되는 시점 이전으로 추정한 이유는 탑비를 만드는 전통이 본격적으로 변하는 시기이기 때문이다. 봉녕사 석조삼존불상은 불갑사 각진국사 자운탑과 각진국사 탑비가 조성되는 전통이 남아 있는 시기 사이에 만들어 진 것으로 볼 수 있다.

봉녕사 석조삼존불상의 미술사적 의의

봉녕사 석조삼존불상은 마모가 심하게 진행된 괴체적인 모습과 입체감 및 비례감이 감소한 모습으로 인해 전문적인 장인이 조성한 것이 아닌 民佛로 여겨지기도 하였다. 그러나 봉녕사 석조삼존불상의 조성시기가 14세기 중기 이후인 고려 말기라는 점을 감안 한다면 전체적인 한국 조각사 전개에 있어 봉녕사 석조삼존불상은 중요한 미술사적 의의를 가지고 있다.

현재 한국 조각사 연구 성과를 살펴보면 그동안 삼국시대와 통일신라시대에 집중된 감이 없지 않다. 다행히 근래 들어 고려시대 불교조각에 대한 연구 성과가 전공 학자들에 의해 단행본으로 출간될 정도로 심화되고 있다.[32] 그러나 지금까지의 고려후기 불교

32) 고려후기 불교조각에 대한 대표적인 단행본은 다음과 같다(文明大,『삼매와 평담미-고려·조선 불교조각사 연구』, 예경, 2003 ; 鄭恩雨,『高麗後期 佛教彫刻 硏究』, 문예출판사, 2004 ; 최성은,『고려시대 불교

조각에 대한 연구는 대부분이 기년명을 알 수 있는 금동불상과 목조불상을 중심으로 연구되어 왔다. 그 이유는 몽골침략기와 원 간섭기간에도 왕실과 귀족층을 중심으로 금동불상과 목조불상이 조성되었으며 이러한 불상 중에 조성시기를 알 수 있는 작품이 다수 존재하고 있기 때문이다.

고려후기 왕실과 귀족층의 불교에 대한 관심은 여전히 높았다. 이러한 높은 관심과 재정적 지원은 주로 금동 및 목조불상과 고려불화에 집중되었다. 금동불상과 목조불상은 불상 자체가 이동이 용이하며 장인의 이동에 따라 작업장 역시 옮길 수 있다. 이에 반해 마애불이나 석불은 조각을 새기고자 하는 바위나 채석장으로부터 멀리 이동할 수 없는 환경적인 제약이 따른다. 이러한 환경적인 제약조건은 몽골침략기 고려정부가 강화도로 천도하여 항전하는 기간 불교조각 조성 전통이 단절되게 되는 원인이 되었다.

몽골침략기 수도를 강화도로 옮긴 고려 정부는 강화도를 개경과 같이 만들고자 새로운 사원을 창건하기도 하였다. 강화도에 새로 창건된 사원에는 개경에서 가져간 목조불상이나 금동불상이 안지되기도 하였을 것이다. 혹은 왕실에 소속된 전문 장인들에 의해 목조불상이나 금동불상이 만들어지기도 하였을 것이다. 그러나 석불이나 마애불의 경우 환경적인 제약으로 인해 강화도 천도 이후 그 조각기법을 전문적으로 전수받은 장인들의 전통은 거의 단절된 것으로 보인다. 이에 반해 금동불이나 고려불화, 사경 등을 전문적으로 제작하는 장인들의 경우 몽골 침략기나 원 간섭기에도 전통을 유지할 수 있었다. 그 이유는 이동이 가능한 금동불이나 고려불화 등이 원 간섭기간 동안 고려 왕실의 수요와 원의 공납 요구 등으로 인해 꾸준히 제작되고 있었던 점을 통해 알 수 있다.

이에 반해 석불이나 마애불과 같이 이동이 힘들거나 불가능한 작품을 만드는 장인들의 전통기술은 원 침략기 직후에 거의 단절된 것으로 보인다. 이는 연복사 범종(1346)을 주조할 때 중국에서 장인을 데려온 점을 통해 알 수 있다. 또한 이규보의 다음 글을 통해 몽골침략기 이후 여러 분야에 걸쳐 장인들의 전통이 단절되고 있었음을 알 수 있다.

조각 연구』, 일조각, 2013).

13-1. (중략) 또 여러 부류의 工人을 보내라고 말씀하셨는데, 우리나라에는 옛날부터 공인이 부족한데다가 기근과 질병으로 인해 또한 많이 없어졌으며, 더구나 귀국이 병마가 크고 작은 城堡를 거쳐 감으로써 피해를 입었거나 쫓겨난 자가 적지 않습니다. 이로부터 사라지고 분산되어 정착해 전업하는 자가 없기에 명령대로 절차에 따라 보내드릴 수 없습니다. 이는 모두 사실대로 말씀드리는 것이니, 이와 같은 애처로운 사정을 양찰하시기 바랍니다.(중략)[33]

위에 언급한 이규보의 글과 연복사 종의 제작에서 알 수 있듯이 13세기 후반과 14세기 전반기는 몽골의 침략과 간섭으로 인해 많은 분야에서 전통의 흐름이 원활하지 못했다. 특히 환경적 제약 조건이 많이 따르는 석조 조각분야에서 그 피해가 더 컸다. 이는 영광 불갑사에 세워져 있는 각진국사비를 통해서도 알 수 있다.

영광 불갑사의 각진국사비는 전라남도 영광군 불갑면 불갑사에 있던 수선사 제13세 사주 각진국사 복구(1270~1355)의 비이다. 이 탑비는 고려 공민왕 8년(1359)에 세워졌다. 현재 각진국사비는 남아 있지 않고 李達衷이 지은 비문만 『동문선』에 남아 전하는 것으로 알려져 있다.[34] 그러나 불갑사 대웅전 뒤편에는 시멘트로 비의 일부를 수리하고 이 부분에 불기 2966년(1939)년이라 새겨놓은 각진국사 비가 귀부와 함께 남아있다. 각진국사의 비의 경우 진위가 논란이 되기도 하지만 현재 남아있는 비편 중에 『동문선』에 남아있는 비문과 일치하는 부분이 있어 불갑사 대웅전 뒤편에 있는 각진국사 비가 공민왕 8년(1359)에 세워진 비임을 알 수 있다.

각진국사 비에서 주목되는 부분은 귀부이다. 귀부의 표면에 귀갑문이 표현되었고 전체적으로 치석 수법이 정교하지 못하며 기형적인 귀부 형상을 보이고 있다. 그러나 귀갑문 안에 '王'자가 새겨져 있어 국사의 비를 받치기 위한 귀부로 제작되었음을 알 수 있다. 귀두는 목줄기가 짧게 표현되었으며, 눈·코·입 등의 표현에서 간략화의 경향이 느껴진다. 이러한 귀부의 치석 수법은 고려후기 원나라의 지배를 받으면서 나타나기 시

---

33) 李奎報, 「送撤里打官人書」『東國李相國集』卷28書·狀·表(『東文選』卷61書) ; 최응천, 「고려시대 금속공예의 장인」, 『美術史學研究』241, 韓國美術史學會, 2004, 178~180쪽.
34) 한국금석문 종합영상정보시스템(http://gsm.nricp.go.kr/_third/user/main.jsp) 각진국사비 참조.

작하였다.[35]

고려시대 부도와 탑비는 국사나 왕사를 역임한 승려가 입적하였을 때 문도와 제자들이 국왕의 제가를 받아 건립하는 것으로 알려져 있다.[36] 각진국사비 역시 제자 원규가 공민왕에게 주청하여 왕명으로 건립한 것이다.[37] 그런데 각진국사비의 귀부는 왕명을 받아 건립된 귀부임에도 불구하고 크기가 작으며 조각수법 역시 우수하다고 할 수 없다. 이는 고려 초나 고려 전기에 탑비의 기단으로 귀부가 사용되는 전통이 몽골 침략기와 원 간섭기간을 거치는 동안 조각기법을 비롯한 제작 방법 등이 제대로 전수되지 못하고 단절되었음을 보여주는 것이다.

봉녕사 석조삼존불상은 각진국사비에서 알 수 있듯이 왕명으로 조성되는 탑비마저 전문적인 석장에 의해 조성되지 못하였던 시대에 만들어진 석불이라 할 수 있다. 이러한 점에서 봉녕사 석조삼존불상은 몽골침략기와 원 간섭기 동안 단절되고 쇠퇴하였던 한국 조각사의 맥을 잇는 석조불상이라는 의미를 부여할 수 있다. 봉녕사 석조삼존불상은 조각의 입체감이나 비례감에 있어서 앞 시대의 조각보다 쇠퇴한 것이 사실이다. 그러나 원제국의 침략과 간섭이 누적되고 이에 따른 모순이 절정에 달하였던 시기인 14세기 중엽 경 단독의 석조 불상도 아닌 석조삼존불상을 조성하였다는 점은 당시로서는 많은 역량과 관심이 집중되었던 조불사업이라 할 수 있다.

봉녕사 석조삼존불상의 조성은 전통을 계승한 전문적인 석장이 참여한 것은 아니라 할지라도 나름대로 불상에 대한 이해를 갖춘 석공이 참여했음을 짐작할 수 있다. 이러한 점은 앞서 강화여고 출토 금동삼존불상과의 비교를 통해서 언급하였듯이 협시불의 조성에 있어 당시 유행하였던 경향이 반영되었다는 점을 통해 알 수 있다. 또한 협시불 대의 끝자락이 북위 불상이나 고구려 연가칠년명 금동불에서 볼 수 있는 것처럼 연미형으로 넓게 퍼지는 포복식 착용법의 흔적이 형식적이나마 보이고 있는 점은 주목 된다.

---

35) 엄기표, 「고려후기 송광사 출신 16국사의 석조부도 연구」, 『文化史學』 19, 한국문화사학회, 2008, 72~73쪽.
36) 엄기표, 『신라와 고려의 석조부도』, 학연문화사, 2004.
37) 『동문선』 권118서.

이는 봉녕사 석조삼존불상을 만든 장인이 단지 불심이 깊은 민간인이 아니라 여러 불상을 친견한 경험이 있는 석공일 가능성을 상정할 수 있게 한다.

결론적으로 봉녕사 석조삼존불상은 그동안 거의 연구되지 않았던 고려 후기 석조 불교조각의 흐름을 살펴볼 수 있게 해주는 중요한 불상이라 할 수 있다. 또한 몽골침략기 동안 단절된 석조미술의 전통을 계승하고자 시도한 불상이라는 점에서 미술사적 의의를 찾을 수 있다.

【참고문헌】

1. 고문헌

『高麗圖經』

『高麗大藏經』

『高麗史』

『高麗史節要』

『東文選』

『東人之文四六』

『大東地志』

『三國史記』

『三國遺事』

『世宗實錄地理志』

『新增東國輿地勝覽』

『朝鮮金石總覽』

『妙法蓮華經』(T262)

『佛說彌勒菩薩上生兜率天經』(T452)

『佛說彌勒下生成佛經』(T454)

『佛說彌勒大成佛經』(T456)

『佛說彌勒來時經』(T457)

『高僧傳』(T2059)

『續高僧傳』(T2060/427)

2. 도록 · 보고서

강릉대학교 박물관, 『屈山寺址 浮屠 學術調査報告書』, 1999.

江原大學校 博物館, 『鐵原郡의 歷史와 文化遺蹟』, 1995.

경기도, 『畿內寺院誌』, 1988.

경기도박물관, 『京畿道佛蹟資料集』, 1999.

경기도박물관, 『奉業寺』, 2002.

경기도박물관, 『고려시대 개성과 경기』, 2003.

경기도박물관, 『경기민속지Ⅶ』, 2004.

경기도박물관, 『高麗 王室寺刹 奉業寺』, 2005.

公州大學校博物館・論山市, 『開泰寺址』, 2002.

국립경주박물관, 『新羅瓦塼』, 2000.

국립광주박물관, 『고흥 운대리』, 1991.

국립문화재연구소, 『북한문화재해설집Ⅰ』, 1997.

국립문화재연구소, 『석등조사보고서Ⅱ』, 2001.

국립문화재연구소, 『한국금석문자료집(상)』, 2005.

국립문화재연구소, 『사진으로 보는 북한 국보유적』, 2006.

국립문화재연구소, 『조선왕릉Ⅰ』, 2009.

국립중앙박물관, 『유창종 기증 기와・전돌』, 2002.

국립중앙박물관, 『영원한 생명의 울림 통일신라 조각』, 2008.

국립중앙박물관, 『철원 泰封國都城 조사 자료집』, 2009.

국립중원문화재연구소, 『고대도시 명주와 굴산사』, 2011.

국립창원문화재연구소, 『中國의 石窟』, 2003.

論山郡・開泰寺址發掘調査團, 『論山 開泰寺址 發掘調査略報告』, 1990.

단국대학교 매장문화재연구소, 『이천 태평흥국명마애보살좌상 주변지역 발굴조사 보고
　　　서』, 2002.

단국대학교 매장문화재연구소, 『안성 죽주산성 지표 및 발굴조사 보고서』, 2002.

단국대학교 매장문화재연구소, 『포천반월산성 종합보고서(Ⅰ)』, 2004.

단국대학교 매장문화재연구소, 『파주 혜음원지 발굴조사 보고서차』, 2006.

단국대학교 사학과, 『포천군의 역사와 문화유적』, 1998.

단국대학교 중앙박물관, 『안성 망이산성 2차 발굴조사 보고서』, 1999.

단국대학교 중앙박물관, 『안성시의 역사와 문화유적』, 1999.

문화재관리국,『문화재대관』보물편, 1969.

문화재관리국,『文化遺蹟總攬』上, 1977.

문화재관리국 문화재연구소,『小川敬吉調査文化財資料』, 1994.

서경문화재연구원,『강화 관청리 향교골 유적: 강화군 강화여고 기술사 증축부지 발굴조
　　　사』, 2012.

서울대학교출판부,『북한의 문화재와 문화유적』, 2000.

梨花女子大學校 博物館,『彌勒理寺址3次發掘報告書』, 1982.

全北大學校 博物館,『萬福寺 發掘調査報告書』, 1986.

中央文化財研究院,『安城 長陵里 골프장 豫定敷地內 安城 長陵里寺址』, 2008.

清州大學博物館,『彌勒里寺址發掘調査報告書』, 1978.

清州大學博物館,『彌勒理寺址 2次發調査掘報告書』, 1979.

清州大學校博物館,『中原彌勒里寺址: 4次發掘調査報告書』, 1992.

清州大學校博物館,『大院寺址・彌勒大院址 中原彌勒里寺址: 5次發掘調査報告』, 1993.

清州大學校博物館,『清州興德寺址 發掘調査報告書』, 1986.

충남대학교박물관,『開泰寺Ⅰ』, 1993.

忠南大學校博物館,『定林寺址發掘調査報告書』, 1981.

忠南大學校 百濟研究所,『論山黃山벌戰蹟地』, 2000.

충주시,『미륵리 석불입상 보호석실 정밀실측 조사보고서』, 2005.

忠淸南道,『문화유적총람(사찰편)』, 1990.

충청남도역사문화원,『唐津 安國寺址』, 2006.

忠淸大學 博物館,『忠州 金生寺址 發掘調査報告書』, 2006.

忠淸大學 博物館,『충주 숭선사지 시굴 및 1~4차 발굴조사보고서』, 2006.

忠淸北道 中原郡,『中原郡 彌勒理 石窟實測 調査報告書』, 1979.

忠淸專門大學 博物館,『堤川 月光寺址』, 1998.

抱川郡誌編纂委員會,『抱川郡誌』, 1997.

3. 저 서

1) 국문

姜友邦,『圓融과 調和: 韓國古代 彫刻史의 理解』, 悅話堂, 1990.

_____,『한국 불교조각의 흐름』, 대원사, 1995.

_____,『法空과 莊嚴』, 열화당, 2000.

강우방 외,『불교조각 Ⅱ』, 솔, 2003.

姜熺靜,『중국 관음보살상의 연구』, 일지사, 2004.

_____,『관음과 미륵의 도상학』, 학연문화사, 2006.

高裕燮,『朝鮮塔婆의 研究』上, 悅話堂, 2010.

_____,『朝鮮塔婆의 研究』下, 悅話堂, 2010.

고혜련,『미륵과 도솔천의 도상학』, 일조각, 2011.

具山祐,『高麗前期 鄕村支配體制 研究』, 혜안, 2004.

국사편찬위원회,『한국사11』, 1996.

국사편찬위원회,『한국사12』, 1993.

金甲童,『羅末麗初의 豪族과 社會變動 研究』, 高大民族文化研究所, 1990.

金吉雄,『高麗의 石佛像』, 法仁文化社, 1994.

김대식,『고려전기 중앙관제의 성립』, 경인문화사, 2010.

金理那,『韓國古代佛敎彫刻史硏究』, 일조각, 1989.

_____,『韓國古代佛敎彫刻史 比較硏究』, 문예출판사, 2003.

김봉렬,『불교건축』, 솔, 2004.

김삼룡,『미륵불』, 대원사, 1991.

金煐泰,『한국불교사』, 경서원, 2000.

金龍善,『譯註高麗墓誌銘集成』上, 한림대학교출판부, 1999.

김용선 외,『궁예의 나라 泰封』, 일조각, 2008.

김원룡,『한국미술사』, 범문사, 1968.

金昌謙,『新羅 下代 王位繼承 研究』, 京仁文化社, 2003.

김창현,『고려 개경의 구조와 그 이념』, 신서원, 2002.

_____,『光宗의 제국』, 푸른역사, 2003.

노명호,『고려 태조왕건의 동상』, 지식산업사, 2012.

成均館大學校 大東文化硏究所,『高麗名賢集5』, 1980.

디트리히 제켈,『불교미술』, 예경, 2002.

류영철,『高麗의 後三國 統一過程 硏究』, 경인문화사, 2004.

文明大,『韓國佛敎彫刻史』, 열화당, 1980.

_____,『관불과 고졸미』, 예경, 2003.

_____,『원음과 고전미』, 예경, 2003.

_____,『원음과 적조미』, 예경, 2003.

_____,『삼매와 평담미』, 예경, 2003.

문안식,『후백제 전쟁사 연구』, 혜안, 2008.

朴慶植,『統一新羅 石造美術 硏究』, 학연문화사, 1994.

_____,『탑파』, 예경, 2001.

_____,『한국의 석탑』, 학연문화사, 2008.

_____,『한국의 석등』, 학연문화사, 2013.

박도화,『보살상』, 대원사, 1990.

박종기,『지배와 자율의 공간 고려의 지방사회』, 푸른역사, 2002.

_____,『고려의 부곡인, <경계인>으로 살다』, 푸른역사, 2012.

서영일,『신라 육상 교통로 연구』, 학연문화사, 1999.

성춘경,『전남 불교미술 연구』, 학연문화사, 1999.

_____,『전남의 불상』, 학연문화사, 2006.

申虎澈,『後三國時代 豪族硏究』, 개신, 2002.

_____,『후삼국사』, 개신, 2008.

안지원,『고려의 국가 불교의례와 문화』, 서울대학교출판부, 2005.

엄기표,『신라와 고려시대 석조부도』, 학연문화사, 2003.

_____,『한국의 당간과 당간지주』, 학연문화사, 2004.

柳喜卿,『한국복식사연구』, 梨花女子大學校 出版部, 1975

윤이흠 외,『고려시대의 종교문화』, 서울대학교출판부, 2002.

李基白·閔賢九 編著,『史料로 본 韓國文化史: 高麗篇』, 一志社, 1984.

李基白 編,『高麗光宗研究』, 일조각, 1981.

李丙燾,『韓國史(중세편)』, 을유문화사, 1961.

李壽健,『韓國中世社會史研究』, 일조각, 1984.

이재범,『슬픈궁예』, 푸른역사, 1999.

_____,『後三國時代 弓裔政權 研究』, 혜안, 2007.

_____,『高麗 建國期 社會動向 研究』, 경인문화사, 2010.

이정신,『고려시대의 정치변동과 대외정책』, 경인문화사, 2004.

李泰鎭,『韓國社會史研究』, 지식산업사, 1986.

이태호 · 이경화,『한국의 마애불』, 다른세상, 2001.

李浩官,『日本에 가 있는 韓國의 佛像』, 학연문화사, 2003.

임혜봉,『이천불교문화』, 이천불교연합회, 1997.

장경희,『고려왕릉』, 예맥, 2008.

장충식,『新羅石塔研究』, 一志社, 1987.

전북전통문화연구소,『후백제 견훤정권과 전주』, 주류성, 2001

全海宗,『韓中關係史研究』, 일조각, 1970.

鄭明鎬,『韓國石燈樣式史』, 민족문화사, 1994.

鄭永鎬,『考古美術의 첫걸음』, 학연문화사, 2000.

정예경,『반가사유상 연구』, 혜안, 1998.

_____,『중국 북제 북주 불상연구』, 혜안, 1998.

_____,『중국 불교 조각사 연구』, 혜안, 1998.

鄭恩雨,『高麗後期 佛敎彫刻 研究』, 문예출판사, 2004.

曺凡煥,『羅末麗初 禪宗山門 開倉 研究』, 경인문화사, 2008.

조인성,『泰封의 궁예정권』, 푸른역사, 2007.

주경미,『중국 고대 불사리장엄 연구』, 일지사, 2003.

秦弘燮,『韓國의 佛像』, 一志社, 1976.

_____,『韓國美術史資料集成Ⅰ』, 一志社, 1987.

_____,『韓國의 石造美術』, 文藝出版社, 1995.

채웅석,『고려시대의 국가와 지방사회』, 서울대학교출판부, 2000.

철원군 · 泰封國철원정도기념사업회,『泰封國 역사문화 유적』, 2006.

崔根泳,『統一新羅時代의 地方勢力研究』, 신서원, 1990.

최성은,『철불』, 대원사, 1995.

_____,『석불 돌에 새긴 정토의 꿈』, 한길아트, 2003.

_____,『석불 · 마애불』, 예경, 2004.

_____,『고려시대 불교조각 연구』, 일조각, 2013.

崔完秀,『佛像研究』, 文藝出版社, 1988.

_____,『한국불상의 원류를 찾아서1』, 대원사, 2002.

_____,『한국불상의 원류를 찾아서2』, 대원사, 2007.

_____,『한국불상의 원류를 찾아서3』, 대원사, 2007.

최응천 · 김연수,『금속공예』, 솔, 1990.

충북학연구소편,『충북의 석조미술』, 충청북도 · 충북학연구소, 2000.

한국미술사학회,『高麗美術의 對外交涉』, 예경, 2004.

한국역사연구회 편,『譯註 羅末麗初金石文』, 혜안, 1996.

한국역사연구회,『고려의 황도 개경』, 창비, 2002.

한국역사연구회,『개경의 생활사』, 휴머니스트, 2007.

韓基汶,『高麗寺院의 構造와 機能』, 民族社, 1998.

許興植,『高麗佛敎史研究』, 一潮閣, 1986.

홍윤식,『한국의 불교미술』, 대원사, 1986.

黃壽永,『佛像』, 中央日報社, 1979.

2) 영문

E. ZÜRCHER, *Buddhist Conquest of China*, Leiden, 2007(Fisrt published 1959).

Laurence Sickman and Alexander Soper, *The Art and Architecture of China*, Yale University Press, 1971.

Robert E. Fisher, *Buddhist Art and Architecture*, Thames and Hudson, 1993.

Gregory Schopen, *Bones, Stones, and Buddhist Monks*, University of Hawaii Press, 1997.

Osvald Siren, *Chinese sculpture*, SDI Publications, 1998.

Marsha Weidner, *Cultural Intersections in Later Chinese Buddhism*, University of Hawaii Press, 2001.

Marylin Martin Rhie, *Early Buddhist Art of China & Central Asia*, volume Two, BRILL, 2002.

Ning Qiang, *Art, Religion, and Politics in Medieval Chian*, University of Hawaii Press, 2004.

Eugene Y. Wang, *Shaping the Lotus Sutra*, University of Washington press, 2005.

Wu Hung and Katherine R.Tsiang, *Body and Face in Chinese Visual Culture*, Harvard University Asia Center, 2005.

2) 중문

雲岡石窟文物保管所, 『中國石窟 雲岡石窟 Ⅰ』, 文物出版社, 1991.

雲岡石窟文物保管所, 『中國石窟 雲岡石窟 Ⅱ』, 文物出版社, 1994.

金　申, 『中國歷代紀年佛像圖典』, 文物出版社, 1994.

李崇建, 『千年彫刻史』, 藝術圖書公司, 1997.

葉　渡, 『慈悲的容顔』, 藝術圖書公司, 1997.

李崇建, 『佛像彫刻』, 藝術圖書公司, 2001.

李裕群, 『古代石窟』, 文物出版社, 2003.

王　恒, 『雲岡石窟佛敎造像』, 書海出版社, 2004.

3) 일문

松原三郎, 『增訂 中國佛敎彫刻史硏究』, 吉川弘文館, 1966.

小杉一雄, 『中國佛敎美術史の硏究』, 新樹社, 1980.

長廣敏雄, 『中國美術論集』, 講談社, 1984.

松原三郎, 『韓國金銅佛硏究』, 吉川弘文館, 1985.

宮治昭, 『涅槃と彌勒の圖像學』, 吉川弘文館, 1992.

大和文華館, 『中國の金銅佛』, 1992.

大和文華館, 『東アジアの金銅佛』, 1992.

八木春生, 『中國佛敎美術と漢民族化』, 法藏館, 2004.

石松日奈子,『北魏佛教造像史の研究』, ブリュッケ, 2005.

4. 논문

姜炳喜,「高麗 玄化寺址 七層石塔에 대하여」,『河炫綱敎授停年紀念論叢: 韓國史의 構造와 展開』, 혜안, 2000.

강진옥,「전설의 역사적 전개」,『口碑文學硏究』5, 한국구비문학회, 1997.

강희정,「통일신라 관음보살상 연구시론」,『인문논총』63, 서울대학교 인문학연구원, 2010.

_____,「9세기 비로자나불 조성의 배경과 의미」,『한국고대사탐구』13, 한국고대사탐구학회, 2013.

高裕燮,「養怡亭과 香閣」,『韓國美術史 及 美學論攷』, 通門館, 1972.

고혜련,「단석산 미륵삼존불 도상 재고」,『新羅史學報』29, 新羅史學會, 2013.

郭東錫,「東文選과 高麗時代의 美術 : 佛敎彫刻」,『강좌미술사』1, 韓國美術史硏究所, 1988.

菊竹淳一,「고려시대 裸形男子倚像 고려태조 왕건상 試論」,『미술사논단』21, 한국미술연구소, 2005.

權眞永,「新羅 弘覺禪師碑文의 復元 試圖」,『伽山李智冠스님華甲紀念論叢 韓國佛敎文化思想史』上, 1992.

金甲童,「高麗建國期의 淸州勢力과 王建」,『韓國史硏究』48, 韓國史硏究會, 1985.

_____,「나말여초 지방사민의 동향」,『나말여초의 호족과 사회변동연구』, 고려대학교 민족문화연구소, 1990.

_____,「고려 태조 왕건과 후백제 신검의 전투」,『창해 박병국교수 정년기념사학논총』, 1994.

_____,「後三國과 開泰寺, 그리고 王建」,『開泰寺址』, 公州大學校博物館·論山市, 2002.

_____,「후백제와 고려의 마지막 전투와 멸망」,『고려의 후삼국 통일과 후백제』, 서경문화사, 2010.

김광수,「高麗建國期의 浿西豪族과 對女眞關係」,『史叢』21, 高大史學會, 1977.

金吉雄,「彌勒大院 石窟의 고찰」,『文化財』18, 문화재관리국, 1985.

金塘澤,「崔承老의 上書文에 보이는 光宗代의 '後生'과 景宗元年 田柴科」,『高麗光宗研究』, 일조각, 1981.

金杜珍,「高麗 光宗代의 專制政權과 豪族」,『韓國學報』5권2호, 일지사, 1979.

_____,「高麗初의 法相宗과 그 思想」,『韓㳨劤博士停年紀念史學論叢』, 지식산업사, 1981.

_____,「高麗 光宗代 法眼宗의 登場과 그 性格」,『高麗初期佛敎史論』, 민족사, 1986.

金理那,「高麗時代 石造佛像 研究」,『考古美術』166·167, 한국미술사학회, 1985.

김명진,「太祖王建의 一利川戰鬪와 諸蕃勁騎」,『한국중세사연구』25, 한국중세사학회, 2008.

김성찬,「원주의 불교유적」,『原州의 歷史와 文化遺蹟』, 강원도 원주시, 1997.

金成煥,「竹州의 豪族과 奉業寺」,『文化史學』11·12·13, 韓國文化史學會, 1999.

金延禧,「韓·中 地藏圖像의 比較考察: 頭巾地藏을 중심으로」,『강좌미술사』9, 한국불교미술사학회, 1997.

金龍善,「光宗: 改革의 挫折과 繼承」,『韓國史 市民講座』13, 일조각, 1993.

金元龍,「普門庵의 石造羅漢像」,『美術資料』7, 國立中央博物館, 1963. 6.

김수미,「三足烏·朱雀·鳳凰 圖像의 성립과 친연성 고찰」,『역사민속학』31, 한국역사민속학회, 2009.

김주성,「고려초 청주지방의 호족」,『한국사연구』61·62, 한국사연구회, 1988.

金昌謙,「後三國 統一期 太祖 王建의 浿西豪族과 渤海遺民에 대한 政策研究」,『成大史林』4, 成均館大學校 史學會, 1987.

_____,「新羅 '溟州郡王'考」,『史林』12·13, 수선사학회, 1997.

김창호·한기문,「동해시 삼화사 철불명문의 재검토」,『강좌미술사』12, 한국불교미술사학회, 1999.

김철웅,「고려시대의 안성」,『안성시의 역사와 문화유적』, 단국대학교 중앙박물관, 1999.

金春實,「忠南 連山 開泰寺 石造三尊佛考: 本尊像과 右脇侍 菩薩像이 後代의 模作일 가능성에 대하여」,『百濟研究』21, 충남대학교 백제연구소, 1990.

김춘실,「統一新羅末~高麗前期 轉法輪印 石佛立像의 고찰」,『中原文化論叢』15, 충북대학교 중원문화연구소, 2010.

김태근,「고달사지 출토 막새 고찰」,『高達寺址 Ⅱ』, 기전문화재연구원, 2007.

金炫延,「高麗 開國功臣의 政治的 性格」,『高麗 太祖의 國家經營』, 서울대학교출판부, 1996.

김혜완,「普願寺鐵佛의 조상: 고려 초 原州鐵佛과 관련하여」,『史林』14, 수선사학회, 2000.

金虎俊,「포천 반월산성 연구(Ⅰ): 삼국~통일신라시대 활동지역을 중심으로」,『文化史學』 20, 韓國文化史學會, 2003.

김호준,「高麗 對蒙抗爭期의 築城과 入保」, 충북대학교 박사학위논문, 2013.

金興三,「羅末麗初 堀山門 研究」, 강원대학교 박사학위 논문, 2002.

羅鐘宇,「高麗時代 對宋關係」,『원광사학』3, 원광대 사학회, 1984.

南東信,「북한산 僧伽大師像과 僧伽信仰」,『서울학연구』14, 서울시립대학교 서울학연구소, 2000.

_____,「나말여초 국왕과 불교의 관계」,『역사와 현실』56, 한국역사연구회, 2005.

盧明鎬,「高麗太祖 王建 銅像의 流轉과 문화적 배경」,『한국사론』50, 서울대학교 국사학과, 2004.

_____,「고려 태조 왕건 동상의 황제관복과 조형상징」,『북녘의 문화유산』, 국립중앙박물관, 2006.

류영철,「고려와 후백제의 쟁패과정 연구」, 영남대학교 박사학위논문, 1997.

文明大,「韓國石窟寺院의 研究」,『歷史學報』38, 역사학회, 1968.

_____,「仁陽寺金堂治成碑像考」,『考古美術』108, 韓國美術史學會, 1970.

_____,「傳大典寺出土 靑銅二佛並坐像의 一考察」,『東國史學』13, 동국사학회, 1976.

_____,「新羅下代 毘盧舍那佛像彫刻의 研究(一)」,『美術資料』19, 國立中央博物館, 1977.

_____,「開泰寺 石丈六三尊佛立像의 研究-毘盧舍那丈六三尊佛像과 관련하여-」,『美術資 料』29, 국립중앙박물관, 1981.

_____,「高麗後期 端雅樣式(新古典的樣式)佛像의 成立과 展開」,『古文化』22, 韓國大學博物 館協會, 1983.

_____,「高麗·朝鮮時代의 彫刻」,『韓國 美術史의 現況』, 예경, 1992.

_____,「실측조사를 통해 본 대조사 석미륵보살입상의 도상특징과 의의」,『大鳥寺 石彌勒菩 薩立像』, 한국미술사연구소, 1999.

문수진,「高麗建國期의 羅州勢力」,『史林』4집, 수선사학회, 1987.

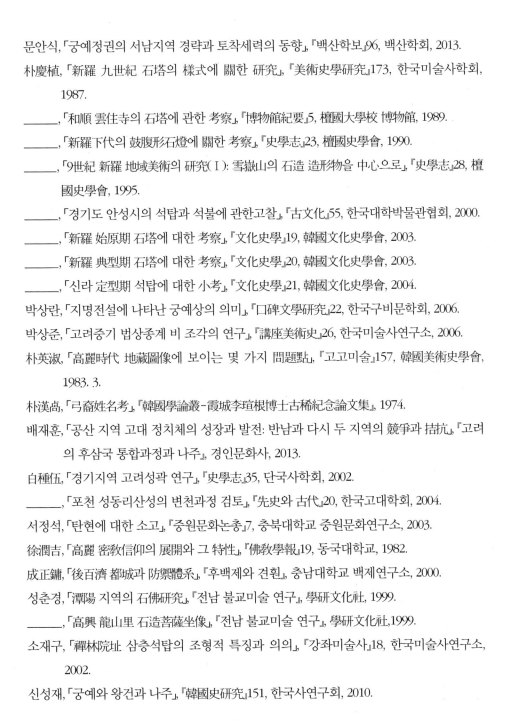

문안식,「궁예정권의 서남지역 경략과 토착세력의 동향」,『백산학보』96, 백산학회, 2013.

朴慶植,「新羅 九世紀 石塔의 樣式에 關한 研究」,『美術史學研究』173, 한국미술사학회, 1987.

_____,「和順 雲住寺의 石塔에 관한 考察」,『博物館紀要』5, 檀國大學校 博物館, 1989.

_____,「新羅下代의 鼓腹形石燈에 關한 考察」,『史學志』23, 檀國史學會, 1990.

_____,「9世紀 新羅 地域美術의 研究(Ⅰ): 雪嶽山의 石造 造形物을 中心으로」,『史學志』28, 檀國史學會, 1995.

_____,「경기도 안성시의 석탑과 석불에 관한고찰」,『古文化』55, 한국대학박물관협회, 2000.

_____,「新羅 始原期 石塔에 대한 考察」,『文化史學』19, 韓國文化史學會, 2003.

_____,「新羅 典型期 石塔에 대한 考察」,『文化史學』20, 韓國文化史學會, 2003.

_____,「신라 定型期 석탑에 대한 小考」,『文化史學』21, 韓國文化史學會, 2004.

박상란,「지명전설에 나타난 궁예상의 의미」,『口碑文學研究』22, 한국구비문학회, 2006.

박상준,「고려중기 법상종계 비 조각의 연구」,『講座美術史』26, 한국미술사연구소, 2006.

朴英淑,「高麗時代 地藏圖像에 보이는 몇 가지 問題點」,『고고미술』157, 韓國美術史學會, 1983. 3.

朴漢卨,「弓裔姓名考」,『韓國學論叢-霞城李瑄根博士古稀紀念論文集』, 1974.

배재훈,「공산 지역 고대 정치체의 성장과 발전: 반남과 다시 두 지역의 競爭과 拮抗」,『고려의 후삼국 통합과정과 나주』, 경인문화사, 2013.

白種伍,「경기지역 고려성곽 연구」,『史學志』35, 단국사학회, 2002.

_____,「포천 성동리산성의 변천과정 검토」,『先史와 古代』20, 한국고대학회, 2004.

서정석,「탄현에 대한 소고」,『중원문화논총』7, 충북대학교 중원문화연구소, 2003.

徐閏吉,「高麗 密敎信仰의 展開와 그 特性」,『佛敎學報』19, 동국대학교, 1982.

成正鏞,「後百濟 都城과 防禦體系」,『후백제와 견훤』, 충남대학교 백제연구소, 2000.

성춘경,「潭陽 지역의 石佛研究」,『전남 불교미술 연구』, 學研文化社, 1999.

_____,「高興 龍山里 石造菩薩坐像」,『전남 불교미술 연구』, 學研文化社, 1999.

소재구,「禪林院址 삼층석탑의 조형적 특징과 의의」,『강좌미술사』18, 한국미술사연구소, 2002.

신성재,「궁예와 왕건과 나주」,『韓國史研究』151, 한국사연구회, 2010.

_____,「후백제의 수군활동과 전략전술」,『한국중세사연구』36, 한국중세사학회, 2013.

申榮勳,「彌勒大院의 硏究」,『考古美術』146 · 147합집, 한국미술사학회, 1980.

申龍澈,「統一新羅 石塔 硏究」, 동국대학교 박사학위 논문, 2006.

_____,「華嚴寺 四獅子石塔의 造營과 象徵: 塔으로 구현된 光明의 法身」,『美術史學硏究』
       250 · 251, 韓國美術史學會, 2006.

신호철,「호족의 종합적 이해」,『後三國時代 豪族硏究』, 개신, 2002.

_____,「弓裔와 王建과 淸州豪族: 高麗建國期 淸州豪族의 政治的 性格-」,『중원문화』2 · 3,
       충북대학교 중원문화연구소, 1999.

_____,「高麗 건국기 西南海 지방세력의 동향: 羅州 호족의 활동을 중심으로」,『역사와 담
       론』58, 호서사학회, 2011.

安永根,「나말여초 청주 세력의 동향」,『수촌 박영석박사화갑기념한국사학논총』상, 탐구당,
       1992.

梁敬淑,「弓裔와 그의 彌勒佛 思想」,『北岳史論』3, 북악사학회, 1993.

梁銀容,「高麗太祖 親製 開泰寺華嚴法會疏의 연구」,『伽山李智冠스님華甲紀念論叢 韓國佛
       敎文化思想史』上, 1992.

엄기표,「高麗時代 幢竿과 幢竿支柱」,『文化史學』11 · 12 · 13, 韓國文化史學會, 1999.

_____,「新羅 塔碑의 樣式과 造型的 意義」,『文化史學』14, 韓國文化史學會, 2000.

_____,「利川 太平興國銘磨崖菩薩坐像에 대한 考察」,『文化史學』20, 2003.

_____,「安養 石水洞 磨崖鐘의 造成 時期와 意義」,『文化史學』22, 韓國文化史學會, 2004.

_____,「坡州 邑內里 石佛 硏究」,『文化史學』23, 韓國文化史學會, 2005.

_____,「고려후기 송광사 출신 16국사의 석조부도 연구」,『文化史學』29, 韓國文化史學會, 2008.

_____,「新羅末 高麗初 石造浮屠에 반영된 木造乾縮 要素 연구」,『文化史學』31, 韓國文化史
       學會, 2009.

_____,「新羅時代 浮屠와 塔碑가 건립된 僧侶들의 지위와 활동」,『선사와 고대』31, 한국고
       대학회, 2009.

_____,「안성 七長寺 慧炤國師碑의 양식과 미술사적 의의」,『지방사와 지방문화』14, 역사문
       화학회, 2011.

_____,「하남 춘궁동 3층과 5층석탑이 건립 시기와 의의」,『선사와 고대』34, 한국고대학회,

2011.

_____, 「水原 彰聖寺의 沿革과 眞覺國師 千熙의 史蹟」, 『文化史學』39, 韓國文化史學會, 2013.

吳 星, 「高麗 光宗대의 科擧合格者」, 『高麗光宗研究』, 一潮閣, 1981.

오호석, 「高麗前期 竹州地域의 石佛에 대한 一考察」, 『博物館誌』14, 충청대학박물관, 2005.

_____, 「고려 초기 竹州지역의 석탑과 건립배경」, 『先史와 古代』31, 韓國古代學會, 2009.

유인순, 「철원지방 인물전설 연구」, 『강원문화연구』8, 강원대학교, 1998.

_____, 「전설에 나타난 궁예왕」, 『인문과학연구』15, 강원대학교 인문과학연구소, 2006.

유재춘, 「철원 월하리 유적의 조사 결과와 성격 검토」, 『궁예의 나라 泰封』, 일조각, 2008.

유희경, 「高麗, 朝鮮朝 國王 免冠制」, 『考古美術』136·137, 韓國美術史學會, 1978.

윤경진, 「고려 태조-광종대 북방 개척과 州鎭 설치」, 『奎章閣』37, 서울대 규장각, 2010.

尹武炳, 「開泰寺 三尊石佛殿 創建基壇 調査報告」, 『百濟研究』17, 충남대학교 백제연구소, 1986.

윤성재, 「高麗 光宗의 政治基盤」, 『한국사학보』13, 고려사학회, 2002.

윤용혁, 「後三國과 開泰寺, 그리고 王建」, 『開泰寺址』, 공주대학교박물관·논산시, 2002.

_____, 「936년 고려의 통일전쟁과 開泰寺」, 『한국학보』30, 일지사, 2004.

_____, 「고려의 통일전쟁과 논산 開泰寺」, 『충청 역사문화 연구』, 서경문화사, 2009.

尹昌淑, 「韓國 塔婆 相輪部에 관한 研究」, 단국대학교 박사학위 논문, 1993.

윤현희, 「竹山地域 佛教遺蹟의 現況과 特徵」, 『奉業寺』, 경기도박물관, 2002.

이경화, 「坡州 龍尾里 磨崖二佛竝立像의 造成時期와 背景: 成化7年 造成說을 提起하며」, 『불교미술사학』3, 불교미술사학회, 2005.

이기백, 「高麗京軍考」, 『高麗兵制史研究』, 일조각, 1968.

이도학, 「궁예의 북원경 점령과 그 의의」, 『東國史學』34, 동국사학회, 2007.

李樹健, 「高麗前期 地方勢力과 土姓」, 『韓國中世社會史研究』, 一潮閣, 1984.

이수자, 「안성의 설화」, 『口碑文學研究』14, 한국구비문학회, 2002.

이순근, 「羅末麗初 地方勢力의 構成形態에 關한 一研究」, 『한국사 전환기의 문제들』, 知識産業社, 1993.

이영수, 「'궁예 설화'의 전승 양상에 관한 연구」, 『韓國民俗學』43, 한국민속학회, 2006.

이재범,「후삼국시대 궁예정권의 연구」, 성균관대학교 박사학위 논문, 1992.

_____,「궁예정권의 철원정도 시기와 전제적 국가경영」,『史學硏究』80, 한국사학회, 2005.

_____,「궁예, 왕건정권의 연속성에 관한 고찰」,『史林』24, 수선사학회, 2005.

_____,「역사와 설화사이: 철원 지역설화로 본 궁예왕」,『강원민속학』20, 강원도민속학회, 2006.

_____,「철원의 지명 유래」,『강원민속학』22, 강원도민속학회, 2008.

_____,「철원 지역의 궁예 전승과 고려 재건에 대한 평가」,『高麗 建國期 社會動向 硏究』, 京仁文化社, 2010.

_____,「신라말·고려초 안성지역의 호족과 칠장사」,『안성 칠장사와 혜소국사 정현』, 사회 평론, 2011.

이재범·이광섭,「궁예의 불교사상에 관한 고찰」,『新羅史學報』31, 新羅史學會, 2014.

李在俊,「高麗初期의 國刹, 崇善寺址」,『空間』168, 1981.

李鐘玫,「韓國 初期靑磁의 形成과 傳播」,『美術史硏究』240, 한국미술사학회, 2003.

李鍾旭,「高麗初 940年代의 王位繼承戰과 그 政治的 性格」,『高麗光宗硏究』, 一潮閣, 1981.

李昌永,「高麗時代 磨崖佛의 조성배경에 관하여」,『靑藍史學』3, 한국교원대학교 청람사학 회, 2000.

이홍직,「승가사잡고」,『향토서울』6, 서울시사편찬위원회, 1959.

_____,「京畿道 廣州郡 東部面 校里磨崖銘」,『考古美術』1권2호, 한국미술사학회, 1960.

임영애,「통일신라 불교조각에 나타난 서역양식 시론」,『美術史學』8, 미술사학연구회, 1996.

_____,「元祐5年(1090)名 原州 立石寺 磨崖佛坐像 小考」,『講座美術史』12, 韓國佛敎美術史 學會, 1999.

_____,「고려전기 원주지역의 불교조각」,『美術史學硏究』228·229, 한국미술사학회, 2001.

_____,「優塡王式 불입상의 형성·복제 그리고 확산」,『美術史論壇』34, 한국미술연구소, 2012.

林英正,「高麗時代의 使役·工匠僧에 대하여」,『伽山李智冠스님華甲紀念論叢 韓國佛敎文 化 思想史』上, 1992.

張日圭,「고려 광종대 유교적 정치이념과 崔行歸」,『한국학논총』34, 국민대학교 한국학연구소, 2010.

_____, 「신라 하대 서남해안 일대 선종산문의 정토신앙과 장보고의 법화신앙」, 『新羅史學報』18, 신라사학회, 2010.

_____, 「신라 하대 서남해 지역 禪僧과 후백제」, 『韓國古代史研究』74, 한국고대사학회, 2014.

장충식, 「統一新羅時代의 石燈」, 『考古美術』158·159, 韓國美術史研究會, 1983.

전덕재, 「泰封의 地方制度에 대한 考察」, 『신라문화』27, 동국대학교신라문화연구소, 2006.

田福涼, 「崇善寺址의 創建 막새」, 『文化史學』26, 韓國文化史學會, 2006.

全瑛俊, 「高麗 睿宗代의 사찰 창건과 승도 동원」, 『震檀學報』97, 진단학회, 2004.

鄭明鎬, 「安城의 石佛」, 『考古美術』12, 韓國美術史學會, 1961.

_____, 「韓國 石燈樣式史 研究」, 단국대학교 박사학위 논문, 1992.

_____, 「이형석등의 형식과 종류」, 『석등조사보고서 II』, 국립문화재연구소, 2001.

정성권, 「제주도 돌하르방에 관한 연구: 양식적 특징 및 조성시기를 중심으로」, 『史學志』, 34, 檀國史學會, 2001.

_____, 「抱川 舊邑里 石佛立像의 조성시기에 관한 연구」, 『범정학술논문집』24, 난국대학교 대학원, 2002.

_____, 「安城 梅山里 石佛 立像 研究: 高麗 光宗代 造成說을 제기하며」, 『文化史學』17, 韓國文化史學會, 2002.

_____, 「혜음원지 출토 막새기와에 대한 고찰」, 『文化史學』19, 韓國文化史學會, 2003.

_____, 「寶蓋 착용 석불 연구: 寶蓋를 중심으로」, 『文化史學』21, 韓國文化史學會, 2004.

_____, 「高麗 光宗代 石佛의 특성과 영향」, 『文化史學』27, 韓國文化史學會, 2007.

_____, 「'中原彌勒里寺址' 조성시기 고찰」, 『東岳美術史學』9, 東岳美術史學會, 2008.

_____, 「泰封國都城(弓裔都城)내 풍천원 석등 연구」, 『韓國古代史探究』7, 韓國古代史探究學會, 2011.

_____, 「'궁예미륵'석불입상의 구비전승적 연구」, 『민속학연구』30, 국립민속박물관, 2012.

_____, 「안성 기솔리 석불입상 연구: 궁예 정권기 조성 가능성에 대한 고찰」, 『新羅史學報』25, 新羅史學會, 2012.

_____, 「弓裔와 梁吉의 전쟁, 비뇌성 전투에 관한 고찰」, 『軍史』83, 국방부 군사편찬연구소,

2012.

_____, 「개태사 석조삼존불입상 조성배경 再考: 太祖 王建軍 屯營址 馬城의 위치와 관련하여」, 『白山學報』92, 白山學會, 2012.

_____, 「論山 開泰寺 石造供養像 研究: 조성시기와 조성배경에 관하여」, 『佛教美術』23, 東國大學校 博物館, 2012.

_____, 「경기도 내 통일신라 석불의 존재 가능성에 대한 고찰」, 『역사와 경계』86, 부산경남사학회, 2013.

_____, 「高麗 光宗을 보는 또 다른 시각: 미술사와 고고학을 통하여」, 『韓國人物史研究』19, 한국인물사연구회, 2013.

_____, 「해치상의 변천에 관한 연구: 광화문 앞 해치상의 탄생과 조성배경을 중심으로」, 『서울학연구』51, 서울학연구소, 2013.

_____, 「태조 왕건의 봉업사 중창과 능달: 봉업사지 석불입상과 관련하여」, 『韓國史學報』51, 高麗史學會, 2013.

_____ 외 1인, 「3차원 스캐닝 기술을 통한 문화재 형태 융합기술 연구」, 『한국지식정보기술학회논문』8권3호, 한국지식정보기술학회, 2013.

_____, 「나주 철천리 석불입상의 조성시기와 배경」, 『新羅史學報』31, 新羅史學會, 2014.

_____, 「수원 봉녕사 석조삼존불상의 편년과 의의」, 『東岳美術史學』17, 東岳美術史學會, 2015.

_____, 「高麗 太祖 王建을 보는 또 다른 시각: 미술사와 고고학을 통하여」, 『東洋學』61, 檀國大學校 東洋學研究員, 2015.

_____, 「제주도 돌하르방의 기원과 전개」, 『耽羅文化』50, 제주대학교 탐라문화연구원, 2015.

_____, 「景福宮 石造 造形物의 時代史的 背景」, 『好佛 鄭永鎬 博士 八旬頌祝記念論叢』, 好佛 鄭永鎬 博士 八旬頌祝記念論叢刊行委員會, 2015.

_____, 「고려시대 塔前 石造供養菩薩像의 등장과 전개」, 『불교미술사학』21, 佛教美術史學會, 2016.

鄭永鎬, 「八公山頂의 石佛 兩軀」, 『考古美術』 제2권 제3호, 고고미술동인회(한국미술사학회), 1961.

_____, 「光州郡 西部面 草一里 石佛立像」, 『考古美術』 제2권 제7호, 고고미술동인회(한국미술사학회), 1961.

_____,「梁山 彌勒庵의 石佛立像」,『考古美術』제3권 제5호, 고고미술동인회(한국미술사학회), 1962.

_____,「完州郡 三奇里의 石佛二軀」,『考古美術』제5권 제3호, 고고미술동인회(한국미술사학회), 1964.

_____,「利川'太平興國'銘 磨崖半跏像」,『史學志』16, 檀國大史學會, 1982.

_____,「高麗時代의 磨崖佛」,『考古美術』166·167, 한국미술사학회, 1985.

정예경,「韓國半跏思惟像의 編年에 관한 一考察」,『文化史學』2, 韓國文化史學會, 1994

_____,「慶州 南山 三花嶺 出土 彌勒三尊像의 樣式」,『新羅文化』29, 동국대학교 신라문화연구소, 2007.

정요근,「後三國時期 高麗의 남방진출로 분석」,『韓國文化』44, 서울대학교 규장각 한국학연구원, 2008.

_____,「후삼국시기 고려의 '주(州)'·'부(府)' 분포와 그 설치 의미」,『역사와 현실』73, 한국역사연구회, 2009.

정우택,「高麗佛畵에 있어서 圖像의 傳承」,『美術史學研究』192, 한국미술사학회, 1991.

_____,「佛敎美術 서술의 用語 문제」,『美術史學』17, 한국미술사교육학회, 2003.

_____,「극락세계의 인식과 미술」,『불교미술, 상징과 염원의 세계』, 두산동아, 2007.

鄭恩雨,「高麗前期 金銅菩薩像 研究」,『美術史學研究』228·229, 한국미술사학회, 2001.

_____,「燕岐 佛碑像과 충남 지역의 백제계 불상」,『百濟文化』32, 公主大學校 百濟文化研究所, 2003.

_____,「고달사지 출토 청동여래입상 소고」,『高達寺址 II』, 기전문화재연구원, 2007.

_____,「고려 불교조각의 흐름과 특징」,『博物館記要』22, 단국대학교 석주선기념박물관, 2007.

_____,「개성 관음굴 석조보살상과 송대 외래요소의 수용」,『시각문화의 전통과 해석』, 예경, 2007.

_____,「고려 청동왕건상의 조각적 특징과 의의」,『한국중세사연구』37, 한국중세사학회, 2013.

鄭淸柱,「新羅末·高麗初 豪族의 形成과 變化에 대한 一考察: 平山朴氏의 一家門의 實例檢討」,『歷史學報』118, 1998.

조성금, 「위구르인들의 成佛 誓願:베제클릭 20굴 毘奈耶藥事變相圖」, 『中央아시아硏究』17, 중앙아시아학회, 2012.

_____, 「天山 위구르王國의 佛敎繪畵 硏究」, 동국대학교 박사학위 논문, 2013.

조인성, 「泰封의 궁예정권 연구」, 서강대학교 박사학위 논문, 1991.

조현설, 「궁예이야기의 전승양상과 의미」, 『口碑文學硏究』제2집, 한국구비문학회, 1995.

주경미, 「고려시대 월정사 석탑 출토 사리장엄구 再論」, 『震檀學報』113, 진단학회, 2011.

池內宏, 「高麗太祖の 經略」, 『滿鮮地理歷史硏究報告』7, 1920.

陳政煥, 「高麗時代 全北地域 石佛에 대한 考察」, 『東岳美術史學』4, 東岳美術史學會, 2003.

_____, 「정읍지역 백제계 불상 고찰」, 『文化史學』27, 韓國文化史學會, 2007.

_____, 「後百濟 佛敎美術의 特徵과 性格」, 『東岳美術史學』11, 東岳美術史學會, 2010.

_____, 「慶北 北部地域의 羅末 佛像에 對한 考察」, 『新羅文物硏究』5, 國立慶州博物館, 2011.

_____, 「高麗前期 佛敎石造美術 硏究」, 동국대학교 박사학위 논문, 2013.

_____, 「統一新羅 鼓腹形石燈과 實相山門」, 『전북사학』42, 전북사학회, 2013.

_____, 「新羅 下代―高麗 前期 佛敎石造美術 發願者와 匠人의 變化」, 『新羅史學報』32, 2014.

秦弘燮, 「北韓의 石造美術」, 『文化財』13, 文化財管理局, 1980.

_____, 「中原地方의 佛敎美術」, 『考古美術』160, 1983.

_____, 「高麗時代의 美術文化와 思想」, 『傳統과 思想』Ⅲ, 정신문화연구원, 1988.

車順喆, 「官字銘 銘文瓦의 使用處 檢討」, 『慶州文化硏究』5, 경주대학교 경주문화연구소, 2002.

蔡雄錫, 「高麗時代 香徒의 社會的 性格과 變化」, 『國史館論叢』2, 국사편찬위원회, 1989.

淸水信行, 「開泰寺址 출토 銘文瓦에 대한 一考察」, 『百濟硏究』28, 충남대학교 백제연구소, 1998.

崔善柱, 「高麗初期 灌燭寺 石造菩薩立像에 대한 硏究」, 『미술사연구』14, 2000,

崔聖銀, 「溟州地方의 高麗時代 石造菩薩像에 대한 硏究」, 『佛敎美術』5, 東國大學校博物館, 1980.

_____, 「羅末麗初 佛敎彫刻의 對中關係에 대한 考察」, 『佛敎美術』11, 東國大學校博物館, 1992.

_____, 「백제지역의 후기조각에 대한 고찰: 충청지방의 나말여초 석불을 중심으로」, 『백제

의 조각과 미술』, 공주대학교박물관, 1992.

_____, 「高麗初期 廣州鐵佛坐像 研究」, 『미술사학연구』204, 한국미술사학회, 1994.

_____, 「唐末五代와 遼代의 圓筒形 高冠 菩薩像에 대한 一考察」, 『강좌미술사』9, 한국불교미술사학회, 1997.

_____, 「나말여초 중부지역 석불조각에 대한 고찰: 궁예 泰封(901~918)지역 미술에 대한 시고」, 『역사와 현실』44, 한국역사연구회, 2002.

_____, 「高麗前期 中部地域의 石佛彫刻」, 『美術資料』69, 국립중앙박물관, 2003.

_____, 「開泰寺 石造三尊佛立像 研究: 새로운 統一王朝 高麗의 出現과 佛敎彫刻」, 『미술사논단』16·17, 한국미술연구소, 2003.

_____, 「高麗時代 佛敎彫刻의 對宋關係」, 『美術史學研究』237, 한국미술사학회, 2003.

_____, 「고려시대 불교조각의 대중관계」, 『高麗 佛敎美術의 對外交涉』, 예경, 2004.

_____, 「고려 초기 석조반가좌보살에 대한 소고」, 『미술사의 정립과 확산』2, 2006.

_____, 「나말려초 아마타불상의 도상적 고찰」, 『講座 美術史』26, 한국미술사연구소, 2006.

_____, 「죽주 장명사지 석불좌상의 복원적 고찰과 고려 초기 서부 양식」, 『講座 美術史』36, 韓國美術史研究所, 2011.

_____, 「해남 대흥사 북미륵암 마애여래좌상에 대한 고찰」, 『先史와 古代』37, 한국고대학회, 2012.

최연식, 「강진 무위사 선각대사비를 통해 본 궁예 행적의 재검토」, 『목간과 문자』7, 한국목간학회, 2011.

최　웅, 「역사기록과 구전설화로 본 궁예」, 『인문과학연구』27, 강원대학교 인문과학연구소, 2010.

최응천, 「東文選과 高麗時代의 美術: 工藝」, 『강좌미술사』1, 한국불교미술사학회, 1988.

_____, 「思惱寺 遺物의 性格과 意義」, 『고려공예전』, 국립청주박물관, 1999.

_____, 「고려시대 金屬工藝의 장인」, 『美術史學研究』241 한국미술사학회, 2004.

_____, 「미륵사지출토 금동수각향로의 조형과 편년」, 『東岳美術史學』9, 동악미술사학회, 2008.

_____, 「한국 불교공예의 특성과 감식」, 『佛敎美術』21, 東國大學校博物館, 2010.

崔仁善, 「順天 金芚寺址 石佛碑像에 대한 考察」, 『文化史學』5, 韓國文化史學會, 1996.

최종석, 「羅末麗初 城主·將軍의 정치적 위상과 城」, 『韓國史論』50, 서울대학교 국사학과, 2004.

추명엽, 「高麗時期 '海東' 인식과 海東天下」, 『한국사연구』129, 한국사연구회, 2005.

韓基汶, 「高麗時代 開京 奉恩寺의 創建과 太祖眞殿」, 『韓國史學報』33, 고려사학회, 2008.

韓相吉, 「新羅 彌勒下生信仰의 硏究」, 『伽山李智冠스님華甲紀念論叢 韓國佛敎文化 思想史』 上, 1992.

황선영, 「고려 통일기의 黃山·炭峴에 대하여」, 『역사와 경계』13, 부산사학회, 1987.

許興植, 「天台宗의 形成過程과 所屬寺院」, 『高麗佛敎史硏究』, 일조각, 1986.

홍대한, 「高麗 前期 '塔前供養像' 考察」, 『博物館紀要』18, 檀國大學校 石宙善紀念博物館, 2003.

_____, 「高麗初 石塔의 塔身받침 造形特性에 관한 硏究」, 『文化史學』27, 韓國文化史學會, 2007.

_____, 「신라와 고려시대 造塔 경전의 역할과 기능」, 『史學志』42, 단국대학교사학회, 2010.

_____, 「高麗 石塔 硏究」, 단국대학교 박사학위 논문, 2012.

洪潤植, 「安城 雙彌勒寺佛蹟의 性格」, 『素軒南都泳博士古稀紀念 歷史學論叢』, 민족문화사7, 1993.

_____, 「新羅時代眞表의 地藏信仰과 그 展開」, 『佛敎學報』34, 동국대학교 불교문화연구원, 1997.

黃壽永, 「新羅塔誌石과 舍利壺」, 『美術資料』10, 국립박물관, 1965.

Harrict C. Mattusch, 「安城 二竹面의 菩薩立像과 臺座」, 『考古美術』28, 한국미술사학회, 1962.

【도판목록】

Ⅰ. 석조미술로 보는 태봉의 역사

제1장 태봉 석조미술의 꽃 : 풍천원 석등

1-1 풍천원 석등 (ⓒ 국립중앙박물관)

1-2 고복형 석등(1 합천 청량사 석등, 2 남원 실상사 석등, 3 담양 개선사지 석등, 4 구례 화엄사 석등, 5 양양 선림원지 석등, 6 임실 진구사지 석등)(정성권)

1-3 풍천원 석등 전경1 (ⓒ 국사편찬위원회)

1-4 풍천원 석등 전경2 (朝鮮總督府, 『朝鮮古蹟圖譜』 4, 1916)

1-5 도피안사 삼층석탑 기단부(정성권)

1-6 도피안사 철불좌상 대좌(정성권)

1-7 풍천원 석등 (ⓒ 국사편찬위원회)

1-8 선림원지 석등(정성권)

1-9 굴산사지 부도(정성권)

1-10 풍천원 석등 (國立文化財研究所, 『石燈調査報告書』, 2001, 95쪽)

1-11 풍천원 석등 세부 (國立文化財研究所, 『石燈調査報告書』, 2001, 96쪽)

1-12 풍천원 석등 하대석 귀꽃 (도 1-10 세부)

1-13 고복형 석등 귀꽃 (1 합천 청량사 석등, 2 남원 실상사 석등, 3 담양 개선사지 석등, 4 구례 화엄사 석등, 5 양양 선림원지 석등, 6 임실 진구사지 석등)(정성권)

1-14 풍천원 석등 세부 (國立文化財研究所, 『石燈調査報告書』, 2001, 96쪽)

1-15 풍천원 석등 하대석 귀꽃 (도 1-14 세부)

1-16 풍천원 석등 (朝鮮總督府, 『朝鮮古蹟圖譜』 4, 1916)

1-17 굴산사지 부도(정성권)

1-18 일제강점기 풍천원 석등 원경(북쪽에서 남쪽 방향을 향해 찍은 사진) (ⓒ 국립중앙박물관)

1-19 풍천원 석등 전경(남쪽에서 북쪽 방향을 향해 찍은 사진) (ⓒ 국사편찬위원회)

제2장 구전되는 역사 : '궁예미륵' 구비전승

2-1 기솔리 석불입상(정성권)

2-2 국사암 석조삼존불입상(정성권)

2-3 약사사 석불입상(정성권)

2-4 국사암 석조삼존불 중 본존불(정성권)

2-5 포천 구읍리 석불입상(정성권)

2-6 포천 구읍리 석조보살입상(정성권)

제3장 '궁예미륵' : 안성 기솔리 석불입상

3-1 안성 기솔리 석불입상 전경(정성권)

3-2 안성 기솔리 석불입상(좌측)(정성권)

3-3 안성 기솔리 석불입상(우측)(정성권)

3-4 개태사 석조삼존불입상(정성권)

3-5 안성 기솔리 석불입상(우측 신체)(정성권)

3-6 개태사 석조삼존불입상(우협시보살상 신체)(정성권)

3-7 개태사 석조삼존불입상(좌협시보살상 신체)(정성권)

3-8 안성 기솔리 석불입상(우측 신체 하단 옷주름)(정성권)

3-9 개태사 석조삼존불 본존불 (신체 하단 옷주름)(정성권)

3-10 개태사 석조삼존불입상 본존불 발 모습(정성권)

3-11 안성 기솔리 석불입상 발 모습(우측)(정성권)

3-12 안성 매산리 석조보살입상(정성권)

3-13 개태사 석조삼존불(좌협시보살상 상호)(정성권)

3-14 안성 매산리 석조보살입상 상호(정성권)

3-15 충주 미륵대원지 석불입상(정성권)

3-16 도쿄국립박물관 소장 통일신라 금동불입상 정면(정성권)

3-17 도쿄국립박물관 소장 통일신라 금동불입상 측면(정성권)

3-18 운강 석굴 16동 불상(정성권)

3-19 동국대학교박물관 소장 공주 정안면 삼존불비상(정성권)

3-20 국립중앙박물관 소장 금동여래입상(정성권)

3-21 도쿄국립박물관 소장 통일신라 금동불입상 전면 세부(정성권)

3-22 안성 기솔리 석불입상(우측) 전면 (세부)(정성권)

3-23 이천 어석리 석불입상(정성권)

3-24 이천 갈산동 석불입상(정성권)

3-25 안성 기솔리 석불입상(우측) 입술 세부(정성권)

3-26 안성 기솔리 석불입상(우측) 상호(정성권)

3-27 안성 기솔리 석불입상(우측) 상호 3D 스캔을 이용한 폴리곤 이미지 (© 최원호)

3-28 안성 기솔리 석불입상(우측) 상호 3D 스캔을 이용한 Z-map 효과 이미지 (© 최원호)

3-29 안성 기솔리 석불입상(우측) 상호 3D 스캔을 이용한 디지털 탑본 이미지 (© 최원호)

3-30 풍천원 석등 원경 (북쪽에서 남쪽 방향을 향해 찍은 사진) (© 국립중앙박물관)

3-31 동송읍 마애불(정성권)

3-32 동송읍 마애불 상호(정성권)

제4장 '궁예미륵' 조성배경 : 궁예와 양길의 전쟁, 비뇌성 전투

4-1 죽주산성, 기솔리 일대 지도 (Daum 지도)

제5장 후삼국 통일의 염원 : 나주 철천리 석불입상

5-1 나주 철천리 석불입상(정성권)

5-2 안성 기솔리 석불입상(정성권)

5-3 나주 철천리 석불입상(정성권)

5-4 나주 철천리 석불입상 옷주름(정성권)

5-5 안성 기솔리 석불입상 옷주름(정성권)

5-6 운강석굴 6동 동벽 상층 불상 (云岡石窟文物保管所, 『中國石窟 云岡石窟』, 文物出版社, 1991, 圖 116)

5-7 나주 철천리 석불입상 오른팔 옷자락(정성권)

5-8 안성 기솔리 석불입상 왼팔 옷자락(정성권)

5-9 나주 철천리 석불입상 발(정성권)

5-10 안성 기솔리 석불입상 발(정성권)

5-11 안성 기솔리 석불입상 상호(정성권)

5-12 나주 철천리 석불입상 상호(정성권)

5-13 나주 철천리 석불입상 입 모양1(정성권)

5-14 나주 철천리 석불입상 입 모양2(정성권)

5-15 나주 철천리 석불입상 입 모양3(정성권)

5-16 나주 철천리 석불입상 입 모양4(정성권)

5-17 나주 철천리 석불입상 입 모양5(정성권)

5-18 나주 철천리 석불입상 상호(정성권)

5-19 나주 만봉리 석불입상(정성권)

5-20 영산강 중·하류 지역 간석지 개간에 따른 영산내해 변화 양상(김경수, 「榮山江 流域의 景觀變化 硏究」, 전남대학교 박사학위 논문, 2001, 41쪽)

5-21 나주 일대의 관방유적 배치도 (Daum 지도)

Ⅱ. 석조미술로 보는 고려의 역사

제6장 경기도 내의 통일신라 석불입상 : 죽산리 석불입상

6-1 봉업사지 사역 전경(京畿道博物館, 『高麗 王室寺利 奉業事』, 2005, 원색사진 1)

6-2 죽산리 삼층석탑 주변 사역(3차 발굴조사지역) (Daum 지도)

6-3 봉업사지 오층석탑(정성권)

6-4 죽산리 삼층석탑(정성권)

6-5 미륵당 오층석탑(정성권)

6-6 죽산리 삼층석탑 기단 노출 모습(정성권)

6-7 죽산리 석불입상 전면(정성권)

6-8 죽산리 석불입상 우측면(정성권)

6-9 죽산리 석불입상 좌측면(정성권)

6-10 京都 淸凉寺 목조석가모니불입상(奈良國立博物館『聖地寧波:日本佛敎1300年の原流』, 2009, 圖 23)

6-11 논산 개태사 석조삼존불입상 본존불(정성권)

6-12 안성 매산리 석조보살입상(정성권)

6-13 논산 관촉사 석조보살입상(정성권)

6-14 이천 장암리 마애보살반가상(정성권)

6 15 죽산리 석불입상 상호(정성권)

6-16 이천 장암리 마애보살반가상 상호(정성권)

6-17 논산 개태사 석조삼존불입상 중 좌협시불 상호(정성권)

6-18 안성 매산리 석조보살입상 상호(정성권)

6-19 안성 죽산리 석불입상 옷주름(정성권)

6-20 동국대 박물관 소장 통일신라 석불입상 옷주름(정성권)

6-21 남원 과립리 석불입상 정면(정성권)

6-22 남원 과립리 석불입상 측면(정성권)

6-23 죽산리 석불입상과 통일신라 금동불 배후면의 젖혀진 각도 비교1 (금동불:ⓒ 국립 중앙박물관)

6-24 죽산리 석불입상과 통일신라 금동불 배후면의 젖혀진 각도 비교2 (금동불:ⓒ 국립 중앙박물관)

제7장 태조 왕건의 봉업사 중창과 능달 : 봉업사지 석불입상

7-1 봉업사지 석불입상 정면(정성권)

7-2 봉업사지 석불입상 측면(정성권)

7-3 봉업사지 석불입상 다리사이 S자형 주름(정성권)

7-4 봉업사지 석불입상 왼팔 위 Ω자형 주름(정성권)

7-5 감산사 석조미륵보살입상 전경 및 세부(정성권)

7-6 감산사 석조아미타불입상 전경 및 세부(정성권)

7-7 日本 光明寺소장 통일신라 금동불입상(정성권)

7-8 日本 도쿄국립박물관소장 통일신라 금동불입상(정성권)

7-9 죽령 보국사지 석불입상(정성권)

7-10 영주 읍내리 석조여래입상 전경(정성권)

7-11 영주 읍내리 석조여래입상 세부1(정성권)

7-12 영주 읍내리 석조여레입상 세부2(정성권)

7-13 청주 목우사지 석조여래입상 전경(정성권)

7-14 청주 목우사지 석조여래입상 세부1(정성권)

7-15 청주 목우사지 석조여래입상 세부2(정성권)

7-16 예천 흔효리 석조여래입상 전경(정성권)

7-17 예천 흔효리 석조여래입상 세부(정성권)

7-18 보은 보은사 석조여래입상 전경(정성권)

7-19 보은 보은사 석조여래입상 세부(정성권)

제8장 새로운 통일왕조의 출현 : 개태사 석조삼존불입상

8-1 개태사 석조삼존불입상 전경(정성권)

8-2 개태사 석조삼존불전 창건기단 실측도(尹武炳, 「開泰寺 三尊石佛殿 創建基壇 調査報告」,
     『百濟研究』17, 충남대학교 백제연구소, 1986, 320쪽, 도면 3)

8-3 개태사 석조삼존불입상 측면 전경(정성권)

8-4 개태사 및 개태사 주변 토성 범위(公州大學校博物館, 『開泰寺址』, 2002, 129쪽, 圖 3)

제9장 왕즉불 사상의 구현 : 개태사 석조공양상

9-1 일제강점기 개태사 석조공양상과 石槽(『朝鮮古蹟圖譜』7, 朝鮮總督府, 1920)

9-2 개태사 석조공양상(정성권)

9-3 개태사 주변 지형도 (公州大學校博物館, 『開泰寺址』, 2002, 129쪽, 圖 3)

9-4 개태사지 건물 배치도 (公州大學校博物館, 『開泰寺址』, 2002, 136쪽, 圖 7)

9-5 개태사지 금당지 출토 숫막새 탑본(忠南大學校博物館, 『開泰寺』, 1993, 56쪽, 圖 4-2)

9-6 숭선사지 창건기 숫막새(정성권)

9-7 개태사 석조공양상 정면(정성권)

9-8 개태사 석조공양상 후면(정성권)

9-9 개태사 석조공양상 우측면(정성권)

9-10 개태사 석조공양상 좌측면(정성권)

9-11 매산리 석조보살입상(정성권)

9-12 매산리 석조보살입상 다리사이 띠 문양(정성권)

9-13 개태사 석조공양상 다리사이 띠 문양(정성권)

9-14 화엄사 사사자 삼층석탑 앞 공양상(정성권)

9-15 대전리 석불입상 앞 공양상(정성권)

9-16 금장암 사사자 삼층석탑 앞 공양상 (國立文化財研究所, 『石燈調査報告書』, 2001, 159쪽)

9-17 신복사지 공양보살상(정성권)

9-18 법천사지 출토 공양보살상 편(上:정면, 下:측면)(정성권)

9-19 월정사지 공양보살상(정성권)

제10장 고려 광종을 보는 또 다른 시각 : 미술사와 고고학을 통하여

10-1 태조 왕건 동상 (© 국립중앙박물관)

10-2 태조 왕건 동상 얼굴 (© 국립중앙박물관)

10-3 충주 숭선사지 (© 충청대학박물관)

10-4 안성 매산리 석조보살입상(정성권)

10-5 안성 매산리 석조보살입상 면류관형 보개와 상호(정성권)

10-6 952년작 오대 후주 쌍보살도 부분 (정은우,「개성 관음굴 석조보살상과 송대 외래요소의
      수용」,『시각문화의 전통과 해석』, 2007, 예경, 205쪽.)

10-7 개성 관음사 보살상 (© 국립중앙박물관)

10-8 保寧二年명 보살상(國立歷史博物館,『藏佛觀雲: 金銅佛像展』, 2009, 42쪽)

10-9 관촉사 석조보살입상 전경(정성권)

10-10 논산 관촉사 석조보살입상과 사각석등(정성권)

제11장 신양식의 출현과 확산 : 보개 착용 석조불상

11-1 거창 양평동 석불입상(정성권)

11-2 구미 황상동 마애여래입상(정성권)

11-3 안성 대농리 석불입상(정성권)

11-4 제주 용담동 석불입상(정성권)

11-5 홍성 신경리 마애여래입상(정성권)

11-6 강릉 신복사지 석조보살공양상(정성권)

11-7 강릉 굴산사지 석불좌상(정성권)

11-8 충주 원평리 석불입상(정성권)

11-9 장성 원덕리 석불입상(정성권)

11-10 원형 보개 착용 석불 분포도(정성권)

11-11 방형 보개 착용 석불 분포도(정성권)

11-12 육각 보개 착용 석불 분포도(정성권)

11-13 팔각 보개 착용 석불 분포도(정성권)

11-14 김제출토 금동판불좌상 보개(정성권)

11-15 경주 탑곡 마애불 보개(通度寺 聖寶博物館,『慶州 南山 塔谷의 四方佛巖』, 호영, 1990, 북면 마애불 실측도)

11-16 창녕 탑금당치성문기비(정성권)

11-17 대구 관봉 석조여래좌상(정성권)

11-18 부여 대조사 석조보살입상(정성권)

11-19 황제 면복도(唐 閻立本, 隋文帝) (黃能馥외,『中华歷代 服食美术』中国旅游出版社, 1999, 180쪽.)

11-20 용인 미평리 석불입상(정성권)

11-21 용인 목신리 석조보살입상(정성권)

11-22 안양 용화사 석불입상(정성권)

11-23 안성 아양동 석불입상(정성권)

11-24 당진 안국사 석조삼존불입상(정성권)

11-25 익산 고도리 석불입상(정성권)

11-26 예산 읍내리 석불입상(정성권)

11-27 아산 외암리 석불입상(정성권)

11-28 김제 흥복사 석불입상(정성권)

11-29 예산 삽교 석조보살입상(정성권)

11-30 이천 어석리 석불입상(정성권)

11-31 이천 장암리 마애불 보개(정성권)

11-32 여주 포초골 석불좌상 보개(정성권)

11-33 안양 망해암 석불입상(정성권)

11-34 수원 파장동 석불입상(정성권)

11-35 양평 불곡리 석불입상(정성권)

11-36 안성 매산리 석조보살입상(정성권)

11-37 원주 봉산동 석조보살입상(정성권)

11-38 안성 매산리 석조보살입상(정성권)

11-39 원주 봉산동 석조보살입상

제12장 고려 석조미술의 보고 : 충주 미륵대원지

12-1 각종 막새류 (© 전북대학교박물관, 청주대학교박물관, 충청대학교박물관)

12-2 충주 숭선사지 출토 서까래 기와(정성권)

12-3 제천 사자빈신사지 석탑 연화문(정성권)

12-4 안성 매산리 석조보살입상(정성권)

12-5 부여 대조사 석조보살입상(정성권)

12-6 논산 관촉사 석조보살입상(정성권)

12-7 포천 구읍리 석조보살입상(정성권)

12-8 당진 안국사지 석조보살입상(정성권)

12-9 충주 미륵대원지 석불입상(정성권)

12-10 충주 미륵대원지 오층석탑(정성권)

12-11 안성 봉업사지 오층석탑(정성권)

12-12 예천 개심사지 오층석탑(정성권)

12-13 제천 사자빈신사지 석탑(정성권)

12-14 향산 보현사 구층석탑 (서울대학교출판부,『북한의 문화재와 문화 유적』, 2000, 138쪽)

12-15 논산 관촉사 석등(정성권)

12-16 개성 현화사 석등(정성권)

12-17 충주 미륵대원지 사각석등(정성권)

12-18 개성 개국사지 석등(정성권)

12-19 충주 미륵대원지 주변 사찰 배치도(옥영무,「新羅末. 高麗初 彌勒信仰寺刹에 關한 研究 : 彌勒大院의 分析을 中心으로」, 한양대학교 석사학위논문, 1897, 78쪽)

12-20 계립령로의 주요 산성 배치도(서영일,『신라 육상 교통로 연구』, 학연문화사, 1999, 226쪽.)

12-21 충주 미륵대원지 전경(정성권)

12-22 파주 혜음원지 전경(정성권)

12-23 미륵대원지 출토 기와 등면 호랑이 그림 탑본(정성권)

제13장 전통의 단절과 계승 : 봉녕사 석조삼존불상

13-1 수원 봉녕사 석조삼존불상 전경(정성권)

13-2 수원 봉녕사 석조삼존불상 본존불 정면(정성권)

13-3 수원 봉녕사 석조삼존불상 본존불 측면(정성권)

13-4 수원 봉녕사 석조삼존불상 우협시상(정성권)

13-5 수원 봉녕사 석조삼존불상 좌협시상(정성권)

13-6 강화여고 출토 금동삼존불상(서경문화재연구원, 「인천 강화군 강화여고 기숙사 증축부지내 유적발굴조사 개략보고서」, 2010, 25쪽, 圖22)

13-7 함안 대산리 석조삼존불상

13-8 민천사 금동아미타불좌상(1313년경)(『博物館陳列品圖鑑』, 朝鮮總督府, 1937; 최성은,『고려시대 불교조각 연구』, 일조각, 334쪽, 圖10-2)

13-9 경주박물관소장 금동아미타불좌상(ⓒ 국립중앙박물관 ; 최성은,『고려시대 불교조각 연구』, 일조각, 343쪽, 圖10-5)

13-10. 청주 오창읍 창리사지 석불입상(정성권)

13-11. 강진 무위사 석불입상(정성권)

13-12. 수원 봉녕사 우협시상 머리 모습(정성권)

13-13. 수원 봉녕사 석조삼존불상 우협시상(ⓒ 봉녕사)

13-14. 금강산 내강리 출토 금동여래좌상(ⓒ 조선중앙역사박물관)

13-15. 봉녕사 우협시불상 대좌(정성권)

13-16. 봉녕사 석조삼존불 본존불 대좌(정성권)

13-17. 불갑사 각진국사 자운탑 기단(정성권)

13-18. 영광 불갑사 각진국사 탑비(1359)(정성권)

13-12. 수원 창성사 진각국사 탑비(1382)(ⓒ 문화재청)

【수록논문 출처】

이 책의 글은 기존에 발표된 논문을 근간으로 했으며 일부 수정, 보완했음을 밝힌다.

제1장 「泰封國都城(弓裔都城)내 풍천원 석등 연구」, 『韓國古代史探究』7, 韓國古代史探究學會, 2011.

제2장 「'궁예미륵'석불입상의 구비전승적 연구」, 『민속학연구』30, 국립민속박물관, 2012.

제3장 「안성 기솔리 석불입상 연구: 궁예 정권기 조성 가능성에 대한 고찰」, 『新羅史學報』25, 新羅史學會, 2012.

제4장 「弓裔와 梁吉의 전쟁, 비뇌성 전투에 관한 고찰」, 『軍史』83, 국방부 군사편찬연구소, 2012.

제5장 「나주 철천리 석불입상의 조성시기와 배경」, 『新羅史學報』31, 新羅史學會, 2014.

제6장 「경기도 내 통일신라 석불의 존재 가능성에 대한 고찰」, 『역사와 경계』86, 부산경남사학회, 2013.

제7장 「태조 왕건의 봉업사 중창과 능달: 봉업사지 석불입상과 관련하여」, 『韓國史學報』51, 高麗史學會, 2013.

제8장 「개태사 석조삼존불입상 조성배경 再考」, 『白山學報』92, 白山學會, 2012.

제9장 「論山 開泰寺 石造供養像 研究: 조성시기와 조성배경에 관하여」, 『佛敎美術』23, 東國大學校博物館, 2012.

제10장 「高麗 光宗을 보는 또 다른 시각: 미술사와 고고학을 통하여」, 『韓國人物史研究』19, 한국인물사연구회, 2013.
이 논문은 다음의 책에도 실렸음을 밝힌다(『고려의 국왕』, 京人文化社, 2015).

제11장 「寶蓋 착용 석불 연구: 寶蓋를 중심으로」, 『文化史學』21, 韓國文化史學會, 2004.

제12장 「'中原彌勒里寺址' 조성시기 고찰」, 『東岳美術史學』9, 東岳美術史學會, 2008.

제13장 「수원 봉녕사 석조삼존불상의 편년과 의의」, 『東岳美術史學』17, 東岳美術史學會, 2015.

【찾아보기】

〈ㄱ〉

가섭 335
각엄존자(覺儼尊者) 348
각연사 비로자나불좌상 126
각자승 25
각진국사(覺眞國師) 348
각진국사 탑비 349
갈산동 석불입상 82, 169
갈항사지 석불입상 54
감산사 석조미륵보살입상 187
강화도 352
강화여고 출토 금동삼존불상 328, 329
개국사 석등 319
개산군 51, 106
개성 관음사 관음보살상 241, 262
개성박물관 340
개심사지 오층석탑 314
개차산군 51, 106
개청 31, 42, 43
개태사 석조공양상 76, 221, 228, 241, 250
개태사 석조삼존불입상 71, 163, 193, 250
개태사 청동대탑 200
개태사화엄법회소 139, 200
개화동 약사사 석불입상 287
거돈사지 삼층석탑 170
거란 313
거성동 138, 139, 140
건덕오년(乾德五年) 225
건지산성 137
견보탑품 94
견훤 62, 102, 131, 135, 201

경덕왕 95
경문왕 22, 322
경종 164
경북대학교 석조비로자나불좌상 56
계두말성 18, 19
계립령 320
계미명 금동삼존불 79
계신리 마애불좌상 70
계유명 삼존천불비상 281
고금주(古今注) 108
고구려 51
고달사 30, 308
고대산 39, 40
고도리 석불입상 285
고려건국기 13
고려사 99, 138, 176, 240
고복형 석등 20, 30
고사리문 299, 303, 307
공민왕 354
꽃술대 24, 34, 303
과립리 석불입상 163, 168
관봉 석불좌상 283
관음리사지 322
관장 25
관촉동 석조비로자나불입상 268
관촉사 사각석등 264
관촉사 사적비 163, 264
관촉사 석조보살입상 163, 237, 241, 265, 292
관혼 62
광덕(光德) 241
광종 76, 153, 240, 248, 250, 284, 292
광화진(光化鎭) 255
교동 마애약사불좌상 310

구기동 마애불좌상 126
구례 화엄사 각황전 앞 석등 22
구비전승 47
구읍리 석불입상 56, 61
구읍리 석조보살입상 55, 58, 61, 64
구장복 313
국계의식 109
국사암 석조삼존불입상 52, 58, 64, 287, 343
국원(國原) 100
군위 삼존석불 70
굴불사지 사면석불 187
굴산사지 부도 30, 31, 42
굽형 괴임대 27, 35
궁예 15, 16, 18, 42, 46, 47, 58, 65, 66, 87, 88, 90, 97,
    103, 131, 132
궁예미륵 45, 46, 51, 57, 65
귀법사 235
균여 261
금강산 내강리 출토 금동여래좌상 348
금둔사지 281
금상황제 286
금장암지 사사자 삼층석탑 241
금학산 47, 48
금학산 이평리사지 36
기솔리 마애불입상 149
기솔리 미완성 석불 149
기솔리 석불입상 52, 68, 69, 113, 115
기훤 15, 103, 148
김부식 323
김생사지 301
김순식 38, 41
김제 출토 금동판불좌상 279
김주원 29, 42

〈ㄴ〉

나말여초 5
남경 326
남산 탑곡 마애조상군 233, 279
내선(內禪) 232
내원 36, 38
노사나불품 87
농산리 석불입상 186
능달 82, 153, 172, 175, 192
능현 176

〈ㄷ〉

다보불 94
단종 45
단호사 철불좌상 248
당은포 147
담양 개선사지 석등 22
대농리 석불입상 275
대산리 석조삼존불상 337, 338, 331
대모달 106
대설상(大舌相) 87
대원사(大院寺) 297
대전리 석조비로자나석불입상 233
대조사 석조보살입상 237, 284
덕성진(德成鎭) 255
덕주사 마애불상 327
덕진포 해전 134, 135, 141
덕창진(德昌鎭) 255
도솔천 17, 19
도쿄국립박물관 소장 통일신라 금동불 78, 79
도피안사 36
도피안사 삼층석탑 26, 31

도피안사 철조비로자나불좌상 26, 36
동국대학교 박물관 소장 석불입상 167
동송읍 마애불입상 88, 89, 130
동인지문사육(東人之文四六) 195
동화사 사리함 금판불상 279
동화사 비로암 석조비로자나불좌상 71
두현리 석조삼존불입상 149
디지털 탑본 85

〈ㅁ〉
마군장군 178
마성 139, 194, 210
마의태자 45
마진(摩震) 16
마천면 마애불상 327
마홀군 60
만복사지 302, 307
만복사지 석불입상 335
만봉리 석불입상 114, 128
망이산성 107, 241, 249, 254
망해암 석불입상 292
매산리 석조보살입상 75, 163, 230, 237, 257, 292
면류관형 보개 165, 251, 258, 292, 296
명길 156
명종 247
명주(溟州) 15, 26, 29, 46
명지성 60
목수승(木手僧) 25
목우사지 석조여래입상 188
목종 164, 264
묘관찰지인(妙觀察智印) 339
무위사 135
무위사 석불입상 334

무차수륙회 235
무태(武泰) 245
문식 156
문종 303, 326
물걸리사지 삼층석탑 170
물걸리사지 석조비로자나불좌상 233
미륵 17, 88, 94
미륵관심법 91
미륵내시경(彌勒來時經) 19
미륵당 오층석탑 153
미륵사지 석등 20
미륵산성 205
미륵삼부경(彌勒三部經) 17
미륵육부경(彌勒六部經) 19
미평리 석불입상 293
민천사(旻天寺) 340

〈ㅂ〉
박기오 109
박술희 245
박연폭포 262
박적오 102, 106, 108
박지윤 109
박직윤 108
반석리 석불좌상 114
반월산성 55, 59
발삽사 36
배현경 37
백련사 철조아미타불좌상 341
백월산남사(白月山南寺) 95
백제 212
범일선사 30
법상종 94, 95

법왕사 176
법장화상전 146
법천사 233
법화경 94
보개(寶蓋) 270
보국사지 석불입상 188
보녕이년(保寧二年) 263
보은사 석불입상 188
보한집 195
보현사 구층석탑 316
복신미륵 275
복지겸 37
봉녕사 330
봉녕사 석조삼존불상 328, 330
봉덕사 330
봉림사지 진경대사보월능공답 24
봉림사지 삼존불 70
봉산동 석조보살입상 294
봉선사지 36, 38, 173
봉업사 82
봉업사지 241, 249, 253
봉업사지 당간지주 151
봉업사지 석불입상 149, 173, 183
봉업사지 오층석탑 153
봉은사 224, 244
봉진사 224
봉황리 마애반가사유상군 232
부석사 자인당 석불좌상 56
북강(北江) 50
북경도위 106
북산성 207
북소경 29
북원(北原) 93, 100

분황사 석조아미타불좌상, 339
불갑사 349 353
불곡리 석불입상 292
불곡사 석조비로자나불상 56
불일사 224, 244
불설관미륵보살생도솔천천경(佛說觀彌勒菩薩
上生兜率天經) 17
불설미륵대성불경(佛說彌勒大成佛經) 17
불설미륵하생성불경(佛說彌勒下生成佛經) 17
비뇌성 59, 104
비뇌성 전투 97, 100, 103
비뇌역 99
비로자나참회법 235, 236
비봉산 103
비파산성 254, 255

〈ㅅ〉

사십치상(四十齒相) 87
사자빈신사지 석탑 305, 206, 314
사자빈신삼매 236
삼국사기 138, 148, 267
삼국유사 95
삼귀사(三歸寺) 261
삼년산성 188
삼족오 108
삼포강 131, 137
삽교석불입상 286
쌍기 259
쌍미륵사 52, 68
쌍보살도 262
쌍사자 석등 20
쌍조문 303, 307
서경 242

서림사지 석조비로자나불좌상 145, 233
서원경 182
서주관(西州官) 156, 181
세이료지(淸凉寺) 목조석가모니불입상 161
석가불 94
석공승 25
석교리 석불입상 191
석남사 부도 24
석총 90, 95
석충 95
선덕여왕 29
선림원지 석등 29, 31, 32
선종 45
성달(城達) 60, 62
성덕산성 132, 137
성동리산성 50, 51
선상리토성 132, 137
선조 247
성종 45, 235
성창사 330
성책(聖册) 245
세달사 15, 103
송광사 16국사 부도 349
송악군 98
수덕만세(水德萬歲) 245
수미강 62
숙종 319, 326
수녕궁 332
숭선사지 227, 241, 247, 306
3D 스캔 85, 86
숭장 25
신광보살 17, 95
신검 164

신경리 마애불 275
신명순성태후(神明順成太后) 227, 247
신복사지 석조공양보살상 197, 275
신숭겸 37
신증동국여지승람 195, 263
신훤 103, 110
실상사 석등 22
심복사 석조비로자나불좌상 146
심장기 45

〈ㅇ〉

아난 327
아미타 94, 95
아미타정인(阿彌陀定印), 339, 340
아백상(牙白相) 87
아양동 석조보살입상 285
아육왕상 118, 163
안계리 석불좌상 278
안국사지 석불입상 76, 169, 286
안삭진(安朔鎭) 2455
애선 62
어석리 석불입상 82, 169, 286
약사사 석불입상 53
양검 62
양길 15, 62, 93, 100, 102
양문 176
양산사 224, 247
양평동 석불입상 163, 186, 275
여츤(輿櫬) 217
연가칠년명 금동여래입상 79
연경궁 340
연복사 352
연산 209

연쇄증시전설(連鎖證示傳說) 48

연풍리 마애이불좌상 94

염부제(閻浮提) 17

영산강 131

영산내해 132

영주 읍내리 석룸입상 188, 191

영태 2년(766)명 탑지석 147

영평천 50

예종 319, 326, 330

오가와 게이기찌(小川敬吉) 38

5소경 25, 29

와장승 25

왕륜사 176

왕릉 110

왕소 231

왕식렴 242

왕요 231

왕즉불 79, 237, 251, 258, 261, 266, 267

왕창근 37

왕충 62

외성리 산성 208

외암리 석불입상 287

용계산성 205

용미리 마애이불병립상 45, 67, 275

용화사 석불입상 285

우격(羽檄) 214

우슬착지형 공양상 232

우왕 342

우전왕상 118, 163, 334

운제(雲梯) 214

원각국사 330

원랑선사(圓郎禪師) 322

원문(轅門) 215

원봉 176

원오국사(圓悟國師) 348

원유관 245

원주 출토 철조아미타불좌상 339

원통형 보관 262

원평리 석불입상 278

원회 103

월광사 256, 322

위화진(威化鎭) 255

유금필 176, 178

유암사(遊巖寺) 261

윤웅 176

은진미륵 268

이규보 352

이불병존상 94

이색(李穡) 343

이소천 325

이십사량 통천관(二十四梁 通天冠) 224

이케우치 히로시(池內宏) 205

인동문 303, 307

인물형 석등 20

인양사 281

일강 176

일리천 전투 194, 210

일화(日華) 268

일휘문 303, 307

입석사 마애불 294

〈ㅈ〉

자미산성 132, 137

자운탑(慈雲塔) 348

자황포(柘黃袍) 245

장릉리사지 241, 254

장명사지 석불좌상 149
장암리 마애보살상 84, 163, 287
제국공주 340
적석식 34
적조사지 철불좌상 70
전단석가서상(栴檀釋迦瑞像) 162
정관정요 241, 252
정수 261
정종 231, 248, 330
정희왕후 45
조형양식(祖型樣式) 20
주몽 91
죽산리 삼층석탑 157, 159, 169
죽산리 석불입상 146, 150, 160
죽산박씨 109, 181
죽주 52, 92, 102
죽주산성 93, 103, 172
준풍사년(峻豊四年) 225
중금리 삼층석탑 170
중초사지 145
중폐비사 179
지명전설 48
지붕형 보개 281
지장 94
지채문전 99
지천군대장군 192
진성여왕 15, 41, 93, 148
진전사지 삼층석탑 145
진표 95

〈ㅊ〉

찰산후 106, 108
창리사지 석불입상 342

채하(寨下) 140
천덕전 242
철장승 25
철원 27
철원 향교터 내 사지 36, 37
철옹진(鐵瓮鎭) 255
철천리 석불입상 93, 112
청광보살 17, 95
청길 110
청녕헌(淸寧軒) 248
청담사지 146
청량사 석등 22
청룡사 석불좌상 56, 71
청주 26, 28
최승로 235, 253
최치원 146
최해 195
추복선비(追福先妣) 249
축서사 석조비로자나불좌상 56
충선왕 340
충주 미륵대원지 45, 67, 286, 297, 306
충주 미륵대원지 사각석등 317
충주 미륵대원지 석불입상 309
충주 미륵대원지 오층석탑 314
충주 철불좌상 248
치성광여래상 37
치제상(齒齊相) 87
칠장사 183
7처9회 화엄경변상도 198

〈ㅌ〉

탄령 139, 204
탄문 261

탄현 204
탐라국 245
탑금당 치성문기비 281, 283
탑전 고양보살상 252
태봉(泰封) 13, 14, 19, 66
태봉국도성 14, 16, 17, 19, 39, 40
태조 왕건 44, 139, 157, 164, 175, 177, 240
태조 왕건 동상 224, 240, 243
태현 95
통효대사 43
투석전 49

〈ㅍ〉

파장동 석불입상 292
팔각 괴임대 34
팔공산 마애약사불좌상 70
팔라왕조 198
패강진 108
패서도 98
편구형 석재 34
평강고원 40
평산박씨 102, 109
포복식 불의 120
포천 출토 철불좌상 70
포초골 석불좌상 287
풍천원 석등 20, 22, 23, 31

〈ㅎ〉

하늘재 320
한계사지 삼층석탑 170
한국식 해무리굽 308
한명회 45
한산주 98

한송사지 석조보살상 197
한탄강 50
함양군 45
함통 26
해동천하 246
해무리굽 청자 308
향성사지 삼층석탑 170
허월 38, 41
헌강왕 42
헌덕왕 281
현릉 243
현무암지대 50
현종 100
현화사 석등 266, 317
혜음령 325
혜음사신창기 323
혜음원지 308
혜종 112, 178, 231
호구총수(戶口總數) 138
홍각선사탑비 30, 42
홍유 37, 176, 178
홍화사(弘化寺) 261
화령전 330
화엄경 87
화엄사 사사자삼층석탑 233
화차사 146, 151
활의 후예 91
황도 253
황룡사지 308
황산 206
황산성 207
황상동 마애여래입상 275, 284
황제 230, 245, 253, 259, 266, 292

황제국 245, 246

효공왕 132

후고구려 99, 109

후백제 13, 102, 131, 135, 212

훈신숙장 31, 250

훈요십조 201

흔효리 석불입상 188

흥덕사지 154, 227, 300

흥녕사 256

흥룡사 112

흥복사 석불입상 293

희종 330

⟨Z⟩

Z-map 효과 85